HEYNE BÜCHER

SCIENCE FICTION

Herausgegeben
von Wolfgang Jeschke

Von Julian May erschienen in der Reihe
HEYNE SCIENCE FICTION & FANTASY:

DER PLIOZÄN-ZYKLUS:

Das vielfarbene Land · 06/4300
Der goldene Ring · 06/4301
Kein König von Geburt · 06/4302
Der Widersacher · 06/4303

JULIAN MAY

DER GOLDENE RING

Zweiter Roman des Pliozän-Zyklus

Science Fiction

Deutsche Erstveröffentlichung

WILHELM HEYNE VERLAG
MÜNCHEN

HEYNE SCIENCE FICTION & FANTASY
Band 06/4301

Titel der amerikanischen Originalausgabe
THE GOLDEN TORC
Deutsche Übersetzung von Rosemarie Hundertmarck
Das Umschlagbild schuf Klaus Holitzka
Die Illustrationen im Text sind von Giuseppe Mangoni
Die Karten zeichnete Erhard Ringer

Redaktion: Wolfgang Jeschke

Printed in Germany 1986
Umschlaggestaltung: Atelier Ingrid Schütz, München
Satz: Schaber, Wels
Druck und Bindung: Elsnerdruck GmbH, Berlin

ISBN 3-453-31251-1

INHALT

Öffne uns die Tür, und wir werden die Obstgärten sehen,
Wir werden ihr kaltes Wasser trinken, da, wo der Mond seine Spur hinterlassen hat.
Die lange Straße brennt, den Fremden feindlich.
Wir wandern, wir wissen nicht, wohin, und finden keine Stätte ...

Vor uns ist die Tür; was nützt es uns, zu wünschen?
Besser ist's, wir wenden uns ab, wir lassen die Hoffnung fahren.
Wir werden niemals eintreten. Wir sind es müde, sie zu sehen.
Die Tür ließ, als sie sich öffnete, soviel Stille entfliehen,

Daß weder die Obstgärten erschienen noch Blumen;
Nur der ungeheure Raum, in dem Leere sind und Licht,
War plötzlich allgegenwärtig, überflutete das Herz
Und wusch unsere Augen beinahe blind unter dem Staub.

»Die Schwelle« von Simone Weil

Zusammenfassung des ersten Romans aus dem Pliozän-Zyklus: DAS VIELFARBENE LAND

Die Große Intervention von 2013 öffnete der Menschheit den Weg zu den Sternen. Sie gab den Bewohnern der Erde unbegrenzten Lebensraum, Deckung des Energiebedarfs und die Mitgliedschaft in einer moralisch hochstehenden Zivilisation, dem Galaktischen Milieu. Die Menschheit wurde die sechste der Vereinigten Rassen, einem Commonwealth von Planeten-Kolonisatoren, denen eine fortgeschrittene Technologie und die Fähigkeit gemeinsam waren, mentale Operationen, Metafunktionen genannt, durchzuführen. Letztere – die Telepathie, Psychokinese und viele andere Kräfte einschließen – waren seit undenklichen Zeiten im menschlichen Gen-Pool vorhanden gewesen, aber nur selten in Erscheinung getreten.

Im Jahr 2110 – dem Beginn der Handlung des ersten Romans dieses Zyklus' – herrschte eine Art Goldenes Zeitalter. Mehr als 700 neue Planeten waren von begeisterten Erdenmenschen kolonisiert worden. Die Zahl derer, deren metapsychische Kräfte in Erscheinung traten, nahm langsam zu. Doch beim größten Teil der Bevölkerung waren diese Talente entweder so gering, daß ihr praktischer Wert gleich Null war, oder aber latent – das heißt, wegen psychischer Barrieren oder anderer Faktoren so gut wie nicht zu benutzen.

Sogar in Goldenen Zeitaltern gibt es Personen, die schlecht angepaßt sind, und auch die psychosoziale Struktur des Galaktischen Milieus wies den entsprechenden Prozentsatz auf. Ein französischer Physiker namens Théo Guderian versorgte diese »viereckigen Pflöcke« unwissentlich mit einem einzigartigen Fluchtweg, als er ein scheinbar nutzloses Phänomen entdeckte: eine Einbahn-Zeitkrümmung mit festem Brennpunkt, die sich auf das Flußtal der Rhône im Frankreich des Pliozän öffnete, sechs Millionen Jahre in der Vergangenheit. Überzeugt, auf der Erde des Pliozän müsse ein prähistorisches Eden existieren, bestürmten immer mehr Schlechtangepaßte Guderians Witwe Angélique, sie durch das Zeitportal ins »Exil« der Vergangenheit auswandern zu lassen.

Vom Tod ihres Mannes im Jahr 2041 an bis 2106 betrieb die verjüngte Madame Guderian ein eigentümliches Etablissement, das die galaktischen Behörden widerstrebend tolerierten. Sie eröffnete einen Gasthof, l'Auberge du Portail genannt, der als Zwischenstation für den Transport ihrer Kunden von der Erde der Gegenwart in eine sechs Millionen Jahre jüngere Welt diente. Gewissensqualen wegen des Schicksals der Zeitreisenden veranlaßten Madame schließlich, die Einbahnstraße ins Exil selbst zu betreten. Von da an verwaltete das Galaktische Milieu die Zeitkrümmung – denn sie hatte sich als passende Lösung für Dissidenten erwiesen.

Am 25. August 2110 wurden acht Personen, die »Gruppe Grün« jener Woche, ins Pliozän befördert: Richard Voorhees, ein Sternenschiff-Kapitän mit Berufsverbot; Felice Landry, eine psychisch gestörte junge Athletin, die durch ihr heftiges Temperament und ihre latenten Metafunktionen zur Ausgestoßenen geworden war; Claude Majewski, ein 133 Jahre alter Paläontologe, der vor kurzem seine Frau und Kollegin verloren hatte; Schwester Amerie Roccaro, eine Ärztin und ausgebrannte Priesterin, die sich danach sehnte, als Eremitin zu leben; Bryan Grenfell, ein Anthropologe auf der Suche nach seiner Geliebten Mercy Lamballe, die zwei Monate vorher das Zeitportal durchschritten hatte; Elizabeth Orme, eine Metapsychikerin der Großmeister-Klasse, durch eine Gehirnverletzung ihrer überwältigenden mentalen Kräfte beraubt; Stein Oleson, ein schlecht angepaßter Planetenkrusten-Bohrer, dessen Traum es war, in einer einfacheren Welt das Leben eines Wikingers zu führen; und Aiken Drum, ein charmanter junger Verbrecher, der ebenso wie Felice latente metapsychische Kräfte besaß.

Diese acht Personen vollführten erfolgreich den Sprung sechs Millionen Jahre in die Vergangenheit der Erde – nur um wie die anderen Zeitreisenden vor ihnen zu entdecken, daß das Europa des Pliozäns unter der Herrschaft einer Gruppe menschenähnlicher Aliens aus einer fernen Galaxis stand. Aus ihrer Heimat wegen ihrer barbarischen Kriegsreligion vertrieben, befanden sie sich ebenfalls im Exil.

Die dominierende Faktion der Fremden waren die Tanu, hochgewachsen und schön. Obwohl sie schon tausend Jahre auf der Erde lebten, betrug ihre Zahl immer noch weniger als 20000, denn die Sonnenstrahlung war ihrer Vermehrung hinderlich. Doch ihr Plasma war mit dem der Menschen kompatibel, und so benutzten sie seit fast siebzig Jahren die Zeitreisenden zu Zuchtzwecken und übten über die Menschheit des Pliozän eine wohlwollende Sklavenherrschaft aus.

Mindestens viermal größer war die Zahl der Firvulag, Feinde der Tanu von altersher. Diese Aliens waren meistens von kleiner Statur, und sie pflanzten sich auf der Erde recht gut fort. Tanu und Firvulag gehörten tatsächlich zu einer einzigen dimorphen Rasse. Die Großen waren metapsychisch latent, die Kleinen besaßen begrenzte operante Metafunktionen. Die Tanu trugen goldene Halsreifen, die ihre mentalen Kräfte bis zur Operanz verstärkten. Die Firvulag brauchten keine Reifen, aber die meisten von ihnen waren an Geisteskraft schwächer als die Tanu.

Den größten Teil der Zeit, die Tanu und Firvulag auf der Erde (sie nannten sie das ›Vielfarbene Land‹) lebten, war das Kräfteverhältnis zwischen ihnen bei ihren Ritualkämpfen, die Teil ihrer Kriegsreligion waren, ziemlich ausgeglichen. Die größere Finesse und höherentwickelte Technik der Tanu war ein Gegengewicht zu der größeren Anzahl der primitiveren Firvulag. Doch die Ankunft der menschlichen Zeitreisenden verschob das Verhältnis zugunsten der großen Fremden. Es erwies sich nicht nur, daß Mischlinge von Tanu und Menschen ungewöhnliche körperliche und geistige Kräfte hatten, die Menschen versorgten auch das ziemlich dekadente wissenschaftliche Establishment der Tanu mit den neuen Ideen des Galaktischen Milieus. In den siebzig Jahren der Zeitreise waren nahezu 100000 Menschen ins Pliozän transportiert worden. Die Tanu-Gesellschaft assimilierte sie und gewann dadurch fast vollständige Überlegenheit über die Firvulag (die sich niemals mit Menschen paarten und sie im allgemeinen verabscheuten).

Das Los der Menschheit unter den Tanu-Oberherren war durchaus nicht schlimm; kooperative Personen wurden gut behandelt. Alle grobe Arbeit verrichteten Ramapithecinen, kleine Affen, die von einfachen psychoenergetischen Halsringen zum Gehorsam gezwungen wurden. (Ein Treppenwitz der Evolution ist es, daß diese ›Ramas‹ zu der direkten hominiden Ahnenreihe gehören, die sechs Millionen Jahre später im Homo sapiens ihren Höhepunkt fand.) Menschen in Vertrauensstellungen oder auf für die Tanu lebenswichtigen Posten trugen im allgemeinen den *grauen Ring*. Diese verstärkten die Gehirnströme nicht, erlaubten jedoch eine telepathische Kommunikation zwischen den Menschen und den Fremden. Die Geräte enthielten außerdem Lust-Schmerz-Schaltungen, durch die die Tanu ihre Diener belohnten oder bestraften. Es war nicht einfach, diese Ringe herzustellen, denn dazu war ein seltener Barium-Bestandteil erforderlich, und deshalb wurden sie an die Mehrzahl der »Normalen« (also metapsychisch nicht latente Menschen) nicht verschwendet. Ihres Gehorsams vergewisserte man sich durch andere Mittel. Wenn die Tanu durch Tests feststellten, daß ein eingetroffener Zeitreisender wesentliche latente Metafunktionen besaß, erhielt der Glückliche einen *silbernen Ring*. Das war ein echter Verstärker, ähnlich den goldenen Halsringen der Tanu – aber mit zusätzlichen Kontrollschaltungen. Menschen mit silbernen Ringen erfreuten sich einer privilegierten Position. In seltenen Fällen gewährte man ihnen sogar einen *goldenen Ring* und damit volle Freiheit als Bürger des Vielfarbenen Landes.

Die acht Mitglieder der Gruppe Grün wurden wie viele Neuankömmlinge der Gehirntests wegen in die Torburg, eine Tanu-Festung, gebracht. Fast sofort erwies sich die Gruppe als ganz atypisch. Richard, der Sternenschiff-Kapitän, konnte für kurze Zeit entfliehen und hatte eine schreckliche Begegnung mit Epone, einer Tanu-Sklavenherrin, die die Untersuchung auf latente Metafunktionen durchführte.

Elizabeth, die frühere Fernsprecherin und metapsychische Lehrerin, hatte ihre ungeheuerlichen mentalen Kräfte für immer verloren geglaubt und entdeckte nun, daß die Passage durch die Zeitkrümmung diese wiederhergestellt hatte. Ein Tanu namens Creyn geriet darüber in Begeisterung. Er versprach Elizabeth, auf sie warte in dem Vielfarbenen Land ein »wundervolles Leben«.

Stein Oleson, der große Planetenkrustenbohrer, verfiel durch den Sprung rückwärts in der Zeit vorübergehend in Wahnsinn. Er zerschmetterte die Tür seiner Zelle und konnte erst überwältigt werden, nachdem er mehrere Träger des grauen Rings getötet hatte. Dann bekam er selbst einen grauen Halsreif, was seine künftige Fügsamkeit gewährleisten sollte. Sein gewaltiger Körperbau machte ihn zum Kandidaten für den rituellen Krieg zwischen Tanu und Firvulag, dem ›Großen Wettstreit‹. In bewußtlosem Zustand wurde er nach Süden zu der Tanu-Hauptstadt Muriah geschickt.

Auch Aiken Drum, der junge Tunichtgut, erhielt einen Ring, allerdings aus Silber. Bei den Tests entdeckten die Aliens, daß er zwar nur latente, doch sehr starke metapsychische Fähigkeiten besaß, die operant werden würden, sobald er sich an das Tragen des Verstärkers gewöhnt hatte.

Bryan Grenfell, der Anthropologe, verfügte nicht über nennenswerte mentale Kräfte. Aber die Tanu legten merkwürdigerweise viel Wert auf seine beruflichen Fähigkeiten, so daß Bryan ihnen seine Mitarbeit im Tausch gegen die Hilfe der Tanu bei seiner Suche nach Mercy anbot. Außerdem verlangte er, frei von einem Halsring zu bleiben.

Der alte Knochengräber Claude Majewski zeigte keine versteckten mentalen Talente. Tanu-Diener informierten ihn geringschätzig, er werde zusammen mit dem Großteil der Wochenladung an Zeitreisenden nach Norden in die Stadt Finiah und an die Arbeit geschickt werden. Er fand sich in dem ›Menschenpferch‹ der Torburg zusammen mit mehr als dreißig anderen gewöhnlichen Menschen wieder, die auf den Aufbruch der Karawane nach Norden warteten. Im Schlafsaal des Gefängnisses lag Richard nach einem mentalen Mißbrauch durch Epone in komatösem Zustand.

Die letzten Mitglieder der Gruppe Grün, die noch getestet werden mußten, waren Schwester Amerie und Felice Landry. Die Nonne hatte keine nennenswerten mentalen Eigenschaften. Felice, die nach ihr an der Reihe war, schien vor Angst hysterisch zu werden, und ihre Aufregung machte eine genaue Messung unmöglich. Epone ließ das Mädchen laufen, denn es konnte immer noch später in Finiah getestet werden. Dann informierte Epone die beiden ganz beiläufig von der Tanu-Sitte, menschliche Frauen als Zuchtmaterial zu benutzen. Auf ihren entrüsteten Protest antwortete sie mit der Versicherung, sie würden ihre Rolle letzten Endes akzeptieren und in ihrem neuen Leben in Finiah sogar glücklich sein. Kaum hatte die Fremde sie verlassen, als Felices vorgetäuschte Hysterie verschwand. Es war ihr gelungen, ihre starken latenten Metafunktionen vor Epone zu verbergen und dem Ring fürs erste zu entgehen. Jetzt faßte sie in kaltem Zorn den Entschluß, die gesamte Tanu-Rasse auszurotten.

Noch am gleichen Abend verließen zwei Karawanen die Torburg und zogen in entgegengesetzten Richtungen an der Rhône des Pliozän entlang. In der nach Norden reisenden Gruppe, deren Ziel Finiah am Urrhein nahe dem Schwarzwald war, befanden sich Richard, der sich halbwegs wieder erholt hatte, Claude, Amerie, Felice und die Mehrheit der anderen menschlichen Gefangenen. Sie wurden von Epone und einer Abteilung menschlicher Grauring-Soldaten eskortiert. Zu der zweiten, von Creyn nach Süden geführten Karawane gehörten Elizabeth, Bryan, Aiken Drum, der verwundete Stein und zwei weitere Menschen mit Silberreifen: eine frühere Jugendbetreuerin von einer Satelliten-Kolonie namens Sukey Davies und der finstere finnisch-kanadische Holzfachmann Raimo Hakkinen.

Der Zug nach Norden verlief anfangs friedlich. Amerie litt allerdings sehr darunter, daß sie ein mächtiges Pliozän-Tier, Chaliko genannt, reiten mußte. Sie erforschte ihre Seele und begann zu verstehen, daß sie ihren Beruf eines neurotischen Zwangs wegen aufgegeben hatte. Richard, der sich mit Claudes Hilfe wieder ganz erholte, kochte vor hilfloser Wut, als er seine Lage erkannte. Er war mißtrauisch, aber unterbewußt aufnahmebereit, als Felice einen Fluchtplan entwickelte.

Zwei Tage nach der Abreise von der Torburg wurde Felices Plan in die Tat umgesetzt. Sie hatte drei Waffen: Übernatürliche Stärke in einem täuschend schmächtigen Körper, die Fähigkeit, Tiere durch Willenskraft zu beherrschen (ein Aspekt ihrer latenten metapsychischen Begabung, den sie in ihrer Athleten-Laufbahn benutzt hatte) und ein kleines Messer, das der Beschlagnahme entgangen war. Felice brach die Ketten ihrer Freunde aus Gruppe Grün und die von vier anderen

Gefangenen. Richard, verkleidet in Ameries Nonnentracht, gelang es, den Offizier der Eskorte zu erstechen. Währenddessen zwang Felice mit ihrer koerziblen Kraft die fürchterlichen Bärenhunde, die als Wächter die Karawane begleiteten, die anderen Soldaten und Epone anzugreifen. Die Folge war ein wildes Gemetzel, in dem die befreiten Gefangenen zusammen mit den beeinflußten Bärenhunden nicht nur die übrigen Soldaten, sondern auch die Tanu-Frau Epone töteten.

Im Augenblick des Triumphs wollte Felice den goldenen Ring Epones an sich nehmen. Sie wußte, er würde die latenten Metafunktionen freisetzen, die bisher in ihrem Gehirn eingekerkert waren. Aber ein halb verrückter Zeitreisender warf den wertvollen Halsreif in einen See, wo er in tiefem Wasser versank. Nur ein starkes Sedativum aus Ameries Arzttasche, das Felice bewußtlos machte, hinderte die kleine Athletin daran, den ihr zuvorgekommenen Mann zu ermorden.

Große Angst bereitete den Flüchtlingen der Gedanke, daß die sterbende Epone eine telepathische Botschaft über die Rebellion ausgesandt haben könnte. Die meisten entschieden sich dafür, dem Bergsteiger Basil Wimborne zu folgen, der sich erbot, sie in kleinen Booten über den prähistorischen Lac de Bresse und weiter in die Sicherheit des hohen Jura zu führen. Claude mit seiner bei Expeditionen auf wilden Planeten des Galaktischen Milieus gesammelten Erfahrung war nicht dafür. Sein Rat war, sich in die Wälder der nahegelegenen Vogesen zu schlagen, wo es Grauringen auf Chalikorücken schwerfallen würde, ihnen nachzusetzen. Nur Richard und Amerie erklärten sich für ihn, und die noch bewußtlose Felice nahmen sie mit.

Von einem hohen Grat aus sahen die vier Mitglieder von Gruppe Grün Boote von Grauringen, die ihre früheren Gefährten verfolgten. An diesem Abend fühlte sich Amerie von Felices Heftigkeit, die einen dunklen Schatten in ihrer eigenen konventionellen Spiritualität widerzuspiegeln schien, seltsam angezogen.

Während sie am nächsten Tag einen reißenden Fluß überquerten, stürzte Amerie und brach sich den Arm. Die anderen schlugen ein Lager auf und versuchten, zu einer Entscheidung zu gelangen, was jetzt zu tun sei. Felice hielt es für selbstverständlich, daß sie alle ein Leben als Guerilleros führen und Karawanen in der Hoffnung überfallen würden, einen anderen goldenen Ring zu erbeuten. Richard wies diese Idee mit Verachtung von sich. Das einzig Vernünftige sei es, zum Meer zu ziehen, fort aus den Gebieten, von denen bekannt war, daß Tanu sie bewohnten. Claude gab Richard im stillen recht, doch der Gedanke, das impulsive Mädchen allein zurückzulassen, beunruhigte ihn. So zog er sich weiter in den Wald zurück, um nachzudenken. Nachdem er die Asche seiner verstorbenen Frau vergraben hatte, schlief er ein, und als er am Abend erwachte, saß eine winzige Pliozän-Katze vor ihm, die sich wie eine Hauskatze benahm und darauf bestand, ihn zurück ins Lager zu begleiten. Die Katze, dachte Claude, würde Amerie ablenken, deren Gedanken auf morbide Weise um Felice kreisten.

Als er im Lager anlangte, stellte er fest, daß die anderen spurlos verschwunden waren. Voller Befürchtungen folgte Claude dem Ufer stromaufwärts. Die Zeitreisenden waren vor den schrecklichen Firvulag gewarnt worden, die in den Wäldern der Vogesen hausten. Nun sorgte sich Claude, daß Richard, Felice und Amerie von den gestaltwechselnden kleinen Aliens entführt – oder aber von den Dienern der Tanu wieder eingefangen worden seien. Er hörte Stimmen, fühlte sich gegen seinen Willen gezwungen, sich zu zeigen, und stieß auf genau die Gruppe von Desperados, die seine Freunde ergriffen hatten. Es waren keine Aliens, sondern menschliche Wesen – *freie* Menschen, die aus Tanu-Banden entronnen waren und jetzt als Gesetzlose lebten.

Ihre Anführerin war eine erfolgreich verjüngte Frau, die einen goldenen Ring trug: die Witwe des Zeitportal-Entdekkers, letzten Endes schuld an der Erniedrigung und Versklavung der Pliozän-Menschheit: Angélique Guderian.

Am letzten Tag des August erreichten die vier Mitglieder der Gruppe Grün, Madame Guderian und ihre Bande sowie etwa 200 weitere »Geringe« (so nannten sich die freien Menschen voll Stolz selbst) ein Versteck in einem gigantischen hohlen Baum in den Vogesen. Überall im Wald streiften jetzt Tanu und ihre grauberingten Gefolgsleute umher, denn Lord

Velteyn von Finiah hatte sie ausgesandt, die Mörder seiner Schwester Epone zu suchen. Velteyn selbst, Meister in den Metafunktionen Psychokinese und Kreativität, machte Ausfälle an der Spitze seiner Fliegenden Jagd, einem Kader glorreicher Tanu-Ritter in Glasrüstungen, die die mentale Kraft ihres Lords in die Lüfte hob.

Sicher in ihrem Zufluchtsort, kamen die Geringen und Gruppe Grün zu einem Einverständnis. Madame berichtete den Neuankömmlingen von ihrem grandiosen Plan, die gesamte Pliozän-Menschheit aus Tanu-Banden zu befreien, eine Aufgabe, die sie sich als Buße für ihre eigene Schuld auferlegt hatte. Ihr war es gelungen, eine zerbrechliche Allianz zwischen Geringen und Firvulag gegen den gemeinsamen Tanu-Feind zu schließen, aber die Entente hatte bisher nur minimale Ergebnisse gezeitigt.

Die Tanu waren auf seltsame Weise unverwundbar gegen Waffen aus Vitredur-Glas und Bronze, die alle drei Rassen benützten. Tanu konnten verletzt werden, aber selbst die schlimmsten Wunden heilten nach einer Behandlung durch ›Redakteure‹, wie die metapsychischen Heiler genannt wurden. Madame und ihr Kriegshäuptling, ein Indianer namens Peopeo Moxmox Burke, der früher Richter gewesen war, brannten darauf zu erfahren, wie es Gruppe Grün gelungen war, Epone zu töten. Bisher war noch kein Geringer imstande gewesen, einem Tanu das Leben zu nehmen. Felice zeigte ihr kleines Stahlmesser, und es bestätigte eine Tatsache, die Amerie bereits vermutet hatte: Eisen wirkte giftig auf die Tanu. Vielleicht zerstörte es irgendwie die Verbindung zwischen dem Gehirn und dem goldenen Ring. (Hier blickte Felice gedankenvoll auf Madames goldenen Reif, aber die furchtlose alte Frau stach sich einfach mit der Klinge und bewies, daß Menschen aus einem zäheren Stoff gemacht sind.)

Gerade in diesem Augenblick traf ein Mann, der Fitharn Holzbein genannt wurde, in dem hohlen Baum ein. Er sah wie ein kleiner, untersetzter Mensch aus, aber es erwies sich, daß er ein Firvulag war, fähig, eine monströse Gestalt anzunehmen. Er gehörte zu den Kleinen Leuten, mit denen Madame Guderian gleich anfangs Freundschaft geschlossen hatte. Madame unterbrach sich in der Darlegung ihres Plans zur

Befreiung der versklavten Menschheit und bat Fitharn, eine in seinem Volk überlieferte Legende vorzutragen. Darin wurde berichtet, wie Tanu und Firvulag mit einem gigantischen lebenden Raumschiff, dessen Gattin Brede war, eine Frau aus der fremden Galaxis, die Erde erreichten. Die unglaubliche Reise über Millionen von Lichtjahren hinweg hatte das Schiff zu Tode erschöpft. Tanu, Firvulag und Brede verließen die Hülle in kleinen Fliegern und sahen die Überreste des riesigen Organismus über dem Europa des Pliozän abstürzen, wo sie einen Krater bildeten »zu breit, um das andere Ufer zu sehen«. Das Schiffsgrab wurde geheiligt durch den rituellen Kampf zweier Helden: Sharn von den Firvulag und Lugonn von den Tanu, ersterer mit einer Photonenwaffe, die ›das Schwert‹ genannt wurde, letzterer mit einem ähnlichen Projektor von Laserart, dem ›Speer‹. Sharn wurde geschlagen. Dem Sieger, Lugonn dem Leuchtenden, wurde die Ehre zuteil, den Feuerstoß seines eigenen Speers zwischen die Augen zu bekommen. Aufgebahrt in seiner vergoldeten Glasrüstung, den ›Speer‹ an seiner Seite, wurde Lugonn am Schiffsgrab zurückgelassen, »um es auf seinem letzten Flug zu steuern«.

Seitdem waren tausend Jahre vergangen, und der ferne Ort des Schiffsgrabs war aus dem Gedächtnis der Tanu wie der Firvulag verschwunden. Aber die Legende hatte einen Funken der Hoffnung in Madame Guderian entzündet. Das Schwert Sharns befand sich jetzt in Tanu-Händen. Es wurde dem Sieger des alljährlichen Großen Wettstreits, dieses religiösen Kriegs, als Trophäe überreicht. Aber der Speer Lugonns mußte noch neben dem Kratersee liegen, zusammen mit den gravo-magnetischen Flugmaschinen, in denen die Aliens ihr sterbendes Schiff verlassen hatten. Wenn die Geringen die Photonenwaffe oder eine Flugmaschine – oder beides – in ihren Besitz brachten, bedeutete das einen unvorhergesehenen Vorteil über die metapsychischen Barbaren, die die Tanu-Kavallerie bildeten.

Geringe wie auch befreundete Firvulag hatten vergeblich nach dem Schiffsgrab gesucht. Aber nun sagte Claude, ein Kenner der zukünftigen Geologie, ihnen, wo es sein mußte. Nur eine Formation in Europa paßte auf die Beschreibung:

ein Krater, das Ries genannt, der etwa 300 Kilometer weiter östlich am Nordufer der Donau lag.

Diese Nachricht wurde mit Jubel begrüßt, und sofort beschloß man, eine Expedition auszusenden. Mit etwas Glück konnten die Forscher vor Ende des Monats zurückkehren. Dann würden sich die Firvulag den Geringen bei einem Angriff auf Finiah anschließen – vorausgesetzt, der Kampf fand vor dem ersten Oktober statt, denn an diesem Tag begann der Waffenstillstand für den Großen Wettstreit. Die Expedition sollte aus Fitharn, Madame Guderian, Häuptling Burke, einer Dynamikfeld-Ingenieurin namens Martha, Stefanko, einem früheren Fachmann für die Reparatur gravomagnetischer Flugzeuge, und drei Mitgliedern der Gruppe Grün bestehen. Claude sollte sie an die Stelle führen, Richard (der anfangs protestierte) einen Flieger steuern, falls er noch funktionierte. Felice bestand darauf, sie werde sich nützlich machen, indem sie mit ihrem speziellen Talent wilde Tiere abwehrte, die Teilnehmer durch die Jagd versorgte und ähnliche Aufgaben übernahm. (Sie *mußte* mitkommen, denn die Halsknochen von Lugonns Skelett umschloß mit Sicherheit ein goldener Ring.)

Fitharn riet, die Expedition tue gut daran, eine offizielle Genehmigung von dem Firvulag-Monarchen Yeochee IV. einzuholen. Bevor sie den Baum verließen, gab Madame dem Schmied Khalid Khan den geheimen Auftrag, mit einer Gruppe von Männern den von Claude bezeichneten Ort aufzusuchen, wo unschwer Eisenerz zu finden sei. Sie sollten von dem ›Blutmetall‹ soviel wie möglich schmelzen und es in die Hauptsiedlung der Geringen, das Dorf bei den Verborgenen Quellen, bringen, sobald die Tanu-Patrouillen die Suche aufgegeben hätten. Die Firvulag durften von dem Eisen nichts erfahren, da ihre Loyalität stark von Zweckdenken bestimmt war und kein Geringer wußte, wie lange die wackelige Allianz bestehen mochte.

Amerie würde zu den Verborgenen Quellen gehen und in Madames Häuschen wohnen. Dort konnte ihr Arm heilen, und die dort lebenden Gesetzlosen, die seit Jahren weder einen Arzt noch einen Priester gesehen hatten, brauchten ihre Dienste. In der Zwischenzeit würden Boten andere Siedlungen der Geringen aufsuchen, die weit über Europa verstreut lagen, und Freiwillige für den Angriff auf Finiah – jetzt provisorisch auf die letzte Septemberwoche festgesetzt – anzuwerben versuchen.

König Yeochee, den die kleine Expedition in der Firvulag-Festung von Hoch-Vrazel aufsuchte, war skeptisch. Er warnte sie, die Regionen östlich des Schwarzwaldes seien voll von Heulern, deformierten Firvulag-Mutanten, die nur dem Namen nach seiner Autorität unterstanden. Er gab Madame ein königliches Sendschreiben mit, in dem er Sugoll, dem sogenannten Herrscher der Heuler im Quellgebiet der Donau, zur Zusammenarbeit mit den Menschen verpflichtete.

Am fünften Tag nach dem Aufbruch von Hoch-Vrazel in den Vogesen erreichte die Expedition den Rhein – und wurde von einer Katastrophe in Gestalt eines ochsengroßen Schweins betroffen. Diese Kreatur griff aus dem Hinterhalt an, tötete Stefanko und verwundete Häuptling Burke schwer. Fitharn drängte zur Umkehr. Aber die Menschen fürchteten, wenn sie die Suche nach dem Schiffsgrab aufschöben, könnten die Firvulag es selbst finden. Bei der schwachen Martha, die als Tanu-Sklavin gezwungen worden war, kurz hintereinander vier Kinder zu gebären, setzten Blutungen ein. Trotzdem bestand sie darauf, daß weitermarschiert wurde – und das taten auch fünf der Gruppe. Die unerschrockene Felice trug Martha, bis diese wieder stark genug zum Laufen war.

Langsam arbeitete sich die Expedition die hohe Wand am östlichen Rheinufer hinauf und geriet oben auf dem Hochland, wo der heutige Schwarzwald liegt, in das unheimliche Gebiet, das sie den Pilzwald nannten. Erst am 18. September erreichten sie den Feldberg, Residenz des Heuler-Lords Sugoll. Der Herrscher, der einen schönen illusorischen Körper zu tragen pflegte, um seine schreckliche Deformierung zu verbergen, spielte mit den Menschen, während seine Horde von koboldhaften Untertanen Haß und Furcht auf die Eindringlinge abstrahlte und ihren Tod verlangte.

Gerettet wurden die Menschen dadurch, daß Claude dem Herrscher den Grund der Heuler-Mutationen erklärte: Vor

Hunderten von Jahren hatte sich diese Gruppe von ihren westlichen Brüdern abgespalten und sich ahnungslos in einem Gebiet voll von radioaktiven Mineralen angesiedelt. Diese hatten im Verein mit der Empfindlichkeit der Aliens gegen Strahlung die schrecklichen Geburtsfehler bewirkt. Es gebe Hoffnung für die Heuler, sagte Claude, wenn sie aus der Region fortzögen und sich von neuem mit normalen Firvulag paarten, wobei sie ihre Fähigkeit des Gestaltwechselns benutzen müßten, um sich ein attraktiveres Aussehen zu geben. Ein Genetik-Ingenieur aus dem Galaktischen Milieu könne ihnen besser helfen, aber falls ein solcher jemals durch das Zeitportal gekommen sei, hätten ihn bestimmt die Tanu für ihre eigenen Zwecke versklavt.

Um seine Dankbarkeit auszudrücken, half Sugoll der Expedition. Die unterirdische Quelle der Donau entsprang ein kurzes Stück entfernt. Eine Bootsfahrt von nur einem Tag würde die Reisenden in den offenen Strom bringen, der so schnell und frei von Hindernissen dahinfloß, daß sie hoffen konnten, das Ries wenige Tage später zu erreichen.

Wieder machten sich die fünf Leute auf den Weg. Richard mit seinem Geschick als Navigator stellte fest, wann sie die ungefähre geographische Länge des Schiffsgrabs erreicht hatten. Am 22. September standen sie vor dem Krater, um dessen Rand dreiundvierzig Flugmaschinen der Fremden von dicken Schichten Staub und Schlingpflanzen bedeckt waren. Eine flüchtige Inspektion überzeugte Richard und Martha, daß die Maschinen tatsächlich gravo-magnetisch angetrieben wurden und denen des Galaktischen Milieus sehr ähnelten. Gesäubert und mit destilliertem Wasser als Brennstoff versorgt, mochte einer dieser tausend Jahre alten Vögel immer noch fliegen, wenn es nur gelang, die fremden Kontrollen zu entziffern.

Felice fand Lugonn – aber der goldene Ring lag nicht um den Hals des alten Helden. Vor Jahren war ein Ramapithecus in den geparkten Flieger eingedrungen, in dem Lugonn ruhte, und hatte das glitzernde Spielzeug gestohlen. Felice, von neuem enttäuscht, reagierte mit zerstörerischer Wut.

Richard und Martha, die auf der langen Expedition Liebende geworden waren, machten sich daran, einen Flieger und den photonenschleudernden Speer, der neben dem Skelett in seiner Rüstung gefunden wurde, zu reparieren. Die Zeit wurde gefährlich knapp, aber wenn auch nur noch ein Tag blieb, bevor der Waffenstillstand am ersten Oktober begann, würden sich die Firvulag den Geringen bei ihrem Angriff auf Finiah anschließen. Diese am Rhein gelegene Stadt war Quelle des Elements Barium, ohne das kein Ring irgendeiner Art hergestellt werden konnte.

Am 26. führte Richard einen erfolgreichen Testflug durch. Aber Marthas Leiden wurde wieder schlimmer, und der starke Blutverlust schwächte sie. Trotzdem schmiedeten sie und Richard Pläne, wie sie gemeinsam fliehen wollten, sobald er seinen Teil bei der Bombardierung Finiahs geleistet habe. Drei Tage später, in der Abenddämmerung des 29. September, landete der Flieger mit einsatzbereitem Speer bei den Verborgenen Quellen. Martha hatte das Bewußtsein verloren, und Amerie konnte es nur schleunigst mit Transfusionen versuchen und um ein Wunder beten.

Unten am westlichen Ufer des Rheins wartete eine Armee von Geringen in einem geheimen Lager gegenüber Finiah. Im Morgengrauen des 30. war der Stadt, die verschwenderisch mit funkelnden Lichtern illuminiert war, noch kein Schaden zugefügt. Häuptling Burke war mit mehreren Hundert freien Menschen, viele von ihnen mit Eisen bewaffnet, bereit. Die Firvulag-Armee unter Sharn dem Jüngeren stand – zwar immer noch skeptisch – ebenfalls unter Waffen und wollte an zwei Fronten vordringen, sollte es wirklich zu dem angekündigten Luftangriff kommen.

Richard manövrierte den Flieger in eine Position oberhalb der Tanu-Zitadelle. Die Maschine wurde durch Madame Guderians metapsychische Kräfte abgeschirmt. Die Photonenwaffe bediente der alte Paläontologe, der Erfahrung im Zerschneiden von Felsgestein hatte. Claude feuerte zweimal und fehlte, doch sein dritter Schuß brach die am Rhein gelegene Stadtmauer, so daß Geringe und eine große Truppe von Firvulag eindringen konnten. Von neuem wurde ein Ziel anvisiert, und der alte Mann zerstörte eine Mauer auf der anderen Seite der Stadt. Ayfa, Generalin der Krieger-Ogerinnen, führte eine zweite Welle gegenüber dem Hauptangriffspunkt in die Stadt. Claude wußte, daß der Speer nur noch wenig Energie hatte und daß er die strategisch wichtige Barium-Mine im Herzen Finiahs mit einem einzigen Treffer vernichten mußte.

Doch jetzt stieg von der Stadt ein Zug glühender Ritter auf Chalikos in die Luft. Velteyn und seine Fliegende Jagd hatten Madames Illusion durchdrungen und den Feind identifiziert. Der psychokreative Lord sandte Kugelblitze in die offene Luke der Flugmaschine. Claude duckte sich, feuerte und traf die Mine genau. Doch bevor Richard die Flucht gelang, taten die Kugeln aus Psycho-Energie ihr Werk: Claude wurde schwer verbrannt, Richard verlor ein Auge, und Madame lag auf dem Boden des qualmenden Flugdecks, umwallt von giftigen Dämpfen.

Halb verrückt vor Schmerz machte Richard bei den Verborgenen Quellen eine Bruchlandung. Zur gleichen Zeit gelang den vereinigten menschlichen und Firvulag-Streitkräften die Invasion Finiahs. Die Schlacht dauerte vierundzwanzig Stunden. Danach war die Barium-Mine zerstört, die Stadt lag in Trümmern, die Tanu-Bevölkerung war erschlagen oder geflohen, und die versklavten Menschen wurden vor eine Wahl gestellt, die einigen merkwürdig schwerfiel: Lebe frei oder stirb.

Richard erwachte im Dorf bei den Verborgenen Quellen und entdeckte Marthas in der Kapelle aufgebahrte Leiche. Im Gedanken an das Versprechen, das sie sich gegenseitig gegeben hatten, nahm er sie in seine Arme und stolperte zu dem immer noch funktionierenden Flieger. Madame und Claude würden sich wieder erholen, und zweifellos wollte die alte Frau ihren Feldzug zur Befreiung der Menschheit fortsetzen. Aber ohne Richard. Er hatte einen eigenen Plan. Er winkte Amerie einen Abschiedsgruß zu, brachte die gravo-magnetische Maschine in einen Orbit Tausende von Kilometern über der Erde des Pliozän und begann sein langes Warten.

Tief unter ihm trabte Felice durch den Wald auf das rauchende Finiah zu. Sie kam zu spät für die Schlacht, aber auf irgendeine Weise würde sie in der zerstörten Stadt einen goldenen Ring finden und ihr Gelübde erfüllen, die Tenu zu *erledigen*.

Die restlichen vier Mitglieder der Gruppe Grün lernten einen völlig anderen Aspekt des Vielfarbenen Landes kennen.

Sechs Wochen zuvor hatte der Tanu-Oberherr Creyn sein Chaliko bestiegen und die Festung verlassen. Mit einer ganz kleinen Eskorte von drei Soldaten führte er Elizabeth, Bryan, Aiken Drum, Stein, Sukey Davies und Raimo Hakkinen einen Pfad die Rhône entlang. Unterwegs erzählte der Tanu diesen privilegierten Gefangenen von dem wundervollen Leben, das sie erwartete. In der am Fluß gelegenen Stadt Roniah würden sie ein Schiff besteigen und nach einer Reise von fünf oder sechs Tagen in der Tanu-Hauptstadt Muriah eintreffen. Dort konnte Stein von den Wunden genesen, die er bei seinem Fluchtversuch empfangen hatte. Aiken, Raimo und Sukey würden lernen, ihre Metafunktionen zu benutzen, die durch ihre silbernen Ringe operant gemacht worden waren. Bryan sollte bei einem Kultur-Analyse-Projekt helfen, das der Tanu-König selbst in Gang gebracht hatte.

Und Elizabeth ... – sie durfte von allen das herrlichste Schicksal erwarten. Nie zuvor war ein echt operanter menschlicher Metapsychiker durch das Zeitportal in das Vielfarbene Land gekommen. (Das verhinderte ein Gesetz des Galaktischen Milieus.) Noch war Elizabeth Rekonvaleszentin, aber wenn sie wieder bei vollen Kräften war, würden ihre Fähigkeiten in der Fernwahrnehmung und der Redigierung die jedes Tanu-Großen weit übertreffen. Creyn, selbst ein guter Redakteur, war sich demütig bewußt, daß Elizabeths sondierende und heilende Talente seine eigenen verschwinden ließen. Elizabeth würde nicht an der üblichen Initiierung teilnehmen. Nein, sie sollte zu der Schiffsgattin gebracht werden, zu Brede, die Führerin und Wächterin beider fremder Rassen war.

Die Versprechungen des fremden Heilers erfüllten Elizabeth nur mit Furcht und Bestürzung. Es gab einen guten Grund dafür, warum das Galaktische Milieu es operanten Metapsychikern verbot, das Zeitportal zu durchschreiten. Im Milieu waren alle Personen mit großer mentaler Kraft – Menschen und Nichtmenschen – in einer sie mit Glück erfüllenden Einheit verbunden und unfähig jeder selbstsüchtigen

Handlung, die der Zivilisation Schaden zufügen mochte. Aber der Einheit beraubt ...

Elizabeth kam sich vor, als sei sie die einzige Erwachsene, die es in eine Welt der Kinder verschlagen hat – und dazu noch bösartiger Kinder, die versuchen würden, sie auszunutzen. Das durfte sie nicht zulassen.

Die Notwendigkeit, Sukey zu retten, riß Elizabeth aus ihrer Verzweiflung. Diese junge Frau, ebenfalls als Redakteurin begabt, hatte im Geist des bewußtlosen Stein herumgeschnüffelt. Als sie alte psychische Wunden entdeckte, versuchte die unerfahrene Sukey, sie zu heilen. Nur Elizabeths Eingreifen verhinderte, daß der schwer traumatisierte Wikinger den Verstand seiner Möchtegern-Heilerin bis zur Idiotie zermalmte. Elizabeth machte Sukey klar, daß sie sich vorerst nicht einmischen dürfe, und lehrte sie die richtigen Techniken, damit sie weder sich selbst noch den Mann, den sie zu lieben begann, Schaden zufügte. Noch ehe die Reise nach Süden beendet war, gelang es Sukey, Stein echte Erleichterung von mentalen Fehlleistungen zu bringen, die ihn seit seiner Kindheit gequält hatten. Stein wiederum gelobte sich ihr in telepathischem Kontakt an. Ihre Seelen, durch seinen grauen und ihren silbernen Ring im intimsten Modus verbunden, erkannten sich als Ehemann und Ehefrau. Eine solche Verbindung, hatte Creyn gewarnt, war Frauen mit Silberringen bei Gefahr der Todesstrafe verboten, aber die Liebenden hüteten ihr Geheimnis gut. Niemand außer Elizabeth erfuhr die Wahrheit.

Der Tunichtgut Aiken Drum reagierte völlig anders auf seine neuen Geisteskräfte und den verwirrenden Glanz des Vielfarbenen Landes. Er genoß beides in vollen Zügen. In Roniah wurde er zum Star eines ausschweifenden Festes und zum Liebling der unersättlichen Tanu-Frauen. Doch im weiteren Verlauf der Reise wurde offenbar, daß Aiken – allgemein anerkannt als Connecticut-Yankee an König Artus Hof, genialer Techniker, rückfälliger Verbrecher, Charmeur und Träger eines goldenen Anzugs mit hundert Taschen – völlig aus dem Rahmen üblicher latenter Metafunktionen fiel. Die mentalen Kräfte, die einundzwanzig Jahre lang während einer mit schlimmen Taten zugebrachten Jugendzeit in seinem

Schädel eingekerkert gewesen waren, besaßen ein unglaubliches Potential. Elizabeth erkannte das deutlich – und Creyn, wenn auch in beschränkterem Umfang, ebenfalls.

Das Boot mit den Reisenden erreichte nach einem fürchterlichen Rutsch über den ›la Glissade Formidable‹ genannten Wasserfall das prähistorische Mittelmeerbecken. Über seichte Lagunen ging es weiter zu der Tanu-Hauptstadt Muriah, die an der Spitze der Balearischen Halbinsel lag. Die meisten menschlichen Passagiere wurden immer furchtsamer, als sich die Reise ihrem Ende näherte. Nicht so Aiken Drum. Sein silberner Halsreif hatte nicht nur seine Metafunktionen freigesetzt, sondern auch eine psychische Lawine ausgelöst. Kontrollschaltungen, die normale menschliche Gehirne mühelos in Banden hielten, brannten unter Aikens mentalem Flammenstoß aus, und seine Kräfte, ungleich denen der sanften Elizabeth, waren völlig auf Aggression ausgerichtet. Hinter dem lächelnden Gesicht des jungen Mannes in seinem glänzenden goldenen Anzug versteckte sich eine Persönlichkeit, die zu gegebener Zeit versuchen mochte, sich zum Herrn nicht nur der fremden Rassen im Pliozän der Erde, sondern auch der Menschheit aufzuwerfen.

Hier beginnt der zweite Band, der Aiken, Elizabeth, Stein und Bryan am sechsten Tag nach dem Durchschreiten des Zeitportals in die Welt des Pliozäns begleitet.

Erster Teil

Die Mesalliance

1

Die Libelle, nichts als ein goldener Funke, schwebte genau über dem nackten Mast des bewegungslosen Bootes.

Nun kräuselte die erste Brise das Wasser mit Katzenpfötchen, und der Libellenmann schoß davon. Er stieg kraftvoll in den Himmel und hielt von neuem an. Das Boot unter ihm war zu einem einsamen Fleck inmitten einer pastellfarbenen Weite von seichten Lagunen und Salzebenen geworden, alles von perlfarbenem Nebel verschleiert.

Höher! Seine umgewandelten Schwingen hoben ihn dem Sonnenaufgang entgegen. Scharfe Facettenaugen, die den größten Teil seines Kopfes einnahmen, zeigten ihm entlang dem nördlichen Horizont den dunklen Wall des Kontinentalsockels. Der Rand Europas wurde nur von einer einzigen hochaufragenden Wolke unterbrochen. Sie gab die Stelle an, wo die Rhône sich über einen hohen Hang aus Sedimentgestein in das nahezu leere Mittelmeerbecken der Pliozän-Erde, das ›Leere Meer‹ genannt, stürzte.

Sollte er zum Festland hinüberfliegen? Seine Flügel hatten die Kraft, ihn in kurzen Sprints schneller als mit hundert Stundenkilometern zu tragen. Er wußte, es würde ihm leichtfallen, der Spur zu folgen, die das Boot am Vortag über das Wasser gezogen hatte. Aber er konnte auch ostwärts zu der aufgefalteten Masse Korsika-Sardinien fliegen, wo, wie Creyn gesagt hatte, keine Tanu lebten.

Er konnte jeden Ort aufsuchen, der ihm beliebte. Er war jetzt frei.

Verschwunden waren die mentalen Hemmungen, die der fremde Sklavenherr in seinen Halsring einprogrammiert hatte. Als er am Morgen erwachte, war dieser silberne Reif eher kalt als warm gewesen. Seine neuen geistigen Kräfte hatten die neuralen Schaltungen des psychokoerziblen Geräts überladen und nutzlos gemacht. Die latenten Fähigkeiten, die der Reif freigesetzt hatte, blieben operant. Und verstärkten sich noch.

Er ließ seinen Fernwahrnehmungssinn wandern, lauschte. Er empfing die langsamen Rhythmen der in dem Boot unter ihm schlafenden sieben Personen und weiter entfernt ein telepathisches Gemurmel von anderen Booten, die sich über die Große Lagune verteilten. Fern im Süden – er konzentrierte sich, bemühte sich ungeschickt um enge Bündelung – ballte sich ein mentaler Schimmer. Faszinierend! Konnte das die Tanu-Hauptstadt Muriah sein, das Ziel, auf das sie in den letzten fünf Tagen zugesteuert waren?

Wenn er rief, würde dann irgend jemand da unten antworten? Versuch es!

Die harte, helle Erwiderung war erschreckend in ihrem Eifer.

O glänzender Jungengeist wer?

Nun ... Das ist Aiken Drum.

Halt still, kleiner Geist, so fern und doch so glühend. Ah!

Nein. Laß das! –

Entzieh dich mir nicht, Leuchtender! Was kannst du sein?

Laß das, verdammt nochmal!

Geh nicht weg, *ich glaube, ich kenne dich ...*

Plötzlich erfaßte ihn eine noch nie erlebte Angst. Das ferne Unbekannte hielt ihn fest, kam irgendwie über seinen eigenen Gedankenstrahl zu ihm. Er riß sich aus dem Griff los und entdeckte zu spät, daß er fast seine gesamte Kraft brauchte, um die Verbindung zu trennen. Es gelang ihm, doch nun fiel er durch die Luft, und sein Libellenkörper verwandelte sich zurück in verwundbare Menschlichkeit. Wind pfiff in seinen Ohren. Er stürzte auf das Boot zu, schreiend mit Gedanken und Stimme, und erst einen knappen Augenblick vor Eintritt der Katastrophe konnte er die Kontrolle und die Insektengestalt zurückgewinnen. Zitternd vor Angst ließ er sich auf der Mastspitze nieder.

Die ausgestrahlte Panik hatte die anderen geweckt. Das Boot begann zu schaukeln und erzeugte konzentrische Wellen auf der blassen Lagune. Elizabeth und Creyn tauchten aus dem gedeckten Passagierabteil auf und starrten ihn an. Dann erschienen Raimo, einen Ausdruck von Begriffsstutzigkeit in dem nach oben gewandten Gesicht, der finsterblikkende Stein mit der besorgten kleinen Sukey, und Highjohn, der Skipper. Dieser brüllte: »Ich weiß, daß du das da oben bist, Aiken Drum! Gott helfe dir, wenn du mit deinen Streichen mein Boot beschädigt hast!«

Das Schimpfen des Bootsmannes brachte den letzten Passagier zum Vorschein, den reiflosen Anthropologen Bryan Grenfell, der in gereizter Stimmung war und nichts von den telepathischen Fragen mitbekam, die die anderen zu der Libelle hinaufschleuderten. »Muß das sein, daß das Boot so schaukelt?«

»Aiken, komm herunter!« sagte Creyn laut.

»Nicht ums Verrecken«, antwortete die Libelle. Mit summenden Flügeln bereitete sich das Insekt zur Flucht vor.

Der Tanu hob die schlanke Hand in einer ironischen Geste. »Dann flieg, du Narr! Aber mach dir vorher klar, was du wegwirfst. Es bedeutet keinen Unterschied, daß du dem Ring entronnen bist. Damit haben wir gerechnet. Zugeständnisse sind gemacht worden. Besondere Privilegien erwarten dich in Muriah.«

Ein zweifelndes Lachen. »*Davon* habe ich schon eine kleine Andeutung bekommen.«

»So?« meinte Creyn gleichmütig. »Wenn du deinen Verstand benutzt hättest, dann wäre dir bewußt, daß du von Mayvar nichts zu fürchten hast. Ganz im Gegenteil! Aber täusche dich nicht – auch ohne deinen silbernen Ring ist sie fähig, dich zu entdecken, du magst dich verbergen, wo du willst. Weglaufen wäre der größte Fehler, den du überhaupt begehen könntest. Da draußen gibt es nichts für dich, ganz allein. Deine Erfüllung findest du bei uns, in Muriah. Jetzt komm herunter! Es ist Zeit, daß wir unsere Reise fortsetzen. Wir müßten heute abend die Hauptstadt erreichen, und dann kannst du selbst beurteilen, ob ich die Wahrheit gesagt habe oder nicht.«

Der hochgewachsene Fremde kehrte abrupt in das Passagierabteil zurück. Die kleine Gruppe von Menschen blieb gaffend auf Deck.

»Oh – zum Teufel, was soll's?« sagte die Libelle.

Sie spiralte nach unten, landete vor den Füßen des Skippers und wurde zu einem kleinen Mann in einem Kostüm aus Goldstoff, das ganz mit Taschen besetzt war. Aiken

Drum, der sein Selbstbewußtsein völlig zurückgewonnen hatte, zeigte sein Kaspergrinsen.

»Vielleicht *will* ich noch eine Weile bleiben. So lange, wie es mir gefällt.«

An diesem Abend, als die Menge der Tanu-Reiter an die Küste von Aven kam, um das Boot zu empfangen, konnte Bryan nur den einzigen Gedanken fassen, daß Mercy hier irgendwo unter der exotischen Kavalkade stecken mochte. Und so rannte er von einer Seite des Boots zur anderen, während ein Zug von zwanzig kräftigen Helladotherien, die riesigen Okapis ähnelten, vor das Fahrzeug gespannt wurde, um es die lange Rollenstraße nach Muriah entlangzuziehen. Der Halbmond schien hell. Etwa einen Kilometer oberhalb der Landestelle, die auf einer von verwitterten Massen gestreifter Evaporiten umgebenen Salzebene lag, glitzerte die Tanu-Hauptstadt auf dem Gipfel der dunklen Halbinsel wie eine vom Himmel gefallene Galaxis.

»Mercy!« rief Bryan. »Mercy, ich bin hier!«

Mit den großen Aliens ritt eine Anzahl von menschlichen Männern und Frauen, wie sie entweder in facettierte und mit Dornen besetzte Glasrüstungen oder in Gazeroben mit reichem Juwelenschmuck gekleidet. Die Reiter lachten über Bryan und ignorierten die Fragen, mit denen er den Tumult bei der Landung zu übertönen versuchte.

So viele der menschlichen Frauen hoch auf den großen Chalikos schienen kastanienbraunes Haar zu haben! Immer wieder mühte Bryan sich, eine, die es hätte sein können, genauer zu betrachten. Aber immer, wenn die schöne Reiterin näherkam, war sie nicht Mercy Lamballe – und sah ihr nicht einmal ähnlich.

Aiken Drum stand auf einem der Bootssitze in der Haltung einer vergoldeten Marionette und rief neckende oder herausfordernde Bemerkungen, die unter den Aliens Heiterkeit erregten und den Lärm verstärkten. Der finno-kanadische Holzfachmann Raimo Hakkinen hing über dem pneumatischen Dollbord, küßte die ihm dargebotenen Hände der Damen und trank den Männern mit seinem Silberflakon zu. Im Gegensatz zu ihm saß Stein Oleson hinten im Schatten und hatte einen massigen Arm schützend um Sukey gelegt. Beide waren voller Argwohn.

Skipper Highjohn stellte sich neben Bryan in den Bug. Er befühlte den grauen Ring um seinen Hals und lachte laut heraus. »Wir können jetzt jede Minute an Land gehen, Bryan. Welch ein Empfang! So etwas habe ich noch nie erlebt. Sehen Sie sich nur unseren ulkigen kleinen goldenen Freund da oben an! Es wird denen schwerfallen, ihn zu zähmen – wenn es überhaupt je gelingt!«

Bryan blickte ausdruckslos in das lächelnde braune Gesicht. »Was? Es – es tut mir leid, Johnny. Ich habe nicht zugehört. Ich glaubte – jemanden zu sehen. Eine Frau, die ich einmal kannte.«

Mit freundlicher Festigkeit drückte der Bootsmann den Anthropologen auf eine der Bänke nieder. Fuhrleute peitschten die Helladen, und das Boot begann zu rollen, begleitet von Hochrufen und glockenlautem Dröhnen der Reiter, unter denen einige mit ihren glühenden Schwertern auf die edelsteinbesetzten Schilde schlugen. Aus beinahe hundert Kehlen und Gehirnen stieg das Tanu-Lied auf, dessen Melodie Bryan so seltsam bekannt vorkam, obwohl der Text fremd war:

Li gan nol po'kône niési,
'Kône o lan li pred néar,
U taynel compri la neyn,
Ni blepan algar dedône.
Shompri pône, a gabrinel,
Shal u car metan presi,
Nar metan u bor taynel o pogekône,
Car metan sed gône mori.

Bryans Finger krallten sich in die Spritzschutzplane. Die Reiter in ihren phantastischen Rüstungen umschwärmten den Treidelpfad, während das Boot einen langen Hang hinaufgezogen wurde. So nahe der salzigen Lagune gab es keine Vegetation, aber erodierte Klumpen und Säulen aus Mineralien ragten in den schwankenden Schatten wie die Ruinen eines Elfenpalastes auf. Der Zug kam in eine Senke zwischen steilen Klippen, und das leuchtende Muriah geriet außer

Sicht. Das von Helladen gezogene Boot mit seiner märchenhaften Eskorte schien sich auf eine schwarze Tunnelmündung, flankiert von großen, gebrochenen Cherubim, zuzubewegen. Das Lied hallte von überhängenden Wänden wider.

In Bryan stieg eine alte Erinnerung auf. Eine Höhle – tief und dunkel – und etwas Geliebtes, das da drin verlorengegangen war. Er war ein kleiner Junge, und es war sechs Millionen Jahre in der Zukunft, in England, in den Mendip Hills, wo die Familie ein Häuschen besaß. Und Cinders, sein Kätzchen, war fortgelaufen, und er hatte es drei Tage lang gesucht. Schließlich geriet er zufällig an den Eingang der kleinen Höhle, kaum groß genug, daß sich sein achtjähriger Körper hindurchzwängen konnte. Er hatte dagestanden und das stinkende schwarze Loch länger als eine Stunde angestarrt. Er wußte, er sollte die Höhle durchsuchen, aber der Gedanke entsetzte ihn.

Am Ende hatte er eine kleine elektrische Taschenlampe genommen und war hineingekrochen. Der Gang wand sich und fiel nach unten ab. Zerkratzt von scharfen Steinen und beinahe atemlos vor Angst war er weitergerutscht. Der Gestank nach Fledermauskot war fürchterlich. Alles Tageslicht verschwand hinter einer Biegung des sich verengenden Gangs, und dann öffnete sich ein Riß in eine tiefe Höhle, zu groß, als daß er sie mit seiner kleinen Taschenlampe hätte erhellen können. Er richtete den Strahl nach unten und erkannte keinen Boden. »Cinders!« rief er, und seine Jungenstimme wurde in gebrochenen Klagelauten zurückgeworfen. Ein gräßliches Rascheln und ein schwaches Quietschen waren zu hören. Von dem Höhlendach hoch oben senkte sich ein Nebel aus stechendem Fledermaus-Urin auf ihn herab.

Hustend und würgend versuchte er sich umzudrehen, aber der Spalt war zu eng. Es blieb ihm nichts anderes übrig, als auf dem Bauch hinauszukriechen. Tränen strömten ihm über die Wangen. Jeden Augenblick konnte ihm eine Fledermaus ins Gesicht fliegen und ihm die Zähne in Nase und Lippen und Wangen und Ohren schlagen.

Er ließ die Taschenlampe liegen. Vielleicht verscheuchte das Licht die Tiere. Zentimeter für Zentimeter schob er sich über rauhe Steine rückwärts und schürfte sich Knie und Ellbogen auf. Der Gang wollte kein Ende nehmen! Er war bereits viel länger, als er auf dem Hinweg gewesen war! Und er war auch enger geworden und quetschte ihn mit unvorstellbaren Tonnen schwarzen Gesteins, bis er dachte, ihm werde das Leben ausgedrückt ...

Er gelangte hinaus.

Sogar zum Schluchzen zu schwach, hatte er dagelegen, bis die Sonne unterging. Endlich war er imstande, aufzustehen und nach Hause zu taumeln, und da fand er Cinders, die im Hintergarten eine Untertasse mit Sahne leerschleckte. Die grauenhafte Reise in die Höhle war umsonst gewesen.

»Ich hasse dich!« hatte er geschrien, woraufhin seine Mutter herbeistürzte. Aber als sie ihn erreichte, drückte er das schwarze Kätzchen an seine verletzte und schmutzige Wange und streichelte es, und Cinders' Schnurren half, sein hämmerndes Herz zu beruhigen.

Cinders hatte noch fünfzehn Jahre gelebt, fett und zufrieden, während Bryans jungenhafte Liebe für das Tier sich zu einer vagen Zärtlichkeit verflüchtigte. Aber der Schrecken des verlorenen geliebten Wesens, die Angst und die Welle von Haß, als er am Ende erkannte, daß seine Tapferkeit verschwendet worden war, das war ihm fürs ganze Leben geblieben. Und jetzt trat er wieder in eine Höhle ein ...

Die freundliche Stimme des Skippers holte ihn in die Wirklichkeit zurück. »Die Dame, die Sie suchen. Hat man Ihnen gesagt, sie sei hier unten in Muriah?«

»Ein Befrager in der Torburg erkannte ihr Bild. Er sagte, sie sei hierher geschickt worden. Creyn deutete an, wenn ich auf meinem Fachgebiet mit den hiesigen Behörden zusammenarbeitete, würden sie und ich uns – begegnen.«

Er zögerte nur einen Augenblick, bevor er seine Brusttasche aufknöpfte und das Durofilmblatt herausholte. Highjohn starrte Mercys selbstleuchtendes Porträt an.

»Welch ein schönes, wehmütiges Gesicht! Ich weiß nicht, wo sie sich *hier* befindet, Bry, aber ich bin auch die meiste Zeit auf dem Fluß. Gott weiß, ich könnte sie nie vergessen, wenn ich sie je gesehen hätte. Diese Augen! – Sie armer Teufel.«

»Das können Sie ruhig zweimal sagen, Johnny.«

»Warum ist sie hergekommen?« fragte der Skipper.

»Ich weiß es nicht. Lächerlich, nicht wahr, Johnny? Ich habe sie nur einen einzigen Tag lang gekannt. Und dann mußte ich sie wegen einer Arbeit, die wichtig zu sein schien, verlassen. Als ich zurückkam, war sie fort. Ich konnte ihr nur noch folgen. Eine andere Wahl hatte ich nicht. Verstehen Sie das?«

»Sicher, Bryan. Ich verstehe. Meine eigenen Gründe waren nicht viel anders. Nur daß niemand auf mich wartete ... Aber da ist etwas, womit Sie rechnen müssen, wenn Sie sie finden. Sie wird verändert sein.«

»Sie war eine Latente. Man wird ihr einen silbernen Halsreif gegeben haben. Darauf bin ich gefaßt.«

Der große Flußschiffer schüttelte langsam den Kopf. Wieder berührte er sein eigenes graues Halsband. »Es geht nicht nur darum, daß ein Latenter operant wird – obwohl Gott weiß, es hat seine Risiken, wenn einer ganz plötzlich Metafähigkeiten erwirbt. So habe ich es jedenfalls gehört. Aber schon wir Grauen – die wir keine nennenswerten Metafunktionen bekommen – gewinnen durch diesen Ring etwas Phantastisches. Etwas, das wir nie zuvor besessen haben.« Er schürzte seine dünnen, violetten Lippen, und dann verlangte er: »Hören Sie, Mann! Was hören Sie?«

»Sie singen ein Lied in ihrer Tanu-Sprache.«

»Und Ihnen bedeuten die Worte gar nichts. Aber uns, die wir einen Ring tragen, sagt das Lied ›gut-gemacht‹ und ›fürchtet-nichts‹ und ›dies-ist-es‹ und ›wir-ihr-uns‹! Wenn ein menschliches Wesen Teil der Ring-Gesellschaft wird, gewinnt es eine ganz neue Bewußtseinsebene. Sogar wir Grauen ohne operante Metafunktionen können daran teilnehmen. Es ist mehr als Telepathie – obwohl das ein Teil davon ist. Es ist eine ganz neue Art gesellschaftlichen Umgangs, diese Intimität von Geist zu Geist. Zum Teufel, wie soll ich es erklären? Als ob man Mitglied einer Art Superfamilie wäre. Man weiß, man gehört zu dieser großen Sache, die ständig weiterrollt und einen mitnimmt. Man wird nie mehr in seinem Schmerz allein sein. Niemals draußen stehen. Niemals zurückgestoßen werden. Immer, wenn man Kraft oder Trost braucht, kann man aus der kollektiven *Quelle* schöpfen. Es erdrückt einen nicht, weil man so viel oder so wenig nehmen kann, wie es einem gefällt – nun ja, mit gewissen Einschränkungen, falls man kein Goldträger ist. Man gehorcht Befehlen, wie beim Militär ... Aber was ich Ihnen klarzumachen versuche, ist, daß das Tragen dieser Dinger einen Menschen tief in seinem Inneren verändert. Es geschieht nicht auf der Stelle, aber es geschieht. Während man den Ring trägt, wird man erzogen, ob man will oder nicht. Ihre Dame wird eine andere Frau sein als die, an die Sie sich erinnern.«

»Vielleicht will sie mich nicht. Ist es das, worauf Sie mich vorbereiten möchten?«

»Ich kenne sie nicht, Bry. Die Leute reagieren in unterschiedlicher Weise auf die Ringe. Manche blühen auf. Die meisten.«

Der Anthropologe vermied es, dem Skipper in die dunklen Augen zu sehen. »Und manche nicht. Ich verstehe. Was geschieht mit den Versagern?«

»Unter uns Grauen gibt es nicht viele. Die Tanu haben eine ganze Batterie von Tests ausgearbeitet, mit denen sie Personen, bei denen es nicht klappen wird, aussortieren. Menschliche Psychotechniker, die unter Lord Gomnol arbeiten, geben sich viel Mühe, daß kein normaler Mensch einen grauen Ring bekommt, wenn sein oder ihr PS-Profil nicht zeigt, daß das Gerät eine im allgemeinen günstige Wirkung auf das Individuum hat. Sie möchten die Ringe nicht *verschwenden*, weil sie nicht leicht herzustellen sind. Zeigen die Tests, daß einer ein Individualist ist und wahrscheinlich ausflippt, wenn man ihn nicht in seinem eigenen unabhängigen Saft kochen läßt, bekommt er keinen grauen Ring. Sie koerzieren ihn auf konventionellere Weise, um ein produktives Mitglied ihrer Gesellschaft aus ihm zu machen – oder sie geben auf und werfen ihn auf den Müll. Aber die wirklichen Gewinner hier im Exil sind die Ringträger. Die Tanu wissen, sie können uns vertrauen, weil sie unsere Gedanken teilen und unsere Belohnungen kontrollieren. So erlaubt man uns, verantwortliche Stellungen einzunehmen. Sehen Sie mich an! Tanu sind lausige Schwimmer. Aber ich habe schon Mitglieder der Hohen Tafel, der obersten Tanu-Behörde, in meinem Boot gefahren.«

»Und das sicher ohne jeden unbotmäßigen Gedanken.«

»Okay, lachen Sie nur! Aber ich würde nie etwas tun, das das Leben der Fremden in Gefahr brächte, und das wissen sie. Es wäre unvorstellbar!«

»Aber Sie sind nicht frei.«

»Niemand ist jemals frei«, behauptete der Skipper. »War ich im Milieu etwa eine gottverdammte Lilie auf dem Felde, als ich mein Shuttle auf Tallahatchie hatte und Lee mich so eifersüchtig machte, daß ich fast den Verstand verlor? Hier in dieser Welt, mit diesem Ring gehorche ich Tanu-Befehlen. Und dafür bekomme ich meinen Anteil von der Art geistiger Freuden, die in unserm zweiundzwanzigsten Jahrhundert nur die Metapsychiker kannten. Es ist, als sehe man mit tausend Augen. Oder man genieße gleichzeitig mit tausend Körpern. Ich kann nicht beschreiben, wie das ist. Ich bin kein Dichter. Und auch kein Psychologe.«

»Langsam verstehe ich, Johnny. In den Ringen steckt bestimmt mehr, als ich anfangs dachte.«

»Sie machen das Leben für Leute, die sie vertragen, viel leichter. Denken Sie nur mal an die Sprache. In unserm Milieu wußten die fremden Soziologen, wie wichtig es für jede einzelne Rasse ist, eine einzige Sprache zu haben. Deshalb mußten wir Menschen ja die Bedingung erfüllen, monolingual zu werden, wenn wir ins Milieu aufgenommen werden wollten – und Standard-Englisch siegte auf der ganzen Linie. Aber mit dieser mentalen Sprache ist jedes verbale Mißverständnis unmöglich! Wenn man von den Gedanken einer anderen Person angesprochen wird, weiß man genau, was die Botschaft ist.«

Halb zu sich selbst murmelte Bryan: »Barbarisch. Das ist der Grund, warum das Milieu den Metas so strenge Beschränkungen auferlegt. Besonders den *menschlichen* Metas.«

»Was Sie damit meinen, verstehe ich nicht, Bry. Sehen Sie wohl? Wenn Sie einen Ring trügen, wüßte ich genau, was Sie auszudrücken versuchen.«

»Vergessen Sie's, Johnny. Da hat nur mein Zynismus seine Fänge gezeigt.«

»In meinen Augen ist die mentale Einheit ideal. Aber ich bin auch nur ein dummer Seemann, dessen Liebste zu einem anderen gegangen ist. Wenn wir beide uns jedoch von Anfang an richtig verstanden hätten ... ach, zum Teufel damit! Jetzt gibt es Tausende von Leuten, die mich lieben. Sozusagen.«

Der Skipper winkte der Prozession von Reitern zu. Fast alle winkten sofort zurück. Bryan war, als griffe eine kalte Hand in seine Eingeweide.

»Johnny?«

Der Skipper erwachte aus seiner Träumerei. »Hm?«

»Nicht alle Zeitreisenden werden auf Psychokompatibilität getestet, bevor sie einen Ring erhalten. Stein ist nicht getestet worden. Sie beringten ihn, als er zur Gefahr wurde.«

Highjohn zuckte die Achseln. »Sie können sich den Grund denken. Der Ring kann auch benutzt werden, um rebellische Leute kurz- oder langfristig zu unterwerfen. Da Ihr Kamerad immer noch bei uns ist, vermute ich, daß sie etwas mit ihm vorhaben. Bestimmte Typen – Ärzte und einige andere Spezialisten, die selten durch das Zeitportal kommen – werden ebenfalls ohne weiteres beringt. Wichtige Berufe.«

»Und die latenten Metapsychiker – Menschen wie Aiken und Sukey und Raimo? Sie bekamen offensichtlich sofort einen Silberreif umgelegt, als ihre latenten Eigenschaften entdeckt wurden, ohne Rücksicht darauf, ob es unglückliche Folgen haben könnte.«

»Nun, die Silbernen sind ein spezieller Fall«, räumte Highjohn ein. »Da ist die Sache mit den Genen.«

Bryan sah ihn an.

»Die Tanu benutzen menschliche Frauen für ihr Zuchtprogramm, Bry. Auch einige menschliche Männer. Normale, Latente, beide Sorten. Aber die Latenten sind für sie die wertvollsten. Genaues weiß ich darüber nicht, aber irgendwie haben sie sich ausgerechnet, die ganze Tanu-Rasse werde schneller operant, wenn sie menschliche latente Gene in ihren Pool aufnehmen. Sie wissen schon ... so wie die menschliche Rasse im Milieu operant wird.«

»Aber die Tanu sind mit ihren goldenen Ringen doch jetzt schon operant!«

»In Grenzen, Mann, in Grenzen! Sogar der beste von ihnen kann sich mit Metas der Meisterklasse im Milieu nicht messen. Und unseren Großmeistern können sie nicht das Wasser reichen. Nein – sie haben in dem Meta-Spiel noch einen weiten Weg vor sich. Dieser Zuchtplan soll ihn allerdings verkürzen. Die Tanu sind große Plänemacher. Ränkeschmieden und Kämpfen sind ihre liebsten Sportarten – dicht gefolgt von Bumsen, Trinken und Fressen. Der Gen-Plan ist nur eins der Mittel, mit denen sie ihren Vorteil über die Firvulag zementieren wollen. Sie wissen Bescheid über die Kleinen Leute, nicht wahr? Rassenbrüder der Tanu. Operant ohne Ring – aber meistens nur im Erzeugen von Illusionen, in der Kreativität und ein bißchen im Fernspüren. Firvulag-Gene sind unter den Tanu stark rezessiv, so daß Tanu-Mütter immer wieder einmal ein Firvulag-Kind bekommen. Und die kleinen Gnome sind körperlich zäher und vermehren sich viel schneller als die Tanu. Wenn die Tanu also die Herrschaft über das Exil behalten wollen, ist ihnen ihr Weg vorgezeichnet.«

»Ich fange an, die Situation zu begreifen«, sagte Bryan. »Aber kommen wir auf die Silberringe zurück. Wenn Latente ohne Unterschied beringt werden, müssen einige von ihnen unter der neuralen Spannung zusammenbrechen.«

»Natürlich. Einige werden wahnsinnig. Das kann jede Art von Ring bewirken, wenn die Persönlichkeit des Trägers grundlegend inkompatibel ist. Sogar unter den reinen Tanu gibt es Versager. ›Schwarzringe‹ nennen sie sie. Doch selbst wenn ein Silberner überschnappt, versuchen die Tanu, seine Gene zu retten. Bei einer Frau löschen sie das Bewußtsein und benutzen ihren Körper als Zuchtmaterial, bis er zusammenbricht. Ist es den Heilern nicht möglich, ihn wiederherzustellen, können die Eierstöcke auf Ramas übertragen werden. Das klappt nicht oft, weil diese Fremden eine primitive Reprotechnologie haben – aber jedenfalls versuchen sie es.«

»Und die männlichen Versager mit Silberringen?«

»Sperma ist leicht aufzubewahren. Und was den übergeschnappten Eigentümer betrifft ... nun, da gibt es immer noch die Jagd. Oder die Menschenopfer.«

»Von der Jagd weiß ich.« Bryan blickte grimmig drein. »Aber das mit den Menschenopfern ist mir neu. Wie geht das vor sich?«

»Es ist mehr wie eine rituelle Hinrichtung von Verbrechern und hoffnungslos ungeeigneten Personen. Ich habe immer geglaubt, bei so einer Sache müsse das Opfer edlen oder reinen Blutes oder so etwas sein. Nun, diese Art von ritueller Tötung haben die Tanu auch, aber nur alle Jubeljahre einmal – zum Beispiel, wenn ein neuer König oder eine neue Königin gekrönt wird. Aber die regulären Menschenopfer finden zweimal im Jahr statt. Zum Schluß des Großen Wettstreits Anfang November und beim Großen Liebesfest im Mai. Es ist sozusagen ein Großreinemachen der Gefängnisse und Gummizellen. Barbarisch nach Milieu-Begriffen, aber keine ganz schlechte Idee, wenn man es sich recht überlegt.«

Lies bloß meine Gedanken nicht, Johnny! dachte Bryan. Laut sagte er: »Wie werden menschliche Silberne zu Goldenen?«

Der Skipper lachte im tiefsten Baß. »Auf diese oder auf jene Art. Ihr unheimlicher kleiner Kamerad ist ein Kandidat erster Klasse!«

Bryan fehlten die Worte. Ja, Aiken mochte sehr gut in diese wahnsinnige Welt wunderbarer Kräfte und abstoßender Barbarei passen. Doch wie paßte Mercy, ängstlich und wunderlich, hinein?

Der große Creyn, dessen rot und weiße Robe sich im Wind bauschte, kam nach vorn, gefolgt von Elizabeth. »Wir sind beinahe da, Bryan. Sie können den Palast des Hochkönigs jetzt sehen – dieser Komplex mit den Streifen goldenen Lichts und den Hunderten von hellen Lampen über der ganzen Fassade. Dort endet unsere Reise. Nachdem wir uns ein paar Stunden ausgeruht haben, wird es ein Festessen zu Ehren von euch Neuankömmlingen geben. König Thagdal und Königin Nontusvel werden selbst anwesend sein, um euch willkommen zu heißen.«

»Wird für alle Neuankömmlinge ein so großartiger Empfang veranstaltet?« erkundigte sich Elizabeth. Halb hinter dem hochgewachsenen Tanu versteckt, war sie in ihrem Jumpsuit aus rotem Denim eigentlich eine unauffällige Figur.

»Nicht für alle.« Creyn lächelte auf sie herab. »Deine Ankunft ist eine ganz besondere Gelegenheit. Es war eine Ehre für mich, dich zu begleiten. Ich hoffe, später mit dir im Redaktionshaus zusammenarbeiten zu können.«

Mit einem Schlag war Bryan alles klar. Natürlich. Die herrliche Eskorte war in Wirklichkeit gekommen, um einen Blick auf *Elizabeth* zu werfen! Und das Bankett, an dem der König und die Königin teilnahmen, fand in erster Linie für sie statt. Welchen unbezahlbaren Fang hatten die fremden Zeitfischer in dieser ruhigen, niedergeschlagenen Frau mit den unergründlichen mentalen Kräften gemacht! Und was für neue Pläne die Genetiker ausbrüten mußten! Arme Elizabeth. Bryan fragte sich, ob sie sich schon klar darüber war, welche Art Versuchung die Tanu ihr bestimmt anbieten würden und ob sie die tödliche Gefahr erkannte, die ihr drohte, wenn sie ihre Mitarbeit verweigerte ...

Creyn fuhr fort, ihnen beiden besondere Merkmale der Hauptstadt zu zeigen. »Das größte Gebäude, das mit den hohen Türmen und den facettierten Balken ist das Hauptquartier der fünf großen Mentalen Gilden. Sie können sie sich als metapsychische Clans vorstellen – denn die Mitglieder sind eher durch familiäre als durch berufliche Beziehungen miteinander verbunden. Die violetten und bernsteinfarbenen Lichter schmücken die Halle der Fernsprecher, deren Vorsitzende die Ehrwürdige Lady Mayvar Königsmacherin ist. Die Gilde der Kreatoren beleuchtet ihr Hauptquartier in Aquamarin und Weiß. Gegenwärtig wird diese Gruppe von Lord Aluteyn Handwerksmeister geführt. Doch er wurde vor kurzem herausgefordert, und es mag einen Wechsel geben, nachdem die Manifestationen der Kraft beim Großen Wettstreit stattgefunden haben. Die blauen und bernsteinfarbenen Lichter symbolisieren die Koerzierer-Gilde, deren Haupt Sebi-Gomnol, ein menschlicher Goldringträger, ist. Hinter diesem Komplex erhebt sich das Heim der Psyhokinetiker, der Beweger und Erschütterer, die von Lord Nodonn Schlachtenmeister geführt werden. Er hält sich zur Zeit in seiner Heimatstadt Goriah auf. Die heraldischen Farben der PK-Gilde sind Rosa und Bernstein.«

»Und die deiner eigenen Verbindung?« fragte Elizabeth.

»Die Gilde der Redakteure hat ihr Hauptquartier außerhalb der Stadt, auf der südlichen Flanke des Berges der Heroen.

Die Illumination in Weiß und Rot ist von dieser Seite der Halbinsel aus nicht zu sehen. Oberster unserer Gilde ist Lord Dionket, Chefheiler der Tanu.«

Eine kleine Gestalt in einem Anzug aus Metallgewebe schlenderte nach vorn. Aiken Drum lüftete seinen Hut und verbeugte sich. Das Fackellicht warf Schatten auf sein grinsendes Gesicht und machte es maskenartig.

»Ich konnte nicht umhin zu horchen, Chef. Wie kommt es, daß ein menschliches Wesen – dieser Gumball oder wie sein Name lautet – bis an die Spitze einer eurer großen Korporationen vorgerückt ist?«

Creyns Antwort klang kalt. »Lord Sebi-Gomnol ist eine Person mit außergewöhnlichen Talenten – sowohl metapsychischer als auch wissenschaftlicher Art. Wenn du ihn kennengelernt hast, wirst du verstehen, warum er bei uns in so hoher Achtung steht.«

»Wie hat er seinen Goldring bekommen?« bohrte Aiken.

Sogar Bryan nahm den Stimmungsumschwung wahr, der von dem fremden Heiler ausströmte. »Das solltest du besser von seinen eigenen Lippen hören.«

Aiken lachte bösartig. »Ich kann es kaum erwarten. Dieser Old Gummiball scheint mir ein Bursche zu sein, der sogar *mir* noch ein paar Tips geben könnte!«

Du wirst uns verlassen, Aiken Drum.

Ganz wie du befiehlst, Chef!

Elizabeth sandte dem Rücken des jungen Hanswursts ein Stirnrunzeln nach. Diese interessante Verwicklung zu analysieren, würde einige geduldige Arbeit erfordern. Sie hoffte, Lord Gomnol werde bei dem Festessen anwesend sein.

Bryan fragte: »Dann sind die anderen Gebäude in der Stadt Privathäuser?«

»Durchaus nicht«, antwortete Creyn. »Muriah ist eine Arbeitsstadt. Die hier wohnenden Personen sind hauptsächlich mit der Verwaltung unseres Vielfarbenen Landes befaßt. Unsere Bildungsstätten befinden sich hier und noch einige andere wichtige Institutionen. Aber Sie werden entdecken, Bryan, daß wir in diesen Sachen längst nicht so formell sind wie Ihr Galaktisches Milieu sechs Millionen Jahre in der Zukunft. Wir haben eine kleine Einwohnerzahl in unserm

GIUSEPPE·MANGONI

Hochkönigreich und eine ziemlich einfache Kultur. Viele Regierungsangelegenheiten werden auf familiäre Art erledigt. Man wird Sie auffordern, die soziale Struktur ja recht genau zu studieren. Es gibt Dinge, die Sie uns über uns selbst erzählen müssen.«

Der Anthropologe neigte den Kopf. »Es wird ein faszinierendes Projekt werden. Mir fällt keine Milieu-Kultur ein, die der Ihren auch nur entfernt ähnlich wäre.«

Das Boot wurde jetzt zu einem quasi-babylonischen Gebäude aus weißem Stein hinaufgezogen, üppig dekoriert mit blühenden Pflanzen, die von treppenförmigen, mit Lampen besetzten Balkonen niederhingen. Der Portikus des Palastes lag an einer Spur der Rollenstraße. Es waren keine menschlichen Müßiggänger da, die sich das Schauspiel hätten ansehen wollen, aber eine große Gruppe livrierter menschlicher Diener hielt sich bereit, außerdem vierzig oder fünfzig kleine Ramas, gekleidet in weiße Wappenmäntelchen mit dem stilisierten goldenen Männergesicht, dem Emblem des Souveräns. Das Boot kam zum Halten, und die Eskorte ritt halbwegs eine Treppe mit niedrigen Stufen hinauf, die zum Eingangstor des Palastes führte. Die Reiter saßen gerade im Sattel, hoben ihre Fackeln hoch und formierten sich wie eine Ehrengarde.

Ein Gong dröhnte, Fanfaren schmetterten. Eine stattliche Tanu-Frau, ganz in Silber gekleidet und geleitet von menschlichen Soldaten in Silberrüstungen, trat an den Kopf der Treppe. Sie streckte beide Arme nach den Reisenden in dem Boot aus und sang eine Strophe in der Tanu-Sprache. Die Reiter respondierten im Chor mit voller Lungenkraft.

Creyn übersetzte: »Die Hohe Dame Eadone, Dekan der Gilden und älteste Tochter des Thagdal, grüßt euch. Elizabeth wird antworten.«

Skipper Highjohn war eifrig damit beschäftigt gewesen, mittschiffs eine Gangway hinauszukurbeln, die sich auf die unterste Stufe niedersenkte. Er winkte Elizabeth und streckte eine große braune Hand aus, um ihr beim Aussteigen zu helfen.

Plötzlich trat Stille ein. Der frische Abendwind zerrte an den Lanzenfähnchen, den Capes und Gewändern der Chaliko-Reiter. Elizabeth in ihrem einfachen roten Anzug sah verloren aus inmitten des Prunks, aber ihre physische und mentale Stimme war fest und ebenso eindrucksvoll wie die der Königstochter.

Sie sagte einen Satz in der Tanu-Sprache und wiederholte ihn auf englisch: »Wir danken euch, daß ihr uns in dieser schönen Stadt willkommen heißt. Wir sind beeindruckt von dem Glanz und dem Reichtum eures Vielfarbenen Landes, das sich so sehr von der primitiven Welt, die wir sechs Millionen Jahre vor unserer Zeit erwarteten, unterscheidet. Wir grüßen euch mit allem guten Willen. Wir hoffen, ihr werdet Geduld mit uns haben, wenn wir eure Sitten lernen. Und wir beten, daß bis ans Ende der Welt Frieden zwischen unseren beiden Rassen herrschen wird.«

Wumm! machten die Trommeln und Zimbeln. Das ordentliche Bild löste sich zum Jahrmarktstreiben auf. Chaliko-Reiter galoppierten die Stufen hinauf und herunter, rufend, lachend und singend. Nach einem kurzen Nicken für Elizabeth verschwand Lady Eadone im Palast. Diener und Ramas eilten herbei, um den Zeitreisenden zu helfen und ihr Gepäck einzusammeln.

Elizabeth kehrte schnell ins Boot zurück, bevor die wilde Menge sie verschlucken konnte. Beunruhigt, alle Barrieren gegen die mentale Kakophonie geschlossen, ging sie nach vorn, denn sie wollte Skipper Highjohn Lebewohl sagen.

Bryan war da. Er lehnte am Türrahmen des Ruderhauses, und sein Gesicht zeigte Entsetzen.

Creyn ging an Elizabeth vorbei und lächelte. »Es ist alles in Ordnung. Highjohn hat auf der Reise so ausgezeichnete Arbeit geleistet, daß ich ihm seine Belohnung sofort gegeben habe.« Der Redakteur betrat die Gangway und tauchte in der Menge unter.

Elizabeth stellte sich neben Bryan und blickte in das Ruderhaus. Der Bootsmann lag auf dem Deck neben dem Steuerungsgehäuse. Seine alte Kappe der US-Navy war ihm vom Kopf gefallen. Die Augen waren hinaufgerollt, so daß nur das Weiße sichtbar war. Speichelströme rannen von seinem offenen Mund in den graugesprenkelten schwarzen Bart. Der graue Ring war schleimig von Schweiß. Highjohns Hände kratzten über das Deck, seine Schultern krümmten sich, und seine Hüften stemmten sich immer wieder in konvulsivischen Zuckungen hoch.

Er stöhnte vor Ekstase.

Bryan flüsterte: »Sind sie es alle, die das mit dir treiben, Johnny? Heilen sie alle deine Einsamkeit?«

Mit sanfter Festigkeit zog er Elizabeth hinaus und schloß die Tür. Dann folgten sie den anderen in den Palast des Tanu-Königs.

2

Eine bunte Menge bewegte sich im Vorraum des Festsaals in Erwartung dessen umher, was ein Höfling die ›Ankunft Allerhöchster Persönlichkeiten‹ genannt hatte. Sowohl Menschen als auch Tanu trugen Schleiergewänder verschiedenen Stils. Die meisten Frauen prunkten mit einem phantastisch verdrahteten und juwelenbesetzten Kopfputz. Musik erfüllte die Luft, gespielt von einem unsichtbaren Orchester, das aus Flöten, Harfen und Glockenspielen bestand.

Bryan und Elizabeth und Stein und Sukey und Raimo trafen nach drei Stunden wieder zusammen, als man sie in ein Abteil brachte, dessen Geländer sie von den anderen Gästen trennte. Die Zeitreisenden starrten sich gegenseitig an und brachen in Gelächter aus, so erstaunlich war ihre Umwandlung.

»Aber sie haben meine anderen Kleider weggenommen!« protestierte Raimo mit brennendem Gesicht. »Und sie sagten mir, solche Sachen würden die anderen Männer alle tragen!«

Stein lachte kurz auf. »Glaubst du, daß du den Damen gefällst? Du siehst aus wie ein Balletttänzer. Oder Captain Marvel!«

»Steinie, sei ruhig!« sagte Sukey. »Ich finde, Raimo sieht gut aus.«

Mit finsterem Gesicht versuchte der ehemalige Holzfachmann, das dürftige goldene Cape um seinen Oberkörper zu ziehen. Er trug ein scharlachrotes, trikotähnliches Kleidungsstück mit vielfarbenem Muster, das aussah, als habe man seinen muskulösen Körper in eine Schrumpffolie gewickelt. Goldene Stiefel und ein dazu passender Gürtel vervollständigten das Kostüm.

Sie haben ihn in eine Schaupackung gesteckt, sagte sich Elizabeth. Mit seiner mageren psychokinetischen Fähigkeit und dem niedrigen Intelligenzniveau ist er zum Spielzeug bestimmt.

Raimo betrachtete Stein mit finsteren Blicken. »Wenigstens haben sie dich aus diesem räudigen Fell-Kilt herausgeholt.«

Der Wikinger lächelte bloß. Er sah großartig aus und war sich dessen bewußt, Palastdiener hatten ihn mit einer kurzen, dunkelgrünen Tunika von einfachstem Schnitt ausgestattet, zu der er seinen eigenen Lederkragen und den mit Gold und Bernstein besetzten Gürtel trug. Dem war ein kunstvolles Wehrgehenk in ähnlichem Stil hinzugefügt worden, das ein zweihändiges Bronzeschwert in einer juwelenbesetzten Scheide enthielt. Von Steins breiten Schultern fiel ein sherryfarbener Brokatmantel, der von einer Jade-Brosche zusammengehalten wurde. Auf dem Kopf hatte er seinen bronzenen Viksø-Helm mit den gewundenen Hörnern.

Sukey hing an dem einen Arm dieser Inkarnation altnordischer Göttlichkeit. Ihr Gewand aus weißer Seidengaze hatte eine Schleppe und enge Ärmel. Einen Gegensatz zu seiner Einfachheit bildete ein komplizierter Kopfputz, einem silbernen Halo ähnlich, verziert mit glühenden roten Steinen. Die Rubinenfarbe der Steine wiederholte sich in einem schmalen Bindegürtel und den breiten Armreifen an ihren Handgelenken.

»Ich glaube, sie haben mich in die heraldischen Farben des Clans gekleidet, in den ich aufgenommen werden soll«, sagte Sukey. »Die Redakteure scheinen Rot mit Weiß oder Silber zu tragen. Warum hat man dir wohl keine rot und weißen Abzeichen gegeben, Elizabeth?«

Die Fernsprecherin antwortete: »Ich finde, ich sehe in Schwarz sehr geschmackvoll aus. Vielleicht hat es eine besondere Bedeutung. Jedenfalls haben sie viel Zeit darauf verwandt, mich zu frisieren. Und als die Obergarderobiere meinen Diamantring sah, brachte sie diese hübsche kleine Tiara an.«

»Du und ich passen zusammen«, bemerkte Bryan. »Schlichte Eleganz inmitten dieser Paradiesvögel.«

Elizabeth amüsierte sich. »Und du siehst gar nicht schlecht aus, Doktor, jetzt wo du diese zerknitterten Baumwollklamotten und den imitierten Australierhut abgelegt hast.«

Der bisher so langweilig gekleidete Anthropologe trug nun Kleidungsstücke aus einem glitzernden Stoff in tiefstem Blaugrün. Die engen Hosen waren in kurze silberne Stiefel gesteckt. Das gutgeschnittene Jackett war mit silbernen Schnüren geschmückt. Zu dem Anzug paßte das lange Cape. Elizabeths Kostüm war ebenfalls einfach. Ihr loses Gewand aus einem schwarzen Schleierstoff war mit einem hohen Kragen aus rotem Metalltuch aufgeputzt. Zwei freihängende Bänder aus dem gleichen Material, juwelenbesetzt und bestickt, fielen vorn und hinten von dem Kragen nieder. Nach dieser Mode waren viele der Tanu-Frauen gekleidet – allerdings keine in der Farbzusammenstellung von Schwarz und Rot.

Sukey blickte ringsum. »Wo mag Aiken sein?«

Stein brummte: »Ich wüßte wirklich nicht, wie sie den Jungen noch verrückter ausstaffieren können, als er bereits ist.«

»Wenn man vom Teufel spricht ...«, bemerkte Bryan.

Ein Diener zog eine Draperie vor dem Durchgang beiseite, der zu ihrem Abteil führte. Das fehlende Mitglied der Gruppe wurde hereingeführt, und Steins Bemerkung erwies sich als prophetisch. Aiken Drum trug immer noch seinen eigenen goldenen Anzug mit den hundert Taschen. Er hatte ihn nur ergänzt durch ein schwarzes Cape, das wie Diamantstaub flimmerte, und einen hohen Busch schwarzer Federn, die hinter der Kokarde seines breitrandigen Hutes festgesteckt waren.

»Die Festlichkeiten mögen jetzt beginnen!« erklärte er wie ein Hofnarr.

»Vielleicht sollten wir besser auf den König und die Königin warten«, riet Elizabeth.

Raimo entrüstete sich: »Würdest du es glauben, Aik? Sie haben mir meine *Flasche* weggenommen!«

»Diese Teufel! Ich würde sie dir eilenden Fußes bringen,

Holzhacker, wenn die Anlage dieses Palastes mich nicht so verwirrte.«

»Du könntest sie mir tatsächlich herbringen?« rief der frühere Holzfachmann.

»Warum nicht? Weißt du, was Whisky heißt? Und Aquavit und all die anderen Wörter für Schnaps, die wir kennen und lieben? Sie alle kann man mit ›Wasser des Lebens‹ übersetzen! Diese Leute in alten Zeiten, die einem starken Getränk einen Namen gaben, glaubten alle, daß es den Menschen mit neuem Leben erfülle. Warum sollte ich also nicht ein bißchen Leben in den Schnaps füllen? Ihm Beine sprießen lassen? Das ist leicht!«

»Ich dachte, sie hätten eine Klemme auf deine Metafunktionen gesetzt«, sagte Elizabeth. Sie sondierte sacht und traf auf eine gut konstruierte Verteidigung.

Aiken zwinkerte. Er hakte einen Finger um seinen silbernen Ring und zog. Das metallene Halsband schien sich zu dehnen – und in festen Zustand zurückzuschnappen. »Daran habe ich gearbeitet, Süße. Und an ein paar anderen Dingen. Möchtest du wetten, daß dies eine großartige Party wird?«

»Du bist ein Prachtkerl«, gackerte Raimo.

»Ich muß wirklich sagen«, stellte der leuchtende junge Mann fest, »daß ihr übrigens etwas darstellt – vom Gesichtspunkt eines Schneiders aus gesprochen. Ihr seid beinahe so überwältigend wie ich!« Einen Augenblick lang betrachtete er schweigend Stein und Sukey und sagte dann: »Und laßt euch von mir zu eurer Vereinigung herzlichst gratulieren.«

Der Wikinger und seine Dame starrten Aiken in einer Mischung aus Angst und Entschlossenheit an.

Verdammt sollst du sein, Aiken! sandte Elizabeth. Ich sprenge deine Synapsen, wenn du ...

Der Possenreißer fuhr mit funkelnden schwarzen Augen fort: »Den Tanu wird es nicht gefallen, weil sie eigene Pläne mit euch beiden hatten. Aber ich bin sentimental. Die Liebe muß triumphieren!«

»Weißt du, worüber du sprichst?« Steins Stimme klang ruhig. Die eine schinkengroße Faust schloß sich um den Knauf seines Bronzeschwerts.

Aiken hüpfte zu ihm. Skandinavische blaue Augen überbrückten eine Kluft von fünfzig Zentimetern, als sie dem Blick des Unheilstifters begegneten. Elizabeth nahm eine elektronische Entladung wahr, die eine im intimen Modus genau ausgerichtete Kommunikation bedeutete. Sie konnte sie nicht entziffern, aber Sukey mußte sie ebenso gut verstanden haben wie ihr riesiger Mann.

Die Hintergrundmusik verstummte. Ein Trupp Fanfarenbläser erschien im Bogeneingang der Festhalle und schmetterte ein Signal. Die Banner an den Glasinstrumenten zeigten das Motiv des Männerkopfes. Der Schmetterlingsschwarm von Gästen wanderte paarweise hinein, und ein größeres Orchester begann einen Marsch zu spielen.

Bryan fing den Blick eines menschlichen Höflings ein, der das Tor ihres Abteils öffnete. »*Wagner?*«

Der Grauring nickte. »Zweifellos, werter Doktor. Es ist der Wunsch unserer gnädigen Lady Eadone, Ihnen ein heimatliches Gefühl zu vermitteln, insofern dies überhaupt möglich ist. Die Tanu lieben menschliche Musik sehr. Die Veranstalter werden auch in Anbetracht Ihres ringlosen Zustands Ihre Sprache benutzen. Wenn es Ihnen recht ist, können Sie noch heute abend mit Ihrer wissenschaftlichen Analyse unserer Gesellschaft beginnen.«

Ich habe damit begonnen, als ich durch das verdammte Zeitportal kam, dachte Bryan. Aber er antwortete dem Mann nur mit einem Nicken.

Aiken fragte den Grauen: »Was machen wir jetzt, Kleiner? Wir möchten doch keinen faux pas vor den Augen der Honoratioren begehen.«

Der Höfling antwortete: »Die Allerhöchsten Persönlichkeiten sitzen an ihrer eigenen Tafel. Ihr werdet ihnen kurz vorgestellt, und dann beginnt das Essen. Die Hof-Etikette ist in dieser Gesellschaft ganz informell. Benehmt euch einfach mit normaler Höflichkeit.«

Sie warteten, bis die letzten der privilegierten Bürger Muriahs jeweils zu zweit den Saal betreten hatten. Dann war es Zeit für ihren eigenen Einzug.

Aiken schwenkte seinen goldenen Hut und verbeugte sich spöttisch vor Raimo. »Sollen wir, Liebling?«

»Zum Teufel, warum nicht?« Der Waldarbeiter lachte.

»Wenn diese Party so ähnlich ist wie die letzte, werden sich uns die Damen drinnen anschließen!«

»Diese Party«, erklärte Aiken, »wird der letzten in gar nichts ähnlich sein. Aber du wirst dich großartig amüsieren, Ray. Das garantiere ich dir.«

»Und wie ist es mit uns anderen?« fragte Stein. Er hatte den Helm unter den Arm gesteckt. Er und Sukey folgten Raimo und Aiken.

»Macht euch euren Spaß selber, Mann«, sagte Aiken Drum. Er stolzierte durch das Spalier der Fanfarenbläser in den Saal.

Wortlos bot Bryan seinen Arm Elizabeth, aber er dachte mit keinem Gedanken mehr an die Fernsprecherin und ihr Schicksal. Während sie zu Musik aus dem Tannhäuser dahinschritten, fühlte er nur den Druck seiner fixen Idee: Mercy würde da sein, in Sicherheit durch ihren Silberring. Nicht gefangen, nicht sich wehrend, sondern geborgen in der Elfenfamilie, die die Glücklichen unter den Gefangenen bezauberte.

Wenn sie nur glücklich ist ...

Sie kamen in einen großen Raum mit Deckenbalken und Holztäfelung, dessen Beleuchtung aus schlichtem Feuer in Metallgefäßen bestand. Die funkelnden kleinen Meta-Lampen waren ebenfalls in Gebrauch, aber nur zur Dekoration auf merkwürdigen Wandbehängen und metallenen Skulpturen entlang der Wände. Die Festtafel hatte die Form eines umgekehrten U. Mehrere hundert Gäste standen entlang der beiden Schenkel an ihren Plätzen. Hinten im Raum befand sich die lokale Version der Hohen Tafel. In Wirklichkeit war sie etwas niedriger als die Tische in Längsrichtung, damit die dort sitzenden Würdenträger von den Gästen besser gesehen werden konnten. Die Wand hinter den Hohen Persönlichkeiten zeigte eine riesige Reproduktion des Männerkopf-Motivs, aus Gold gefertigt und tief eingelassen in ein kompliziertes Mosaik aus den kristallinen Meta-Lampen. Draperien aus dünnem metallischen Gewebe rahmten das ganze Emblem ein und vereinigten sich zu einem Baldachin über der Reihe von zwanzig Thronen. Hinter jedem Gast stand ein livrierter Diener. Den Persönlichkeiten wartete eine Doppelreihe von

Dienern auf, die reicher gekleidet waren als die für die unteren Ränge.

Bryan und Elizabeth gingen an Reihen lächelnder Edelleute vorbei auf den Tisch zu. Der Anthropologe versuchte unauffällig unter den Gesichtern in der Menge zu forschen. Doch es waren so viele auf beiden Seiten des Saals, und viel zu viele menschliche Frauen hatten kastanienbraunes Haar ...

»Der würdige Doktor der Anthropologie Bryan Grenfell.«

... Und dann nannte der arbiter bibendi seinen Namen, und er trat vor und vollführte eine kurze Ehrenbezeugung in der üblichen Art des Milieus. Dabei war er sich bewußt, daß die Leute an der Hohen Tafel sich vorbeugten und ihn und seine Gefährtin mit einem Interesse musterten, das sie bei den vier anderen Ehrengästen nicht gezeigt hatten. Offenbar schloß die Hof-Etikette es nicht ein, daß die Persönlichkeiten *ihm* vorgestellt wurden, aber im Augenblick war er nur wenig neugierig auf die glitzernden Gestalten. Mercy war nicht unter ihnen.

Bryan trat zurück, und als letzte von allen kam Elizabeth, blaß und erschöpft wirkend, an die Reihe.

»Die Erhabene Lady Elizabeth Orme, Großmeister-Fernsprecherin und Großmeister-Redakteurin des Galaktischen Milieus.«

Hölle und Teufel! wunderte sich Bryan.

Die stehenden Gäste hoben die Arme. Erstaunlicherweise erhoben sich auch die Hohen Persönlichkeiten von ihren Thronen und schlossen sich dem Salut an. Alle Anwesenden fielen in den dreifachen Ruf ein:

»Slonshal! Slonshal! Slonshal!«

Bryan standen die Haare im Nacken zu Berge. Also das mußte eine linguistische Übereinstimmung sein.

Die in der Mitte postierte männliche Persönlichkeit gab durch eine kurze Drehung des Handgelenks ein Zeichen. Von irgendwoher kam ein Klirren, als werde eine Kette geschüttelt. Es wurde still.

»Laßt uns essen und trinken und fröhlich sein!« intonierte die männliche Persönlichkeit. Er war ein herrliches Exemplar an Tanu-Männlichkeit und trug eine weiße Robe ohne jeden Schmuck. Sein langes blondes Haar und sein wallender Bart waren mit äußerster Sorgfalt in Zöpfe und dünne Löckchen gelegt. Sein Gesicht hatte eine entfernte Ähnlichkeit mit dem maskenähnlichen heraldischen Emblem, und Bryan sagte sich, dies müsse Thagdal, Hochkönig der Tanu, sein.

Das lebende Bild zerbrach in einen Konfetti-Wirbel, als sich die Gäste auf ihre Sitze fallenließen oder hierhin und dahin liefen, um sich gegenseitig zu begrüßen. Menschliche Diener und Rama-Kellner begannen, die Tische mit Essen und Trinken zu beladen. Die sechs Ehrengäste saßen auf niedrigen Sofas gegenüber den Hohen Persönlichkeiten, und alle Formalität ging über Bord, als die Tanu-Aristokraten ihre Neugier befriedigten, indem sie die Zeitreisenden mit Fragen bestürmten.

Bryan fand sich von einer beeindruckenden Frau in Weiß angeredet, die zur rechten Hand des Königs saß. Herrliches rotes Haar quoll unter einer engsitzenden Kappe aus Goldstoff mit abstehenden juwelenbesetzten Flügeln hervor. »Ich bin Nontusvel, Mutter der Heerschar und Frau des Thagdal. Pro forma bin ich Ihre Lady, Bryan. Ich heiße Sie in unserem Vielfarbenen Land und in unserer Gesellschaft herzlich willkommen. Aber ... was sehe ich? Verwirrung in Ihnen? Vielleicht sogar Furcht? Ich möchte sie Ihnen nehmen, wenn ich darf.«

Die Kraft ihres Urmutter-Lächelns war unwiderstehlich und zupfte an seinem Gedächtnis wie ein geschickter Lautenspieler. Ein halbdunkler Kontrollraum hoch oben im Turm eines Château und ein Gesicht voll süßer Wehmut. Tränen beim Lied eines Troubadours. Und als diese Saite angeschlagen worden war, folgten andere nach. Apfelblüten, Nachtigallen, Mond, aufstehendes Fleisch, Wärme, kastanienbraunes Haar, und Augen von der Farbe des Meeres, so verträumt. Und dann das dissonante Arpeggio. Aber wohin, Gaston, wohin ist sie gegangen durch das verdammte Zeitportal ins Exil? Hier gehe ich, Monsieur le Chat, in den tiefen Keller ...

Bryans Festgewand hatte Innentaschen. Ohne es zu wollen, fuhr er mit der Hand in die Tasche über seiner Brust und reichte Königin Nontusvel den Durofilm. Sie betrachtete Mercys Porträt. »Sie sind ihr nach hier gefolgt, Bryan.«

GIUSEPPE·MANGONI

»Ja.« Die Dame, die vorüberkam. In Ewigkeit.

Nontusvels metapsychische Fühler webten Trost und Ablenkung. »Aber Ihre Mercy ist in Sicherheit, Bryan! Erfolgreich in unsere Gemeinschaft integriert. Und so glücklich! Es war, als sei sie für den Ring geboren. Als habe sie sich unterbewußt immer gesehnt, zu uns zu gehören, und uns über den Abgrund von sechs Millionen Jahren hinweg gesucht.«

Die Augen der Königin waren so hell wie Saphire, leuchtend von einem inneren Licht, und sie schienen keine Pupillen zu haben.

»Darf ich sie besuchen?« fragte er demütig.

»Sie ist in Goriah, in der Gegend, die Sie einst die Bretagne nennen werden. Aber sie wird bald in unsere Stadt der Weißen Silberebene zurückkehren, und dann soll sie Ihnen von ihrem Leben bei uns erzählen. Und wollen Sie uns im Tausch für diese Wiedervereinigung willig dienen? Wollen Sie uns helfen, das Wissen zu erlangen, das wir benötigen, die Einsicht, von der unser Überleben als Rasse abhängen mag?«

»Ich will tun, was ich kann, Hohe Dame. Meine Ausbildung bezog sich auf die Analyse von Kulturen sowie die Wertung des Zusammenpralls verschiedener Kulturen und die dabei auftretenden Spannungen. Ich gestehe, daß ich nicht völlig begreife, was Sie von mir wollen, aber ich stehe zu Ihrer Verfügung.«

Nontusvel nickte mit ihrem geflügelten goldenen Haupt und lächelte. Der Hochkönig wandte sich von Elizabeth ab und sagte zu dem Anthropologen: »Mein lieber Sohn Ogmol wird Ihnen helfen, Ihre Forschungen zu koordinieren. Sehen Sie ihn? Er ist der temperamentvolle Bursche an dem Tisch rechts in dem türkis- und silberfarbenen Gewand, der die Weinkanne auf dem Kopf balanciert, der Witzbold. Da! Jetzt hat er es ... Nun ja, auch ein Gelehrter hat das Recht zu feiern. Sie werden seine seriösere Seite morgen kennenlernen. Er wird Ihr Führer sein. Ihr *Assistent*, verdammt! Und gemeinsam werdet ihr Sinn und Verstand in unser Durcheinander bringen, bevor der Große Wettstreit beginnt, oder ich bin der hodenlose Sohn eines Heuler-Maultiers!«

Er wieherte laut, und der eingeschüchterte Bryan konnte an nichts anderes mehr als an einen besonders virilen Geist der diesjährigen Weihnacht aus Dickens' ›*Weihnachtslied in Prosa*‹ denken, das er als Kind im Drei-D gesehen hatte.

»Wenn ich fragen darf, König Thagdal – worauf gründet sich Ihre Herrschaft?«

Thagdal und Nontusvel lachten beide schrecklich, der König so sehr, daß er husten mußte. Worauf die Königin einen großen goldenen Pokal ergriff und ihren Gatten mit einem Schluck Honigwein beruhigte. Dann erklärte der König: »Das gefällt mir, Bryan! Fangen Sie oben mit den Inhabern der Autorität an, und fangen Sie *jetzt* an! Nun, die Sache ist ganz einfach, Junge. Ich habe natürlich sehr starke Metafunktionen, und in der Schlacht bin ich ein As. Aber meine am höchsten geschätzte Eigenschaft ist – Fruchtbarkeit! Mehr als die Hälfte der Anwesenden in diesem Saal sind meine Kinder und Enkel und Urenkel. Ganz zu schweigen von den abwesenden Lieben – wie, Nonnie?«

Die Königin lächelte mühsam. Sie versicherte Bryan: »Mein Herr und Gemahl ist der Vater von elftausendundachtundfünfzig – und niemals ein Firvulag und niemals ein Schwarzring dazwischen. Sein Keimplasma hat nicht seinesgleichen, und aus diesem Grund ist er unser Hochkönig.«

Bryan versuchte, seine nächste Frage taktvoll zu formulieren. »Und Sie, edle Dame, haben gewiß eine ähnlich bemerkenswerte Geschichte der Reproduktion.«

»Zweihundertundzweiundvierzig Kinder!« trompetete Thagdal. »Ein Rekord unter den königlichen Gattinnen. Und darunter so vielseitige Talente wie Nodonn und Velteyn und Imidol und Culluket! Und die hohen Damen Riganone und Clana und Dectar – ganz zu schweigen von der lieben Anéar! Keine von meinen anderen Frauen, nicht einmal die beweinte Lady Boanda, hat solche Schätze erzeugt.«

Jetzt mischte sich Elizabeth ins Gespräch. Sie sagte leise: »Bryan, du mußt dir von Seiner Majestät unbedingt über die *anderen* Mütter seiner Kinder erzählen lassen.«

»Ganz einfach.« Thagdal strahlte. »Teilt den Reichtum! Zeugt den optimalen Phänotyp, wie der verrückte Greggy sagen würde. Jede Gold- und Silberdame tanzt die erste Runde mit dem Alten.«

Elizabeth setzte hinzu: »Und wenn sie von dem König geschwängert worden sind, dürfen sie Ehefrauen oder Mätressen anderer Tanu-Adliger werden und Kinder von anderen Männern bekommen. Ist das nicht interessant?«

»Sehr«, antwortete Bryan schwach. »Aber dieser ... äh ... genetische Plan kann doch nicht seit Beginn des Aufenthalts Ihrer Rasse auf dem Planeten Erde in Kraft gewesen sein.«

Thagdal strich sich den Bart. Seine buschigen blonden Brauen rückten zusammen. »N-ein. Anfangs standen die Dinge etwas anders – im Dunklen Zeitalter sozusagen. Wir waren damals nicht allzu viele, und ich mußte um mein königliches Recht kämpfen, wenn die Dame nicht willig war. Doch natürlich siegte ich meistens, denn in jenen Tagen war ich in mehr als einem Sinn der beste Degen. Sie verstehen?«

Bryan bemerkte: »Es hat einen ähnlichen Brauch in alter Zeit auf unserer Erde gegeben. Man nannte ihn droit du seigneur.«

»Richtig! Richtig! Ich erinnere mich, daß eine der lieben kleinen Silbernen ihn erwähnte. Wo war ich stehengeblieben? ... Ach ja, die Geschichte! Nun, als sich das Zeitportal öffnete und ihr Leute aus der Zukunft eintraft, versuchten wir, die Fortpflanzung der Rasse wissenschaftlicher zu organisieren. In dem Zusammenhang haben uns einige von euch Menschen sehr geholfen. Sie müssen sie kennenlernen, Bryan. Ich möchte sagen, sie haben fast den Rang von Paten der glorreichen Tanu-Gemeinschaft, die Sie heute hier sehen! Der liebe alte verrückte Greggy natürlich – ich meine Lord Greg-Donnet, unsern Eugenik- und Genetik-Meister. Und diese wunderbare Frau Anastasya-Bybar! Wo, zum Teufel, wären wir, wenn Tasha unseren dekadenten Repro-Technikern nicht gezeigt hätte, wie die Sterilisierung der menschlichen Frauen rückgängig gemacht werden kann? Man denke – all diese kostbaren latenten Ova wären uns verlorengegangen!« Er stieß einen Ellbogen in Nontusvels junonischen Torso. »Und für *mich* ist der halbe Spaß das Abwarten, bis ich das kleine Brötchen sicher in den Ofen bekomme – wie, Nonnie?«

Wieder zeigte die Königin ihr mühsames Lächeln.

Bryan nahm einen übergroßen Schluck Wein. Er war sich bewußt, daß Elizabeths Blick auf ihm ruhte. »Und so ... und so haben Sie vor etwa siebzig Jahren, als die ersten Zeitreisenden eintrafen, begonnen, sich mit Menschen zu mischen?«

»Sie haben es erfaßt, Sohn. Anfangs trugen nur die menschlichen *Männer* zu dem Gen-Pool bei. Tasha kam erst – wann? – so ungefähr zehn Jahre nach der Eröffnung des Zeitportals. Unsere Damen hatten natürlich in diesen ersten Jahren ihren Spaß. Und es dauerte nicht lange, bis wir entdeckten, daß Mischlinge von Tanu und Menschen sich weniger oft als Firvulag entpuppten – und öfter von unsern zarten kleinen Müttern voll ausgetragen wurden ... Anwesende ausgenommen, liebste Nonnie! Das merkten sogar unsere beschränkten Genetiker. Aluteyn und seine Leute warteten nur darauf, daß jemand wie Doktor Anastasya Astaurova durchkam. Und tatsächlich – Tana in ihrer Barmherzigkeit schickte sie uns mit Glocken dran! Letzteres ist wörtlich zu verstehen.«

Thagdal erlaubte sich einen neuen Lachkrampf und erstickte ihn mit langen Zügen Wein. Überall im Festsaal stieg die Stimmung, während die Becher geleert und wieder gefüllt wurden. Das Essen bestand zum größten Teil aus Fleischgerichten in verblüffender Vielfalt, dazu große Platten mit Obst und in seltsamen Formen gebackene Brötchen. Unterhalter, angekündigt von dem arbiter bibendi, zeigten ihre Künste in der Mitte des von den Tischen gebildeten U, und die Gäste reagierten darauf mit einem Regen kleiner Münzen oder halb abgenagter Knochen, je nach der Güte der Darbietung. Die Hohen Persönlichkeiten speisten auf feinere Art. Doch nahe dem einen Ende der Hohen Tafel, wo Aiken gegenüber von zwei Adligen in Rose und Gold saß, gab es eine ganze Menge rüpelhaftes Gelächter und lauten Becherklang.

Die Königin sagte: »Erzähl dem lieben Bryan von dem Geschenk, das wir den Menschen mit den Ringen machen, Thaggy!«

»Erzähl es uns beiden«, bat Elizabeth mit ihrem besten Mona-Lisa-Lächeln.

Der König drohte der Fernsprecherin mit dem Zeigefinger. »Die Barrieren immer noch geschlossen, Liebchen? Das ist nicht das Rechte, weißt du. Du brauchst Honigwein. Gibt es sonst noch etwas, womit ich dich in Versuchung führen kann?«

Nontusvel hielt die Hand vor den Mund und erstickte fast an königlicher Heiterkeit.

»Euer Majestät ist ein bewunderungswürdiger Gastgeber.« Elizabeth hob ihm ihren Kelch entgegen. »Bitte, fahr fort mit deiner faszinierenden Geschichte!«

»Wo war ich stehengeblieben? ... Ringe für die Menschen! Ja, ihr müßt verstehen, daß die echte Gemeinschaft zwischen uns Tanu und euch nicht in einem oder zwei Jahren zur vollen Reife gelangte. Die genetische Kompatibilität hatte offenkundige Vorteile, war aber trotzdem noch nicht ganz begriffen worden. Wir gewährten Greggy und Tasha goldene Ringe aus Dankbarkeit für ihre Bemühungen. Sie waren keine Latenten, wie sich herausstellte, und richtig psychoadaptiv waren sie auch nicht. Und dann kam Eskender-Kernonn durch und domestizierte die Tiere, und wir gaben *ihm* einen Ehrenring.«

»Armer lieber Isky«, jammerte die Königin und leerte ihren Pokal. Sofort füllte ein Diener ihn neu. »Uns von den Firvulag und ihren verräterischen Verbündeten, den Geringen, entrissen!«

»Und dann kam vor etwa vierzig Jahren Eusebio durch und leistete brillante Arbeit bei der Verbesserung der Rama-Ringe. Er war im Milieu Psychobiologe gewesen und der erste, der die *Theorie* der Ringe zu verstehen schien. Deshalb gaben wir auch ihm Gold und nannten ihn Gomnol. Und, verdammt nochmal, erwies sich der Mann doch als großmächtiger latenter Koerzierer, ein so häßlicher kleiner Affe, wie er sein mag! War das ein Schock für uns!«

»Vorher hattet ihr über den latenten metapsychischen Faktor bei den Menschen nicht Bescheid gewußt?« erkundigte sich Elizabeth.

»Wir sind eine uralte Rasse«, gestand die Königin, »und leiden unter wissenschaftlicher Ermattung.« Eine Träne stahl sich aus einem ihrer Saphir-Augen, rollte über ihre makellose Wange und fiel in die Kissentiefen ihrer Korsage. Sie tröstete sich mit einem Schluck aus dem Pokal.

»Wie Nonnie sagt«, griff der König den Faden auf, »sind

wir eine uralte Rasse. Ziemlich dekadent in gewissen Disziplinen, fürchte ich. Und unsere eigene kleine Faktion – die, wie ihr vielleicht wißt, gezwungen war, aus unserer Heimat-Galaxis zu fliehen – neigte noch weniger zur Wissenschaft als die Tanu im allgemeinen ... Nein, mit Ausnahme von Brede – die eigentlich nicht zählt – begriffen wir nicht, auf welche Weise die Ringe unsere eigenen Metafunktionen operant machten, und wir gaben uns nicht sehr viel Mühe, die Kräfte selbst zu verstehen. Sie waren einfach da, wenn ihr mir folgen könnt. Wir machten uns keine besonderen Gedanken über das Warum und Wieso. Deshalb waren die latenten Eigenschaften der Menschen eine absolute Überraschung für uns. Wie Gomnol darlegte, kanntet auch ihr Menschen während neunundneunzig Komma neun Prozent der Zeit eurer Rassengeschichte euren Körper und euren Verstand nicht richtig. Deshalb braucht ihr gar nicht über uns zu lachen! Wo war ich stehengeblieben? ... O ja. Latente Menschen. Nun, als Gomnol seinen goldenen Ring erhielt und zum Meta wurde, erkannte er blitzartig die Zusammenhänge. Die Tanu sind Latente, und die normalen Menschen ebenfalls – manche mehr, aber die meisten sehr viel weniger, bis hinunter auf Null. In eurer Zukunftswelt stellt man fest, welche Neugeborenen potentielle Operante sind und bildet sie später durch fernwahrnehmende und redigierende Praktiker wie diese Erhabene Dame aus.« Er nickte Elizabeth höflich zu. »Operante Menschen kamen in jener Zeit nicht durch das Zeitportal, und unsere von den Ringen verstärkten Kräfte sind in bezug auf das Aufspüren menschlicher Latenter nicht zuverlässig. Also entschied Gomnol, wir müßten ein mechanisches Gerät herstellen, mit dem wir die mentalen Fähigkeiten der Menschen untersuchen könnten. Er arbeitete das Instrument aus, mit dem ihr in der Torburg getestet wurdet. Wir besitzen weitere in unseren wichtigsten Städten, um die Latenten zu fangen, die uns wegen ihrer Aufregung bei dem ersten Test entgangen sind. Es rutschen ziemlich viele durch.« In seinem Gesicht gewitterte es. »Einschließlich einer, die eine schreckliche *Katastrophe* darstellt! Wo war ich stehengeblieben? ... Gomnols Genieblitze! Ihr versteht – dieser Kerl ist ein inspirierter Psychobiologe. Er erkannte, daß es gefährlich wäre, menschlichen Latenten, die sich nicht von ganzem Herzen unserer Gemeinschaft angepaßt hatten, goldene Ringe zu geben.«

»Es gibt immer«, flocht die Königin dunkel ein, »Undankbare.«

»So erfand Gomnol die silbernen Ringe mit ihren eingebauten Psychoregulatoren. Und kurz danach die grauen zur Verwendung bei sogenannten nichtlatenten Menschen, die eine metapsychische Beeinflussung auf sehr niedrigem Niveau aushalten. Eine ganz neue Welt der Gemeinschaft war geboren! Sie begann zu Gomnols Zeit, als die Massenproduktion der grauen Ringe möglich wurde – das heißt, sie verhältnismäßig schnell herzustellen. Uns Tanu gelang es, die Herrschaft über diese Welt zu gewinnen. Die bösen Firvulag, diese unsere Schattenbrüder, waren nicht länger imstande, mit vergleichbaren Kräften gegen uns zu kämpfen. Wir hatten Armeen loyaler menschlicher Grauer, um ihre Überzahl zu zermalmen! Wir hatten menschliche Mütter als Gegengewicht zu der vulgären Fruchtbarkeit ihrer primitiven kleinen Weiber! Wir hatten die edlen Silbernen – unsere operanten Verbündeten! Und im Verlauf der Zeit stiegen viele der Silbernen zu voller Bürgerschaft auf und erhielten Gold.«

Ringwechsel kann ohne psychische Verletzungen durchgeführt werden?

Gewiß, verehrte Elizabeth. Silberreif wird gefahrlos entfernt, nachdem Gold angelegt ist.

»Und denkt euch! Die brillanten grauen Techniker haben unsere Wirtschaftsstruktur verbessert, indem sie wirksamere Transport- und Produktionsmittel einführten! Dank dem betrauerten Lord der Tiere Kernonn haben wir Reittiere und Zugtiere und Tiere, die uns vor Raubüberfällen der Firvulag bewachen. Und vielleicht das beste von allem ist ... wir haben für den Großen Wettstreit Champions, die Menschenmischlinge sind.« Der König machte eine Pause. Er beugte sich über den Tisch, wobei er seinen Pokal umwarf, und ergriff Elizabeths Hand.

»Und jetzt hat Tanas Güte sich selbst übertroffen. Sie hat uns dich gesandt.«

Königin Nontusvel strahlte Wohlwollen aus wie ein Mond.

Das Glühen in den dunkelgrünen Augen Thagdals sprach von etwas ganz anderem.

Ruhig und zurückhaltend erwiderte Elizabeth: »Und jetzt hat Tana mich gesandt. Aber in unserer eigenen Welt sind die Geschenke Gottes oft doppeldeutig. Du siehst mich nicht, wie ich bin, König Thagdal.«

»Das kommt noch, liebste Elizabeth. Du wirst von der Edelsten unter uns in unsere Bräuche eingeweiht werden – von der Vorherwissenden Dame Brede Schiffsgattin, der von den Zwei Gesichtern und der Poesie. Brede wird dich, und du wirst sie unterrichten. Zur rechten Zeit wirst du zu Tasha-Bybar gehen und dann zu mir kommen. Liebste Elizabeth.«

»Liebste Elizabeth«, wiederholte Nontusvel. Ein Mehr an Toleranz war wirklich nicht zu verlangen.

»Ein Trinkspruch!« brüllte Thagdal und sprang auf. Sein Pokal war eilends aufgestellt und neue gefüllt worden.

»Ein Trinkspruch!« brüllten die mehreren hundert Gäste zurück. Der Arbiter gebot Ruhe, indem er die Kette schüttelte.

»Auf die Tanu-Rasse und die menschliche Rasse! Ihre Gemeinschaft, ihre Vereinigung, ihre Liebe!«

Die Schmausenden erhoben ihre großen goldenen Trinkgefäße. »Gemeinschaft! Vereinigung! Liebe!«

»Bei Betonung des letzteren!« rief Aiken Drum laut.

Es wurde gelacht und gejubelt, viel Wein getrunken und viel verschüttet, und dabei gab es so manche feuchte Umarmung und ein Trinken von Lippe zu Lippe. Das königliche Paar, entzündet von Alkohol und Festlichkeit, hielt sich jetzt murmelnd und schnaufend umschlungen. Ein Corps de ballet menschlicher Frauen und Männer erschien, alle in verwegene Trikots, schwarzweiß wie Elstern, gekleidet, als die Musik einsetzte, und führte die Gäste bei den komplizierten Figuren eines Kontratanzes.

Elizabeth flüsterte Bryan zu: »Ich muß dich für eine Weile allein lassen. Ich muß in sie hineinsehen, solange sie enthemmt sind. Wenn du willst, gebe ich dir die Daten später.« Sie zog einen feierlichen Schmollmund, schloß die Augen und zog sich auf einen mentalen Aussichtspunkt zurück.

Eine der schwarz-weißen Tänzerinnen versuchte, Bryan von seiner Bank in den Tanz zu ziehen, wo Aiken und Raimo bereits sprangen und sich drehten, als hätten sie die schwierigen Schritte ihr ganzes Leben lang vollführt. Bryan lehnte die Aufforderung mit einem Kopfschütteln ab. Er ließ sich von den Dienern immer wieder seinen großen Pokal füllen und versuchte, die Einsicht aus seinem Gehirn auszulöschen, wie es jetzt um Mercy stehen mußte.

Als er endlich daran dachte, sich den Pokal genau anzusehen, und entdeckte, was da Gold und Juwelen umkleideten, war er so betrunken, daß es ihm nichts mehr ausmachte.

3

Steinie tanz nicht mit ihnen tu's nicht! Sieh dir an was sie mit Raimo machen meinGott.

Gut gut mein Kleines ruhig versteck uns beide weiter laß nicht nach hab keine Angst!

Sie sind stärker besonders dieser DionketHeilerLord ich könnte ihn nie ohne HilfeElizabeth draußen halten. Diese FreundschaftMauer gefällt ihnen nicht aber sie haben Angst, sie zu früh zu beleidigen. O Jesus. Diese SchönheitHure Anéar nimmt Raimo hier vor allerAugen Schande Ekel WutHaß ... Steinie!

Ruhig Ruhig SchutzLiebe ArmSchwert gesegnet sei Elizabeth. Wenigstens schaffen sie es nicht Aiken nach ihrer Pfeife tanzen zu lassen.

Kein Spielzeug wie RaimoBubi.

Ich auch nicht SukeyGeliebte wenn du hilfst.

»Wollt ihr wirklich nicht am Tanz teilnehmen?« Lady Riganone lächelte Stein und Sukey an. Die Elstern waren wieder da und bedrängten sie. »Eure beiden Freunde amüsieren sich prächtig.«

»Nein, danke, Lady«, antwortete Stein. Die Elstern hüpften zögernd zurück.

Sukey bediente sich mit einer weiteren Scheibe gewürzten Filets. »Das ist köstlich, Lord Dionket«, sprach sie schüchtern den Obersten Heiler mit den tiefliegenden Augen an, der ihr gegenüber saß. »Ist das Wildbret?«

»Nein, kleine Schwester. Hipparion.«

»Diese süßen *Pferdchen?*« schrie Sukey bestürzt auf.

Lady Riganone warf den Kopf in den Nacken und lachte herzlich. Die Anhänger, die an Drähten von ihrem lavendelfarbenen und goldenen Kopfputz baumelten, klingelten und klirrten. »Was sollen wir sonst mit ihnen tun? Sie sind die reichlichste Fleischquelle, die wir haben – und der Göttin sei Dank, daß sie so gut schmecken. Weißt du denn nicht, daß sich diese armen Leute oben im Herkynischen Wald, in Finiah und den anderen Orten am Ende der Welt mit Schweinen und zähem alten Rotwild und sogar Mastodons begnügen müssen? Wir im Süden haben soviel Glück. Es läßt sich wirklich nichts mit Hipparion-Lendenbraten vergleichen, gewürzt mit Knoblauch und einer Spur Thymian und vielleicht ein bißchen von diesem neuen *Pfeffer*, außen schön braun und knusprig und innen blutig.«

»Sei nicht so zimperlich, Sukey«, mahnte Stein und schöpfte noch einmal aus einer Schüssel mit Fleischeintopf. »Du weißt schon, wenn du in Rom bist ... Ich weiß nicht, was das hier ist, aber es riecht gut.«

Dionket steckte einen knochigen Finger in die tiefe Silberschüssel und leckte ihn prüfend ab. »Hmmm ... ein Promephitis-Ragout, lieber Krieger. Ich glaube, das Äquivalent der zukünftigen Erde für das kleine Geschöpf ist ein ...«

Das mentale Bild leuchtete vor Stein und Sukey auf.

»Skunk!« würgte der Wikinger.

»Oh – nun, nun, Steinie«, rief Lady Riganone und strahlte Beruhigung aus. »Ist dir etwas in die falsche Kehle geraten? Nimm einen Schluck Wein gegen das Husten.«

Die Persönlichkeit, die neben Dionket saß, ein stämmiger Riese mit einer kurzen Weste in Blau und Gold, riet: »Versuch diese Igel in Burgunder, damit dein Magen wieder in Ordnung kommt, Stein. Also, das ist ein Gericht, bei dem dein Bauch aufhorchen wird! Und du weißt ja, was man über Igel sagt.« Er grinste dreckig, und das mentale Bild unterstrich die stachlige Andeutung auf peinliche Weise.

Kühl schob Sukey die Platte mit den merkwürdigen kleinen Leckerbissen aus Steins Reichweite. »Der Krieger erholt sich von seiner Verwundung, Lord Imidol. Er muß Maß halten. In jeder Beziehung.«

Lady Riganones flötendes Lachen und das Klingeln ihres Kopfputzes ertönten gleichzeitig. »Ist sie nicht großartig, Dionket? Sie wird ein echter Gewinn für deine Redakteuren-Gilde sein! Aber es war sehr unartig von dir, daß du sie von der Versteigerung ausgenommen hast.«

Plötzlicher Argwohn.

»Was meinst du, Lady?« fragte Stein.

»Nimm noch etwas Cherry Brandy!« drängte der Präsident der Redakteure. »Oder ziehst du Pflaumen oder Himbeeren vor?« Er befingerte seinen Halsring. Stein wie auch Sukey wurden gezwungen, sich zu entspannen.

Ich kann nichts dafür Steinie er ist durchgeschlüpft. O Elizabeth komm von da zurück und hilf uns bevor Stein herausfindet daß ich nicht imstande sein werde ihn zu halten!

...

SukeyFrau waswasWAS verdammt?

Steinie hör auf ich kann dich kaum tarnen wenn sie alldas in dir entdecken werden sie dir wehtun Lieber. O bitte Stille-DeckungBeruhigung. Verdammt ElizaMeisterbeth komm von da zurück!

In der Mitte der Tanzfläche hielt der arbiter bibendi eine glitzernde Glaskette über seinen Kopf und schüttelte sie. Der wilde Tanz kam zum Stehen, und die Musik verstummte. Die Leute strebten zurück an ihre Plätze. Vier Tanu-Damen zerrten den aufgelösten Raimo mit sich. Aiken Drum widerfuhr keine solche Entwürdigung. Er stolzierte zu seinem Ruhebett an der Hohen Tafel und setzte sich vorsichtig auf seinen Rand.

»Hohe Persönlichkeiten, höchstedle Lords und Ladies, erhabene Festgäste!« rief der Arbiter. »Ich bitte um Ruhe! Die Stunde für die Beiträge der geehrten Gäste ist gekommen!«

Rufe, Becherklingen und ein Klirren von Messern auf goldenen Tellern.

Wieder schüttelte der Arbiter die Kette. »Zwei von unseren Gästen ...« – der elegante Höfling mit dem Silberreif verbeugte sich vor Bryan und Elizabeth – »sind auf Befehl Ihrer Ehrfurchtgebietenden Majestäten von der Darbietung ausgenommen. Und ein anderer ...« – er wies auf Raimo – »hat seine Talente bereits unter Beweis gestellt!«

Die Damen an den gewöhnlichen Tischen kreischten vor Lachen. Einige von ihnen begannen, Raimo mit Bananen zu bewerfen, hörten jedoch widerstrebend damit auf, als die Kette von neuem um Ruhe läutete.

»Wir wollen Sue-Gwen Davies hören!«

Sukey spürte den Zwang, sich in die Mitte des Saals zu begeben. Unter den prüfenden Gedanken des Königs und der Königin und der anderen Persönlichkeiten drehte sich ihr das Herz im Leibe um. Die Tanu waren überrascht von der starken Barriere (denn Elizabeth war in Augenblicksschnelle zurückgekehrt, um Sukey zu helfen), gaben sich jedoch mit den oberflächlichen Enthüllungen zufrieden, die ihnen zugänglich waren. Dionkets Gedankenstimme sprach:

Liebe kleine RedakteurinSchwester, Lehrling TrösterinHeilerin! Mach uns heute abend eine kleine Freude sing von der zukünftigen Erde vom alten Vaterland!

Sukeys Argwohn verflüchtigte sich. Andere Gedanken rings um sie schienen zu bitten: Sing uns ein Wiegenlied!

Den Blick auf Stein gerichtet, sang sie eins mit leiser, klarer Stimme, erst auf Walisisch und dann in Standard-Englisch. Nach der ersten Phrase begleitete sie ein Harfenist.

Holl amrantau'r sêr ddywedant,
  Ar hyd y nos.
Dyma'r ffordd i fro gogoniant,
  Ar hyd y nos.
Golau arall yw tywyllwch,
I arddangos gwir brydferthwch,
Teulu'r nefoedd mewn tawelwch,
  Ar hyd y nos.

Böse Träume fürchte nicht
  In dunkler Nacht.
Sterne spenden helles Licht.
  In dunkler Nacht.
Morgen wird die Sonne geben
Neue Freude, neues Leben,
Lassen Träume uns auch beben
  In dunkler Nacht.

Durch die Worte und die Musik leuchtete die schützende Liebe einer Mutter. Ihre heilenden Kräfte ergossen sich über das Mannkind, dem sie neues Leben geschenkt hatte, sie flossen über und verteilten sich im ganzen Saal zu einem großen psychischen See. Einen Augenblick lang stillte die Sanftheit des Wiegenlieds die Ängste aller anderen, beruhigte Zorn und auch Lust, verminderte Kummer und Raserei.

Als das Lied zu Ende war, saßen die Gäste stumm. Und dann wurden auf einer fremden Bewußtseinsebene, die die ringtragenden Menschen spüren, aber nicht entziffern konnten, ein Chor von Erklärungen der Tanu abgegeben. Die hochmütige Stimme Dionkets schnitt den Fluß ab. Der Lord-Heiler erhob sich von seinem Platz an der Hohen Tafel. Er breitete die Arme aus und bildete ein lebendes T in Karmesin und Silber.

Mein. Reserviert.

Sukey kehrte benommen an ihren Platz zurück und setzte sich neben ihren Mann. Der arbiter bibendi schüttelte seine Kette.

»Wir wollen die Talente Stein Olesons kennenlernen.«

Jetzt wurde der Wikinger unwiderstehlich von seinem Sitz gezogen. Er stand mit unbedecktem Kopf und funkelte die Edlen am Hohen Tisch an. Ihre Gedanken kamen getappt, stöberten, schnüffelten. Und der mitfühlendere Muttergedanke der Königin:

Er hätte *keinen* Ring erhalten sollen ach der Kurzlebige!

Und dann der König: Bis zum Wettstreit wird er durchhalten. Geschicklichkeitsprobe!

Zwei der Elstern-Tanzmeister sprangen von den Seitenlinien her vor. Sie trugen Metallkörbe voll von Früchten, die großen Orangen ähnelten. Einer warf eine leuchtende Kugel. Sie flog auf Steins Kopf zu.

Das Bronzeschwert zischte aus der Scheide, von beiden Händen des Riesen gehalten. Er schnitt die Frucht sauber in zwei Teile.

König Thagdal röhrte vor jupitergleichem Entzücken. Die Männer in Schwarz und Weiß begannen, Stein mit Orangen zu bewerfen, so schnell sie konnten. Sein Schwert blitzte wie ein goldenes Rad. Er drehte sich und sprang und hackte die fliegenden Sphären in Stücke. Der König donnerte mit den Fäusten auf den Tisch, während ihm vor Vergnügen Tränen in den herrlichen Bart rannen. Die Tanu-Gesellschaft kreischte und jauchzte.

Die Kette forderte Ruhe.

Der Arbiter rief: »Oh, war das eine großartige Darbietung von unserm neuesten Krieger! Gut gemacht, Stein!«

Bietet!

Wieder ein Ausbruch fremder Gedankensprache. Diesmal war Elizabeth darauf eingestimmt. Ohne Überraschung hörte sie, daß Stein dem höchsten Bieter als Gladiator in einem Wettstreit, den sie die Niedere Mêlée nannten, zugeschlagen werden sollte. Da der Ex-Bohrer eins der körperlich eindrucksvollsten Exemplare unter den Neuankömmlingen des letzten Jahrzehnts war, trieben die sportverrückten Fremden den Preis auf eine Höhe, die man offenbar noch nie erlebt hatte. Sie boten der Krone – deren nominelles Eigentum alle Ausnahmeerscheinungen unter den Zeitreisenden waren – ihre persönlichen Dienste, ihre Metafunktionen, ihren materiellen Reichtum, ihre menschlichen Untertanen mit und ohne Reif an.

Dreihundert Graue für die Königliche Leibwache!

Meine Granatmine in den Pyrenäen!

Die berühmte Tänzerin Kanda-Kanda und ihr ganzes Gefolge!

Hundert Renn-Chalikos mit goldenen Schabracken!

Delbaeths Tod.

»Halt!« rief der König laut. Er erhob sich von seinem Ruhebett und blickte finster über die erschrockenen Anwesenden hin. In der Mitte des Saals stand Stein, die Spitze seines großen Schwerts auf die Fliesen gestützt.

»Wer hat es gewagt, dies Gebot zu machen?« fragte Thagdal mit seidiger Glätte. »Wer schätzt den Wert dieses Kriegers so hoch ein, daß er das übereilte Gelübde ablegt, die Feuergestalt zu vernichten?«

Keine Zunge, kein Gedanke antwortete.

»Ich«, sagte Aiken Drum.

Dem folgte ein kollektiver Seufzer und ein kollektives Zustoßen und ein mentales Keuchen sprachloser Überraschung, als alle Geistessonden stumpf niederfielen. Thagdal lachte laut, und nach einem Augenblick stimmten Nontusvel und dann alle anderen ein. Die Reaktion auf diese Ungeheuerlichkeit erschütterte den Saal.

Elizabeth schlüpfte im nur für Menschen verständlichen Modus zu Aiken hinein.

Was in aller Welt soll das?

Sieh dir Thaggys Geist selbst an Elizababy sehnlichster Wunsch Auslöschung gemeiner FirvulagDelbaethFeuergestalt. Also geboten.

Für Steinie? Wahnsinniger ClownAiken du spielst mit dem Leben unseresFreundes?!

Elizadummchenbeth! Ich habe SteinFreundverwundbar gerettet. Tanu Kampfschule erzeugt Eisenfresser unwiderrufliche Neuaufladung Berserkerpsychoenergie.

Verdammt ... ja. Bestätigung.

Sicher bei mir. Bekomme eventuell auch Sukey. Schwerer Fehler von ScheißTanu mir Ring zu geben. *Du* weißt es.

Vermutete es. Aber wehe sie kriegen dich wenn sie Zerbrechen geistiger Einheit entdecken. Kriegen uns beide wenn sie operante Schnüffelsequenz entziffern.

Störung Störung Störung.

Der mentale Austausch zwischen Aiken und Elizabeth hatte nur einen Sekundenbruchteil gedauert. Der Possenreißer in dem glitzernden Anzug verließ seinen Platz an der Hohen Tafel und stellte sich neben Stein. Der arbiter bibendi schüttelte die Kette wie verrückt. Als der Tumult verebbte, sagte der König: »Sprich, Aiken Drum!«

Der kleine Mann zog schwungvoll den Hut und verbeugte sich. Dann begann er zu sprechen, und seine Gedanken spielten eine Begleitung zu seiner Stimme, die den lächerlichen Worten irgendwie Glaubwürdigkeit verlieh, sie mit mesmerisierender Überzeugungskraft färbte und sogar die skeptischsten fremden Zuhörer entwaffnete.

»Ja, ich weiß, mein Gebot hat euch überrascht, Freunde! Denn nicht nur ist die Tat an sich eine Unverschämtheit, ihr könnt auch kaum fassen, wie ich genug über den gräßlichen Delbaeth habe erfahren können, um auf den Gedanken an seine Eliminierung zu geraten. Ihr haltet es für unglaublich, nicht wahr, daß ein eben eingetroffener kleiner Silberner sich anheischig macht, etwas zu vollbringen, bei dem so viele eurer eigenen Champions versagt haben.

Nun, laßt mich euch erläutern, wie die Dinge liegen! Ich bin eine andere Art Mensch! Ihr habt etwas wie mich noch nie gesehen. Und dieser große Bursche, der neben mir steht, ist mein Freund. Ich fürchte, die gute Königin hat recht, wenn sie sagt, er sei nicht der Typ, der euren grauen Ring lange tragen und am Leben bleiben kann. Der Trainingsstil eurer Kampfschule würde all die Redigierungsarbeit zunichte machen, die die kleine Sue-Gwen und Lady Elizabeth an ihm vornahmen, als sie ihm seine geistige Gesundheit zurückgaben. Und um Stein zu retten, nehme ich ihn euch. Aber nicht, ohne dafür einen angemessenen Preis anzubieten.

Während ich zu euch spreche, habt ihr mich sondiert und gekniffen und versucht, in mein Inneres zu spähen. Und ihr habt versagt! Sogar König Thagdal hat versagt. Sogar *Elizabeth* kann mich nicht mehr sondieren! Deshalb müßt ihr einsehen, daß der mir in der Torburg umgelegte Ring eine mentale Kettenreaktion ausgelöst hat, die noch andauert. Ich habe eurem Lord Creyn Angst eingejagt, und jetzt jage ich euch Angst ein. Ärgert euch nicht darüber! Ich habe nicht vor, euch etwas zuleide zu tun. Tatsächlich gefällt mir beinahe alles, was ich von dieser Welt sehe, und je mehr ich hineinwachse, desto mehr häufen sich die guten Vorzeichen für uns alle. Also wartet, bis ich fertig bin, bevor ihr der Angst nachgebt und mich schlagt! Seht erst, wie ich euch helfen kann, noch größer als zuvor zu werden!

Nun zu Delbaeth. Ich habe seine Feuergestalt tief in den Gedanken des Thagdal gesehen. Ich war neugierig, und ich studierte das Bild, während wir aßen und tranken und fröhlich waren. Und als die Versteigerung begann, sagte ich zu mir selbst: Warum nicht? Und so bot ich meine Dienste, eurem eigenen Brauch folgend. Ich bin zuversichtlich, daß ich diese Firvulag-Bedrohung auslöschen kann. Ich überlasse es ganz euch, Freunde im Geist. Und dir, Hochkönig der Tanu! Ich werde mich für einen Augenblick öffnen und euch nachsehen lassen, was in meinem Schädel wächst. Dann entscheidet euch, ob ihr mich als gleichberechtigten Geisteskämpfer oder als Sklaven behandeln wollt ...«

Er öffnete sich ihnen allen, und sie stürzten herein.

Elizabeth floß über und um und durch die Fremden und erhielt von Aiken eine ironische Anerkennung ihrer Geschicklichkeit. Die Tanu stolperten durch Weißglut und wußten sich keinen Vers darauf zu machen, zu was die knospenden mentalen Sprossen sich auswachsen würden. Aber Elizabeth erkannte es.

Welch Glück für das Milieu daß es dich los ist Aiken-Junge.

Puh Mädchen sieh mal sie rennen herum wie psychelliptische blindeMäuse.

Nein ... eine von ihnen durchschaut dich. Siehst du sie da?

Ha! Ja! ... Wer bist du alteFrau?

Ich bin Mayvar. Ich habe auf jemanden wie dich seit unserer Ankunft hier gewartet. Ich bin alt und ich bin häßlich und ich leite die Gilde der Fernsprecher. Komm freiwillig zu mir und laß dich initiieren und alles wird werden wie du hoffst. Es sei denn du hast Angst ...

Die Kette forderte Ruhe. Die Großen und all die müßigen, furchtsamen Neugierigen flohen aus Aiken hinaus. Er wartete höflich, bis Elizabeth und Mayvar sich zurückgezogen hatten, und schloß die Barriere dann wieder.

»Sollen wir es ihm erlauben?« röhrte König Thagdal.

»Slonshal!« erwiderten die Versammelten.

»Sollen wir ihn auf die Probe stellen, und sollen die Kühnsten von uns Zeugen seines Siegs oder seiner Vernichtung sein?«

»Slonshal!«

Die Stimme des Königs sank bis an die Grenze der Hörbarkeit. »Und wer unter uns wagt es, ihn in seine Sippe aufzunehmen und ihn unsere Bräuche zu lehren, diesen gefährlich glänzenden Jüngling?«

Ganz unten am linken Ende der Hohen Tafel erhob sich eine stockdürre Gestalt. Sie begab sich, auf einen goldenen Stab gestützt, in die Mitte des Saals. Ihr Gewand war von so dunkler Purpurfarbe, daß es fast schwarz wirkte. Goldene Sterne puderten es, und es hatte eine Kapuze, die ihr Haar verbarg, aber die umwerfende Häßlichkeit ihrer Züge den beiden auf sie wartenden Menschen preisgab.

»Mayvar Königsmacherin wird ihn annehmen«, erklärte die Alte. »Ich werde dafür sorgen, daß er seinen Goldring bekommt, und wenn er freundlich ist, mehr als das! Willst du mit mir kommen, schöner Junge? Und willst du mir deinen Freund bringen, damit er die Weise der Kampfgesellschaft lernt, bevor ihr beiden zusammen euch an Delbaeth wagt?«

»Stein!« schrie Sukey.

Die Hexe lachte. Ihre Gedanken sprachen zu Aiken im intimen Modus.

Gegen unsere Sitte doch ich werde sorgen daß er sie allein hat wenn du deiner Prahlerei Taten folgen läßt. Dionket und ich sind Verbündete. Kommst du jetzt?

Der kleine Mann in dem goldenen Anzug streckte der hochgewachsenen alten Tanu-Frau beide Arme entgegen. Sie beugte sich nieder, und sie küßten sich. Dann verließen sie gemeinsam die Halle. Stein folgte ihnen wie im Traum mit ein paar Schritten Abstand. Der arbiter bibendi ließ die Kette heftig klirren, und die Musiker stimmten eine lebhafte Tanzweise an. Die Elstern kamen gesprungen und zogen die wie betäubt dasitzenden Gäste mit roher Gewalt auf die Tanzfläche.

An der Hohen Tafel sah Thagdal dem seltsamen Trio nach, das den Raum durch die Tür am anderen Ende verließ. Er hatte keinen Muskel gerührt, seit die Frau in Purpur sich am Tisch erhob. Aber nun kam wieder Leben in die undurchsichtigen grünen Augen. Thagdal lächelte und hob seinen Pokal, und die noch anwesenden Hohen Persönlichkeiten auf den Thronen neben seinem taten es ihm nach.

»Sollen wir Aiken Drum Slonshal geben?« fragte der König leise. »Oder sollen wir ein bißchen warten, damit wir sehen, ob die ehrwürdige Lady Mayvar richtig gewählt hat oder nicht?«

Sein Pokal kippte um. Himbeerlikör ergoß sich wie frisches Blut über die polierte Tischplatte. Thagdal stellte den Ppkal umgekehrt mitten in die Pfütze, stand auf und verschwand durch eine Tür, die hinter Draperien verborgen war. Die Königin hastete ihm nach.

GIUSEPPE MANGONI

Sukey kam zu Elizabeth, mit weinenden Gedanken, aber trockenen Augen. »Was ist geschehen? Ich verstehe das nicht. Warum sind Stein und Aiken mit dieser alten Frau gegangen?«

Geduld kleine Schwester im Geist ich will dir erklären ...

»Königsmacherin!« Bryan betrachtete die beiden menschlichen Frauen eulenhaft. Dann hob er seinen eigenen juwelenäugigen goldenen Schädel-Pokal mit unsicherer Hand. »Mayvar Königsmacherin nannte Creyn sie! Eine gottverdammte Legende. Eine gottverdammte Welt. Slonshal! Lang lebe der König!«

Er kippte die Neige in seine Kehle und fiel vornüber auf den Tisch.

»Ich glaube«, sagte Elizabeth, »die Party ist vorbei.«

4

Königin Nontusvel und drei ihrer Kinder machten vormittags, solange es noch kühl war, einen Spaziergang im Garten, und wenn die königliche Dame Böses ahnte, so hielt sie ihre Furcht doch gut verschleiert.

Die Königin pflückte eine korallenfarbene Blüte von einem Geißblatt und hielt sie mit einem einladenden Gedanken in die Luft. Ein Kolibri kam, und seine Federn blitzten in schillerndem Blau und Grün auf, als er durch die Sonnenstrahlen schwirrte. Er trank Nektar und ließ es geschehen, daß die Königin sein Vogelgehirn kitzelte. Als es vorüber war, schwebte er noch einen Augenblick summend vor ihrem Gesicht, und dann sauste er in den Limonenbaum.

»So etwas ist gefährlich, Mutter«, warnte Imidol. »Sie hakken einem nach den Augen, wenn sie die Andeutung einer Drohung wahrnehmen. Wir hätten sie nie aus der Volière lassen sollen.«

»Aber ich *liebe* sie.« Die Königin lachte und warf die ausgesogene Blüte fort. »Und sie wissen es. Sie würden nie versuchen, mich zu verletzen.« An diesem Morgen trug sie ein Gewand in weichem Blau. Ihr flammenfarbenes Haar war zu einem geflochtenen Diadem hochgesteckt.

»Du vertraust zu sehr«, sagte Culluket. Und da war sie, die sich öffnende Bresche, auf die die anderen beiden gewartet hatten.

Imidol, der jüngste und aggressivste, stürzte sich mit der ganzen natürlichen Gewalt des Meta-Koerziblen hinein. »Auch Wesen, die harmlos wirken, können gefährlich sein. Denk an menschliche Frauen! Sind sie in die Ecke getrieben, haben sie einen mehrfachen psychischen Schock erlitten, schlagen sie unter Umständen zu, statt die willfährige Art anzunehmen, die wir von ihnen erwarten.«

»Diese neue Operante könnte eine ernsthafte Bedrohung werden«, warnte Riganone.

Sie kamen an eine breite Treppe mit Stufen aus Baumstämmen. Culluket nahm den Arm seiner Mutter und führte sie hinunter auf einen mit blühenden Sträuchern ganz eingefaßten Rasen. In der Mitte stand ein kleiner Marmor-Pavillon.

»Setzen wir uns hier für einen Augenblick hin, Mutter. Wir müssen darüber sprechen. Es kann nicht aufgeschoben werden.«

»Da hast du wohl recht.« Nontusvel seufzte. Culluket lächelte ihr Trost zu, und sie strahlte zur Antwort Zuneigung aus. Von diesen drei erwachsenen Kindern ähnelte er ihr äußerlich am stärksten mit seinen weit auseinanderstehenden Saphir-Augen und der hohen Stirn. Aber trotz seiner Schönheit und trotz seines großen Talents als Redakteur kamen die Mitglieder der Heerschar einer Heilung wegen selten zu ihm. Dabei war er ihr Bruder. Stimmte es, was die anderen sagten, daß Culluket Schmerzen zu eifrig nachspürte?

Nontusvel sagte: »Bestimmt verfügen wir innerhalb der Heerschar doch über Mittel, diese Elizabeth zu kontrollieren – ungeachtet ihrer ringlosen Kraft. Wenn sie mehr von unserer Lebensweise sieht, wird sie sich mit uns vereinigen. Das wäre nur vernünftig.«

O Mutter du mißverstehst. Wehe.

Schirm geschlossen Cull? Lauscher!

Fest geschlossen. Imi scheuche diese Gärtner weg. Riga zeig sie ihm!

»Ihr sollt nicht hinter meinen Gedanken flüstern«, schalt

die Königin. »Dieses mentale Durcheinander! Habe ich euch nicht besser erzogen, meine Lieben? Und jetzt bitte ich um einen ordentlichen Bericht.«

Riganone, die Fernsprecherin, erhob sich von der Marmorbank und schritt hin und her, groß und malvenfarben, ohne ihrer Mutter im intimen Modus zu begegnen.

»Heute früh beobachtete ich, wie ich es geplant hatte, das Erwachen der Frau Elizabeth. Ich wußte, daß ihre Abschirmung im Halbschlaf nicht ganz fest sein würde, und hoffte, ich könnte in den wenigen Augenblicken ihrer Verwundbarkeit tief und ohne eine Spur zu hinterlassen in sie eindringen. Diese Aufgabe übernahm ich statt Culluket, weil meine Kombination von fernwahrnehmenden und redigierenden Fähigkeiten denen Elizabeths vielleicht am ähnlichsten ist, was die Gefahr einer Entdeckung verringerte ... Ich glaube, ich hatte Erfolg. Ich erforschte ihre Reaktionen auf die Ereignisse beim gestrigen Festmahl sowie ihre späteren Gefühle, als ihr Heißluftballon und andere Überlebensgeräte aus ihren Zimmern entfernt wurden. Zu ersteren: Sie betrachtet unsere einfache Kultur mit Herablassung und Abscheu. Sie hält unsere Sitten für barbarisch, unsere mentale Struktur für unreif und unsere sexuellen Sitten für unverträglich mit der rituellen Monogamie und der Sublimierung, wie sie die metapsychische Elite des Milieus pflegen. Sie verachtet uns. Sie wird sich niemals freiwillig integrieren. Sie ekelt sich vor der Rolle einer königlichen Konkubine und wird sich weigern. Tief in ihrem Innern verborgen war ein Beweggrund, den zu entdecken ich nicht fähig war, aber ihr Entschluß war klar und unabänderlich. Sie wird sich dem von Gomnol ausgebrüteten neuen genetischen Plan niemals unterwerfen. Was die Beschlagnahme ihrer Fluchtmittel betrifft – sie hofft immer noch, auf irgendeine Weise Muriah verlassen und eine Geringe werden zu können.«

ErleichterungDankbarkeit! »Aber meine Lieben! Ein besseres Resultat können wir doch gar nicht verlangen! Meine größte Sorge war, daß sie danach streben würde, Königin zu werden.« Und daß ich ... schließlich doch das Schicksal Boandas und Anéar-Ias teilen müßte.

Niemals! riefen die Gedanken der drei Geschwister.

Die Königin griff hinaus und umarmte sie: Liebste Kinder Blumen meiner Heerschar.

Culluket sagte laut: »Trotzdem, wir dürfen uns nichts vormachen. Auch wenn sie ohne Ehrgeiz ist, gefährdet Elizabeth unsere Dynastie. Ich habe mit Nodonn in Goriah ferngesprochen, und er stimmt mir zu. So wie die Dinge jetzt liegen, ist unser edler Bruder der offensichtliche Erbe des Thagdals, obwohl er einen Makel trägt – und wir werden unsere Macht unter Nodonns Regierung vermehren. Aber wir könnten uns niemals gegen eine Linie operanter Metapsychiker des Typs durchsetzen, den diese Elizabeth und der Thagdal zeugen würden. Ich versichere euch, Gomnol weiß das ganz genau.«

Der Redakteur projizierte zwei genetische Diagramme. »Das erste zeigt die Nachkommenschaft, wenn Elizabeth homozygotisch ist. Greg-Donnet sagt, metapsychische Operanz sei eine autosomale Dominante, die sich voll durchsetze.«

»Alle Kinder würden operant werden!« rief Nontusvel bestürzt aus.

Culluket fuhr fort: »Das zweite Diagramm nimmt an, daß Elizabeth nur eine einzige Allele für Operanz besitzt. Dann würde die Hälfte der Nachkommen operant werden. Man paare die Operanten der ersten Generation, und in der nächsten treten drei Operante unter vieren auf. Man setze die Inzucht fort, und man erhält mit der dritten Generation eine rivalisierende Heerschar von ringlosen Metapsychikern, die jederzeit gegen uns antreten kann!«

Riganones Gedanken fragten: Inzucht?

Culluket zeigte seiner Schwester ein kaltes Lächeln. »Es ist Gomnols Plan. Er wird kaum Skrupel haben, unsere Tanu-Tabus zu brechen. Und der Thagdal wird alt und immer anfälliger für die Ränke des schmutzigen menschlichen Lord-Koerzierers.«

Die vier Gehirne schwiegen und dachten an die alte Schande. Ein menschlicher Emporkömmling Präsident der Koerzierer-Gilde! Der arme alte Leyr hatte keine Chance gegen ihn gehabt.

»Nur gut, daß der Elende steril ist.« Jung-Imidol zeigte seinen Haß mit Heftigkeit. »Gomnol würde Elizabeth für sich selbst nehmen! Der Entehrer unseres geheiligten Balu und Gold!«

Wir kommen vom Thema ab Bruder.

»Culluket hat recht«, sagte die Königin. »Aber was sollen wir mit Elizabeth machen?«

Visionen: Ein roter Ballon schwebt von Aven nach Osten, über die Tiefe Lagune zu der langen Insel Kersik ... Ein Segelboot, bemannt mit Highjohn oder sogar der Frau selbst, flieht südwärts nach Afrika ... Eine Gestalt in einem roten Jumpsuit schleicht sich verstohlen nach Westen davon und wandert zu Fuß über das hohe Rückgrat der Aven-Halbinsel, wird von Ramas in die Wildnis Iberias geführt ...

Folgen: Der Ballon wird schnell entdeckt und von fliegenden Psychokinetikern, deren Treue eher dem König als der Heerschar gilt, verfolgt. Das fliehende Boot wird noch leichter von den gleichen PK-Adepten zurückgeholt, die die Segel ihrer Kutter mit heraufbeschworenen Winden füllen. Die Frau zu Fuß stellte ein haarigeres Problem dar – aber wie weit würde sie kommen, wenn die Bewohner der ganzen Gegend aufgerufen würden und sie vierhundert Kilometer bis zum Festland Spaniens zurückzulegen hätte? Sie müßte die große Stadt Afaliah an der Grundlinie der Halbinsel umgehen, ihrer Jagd und den Sicherheitstruppen der Pflanzungen entkommen. Erreichte sie jedoch die katalanische Wildnis ...

»Dann wäre sie außer Reichweite des Thagdals und außer unserer Reichweite«, stellte Culluket fest, »könnte allerdings von den Firvulag oder sogar dem häretischen Minanonn gefangengenommen werden. Und letzteres, das gestehe ich ein, wäre eine noch größere Kalamität als die, der wir jetzt gegenüberstehen.«

Das freundliche Herz der Königin bebte vor der nächsten Frage zurück. »Was ist dann die Lösung?«

»Sie muß sterben«, antwortete Imidol. »Das ist die einzige Möglichkeit. Und es muß nicht nur ihr Geist, sondern auch ihr Körper vernichtet werden, damit Gomnol auf gar keinen Fall mehr ihre Ova in seinen obszönen Maschinen verwenden kann.«

Kleine olivgrüne und schwarze Finken schlugen in dem Limonenbaum. Die Brise, die vom Berg der Heroen oberhalb

Muriahs herabwehte, erstarb, und es wurde sehr heiß. Die Königin hielt einer kleinen Spinne, die sich von den Dachbalken des Pavillons herabließ, einen beringten Finger hin. Ihr Faden trieb wie in einem nicht wahrnehmbaren Wind dahin und ließ das Geschöpf auf Nontusvels Fingernagel landen. Sie sah ihm zu, wie es dastand, die Luft mit den Vorderbeinen kämmte, mit dem winzigen Raubtiergehirn schnüffelte.

»Es wird nicht leicht sein«, meinte Nontusvel. »Wir wissen wenig über die offensiven Fähigkeiten einer solchen Person. Wenn wir sie weit weg schickten, hätte sie nicht den Wunsch zurückzukehren. Sie würde uns keinen Schaden bringen, sondern uns eher dankbar sein.«

Die Spinne begann einen vorsichtigen Abstieg vom Finger der Königin. Sie ließ sie sicher auf den Zweig eines immerblühenden Rosenstrauchs segeln. Friß die Läuse, kleiner Jäger, damit die Rosen gedeihen.

Culluket sagte: »Elizabeth ist nur im Fernsprechen und Redigieren stark. Ihre anderen Meta-Fähigkeiten sind unwesentlich. Sie kann weder konkrete Illusionen spinnen noch Psychoenergien heraufbeschwören. Sie hat einen kleinen PK-Faktor, aber zur Selbstverteidigung oder Aggression ist er nutzlos. Koerzible Kraft per se fehlt ihr – aber das Redigierungsvermögen ist zu einem ungeheuerlichen Stand entwikkelt.«

Imidol machte einen ironischen Ausfall gegen seinen Bruder. »Und wenn irgend jemand weiß, wieviel Schaden durch eine Korrumpierung der heilenden Geisteskräfte angerichtet werden kann, dann doch du, Inquisitor.«

Imi, wir haben keine Zeit für Hakeleien! Laut sagte Riganone: »Das Galaktische Milieu erlegte den Metas der Meisterklasse nach der Rebellion Beschränkungen auf. Das sind nicht nur moralische Hemmungen, sondern außerdem noch ein Superego-Block, den ich bei meiner Sondierung deutlich gesehen habe. Elizabeth kann einem fühlenden Wesen keinen Schaden tun, es sei denn, sie muß ihre *menschlichen Gefährten* unbedingt verteidigen.«

Pause des Nachdenkens.

»Das ist hübsch«, sann Culluket. »Wenn wir genug Zeit

hätten ... ein Zwang zur Selbstzerstörung würde wirksam sein. Stimmst du mir zu, fernsprechende Schwester?«

»Ihre emotionale Färbung war dunkelgrau«, bestätigte Riganone. »Sie hat das Gefühl, allein zu sein. Beraubt.«

Und das ist sie auch, kam der sanfte Muttergedanke der Königin.

Imidol erklärte knapp: »Cull und ich werden einen passenden Zwang entwerfen. Als koordinierte Energiequelle stehen uns die einhundertundneun Mitglieder der Heerschar zur Verfügung, die gegenwärtig in Muriah weilen. Wenn das immer noch nicht genug ist, versuchen wir es noch einmal zur Zeit des Großen Wettstreits. Dann sind auch die übrigen hier.«

»Auf Zwänge allein dürfen wir uns nicht verlassen«, wandte Culluket ein. »Ich werde wahlweise Methoden entwickeln. Und wenn Nodonn eintrifft, fällt ihm vielleicht noch etwas Besseres ein, wie wir mit ihr fertigwerden.«

»Der Thagdal darf es nie erfahren!« beschwor die Königin sie.

Gomnol auch nicht, setzten Cullukets Gedanken hinzu.

»Wir haben Zeit zum Manövrieren«, sagte Riganone. »Denkt daran, daß Elizabeth erst zu Brede gehen muß, um initiiert zu werden, und das dauert eine Weile. Nicht einmal der König wagt es, sich in eine Initiierung einzumischen – oder sich mit Brede anzulegen.«

Das rätselhafte Bild der Schiffsgattin stand ihnen allen vor Augen. Die Wächterin und Leiterin ihres Exils, älter als die Ältesten unter ihnen. Einige sagten, sie sei die Mächtigste von allen, und wenige zweifelten daran, daß sie die Weiseste war. Aber Brede griff selten unmittelbar in die Angelegenheiten des Hochkönigreichs auf der Erde ein. Für die ganze Gesellschaft war es ein Schock gewesen, als der König verkündete, Elizabeth werde von der Schiffsgattin initiiert werden.

»Brede!« Imidol strömte die Verachtung der jüngeren Generation für verehrungswürdige Mysterien aus. »Sie fühlt sich keiner Faktion verbunden. Immerhin – Elizabeth stellt eine solche Gefahr für uns alle dar, daß wir vielleicht an die Schiffsgattin appellieren könnten ...«

Riganone lachte bitter. »Glaubst du wirklich, Brede weiß

das nicht? Sie sieht alles, auch wenn sie sich in ihrem Raum ohne Türen versteckt! Höchstwahrscheinlich hat sie dem Thagdal befohlen, die Menschenfrau zu ihr zu schicken!«

»Verdammte Brede«, sagte Culluket bösartig. »Soll die Zweigesichtige sie für die Zeit der Initiierung doch haben! Was kann sie tun? Wir kriegen die Hexe schon irgendwie, wenn die Schiffsgattin mit ihr fertig ist. Elizabeth wird nie Königin statt deiner werden, Mutter.«

Niemals, niemals schworen die beiden anderen.

»Die arme Frau.« Die Königin erhob sich und verließ den Pavillon. Es war Zeit, die kühlen Innenräume des Palastes aufzusuchen. »Sie tut mir so leid. Wenn es nur eine andere Möglichkeit gäbe.«

»Es gibt keine«, stellte Imidol fest. Unerschütterlich, gekleidet in das Blau und Gold des Koerzieres, bot er Nontusvel den Arm. Alle vier gingen über den Gartenweg davon.

In ihrem Rosenbusch saugte die kleine Spinne eifrig den Lebenssaft aus einer Laus. Als der Fink auf sie niederstieß, war es für sie zu spät, zu entrinnen.

5

»Kein Silber ... selbstverständlich kein Silber, Bryan. Gold!«

Ogmols hohe Stimme, die so gar nicht zu seinem gewaltigen Körper paßte, war laut genug, um das normale Klappern und Summen des Marktplatzes zu übertönen, und veranlaßte Käufer und Händler, ihn anzustarren. Es wanderten nicht so viele Tanu zwischen den Ständen umher, und soviel Bryan sah, war kein einziger Mann dabei. Hier und da beugte sich eine hochgewachsene fremde Dame, begleitet von einem Gefolge aus Grauen und Ramas, die ihre Einkäufe zu tragen und den Sonnenschirm zu halten hatten, über die Waren eines wandernden menschlichen Juweliers, Glasbläsers oder sonstigen Kunsthandwerkers. Unter den Kunden waren ein paar Silberne, aber die meisten Leute, die auf dem offenen Platz unterwegs waren, schienen ringlose menschliche Haushälter oder Graue in der Livree großer Häuser zu sein, die frisches Gemüse für die Küche, Blumen, lebende Vögel oder Vieh und andere Artikel, die in den vielen kleinen Läden um den Platz des Handels nicht immer erhältlich waren, einkaufen wollten.

»Das alles hat mir Creyn bereits gesagt«, antwortete Bryan geduldig. »Kein Ring für mich.« Er blieb stehen und betrachtete einen Tisch, auf dem ein seltsames Sortiment von Artikeln des 22. Jahrhunderts durcheinanderlag: Feldflaschen, halbleere Kosmetiktöpfchen, zerfledderte Bücher mit Papierseiten, abgetragene Kleidungsstücke, zerbrochene Musikinstrumente, nicht mehr funktionierende Chronometer und Stimmschreiber, ein paar gewöhnliche Dekamol-Geräte und Vitredur-Werkzeuge.

»Es würde Ihnen bei Ihrer Arbeit helfen«, drängte Ogmol. Verspätet nahm er Notiz von den Flohmarkt-Waren, die Bryan sich ansah. »Diese Dinge – der übliche Abfall. Die ungewöhnlicheren und wertvollen Artikel aus Ihrer Ära dürfen eigentlich nur von lizensierten Händlern verkauft werden. Aber natürlich gibt es einen Schwarzen Markt.«

»Hm«, machte Bryan und ging weiter.

Ogmol kehrte zu dem ursprünglichen Thema zurück. »Ein goldener Ring enthält keine koerziblen oder beeinflussenden Schaltungen irgendeiner Art. In Ihrem Fall würde er – da Sie keine nennenswerten latenten Funktionen haben – nur ihre telepathischen Fähigkeiten verstärken, die jeder Mensch besitzt, und ihnen erlauben, mit uns gedanklichen Kontakt aufzunehmen. Denken Sie, wieviel Zeit wir dadurch sparen würden! Ziehen Sie den semantischen Vorteil in Betracht! Es würde Ihnen keine einzige Nuance Ihrer kulturellen Immersion entgehen. Wie gewänne Ihre Analyse an Tiefe, wie gering wäre die Wahrscheinlichkeit eines subjektiven Fehlers ...«

Ein Verkäufer mit einem Stroh-Sombrero schwenkte grinsend einen Spieß mit kleinen, frisch gerösteten Vögeln. »Barbecue-Lerchen, Hohe Lords? Meine eigene Texas-Chili-Soße!«

»Popcorn«, krächzte eine verrunzelte alte Frau an dem nächsten Stand. »Neue tetraploide Ernte. Jedes Korn ein kleiner Imbiß.«

»Heute nur noch ein paar Périgord-Trüffeln übrig, Herr.«

»Rosenöl! Orangenwasser, um Ihre Schläfen zu kühlen! Nur für Sie, Herr – eine seltene Flasche 4711!«

Ogmol verzog das Gesicht. »Es ist eine Fälschung. Man müßte etwas gegen diese Burschen unternehmen ... Aber wie ich sagte, mit einem Ring ...«

»Die einzigen Arbeitsbedingungen, die ich akzeptiere, sind die, die mir vollständige Freiheit lassen.« Bryan blieb guter Laune. Ogmol machte eine resignierende Handbewegung und ging zu einem Gebäude auf der schattigen Seite des Platzes voraus. Ein Schild kennzeichnete es als BÄCKEREI – KLEINFUSS – CAFÉ.

Die Menge der Marktbesucher teilte sich ehrerbietig vor ihnen. Auf der blumengeschmückten Terrasse vor der Bäckerei waren Tische aufgestellt. Ein Rama in einem rot und weiß gewürfelten Wappenmantel trottete herbei, verbeugte sich und führte sie zu einem Tisch, wo sich Ogmol in einen Rohrstuhl fallen ließ.

»Dies Herumlaufen in der Tageshitze! Ich hoffe, für eine Weile können wir uns weniger anstrengenden Forschungsarbeiten widmen, Bryan. Ich habe immer noch einen kleinen Kater von der Party gestern. Mir ist rätselhaft, wie Sie es fertigbringen, so munter auszusehen.«

Das Rama brachte schnell zwei Tassen Kaffee und ein großes Tablett mit Backwaren. Bryan suchte sich ein Stück aus.

»Nun, dagegen gibt es Pillen. Unsere Rasse mußte lange Zeit darauf warten, aber schließlich entwickelten wir gerade im letzten Jahr eine Sofortkur gegen Nachwirkungen übermäßigen Alkoholgenusses. Winzige Pillchen. Ich hatte eine ansehnliche Menge in meinen Rucksack gepackt. Zu schade, daß ich nicht daran gedacht habe, mir heute morgen welche einzustecken.«

»Sehen Sie wohl!« stöhnte Ogmol. »Genau das meine ich ja. Trügen Sie einen Ring, *wüßten* Sie, wie ich leide, ohne daß ich es Ihnen in vielen Worten zu erklären hätte.« Er stürzte den Kaffee in einem langen Zug hinunter, und das Rama füllte die Tasse neu. »Und ebenso wären Sie imstande, den Ramas Ihre Wünsche bekanntzugeben. Haben Sie gesehen? Dieser kleine Bursche hätte Ihre Tasse beinahe nachgefüllt, obwohl Sie noch nicht ausgetrunken hatten – aber bei mir würde er das nie tun. Eine verbale Kommunikation mit Ramas ist nur in engen Grenzen möglich, wissen Sie. Gerade ›komm her‹ und ›geh weg‹ und so in dieser Art. Personen ohne Ring müssen bei den kleinen Affen die Zeichensprache benutzen – und außer bei den einfachsten Befehlen kann das sehr mühsam sein.«

Bryan nickte nur und aß seinen Kuchen. Er war köstlich und erinnerte ihn an Wien. Kein Wunder, daß der Innenraum der Bäckerei Kleinfuß gedrängt voll von Käufern war. »Nach dem, was ich gehört habe, kann der goldene Ring nicht mehr entfernt werden, wenn er einmal angelegt worden ist. Und außerdem habe ich erfahren, daß bei manchen Charakteren durch das Tragen des Dings ernsthafte psychische Störungen auftreten. Sie werden verstehen, warum ich meine geistige Gesundheit nicht riskieren möchte, Ogmol. Mein ringloser Zustand wird bestimmt kein Hindernis für meine Forschungen sein. Ich bin im Milieu ein kompetenter Arbeiter ohne Meta-Fähigkeiten gewesen, und das war auch bei den meisten meiner Kollegen der Fall. Für eine gültige Analyse ist nichts weiter erforderlich als zuverlässiges Quellenmaterial.«

Der Tanu wandte den Blick ab. »Nun – ja. Wir werden unser Bestes tun, Ihnen das zu besorgen. Mein Ehrfurchtgebietender Vater hat den ausdrücklichen Befehl dazu gegeben.«

Bryan versuchte, taktvoll zu sein. »Einige meiner Befragungen werden wohl wunde Stellen berühren. Das kann ich bei einer Studie wie dieser nicht ändern. Schon meine oberflächlichen Beobachtungen beginnen, ein Muster starker Spannungen zu enthüllen, die durch den Zusammenstoß der menschlichen und der Tanu-Kultur entstanden sind.«

»Genau das ist es, was mein Vater untersucht haben möchte, Bryan. Aber die Befragungen könnten soviel – würdiger auf mentaler Ebene durchgeführt werden. Worte sind so *schwerfällig.*« Er stürzte die zweite Tasse Kaffee hinunter, kniff die Augen zusammen und drückte die Fingerspitzen beider Hände an seinen goldenen Halsreif. Viele der männlichen Fremden hatten Gesichter von transzendenter Schönheit, aber Ogmols war erfrischend unhübsch. Sein Nasenrücken trug einen Höcker, und seine Lippen zwischen dem kurzgeschnittenen Bart, der lohfarbenem Plüsch ähnelte, waren zu dick und zu rot. Ähnlichkeit mit dem König hatten nur seine tiefliegenden, jadegrünen Augen – jetzt jämmerlich von roten Äderchen durchschossen. Der Hitze wegen trug er eine kurze, ärmellose Robe in Zyanblau und Silber, die Symbole der Kreator-Gilde. Seine Arme und Beine waren mit drahtigem braunen Haar bewachsen.

»Der Katzenjammer ist nicht wegzupsychen.« Ogmol klopfte sich mit den Knöcheln gegen die Stirn. »Zwetschgenwasser fordert seine Rache. Sie werden mir doch eine Pille oder zwei für künftigen Gebrauch ablassen, nicht wahr, alter Junge?«

»Natürlich. Und ich werde versuchen, bei meinen Befragungen so rücksichtsvoll wie möglich vorzugehen. Auf die Weise mag es ein bißchen länger dauern, aber wir schaffen es schon.«

»Bei mir können Sie so geradeaus fragen, wie Sie möchten.« Ogmol lachte verlegen. »Auf meine Empfindlichkeit kann keine Rücksicht genommen werden.«

»Warum sagen Sie das?«

»Ich habe die Aufgabe, Ihnen zu assistieren. Was mir eine Ehre ist. Und meine Haut ist als die eines Halbbluts nicht ganz so dünn wie die der ... äh ... reinrassigen Fraktion.«

»Ihre Mutter war ein Mensch?«

Ogmol winkte dem Rama ab und lehnte sich zurück. »Sie war eine Silberne. Eine Bildhauerin von der Wessex-Welt. Sie hat mir ihre latente Kreativität vererbt, aber sie war emotional zu labil, um im Vielfarbenen Land lange am Leben zu bleiben. Ich bin ihr einziger Nachkomme.«

»Wollen Sie sagen, es gibt ein ernstzunehmendes Vorurteil gegen Personen mit gemischtem Erbgut?«

»Es existiert.« Ogmol runzelte die Stirn, dann schüttelte er den Kopf. »Aber – verdammte *Worte!* – die Geringschätzung, mit der die Alten uns betrachten, ist stark gefärbt von anderen Emotionen. Unsere Körper sind nicht so fein geformt wie ihre, aber wir sind kräftiger. Die meisten Reinblütigen können nicht schwimmen, aber wir haben keine Schwierigkeiten im Wasser. Mischlinge sind fruchtbarer, ungeachtet der Tatsache, daß die reinen Tanu eine stärkere Libido haben. Und bei uns ist die Wahrscheinlichkeit geringer, daß wir Firvulag oder Schwarzringe zeugen.« Wieder stieß er das verlegene kleine Lachen aus. »Sie sehen, Bryan, wir Mischlinge sind in Wirklichkeit eine Verbesserung des ursprünglichen Modells. Das ist es, was so unerträglich ist.«

»Hm«, machte der Anthropologe, um Zeit zu gewinnen.

»Wie Sie sehen, ist mein Körper, oberflächlich betrachtet, dem eines Reinblütigen sehr ähnlich: helles Haar, helle Haut, die typischen lichtempfindlichen Augen, langer Torso, schlanke Gliedmaßen. Aber die starke Körperbehaarung ist ein menschliches Erbe, und das Gleiche gilt für mein robusteres Skelett und meine Muskulatur. Nur eine Minderheit der reinblütigen Männer verkörpert diesen Typ ... der König und seine Kampf-Champions. In der Heimat-Galaxis der Tanu war ein heroischer Körperbau fast ein Anachronismus. Eine Erinnerung an die primitiven Anfäge der Rasse.«

»Aber gerade das Erbgut«, bemerkte Bryan, »das die exilierte Gruppe wiederbeleben sollte. Interessant.«

Das Rama kam mit einer großen Serviette gelaufen, die Ogmol dazu benutzte, sich die Stirn zu wischen. Es war wirklich ein Jammer, dachte Bryan, daß er sein Aldetox im Palast gelassen hatte.

»Können Sie nicht verstehen, Bryan, wie schwer es für die Alten ist, die Tatsache zu akzeptieren, daß menschliche Gene das Überleben der Rasse auf der Erde optimieren? Die Reinblütigen empfinden die Lebenskraft der Mischlinge als Herabsetzung. Die Alten sind sehr stolz. Es ist unlogisch – aber sie scheinen vor uns Angst zu haben.«

»Diese Einstellung war nicht einmal in meiner eigenen Ära unüblich«, gestand Bryan. Er schluckte den letzten Krümel Kuchen hinunter und trank seine Tasse leer. »Sie sagten, wir könnten Lord Gomnols Institut besuchen. Sollen wir jetzt hingehen?«

Ogmol grinste und befingerte seinen Ring. »Sehen Sie? Noch ein Vorteil. Geben Sie mir eine Minute Zeit!«

Der Rama-Kellner stand passiv neben dem Tisch, ein Affenkind mit intelligenten, traurigen Augen. Während Ogmol seinen telepathischen Anruf machte, fischte Bryan in einer Tasche nach dem hiesigen Münzgeld, das man ihm gegeben hatte, und hielt dem Rama eine Zufallsauswahl hin. Feierlich ergriffen die hominiden Finger zwei Silberstücke. »Kein Trinkgeld?« wunderte sich Bryan. Er sah sich an den anderen Tischen um. Keine einzige Person ohne Ring saß auf der Terrasse. Die Bloßhalsigen mußten sich mit einer Selbstbedienungstheke im Innenraum zufriedengeben, wo menschliche Angestellte ihre mündlichen Befehle entgegennahmen.

»Gute Nachrichten«, sagte Ogmol. »Gomnol ist frei und wäre entzückt, uns persönlich durch seine Laboratorien zu führen! ... Wie ich sehe, haben Sie bezahlt. Lassen Sie mich nur noch ...«

Das Rama gab einen Freudenquietscher von sich und stülpte Ogmol seine Lippen entgegen. »Ein *mentales* Trinkgeld, Bryan.«

»Das hätte ich mir denken können.«

Sie fuhren mit einem Wagen, der von einem Helladotherium gezogen wurde, zu dem großen Komplex am Nordrand der Stadt, der die Koerzierer-Gilde beherbergte. Unterwegs kamen sie auf den breiten Boulevards an vielen sauberen Häusern vorbei, die unten kleine Läden und oben Wohnungen hatten. Hier war nichts von der seltsamen »Munchkin-Tudor«-Architektur zu sehen, die die Randsiedlungen in Muriah zeigten. Die Gebäude hatten eine klassische Eleganz von fast dorischer Linienführung. Die weißen und pastellfarbenen Massen wurden aufgelockert durch üppigen Pflanzenwuchs, gepflegt von den allgegenwärtigen Ramapithecinen. Die menschlichen Einwohner von Muriah – Kunsthandwerker, Ladenbesitzer, Soldaten und Angestellte der Dienstleistungsgewerbe und der Verwaltung – waren alle gut genährt und wirkten wohlhabend. Die einzigen Personen, die man als schäbig bezeichnen konnte, waren die Straßenhändler auf dem Markt, die Karawanentreiber und die frisch aus dem Hinterland eingetroffenen Reisenden. Doch selbst diese schienen nur vorübergehend schmutzig zu sein. Bryan entdeckte kein Anzeichen von Krankheit, Ausbeutung oder schlechter Behandlung unter dem ringlosen Element. An der Oberfläche sah Muriah wie eine idyllische Kleinstadt aus. Ogmol erzählte ihm, die gesamte ständige Einwohnerzahl schließe etwa viertausend Tanu, ein paar hundert goldberingte Menschen, weniger als tausend Silberne, rund fünftausend Graue und sechs- oder siebentausend ringlose Menschen ein. Die Zahl der Ramas war mindestens dreimal höher als die der Tanu und Menschen insgesamt.

»Als Tanu klassifizieren wir jede Person, die wie ein Tanu *aussieht*«, erklärte der muskulöse Gelehrte. »Offiziell wird kein Unterschied zwischen Rein- und Mischblütigen gemacht. Und ein Mensch mit Goldring steht natürlich gesellschaftlich mit einem Tanu auf gleicher Stufe. Jedenfalls theoretisch.«

Bryan unterdrückte ein Lächeln. »Noch ein Grund für Sie, mir ein Halsband aufzudrängen? Ihre Verbindung mit einem Bloßhalsigen muß ein wenig déclassé sein. Mir ist aufgefallen, daß die Markthändler mich argwöhnisch musterten.«

Ziemlich steif erwiderte Ogmol: »Jeder, auf den es ankommt, weiß, wer Sie sind. Die übrigen spielen keine Rolle.« Eine Weile fuhren sie schweigend dahin. Bryan dachte darüber nach, daß der König noch ein anderes Motiv für den Auftrag zu einer anthropologischen Studie haben mochte. Er war froh, daß Ogmol seine Gedanken nicht lesen konnte.

Sie kamen an eine hübsche Gruppe von Gebäuden, die nah am Rand des steilen Abfalls zum katalanischen Golf stand. Der weiße Marmor des Koerzierer-Hauptquartiers trug in Blau und Gelb eingelegte Ornamente. Der Vorhof hatte ein Mosaik-Pflaster mit abstraktem Muster. Die Dachziegel leuchteten azurblau; Regenrinnen und andere Metallteile glitzerten wie Gold. Abteilungen gut bewaffneter Grauring-Wachen in Halbrüstungen aus blauem Glas und Bronze standen stoisch im Bogeneingang und vor allen Türen. Wenn der Wagen vorbeifuhr und Ogmol einen unhörbaren telepathischen Gruß aussandte, stampften die Männer als Salut mit ihren Vitredur-Hellebarden auf. Ein Soldat wurde zu dem Wagen abkommandiert, als Bryan und Ogmol ausstiegen. Er achtete darauf, daß der menschliche Kutscher sich auf dem Gelände der Gilde nicht unnötig verweilte.

»Die Koerzierer scheinen recht sicherheitsbewußt zu sein«, bemerkte Bryan.

»Die Ringfabrik ist hier. In gewissem Sinn ist dies Gebäude die Grundlage unseres Hochkönigreichs.«

Sie traten in kühle Korridore ein, wo weitere Wachen wie lebende Statuen standen – vermutlich sorgten ihre grauen Ringe dafür, daß keine Langeweile aufkam. Irgendwo läutete eine tiefe Glocke dreimal. Bryan und Ogmol stiegen eine Treppe hinauf und kamen vor eine zweiflügelige hohe Bronzetür. Vier dort postierte Wachen hoben einen schweren Schmuckriegel, damit die beiden Forscher in das Vorzimmer des Präsidentenbüros eintreten konnten. Dort saß hinter einer mit Konstruktionen aus glühendem Kristall ausgerüsteten Konsole eine Tanu-Frau von einzigartiger Schönheit. Bryan hatte das Gefühl, eine eisige Nadel pieke ihn hinter den Augen.

»Tana sei uns gnädig, Meva«, sagte Ogmol gereizt. »Würde ich eine feindlich gesonnene Person mitbringen? Doktor Grenfell ist von Lord Dionket selbst überprüft worden!«

Tatsächlich? fragte Bryan sich.

»Ich tue nur meine Pflicht, kreativer Bruder«, erklärte die Frau. Sie wies auf die Tür zum inneren Heiligtum, die offensichtlich durch Psychokinese geöffnet wurde, und kehrte an die esoterische Arbeit zurück, die durch die Ankunft der beiden Männer unterbrochen worden war.

»Kommt herein! Kommt herein!« rief eine tiefe Stimme.

Sie traten vor Gomnol, Lord-Koerzierer, der seine ureigene Welt bewohnte. Der Raum war kalt trotz des tropischen Klimas von Muriah. Ein paar Kohlen glosten auf dem Gitter einer mit Kaminaufsatz versehenen hochherrschaftlichen Feuerstelle. Das Ölgemälde darüber mußte ein Georgia O'Keeffe sein. Ein Chihuahua-Hund beäugte die Besucher schwermütig von seinem Kissen vor dem Feuer. Die Wände waren mit dunklem Holz getäfelt, unterbrochen von Regalen voller ledergebundener Papierbücher, kristallinen Tanu-Audiovisuals und Buchplatten des 22. Jahrhunderts. Auf einem Gestell stand eine Kopie (es mußte doch eine Kopie sein!) von Rodins düsterer Versuchung des Heiligen Antonius. Sessel und Sofas aus gestepptem weinroten Leder standen vor einer riesigen Reproduktion eines Rokoko-Schreibtischs, auf dessen Platte eine Öllampe mit grünem Schirm, ein Schreibzeug aus angelaufenem Silber mit Tintenfaß und Schreibfeder, ein Zigarrenbehälter aus Kirschholz und ein von Zigarrenstummeln überfließender Onyx-Aschenbecher zu sehen waren. Auf einer Walnuß-Kredenz im gleichen ornamentalen Stil wie der Schreibtisch, flankiert von Kübeln mit Farnkräutern, prangten ein Dutzend Kristall-Karaffen, ein Tablett mit Waterford-Gläsern, ein Soda-Siphon und eine kleine Dose mit Cadbury-Keksen. (Welcher Zeitreisende mochte letzteren Schatz auf die unwiderstehliche Forderung des Lord-Koerzierers hin angeliefert haben?)

Inmitten einer Wolke duftenden Rauchs saß Eusebio Gomez-Nolan selbst. Er trug eine Steppjacke aus Goldbrokat mit Aufschlägen und Manschetten aus mitternachtsblauem Satin. Er mochte nicht der »häßliche kleine Affe« sein, als den ihn König Thagdal bezeichnet hatte, aber er war nach den Begriffen der Alten Welt nur von mittlerer Statur mit einer Nase, die schon keine Adlernase mehr war, sondern sich der Knollenform näherte. Doch seine Augen waren von einem schönen, leuchtenden Blau, umrahmt von dunklen Wimpern, und als er seine Besucher anlächelte, zeigte er kleine perfekte Zähne.

»Setzen Sie sich, Kollegen!« sagte er im Konversationston und winkte mit seiner Zigarre.

Bryan fragte sich, wie, zum Teufel, es diesem gewöhnlich aussehenden kleinen Burschen gelungen sein mochte, sich als Präsident der Koerzierer-Gilde zu installieren.

Und Gomnol hörte es.

Vor langen Jahren war Bryan einmal mit seiner kleinen Yacht in einen Hurrikan gesegelt, der sich von den Wettermachern losgerissen hatte und bis nahe an die Britischen Inseln herangewandert war. Nach Stunden des Kampfes gönnte sich Bryan eine kleine Pause – nur um zu sehen, wie sich vor seinem Boot eine berghohe schaumgekrönte grüne Welle erhob, die mindestens dreißig Meter über ihm zu hängen schien. Mit voller Absicht bog sich die Wassermasse auf seine Yacht nieder und drückte sie mit der Gefühllosigkeit eines Ungeheuers nach unten, bis er das Ende vor sich sah. Und so war es jetzt mit Gomnols psychischer Kraft, die sich auf sein eigenes schreckgelähmtes Bewußtsein stürzte und ihn mit Leichtigkeit auf die endgültige Dunkelheit zupreßte.

Die große Sturmwelle hatte unerklärlicherweise seine beschädigte, aber immer noch seetüchtige Yacht freigegeben. Mit einem ähnlich gearteten Nasenstüber löste Gomnol den Griff um Bryans Verstand.

»So ist es mir gelungen«, sagte der Präsident der Koerzierer-Gilde. »Und jetzt – wie kann ich Ihnen bei Ihrer Untersuchung behilflich sein?«

Bryan hörte Ogmol die Aufgabe erklären, die der Hochkönig ihnen gestellt hatte, sowie die Techniken, die sie anzuwenden hofften, um Daten für die Analyse des kulturellen Zusammenstoßes zu sammeln. Lord Gomnol könne helfen, wenn er wolle, und zwar nicht nur mit einer Expertise über die Schlüsselbedeutung des Rings, sondern auch durch Mitteilung seiner persönlichen Erinnerungen. Diese seien wegen seines privilegierten menschlichen Status von einzigartigem Wert. Und wenn der Hohe Lord es vorziehe, mit Dr. Grenfell allein zu konferieren ...

Rauchkringel umrahmten ein freundliches Lächeln. »Ich glaube, das wäre am besten. Meine Glückwünsche zu deinem zartfühlenden Verhalten, kreativer Bruder. Willst du nicht wiederkommen und dich uns in – sagen wir drei Stunden zum Dinner anschließen? Großartig! Versichere unserem ehrfurchtgebietenden Vater, daß ich mich des würdigen Doktors der Anthropologie mit aller Aufmerksamkeit annehmen werde.«

Und dann waren Gomnol und Bryan allein in dem pseudo-viktorianischen Nest. Der Psychobiologe schnitt das Ende einer frischen Zigarre ab und sagte: »Nun denn, mein Freund. Was, zum Teufel, tut jemand wie Sie im Exil?«

»Kann ich – etwas zu trinken haben?«

Gomnol ging zu den Karaffen und hob eine, die eine fast farblose Flüssigkeit enthielt. »Wir haben den Glendessarry, aber leider kein Evian-Wasser. Oder möchten Sie gern einmal eins unserer hausgemachten Getränke probieren? Fünf Whiskys, einen Wodka, jede Anzahl von Branntweinen – die bevorzugte Erfrischung unserer Tanu-Brüder.«

»Ein anständiger Scotch wäre fein«, gelang es Bryan zu sagen. Als der Whisky seine Nerven ein bißchen beruhigt hatte, meinte er: »Ich hoffe, Sie betrachten mich nicht als Bedrohung. Ehrlich – ich bin mir selbst überhaupt nicht sicher, welche Motivation hinter dem Auftrag des Königs steht. Ich habe das Zeitportal aus den allergewöhnlichsten Gründen durchschritten. Ich folgte der Frau, die ich liebe. Ich hatte damit gerechnet, ein Fischer oder Händler in einer primitiven Pliozän-Welt zu werden. Daß die Tanu, die mich gefangennahmen, Interesse an meinem Beruf zeigten, war für mich eine Überraschung. Ich kooperiere, weil mir gesagt worden ist, das sei der einzige Weg, wie ich Mercy zu sehen bekäme.«

Gomez-Nolan senkte eine schwarze Braue in der Andeutung eines finsteren Blickes und schien etwas zu studieren, das genau vor Bryan in der Luft schwebte. »*Das* ist Ihre Mercy?« fragte er dunkel. »Großer Gott!« Ohne sich die Mühe zu machen, seinen Ausspruch zu erklären, zündete er seine Zigarre an. »Kommen Sie mit! Ich werde Ihnen die Fabrik zeigen und Ihnen die Geschichte des Wechselbalgs erzählen.«

Ein Stück der Wandtäfelung schwang zur Seite und enthüllte einen langen, gut beleuchteten Gang. Bryan folgte ihm in einer Kielspur aus Rauch. Sie kamen an ein großes Tor aus Bronzestangen, das sich freiwillig zur Seite faltete, als Gomnol sorglos hineinschritt.

»O ja, ich habe auch PK«, sagte der Psychobiologe. »Und die Fähigkeiten des Fernsprechens und Redigierens. Sie sind natürlich nicht so stark wie mein koerzibles Talent, aber sie sind mir von Nutzen.«

Sie betraten einen großen Raum, der mit Arbeitstischen gefüllt war, wie Juweliere sie haben. Männer und Frauen beider Rassen in blauen Kitteln mit Lupen im Auge stellten goldene Ringe her.

»Das ist das Herz der Fabrik, genau hier. Alles Handarbeit bei den goldenen. Die Bauteile – die kristallinen Chips mit den Schaltungen – läßt man wachsen, und dann werden sie gespritzt und geätzt und zur Installierung in der metallenen Hülle hierher gesandt. Die Tanu brachten aus ihrer Heimatgalaxis nur eine einzige Anlage zur Erzeugung der Kristalle und des Ätzmittels mit, doch mir ist es gelungen, weitere zu bauen und die Produktion auf das Zehnfache zu steigern.«

Ein Rama kam vorbei. Es schob einen Karren, auf dem Behälter mit glitzernden Teilen standen. Gomnol schwenkte seine Zigarre und veranlaßte eine rosafarbene Waffel, aus einer Schachtel und in seine Finger zu fliegen. »Diese kleine Erfindung ist der Psychoregulator, den ich für die Silbernen und Grauen entwickelt habe. Er stellt den Träger unter die mentale Befehlsgewalt jedes Goldenen.«

Bryan konnte es nicht verhindern, daß vor seinem geistigen Auge das Bild von Aiken Drum auftauchte.

Gomnol strahlte. »Ein faszinierender Fall. Ich war bei dem Festmahl nicht anwesend, aber man hat mir alles über ihn erzählt. Zu schade, daß die alte Mayvar ihn drüben im Fernsprecher-Haus eingeschlossen hat. Sowohl Culluket als auch ich brennen darauf, ihn zu befragen.«

»Beunruhigt er das Establishment?«

Gomnol lachte. »Die naiveren Elemente. Mich beunruhigt er nicht. Nach dem, was der Junge bisher angestellt hat, muß er eine mentale Nova sein. Kurzes Aufblitzen von Pseudo-Operanz. Das Phänomen war im Milieu nicht unbekannt. Bestimmte Latente können durch ein schweres Trauma in die Operanz gejagt werden. Hier bei uns ist es auch schon einoder zweimal passiert, obwohl kein Fall so denkwürdig war, wie dieser Aiken Drum zu sein scheint. Der temporär operante Zustand des Gehirns überbrückt die Kontrollen des silbernen Rings. Aber das Strohfeuer hat nicht lange Nahrung und brennt schließlich aus – und dann gleich bis zum Schwachsinn, einfach so.«

»Ich habe von den traurigen Fällen gehört, die sich dem Ring nicht anpassen konnten. Aber soviel ich weiß, tragen Sie den Ihren seit vierzig Jahren, ohne an mentalem Ausbrennen zu leiden.«

Der Mann in dem Smoking-Jackett lächelte nur hinter seiner Zigarre.

Sie wanderten zwischen den Tischen hindurch und sahen der mühevollen Arbeit zu. Ein Techniker brauchte fast eine Woche, um einen der goldenen Halsreifen fertigzustellen – und noch länger für die zierlichen kleinen Reifen, die von den Tanu-Kindern getragen wurden. Diese gab es in vier Größen, und wenn ein größerer angelegt worden war, konnte der kleinere gefahrlos entfernt und für ein anderes Kind verwendet werden.

»Gibt es keine silbernen Ringe für Kinder?« fragte Bryan.

»Tanu-Frauen haben keine menschlichen Nachkommen – nicht einmal bei einer Paarung mit einem Menschenmann. Und menschlichen Frauen – ob Gold oder Silber oder bloßhalsig – wird eine Empfängnis nur durch Tanu-Männer erlaubt. Auch ihre Nachkommen sind alle Tanu oder Firvulag, doch ist der Prozentsatz an Firvulag-Phänotypen viel kleiner als bei Tanu-Frauen. Die metapsychischen Fähigkeiten variieren bei den Mischlingen natürlich sehr. Bisher sind alle von ihnen latent gewesen. Aber mit der Zeit wird die Rasse natürliche Operante hervorbringen, genau wie die Menschheit es getan hat. Die Ankunft der Menschen hat die Tanu in genetischer Beziehung einen großen Sprung weitergebracht, wie Sie sich vorstellen können. Allein – ohne menschliche Beimischung – würden sie noch für Millionen Jahre nicht operant werden. Die Menschen-Tanu-Paarungen beschleunigen den evolutionären Prozeß drastisch. Von der Qualität des latenten Materials ausgehend, das durch das Zeitportal kommt, hatte Prentice Brown ausgerechnet, daß die Tanu in nur fünfzig Generationen verläßlich operant werden würden. Jetzt natürlich ...«

»Elizabeth?«

»Genau. Als wir von ihrer Ankunft erfuhren, rechneten Prentice Brown und ich die Vererbbarkeit der verschiedenen Meta-Gene auf der Basis eines angenommenen Genotypus Elizabeths noch einmal durch, und die Ergebnisse sind erstaunlich. Sie können die Einzelheiten von Prentice Brown selbst drüben im Kreatoren-Haus bekommen. Er wird Lord Greg-Donnet genannt, wissen Sie.«

Bryan schoß es durch den Kopf: Der verrückte Greggy.

Wieder lachte Gomnol, die Zigarre fest zwischen die Zähne geklemmt. »Einige früher, andere später. Bitte hier entlang. Die silbernen Ringe werden ähnlich wie die goldenen hergestellt. Aber es ist uns gelungen, die Produktion der grauen und der Rama-Ringe ein bißchen zu automatisieren.«

»Wie«, fragte Bryan, »passen die Firvulag in Ihre genetischen Unternehmungen?«

»Bis jetzt noch gar nicht. Sehr schade vom eugenischen Gesichtspunkt aus, wie Sie bereits geschlossen haben. Die Kleinen Leute sind echte Operante, auch wenn ihre Kräfte dazu neigen, begrenzt zu sein. Unglücklicherweise haben beide Rassen ein fürchterlich starkes Tabu gegen Inzucht – und ein Firvulag würde einen Menschen nicht mit einer Stake berühren. Aber einige von uns arbeiten an dem Problem. Wenn wir die Tanu nur überreden könnten, ihre Firvulag-Kinder zu behalten, statt sie den Kleinen Leuten zu überlassen, gäbe es vielleicht eine Chance, die Paarungsstruktur zu ändern. Darin stecken unbegrenzte Möglichkeiten.«

Sie machten einen schnellen Rundgang durch die Werkstatt, wo die grauen Ringe hergestellt wurden. Hier herrschte eher eine Fabrik-Atmosphäre. Mehrere einfache Stanzmaschinen produzierten Ring-Hüllen, und die Montage erfolgte zum Teil durch Ramas. Gomnol erklärte, die grauen Ringe seien eine Variante des von den Pionieren unter den Tanu benutzten ursprünglichen Geräts, das er selbst zu einem für Menschen geeigneten Psychoregulator weiterentwickelt habe.

»Wir haben immer noch einige Probleme mit den Ringen, wie Sie gehört haben. Aber im großen und ganzen sind sie sehr viel wirksamer als die Dozilisierungstransplante, die im Milieu bei Soziopathen benutzt wurden. Und die Lust-Schmerz-Schaltung und die telepathische Kommunikation sind vollständig neu.« Gomnols Blick flitzte zur Seite. In neutralem Ton setzte er hinzu: »Ich habe das erste Dozilisierungsgerät an der Universität von Kalifornien in Berkeley erfunden, wissen Sie.«

Bryans Stirn legte sich in Falten. »Ich dachte, Eisenmann ...«

Gomnol wandte sich ab. Mit gepreßter Stimme erklärte er: »Ich war ein Doktorand, der unter ihm arbeitete. Ein junger Narr. Wir hatten eine rührende Vater-Sohn-Beziehung, und er war so stolz auf mich. Meine Arbeit sei vielversprechend, sagte er, aber es sei möglich, daß ich mein Potential niemals voll ausschöpfen könne. Mir fehle nämlich die beeindruckende Persönlichkeit, die erforderlich sei, wenn man an den Fonds des Menschlichen Sektors herankommen wolle. Doch wenn ich unter ihm arbeitete ... dann gäbe es kein Problem. Ich war dankbar, und er war klug, und die Arbeit war ein triumphaler Erfolg. Und jetzt kennt das ganze Milieu den Nobelpreisträger Eisenmann. Ein paar erinnern sich sogar an Eusebio Gomez-Nolan, seinen treuen kleinen Assistenten.«

»Ich verstehe.«

Der andere Mann fuhr herum. »Ach ja, tatsächlich?« flammte er auf. »Das verstehen Sie? Nur vierzig Jahre, und ich habe eine vollständige Kultur geformt – habe diese Aliens, diese Fremden aus einer anderen Galaxis vom Pfad geistloser Barbarei weg zur Zivilisation geführt! Wenn es zu der genetischen Manipulation mit Elizabeth kommt, werden sie vielleicht transtechnologisch, der Einheit unseres ungeborenen Galaktischen Milieus überlegen! Was würden Eisenmann und diese Idioten in Stockholm sagen, wenn sie all *dies* sähen?«

O Gott, dachte Bryan. Er versuchte, sein Gehirn so leer wie möglich zu halten. Was hatte Elizabeth ihnen damals in der Auberge geraten? Zähle! Einszweidreivier einszweidreivier einszweidreivier ...

Aber Gomnol versuchte gar nicht, die Gedanken des entsetzten Anthropologen zu lesen. Er war ganz mit seiner eigenen inneren Vision beschäftigt. »Vor vielen Jahren, zur Zeit der Rebellion kam eine kleine Zahl weiterer Operanter durch das Zeitportal. Ich war nicht für sie bereit. Meine Position war noch ungefestigt, und die Tanu-Kultur befand sich in einem so fließenden Zustand, daß mir die Angelegenheit aus der Hand genommen wurde, bevor ich handeln konnte. Aber jetzt bin ich bereit! Es arbeiten Leute mit mir, die meine Ansichten teilen. Wenn eine neue Generation von Operanten auf unserer Seite steht, haben wir die Oberhand.«

Einzweidreivier einszweidreivier. »Das ist ein bemerkenswerter Plan, Lord Gomnol. Die Mitarbeit Elizabeths vorausgesetzt, kann er meiner Meinung nach gar nicht fehlschlagen.« Einszweidreivier.

Der Psychobiologe schien sich zu entspannen. Er blies einen Rauchring und schlug Bryan dann herzhaft auf die Schulter. »Bleiben Sie ein objektiver Beobachter, Grenfell. Das ist alles, was ich verlange.«

Sie gingen weiter in einen Raum, wo die kristallinen Module für die Gehirnstrommesser zusammengesetzt wurden. »Haben Sie Lust, Ihre Seele mikroanalysieren zu lassen?« Jetzt gab sich Gomnol leutselig. »Wir leisten hier viel bessere Arbeit als in der Torburg. Der Prototyp eines verbesserten Modells ist fast fertig. Ich könnte Ihnen Ihr komplettes psychosoziales Profil sowie eine Analyse der latenten Fähigkeiten liefern. Es würde nur ein paar Stunden dauern.«

Einszweidreivier. »Mir würde das nicht viel nützen, fürchte ich. Lady Epone war nicht beeindruckt, als sie mich in der Torburg testete.«

Ein Ausdruck der Vorsicht bewölkte das Lächeln des Lord-Koerziers. »Ja. Es war Epone, die Ihre Gruppe überprüfte, ja, ja.« Er verfiel in Schweigen, und nach einer flüchtigen Besichtigung der Einrichtungen für Forschung und Versuche, wo Gomnol auf Fragen nach der genauen Natur der dort verrichteten Arbeit ausweichende Antworten gab, stiegen sie eine lange Rampe hinunter, die von der Fabrik zu einem dem Himmel offenen Atrium führte. Hochschießende Wasserstrahlen eines spektakulären Springbrunnens kühlten es. Die beiden Männer setzten sich an einen Tisch im Schatten, und Rama-Diener in blau und goldener Livree brachten ein Getränk, das geeister Sangría ähnelte.

»Eine von Ihrer Gruppe war eine junge Frau namens Felice«, sagte Gomnol. »Sie wurde in einen ernsten Unfall verwickelt. Können Sie mir irgend etwas über ihren Hintergrund erzählen?«

Einszweidreivier.

Bryan berichtete, soweit er sich erinnern konnte, über die Laufbahn des Mädchens als Ringhockey-Spielerin, ihren Angriff auf den Auberge-Berater, ihre große körperliche Kraft und offensichtliche Abweichung von der psychosozialen Norm. »Ihr Profil habe ich nie gesehen. Doch ihre Fähigkeit, Tiere zu kontrollieren, läßt auf latente Fähigkeiten schließen. Ich bin einigermaßen überrascht, daß sie sich nicht für einen Silberring qualifizierte. Ist sie bei dem Unfall schwer verletzt worden?«

»Sie ist überhaupt nicht verletzt worden.« Gomnols Ton war bemüht sachlich. »Die Reisenden in ihrer Karawane zettelten auf dem Weg nach Finiah eine Revolte an. Lady Epone, eine mächtige Koerziererin, wurde getötet, und mit ihr die gesamte Eskorte aus Grauring-Soldaten. Die Gefangenen entkamen, aber die meisten wurden später wieder eingefangen. Bei der Befragung gestanden sie, daß Ihre Freundin Felice die Rädelsführerin gewesen ist.«

Einszweidreivier! »Das ist unglaublich. Und ist sie – haben Sie Felice wieder eingefangen?«

»Nein. Sie und drei andere Mitglieder Ihrer Gruppe sind immer noch in Freiheit. Die meisten Tanu-Großen neigen zu der Annahme, daß sie nichts als Glück hatte. Es gibt von Zeit zu Zeit kleinere Aufstände, manchmal angestiftet von den Firvulag. Aber noch nie sind bloßhalsige Menschen imstande gewesen, einen Tanu zu töten. Wenn Felice das fertiggebracht hat, muß ich herausfinden, wie.«

Einszweidreiviereinszweidreivier. »Ich glaube, ich kann Ihnen nicht mehr viel Nützliches über sie erzählen. Sie machte auf mich den Eindruck eines sonderbaren und gefährlichen Kindes. Sie ist erst etwa achtzehn, wissen Sie.«

Gomnol seufzte. »Die Kinder sind *immer* die gefährlichsten ... Trinken Sie aus, Bryan! Ich glaube, wir haben gerade noch Zeit, vor Ende des Nachmittagsunterrichts die Vorlesungsräume der Koerzierer-Lehrlinge zu besuchen. Es wird Ihnen Freude machen, meine jungen Leute kennenzulernen. Ich hege die schönsten Hoffnungen für sie. Die allerschönsten.«

Seine Zigarre paffend, führte Eusebio Gomez-Nolan den Anthropologen zur Besichtigung neuer Wunder davon.

6

Sukeys Angst hatte sich ein bißchen gelegt, aber sie empfand immer noch Entsetzen darüber, daß man sie von Stein getrennt hatte. Nur machte sie sich keine Sorgen mehr, er könne in Gefahr sein; Aiken Drum, dieser unverständliche Possenreißer, würde sich seiner annehmen.

Doch was sollte aus *ihr* werden?

Creyn hatte sie abgeholt – der freundliche, ihr vertraute Creyn, die einzige Person außer Elizabeth, der sie freiwillig gefolgt wäre. (Und woher hatten sie das gewußt?) Sie fuhr jetzt mit dem fremden Heiler in einer von Helladen gezogenen Kalesche zum Kollegium der Redakteure. Es lag hoch über der Stadt an einer Straße, die zum Gipfel des bewaldeten Bergs der Heroen führte. Olivenbäume, schwer von pflaumengroßen Früchten, wuchsen am Straßenrand und in den ummauerten Gärten hübscher weißer Villen. Sukey sah Zitrus- und Mandelbaumhaine, und weiter oben düngten Ramas Reihen von Weinreben. Im Westen erstreckte sich das Land von Aven wie eine verrückte Flickendecke in Grün- und Goldtönen bis zu den Drachenbergen, die undeutlich am Horizont sichtbar waren. Der größte Teil des Landes schien intensiv kultiviert zu werden – ein scharfer Gegensatz zu den Salzebenen und blaßblauen Lagunen des sie umgebenden Mittelmeerbeckens.

Sie fuhren höher hinauf, und jetzt konnte Sukey die eigentümliche Topographie des alten Meeresbettes südlich von Balearis erkennen. Fast 100 Meter tief fiel diese Seite der Halbinsel steil ab. Unten lag ein welliger Hang aus schneeweißen Dünen, da und dort von Kegeln und erodierten Säulen unterbrochen, die nach pastellfarbenem Salz aussahen. Ein kleiner Fluß, der ein wenig westlich von Muriah die Halbinsel verließ, hatte einen Cañon durch funkelndes Sedimentgestein gesägt. Der Wasserlauf wanderte über das unfruchtbare Bett dieser Schlucht, deren Wände blasse Farbstreifen zeigten, und erreichte schließlich den südlichen Arm der Lagune. Östlich des Flusses und unterhalb der Spitze von Aven erstreckten sich flache Stellen, die das Sonnenlicht wie Spiegel reflektierten.

»Die Weiße Silberebene«, sagte Creyn zu Sukey. »Da unten halten wir den Großen Wettstreit ab. Zu beiden Seiten des Meeresbrunnens werden Zeltstädte aufgestellt. Fast zehntausend Tanu- und menschliche Kämpfer kommen aus allen Teilen des Vielfarbenen Landes, dazu die fünffache Anzahl von Nichtkombattanten. Und auch die Firvulag kommen, alle in ihren phantastischen und furchterregenden Illusionen, unter denen sich ihre schwarzen Rüstungen verstecken, und sie tragen monströse Bildstandarten, behängt mit gefärbten Skalps und Girlanden aus vergoldeten Schädeln.«

Sukey starrte das Bild an, das er vor ihren geistigen Augen heraufbeschwor – zuerst die Vorspiele, bei denen die Firvulag ihre ungeschlachten Wettkämpfe zeigten, während die Tanu sich in herrlichen Turnieren und Rennen mit Chalikos und Wagen präsentierten. Und dann die Manifestationen der Kräfte, wenn die Kampfführer gewählt wurden, und schließlich die Hohe Mêlée selbst. Tanu und Menschen und Firvulag donnerten aufeinander los, leuchtender Held gegen scheußlichen Dämon im Kampf Arm gegen Arm, Geist gegen Geist, drei Tage lang. Banner und Standarten wurden genommen und Köpfe abgeschlagen, es war ein Strudel von Glas und Bronze und Leder und schwitzendem Fleisch, die Sieger heulten und glühten in der Dunkelheit wie Fackeln, während die Verlierer stumm dalagen und ihr Blut schwarz auf das Salz vergossen ...

»Nein!« schrie Sukey. »Nein – nicht Stein!« Aber ihm würde es gefallen ...

Friede durchfloß sie.

Sei ruhig kleine Schwester im Geist. Es ist noch lange hin und vieles mag geschehen und nicht alle Tanu haben Freude am Blutvergießen o nein nicht alle.

»Ich verstehe nicht.« Sukey forschte in Creyns verschlossenem Gesicht. »Was versuchst du mir zu sagen?«

»Du wirst stark sein müssen. Warte auf den richtigen Augenblick und sieh die Dinge langfristig. Laß die Hoffnung nicht sinken, auch wenn dir ... Schmerzliches widerfährt. Vor Stein und Aiken Drum liegt ein schwerer Weg, aber deiner mag schwerer werden.«

Sie versuchte, ihn zu sondieren, herauszufinden, was hinter dem beherrschten, freundlichen Blick lag, aber es gelang ihr nicht. Sie hielt sich an den einfacheren Trost, den er ihr anbot, und sorgte sich kaum noch darum, was mit ihr geschah, solange es eine Chance gab, daß am Ende noch alles gut werden würde.

»Es *gibt* eine Chance, Sukey. Denk daran! Und sei tapfer!«

Mauern und Türmchen aus Silber und Scharlachrot ragten über dem Wagen auf. Sie fuhren unter einem Bogen aus Marmor-Filigran durch und hielten vor einem weißen Gebäude mit Säulen aus rotem Marmor. Eine Tanu-Frau in einem weißen Schleiergewand kam heraus und ergriff Sukeys Hand.

Creyn stellte sie vor. »Lady Zealatrix Olar, die deine Lehrerin hier im Haus des Heilens sein wird.«

Willkommen liebeTochter. Wie ist dein Name?

Sue-Gewen.

»Ein schöner Name. Wir werden dir den Ehrennamen Minivel geben, und es wird dich freuen, zu hören, daß die Dame, die ihn zuletzt trug, vor zweitausend Jahren lebte. Komm mit mir, Gwen-Minivel!«

Sukey drehte sich zu Creyn um. Ihre Lippen zitterten.

»Ich lasse dich in den besten Händen«, sagte er. »Mut!«

Und dann war Creyn gegangen, und Sukey folgte Olar in das Hauptquartier der Redaktionsgilde. Das Haus war ruhig und kühl, die Farbgestaltung hauptsächlich ein keusches Weiß und Silber mit sparsamen Akzenten des heraldischen Rots. Nur wenige Leute waren zu sehen; Wachen gab es nicht.

»Darf ich ... darf ich eine Frage stellen, Lady?« sagte Sukey.

»Natürlich. Später kommen die Tests und die Disziplin. Aber jetzt, zu Anfang will ich dir die Arbeit zeigen, die wir tun, und deine Fragen so vollständig wie möglich beantworten.« Und korrigieren und führen und erleuchten.

»Menschen wie ich – mit silbernen Halsreifen oder goldenen. Welche Lebenserwartung haben wir in dieser Welt? Ist es so, wie du andeutest ...?«

Lächeln. Komm und sieh! Genieße es im voraus!

Die Felsgewölbe, in die sie hinabstiegen, waren aus dem Berggestein herausgehauen und von rubinroten und weißen Lampen beleuchtet. Olar öffnete eine dicke Tür, und sie betraten einen kreisrunden Raum, ziemlich dunkel. In der Mitte saß ein einsamer Tanu-Redakteur auf einem Schemel und hatte die Augen zur Meditation geschlossen. Langsam gewöhnten sich Sukeys Augen an das Dämmerlicht. Was sie irrtümlich für weiße Statuen entlang der Wände gehalten hatte, stellte sich als eine Reihe von Leuten heraus. Ihre nackten Körper waren völlig eingehüllt von transparenten, anhaftenden Häuten, die Plastik-Membranen glichen.

Darf ich mich hier umsehen?

Soviel du willst.

Sukey ging in dem Raum umher, betrachtete die stehenden Gestalten. Hier war ein Menschenmann mit einem Goldring, von Kachexie buchstäblich bis zum Skelett abgemagert. Neben ihm eine Tanu-Frau, offensichtlich ruhig schlafend, die eine Hängebrust von einem Tumor verunstaltet. Ein kleines Tanu-Mädchen, bewegungslos, die Augen weit offen, hatte einen Arm unterhalb des Ellbogens verloren. Ein robuster Goldbart, der unter der künstlichen Eihaut im Traum lächelte, zeigte die Schnitte und Stiche von hundert Wunden. Einem anderen Krieger-Typ waren beide Hände weggebrannt worden. Die nächste Gestalt war eine menschliche Frau in vorgerücktem Alter, deren Körpergewebe sackte, aber unverletzt war.

»Die schwereren Fälle werden individuell behandelt«, erklärte Olar. »Aber diesen hier kann unser heilender Bruder en masse helfen. Die Membrane ist eine psychoaktive Substanz, die wir ›Haut‹ nennen. Durch eine Kombination von Psychokinese und Redigierung aktiviert der Arzt heilende Energien in Geist und Verstand des Patienten. Wunden, Krankheiten, Krebs, der Verfall des Alters – alles spricht auf die Kur an, wenn der Wille des Patienten stark genug ist, mit dem Arzt zusammenzuarbeiten.«

Die Grenzen?

»Gehirnverletzungen können wir nicht rückgängig machen. Und es verstößt gegen unsere Ethik, Personen ins Leben zurückzurufen, die im Kampf oder im Verlauf eines Rituals enthauptet worden sind. Wird uns eine Person erst nach dem vollständigen Gehirntod gebracht, können wir ihr nicht helfen. Auch vermögen wir keine Alten zu verjüngen, deren Gehirn sich über einen kritischen Punkt hinaus abgebaut hat. Wir sind nicht so fortgeschritten wie die Wissenschaft deines Galaktischen Milieus, die einen ganzen zerebralen Kortex wiederherstellen kann, wenn nur ein Gramm Gewebe übrig ist, oder den hinfälligsten Greis verjüngt, falls sein Wille stark genug ist.«

»Trotzdem – das ist wunderbar«, hauchte Sukey. »Darf ich hoffen, daß auch ich eines Tages diese Arbeit tun werde?«

Olar nahm ihre Hand und führte sie aus der Kammer. »Vielleicht, Kind. Aber es gibt noch weitere Aufgaben. Komm und sieh!«

Sie blickten durch Einwegfenster in Räume, wo Geistesgestörte der Tiefenredigierung unterzogen wurden. Ein großer Prozentsatz der Patienten bestand aus jungen Leuten, und Olar berichtete, es seien hauptsächlich Tanu-Menschen-Mischlinge, denen die Anpassung an den Ring Schwierigkeiten bereite.

»Wir behandeln auch menschliche Goldene und Silberne. Doch einige menschliche Gehirne vertragen die Langzeitwirkungen der mentalen Verstärkung einfach nicht. Es ist manchmal unmöglich, solchen Patienten die volle geistige Gesundheit wiederzugeben. Lord Gemnol hat Meßgeräte für uns entwickelt, die anzeigen, ob eine Behandlung Erfolg verspricht. Wir dürfen die Zeit unserer talentierten Redakteure nicht auf hoffnungslose Fälle verschwenden.«

»Ich nehme an, auf Graue verschwendet ihr eure Zeit auch nicht«, sagte Sukey mit leiser Stimme, die Barriere im Elizabeth-Stil fest geschlossen.

»Nein, Liebes. Für gewöhnlich nicht. So wertvoll uns unsere Grauen sind, sie sind Eintagsfliegen – vorhanden nur in einem kurzen Aufblitzen von Lebenskraft. Das Heilen ist ein schwieriger und zeitraubender Prozeß. Für sie ist er nicht geeignet ... Nun komm und sieh unsere Babies wachsen!«

Sie stiegen in die oberen Bereiche des großen Gebäudes hinauf und kamen in sonnige Zimmer voll von buntem Spielzeug. Wundervoll gepflegte weibliche Ramapithecinen tollten oder ruhten unter den wohlwollenden Augen von menschlichen und Tanu-Wärtern. Eß-, Schlaf- und anderen Zwecken dienende Zimmer schlossen sich an. Jede der kleinen Affenweibchen war schwanger.

»Du mußt wissen«, erläuterte Olar ohne jede Verlegenheit, »daß das Gebären für uns Tanu-Frauen auf dieser Welt problematisch ist. Seit Beginn unseres Exils benutzen wir Ramas als Ernährer der Zygote. Im Reagenzglas befruchtete Eier werden diesen Tieren eingesetzt. Die Ramas sind natürlich zu klein, um ein Kind ganz auszutragen. Aber wenn die Entwicklung so weit wie möglich fortgeschritten ist, wird an ihnen ein Kaiserschnitt vorgenommen. Die Sterblichkeit beträgt nahezu achtzig Prozent. Wir sind jedoch der Meinung, daß die kostbaren Überlebenden den Kampf wert sind. In der ersten Zeit schienen diese Surrogat-Mütter unsere einzige Hoffnung auf das Überleben als Rasse zu sein. Glücklicherweise ist die Situation jetzt eine andere.«

Sie verließen die Ramas und gingen auf Zehenspitzen durch einen verdunkelten Saal, wo Frühgeburten in schützenden Glaskrippen schliefen. Verblüfft stellte Sukey fest, daß Firvulag-Babies ebenso liebevoll betreut wurden wie Tanu-Kinder.

»Sie sind unsere Schattenbrüder«, sagte Olar. »Wir sind durch die ältesten Gebote unserer Traditionen verpflichtet, sie bis zur Lebensfähigkeit zu betreuen und sie dann ihrem eigenen Volk zu übergeben.«

Um sie dann zu jagen und zu töten?

Das wirst du eines Tages verstehen, kleiner Schwestergeist. Es ist unser Brauch. Wenn du überleben willst, muß es auch dein Brauch werden.

»Und jetzt«, sagte Olar laut, »werden wir Lady Tasha-Bybar besuchen.«

Hinter ihrem mentalen Schirm schrie Sukey auf.

»Es ist nur ein kurzer Eingriff, aber für gewöhnlich dauert es einige Wochen, bis der Menstruationszyklus wieder normal abläuft. Wir wollen uns um diese kleine Sache kümmern, bevor du deine Lehrlingszeit beginnst, damit deine Initiierung so wenig wie möglich verzögert wird.«

Sukey nahm sich mit aller Kraft zusammen. »Ich ... ich protestiere. Auf diese Art *benutzt* zu werden ...«

FriedeRuheTrost. »Es ist dein Schicksal. Akzeptiere es! Im Ausgleich dafür gibt es soviel Freude zu gewinnen! Und Lady Bybar ist sehr geschickt. Du wirst keinen Schmerz spüren.«

Olar stand einen Augenblick still. Ihre Finger ruhten auf ihrem goldenen Ring. Sie nickte, lächelte und führte Sukey eine Wendeltreppe in einen der hohen Türme hinauf. Der oberste Raum hatte volle dreißig Meter Durchmesser und bot eine phantastische Aussicht auf die Landschaft ringsum und das nebelverhangene, glitzernde Salz.

In der Mitte des gebohnerten schwarzen Fußbodens stand ein langer goldener Tisch, umgeben von kleinen Rollwagen, auf deren offenen Fachböden juwelenschimmernde Gegenstände lagen. Über dem Arrangement hing der Reflektor einer riesigen Lampe. Sie war nicht eingeschaltet.

»Zuerst wird Lady Bybar für dich tanzen, Gewen-Minivel. Sie erweist dir eine große Ehre. Warte jetzt hier, bis sie kommt, und benimm dich mit der Würde, die deinem silbernen Ring entspricht.«

Damit ließ Olar sie allein.

Zögernd und ängstlich näherte Sukey sich dem Tisch in der Mitte. Ja, es war ein Operationstisch! Sie sah Klammern und Gurte. Und die Dinger mit den Juwelenklingen waren genau das, was sie geargwöhnt hatte.

Tränen blendeten sie, und sie taumelte von der Apparatur zurück. Heimlich schrie sie hinaus: Stein für *dich* würde ich es tun.

Sie konnte immer noch weglaufen ...

Olar fing sie mit ihrem mentalen Griff ein. Sukey wurde gezwungen, stehenzubleiben, sich umzudrehen, in sprachloser Ungläubigkeit zuzusehen, wie Tasha-Bybar eintrat und ihren Tanz begann.

Der menschliche Körper war so blaß und üppig wie der einer Huri – und so übertrieben in seiner Sexualität, daß Sukey instinktiv auf den Gedanken an eine künstliche Veränderung kam. Haar befand sich nur auf dem Kopf der Frau. Es flatterte wie ein blauschwarzer Mantel, wenn sie sich drehte und sprang, und es fiel fast bis zu ihren Knien nieder, wenn sie einen Augenblick stillstand.

Sie trug nichts als Glöckchen und den goldenen Ring. Die Glöckchen waren klein und rund und in anmutig geschwungenen Mustern in ihr lebendes Fleisch eingesetzt. Sie hatten unterschiedliche Töne, und wenn die Muskeln der Tänzerin sich bogen und streckten, erklang eine aus der Bewegung selbst geborene Elfenmelodie in dem großen, nahezu leeren Raum. Der Rhythmus war der von Sukeys Puls. Sie stand erstarrt und hilflos, als die Tänzerin sich ihr in großen, fließenden Sprüngen näherte. Die winkenden Arme woben ein unheimliches Lied, die Füße stampften mit einer sich steigernden Dringlichkeit, die Sukeys Herz schneller und schneller schlagen ließ.

Die eingesunkenen Augen der Tänzerin waren so schwarz wie ihr Haar. Fast farblose Lippen zogen sich grinsend von den Zähnen zurück. Immer wieder rundherum wirbelte die Tänzerin und beschleunigte das Tempo der Musik, bis Schwindel und Übelkeit Sukey ergriffen. Vergeblich versuchte sie, Augen und Ohren und Geist vor dem blitzenden, klingelnden Ding zu verschließen, das sie packte und ins Nichts wirbelte.

7

»Du hast sie repariert! Du bist ein großartiger Junge, mein Leuchtender.«

Mayvar, die Hexe, sah entzückt zu, wie die winzigen Figuren der Uhr auf ihren Schienen dahinglitten und sich umkreisten. Der Drache in Türkis und Jettschwarz schlug mit goldenen Flügeln, stürzte vor und klappte seine juwelenbesetzten Fänge zusammen. Der Ritter in der Opal-Rüstung wehrte das kleine Ungeheuer ab. Dann hob er sein glitzerndes Schwert und schlug zu, einmal ... zweimal ... dreimal. Die Uhr verkündete die Stunde. Der Drache starb. Er war in drei Teile gehackt, die Rubin-Eingeweide bloßlegten. Die ganze Drehscheibe vor dem Zifferblatt kreiste und trug die Figuren zurück hinter goldene Türchen.

Aiken Drum verstaute Werkzeuge in Taschen. »Es war nicht besonders schwierig. Dreck im Getriebe, ein abgenützter Zahn an einem der Rädchen. Du solltest dir von einem Glasbläser eine Abdeckhaube machen lassen, Süße. Vorbeugende Maßnahme.«

»Das werde ich«, versprach die alte Frau. Sie trug das kunstvolle Spielzeug von dem Tisch, wo Aiken daran gearbeitet hatte, zu einem sicheren Platz auf einem hohen Brett. Dann drehte sie sich zu ihm um und streckte ihm grinsend beide Hände entgegen.

»Schon wieder?« protestierte er. »Unersättliche alte Schnalle! Oder vielleicht nicht?«

»Das sind alle Tanu-Frauen«, gackerte sie und zog ihn ins

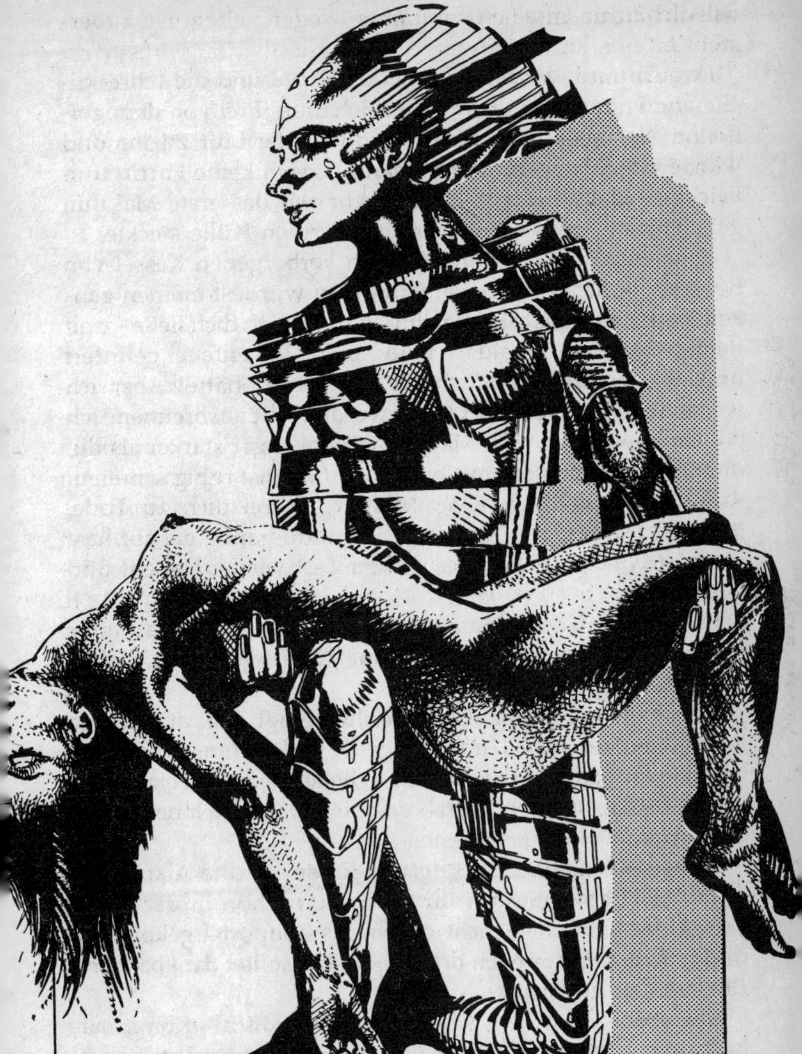
GIUSEPPEMANGONI

Schlafzimmer, »aber nur wenige Männer können es mit Mayvar aufnehmen und am Leben bleiben, mein Leuchtender, wie du mittlerweile wissen solltest. Wenn ich nun einen wie dich finde, muß ich ihn immer wieder prüfen. Und übersteht er es – ah, dann!«

Das Zimmer war sehr dunkel und kühl und die schreckliche alte Frau nur ein wartender Schatten. Frei von dem goldenen Anzug, schwebte Aiken durch die Luft zu ihr und wurde verschlungen. In ihm waren jedoch keine Furcht und kein Zurückschaudern – nicht mehr seit das erste Mal ihm gezeigt hatte, was hinter der abstoßenden Hülle steckte.

O erstaunliche Hexe mit deinem verborgenen Kessel von beinahe tödlicher Vergewaltigung! Du würdest meinen ganzen Vorrat an Lebenskraft nehmen, wenn ich dich ließe – und mich wegstoßen, sobald ich deine alten Nervenfeuer gefüttert und wieder zu Jugendlichkeit angeschürt hätte! Aber ich werde nicht sterben, Hexe. Ich werde nicht ausbrennen. Ich bin dir gewachsen, alte Mayvar, ich bin sogar stärker als du, und ich hebe dich mit mir empor. Du kannst ruhig schreien. Komm und zaudere nicht, Mayvar! Schrei dich zu Tode, Mayvar! Dann platze und falle, wenn du genug gehabt hast von dem Leuchtenden, der deinen Test wieder besteht und lacht ...

Der Kasper zog seine goldenen Stiefel an und gab ihrer Häßlichkeit einen Klaps reiner Zuneigung. »Weißt du, du bist selbst recht gut, Hexe.«

»Einst hat der Thagdal das gleiche gesagt.« Sie stieß einen langen Seufzer aus. »Und mein geliebter Lugonn, auf den ich vor seinem Tod so große Hoffnungen setzte.« Sie zeigte ihm, wie es damals am Schiffsgrab gewesen war, gleich nach ihrer aller Ankunft im Vielfarbenen Land.

»Was seid ihr für eine seltsame Rasse«, stellte Aiken fest. »Kein bißchen zivilisiert. Ihr säßet jetzt schön in der Tinte, wären die Menschen nicht durch das Zeitportal gekommen und hätten alles für euch organisiert. Ihr solltet dankbar sein, statt uns zu grollen.«

»*Ich* grolle dir nicht«, sagte Mayvar friedlich. »Komm näher, mein schöner Junge!« Sie zog den Ring unter dem Kissen hervor und hielt ihn ihm hin.

»Brauche ich ihn?« Sein Mund zuckte mit der alten Bosheit. »Willst du noch mehr von mir, gefräßige Mayvar?«

Aber diesmal war sie ernst. »Du hast noch einen langen Weg zu gehen und ein gutes Stück zu wachsen, bevor du gegen den größten der Heerschar antreten kannst, Aiken Drum. Es gibt welche, die können dich töten – täusche dich nicht. Wenn du klug bist, läßt du keine Vorsichtsmaßnahme außer acht und folgst meinem Rat. Nimm ihn!«

Er legte sich den gedrehten goldenen Reif um den Hals und ließ das Schloß zuschnappen. Mayvars knotige Finger lösten den alten Silberreif und warfen ihn neben das Bett.

»Ich will tun, was du sagst, liebe Hexe. Und will den Spaß bei jedem Schritt des Weges voll und ganz genießen.«

Sie stand von dem Bett auf, und er half ihr, das purpurne Gewand anzulegen. Dann gingen sie hinaus in ihr Wohnzimmer, wo er ihr weißes Haar kämmte und nach Erfrischungen rief, die sie beide nötig hatten.

»Du hast dich mir bewiesen«, sagte Mayvar schließlich. »Aber du mußt dich auch *ihnen* beweisen. Sie müssen dich aus freien Stücken akzeptieren. Das ist unser Weg.«

Die goldene Uhr auf dem Brett ließ eine Fanfare erklingen. Wieder rutschte der Drache vorwärts, und der Ritter griff ihn an, und diesmal wurde die juwelenbesetzte Beute in vier Teile gehauen, was die Stunde angab.

»Du möchtest, daß ich gehe und desgleichen tue«, bemerkte Aiken. »Ich soll all dem Volk zeigen, was für ein großer barbarischer Krieger ich bin, indem ich meine Prahlerei Wirklichkeit werden lasse und das Ungeheuer erschlage.«

»Das Erschlagen Delbaeths wird ein wesentlicher Beweis sein.« Sie begann, sich kichernd vor und zurück zu schaukeln. Die Hände umschlangen die knochigen Knie über dem Stoff ihres Gewandes. »Oh – du hast ihre Aufmerksamkeit durch dies Angebot erregt, Junge! Tana selbst muß dir den Einfall in den Kopf gelegt haben.«

Seine Antwort war lakonisch. »Euer Hochkönig sandte seine Angst vor dem Spuk so laut hinaus, daß ich unmöglich widerstehen konnte.«

»Ah. Aber, siehst du, es ist davon geredet worden, daß der Thagdal selbst gegen Delbaeth ziehen sollte! Und da er wirklich zu alt dafür ist, hätte er Nodonn bitten müssen, es zu tun. Und damit wäre er der Heerschar Dank schuldig und – ah, du wirst die politischen Verhältnisse früh genug erfahren. Doch was Delbaeth betrifft – dieser Firvulag ist sehr mächtig. Er ist ein Riese, nicht einer von der kleinen Sorte. Er haust jetzt seit fast einem Jahr in dem Gebiet, das ihr das Spanien nennen werdet, und brennt Pflanzungen um Afaliah nieder. Wir hier in Muriah bekommen einen Großteil unserer Lebensmittel aus der Afaliah-Region, und wir rechnen auf diese Farmen auch wegen der zusätzlichen Lieferungen, die wir in der Zeit des Großen Wettstreits brauchen. Afaliahs Herr ist Celadeyr. Er gehört zu den Einwanderern und ist ein kampfbegieriger alter Schlagetot von einem Kreator-Koerzierer – aber kein Gegner für Delbaeth. Das ist keiner von uns – wenn man Kraft gegen Kraft setzt. Der alte Celo hat versucht, die Feuergestalt mit der Jagd zu erledigen, und jedesmal ist der Firvulag weggerannt und hat sich in den Höhlen der Landenge von Gibraltar versteckt, und Celo stand dumm da. Die Sache wird ernst, denn der Große Wettstreit steht nahe bevor, und Celo hat um die Hilfe des Hochkönigs gebeten. Der Thagdal ist verpflichtet, sie ihm zu gewähren.«

Aiken nickte. »Kapiert. Nur wird der König ein bißchen lang in den Zähnen für diese Art von Abenteuer. Hübsche Jungfrauen aufs Kreuz zu legen ist heutzutage eher sein Stil.«

»Er hat das Recht, irgendeinen Champion zu seinem Vertreter zu ernennen und ihn gegen Delbaeth zu schicken. Aber du hast ihn gezwungen, dich zu senden! Siehst du ein, wie ärgerlich das ist? Ein Außenseiter – ein Mensch – übernimmt eine Aufgabe, an der Tanu-Recken gescheitert sind. Und ganz nebenbei hast du auch Nodonn eins auf die Nase gegeben, weil er zu schlau war, sich freiwillig zu melden, ehe der König ihn aufforderte! Wenn es dir gelingt, Delbaeth zu töten, und du Gold trägst und so weiter, dann posaunst du in die Welt hinaus, daß du glaubst, ebenso gut zu sein wie jeder von ihnen.«

»Genau so wie Gomnol es getan hat?«

Sie schloß ihre Augen mit den schweren Säcken halb und projizierte gleichzeitig eine Vision von dem damaligen Triumph des Lord-Koerzierers, damit Aiken alles studieren konnte. Ihr Blick war hinaus auf die Weiße Silberebene gerichtet, wo es geschehen war. »Gomnols Ehrgeiz war auf ein höheres Ziel gerichtet«, sagte sie leise, »doch ich verschmähte ihn, obwohl er mich hätte befriedigen können. Steril! Oder, richtiger gesagt, so vollgestopft mit tödlichen Genen, daß sogar die Wissenschaft eures Galaktischen Milieus machtlos war, sein fehlerhaftes Plasma zu korrigieren. Die Königsmacherin weist solchen Abfall zurück ... Unnötig zu erwähnen, ich habe bereits festgestellt, daß du keine derartigen Mängel aufweist.«

Aiken stemmte die Hände in die Hüften, warf den Kopf in den Nacken und lachte. »Was bist du für eine kaltblütige Hexe! Und ich dachte, es gehe nur um die süße Leidenschaft.«

Das Schicksal regiert die Leidenschaft in uns beiden Leuchtender.

»Du unheimliche alte Schachtel!« rief er. »Intriganter alter Knochensack! Machtgierige Potenzvernichterin! Schwing deinen dürren alten Arsch ins Redaktionshaus und kriech in die Haut und laß dich wieder jung machen! Wir werden sie alle an die Wand ficken, Schätzchen!«

Er faßte ihre Hand und wirbelte ihre hohe Gestalt umher – und dann hielt er plötzlich inne, als er den Ausdruck auf ihrem Gesicht und die ihn begleitende Vision sah.

»Ich habe Glück gehabt, Aiken. Die meisten meiner Art können nur einmal wählen. Aber ich habe den Thagdal ausgesucht und ebenso seinen Nachfolger – obwohl Tanas Wille mir den lieben Lugonn nahm, bevor ich meine Wahl bekanntgeben konnte. Als er nicht mehr war, wartete ich tausend Jahre und wog die Hoffnungsvollen, wie es meine Pflicht ist. Doch an allen war in dieser oder jener Beziehung etwas auszusetzen. Und so hatte ich mich für den besten der schon Aussortierten entschieden, für Nodonn Schlachtenmeister von der Heerschar. Seine Geisteskraft ist überwältigend, und sein Erbgut ist akzeptabel – aber ach, welch eine dürftige Flamme facht er an, bei all seinem eifersüchtigen Stolz! Welch ein klägliches Stöckchen, um mein Feuer zu schüren und eine Rasse von Heroen zu zeugen! Und doch war er der beste, den wir hatten, bis ...«

»Törichte Hexe!«

Die knotigen Finger streichelten seinen goldenen Ring und schickten süße Fieberschauer durch seinen Körper.

Sie summte: »Glückliche Mayvar! Endlich habe ich den dritten kommen sehen. Ah, und mit dir, schöner Junge, habe ich meine Grenze erreicht. Dreitausenddreihundertundzweiundfünfzig eurer Jahre habe ich gelebt und die Liebestests für die Tanu durchgeführt. Du wirst mein Tod sein, Aiken Drum. Aber, bitte, Tana, nicht eher, als bis ich dich sicher installiert gesehen habe.«

»Eins nach dem anderen.« Mit einigem Widerstreben entzog er sich ihren mentalen Liebkosungen. »Dieser Delbaeth. Weißt du, daß ich nicht die leiseste Vorstellung habe, wie ich ihn töten soll? Ich bin fix mit dem Mundwerk, aber wenn die Sache zum Schwur kommt, brennt mir der Spuk vielleicht die goldene Hose ab! Wäre das kein feines Ende unserer Pläne?«

Mayvar kicherte vergnügt. »Würde ich meinen eigenen Initiierten unvorbereitet losschicken? Du wirst ordentlich darin unterwiesen werden, wie du deine Kräfte einsetzen sollst, bevor du auf die Delbaeth-Jagd gehst. Zwei Wochen Unterricht von mir – und von dem mächtigen Bleyn und Alberonn Geistfresser und Katlinel der Dunkeläugigen, der Herrin der Illusion – und du wirst diesem Firvulag mehr als gewachsen sein ... Und damit wir ganz sichergehen, werde ich dir noch etwas anderes geben. Du würdest es ein As im Ärmel nennen.«

»Hexe!« lachte er. »Was ist es?«

»Du wirst es nie erraten! Kein echter Tanu würde es wegen der Lebensgefahr für sich selbst zu benutzen wagen. Aber für dich wird es harmlos sein, mein schöner Junge, und es wird Delbaeth erledigen, spüre du ihn nur auf. Wenn dir dein Leben lieb ist, halte es vor den anderen geheim – doch das wird kein Problem sein, denn ich weiß ja, wie klug du bist.«

»Was ist es, um Gottes willen?« Er packte sie bei den knochigen Schultern und schüttelte sie, und sie fuhr fort, ihn zu reizen, indem sie ein kleines mentales Bild gerade außer Reichweite vor ihm baumeln ließ.

Endlich wurde sie wieder ernst. »Dann komm mit in den Keller, und ich werde es dir zeigen.«

Stein fühlte sich unbehaglich, und er war in einer gefährlichen Stimmung. Er tat, als sehe er den Schülern der Kampfschule zu, die draußen in der Arena aufeinander einschlugen. An seinen großen Händen, die das Geländer umklammerten, traten die Knöchel weiß hervor. Die obere Ebene seines Gehirns lauschte gehorsam auf den laufenden Kommentar des Lords der Schwerter, der die Technik – oder den Mangel an Technik – der jungen Grauringe erläuterte. Doch unter der Oberfläche tobte Stein. Bluff Tagan, mit seinen Gedanken völlig bei seiner Vorlesung über martialische Künste, merkte nichts davon. Aber die menschliche Frau mit dem Goldring, von Mayvar beauftragt, Stein bei einer Besichtigung Muriahs zu führen, war sich der wachsenden Ungeduld der Riesen nur zu bewußt. Mit dem Takt einer Fernwahrnehmerin sprach sie Stein behutsam an.

FreundStein bist du es müde Kampfschule anzusehen? Hatte gehofft es würde amüsierenablenken.

Etwas stimmt nicht mit SukeyFrau. WasWAS Lady Dedra ich will es wissen!

»... und sieh dir den jungen Bullen in dem rostfarbenen Kilt an, Stein. Kurdische Abstammung. Herrliche Muskulatur und so gewandt, wie man es sich nur wünschen kann, aber er wird in einer Niedrigen Mêlée keine fünf Minuten überstehen, wenn er nicht aufhört, seine Riposten zu telegraphieren. Man braucht keinen Ring, um die Gedanken von dem da zu lesen! Willst du eine wirkliche Studie in Finesse machen, dann sieh dir diese beiden Massai-Typen genau an, die gerade beim Sparring mit Vitredur-Lanzen sind. Das ist die Arbeit, bei der das Blut eines alten Kämpfers zu singen beginnt ...«

Ruhigruhig entspanne dich Stein! Denk an Anweisung-Versprechen von ehrwürdigerMayvar + Aiken Drum: Sukey geschieht kein Leid.

Unglauben! WUT. Ich *höre* sie sie weint hat Angst vor Glockenbimmeln fällt Lady Dedra kontakte sie finde sie sag mir warum sie weint!

Gut ich will nachsehen aber paß auf TaganKoerzierer sieht gerade deine Unaufmerksamkeit.

Laut sagte Stein: »Diese Burschen sind flink, Lord Tagan.

Ich bin kein Experte, aber sie sehen verdammt eindrucksvoll aus. Nur verstehe ich nicht, wie sie bei einem Wettkampf eine Chance gegen einen von euren Tanu-Gehirnmanipulatoren haben sollen.«

»Die meisten von diesem Kontingent werden lediglich bei den Wettkämpfen der Menschen mitmachen – einer gegen den anderen. Nur die besten fechten Seite an Seite mit den metapsychischen Kriegern in der Hohen Mêlée gegen die Firvulag. Tapfere und willensstarke Graue haben sich in der Hohen schon rühmenswert geschlagen. Es ist eine Sache der Widerstandsfähigkeit gegen die furchterregenden Illusionen der Kleinen Leute sowie der Konzentration. Natürlich, zum Schluß sind die meisten Grauen ...« Die Vision erlosch fast im gleichen Augenblick, wie sie sich in Tagans telepathischer Projektion bildete, aber Stein hatte sie deutlich genug gesehen.

Der Lord der Schwerter maß den Wikinger mit einem schrägen Blick. Tagan sah aus, als halte er sich öfter im Freien auf als die anderen Tanu. Er hatte einen hängenden goldenen Schnurrbart und zottige Brauen, die tiefliegende grüne Augen überdachten. Er trug eine blaue Rüstung. »Es hat Ausnahmen von dem üblichen Geschick des grauen Kämpfers gegeben. Ein wirklich großartiger Gladiator kann mit einer Begnadigung rechnen. Und das nicht nur bis zum Wettstreit des nächsten Jahrs. Für immer. Um meinem Mitarbeiterstab hier in der Schule beizutreten.«

Dedra sagte: »Du weißt, koerzibler Bruder, daß Stein seine Befehle von Lady Mayvar erhält, die den Kandidaten Aiken Drum aufgenommen hat.« Mutmaßlicher Herr dieses vielleicht kurzlebigen Grauen.

Der Tanu gab ein mentales Hohnlachen von sich, das sowohl Mayvar als auch den von ihr protegierten Emporkömmling als unbedeutend abtat. »Wir werden dich auf die eine oder auf die andere Weise im Wettstreit sehen, Stein. Du bist eine Naturbegabung, Junge! Ich habe dich beim Festmahl gesehen. Nur ein paar Wochen Arbeit hier ...« Der Koerzierer strahlte aus: Kameradschaft, Adrenalin, Herausforderung, Befreiung, Blutvergießen, süße vollkommene Müdigkeit! »Wie ist es, Junge?«

Stein öffnete den Mund, um den Lord der Schwerter zu verfluchen. Aber was er sagte, war: »Ich danke dir, Lord Tagean, daß du meinst, ich könne würdig sein, unter einem großen Champion wie dir zu lernen. Sobald mein Herr und ich den verabscheuungswürdigen Delbaeth getötet haben, sind wir frei, an den bevorstehenden Wettstreit zu denken. Mein Herr wird zu gegebener Zeit mit dir Abmachungen treffen.«

Nicht *ich* habe gesprochen du hast gesprochen verdammteDedra laß mich los laß mich los laß mich ...

»Wir verlassen dich jetzt, koerzibler Bruder.« Dedra verbeugte sich und zog ihren Mantel aus lavendelfarbenem Chiffon enger um ihren schlanken Körper. Die Sonne war hinter dem Rand der Arena untergegangen, was erklären mochte, warum die Lady angefangen hatte zu zittern. »Sei überzeugt, daß Stein und sein Herr Aiken Drum dein großzügiges Angebot sehr ernsthaft in Erwägung ziehen werden.«

Hör auf! Hör auf, dich gegen mich zu wehren, du sturer Dickschädel!

Tagan schlug mit dem Saphir-Handschuh gegen seine gepanzerte Brust. »Ich salutiere dir, fernsprechende Schwester, hohe Lady Mary-Dedra. Empfiehl mich deinem Präsidenten ... Und du, wackerer Stein. Wir halten die Stadtwettkämpfe dreimal wöchentlich hier und auf der Ebene der Spiele ab. Komm! Morgen werden unsere besten Ringer die ersten Riesenaffen testen, die kürzlich in den nordafrikanischen Bergen gefangen wurden. Das verspricht ein wenig Aufregung.«

Stein war gezwungen, seinen gehörnten Helm abzunehmen und sich vor dem Lord der Schwerter zu demütigen. Und dann mußte er der goldberingten Frau durch kalte, widerhallende Durchgänge nacheilen. Sie führten unter der Arena zu dem Wagenhof, wo ihre Kalesche stand. Die Korridore waren dunkel und verlassen. Stein rief Dedra nach, sie möge auf ihn warten, aber sie warf einen Blick über die Schulter zurück und begann statt dessen zu rennen. Ihre Gedanken, im koerziblen Modus ausgesandt, wiederholten:

Du wirst mir gehorchen du wirst ruhig sein du wirst mir gehorchen ...

»Sukey ist etwas zugestoßen, ja?« schrie er auf.

Du wirst mir gehorchen du wirst ruhig sein ...

»Du hast Angst, es mir zu erzählen!« Seine Schritte wurden länger. »Ich höre sie nicht mehr nach mir rufen!«

Duwirstmirgehorchen duwirstmirgehorchen DUWIRSTMIRGEHORCHEN!

Der Druck seines Zorns schuf eine große flammende Flut, die ihren Widerstand unterminierte, ihn schmolz. »Sie haben sie getötet – ja?« brüllte der Berserker. Dedra wich ihm aus, fiel beinahe auf dem feuchten Steinboden. »Antworte mir, du blödes Weib! Antworte mir!«

DU WIRST ...

Stein stieß einen Schrei aus, in dem sich Schmerz und Triumph mischten, als die letzte der mentalen Hürden sich auflöste. Ein einziger Sprung trug ihn an Dedra heran. Er packte die Frau noch in der Luft und drehte sie zu sich um, so daß das entsetzte süße Gesicht hilflos zu ihm aufblickte. Er drückte sie in eine dunkle Nische, klamm und stinkend, an einer Seite des Flurs.

»Ich werde dir das Rückgrat brechen, wenn du einen Ton von dir gibst! Und ruf auch nicht im Fernsprecher-Modus, denn ich kann dich hören. Verstanden? *Antworte mir, verdammt nochmal!*«

Stein o Stein du mißverstehst uns wir wollen euch kein Leid tun wir wollen helfen ...

»Hör mir zu!« zischte er und verringerte den Druck ein wenig. »Hier unten ist niemand außer dir und mir. Niemand, der kommen und dich retten kann. Mayvar hätte mir eine stärkere Hüterin als dich geben sollen, Dedra. Sie hätte wissen müssen, daß du nie fähig sein würdest, mich zu halten.«

»Aber Mayvar wollte ...«

Er schüttelte sie brutal. »Versuch nicht noch einmal, dich zurück in mein Gehirn zu schleichen, Weib!« Sie ächzte, und ihr Kopf fiel zur Seite. »Ich will wissen, was mit meiner Frau geschehen ist! Du weißt es, und du wirst es mir sagen ...«

»Sie lebt, Stein.« Jesus Gott Mann du zerdrückstzerbrichst mich hör auf den Spinalnerv zu verletzen ahhh ...

Er entspannte sich und lehnte ihren zusammensinkenden Körper gegen die rauhe Steinwand. Sie hing dort wie eine Marionette mit zerrissenen Schnüren, der Bauch schwoll gegen ihr hochgeschobenes fliederfarbenes Gewand, der Kopfputz in Lavendel und Gold saß schief. Ihre mentalen Erklärungen überstürzten sich.

Wie bei allen SilberringmenschlichenFrauen deine Sukey zur Wiederherstellung Fruchtbarkeit zu Bybar gegangen.

»Sie haben versprochen, ihr würde kein Leid geschehen! Mayvar hat es versprochen – und dieser verdammte kleine goldene Mumienficker. Sie haben es *versprochen!*«

Tränen ausgestreckte weiße Arme MitleidTrost ... »Ihr ist kein Leid geschehen, Stein. Kannst du das nicht begreifen? Wir mußten Sukey wie eine gewöhnliche Kandidatin behandeln. Hätten wir eine Ausnahme gemacht, bevor Aikens Position innerhalb der Kampfgesellschaft gefestigt ist – *nicht!* Tu mir nicht wieder weh! Siehst du nicht, daß ich dir die Wahrheit sage? Mayvar und Dionket müssen sich in diesem Stadium vorsichtig bewegen, oder alles Planen war umsonst. Es steht hier mehr auf dem Spiel als du und deine Frau!«

Stein ließ sie los. Sie sank auf den schmutzigen Fußboden. Ihre Gedanken trieben benommen dahin. Die violetten menschlichen Augen blickten durch Tränen zu ihm auf. »Das hat doch nicht zu bedeuten, daß Sukey zu dem Thagdal gehen soll. Es ist noch Zeit. Wenigstens ein Monat, bevor ihr weiblicher Zyklus wiederhergestellt ist.«

»Wann wird *dein* Tanu-Bastard geboren, du Hure? Zum Teufel mit Mayvar und Dionket und ihren Intrigen! Zum Teufel mit euch allen! Verdammt, ich konnte hören, wie Sukey mich rief, und jetzt hat sie aufgehört. Beweis mir, daß sie am Leben und unverletzt ist, oder ...«

Bring ihn zu ihr!

Stein fuhr zusammen. Seine Hand fiel auf seinen Schwertgriff nieder, und er warf wilde Blicke um sich. Der Korridor war leer.

»Ich hatte dich gewarnt, Dedra!« Von neuem verdunkelte sich sein Gesicht vor Wut.

Sie hob einen zitternden Finger an ihren goldenen Ring. »Es ist Mayvar. Sie hat alles gesehen und gehört. Ich soll dich zu Sukey bringen. Glaubst du mir jetzt, daß wir auf eurer Seite sind?«

Er zog sie auf die Füße. Ihr Gewand war zerknittert und

beschmutzt. Schnell löste er die Brosche seines eigenen kurzen grünen Capes und warf ihr das verhüllende Kleidungsstück um die Schultern. »Kannst du gehen?«

»Bis zum Wagen ja. Aber gib mir deine Hand.«

Draußen stimmten sich die Zikaden für ihre abendliche Darbietung ein, und der bloßhalsige Alte, der mit ihrer Kalesche wartete, war eingeschlafen. Ramas liefen mit kurzen Leitern und Lunten umher und entzündeten die Straßenlampen. Über die breite Promenade, die an dieser Seite des Stadions entlangführte, rollten nur wenige Wagen, und es gab keine Fußgänger außer den fleißigen kleinen Affen.

Ehrerbietig half Stein Lady Dedra in den Wagen, ging dann herum auf die andere Seite und stieg ein.

»Wohin, Madam?« krächzte der Kutscher und kehrte widerstrebend ins Leben zurück.

»Redaktionshaus. Und zwar schnell!«

Der Kutscher peitschte das Helladotherium an, und es trabte los. Sie fuhren durch die Innenstadt und ihre westlichen Vororte. Dann erreichten sie die Straße, die auf den Berg hinaufführte. Muriah besaß keine Stadtmauer. Die natürliche Isolierung der Aven-Halbinsel wurde hier, im Süden, wo die Tanu am mächtigsten waren, als ausreichender Schutz erachtet. Dedra sprach nicht. Stein saß steif neben ihr und sah sie nicht an. Endlich, als sie ein gutes Stück oberhalb der Stadt waren, sagte die Frau: »Vor uns ist eine Quelle. Willst du mich anhalten lassen, damit ich mich säubern kann? Wenn ich das Gelände der Redakteure in diesem Zustand betrete, wird man Fragen stellen.«

Stein nickte, und sie gab dem Kutscher Anweisungen. Nach ein paar Minuten bogen sie auf einen in tiefem Schatten liegenden Seitenpfad ab. Irgendein Vogel rief *Doink doink* zwischen den Klippen. Aus dem gelben Kalkstein entsprang eine Quelle und fiel in ein dreischaliges Becken. Dem Helladotherium wurde erlaubt, aus der untersten Schale zu trinken. Dedra befahl dem Kutscher, das Tier an eine Stelle zu führen, wo es Blätter von dem dichten Unterholz fressen konnte. Sie badete ihr Gesicht in der mittleren Schale, zog einen kleinen Spiegel und einen goldenen Kamm hervor und reparierte ihre zerzauste Frisur. Der komplizierte Kopfputz war schlimm zerdrückt. Nach einem vergeblichen Versuch, ihn zurechtzubiegen, warf sie ihn in einen Abfallkorb.

»Soll sich irgendein Lumpensammler darüber freuen. Ich glaube, mit meinem Haar geht es jetzt, aber hoffentlich ist Tasha zu betrunken, um mein Kleid zu bemerken.«

»Kannst du sie daran hindern, daß sie unsere Gedanken liest?«

Dedra lachte bitter auf. »Ah! Du weißt nicht Bescheid über unsere liebe Tasha-Bybar, frühere Anastasya Astaurova, die Hauptwohltäterin des Tanu-Zuchtplans. Keine Bange, Liebender. Sie hat überhaupt keine Meta-Fähigkeiten! Den goldenen Ring hat sie ehrenhalber bekommen – als Zeichen der Tanu-Wertschätzung. Tasha ist die menschliche Gynäkologin, die den Fremden vor einigen sechzig Jahren als erste zeigte, wie man unsere Sterilisierung rückgängig machen kann. Jetzt gibt es natürlich rund ein Dutzend andere Metzger, die die Arbeit ebenso gut wie Tash verrichten, aber keiner ist so kompetent wie sie. Die Silbernen nimmt sie sich alle selbst vor. Hat buchstäblich ihre Finger drin.«

Ein Bild der Glockentänzerin entstand vor Steins mentalem Auge. »Ich habe ein paar gesehen«, murmelte er. »Aber das ist eine ganz andere Art von Verrücktheit!«

Dedra tauchte die hohle Hand in das oberste Becken der Quelle und trank. »Sie ist jetzt völlig wahnsinnig. Als sie die Auberge passierte, muß sie an der Grenze gestanden haben ... Verschon mich mit diesem altmodischen maskulinen Blick, Liebender. Ich halte sie ebenso wie du für eine Verräterin an der menschlichen Rasse. Aber was geschehen ist, ist geschehen. Die meisten von uns Frauen machen das Beste daraus.«

Stein schüttelte den Kopf. »Wie konnte sie so etwas tun?«

»Es steckt eine verrückte Art von Logik dahinter ... Wie gefällt dir für den Anfang frustrierte Mütterlichkeit? Da ist dieser Körper, der so fürchterlich sexy ist und keine Babies produzieren kann – warum also nicht stellvertretend Mutter werden? All diese vollkommen gesunden weiblichen Zeitreisenden könnten reizende Tanu-Kinderchen bekommen, wenn nur ein guter Onkel Doktor das Unheil gutmachte, das diese Gynäkologen in der Auberge mit ihren kleinen Laser-

Skalpellen angerichtet haben. Die Operation ist ziemlich kompliziert, weil Madames Leute irgendwelche Manipulationen unter den nach Nachwuchs lechzenden Frauen vorausgesehen haben müssen. Aber die liebe Tasha hat Ausdauer! Schließlich kriegt sie den Kniff heraus und gibt ihr Wissen an eine auserwählte Schar von Tanu-Studenten weiter. Und nun sind wir alle bereit, gepflügt und besät zu werden.«

»Wenn sie als Ärztin so ein As ist, warum läßt sie selbst sich dann nicht von einem ihrer Preis-Schüler operieren?«

»Ah! Das ist ja gerade die Tragödie, bei der man das Kotzen kriegen könnte. Innerhalb dieser üppigen weiblichen Formen mit den verstärkten sekundären Geschlechtsmerkmalen und den Östrogen-Implantationen schlägt das Herz eines echten XY.«

Stein funkelte sie ungeduldig an. »Zum Teufel, wovon redest du?«

Dedra stieg von der Quelle herab und sandte einen herrischen mentalen Befehl nach dem Wagen aus. »Von einem XY, Liebender. Tasha ist transsexuell. Oh, man könnte das befruchtete Ei einer richtigen Frau in ihrem nachgemachten Uterus unterbringen und sie vielleicht mit Schwangerschaftshormonen vollpumpen, falls man sie in dieser primitiven Welt bekäme – und vielleicht würde der Embryo ein paar Wochen leben, bis er stürbe. Aber das ist alles, Liebender. Die Mutterschaft ist eine wunderbare und komplizierte Symbiose. Und natürlich hat noch niemand in unserm Galaktischen Milieu oder anderswo eine *echte* Mutter aus einem männlichen Wesen fabriziert.«

Sie stieg ohne Hilfe leichtfüßig in die Kalesche. »Nun? Steh nicht herum! Willst du deine Frau sehen oder nicht?« Stein kletterte hinauf, und sie fuhren fort.

Als die roten und weißen Lichter des Gebäudes der Redaktionsgilde ganz nahe waren, sagte Dedra: »Du mußt vorsichtig sein, wenn wir hineingehen. Tasha kann deine Gedanken nicht lesen, aber es werden viele andere da sein, die es können. Schwere Schirme sind nicht meine Spezialität, obwohl ich mein Bestes für dich tun werde. Wenn du jedoch anfängst, um dich zu schlagen und durchzubrechen, fängt man uns beide in *einer* Schlinge.«

»Ich werde ruhig bleiben«, versprach er. »Sukey hat es mich gelehrt, als wir – auf der Reise den Fluß hinunter, wenn wir allein sein wollten.«

»Vertraue mir«, bat sie. Sie blickte im Dämmerlicht zu ihm hoch und versuchte, einen kleinen Fetzen an Empathie zu finden. Aber alles, worauf es ihm ankam, war die Sicherheit seiner kostbaren Geliebten mit dem drolligen Gesicht.

»Tut mir leid, daß ich dir weh getan habe.« Das war alles, was er Dedra einräumte.

Sie hielt den Blick geradeaus auf die zusammengesunkene Kartoffelsack-Gestalt des alten Kutschers gerichtet. »Ist schon gut. Mein Fehler, daß ich mich dem Tornado in den Weg gestellt habe. Glückliche kleine Sukey ...«

Der Wagen hielt vor dem Eingang. Wieder spielte Stein den beflissenen Grauring-Begleiter und Dedra die hohe Dame. Es waren zwei Mann in granatfarbener Halbrüstung auf Wache unter dem Vordach. Ein verdrossener Silberner kam, sie in Tasha-Bybars Turmzimmer hinaufzuführen.

»Höchst ungewöhnlich«, nörgelte er. »Das ganze Programm ist umgeworfen, fernsprechende Lady. Du weißt, es war notwendig, daß der Lord-Heiler selbst ...«

»Wir sind Lord Dionket sehr dankbar, würdiger Gordon. Diese Angelegenheit ist der ehrfurchtgebietenden Mayvar Königsmacherin sehr wichtig.«

»Oh, ja dann natürlich. Hier durch und die Treppe hoch, Gewen-Minivel wird noch benommen sein. Lady Tasha möchte, daß sie hinterher gut ausruhen.«

»Darauf will ich wetten«, brummte Stein. Es gab ihm einen Ruck, als Dedra eine psychische Korrektur vornahm.

»Wir werden nicht lange blieben, würdiger Gordon. Wie friedlich ist es des Nachts in eurem Haus! Anscheinend kommen wir im Fernsprecher-Hauptquartier nie richtig zur Ruhe. Rein und raus, rein und raus. Irgend jemand hat immer eine wichtige Botschaft oder sucht Daten oder eine Beaufsichtigung oder einen verlorengegangenen Hund oder auch etwas Wichtigeres. Ich muß sagen, ich ziehe eure ruhige Atmosphäre vor.«

»Unerläßlich in einem Haus des Heilens«, sagte Gordon. Sie hatten den Absatz unter dem obersten Turmgeschoß erreicht. »Die Erholungsräume liegen an der Außenmauer. Die Kandidatin Gwen-Minivel ruht in Drei.«

»Bitte, mach dir nicht die Mühe, auf uns zu warten.« Dedra strahlte Festigkeit aus. »Wir finden allein hinaus, und wir werden nur einige wenige Minuten bleiben.«

Gordon hatte seine Zweifel, aber nachdem er ein paar Minuten mit der Fernsprecherin diskutiert hatte, zog er sich mit einer Verbeugung zurück und ließ sie vor dem Zimmer mit der Nummer 3 stehen. Langsam drückte Dedra sie auf.

Stein drängte sich an ihr vorbei in die Dunkelheit. »Sue? Bist du da?«

Jemand bewegte sich auf einem Liegebett in der Nähe des offenen Fensters und setzte sich auf, ein dunkler Umriß vor den Lichtern Muriahs draußen. »Steinie ...?«

Er kniete neben ihr nieder und nahm ihr Gesicht in beide Hände. »Haben sie dich verletzt?«

»Still, Lieber. Nein.« Vorsicht Vorsicht mein Liebling ah wie hast du es erfahren? Wie konntest du mich hören?

Mit erstickter Stimme sagte er: »Ich habe es gehört, und ich bin gekommen.«

Du hast Kontrolle Dedra/Mayvar durchbrochen o Stein-Liebster wie hast du dich befreit wie ist das möglich o mein-Lieber so wildungezämtvoreiligverrücktliebend!

Sie werden mich nicht binden uns niemals trennen bis ich sterbe.

»Stein«, flüsterte sie und begann zu weinen.

Aus einer Ecke des dunklen Zimmers, aus der, die am weitesten von der Tür entfernt war, kam ein leises Geräusch. Das Klingeln eines Glöckchens.

»Du schnüffelst also auch gern, was?« Steins Stimme war sehr leise. Er stellte sich auf die Füße und stand bewegungslos.

»So *groß!* So *stark!*« Die Glöckchen zitterten die Tonleiter hinauf und herunter. Eins mit einem tieferen Ton begann einen schwülen Rhythmus. Die Tänzerin kam, fließend wie ein Schatten, und wogte vor ihm. »Also du willst sie? Wie süß.« Es war ein Lied, das die Tänzerin sang, begleitet von dem plötzlich mißtönenden Geläut. »Du willst sie haben, sie haben, sie haben!«

In Stein erwachte von neuem der weißglühende Zorn. Ein Ausbruch primitiver Psychoenergie heulte Rache gegen die Spötterin und ihre Musik. Sukey schrie leise auf und streckte die Hand aus, um das Unheil aufzuhalten, und auch Dedra, die mit dem Rücken gegen die geschlossene Tür stand, schleuderte ihm ihre Willenskraft entgegen. Doch verglichen mit dieser einzigartigen maskulinen Flutwelle waren ihre Bemühungen noch schwächer als Sukeys.

»Nicht, Stein!« rief Sukey laut. »Oh, tu es nicht!«

»Du willst sie haben«, lachte die Glockentänzerin, sich biegend und streckend. »Aber warum warum warum? Sie haben haben haben?«

Das Klingeln und das Lachen verschmolzen mit wabernden Lichtern – die glitzernden Metallstückchen, die über die weiße Haut wellten, wenn der Pulsschlag sich mit der Gefahr, die es süßer machte, beschleunigte – und dann endeten Musik und Tanz in einem schüttelnden Finale, und sie spreizte die Schenkel und öffnete sich ihm. Dedra stöhnte, und Sukey machte einen letzten vergeblichen Versuch, das Geschehen zu verhindern.

»Nimm *mich!*« lud Tasha-Bybar ihn ein. »Nimm *mich!*«

Und das Bronzeschwert nahm sie.

Tiefe Stille herrschte. Stein, ganz ruhig jetzt, wischte die Klinge an den Draperien ab, steckte sie in die Scheide und hob Sukey in seinen Armen hoch. Er stieg über das Ding auf dem Fußboden. »Geh mir aus dem Weg!« befahl er Dedra.

»Das kannst du nicht machen!« jammerte die Fernsprecherin. *Mayvar! Mayvar!*

Die Tür zum Flur öffnete sich und ließ einen breiten Schwall Licht ein. Dort stand ein ungeheuer großer Mann, flankiert von zwei Dienern in der scharlachrot und weißen Livree. »Ich habe Dionket gewarnt, das sei ein Fehler«, sagte Creyn müde. Er kam ins Zimmer, machte eine Handbewegung und entzündete die Girlanden der Lämpchen mit kaltem Licht. An Stein und Sukey vorbei blickte er auf die am Boden liegende Tänzerin, und ein grimmiges Lächeln umspielte seine Lippen. Die Gewöhnlichkeit seines mentalen Kommentars ließ Sukey nach Luft schnappen, und Stein lachte überrascht auf.

»Du bist auf unserer Seite?« fragte der Wikinger verwundert.

»Leg Sukey hin, du großer Esel!« befahl Creyn ihm. »Du bist schuld, daß deine Frau bis zum Großen Wettstreit versteckt werden muß – und daß wir noch schneller vorgehen müssen, als wir ursprünglich planten.«

8

Nodonn sandte den Donnerkeil hinunter in das dunkle Wasser des Golfs von Aquitanien, wo die Wellchen den Mond widerspiegelten und ein ahnungsloses Ungeheuer eine Schule Thunfische nicht weit unter der Oberfläche jagte.

Der Blitz schlug ein, und die See kochte und rülpste Wolken hervor. Fünfzehn der großen Fische zeigten ihre Bäuche, auf der Stelle vom elektrischen Strom getötet. Doch der Plesiosaurier war nur gestreift worden. Er brach durch den Strudel, hob seinen kehllappigen Kopf und brüllte.

»Oh, du hast ihn erwischt!« rief Rosmar. »Und noch dazu einen großen!«

»Die Beute! Die Beute!« Die anderen Jäger begannen alle zu strahlen, Reiter und Tiere gleichermaßen, denn jetzt hatten sie es nicht mehr nötig, sich zu verbergen. Ein Rad regenbogenfarbenen Glanzes drehte sich in der Luft über dem schwach schwimmenden Tier, fast fünfzig herrlich gerüstete Männer und Frauen vom Hof des Tanu-Schlachtenmeisters. Und in einiger Entfernung seitlich von ihnen schimmerten Nodonn selbst und seine junge Frau wie rosig-goldene Kometen.

Die Jäger schlugen die Schilde, stießen in Kristallhörner. »Die Beute! Die Beute!«

»Sie gehört Vrenol!« entschied Nodonn mit sturmlauter Stimme.

Einer der Reiter schoß abwärts, einen Funkenschweif hinter sich herziehend, und schwebte über dem sich inmitten der tödlichen Wellen windenden Ungeheuer. Der schlangengleiche Hals des Plesiosauriers peitschte, und der Ritter riß sein Chaliko gerade noch rechtzeitig hoch, um den Dolch-

GIUSEPPE MANGONI

zähnen zu entgehen. Er stieß sein glühendes Schwert nach unten. Eine Kugel purpurnen Feuers verließ die Spitze und traf das Seeungetüm zwischen die Augen. Das Tier schrie.

Die kreisende Jagd brach in Jubelrufe aus. »Drauf, Vrenol!« drängte eine Frau.

Als Antwort schwenkte der Jäger keck sein Schwert – und das war ein Fehler. In dem Augenblick, als sein Angreifer abgelenkt war, tauchte der Plesiosaurier mit gleichzeitigem Stoß aller vier paddelähnlichen Glieder und ließ den genarrten Tanu-Ritter in der Luft über einem Strudel übelriechender Blasen hängen.

»Oh, so ein Pech«, sagte eine anonyme schleppende Stimme. Eine der gepanzerten Frauen blies einen höhnischen Dreiklang auf ihrer tierköpfigen Glastrompete.

Jetzt sah sich Vrenol der scheußlichen Aufgabe gegenüber, das Tier im Wasser zu verfolgen – in dem von seiner Rasse so verabscheuten Element –, wenn dieser erste Tötungsversuch nicht mit der Demütigung enden sollte, daß die Beute ihm entwischte.

»Ah, dieser junge Tölpel«, sagte Rosmar. »Bring den Leviathan wieder nach oben, mein Lord!«

Das glühende Gesicht des Schlachtenmeisters lächelte auf seine junge Frau herab. »Wenn du mich darum bittest, Ader meines Herzens. Aber Vrenol verdient es, für seine Torheit baden zu gehen.« Nodonns Gedanken suchten nach dem Ungeheuer. »Oh, du willst dich wegschleichen, wie?« Ein blauer Energiebolzen spaltete das Wasser des Golfs. Die Chalikos der kreisenden Jagd bäumten sich auf und schrien. Der Plesiosaurier kam von neuem an die Oberfläche, und diesmal griff ihn Vrenol mit der Lanze an.

»Er hat ihn getroffen!« rief Rosmar aus. »Genau am Halsansatz! Gehen wir hinunter zum Todesstoß!«

Der Lord und die Lady von Goriah spiralten auf das Wasser zu, und das Rad aus Licht zerbrach ehrerbietig, um ihnen den Weg freizugeben. Jetzt verharrte jeder einzelne Jäger an seinem Platz und wartete auf das Ende. Der Plesiosaurier, den seine Wunde lähmte, war immer noch imstande, seine großen Kiefer langsam zu öffnen und zu schließen. Sein sieben Meter langer Körper wälzte sich in zerfließenden Blutströmen. Kleine Wellen liefen über sie hin, und das Mondlicht und das Strahlen der oben schwebenden Mörder ließen sie glitzern.

Vrenol faßte sein Schwert mit beiden Händen. Die Klinge blitzte abwärts. Die Jagd schrie: »Eine Trophäe! Eine Trophäe!« Eine der Damen senkte sich mit eingelegter Lanze nieder. Mit der Leichtigkeit langer Übung spießte sie den treibenden abgetrennten Kopf auf und hob ihn hoch. Sie präsentierte die Trophäe Vrenol. Das Glühen seiner Gestalt wechselte von regenbogenfarben zu neonrot über, und er schoß wie ein Meteor davon, um zwischen den Sternen Figuren des Triumphs zu ziehen.

»Nun ja, er ist jung«, bemerkte Nodonn nachsichtig. »Wir müssen Toleranz üben.« Aber im Befehlsmodus der mentalen Sprache warnte er die anderen:

Glaubt nicht, ich würde euch übrigen eine solche Disziplinlosigkeit durchgehen lassen! Diese Tiere werden durch übermäßiges Jagen selten, und ich will nicht, daß man sie verschwendet.

Die leuchtende Truppe erwiderte: Wir hören Herr und Schlachtenmeister!

Laut sagte Nodonn: »Dann zurück nach Armorica und dem Giftigen Sumpf. Ich will heute nacht Köpfe der Firvulag-Feinde auf euren Lanzen sehen, denn sie werden frech. Und wir sollten Ausschau halten, ob wir eins der großen gepanzerten Reptile finden. In der Hauptstadt braucht man dringend eins für die Arena.«

»Vorwärts mit der Jagd!« riefen die funkensprühenden Reiter. Von neuem bildeten sie eine feurige Prozession, die jetzt die scharlachrote Gestalt Vrenols anführte, und stiegen auf dem Weg zum Festland der Bretagne in den Himmel.

Nodonn und Rosmar folgten langsamer. Er sagte zu ihr: »Gerade eben habe ich eine ferngesprochene Botschaft von meiner Lady Mutter erhalten. Du und ich müssen nach Muriah gehen – und das Reptil mitbringen. Nur eine kleine Eskorte für den Transport des Tiers soll uns begleiten.«

»Du machst dir Sorgen«, meinte sie.

»Es ist nichts, was nicht bereinigt werden könnte.« Doch

seine innersten Gedanken über diese Angelegenheit schirmte er dicht ab.

Rosmar hob den blinkenden Glashelm von ihrem Kopf und hängte ihn ans Sattelhorn. »So ist's besser. Der Wind in meinem Haar! Wie ich es liebe, neben dir zu reiten, mein Dämonenliebhaber! Werde ich jemals lernen, ohne deine Hilfe zu fliegen?«

»Mit der Zeit magst du es lernen. Es ist ein ganz einfacher Trick. Wir verehren dich mehr deiner sanfteren Fähigkeiten wegen.« Und er lächelte sie an.

»Meine Fähigkeiten sind für deinen Dienst«, erklärte sie. »Aber erzähl mir, was sich in Muriah abspielt!«

»Es sind Dinge, die unsere dynastischen Hoffnungen berühren. Ich muß dahinter, um anderen Mitgliedern der Heerschar Nontusvels zu helfen – denn unser Tanu-Volk respektiert nur die Zurschaustellung von Macht.«

»Sind es die Firvulag?«

»Es gibt da einen gewissen Delbaeth«, antwortete er, »den ich töten muß, bevor es ein anderer tut und unser Haus beschämt. Aber die wirkliche Gefahr geht von neu eingetroffenen Menschen aus. Verdammt sei das Zeitportal! Wann werden die anderen endlich einsehen, daß es nur Unheil bringt?«

Rosmar lachte. »Meinst du, wir Menschen sollten aus dem Exil ausgeschlossen werden? Meinst du, die Tanu könnten ohne uns überleben?«

Er hielt sein Reittier an und griff in die Zügel des ihren, so daß sie beide für einen Augenblick in scheinbar bewegungsloser Luft trieben. Sie hörten die Brandung an der felsigen Küste als schwaches Brausen.

»Einige Menschen gehören in das Vielfarbene Land. Leute wie du, Rosmar, meine grünäugige Liebste, die niemals richtig in die Welt der zukünftigen Erde gepaßt hat. Aber nicht alle Angehörigen deiner Rasse, die durchkommen, erkennen die Tanu bereitwillig als Herren an. Es gibt solche, die uns das Land wegnehmen würden ... oder, wenn ihnen das nicht gelingt, es zerstören möchten.«

»Kämpfen wir gemeinsam gegen sie!« rief sie, wild vor Erregung. »Deine Welt ist die einzige, die ich kennen möchte.« Ihre Seele öffnete sich dem strahlenden Apollo und zeigte ihm, daß sie die Wahrheit gesprochen hatte. Ihre Gedanken umarmten sich leidenschaftlich.

»Mein Dämonenliebhaber«, lachte sie.

Und er sagte: »Meine Mercy-Rosmar.«

9

Spring Elizabeth!

Sie stand auf der Klippe über der Weißen Silberebene und blickte hinunter auf die Phantom-Kavallerie der Wolkenschatten, die über das mondbeschienene leere Salz raste. Am Rand der grasbewachsenen Terrasse war ein niedriges Geländer angebracht. Jenseits davon hingen ein paar verkümmerte, pittoresk deformierte Kiefern über einer vielleicht hundert Meter steil abfallenden Wand vor dem Abgrund des Mittelmeerbeckens.

Spring Elizabeth! Spring in den Frieden!

»Hörst du es?« fragte sie Brede.

Eine dunkle Gestalt, die auf einer Steinbank saß, regte sich. Der schwere Kopfputz mit dem gepolsterten Rand neigte sich bejahend.

»Sie halten mich vom Palast aus unter Fernbeobachtung«, fuhr Elizabeth fort. »Paß auf, was geschieht, wenn ich mich dem Rand nähere ...«

Springspringspring! Werde frei verlassene Einzigedeiner-Art! Armesverlorenes Ding Elizaeinsambeth. Spring in die Erlösung. Entfliehe ungeschändet solange du noch kannst. Spring ...

Die Handflächen auf die Balustrade gestützt, lehnte sie sich weit hinaus. Der Nachtwind trug den Geruch der fernen Lagune herbei, der sich mit dem Duft der Orangenblüten aus Bredes Garten mischte. Hier draußen am Rand des Landes von Aven, weit entfernt von jedem Süßwasser-Zufluß, der einfache Algen und unempfindliche Krustentiere hätte gedeihen lassen, gab es keinen fischigen Geruch nach Meeresleben – nur nach dem bitteren Alkali des leeren Beckens.

Elizabeth sagte: »Sie haben mich den ganzen Nachmittag bearbeitet, während ich in meiner Suite eingeschlossen war.

Sie versuchten etwas aufzubauen, das ihrer Meinung nach die geeignete emotionale Basis für einen Selbstmord-Impuls war. Hauptsächlich spielten sie mit Motiven der Verzweiflung und der Bedrohung meiner Würde herum, der sie eine kräftige Prise altmodischer Angst beimischten. Aber sie gehen von falschen Voraussetzungen aus. Die Motivationen sind für meine metapsychische Ethik nicht akzeptabel. Unter dem Gesichtspunkt eines selbstaufopfernden Altruismus hätten sie näher ans Schwarze heran getroffen – nicht daß es in dieser Exil-Situation funktioniert hätte.«

Bredes mentale Stimme, so formell und ohne all die Untertöne der gewöhnlichen Gedankensprache, fragte:

Hatten die Metapsychiker der Meisterklasse in deinem Milieu eine gemeinsame ethische Formel?

Elizabeth ließ freundschaftliche Bestätigung durch die Barriere schimmern, die sie zwischen sich und der Schiffsgattin aufrechterhielt, seit sie vor zwei Stunden zum ersten Mal mit der Fremden zusammengetroffen war. »Die meisten von uns folgten einem System, das in Übereinstimmung mit der Philosophie einer sich entwickelnden Theosphäre stand. Bist du mit diesem Konzept vertraut? Mit den Hauptreligionen der späteren menschlichen Ära?«

Ich habe deine Leute seit ihren ersten Zeitreisen studiert. Einige der Philosophien, zu denen sie sich bekannten, wirkten auf mich bestürzend und abstoßend. Du mußt verstehen, daß die Tanu einem einfachen, unstrukturierten Monotheismus ohne Priesterschaft oder etablierte Hierarchie huldigen. Wir sind durchaus bereit gewesen, den Menschen, die einem nichtmilitanten Glauben anhingen, Religionsfreiheit zu gewähren. Allerdings hat es Eiferer gegeben – Bloßhalsige natürlich –, die nicht aufhörten, des Königs Frieden zu stören. Diesen wurde schleunigst das Martyrium zuteil, nach dem sie sich unterbewußt sehnten ... Aber keiner der Menschen, die ich studiert habe, war imstande, Licht auf die Einheit eures Galaktischen Milieus zu werfen. Und das ist verständlich, denn nur ein echter Metapsychiker kann davon wissen. In Demut bitte ich dich, mich zu erleuchten.

»Was du erbittest, ist buchstäblich unmöglich, Brede. Ein junger Meta beginnt mit der Ausbildung normalerweise vor seiner Geburt. Die mentale Förderung wird in der frühen Kindheit intensiviert – das ist die Arbeit, der ich vor meinem Unfall mein Leben gewidmet hatte. Eine Person mit Meisterklasse-Potential muß sich darauf gefaßt machen, dreißig Jahre oder mehr damit zuzubringen, in die volle Einheit hineinzuwachsen. Ich soll dich erleuchten? ... Du hast mich eingeladen, dein intellektuelles Potential zu inspizieren, und ich will zugeben, daß eine Psychounion zwischen uns nicht völlig unmöglich ist. Aber dein Ring stellt gleichzeitig eine Mauer und eine Falle dar. Du hältst dich selbst für operant. Glaub mir – du bist es nicht! Nicht wirklich. Und ohne echte Metafunktionen kannst du weder die Einheit noch sonst etwas vom Wesen des Milieus begreifen.«

Der ruhige Gedanke kam: Es ist vorhergesehen, daß meine Leute eines Tages an diesem Wesen teilnehmen werden.

»Vorhergesehen von wem?«

Von mir.

Elizabeth wandte sich von der Balustrade ab und trat vor die Schiffsgattin. Gleich als erstes hatte Brede ihr enthüllt, daß sie einer anderen als der Tanu-Rasse angehöre. Sie war weniger als mittelgroß, und ihre Augen waren karneolbraun statt blau oder grün. Jetzt, wo sie wieder einmal ihr barockes Atemgerät abgenommen hatte, war der untere Teil ihres Gesichts unbedeckt, und man konnte sehen, daß ihm die übernatürliche Schönheit der herrschenden Rasse fehlte. Doch es war sympathisch und scheinbar das einer Frau mittleren Alters. Brede trug ein Gewand aus einem metallischen roten Stoff nach einer anderen Mode, als sie die dünnen, fließenden Roben der Tanu darstellten. Es war mit roten und schwarzen Perlen besetzt. Ihr schwarzer Mantel hatte glokkenförmige Schleppärmel und Einfassungen aus roten Flammenzungen. Ihr hoher Hut, ebenfalls schwarz und rot, glitzerte von Juwelen; ein schwarzer Schleier wallte davon nieder. Das Kostüm erinnerte Elizabeth abgesehen von dem dekorativen Atemgerät an einen Wandteppich des Mittelalters, der den großen Salon in der Auberge du Portail geschmückt hatte. Es war eine archaische Aura um die Schiffsgattin, ein Flair, das sie verdächtig von den anderen Fremden unterschied. Brede war keine Barbarin, kein Orakel, keine

Priesterin-Mutter. Alle Versuche Elizabeths, sie zu analysieren, hatten sich bisher als vergeblich erwiesen.

»Sag mir, was du von mir willst«, bat die menschliche Frau. »Erzähl mir, wer du wirklich bist.«

Die Schiffsgattin hob ihren gebeugten Kopf und zeigte ein süßes, geduldiges Lächeln. Zum ersten Mal sprach Brede ihre Gedanken laut aus.

»Warum willst du nicht in der Gedankensprache mit mir reden, Elizabeth?«

»Es wäre unvorsichtig von mir. Du bist gefährlicher als die anderen. Wie wir beide wissen.«

Brede erhob sich von der Bank. Ihr Atmen wurde wieder mühsam, und sie hob den Respirator, um es sich zu erleichtern. »Diese Atmosphäre – so angenehm für die Tanu und die Firvulag – ist zu dünn für jemanden meiner Herkunft. Willst du nicht in mein Haus kommen? Drinnen ist die Luft mit Sauerstoff angereichert, und wir können uns auch in meinem Raum ohne Türen absondern, und diese feindlichen Gedanken werden nicht mehr fähig sein, dich mit ihrer Zudringlichkeit zu ermüden.«

Spring Elizabeth! Laß dich von Zweigesicht Brede nicht narren laß dir einzigenAusweg nicht wegnehmen. Sie Schlimmste von unsallen! Geh zurück an den Abgrund und spring spring spring ...

»Der Zwnag wird ziemlich lästig«, gab Elizabeth zu. »Trotzdem bin ich fähig, damit fertig zu werden.«

»Der Angriff der Heerschar stellt für dich keine Drohung dar?«

»Wenn ihr Zwang funktionieren sollte, müßte er stark genug sein, um mein Superego und meinen Willen zu überbrücken. Sie hätten meine Persönlichkeit zu zerstückeln und auf einer niedrigeren, willfährigeren Ebene neu zusammenzusetzen. Es hackt jetzt eine große Menge von ihnen auf mich ein, und die leitenden Intelligenzen sind beachtlich stark. Aber keiner von ihnen – nicht einzeln und nicht in der Zusammenarbeit – bringt die Kraft auf, mich zum Selbstmord zu zwingen. Wer sind sie? Kannst du einen von ihnen erkennen?«

»Die vier leitenden Geister sind Anführer von Nontusvels

Heerschar. Einer ist Kuhal, Zweiter Lord-Psychokinetiker unter Nodonn. Imidol ist der Koerzierer, ein Kampf-Champion mit wenig mentaler Finesse. Die Fernsprecherin ist Riganone, eine Kriegerin, die sich als Nachfolgerin Mayvars sieht – eine belustigende Vorstellung! Der vierte, der Redakteur, stellt eine ernstere Herausforderung dar, wenn auch vielleicht nicht im zwingenden Modus. Es ist Culluket, Inquisitor des Königs. Seine Loyalität gehört eher seiner Mutter Nontusvel und ihrer Heerschar als seinem Vater, dem Thagdal. Cullukets Begabung für das Tiefensondieren und die Persönlichkeitsveränderung wird nur von der Dionkets, des Lord-Heilers, übertroffen. Aber Heilen ist nicht die Arbeit, für die Culluket bekannt ist. Es wäre nicht klug von dir, ihm körperlich nahe zu kommen, bevor du mit bestimmten aggressiven Techniken vertraut bist, die unter unseren weniger prinzipientreuen Elementen in Gebrauch sind.«

»Danke für die Warnung. Einem perversen Redakteur könnte es gelingen, mein vegetatives Nervensystem zu beeinflussen, während ich schlafe oder emotional abgelenkt bin. Ich werde einen besonderen Abweisschild spinnen müssen – vielleicht auch eine Falle. Probleme dieser Art hatten wir vor vielen Jahren im Milieu, bevor die Einheit volle Reife erlangte, als alle menschlichen Metapsychiker dem allgemeinen moralischen Imperativ zustimmten. Die Selbstverteidigungsmanöver lehrt man die jungen Metas immer noch ... für alle Fälle.«

Während Elizabeth an Bredes Seite den Pfad durch den Orangenhain entlangging, steigerte sich der Zwang zu einem beinahe hysterischen Crescendo. Es gab düstere Drohungen mit Vergewaltigung und Verstümmelung durch eine Tanu-Bande, Visionen von leidenden, ausgebeuteten Töchtern, jetzt noch ungeboren, das liebkosende Versprechen von Frieden im Tod und einer Wiedervereinigung mit Lawrence und sogar – zu spät – logische Argumente für eine Selbstvernichtung, die auf den genetischen Folgen der Situation basierten.

Elizabeth kehr um! Besser für dich für alle Menschen im Exil und auch alle Tanu wenn du stirbst! Hör nicht auf die Lügen von Zweigesicht Schiffsgattin! Kehr um und spring! *Spring!*

Es lagen Orangen auf dem Boden, denn Brede wurde nicht von Ramas bedient. Der charakteristische Geruch nach Zitrusfrüchten mischte sich mit dem Blütenparfum; die Bäume trugen Blüten und Früchte gleichzeitig. Elizabeth faßte nach oben und pflückte eine der Früchte.

Die mentalen Stimmen setzten jetzt ihre letzte Kraft ein: *Tu es nicht!* Weise die Erlösung nicht von dir! Verpaß die Gelegenheit nicht, Elizabeth! Im RaumohneTüren Flucht unmöglich! Kehr um! *Spring! Kehr um …*

GEHT WEG!

(Babbelzischmurmelstumm) (Rückzug)

Bredes verstärkte Stimme sagte: »Jetzt wissen sie, daß dir ihr Angriff voll bewußt gewesen ist.«

»Das hätten sie früher oder später doch herausgefunden. Früher ist mir lieber.«

»Sie werden es von neuem versuchen. In größerer Anzahl. Königin Nontusvel hat mehr als zweihundert lebende Kinder.«

»Sollen sie doch! Und wenn sie ihre Bemühungen vertausendfachten, bliebe die Zwang-Aggression doch unwirksam. Eure Leute und ihre Ringe! Sie schaffen keine echte mentale Synergie! Sie können die Energie eines Gemeinschaftsangriffs vieler Gehirne nicht lenken. Sie sind primitiv und nachlässig – außer Phase und außer Fokus. Und außerhalb ihres Bündnisses, wenn du meinem Idiom folgen kannst.«

O grausame in hochmütiger Überlegenheit o stolze Elizabeth.

Sie achtete nicht auf den ungesprochenen Vorwurf. Es war ein irritierender Tag gewesen. Auf dem Weg zu der kleinen weißen Villa schälte Elizabeth die Orange und aß die Spalten. Das Fruchtfleisch war dunkel im Mondlicht und trug einen weiteren Stein zu dem Gebäude ihrer Entrüstung bei: Es war eine Blutorange.

»Du wirst bei mir gar nichts erreichen, wenn du es auf Umwegen versuchst, Brede.« Elizabeths Stimme klang scharf. »Schon im Milieu war ich nie gut in diplomatischen Schachzügen. Ich will wissen, auf wessen Seite du stehst und was du von mir erwartest. Und was ist dieser Raum ohne Türen?«

»Du brauchst keine Angst davor zu haben. Jemanden wie dich kann er nicht halten. Aber er wird dich, Körper und Seele, vor der Heerschar schützen, solange du in seinem Heiligtum bleibst. Ich hatte gehofft, du würdest zu mir ziehen. Wir könnten ... einander unterrichten. Es ist reichlich Zeit, noch beinahe zwei Monate bis zum Großen Wettstreit, wo ich eine klimaktische Entscheidung vorhersehe.«

Die letzten Stücke Orangenschale entfielen Elizabeths Hand. Sie ging langsamer, als sie auf einen kleinen Rasen vor der Villa hinaustraten. Bredes Haus trug keines der üblichen Tanu-Feenlichter, sondern stand in griechischer Einfachheit, umrahmt von Zypressen. Es war ein Haus, das zu der geheimnisvollen Frau paßte, denn es fehlte ihm jede Öffnung nach außen.

Das zur Hälfte maskierte Gesicht der Schiffsgattin blickte flehend zu ihr auf. Es schien zu sagen: Mehr als alle übrigen sind wir beide Exilierte.

»Was geschieht, wenn unser Versuch einer geistigen Begegnung keinen Erfolg hat?« fragte Elizabeth.

»Dann wirst du tun, was du tun mußt.« Brede machte sich offenbar keine Sorgen. »Sollen wir zusammen hineingehen?«

Seite an Seite überquerten sie den Rasen, betraten den Säulenvorbau des kleinen Hauses und schritten durch die glatte Marmorwand.

In den Frieden.

Elizabeth konnte den tiefen Seufzer, der ihren Lippen entschlüpfte, nicht unterdrücken. Mentale wie physische Stille hüllte sie ein. Eine Stille dieser Art hatte damals im Metapsychischen Institut auf Denali, als die Therapeuten vergeblich versuchten, mit ihrem regenerierten Gehirn von neuem Kontakt aufzunehmen, Ängste in ihr erweckt. Aber jetzt – wie willkommen war ihr die Stille! Sie brachte Befreiung von dem Hintergrundgeräusch all jener geringeren Psychen, die ihre dünnen Dissonanzen gemurmelt und gequiekt und gedröhnt und gepfiffen hatten, auch wenn sie nicht in kindischer Unverschämtheit nach ihr griffen oder einen Frontalangriff gegen ihre Verteidigungen wagten. Sie konnten sie natürlich nicht erreichen, aber sehr lästig waren sie doch ... Im Milieu wurde diese mentale Statik durch die überwältigende Harmonie der Einheit ausgeschlossen. Hier hatte Elizabeth bisher nur in ihrem Feuerkokon Zuflucht vor ihr gefunden, in dem letzten schrecklichen Refugium einer leidenden, auf sich selbst konzentrierten Seele.

Aber dies ...

»Gefällt dir mein Raum?« fragte Brede.

»Ja«, antwortete Elizabeth. Ihr Geist und ihr Gesicht lächelten gleicherweise.

Die Fremde senkte ihr Atemgerät. »Hier herrscht ein erhöhter Teildruck des Sauerstoffs, was Euphorie hervorruft. Doch die mentale Stille ist die kostbarste Eigenschaft dieses Raums ohne Türen. Wir beide können unsere Gedanken hinaussenden, aber es kann niemand herein.«

Das Äußere der Villa mit ihren klassischen senkrechten Linien war bescheiden gewesen. Die Innenwände dagegen bogen und wölbten sich in ungeahnte Fernen. Sie waren mitternachtsblau mit ständig wechselnden zarten Mustern in schwachem Karminrot und Silber, an Ölflecken auf tiefem Wasser erinnernd. Zwei Bilder – eigentlich Projektionen – zeigten Ansichten aus dem Weltraum: eine dichtgeschlossene spiralförmige Galaxis, die zwei große Arme hinter sich herschleppte, und ein Planet, dessen Landmassen sich zu hohen Bergen zusammenschoben und dessen blaue Meere in runden Becken den lunaren Maria ähnelten.

Die Möblierung des Raums war einfach, beinahe unsichtbar, weil sie aus dem gleichen dunklen Stoff wie die Wände bestand. Da waren ein paar Truhen, Regale, auf denen sich farbige Glaszylinder mit Magnetdruck reihten (es waren die Audiovisuals der Tanu), zwei lange Liegen und mehrere konturlose Würfel in der Größe von Fußschemeln. Vor einer Wand schwebte in Augenhöhe eine kleine Skulptur, die abstrakte Darstellung einer weiblichen Gestalt. Drei blaue Lichter waren um sie arrangiert. In der Mitte des Zimmers (oder was die Mitte gewesen wäre, hätten sich die Wände nicht genähert und entfernt, je nachdem, ob man sich auf sie konzentrierte oder sie nicht beachtete) prangte das auffälligste Dekorationsstück: ein niedriger ovaler Tisch, der milchweiß glühte, flankiert von zwei dunklen gepolsterten Bänken. Auf dem

Tisch stand ein Glas-Modell, das Elizabeth für ein kompliziertes Urtierchen hielt, etwa eine Wasser-Radiolarie.

»Ein Bild meines Schiffes«, erklärte Brede. »Setzen wir uns. Dann will ich den Anfang machen, indem ich dir von unserer Reise erzähle.«

»Gut.« Elizabeth saß mit verschlungenen Händen, die Barrieren fest geschlossen. Sie blickte nicht auf die Schiffsgattin und nicht auf das Zimmer voller Wunder, sondern auf den kleinen Diamantring an ihrer eigenen rechten Hand.

Vor Äonen lebte in unserer fernen Galaxis (so erzählte Brede) eine intelligente Rasse auf einem einzigen kleinen Planeten, der eine gelbe Sonne umkreiste. Als diese Rasse das Stadium der Geschichtsschreibung erreichte, hatte sie nur eine einzige körperliche Gestalt und nur eine einzige mentale Struktur. Im Verlauf der Jahrtausende entwickelte sie eine hohe Technologie und den gravo-magnetischen Transport, der es Fahrzeugen erlaubt, mit nahezu Lichtgeschwindigkeit zu reisen, ohne von den Gesetzen der Trägheit behindert zu werden. Passende Planeten innerhalb praktischer Reichweite wurden kolonisiert und eine Föderation gebildet. Aber dann brach ein interstellarer Krieg aus, und viele Jahre lang waren die verstreuten Kolonien von ihrem Mutterplaneten nicht nur durch die Abgründe des Raums, sondern auch durch einen schrecklichen Niedergang der Kultur getrennt. Eine einzige Tochterwelt – mein Heimatplanet Lene – behielt in bestimmten Grenzen die Möglichkeit zur Raumfahrt. Man benutzte primitive Reaktionsmotoren für kurze Vorstöße in das eigene Sonnensystem.

Auf dem Mutterplaneten, der Duat genannt wurde, hatte der große Krieg traurige Veränderungen hervorgerufen. Schäden an Boden und Atmosphäre führten zu einem Klimawechsel. Die hohen Berge wurden zu einer Schnee-Wildnis; die tiefeingeschnittenen Täler waren, wenn auch subtropisch, wolkenverhangen und neblig. Im Verlauf von tausend Generationen entwickelten die Bewohner zwei Körperformen, beide abweichend von den Merkmalen des ursprünglichen Volkes, das vor so vielen Jahren die Tochterwelten besiedelt hatte.

Die Hochlandrasse, die Firvulag, lebten den größten Teil des Jahres in winterlich strengem Klima. Sie waren zumeist klein von Statur und körperlich zäh. Ihre einfache Kultur schloß den technologischen Konservatismus und die kooperativen Sozialstrukturen ein, die unter harten Lebensbedingungen oft vorherrschen. Lange Zeitabschnitte in ihren eingeschneiten Höhlen isoliert, beschäftigten sie sich nicht nur mit handwerklicher Arbeit, sondern vor allem mit mentalen Zerstreuungen, die die geistige Gesundheit erhalten sollten. Sie entwickelten die Fähigkeit, unterhaltende Visionen und pseudo-materielle Manifestationen heraufzubeschwören, sowie viele andere Anwendungen der psychoenergetischen Metafunktion, die ihr vom Milieu ›Kreativität‹ nennt. Sie gelangten auch zu einer Form des Fernsprechens und der Fernwahrnehmung, durch die sie Verbindung mit weit entfernt wohnenden Landsleuten aufnehmen konnten, ohne sich in die tödlichen Stürme hinauswagen zu müssen. Die Firvulag wurden zu echten, wenn auch in ihren Begabungen begrenzten, Metapsychikern, und es ging ihnen gut.

Gleichzeitig gedieh in den Tiefländern dieser Welt Duat ein zweiter Rassentyp – hochgewachsen, schlank und hellhäutig mit lichtempfindlichen Augen, die einem warmen Klima mit dicht verhangenem Himmel angepaßt waren. Diese Tanu-Vorfahren kämpften sich langsam auf das Niveau einer fortschrittlichen Technologie zurück. Im Gegensatz zu den Firvulag traten bei ihnen niemals operante Metafunktionen auf. Statt dessen erfanden sie den mentalen Verstärker, den du als den goldenen Ring kennst. Er machte ihre latenten Metafunktionen unvollkommen operant und gab ihnen ein primtives, aber befriedigendes Simulakrum der Psycho-Einheit – der geistigen ›Familien‹-Beziehung, die du bei unserem Volk und bei den Goldenen und Silbernen und Grauen dieses Vielfarbenen Landes beobachtet hast ...

Die bi-rassische Bevölkerung von Duat hat immer einen starken Hang zur Aggression besessen. Die Tanu und Firvulag lagen das ganze Jahr über in Fehde miteinander, obwohl sie sich gegenseitig nur wenig Schaden zufügten, weil keiner der beiden Gruppen daran gelegen war, weit in das feindliche Territorium vorzudringen. Die rituellen Schlachten wurden die Basis einer einfachen Religion, die weitere sechzig Generationen lang vorherrschte – bis Erkundungsschiffe der wiedererstandenen Interstellaren Föderation Duat neu entdeckten.

Ja – wir fanden den Weg zurück zu den Sternen, wir Tochterwelten. Während unser alter Heimatplanet seinen doppelgleisigen und eigentümlichen Weg verfolgte, entdeckten wir ein zweites Mal den gravo-magnetischen Antrieb. Aber wir gewannen mehr! Wir traten in eine wundervolle Symbiose mit den titanischen intelligenten Organismen ein, die man später Schiffe nannte. Sie waren fähig, allein durch Willenskraft mit Überlichtgeschwindigkeit durch den Raum zu reisen. Mit einem einzigartigen Ultrasinn erzeugten sie etwas, das ihr Ypsilon-Felder nennen würdet. Wenn die Schiffe entsprechend motiviert waren, nahmen sie tausend oder mehr von unseren Leuten in einer implantierten Kapsel mit sich und erreichten in Minuten, höchstens Stunden die äußersten Teile unserer Galaxis. Wie du vielleicht schon erraten hast, konnten die Schiffe nur durch Liebe motiviert werden. Und jedes Schiff, das uns diente, hatte als Gattin eine Frau meiner Rasse.

Die dimorphe Bevölkerung von Duat wurde in unserer Föderation willkommen geheißen. Ihre goldenen Ringe erwiesen sich als kompatibel mit der Psyche vieler, aber bei weitem nicht aller Bewohner der früheren Kolonialwelten. Eine ringtragende Elite kam an die Macht, und nach nur vier Generationen erlebte unsere Föderation ein Goldenes Zeitalter der kulturellen und techno-ökonomischen Expansion.

Wie alle Goldenen Zeitalter fand auch unseres sein Ende. Nachkommen der ursprünglichen Tanu und Firvulag, die streng darauf sahen, sich nur innerhalb ihres Stammes zu paaren, trugen ihre alten Feindseligkeiten zu den Sternen und riefen eine neue Folge von vernichtenden Kriegen hervor. Nach vielen Leiden wurde der Friede wiederhergestellt. Aber unsere Föderation forderte, daß die Überreste die reinblütigen Firvulag und Tanu ihrer Kriegsreligion abschworen und ihre Gene vermischten, damit die Grundlage für den alten Haß entfalle. Die meisten Mitglieder der dimorphen Bevölkerung stimmten dem schließlich zu. Aber eine starrköpfige Gruppe weigerte sich und stellte den Antrag, in eine andere Galaxis auswandern zu dürfen. Er wurde abgelehnt und die bedingungslose Kapitulation verlangt. Sie flohen, nur tausend Tanu und Firvulag, zu einer fernen Welt nahe der Spitze eines Spiralarms, wo sie sich darauf vorbereiteten, in einer letzten Geste apokalyptischen Trotzes einander bis zum Tod zu bekriegen.

Nur eine Person hatte Verständnis für ihren ursprünglichen Wunsch, auszuwandern. Diese Frau war mit mehr als dem üblichen Maß an Prolepsis einer Schiffsgattin gesegnet – oder geschlagen. Du würdest diese Meta-Fähigkeit Vorausschau oder Vorherwissen nennen. Sie erkannte, daß diese kleine Schar Unzufriedener, so nutzlos in ihrer eigenen Galaxis, katalytische Wirkung in einer jüngeren und mental weniger entwickelten Milchstraße haben werde. Ihre Langlebigkeit und mentale Kraft werde einen günstigen Einfluß auf die dort langsam entstehende psychische Vereinigung nehmen. Die Vision war undeutlich. Aber das genügte der Frau, um sich und ihr Schiff den Exilsuchenden zur Verfügung zu stellen ...

So sind wir hergekommen.

Und dann kamen die menschlichen Zeitreisenden.

Und dann kamst *du*.

»An diesem Punkt«, gestand Brede, »läßt mein Vorherwissen mich im Stich. Es machte mir große Sorgen, als die Leute aus der fernen Zukunft der Erde eintrafen, denn sie zerstörten das Gleichgewicht der Kräfte, das bis vor etwa siebzig Jahren geherrscht hatte. Ich durchschaue die Bedeutung dieses Ereignisses immer noch nicht ganz. Die Untersuchung, die dein Freund Bryan jetzt durchführen wird, liefert mir möglicherweise Daten für meine endgültige Beurteilung – obwohl weder König Thagdal noch einer der übrigen gründlich darüber nachgedacht hat, was getan werden müßte, sollte das Ergebnis eine weitere menschliche Mitarbeit als nicht ratsam erscheinen lassen.«

»Die Menschheit«, sagte Elizabeth, »nimmt eine ähnlich doppeldeutige Stellung unter den zusammenarbeitenden Rassen des Galaktischen Milieus ein.«

»Die Ankunft der Menschen hat viele vorteilhafte Veränderungen mit sich gebracht – und nicht nur techno-ökonomische und eugenische. Sowohl unter den Firvulag als auch unter den Tanu – besonders unter den Tanu-*Mischlingen* – haben sich Gruppen gebildet, die der traditionellen Feindschaft müde sind und ein zivilisierteres Konzept anstreben. Es mag durchaus sein, daß die Assimilierung latenter Menschen in die Tanu-Bevölkerung wünschenswert ist. Aber du ...«

»Keine anthropologische Untersuchung kann meine Wirkung abschätzen.«

»Vielleicht ist es zweckmäßig, daß du an diesem Punkt mit deinem kostbaren Erbgut zu der Evolution unserer Rasse beiträgst. Der Thagdal glaubt das, und ebenso Eadone Wissenschaftsmeisterin, Aluteyn der Lord-Kreator, Sebi-Gomnol und eine Reihe anderer unter unseren Großen. Ebenso gut jedoch können du und deine Gene für operante Metafunktionen ein potentiell tödlicher Faktor sein – als den dich die Heerschar Nontusvels ansieht. Was ist zu tun? Ich weiß wirklich nicht, was ich unternehmen soll.«

Langsam drehte Elizabeth den Diamantring an ihrem Finger. »Einige andere, die Menschen gern manipuliert hätten, haben das Gefühl kennengelernt.«

10

Die vom Festland isolierte Lage der Tanu-Hauptstadt am Ende der langen Halbinsel erschwerte ihren Einwohnern die Teilnahme an Jagden. Lange bevor Menschen in das Vielfarbene Land kamen, waren alle Firvulag Avens ausgelöscht oder vertrieben worden. Bürger, die nach blutigem Sport lechzten, mußten entweder zum iberischen Plateau reisen oder sich mit den Veranstaltungen zufriedengeben, die man in Muriahs riesiger Freiluft-Arena oder auf der Ebene der Spiele organisierte. Letztere war ein großes grünes Feld nordwestlich der Stadt, auf dem Rennbahnen für den Grand und den Petit Prix angelegt waren. Zusätzlich zu den dreimal in der Woche stattfindenden Wettkämpfen gab es Mitte jeden Monats – ausgenommen die Zeit des Großen Wettstreits und des Waffenstillstands vorher und nachher – ein viel größeres Sportfest, das Teilnehmer und Zuschauer aus allen Teilen des südlichen Europa anzog.

Es war beim September-Sportfest, daß Aiken Drum und sein Kämpfer Stein Oleson den Befehl erhielten, ihre neu erworbenen martialischen Künste zu demonstrieren. Wenn beide sich in der Arena bewährten, würde ihnen erlaubt werden, an dem Delbaeth-Feldzug teilzunehmen, der jetzt vom König selbst angeführt werden sollte. Nach heftigem Manövrieren seitens der Königin und ihrer Heerschar war entschieden worden, daß nicht nur Aiken, sondern auch Nodonn Schlachtenmeister, Lord von Goriah, das sich seinen Angreifern stets entziehende Ungeheuer unter Thagdals Leitung verfolgen werde. All die edlen Sport-Fans, die sich freimachen konnten, würden die Expedition nach Spanien begleiten, um dem Spaß zuzusehen.

Zu dieser Zeit standen die Wetten darauf, daß Aiken die Feuergestalt besiegte, 300 zu 1.

Am Abend des Sportfestes peitschte der Wind einen scheußlichen Regen über Aven. Eine Mannschaft aus PK-Recken, angeführt von Nodonns Zwillingsbrüdern Fian Himmelsbrecher und Kuhal Erderschütterer, gab sich alle Mühe, mit Hilfe psychischer Energien den Niederschlag vom Stadion abzulenken. Man rechnete damit, daß der Schlachtenmeister selbst rechtzeitig in der Hauptstadt eintreffen werde, um Zeuge der Prüfung des Kandidaten Aiken und seines Wikinger-Gefolgsmannes zu werden.

König Nontusvel, die in der königlichen Loge auf die Parade der Teilnehmer wartete, blickte auf, als ein natürlicher Blitz im Zickzack über das psychokinetisch erzeugte transparente Dach zuckte.

»Solch unübliches Wetter für diese Jahreszeit. Ich hoffe, Nodonn und die liebe Rosmar werden nicht aufgehalten.« Sie wandte sich Eadone Wissenschaftsmeisterin zu, die neben ihr saß, streng in schmuckloses Silber gekleidet. »Gomnol hat da eine Theorie, daß unsere Fliegende Jagd die Ozonschicht zerstören und das Klima verändern könne.«

»Quatsch«, sagte Eadone, sicher in ihrer Position als Dekanin der Gilden und ältestes Kind des Königs. »Das Unwetter ist nur eine Laune der Natur. Vielleicht ist es der Überrest eines tropischen Zyklons vom Süd-Atlantik, der es geschafft hat, den Isthmus von Gibraltar zu überqueren.«

»Das wollen wir hoffen, Erhabene Tochter«, dröhnte Thagdal. »Wenn es sich einregnet, werden wir an unserm Delbaeth-Feldzug wenig Spaß haben. Die alte Feuergestalt könnte einfach mit Pfeife und Pantoffeln in ihrer Höhle zu Hause sitzen, falls die Pflanzungen zum Niederbrennen zu naß sind. Es wird uns verflucht viel Arbeit machen, Delbaeth aufzuspüren, wenn er unter der Erde bleibt.«

»Da ist Bryan!« rief die Königin. Sie sprach jetzt Standard-Englisch, eine Höflichkeit, der sich alle Tanu-Großen in Anwesenheit des ringlosen Anthropologen befleißigten. »Und Greggy – und der Handwerksmeister auch! Ganz durchnäßt, die Armen. Aluteyn, Liebling! Konntest du mit deiner PK nichts dagegen tun?«

»Ich bin Kreator, Ehrfurchtgebietende Lady, kein Regenschirmhändler«, brummte der stämmige alte Handwerksmeister. »Und was macht schon ein bißchen Regen? Wir Tanu sollten uns ermannen und unsere törichte Wasserscheu abschütteln. Ist vielleicht schon einmal jemand im Regen ertrunken?«

Bryan verbeugte sich vor dem königlichen Paar. »Es war gar nicht so schlimm, bis wir von unserem Wagen zum Arena-Eingang laufen mußten. Heute abend sind so viele Leute hier, daß die Baldachine, die die Ramas über die Neuankömmlinge hielten, sich ständig verhedderten.«

Irgend jemand kicherte. Es klang, als werde ein Bantam-Huhn erwürgt. Ein eingeregneter Menschenmann mit goldenem Ring, der einen Schwalbenschwanz in den Farben der Kreator-Gilde trug, stolperte auf den König und die Königin zu, schwenkte grüßend die Arme und bespritzte dabei die anderen Anwesenden in der königlichen Loge. Sein Seidenäffchen-Gesicht zeigte nichts als heitere Unschuld. Er schien etwa sechzig Jahre alt zu sein.

»Aluteyn hat uns eine *Illusion* der Trockenheit gesponnen!« rief diese Persönlichkeit aus und vollführte eine Art Knicks, bei dem er fast über das Geländer in die Arena gefallen wäre. »Aber kann eine Illusion jemals die Wahrheit nachmachen?

Vor allem dann, wenn ein Baldachin voll von Wasser kippt und ...«

»Oh, halt den Mund, Greggy!« sagte der Handwerksmeister. Er sah müde aus. »Es war ein langer Tag, Große«, bemerkte er an die Adresse des Königs und der Königin.

»Und hast du dich gut um Bryan gekümmert? Ihm alle wundersamen Geheimnisse deiner Gilde gezeigt?« Die Besorgtheit der guten Königin wärmte alle drei Neuankömmlinge und trocknete ihre nassen Füße.

»Es war ein sehr eindrucksvolle Besichtigung«, erklärte Bryan. »Die Ausbildungsstätten für Künstler und Wissenschaftler erinnerten mich an bestimmte Universitäten meiner eigenen Ära. Und natürlich führte mich Lord Greg Donnet durch die Forschungslaboratorien seiner eigenen genetischen Abteilung ...«

»Und war es nicht fabelhaft? Wie?« Der frühere Gregory Prentice Brown machte einen kleinen Luftsprung und klatschte in die Hände. »Ich kann euch gar nicht sagen, welch eine Freude es ist, mit einem Kollegen zu plaudern, der mich über einige der letzten Entwicklungen der Milieu-Wissenschaft informieren konnte! Wußtet ihr, Majestäten, daß sich der Prozentsatz operanter Metapsychiker unter den neugeborenen Menschen des Galaktischen Milieus im letzten Jahr von zwei auf *vier* erhöht hat? Ich muß meine Studie über die Latenz-Koeffizienten unbedingt überarbeiten! Meine ursprüngliche Prognose beruhte auf der Annahme, daß sich die Bevölkerung im Gleichgewicht befinde ... aber Grenfell sagt, das tue sie nicht! Die Implikationen sind *enorm.*«

»Davon bin ich überzeugt, lieber Greggy«, sagte die Königin. »Setz dich doch und ruh dich aus! Sieh mal – da kommen die Clowns!«

»Oh, gut!« rief Lord Greg-Donnet. »Ich hoffe, der Explodierende ist heute abend hier.« Er ließ sich auf einen Sitz niederfallen und eignete sich einen Teller mit Finger-Bananen von dem königlichen Imbißtisch an, die er mitsamt der Schale aß.

Eadone erkundigte sich bei Bryan: »Ist es wahr, was Greggy sagt?«

»Das glaube ich schon, Lady Wissenschaftsmeisterin.«

Sie runzelte die Stirn. »Für eine Überarbeitung werden wir den Computer brauchen.«

»Aber wir haben den Computer doch«, erwiderte Bryan. »Ogmol und ich haben ihn benutzt, unsere Daten zu speichern.«

Etwas steif erklärte Aluteyn: »Der Junge hat ihn repariert.«

»Tanas Zehennägel!« schrie der entzückte König. »Vielleicht habe ich Aiken falsch beurteilt!«

Die Königin beobachtete die hüpfenden Spaßmacher mit festgefrorenem Lächeln.

»Aiken Drum ist auch sonst sehr emsig gewesen«, fuhr der Handwerksmeister mit dick aufgetragener Ironie fort. »Er war imstande, einigen meiner Leute in der Glaswerkstatt zu zeigen, wie sie den großen Kühlofen reparieren sollten. Er und Gomnol haben über Wege konferiert, den Apparat zur Messung der Gehirnströme zu verbessern – der, wie ihr wißt, uns schon immer mit seiner Störanfälligkeit ärgert. Und er hat außerdem den niederen Adel mit dem Drachenkämpfen und dem dreidimensionalen Schach bekannt gemacht. Die neuen Vergnügungen haben Muriah in den letzten beiden Wochen überschwemmt.«

»Hm«, machte der König nachdenklich. Er sah gar nicht mehr entzückt aus.

»Oh, die *Tiere!*« quietschte Greggy. »Seht euch nur diesen Gigantopithecinus an! Wird er kämpfen? Wird er?«

»Nicht bis zum Tod, Liebling«, antwortete die Königin. »Wir müssen ihn für den Großen Wettstreit aufsparen. Aber heute gibt es Elefanten und riesige Bärenhunde aus der katalonischen Wildnis. Und – sieh mal, in dem Wagen! Ein weiteres neues Ungeheuer! Ist es nicht fürchterlich? Wie eine Kreuzung zwischen einem Säbelzahntiger und einer großen Hyäne!«

»Hyainailouros«, stellte Eadone fest. »Auch ein Exemplar, das die Afrika-Expedition mitgebracht hat. Die letzte verspätete Lieferung traf heute ein.«

Blasinstrumente und Trommeln schmetterten los, begleitet von Donnerschlägen. Die Teilnehmer des Abends marschierten ein: Zuerst die weniger wichtigen Grauen zu Fuß, die Gladiatoren-Ausrüstungen verschiedener Art trugen, dann die Silbernen und die menschlichen und Tanu-Goldenen in herrlichen Glasrüstungen mannigfaltigster Farben und Stile. Ihre Chaliko-Reittiere waren ebenfalls gepanzert und reich geschmückt, und die Felle vieler Tiere waren gelb und rot oder blau eingefärbt.

Der Applaus der Menge stieg bis fast an die Schmerzschwelle. Durch den Eingang und in die Arena kamen zwei Reiter, Seite an Seite. Einer war ein riesiger Menschenmann auf einem kupferroten Chaliko. Seine Vollrüstung war von einem kristallinen Grün, besetzt mit runden Platten und Dornen aus glitzerndem Topas. Das Visier seines gehörnten Smaragdhelms war hochgeschlagen. Stein grinste die kreischenden Fans an und schlug mit der Breitseite seiner mächtigen Vitredur-Axt gegen seinen Schild. Neben dem Wikinger ritt auf einem großen schwarzen Tier eine kleine Gestalt, die ganz mit Gold plattiert zu sein schien. Als die Damen begannen, Blumen zu werfen, sprang der Kleine mit den Füßen auf den Sattel und hob eine Lanze, von der ein langes purpurnes Banner mit einem goldenen Symbol flatterte.

»Ein seltsames Emblem«, murmelte Bryan. »Soll das tatsächlich ein digitus impudicus sein?«

»Die ehrwürdige Mayvar«, berichtete die Königin in versöhnlichem Ton, »erlaubte ihrem Kandidaten, sich sein Wappen selbst zu wählen. Gehe ich recht in der Annahme, daß dies Handzeichen-Motiv eine gewisse ordinäre Herausforderung darstellt?«

»Euer Majestät vermuten das Richtige«, sagte Bryan und beherrschte seine Gesichtszüge.

Die Parade hatte jetzt einen großen Kreis um die Arena gebildet. Der Marschall des Sports und der Lord der Schwerter zogen als letzte ein, zusammen mit ihren Helfern und dem Korps der Schiedsrichter. Als diese Funktionäre an die große abgezäunte Treppe vor der königlichen Loge kamen, machten sie Thagdal und Nontusvel eine Ehrenbezeugung, worauf Teilnehmer und Zuschauer in laute Zurufe ausbrachen.

Thagdals Gedanken und Stimme brüllten: »Laßt die Spiele beginnen!«

Das Publikum beruhigte sich, und die Kämpfer und Tiere zogen sich an die Seitenlinien zurück. Vorspiele und Zirkusdarbietungen begannen mit dem Aufwärmen. Der König fragte Bryan: »Wie geht Ihre Untersuchung voran, würdiger Doktor?«

»Ich habe einen beträchtlichen Fundus an Daten gesammelt, wie Lord Ogmol zweifellos berichtet hat.«

Der König nickte. »Oggy kämpft heute abend, aber er hat mir erzählt, daß Sie ihn durch die ganze Stadt gezerrt haben – und aufs Land hinaus.«

»Es ist wichtig, die Agrikultur mit einzuschließen, besonders seit Sie die Politik verfolgen, die Aufsicht über die Pflanzungen ganz an Menschen zu delegieren. Ich war überrascht, so viele ringlose Menschen in leitenden Stellungen vorzufinden. Interessant, daß die meisten von ihnen produktiv und glücklich zu sein scheinen.«

»Waren Sie überrascht, das zu entdecken, Bryan?« fragte die Königin. Sie nahm eine Serviette, tauchte sie in einen Pokal mit Weißwein und wischte zerdrücktes Fruchtfleisch von Lord Greg-Donnets Gesicht. Der Genetik-Meister lächelte anbetend zu ihr auf.

»Die offensichtliche Assimilierung ist signifikant. Wie ich hörte, gibt es nur relativ wenige Unzufriedene – zumindest im Gebiet von Aven. Wird es mir erlaubt werden, diese Daten mit ähnlichen Erhebungen von anderen Großstädten und ihrer Umgebung zu vergleichen – sagen wir, Goriah und Finiah?«

»Unglücklicherweise«, antwortete der König, »wird dazu keine Zeit sein. Wir brauchen Ihre vollständige Analyse vor dem Großen Wettstreit. Sie müssen mit dem Material auskommen, das Sie hier sammeln können – selbst wenn dabei die Gefahr besteht, daß positive Faktoren überbewertet werden.«

»Wir holen die crème de la crème der Menschheit nach Miriah«, erklärte Greggy und blickte selbstzufrieden drein. »Hier unten läuft kaum einmal jemand weg. Nicht einmal die Frauen. Ich meine – wohin könnten sie auch gehen?«

»Meistens nach Kersic«, warf Eadone ein. Sie applaudierte Cowboys in orangefarbenem Lamé, die elchgroße Antilopen mit dem Lasso einfingen und fesselten. Zu Bryan gewandt, erklärte sie: »Das ist eine Insel östlich von hier. In Ihrer Zukunftswelt hat sie sich in Korsika und Sardinien geteilt.«

»Und die – Gesetzlosen leben dort?«

»Ein paar.« Der König machte eine geringschätzige Handbewegung. »Gruppen kränklicher Banditen, die sich gegenseitig berauben. Alle paar Jahre schicken wir eine Jagd hin und säubern die Gegend. Aber ein richtiger Sport ist das nicht.«

»Da! Da! Die Stoßzahn-Elefanten!« Der Genetik-Meister und die meisten übrigen Zuschauer sprangen auf und nieder und schrien. Bändiger mit langen Stachelstöcken brachten sechs kolossale Proboscidea mit nach unten gekrümmten Stoßzähnen herein. Der größte hatte fast vier Meter Schulterhöhe. Tanu-Ritter zu Fuß, bewaffnet nur mit Vitredur-Lanzen, an denen große Banner hingen, vollführten eine exotische Corrida mit den Tieren. Ein glückloser Kämpfer machte einen Fehler beim Capeschwingen und wurde totgetrampelt. Das Regenbogenleuchten seiner unbeschädigten Rüstung erlosch abrupt, als sei ein Schalter gekippt worden.

Greg-Donnet kicherte. »Hat sich den Hals gebrochen. Nun – da bekommt Dionket einen für sein Panoptikum.«

Die Königin erklärte dem erschrockenen Bryan: »Er wird wiederhergestellt, lieber Junge, keine Angst! Wir sind eine sehr zähe Rasse, wissen Sie. Aber beim Großen Wettstreit kann der arme Kerl nun nicht mehr mitmachen, weil er dann noch zur Heilung in der Haut steckt. Er hat sehr an Prestige verloren durch seine Ungeschicklichkeit.«

Die Deinotherien und die überlebenden Ritter zogen sich unter Applaus zurück.

»Von den Tieren soll keins getötet werden?« erkundigte sich Bryan.

»Heute abend werden nur zwei Kämpfe bis zum Tod stattfinden«, antwortete die Königin. »Ah. Das ist das Ende dieses Teils. Und jetzt ...«

Ein kunstvolles Fanfarensignal erklang. Der Marschall des Sports trat an die Stufen vor der königlichen Loge. Aluteyn übersetzte Bryan seine Ankündigung.

»Es möge euch gefallen, Ehrfurchtgebietende Majestäten, den Gruß des Waffennovizen Stein Oleson, loyaler Diener des Kandidaten Aiken Drum, entgegenzunehmen!«

Stein trabte auf seinem Chaliko heraus, ritt vor die Treppe, senkte seine langschäftige Glasaxt und salutierte, indem er seinen grauen Ring berührte. Die Zurufe waren laut, aber zögernd und abwartend. Als der König sich erhob und ein Handzeichen gab, fiel die Menge in Schweigen.

Stein drehte sein Reittier, um sich dem für ihn ausgesuchten Gegner gegenüberzustellen. Tierbändiger auf der anderen Seite der Arena öffneten das starke Tor eines Käfigs auf Rädern, der den Hyainailouros enthielt.

Das Tier schien über die pockige, fleckige Sandstrecke zu fließen. Es hatte den Schlangenhals und den verhältnismäßig kleinen Kopf eines Eisbären. Doch sein Körper war mindestens doppelt so groß wie der des noch ungeborenen Ursiden. Der Hyainailouros mochte eine Tonne oder mehr wiegen. Er bewegte sich schnell und behende. Seine großen runden Ohren lagen dicht am Kopf. In einer Art galoppierenden Gleitens hielt er genau auf Stein zu. Das Maul des Tieres stand weit offen und zeigte ein Paar übergroßer oberer Hundezähne, die länger waren als Steins gepanzerte Hand.

»Oooh!« kreischte Lord Greg-Donnet.

Der obligatorischen Etikette der Arena folgend, ritt Stein dem Untier im Galopp entgegen. In der letzten Sekunde schwenkte er zur Seite ab und schlug ihm im Vorübersausen mit der flachen Glasaxt auf den Rumpf. Es fuhr herum, stieß ein zischendes Gebrüll aus und hieb erst mit dem einen, dann mit dem anderen klauenbewehrten Vorderfuß um sich. Stein wendete, sammelte weitere Punkte, griff an und wich zurück, traf das Tier auf Flanken, Rücken, Nacken – klopfte ihm sogar sacht auf den flachen Schädel. Der Hyainailouros drehte sich wie wahnsinnig, versuchte dem Chaliko den Bauch aufzuschlitzen oder seinen Peiniger mit den knirschenden Kiefern zu fassen. Die Zuschauer belohnten jeden Coup mit anerkennendem Gebrüll. Endlich, als der Säbelzahn vor Schwindel und Frustration zu taumeln begann, riefen hie und da unter den Fans Stimmen: »Tod! Tod!«

Stein gab seinem Reittier die Sporen und galoppierte in einem engen Kreis um das schwankende Geschöpf, das sich auf die Hinterbeine erhoben hatte. Es stieß eine Folge kurzer, hoher Laute aus, die wie Dämonengelächter klangen.

Thagdal stand wieder auf und hob die Hand.

»*Tod!*« heulte die Menge im Chor.

Und dann war es ganz still, bis auf das Trappeln der klauenbewehrten Füße des Chalikos, als Stein es von dem Hyainailouros weglenkte, und das rasselnde Atmen des erschöpften Opfers, das auf die Rückkehr seines Feindes wartete. Stein stieg ab. Am Schaft seiner Axt befand sich ein kräftiges Tau. Der vorwärtsschreitende Wikinger schwang die Waffe an diesem Tau, ließ sie immer wieder um seinen gehörnten Kopf kreisen. Er näherte sich dem auf den Hinterbeinen stehenden Ungetüm. Jede Facette seiner Rüstung glitzerte, und die rotierende Vitredur-Klinge war fast unsichtbar. Dann sprang er, die Flugbahn seines Körpers genau auf das Schwanken des Säbelzahns abgestimmt, und schnitt ihm den Kopf ab.

Das Publikum explodierte in mentalem und stimmlichem Tumult, es brüllte, klatschte und trampelte. Thagdal öffnete ein Törchen vorn an der Loge und stieg die Treppe zur Arena hinunter. Dort rissen die Helfer des Marschalls das Tor im Schutzzaun weit auf, so daß Stein dem Souverän entgegengehen konnte. Der Wikinger nahm seinen Smaragdhelm ab und stapfte vorwärts.

Und dann keuchte die Menge auf. Von der anderen Seite des Stadions donnerte ein schwarzes Chaliko heran, das einen kleinen Reiter in einer Rüstung aus Goldlüster-Glas trug. Gerade als Stein vor dem König anhielt, zügelte Aiken Drum sein Reittier. Rutschend kam es knapp einen Meter hinter Aikens ›Diener‹ zum Stehen. Der kleine Mann grinste wie eine Kürbislaterne.

»Und er hat es ganz allein geschafft!« erklärte der Possenreißer. »Ich, der Mächtige, habe ihm kein bißchen geholfen!«

Der Marschall des Sports war gezwungen, sein PK schnell einzusetzen, wenn er die von Aiken erzeugte große Staubwolke daran hindern wollte, den aus der Fassung gebrachten König einzuhüllen. Jetzt trat der Funktionär vor und rief: »Bitte Ruhe für die Akkolade Seiner Ehrfurchtgebietenden Majestät!«

»Ja«, sagte Stein und streifte Aiken mit einem Blick. »Du wirst deine Chance bekommen.«

Thagdal hielt eine Kette mit einem großen Medaillon, das das heraldische männliche Gesicht zeigte, in die Höhe. Die

GIUSEPPE MANGONI

Menge schrie: »Slonshal!« und er hängte es Stein um den Hals.

»Empfange diese unsere Akkolade und sei für immer unser treuer Kämpfer.«

Die Zuschauer jubelten, und Königin Nontusvel warf eine Serviette hinunter, die in einem herrlichen Rubin-Daumenring steckte (Stein machte es gar nichts, daß sie ein bißchen Bananenbekleckert war), und die Tanu-Damen schwitzten Sinnlichkeit aus, und *sehr* beherrschte Feinseligkeit emanierte von den Tanu-Herren, und ein Stallknecht brachte Stein sein Chaliko, und er ritt davon. Aiken folgte ihm und sandte: »Das ist mein wackerer Junge!« in einem gewaltig verstärkten Fernsprecher-Modus.

Als Thagdal in die Loge zurückkehrte, umgab ihn eine deutliche Atmosphäre königlicher Gereiztheit.

»Na, na, Thaggy«, beschwichtigte die Königin.

»Hat es dir nicht *gefallen?*« quietschte Greggy.

Ein gewaltiges Donnergetöse erscholl. »Genau meine Gefühle«, grollte der Hochkönig des Vielfarbenen Landes. »Ihr müßt mich alle entschuldigen. Ich gehe, mein königliches Wasser abzuschlagen.«

»Er mag Menschen im Grunde nicht, weißt du.« Lord Greg-Donnets fröhliches Kindergesicht wurde von aufblitzender geistiger Klarheit erhellt. »Ebenso wenig wie du, meine Königin, und deine gesamte Heerschar. Der König erträgt die Menschheit als notwendiges Übel. Aber *dir* wäre es lieber, das Zeitportal hätte sich nie geöffnet.«

»Schäm dich, Greggy!« rügte Nontusvel. »Einige meiner besten Freunde sind Menschen. Du darfst so etwas nicht sagen, ungezogener Junge! Was soll Bryan denken? Hier – da hast du ein schönes hartgekochtes Ei.«

Der Genetik-Meister nahm den ihm angebotenen Silberteller und betrachtete ihn, offensichtlich verwirrt. »Eier? Eier? Aber darum geht es ja, liebste Lady! Eine Viertelmillion davon steckt in ihren menschlichen Ovarien! So großzügig, so verschwenderisch, so vorsorglich von Mutter Natur, jede Menschenfrau mit einem solchen Überfluß an Ova auszustatten!« Er schielte zu Bryan hin, nahm sich ein Ei und stippte es in einen Krug mit Grey-Poupon-Senf, bevor er nachdenklich abbiß. »Wissen Sie, Dr. Grenfell, daß der Name von Mutter Natur im Pliozän Tana lautet? ... Oder Té, wenn Sie des Firvulag-Glaubens sind.«

»Sprich nicht mit vollem Mund, lieber Greggy!« mahnte die Königin.

Tränen strömten über die glatten Wangen des Wahnsinnigen. »Wenn wir sie nur klonen könnten!« Und Bryan war sich durchaus bewußt, daß der Genetik-Meister nicht mehr von Mutter Natur sprach. »Sie würden es nicht glauben, Grenfell, wie primitiv die Einrichtungen hier verglichen mit meinem alten Laboratorium an der Johns-Hopkins-Universität sind!«

»Sieh dir das Turnier an, Greggy!« drängte Nontusvel. »Siehst du? Da stellt sich gerade Ogmol auf.«

Lady Eadone Wissenschaftsmeisterin sah Bryan wohlwollend an. »Und welche vorläufigen Schlüsse haben Sie in diesen ersten Wochen Ihrer Untersuchung über den Zusammenstoß zweier Kulturen ziehen können, Doktor? Wenn wir den genetischen Gesichtspunkt einmal beiseitelassen, so machen wir uns Sorgen, daß die Tanu zu abhängig von menschlichen Arbeitern und menschlicher Technologie werden könnten. Wie Sie bemerkt haben, entschließt sich keiner unserer jungen Leute mehr für eine Tätigkeit in der Landwirtschaft. Das gleiche gilt für andere praktische Berufe: Bergbau, Architektur, Straßenbau, Produktion.«

»Lauter Tätigkeiten, die in meinen Kompetenzbereich fallen«, warf Aluteyn bekümmert ein. »Kreator-Haus fließt über von Musikern und Tänzern und Bildhauern und Couturier-Lehrlingen. Aber wissen Sie, wie viele sich dieses Jahr für Biolumineszenz-Technik eingeschrieben haben? Fünf! Noch zweihundert Jahre, und wir werden unsere Städte völlig mit Olivenöl und in Talg getränktem Binsenmark beleuchten müssen!«

»Sie mögen Grund für Ihre Besorgnisse haben«, sagte Bryan vorsichtig.

Der Handwerksmeister meinte entrüstet: »Es wird sogar davon geredet, Kunst und Wissenschaft zu trennen – eine neue Gilde zu gründen, ich bitte Sie! Und für die Technik sollen zumeist Menschen mit Goldring zuständig sein.«

»Gomnols Idee natürlich«, bemerkte Eadone ganz ruhig.

»Ich bin von Anbeginn im Geschirr«, sagte Aluteyn »Ich gehöre zu den Einwanderern, die der Föderation Trotz boten und den Kontakt mit Brede aufnahmen. Es sind nicht mehr viele von uns übrig unter den Tanu – der Thagdal, Dionket, Mayvar, Lady Eadone, der Herr der Schwerter, der arme alte Leyr, der in den Pyrenäen versauert ... Da! Selbst *ich* gebe den verdammten Bergen ihren menschlichen Namen! Kaum mehr als sechzig Jahre gibt es das Zeitportal, und ein Jahrtausend an Duat-Kultur hat sich fast schon in Nichts aufgelöst. Und auch die besten *Kämpfer* sind heutzutage meistens Mischlinge! Die Welt fährt in einem Jauchekarren zur Hölle.«

»Beruhige dich, kreativer Bruder!« sagte die Königin.

Greg-Donnet fletschte die Zähne in breitem Grinsen. »Du kannst dich dem Fortschritt nicht in den Weg stellen.«

»Ach, wirklich?« fragte Nontusvel.

Ein grauberingter Platzanweiser öffnete die Vorhänge an der Rückseite der königlichen Loge. Er verkündete: »Der Hohe Lord Nodonn Schlachtenmeister und seine Gemahlin Lady Rosmar.«

Eine hochaufragende Gestalt in rosig-goldener Rüstung stand im Eingang und blendete Bryan fast mit ihren Sonnenaufgangsstrahlen.

»Mein Sohn!« rief die entzückte Königin.

»Mutter!«

»Ich freue mich so, daß du rechtzeitig für seinen Test gekommen bist.«

Das Gesicht Apollos zeigte ein ironisches Lächeln. »Das hätte ich mir um nichts in der Welt entgehen lassen. Ich habe ein kleines Geschenk für Mayvars Liebling mitgebracht.«

Die Königin hatte sich von ihrem Platz erhoben, um ihr ältestes Kind zu küssen. Jetzt ergriff sie die Hand der herrlich gekleideten menschlichen Frau, deren Kostüm und Kopfputz in Tönen der Morgenröte gehalten waren, und führte sie zu dem immer noch benommenen Anthropologen.

»Und hier ist eine Überraschung für Sie, Bryan. Wie wir es Ihnen versprochen hatten. Der liebe Nodonn wird in die Arena hinuntergehen wollen, um zuzusehen, wie Aiken

Drum geprüft wird. Deshalb müßt ihr beiden zusammensitzen und eure Bekanntschaft erneuern. Du erinnerst dich doch an Bryan Grenfell, nicht wahr, liebste Rosmar?«

»Wie könnte ich ihn je vergessen?« gab Mercy zurück. Sie beugte sich zärtlich vor und küßte den Anthropologen auf die Lippen. Dann sah sie ihren leuchtenden Lord schelmisch an. »Du brauchst nicht eifersüchtig zu sein, mein Dämonenliebhaber. Bryan und ich sind alte, alte Freunde.«

»Genießt einander!« sagte der Schlachtenmeister.

Er öffnete das Törchen und stieg die Stufen zur Arena hinab. Die Menge im Stadion und der stürmische Himmel donnerten ihm gemeinsam ihren Beifall entgegen.

Aiken, der von der anderen Seite des Stadions aus zusah, fragte den Lord der Schwerter: »Wer ist dieser schönarschige Erzengel?«

»Das wirst du in Kürze herausfinden! Wie ich hörte, hat er aus den Sümpfen von Laar etwas Besonderes für deine Prüfung mitgebracht.« Tagan stieg aus dem Graben an der Seitenlinie und ging dem Tanu-Champion entgegen. Die Kämpfe waren in dem Aufruhr bei Nodonns Erscheinen zum Stillstand gekommen.

Stein, der sich von seiner Glasrüstung befreit hatte und das gebratene Bein irgendeines großen Hühnervogels abnagte, rief von dem Steig herunter, der zu den Kabinen führte. »He, Junge! Hier möchte dich jemand sprechen. Dein alter Kumpel aus British Columbia.«

Reimo Hakkinen ließ sich vorsichtig in den Graben gleiten. Seine hellen Augen flitzten hierhin und dahin. Keiner der menschlichen und Tanu-Krieger zollte ihm irgendwelche Aufmerksamkeit, aber trotzdem sprach er in ängstlichem Flüsterton. »Nur eine Minute Eurer Zeit, Lord Aiken. Das ist alles ...«

Dem kleinen Mann verschlug es fast die Sprache. »Was soll dieser Scheiß mit dem *Lord?* Ich bin es, Holzhacker – dein guter alter Kamerad!«

Aiken schickte schnell eine Sonde hinter blutdurchschossene mongolische Augen ... und fand Chaos. In diesem Sumpf aus Müdigkeit und Angst, der Raimos Verstand darstellte, war kaum ein vernünftiger Gedanke zu entdecken. Irgendwie hatte der Silberring die persönlichen Teufel des früheren Waldarbeiters aktiviert. Seine Erfahrungen während der vergangenen zwei Wochen zusammen mit dem Durcheinander in seinem Innern hatten ihn an den Rand des Gehirnversagens getrieben.

»Die Frauen, Aik! Die gottverdammten männerfressenden Tanu-Huren! Sie haben mich ausgequetscht wie eine Zitrone!«

Stein schlug sich auf einen mächtigen Schenkel und brüllte vor grausamem Gelächter.

Raimo ließ nur den Kopf hängen. Er sah aus, als habe er zehn Kilo Gewicht verloren. Das früher so arrogante finnische Gesicht war verkniffen und fleckig, das blonde Haar hing verschwitzt unter der schmucken Mütze hervor, und der kräftige Körper war eingeschrumpft in einem Kostüm, das mit Puffärmeln, Pluderhosen und Hosenlatz die Mode der italienischen Renaissance nachahmte. Raimo achtete gar nicht auf den Hohn des Wikingers, sondern hob die gefalteten Hände und fiel vor dem Tunichtgut Aiken auf die Knie.

»Um der Liebe Gottes willen, Aik – hilf mir! Du kannst es! Ich habe gehört, daß du diese ganze verdammte Stadt dazu gebracht hast, dir aus der Hand zu fressen.«

Das Redigieren war nicht Aikens starke Seite, aber er stürzte sich hinein und tat sein Bestes für die taumelnde Psyche. Einige der Tanu-Teilnehmer an den Spielen starrten schon neugierig her, deshalb zog Aiken seinen Freund in den Korridor hinaus. Stein, seinen Knochen benagend, schlenderte hinterher.

»Sie haben mich von einer zur anderen weitergereicht«, berichtete Raimo. »Alle die, die keine Kinder haben – und davon gibt es viele! Sie probieren alle Silberringe aus – die Grauen auch, wenn ihnen ihr Äußeres gefällt. Aber wenn sich herausstellt, daß man sie nicht geschwängert hat, hören sie auf, nett zu sein, und amüsieren sich damit, daß sie ... daß sie ... Jesus, Aik! Weißt du, was sie einem Mann *antun* können, der diesen furchtbaren Ring trägt?«

Aiken sah es. Er bewegte sich rasch durch die subkortikalen Strukturen des gedemütigten, gequälten Gehirns, stellte

Schmerzschaltkreise ab und baute einen zeitweiligen lindernden Effekt ein, der – ein wenig – helfen würde. Wenn es ganz schlimm wurde, konnte sich Raimo darin zurückziehen und bei geistiger Gesundheit bleiben. Das zuckende Gesicht des früheren Holzfachmanns beruhigte sich. Er flehte: »Sorg dafür, daß sie mich nicht kriegen, Aik! Wir waren Freunde. Laß es nicht zu, daß mich die Tanu-Huren zu Tode vögeln.«

Vom anderen Ende des langen Gangs klang ein plötzlicher Ausbruch von Reden und Lachen herüber. Sechs hohe Erscheinungen von unirdischer Schönheit, ganz Regenbogen-Chiffon und funkelnde Edelsteine und wallendes blondes Haar und aggressive Sinnlichkeit, schwebten unter erregten Ausrufen auf die drei Männer zu.

»Wir haben dich fernbeobachtet und wußten, daß du dich hier versteckst!«

»Böser, köstlicher Raimo, einfach wegzulaufen!«

»Jetzt müssen wir dich wieder bestrafen, nicht wahr?«

»Schwestern! Wißt ihr, wer der Große ist? Das ist Stein! Nehmen wir ihn auch!«

Parfümiertes Flattern und ein Anprall koordinierter koerzibler Kraft auf einen Gedankenschirm aus Gold waren gefolgt von mentalem Gekicher und schamlosem Kneifen, das Aiken und den Wikinger in Brand setzte, obwohl ihre psychischen Barrieren geschlossen waren. Ein Aufstöhnen: »Laß es nicht zu!« Und dann waren Raimo und die Tanu-Frauen verschwunden.

»Heilige Scheiße«, flüsterte Stein.

Aiken schüttelte seinen Kasperkopf. »Damals im guten alten Milieu hätte ich gesagt: ›Eine angenehme Art, zugrunde zu gehen.‹ Aber du würdest nicht glauben, was im Schädel des armen Teufels herumklapperte. Das ist wirklich ein Schicksal, schlimmer als der Tod! Er ist diesen verrückten Weibern einfach nicht gewachsen.«

Stein meinte: »Zu schade, daß du keinen Unterricht gibst.«

»Aiken Drum!« dröhnten Gedanken und Stimme des Lords der Schwerter. »Du wirst gerufen, deine Kraft vor dem König, dem Adel und dem Volk von Muriah zu beweisen.«

»Oh-oh. Ich bin dran.« Der Possenreißer blickte zu Stein auf, diesmal ernst. »Wenn sie mich da draußen umbringen, führt Mayvar dich zu dem Ort, wo Sukey versteckt ist.«

»Gib's ihnen, Junge!« ermutigte der Wikinger ihn.

»Möge es euch gefallen, Ehrfurchtgebietende Majestäten. den Gruß des menschlichen Goldringträgers Aiken Drum, von der ehrwürdigen Mayvar Königsmacherin, Präsidentin der Fernsprecher-Gilde, geförderter Kandidat, entgegenzunehmen.«

Aiken ritt auf seinem schwarzen Chaliko heran, um seine Ehrenbezeugung zu machen. Der Applaus war fast so wild wie der, der den Schlachtenmeister begrüßt hatte.

Nodonn selbst stand mit Tagan und dem Marschall des Sports am Fuß der Treppe. Er hatte den Kopf entblößt und trug einen wohlwollenden Ausdruck auf dem glühenden Gesicht. Als der Jubel völlig verstummt war, sagte er:

»Aiken-Drum – deine ehrwürdige Patronin hat uns von deinen beträchtlichen metapsychischen Talenten berichtet. Aber das sind nicht die Eigenschaften, die wir heute zwecks Abwägung deiner Kandidatur prüfen wollen. Statt dessen möchten wir die grundlegenden Qualitäten testen, die Mitglieder unserer schlachtenerprobten Gesellschaft auszeichnen müssen – Mut, Entschlußkraft, Intelligenz. Zeige sie uns, wenn du dem Gegner entgegentrittst, den ich für dich ausgesucht habe ... Sein Name ist laut den Weisen von Goriah Phobosuchus. Die meisten seiner Art sind seit beinahe fünfzig Millionen Jahren ausgestorben. Aber ein paar lebende Fossilien gibt es noch in den Regionen südlich meiner Stadt, an der breiten Mündung des Flusses Laar, wohin die langhalsigen Seeungeheuer kommen, um sich zu paaren und fortzupflanzen. Mit meiner Geisteskraft habe ich ihn unterworfen und hergebracht, damit du deine Talente zeigen kannst. Aber ich verpflichte dich, Aiken Drum, unsere sportlichen Regeln zu beachten! Du darfst in deinem Kampf mit dem Phobosuchus keine offenkundigen mentalen Kräfte einsetzen – nur körperliche Stärke, Tapferkeit und natürliche List. Breche unsere Gesetze, und der vereinigte Zorn dieser edlen Gesellschaft wird dich vernichten.«

Ein tiefer Ton flog über die Menge hin. Unterschiedliche

ferngesprochene Gefühle umkreisten die kleine Gestalt in der goldenen Rüstung: einige feindlich, einige spöttisch oder furchtsam, aber andere ...

Ich will verdammt sein, dachte Aiken. Ich glaube, die meisten von ihnen wollen, daß ich siege!

Als Nodonn mit seinen Ermahnungen fertig war, gab der König das Zeichen zum Beginn des Kampfes. Mit einer Hand hob Aiken seine Bannerlanze. Er salutierte erst der königlichen Loge und dann der Zuschauermenge. Mit der anderen Hand zeigte er, während der sein Chaliko zur Mitte der Arena hin wendete, dem Schlachtenmeister die Geste, die auf seinem Banner dargestellt war.

Ein lautes Freudengebrüll brach los. Eine schwer gesicherte Tür neben den Tierpferchen schwang auf und enthüllte eine dunkle, höhlenähnliche Öffnung. Nodonn rief mit Stimme und Gedanken gleichzeitig:

»Phobosuchus, komm heraus!«

Ein Drache raste in die Arena. Dann blieb er in der Mitte des Feldes stehen, öffnete die Kiefer und gab ein Zischen wie eine ausbrechende Fumarole von sich.

Die Zuschauer antworteten mit Schreien lustvollen Entsetzens und frenetischem Applaus für die Neuheit, dergleichen man in der Arena von Muriah noch nie gesehen hatte. Phobosuchus war ein monströses Krokodil. Sein Schädel maß zwei Meter in der Länge, und die Zähne in dem bläulichgrauen Maul glichen großen Bananen. In der Ruhehaltung hockte Phobosuchus, der Aikens sich näherndem schwarzen Kampf-Chaliko mit einem hämischen katzenähnlichen Auge entgegensah, mit gekrümmten Beinen auf dem Sand. Der Körper war mindestens fünfzehn Meter lang, der Rücken mit kammartigen knochigen Schuppen gepanzert. Der Schlachtenmeister war auf den Einfall gekommen, die natürlichen hellgrünen und schwarzen Streifen des Tiers mit aufgemalten Mustern in seinen eigenen heraldischen Farben Rosenrot und Gold zu ergänzen.

Gereizt von dem Gekreisch der Menge, dem hellen Licht und dem schmerzhaften mentalen Stachel, mit dem Nodonns koerzible Fähigkeit ihn soeben aufgescheucht hatte, sah sich Phobosuchus um, wen er verschlingen könne. Er peitschte mit seinem Zackenschwanz umher und entließ einen giftigen Moschusschwall aus seinen Kloakendrüsen. Dann hob er seinen mächtigen Körper hoch vom Boden ab und rannte in kurzem Galopp auf das wahrscheinlichste Ziel zu.

Der ›schottische‹ Pionier-Planet Dalriada, wo Aiken Drum aufgewachsen war, besaß weder einheimische Krokodile, noch hatten die Ökologie-Ingenieure dies besondere Reptil für eine passende Ergänzung der lokalen Lebensformen gehalten. Und so hatte Aiken wirklich nicht die nebelhafteste Ahnung, welche Art von Kreatur da zum Angriff auf ihn ansetzte. Er entschied, es *müsse* ein Drache sein. Ein Drache, der laufen konnte wie ein Rennpferd und sich im Zustand wahnsinniger Wut befand. Die Etikette der Arena schrieb vor, daß er dem heranstürmenden Monster mit kühner Entschlossenheit entgegentrat. Er faßte seine Lanze fest und drückte seinem Reittier die gespornten Fersen in die breiten Schultern ...

... und vergaß ganz, es unter geistiger Kontrolle zu halten. Das schwarze Chaliko stieß einen gellenden Angstschrei aus und warf ihn ab. Es rannte um sein Leben an die andere Seite der Arena, während sich der junge Mann in der goldenen Glasrüstung hochrappelte, seine Lanze aufnahm und Fersengeld gab. Phobosuchus nahm erfreut die Verfolgung auf.

Nach einem kurzen Intervall entsetzten Schweigens begannen die Zuschauer ein begeistertes Freudengebrüll. Der Himmel verstärkte den Lärm durch ein fanfarenartiges Donnergetöse, das das Krokodil dazu inspirierte, seine Antwort hinaufzubrüllen. Das tat es mit geschlossenem Mund, und es jagte Aiken die eine Seite der Arena hinauf und die andere herunter. Clowns, Schiedsrichter, Tierbändiger, Mistschaufler, Tanu-Ritter in dornigen Juwelenrüstungen und würdige Funktionäre fielen übereinander und sprangen oder levitierten sich in die vordersten Sitzreihen, um dem rasenden Monster zu entfliehen.

Als Aiken sich der Treppe zu der königlichen Loge näherte, wo Nodonn, Tagan und die anderen Beobachter hohen Ranges wie eine Sammlung von großen Schachfiguren aus Edelsteinen standen, änderte er plötzlich den Kurs. Er strebte in einer flachen Kurve auf den Mittelpunkt der Arena zu. Phobosuchus, zwei oder drei Meter hinter ihm, ging schon ein bißchen die Luft aus. Aiken stieß den Schaft seiner Lanze vor sich tief in den Sand und vollführte Hand über Hand einen Stabhochsprung, der ihn wie ein goldenes Geschoß in weitem Bogen durch die Luft trug. Er landete eine Monsterlänge seitlich von Phobosuchus. Das Ungetüm zögerte, und dann scheute es vor der Lanze mit dem Banner, die, fest in der Erde steckend, immer noch bebte.

Phobosuchus legte sich mit dem Bauch auf den Boden, schwang sein fürchterliches Maul nach dem goldenen Männchen, das um seine Flanke tanzte. Aiken schoß zum hinteren Ende des großen Krokodils, bevor es seinen massigen Körper verlagern konnte, und hatte endlich seinen blinden Fleck erreicht. Leicht wie ein Herbstblatt rannte er über den zackigen, bemalten Rückenkamm des Tiers und hielt seine Balance wie auf einem im Wasser rollenden Baumstamm, während das Reptil sich in dem Bemühen, zu entdecken, was diese eigentümliche Beute jetzt vorhabe, drehte und wand.

Plötzlich erstarrte das Krokodil. Die Menge holte Atem wie ein Mann. Aiken warf sich flach auf den bunten Panzer und hielt sich mit aller Kraft an zwei Schuppen fest. Phobosuchus explodierte in einen Anfall von Bocken und Schlenkern, wild entschlossen, das menschliche Ungeziefer von seinem Rükken zu schleudern. Seine Kiefer klappten mit dem Geräusch brechender Baumstämme; er bäumte sich auf und verrenkte sich und warf seinen Drei-Tonnen-Körper mit der Behendigkeit eines Basilisken herum, wobei er vergeblich versuchte, Aiken mit dem schwarzen Krummsäbeln an seinen Füßen von seinem Rücken zu fegen. Der Schwanz des Reptils wirbelte Staubwolken auf, die eine Weile den Drachen wie sein goldenes Anhängsel verbargen. Doch als das Untier schließlich eine Verschnaufpause einlegte, lag Aiken immer noch zwischen zwei Schuppenreihen gleich hinter den Schultern.

Phobosuchus ließ sich erneut auf seinen Bauch nieder und zischte erbittert. Als sich das Maul, ungefähr so lang wie Aikens Körper, schloß, sprang der kleine Mann plötzlich auf die Füße, rannte den Hals hinauf, zwischen den Augen hindurch und über den ganzen liegenden Schädel. Von der Spitze der Schnauze sprang er ab. Das Ungeheuer sah in einer Art betäubter Faszination zu, wie Aiken nach seiner Lanze sprintete und sie aus dem Boden riß. Er kehrte um und nahm den gleichen Wahnsinnsweg über den Kopf des Reptils zurück bis auf die Schultern. Das purpurne Banner flatterte in Fetzen über seinem staubigen Goldhelm.

»Tod! Tod!« trompetete die Menge.

Phobosuchus brüllte verzweifelt. Die Kiefer öffneten sich, und der große Schädel kippte nach hinten und legte sich schräg über Aiken wie eine alptraumhafte Zugbrücke. Die Lanze zum Stoß bereit, blickte der kleine Mann in die auf dem Kopf stehenden Augen des Drachens. Aikens Fernwahrnehmung zeigte ihm den Schädelbau unter der dicken, bemalten Haut – die beiden Scheitelbein-Öffnungen hinter den Augenhöhlen.

Aiken wählte das rechte Fenster, stieß seine Lanze hinein, sprang augenblicklich vom Rücken des Tiers und zog sich in sichere Entfernung zurück. Noch einmal verfiel Phobosuchus in einen Paroxysmus des Umherschlagens, und das dauerte einige Zeit an, weil Drachen nicht leicht sterben. Aber endlich lag der große Körper zuckend im Staub, und Aiken pflückte die zerbrochene Lanze mit ihrem verdorbenen Banner aus dem blutenden Gehirn. Sehr langsam ging er auf die königliche Treppe zu.

Dort erwartete König Thagdal ihn. Und die Königin, lächelnd, und ein Stück neben ihr der Schlachtenmeister, erhaben und glorreich. Und da war auch eine hohe, gebückte Gestalt in einer pflaumenfarbenen Robe, die seine staubige Rüstung mit einer Handbewegung säuberte und ihm ein neues Banner, violette Federn und einen Mantel wie der sternenbesetzte purpurn-schwarze Abendhimmel gab, den er vor dem Angesicht des Königs tragen konnte.

Dreimal mußte der Marschall rufen: »Bitte Ruhe für die Akkolade Seiner Ehrfurchtgebietenden Majestät!« Endlich schwiegen die Zuschauer still.

Der Lord der Schwerter trat an die Seite des Souveräns und reichte ihm eine Scheide, aus der Thagdal ein Amethyst-Schwert zog. Die Klinge in der einen und das goldene Heft in der anderen Hand haltend, hielt der König die Waffe vor das Gesicht des strahlenden Jünglings.

»Wir gewähren dir diese unsere Akkolade und bitten dich, für immer unser treuer Ritter zu sein. Welchen Namen wählst du für deine Initiierung in die edle Kampfgesellschaft der Tanu?«

Mayvars mentale Stimme durchdrang die Arena mit ihrem gedämpften Klang.

Er darf seinen Namen nicht wählen. Ich werde ihm schon zur richtigen Zeit einen Namen geben. Aber diese Zeit ist nicht jetzt.

Der königliche Mund wurde schmal, und die blonden Fransen von Thagdals Bart zuckten. »Ich beuge mich meiner ehrwürdigen Schwester, deiner Patronin und Lady. Du wirst deinen menschlichen Namen behalten, bis die Zeit, die sie ... vorhersieht, gekommen ist. Empfange nun dies Schwert, Lord Aiken Drum, und trage es in meinem Dienst auf dem Delbaeth-Feldzug.«

Grinsend nahm der Kasper die Vitredur-Klinge in Empfang. Der Lord der Schwerter befestigte Scheide und Wehrgehenk, und die Menge rief: »Slonshal!«

Oben in der königlichen Loge hing Lord Greg-Donnet über dem Geländer, jubelte und verstreute Eigelb-Krumen. »Guter Junge! Guter Junge! Fein gemacht!« Er wandte sich an den Handwerksmeister, der der Zeremonie unten mit steinerner Selbstbeherrschung zusah. »Jetzt wissen wir, daß der Bursche ebenso tapfer wie in den Metafunktionen talentiert ist. Vielleicht war Mayvar gar nicht so sehr auf dem Holzweg, wie wir geglaubt haben, eh, Aluteyn?«

»Hör auf, wie ein Esel zu reden, Greggy! Auf ihn wartet die Feuergestalt. Der Junge hat keine Chance, Delbaeth zu besiegen.«

Greg-Donnet lachte vor sich hin. »Das glaubst du? Die Buchmacher geben dreihundert zu eins auf ihn. Beziehungsweise, das taten sie, bevor er den Drachen erledigte. Kann ich dich für eine Nebenwette zu diesen Bedingungen interessieren?«

Unten in der Arena umarmte Mayvar ihr Protégé. Der König und der Schlachtenmeister stiegen die Stufen zur Loge hinauf. Seltsamerweise blickten sie grimmig drein.

»Eine Wette?« Aluteyn Handwerksmeister war verblüfft,

dann wurde er nachdenklich. »O nein, Greggy. Ich möchte nicht wetten. Auf gar keinen Fall!«

»Das habe ich befürchtet«, seufzte der Wahnsinnige. Er langte nach einem weiteren Ei.

11

Der Trimaran flog westwärts unter dem vorspringenden Arm von Aven über die seichte Salzlagune. Ihn trieb der psychokinetische Wind, den Mercy herangepfiffen hatte, als Bryan einwandte, die Luft sei zum Segeln zu ruhig.

Stundenlang, so kam es ihnen vor, wechselten sie sich am Steuer ab. Sie sang das seltsam vertraute Tanu-Lied, und das rot und weiße Segel blähte sich vor ihnen. Es versteckte das ferne Festland und das schneebedeckte östliche Ende der Betischen Kordilleren.

So seltsam, dachte er, ihre Nähe zu genießen und die Geschwindigkeit und den Sonnenschein. So seltsam, sich klarzumachen, daß dies die Erde war. Die Drachenberge von Aven, die eines Tages die Höhen von Mallorca werden würden, waren auf den unteren Hängen dunkel von zahmen Wäldern und Wiesen, wo Hipparions und Antilopen und Mastodons in königlichen Freigehegen grasten. Diese lohfarbenen Hügel, jetzt im Dunst steuerbords halb verhüllt, würden in sechs Millionen Jahren die Inseln Ibiza und Formentera sein. (Aber niemals wieder würde er eine Yacht durch die azurblauen Wellen von Punta Roya steuern, denn die Pliozän-Wasser waren hell wie Milch, und ebenso waren ihre wilden, die See widerspiegelnden Augen.) So seltsam.

Die Balearische Halbinsel erhob sich aus dicken Ablagerungsbetten von Salz und Gips und anderen Sedimenten, die sich während der zahlreichen Folgen von Austrocknen und Füllen des Mittelmeerbeckens gebildet hatten. Bäche flossen von Aven nach Süden ab und zersägten die Minerale zu Schluchten und Kegelstümpfen, Türmen und Säulen, in Pastellfarben gestreift und in märchenhafter Pracht funkelnd ... und all das würde zur Zeit des Galaktischen Milieus spurlos verschwunden sein, ertränkt unter unvorstellbaren Wassermassen, die das Meeresbett selbst zwei Kilometer und mehr tiefer drücken und Abgründe schaffen sollten, wo jetzt die seichten Lagunen des Pliozän im Kielwasser des Trimarans glitzerten. So seltsam.

Nach langer Zeit rückte das flache Land ihnen zu beiden Seiten näher und faltete sich weiter hinten zu blendend weißen Gipsdünen auf, schimmernd in Luftspiegelungen, unter denen verwitterte Türmchen feuerflammenden Gesteins hervorragten. Da gab es Hügel und Klippen. Das Boot segelte einen unheimlich langen Fjord hinauf, wo das allgegenwärtige Weiß von Purpur und Graublau abgelöst wurde, erodierte Hänge aus alter Asche und vulkanischer Schlacke, rissige Lava, leicht mit Koniferenwäldern bekleidet. Der Fjord war tief, das Wasser floß jetzt aus einer westlichen Quelle. Aber Mercys zahmer Wind ließ sie weiterfliegen, der Strömung entgegen, bis sie schließlich an einen offenen Salzsumpf gerieten, eine grüne, von Leben erfüllte Stätte, die sich zum nebligen Westen hin bis ins Unendliche zu erstrecken schien.

»Das ist die Große brackische Marsch«, erzählte sie ihm. »Ein spanischer Fluß trägt Süßwasser von den Betiks herbei, den hohen Gipfeln, die wir einst die Sierra Nevada nennen werden.«

Die Marsch mit ihrem herabgesetzten Salzgehalt brachte eine Umgebung hervor, die dem Leben weniger feindlich war als die Ufer der Mittelmeer-Lagunen. Hier gediehen Gräser und Binsen und Mangroven im seichten Wasser, und es gab viele verstreute Inselchen mit Gebüsch und Hartholz und niederhängenden blühenden Schlingpflanzen. Möwen und bunte Tauben kreisten in der Luft. Rosa und schwarze Flamingos fischten Krustentiere aus den Tümpeln und entflohen mit tutenden Schreien, als der Trimaran in ihr Revier eindrang.

»Hier wollen wir haltmachen«, sagte Mercy. Ihr psychokinetischer Wind erstarb zur leichtesten Brise. Sie holten den Spinnaker ein und steuerten einen schönen Ankerplatz an, wo ein mit Lorbeerbüschen und Tamarisken gekrönter hoher Kalkstein-Auswuchs ihnen Schatten vor der Sonne spendete.

»Die südliche Lagune endet da, wo wir in den Langen

Fjord kamen«, sagte sie. »Diese Marsch erstreckt sich noch hundertundfünfzig Kilometer weiter westwärts, und dahinter sind Trockenseen und Sand und Alkali-Wüsten bis zum Isthmus von Gibraltar. Alles liegt weit unter Meeresniveau, ausgenommen den Alborán-Vulkan und ein paar kleinere Kegel. Dort leben nur Eidechsen und Insekten.«

Sie wand geschickt die Leinen auf. Dann überließ sie es ihm, sich mit den anderen Segeln zu befassen, ging in die kleine Kabine und holte den Lunchkorb, den er gepackt hatte: eine Flasche echten Krug 03 von Muriahs Schwarzem Markt, einen Keil des hiesigen Cheddarkäse-Äquivalents, Gänseleberwurst, süße Butter, ein langer Brotlaib und Orangen. Für schwarze Kirschen war es zu spät im Jahr gewesen.

»Wenn du in der Zukunft nur auf mich gewartet hättest«, sagte Bryan, »dann hätten wir dies in der Bucht von Ajaccio gegessen. Ich hatte alles schon geplant. Die Kreuzfahrt, das Abendessen unter dem korsischen Mond ...«

»Der obligatorische Liebesakt. Lieber Bryan!« Ihre wilden Augen waren schillernd geworden.

»Ich wollte dich heiraten, Mercy. Ich liebte dich von dem Augenblick an, als ich dich zum ersten Mal sah. Ich liebe dich immer noch. Darum mußte ich dir folgen, obwohl es bedeutete, so weit verschlagen zu werden.«

Sie streckte ihm ihre Hand entgegen, berührte seine Wange. Die Brise bewegte ihr schweres kastanienbraunes Haar, das mit einem schmalen Band zurückgehalten wurde. Sie trug keine Tanu-Kleidung, sondern einen einfachen Sonnenanzug in Grün und Weiß nach der Mode ihrer eigenen Ära. Nur der Ring, der im V-Ausschnitt des Büstenhalters schimmerte, erinnerte ihn an den Abgrund, der Mercy jetzt von Rosmar trennte.

Was kam es darauf an? Was kam es auf irgendeine der Veränderungen an – die Intrigen der Fremden, die zynische Art, mit der der Tanu-Liebhaber sie ihm anvertraut hatte, als er zu seinem unsinnigen Feldzug aufbrach? Mercy war hier bei ihm und real. Alles übrige waren Phantasien, die er vergessen – oder zumindest hinausschieben konnte.

Bestand hat Himmel nicht und Erde, doch ewig ich sie lieben werde.

»Haben sie dich glücklich gemacht?« fragte er.

Sie schnitt Brot mit einem Glasmesser und teilte den Käse auf. »Kannst du es dir nicht denken, Bryan?«

»Du bist anders. Lebendiger. In unserer Welt hast du nie gesungen.«

»Woher weißt du das?«

Er lächelte nur. »Ich freue mich, daß du hier singen kannst, Mercy.«

»Ich habe in die Welt, in die wir hineingeboren wurden, nie gepaßt. Lach nicht! Es gibt mehr von uns Wechselbälgen, als du meinst! Mißgeburten. Atavismen. Keine Beratung, kein chemisches Herumfummeln am Gehirn, keine Tiefenredigierung hat mir je geholfen, mich zufrieden zu fühlen. Kein Mann – verzeih mir, wenn dich dies verletzt! –, kein Mann hat mir je mehr als flüchtigen Trost gegeben. Ich habe nie ein menschliches Wesen gekannt, das ich wirklich lieben konnte.«

Er goß Champagner ein. Die Worte, die sie sprach, hatten keine Bedeutung, und deshalb verursachten sie keinen Schmerz. Sie war hier bei ihm. Auf nichts sonst kam es an.

»Es waren meine latenten Fähigkeiten, Bryan. Das weiß ich jetzt. Die Leute hier haben es mich begreifen gelehrt. All diese starken metapsychischen Spannungen, ungenützt und unbemerkt eingeschlossen. Aber sie zerrten an mir – verstehst du? Die operanten Metapsychiker des Millieus haben ihre Einheit, für mich jedoch gab es auf der zukünftigen Erde nichts dergleichen. Ich gehörte nirgendwohin. Ich konnte nirgendwo ausruhen. Ich fand nirgendwo Frieden ... Ich fand ein bißchen Trost in Drogen, etwas mehr in der Musik, in meiner Arbeit bei den mittelalterlichen Immersionsspielen in Irland und Frankreich. Aber im Grunde nützte das gar nichts. Ich fühlte mich als Außenseiterin, als schlecht angepaßt. Nur ein bißchen nicht lebensfähiger Abschaum auf unserm berühmten menschlichen Gen-Pool.«

»Mercy ...« Ich würde dich lieben, was du auch bist.

»Nichts davon im Augenblick!« Sie lachte leise und nahm das Glas perlenden Champagners von ihm entgegen. »Du weißt recht gut, daß ich ein hoffnungsloser Fall war und wie eine Motte um eine Straßenlaterne herumbumste. Ich trieb meine Spielchen im Château und fand andere Verlorene, die mein Bett teilen konnten, und erstickte den Schmerz ein bißchen in einem Nebel von Sinsemilla. Ein altmodisches Laster. Man raucht es als Euphorikum. Ich habe Stecklinge mitgebracht, die hier wachsen sollten – nie hätte ich mir träumen lassen, daß ich sie niemals wieder brauchen würde. Dieser Ort, diese Leute, dies *alles* ist das, wonach ich mich gesehnt habe, ohne es zu wissen.«

»Alles, was ich wollte«, sagte er, »warst du. Wenn du mich nicht lieben kannst, ist alles, was ich will, dein Glück.« Sie legte die Finger auf seine Lippen. Dann hielt sie ihm ihr Champagnerglas hin, so daß er daraus trinken konnte.

»Mein Lieber. Du bist ein seltener Mann, lieber Bryan. Auf deine eigene Art vielleicht ebenso unheimlich wie ich.«

»Ich will mich dir nicht aufdrängen, wenn du glücklich mit ihm bist. ...«

»Still! Du verstehst nicht, wie es hier ist. Es ist alles neu. Eine neue Welt mit neuen Sitten. Ein neues Leben für dich ebenso wie für mich. Wer kann sagen, was noch geschehen wird?«

Er hob den Blick von dem Weinglas und begegnete ihren wilden Augen. Immer noch verstand er nicht, was sie sagte.

»Weißt du, was sie in mir befreit haben?« rief sie. »Was dieser goldene Ring bewirkt hat? Ich bin eine Kreatorin geworden! ... Nicht eine von denen, die Illusionen spinnen oder Erfindungen machen oder Kunstwerke gestalten. Etwas Besseres! Die höchststehenden Tanu-Kreatoren sind fähig, Energie zu sammeln und zu kanalisieren. Das kann ich. Blitze schlendern, Lichtstrahlen projizieren, Gegenstände heiß oder kalt werden lassen. Aber ich kann noch mehr – ich kann Dinge tun, zu denen kein Tanu imstande ist! Ich kann Luft und Feuchtigkeit und treibenden Staub nehmen und jeden alten Abfall, den du dir vorzustellen vermagst, und ich knete und rühre ihn und verwandele ihn in etwas ganz Neues! Sieh her – sieh nur!«

Sie sprang auf, wobei das Boot zu schaukeln begann, und hob die Arme zum Himmel, eine Göttin, die Wind und Schlamm und Marschwasser und aus dem Gras Zellulose und Zucker und Säuren und Esther beschwor. Eine aufblitzende Flamme, ein Knall ...

Sie hielt Kirschen in den Händen.

Lachend, beinahe albern ließ sie die schwarzroten Früchte von ihren Fingern baumeln. »Ich habe sie in deinen Gedanken gesehen! Dein Lieblingsobst, mit dem du deine Liebste beschenken wolltest! Nun – hier sind die Kirschen, um das Picknick zu vervollständigen, das wir so lange haben aufschieben müssen. Wir werden sie zusammen mit den goldenen Äpfeln der Hesperiden essen.«

Es war nicht wirklich, sagte er zu sich selbst. Nur sie war wirklich in dieser ganzen Welt. Und deshalb blieb er ruhig und lächelte, als sie die Kirschen auf die große Serviette fallen ließ, die sie auf dem Kartentisch ausgebreitet hatten. Die Kirschen waren kalt; Kondensationstropfen hingen wie Perlen an den saftigen Herzformen.

»Natürlich lerne ich immer noch, die Kraft zu benutzen. Und es gibt keine Garantie, ob ich sie voll auf die Kinder vererbe, denn diese hohen Fähigkeiten sind unberechenbar. Aber wer weiß? Vielleicht werde ich eines Tages fähig sein, sogar die Gene zu manipulieren! Nodonn hält es für möglich, obwohl Gomnol und Greggy anderer Meinung sind. Aber auch ohne das werde ich Herrliches vollbringen. Wunder!«

»Du warst immer ein Wunder«, sagte er. (Ach das Kind wessen Kind?)

»Du Dummer!« rief sie in gespieltem Zorn. »Das Kind des Thagdal natürlich, wie es das erste immer sein muß. Du weißt doch Bescheid über unser jus primae noctis. Spielt es für dich eine Rolle?«

»Für mich spielt nur eine Rolle, daß ich dich liebe. Ich werde dich immer lieben, ganz gleich, was du bist.«

»Und was bin ich deiner Meinung nach?« Sie blickte in seine Gedanken, und jetzt war der Zorn, der aus ihr herausflammte, echt. »Ich bin *nicht* Nodonns Konkubine! Ich bin seine Frau. Er hat mich genommen und keine andere.«

Und sechzehn Tanu-Frauen und vierhundert hochbegabte menschliche Latente vor dir ... »Es kümmert mich nicht, Mercy. Hör auf, meine Gedanken zu lesen! Ich kann sie nicht daran hindern, in mir aufzusteigen. Sie haben mit meiner Liebe zu dir nichts zu tun.«

Sie wandte sich von ihm ab und sah auf die Marsch hinaus.

»Er wird eines Tages, wenn der Thagdal erledigt ist, König sein. Wenn er meint, die volle Unterstützung der Kampfgesellschaft zu haben, wird er den alten Mann herausfordern, ganz gleich, was Mayvar dazu sagt, und ihn im Heldentreffen besiegen. Und ich werde seine Königin sein. Keine seiner anderen Frauen hatte Metafunktionen, die den meinen gleichkämen. Die Fremden waren unfruchtbar bis auf fünf, die Töchter gebaren und starben. Die Menschenfrauen ... waren schön und fruchtbar, doch in ihren Talenten konnte sich keine mit mir messen. Sie sind alle weggeschickt worden. Das wird mir nicht geschehen. Nachdem ich dies Kind für den Thagdal geboren habe, werde ich Nodonns Kinder zur Welt bringen. Auch wenn ich nicht lerne, die Gene zu manipulieren, kann ich auf jeden Fall lernen, die Zygote mit meiner Psychokinese zu spalten und Zwillinge, sogar Drillinge ebenso einfach zu bekommen wie ein einziges Kind. Mit Hilfe der Haut ist es mir möglich, sicher und schmerzlos immer wieder und wieder und wieder zu gebären. Ich könnte Hunderte von Kindern haben! Und Tausende von Jahren leben! Was sagst du dazu?«

»Wenn du es so willst, wünsche ich es dir.«

Ihre Entrüstung schmolz, als sie sah, wie verloren und hoffnungslos er angesichts ihrer Apotheose geworden war. Er stand da, bewegte sich leicht, um in dem schaukelnden Boot das Gleichgewicht zu behalten, und sie kam zu ihm, legte ihm die bloßen Arme um den Hals und schmiegte sich mit ihrem weichen Körper an ihn.

»Bryan, Bryan, sei nicht traurig. Habe ich dir nicht gesagt, es sei eine neue Welt? Ich kann dir nicht versprechen, dir allein zu gehören, mein Lieber, aber du brauchst nicht zu fürchten, ich würde dich wegjagen. Nicht wenn du sanft und diskret sein wirst. Nicht wenn du ... mir helfen wirst.«

»Mercy!«

Sie schloß seine Lippen mit den ihren. Die ihr eigene Wärme und Helligkeit fluteten plötzlich über ihn hin und trugen ihn weit über die Zweifel und die furchtsamen Eingebungen der Logik hinaus. Er schloß ihre wilden Augen mit seinen Küssen, und seine Vision der realen Welt verblaßte vor ihrer Flammenglut. Wie ihre Seelen sich verbanden, so verbanden sich ihre Körper, leicht und vollkommen, als kopulierten Engel statt eines Mannes und einer Frau. Er trug und erhob sie, und sie trieb ihn, indem sie es annahm, noch höher, bis jeder den anderen in einem Sonnenausbruch der Freude verzehrt hatte.

»So ist es bei uns«, sagte sie zu ihm. »Wenn Geist und Körper in reiner Harmonie miteinander stehen, geschieht es zwischen Liebenden auf diese Art. Und für die andere Art ist man auf ewig verdorben.«

»Ja«, stimmte er zu. »Ja.«

»Und du wirst mir helfen?«

»Immer. Auf jede Weise.«

»Denk an dein Versprechen, sobald du aufwachst, mein Lieber. Wenn du mich wirklich liebst. Wenn du wirklich willst, daß ich glücklich bin. Ich habe Feinde, mein Lieber. Es gibt Leute, die mir Schaden zufügen können, die dafür sorgen können, daß ich nie erhalte, was mir zugesagt worden ist. Du mußt mir helfen. Ich werde dir zeigen, wie. Ich brauche dich.«

Er hörte sich selbst sagen: »Nur laß mich bleiben.«

»Natürlich.« Jetzt beruhigte sich die Sonnenflut, wurde weich und dunkel und trug ihn in ihre Tiefen hinab. »Du wirst bei mir bleiben und mich lieben. Solange du kannst.«

12

Die Leiche in ihrem durchscheinenden Sterbekleid lag feierlich auf einer schwarzen Glasplatte in der großen Halle des Redaktionshauses.

Dies waren die Großen der Hohen Tafel, die gekommen waren, ihr die letzte Ehre zu erweisen: Königin Nontusvel, Eadone Wissenschaftsmeisterin, Dionket der Heiler, Mayvar Königsmacherin, Aluteyn Handwerksmeister, Sebi-Gomnol der Lord-Koerzierer und Kuhal Erderschütterer, ein Sohn der Königin, der Stellvertreter Nodonns und Zweiter unter den Psychokinetikern war. Und weitere von der Hohen Tafel, darunter Imidol, der stellvertretende Koerzierer, Riganone,

Zweite der Fernwahrnehmer, Culluket, des Königs Inquisitor, und Anéar die Liebende (alles Kinder Nontusvels) sowie Katlinel die Dunkelhäutige, halbmenschliche Tochter des verstorbenen Lord-Koerzierers Leyr. Und jene Großen, die sich auf dem Delbaeth-Feldzug befanden, waren Thagdal, der Hochkönig; Nodonn Schlachtenmeister; Tagan, Lord der Schwerter; Bunone, Kriegslehrer; Fian, Himmelsbrecher; Alberonn, Gedankenfresser; und Bleyn der Champion.

Die Herrscher des Vielfarbenen Landes blickten auf die Tote Anastasya Astaurova, vereinigten sich im Geist und sangen das Lied.

Das transparente Leichentuch lag dicht auf ihren weit offenen Augen, den gebogenen Nüstern, den zusammengebissenen Zähnen zwischen den geöffneten Lippen, dem anmutigen Hals mit seinem goldenen Ring. Weiß wie Salz und so kalt waren ihre herrlichen Brüste und ihr ganz mit winzigen runden Glöckchen besetzter Oberkörper, die glockenbedeckten Beine und glockenbedeckten Arme und die genialen Chirurgenhände.

Mentale Sprache, flackernd und reich an Nuancen, eilte mit elektrischer Schnelligkeit zwischen den versammelten Trauernden hin und her.

NONTUSVEL: Tasha-Bybar, leb wohl. So schön, und doch mußtest du sterben, du seltsamstes Geschenk der Erde an uns, nie verstanden und nie gesättigt, im Aufruhr noch nach deiner Umgestaltung, tanzend, um Erlösung in groteskem Tod zu finden.

DIONKET: Eine Variation ihres Säbeltanzes mit unvorhergesehenem Höhepunkt. War es das nicht?

GOMNOL: Sie war ein Genie! Sie hätte gerettet werden sollen!

DIONKET: Teams meiner Redakteure haben drei Wochen lang darum gekämpft, sie innerhalb der Haut wiederherzustellen, aber ihr Geist war der Zusammenarbeit nicht fähig. Es gab zu viele ungünstige Faktoren: Das schwere Trauma des Schwertstoßes, ihre seit langem bestehende Geisteskrankheit – ausgebrannt, wie sie von unserem Lieben war – der unterbewußte Wunsch nach Auslöschung. Schon in bester Kondition war sie ein unsicheres Gefäß der Lebens-

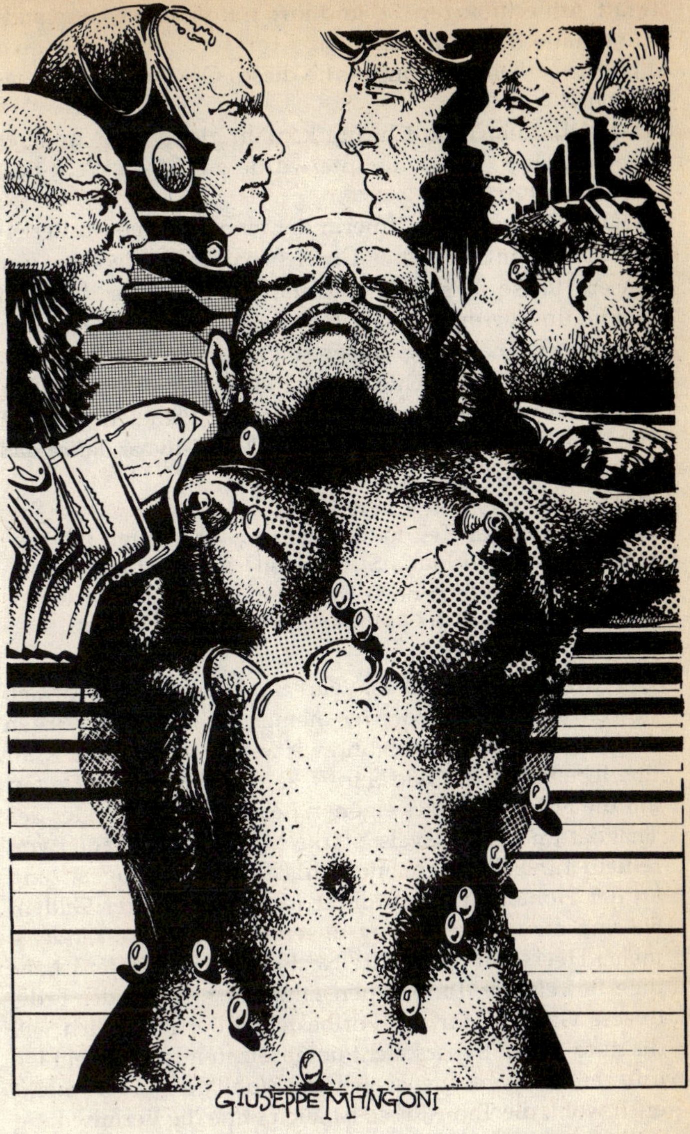
GIUSEPPE MANGONI

kraft, schlecht angepaßt, und ihre transsexuelle Umwandlung hatte ihr nicht geholfen.

ALUTEYN: Niemand sonst hatte dieses Geschick bei Operationen.

GOMNOL: Kein Tanu-Chirurg kam ihr gleich. Kein anderer menschlicher Chirurg könnte/würde das große Werk tun, das sie vollbrachte.

EADONE: Sie war die Öffnerin der menschlichen Mutterleibe, die Garantin unseres Überlebens. Bevor sie kam, war unsere Rasse in ständiger Gefahr unter dieser heftigen Sonne und vermehrte sich langsam, so langsam. Aber sie zeigte uns einen Weg, unsere biologischen Schranken zu überwinden, sie brachte uns zu einer Explosion des Lebens, die uns die Herrschaft über den Planeten gegeben hat. Preis sei der dahingeschiedene Tasha-Bybar dafür, daß sie uns rettete!

ALUTEYN + GOMNOL: Preis!

MAYVAR: Mit der Zeit hätten wir *uns selbst* retten können.

EADONE: Mit den Rama Surrogaten? Ausgeschlossen!

ALUTEYN: Auch jetzt noch, verehrungswürdige Schwester, gibt es viermal mehr Firvulag als Tanu.

MAYVAR: Trotzdem ist wahr, was ich sagte.

MONTUSVEL: Hört auf Mayvar! Sie spricht die Wahrheit, obwohl ihre Vision von der meiner Heerschar abweichen mag. O ja ... wir können und wir werden aus eigener Kraft überleben. Was das Wie betrifft, so weise ich in aller Demut auf die Früchte meines eigenen Leibes hin, die Kinder des Thagdal und Nontusvels: starke Männer und Frauen von reinem Tanu-Blut ohne menschliche Beimischung, sitzend an der Hohen Tafel, Anführer innerhalb unserer Gilden. *Sie* sind die wahre Rettung unserer Rasse! Diese Kinder – meine Heerschar – und ihre Nachkommen sind der lebendige Beweis der Tanu-Lebensfähigkeit hier auf der Erde, unsere Garantie für das Fortbestehen der Rasse. Ich will die gute Arbeit Bybars nicht herabsetzen noch die Beiträge unserer anderen menschlichen Wohltäter. Aber merkt euch wohl, die Tanu-Rasse ist auch ohne die Vermischung mit menschlichen Genen lebensfähig! Die Heerschar Nontusvels, zweihundertundzweiundvierzig an der Zahl, hat sich als dem Leben auf diesem Planeten voll angepaßt erwiesen.

KUHAL + IMIDOL + RIGANONE + CULLUKET + ANEAR: Merkt euch die Worte der Königin! Unsere Heerschar ist es, in der das wirkliche Überleben wohnt!

EADONE: Die Reproduktionsrate deiner Nachkommen liegt trotzdem weit unter dem Optimum, Königin und Schwester. Aber wir wollen zugeben, daß deine Linie die stärkste unter den Reinrassigen ist.

GOMNOL: Du kannst nicht leugnen, daß menschliche Gene die wertvollsten Eigenschaften der Tanu gerettet haben! In den rund sechzig Jahren der interspezifischen Paarungen hat sich die Zuwachsrate der Tanu-Bevölkerung verzehnfacht. Und unter den Mischlingen befinden sich eure besten Kämpfer, eure besten Kreatoren und die Mehrheit der Koerzierer.

CULLUKET: Wie dem auch sei, jetzt stellen wir die fortgesetzte Verwässerung unseres Erbguts in Frage.

IMIDOL: Und vor allem, koerzibler Bruder, stellen wir deinen Plan bezüglich der menschlichen Operanten Elizabeth in Frage.

GOMNOL: Also darum geht es.

ANEAR: Lieber adopierter Bruder, wir von der Heerschar sind guten Willens gegen jene aus gemischtem Tanu- und Menschenblut. Und wir umarmen die loyalen menschlichen Goldenen wie dich, die unser Leben auf diesem Planeten so bereichert haben. Aber wir müssen achtgeben, daß wir unser Erbgut nicht verschleudern, indem wir mehr und mehr Mischlinge zeugen.

RIGANONE: Tanas Wille würde besser befolgt, wenn die Zahl der Reinblütigen zunähme. Die Kraft der Heerschar hat bewiesen, daß die ursprüngliche Tanu-Linie sich adäquat fortpflanzen kann, wenn auch langsamer.

KUHAL: Eine Katastrophe steht uns bevor, wenn wir fortfahren, uns mit Menschen zu paaren! Unser edler Bruder Schlachtenmeister warnte uns schon vor Jahrzehnten davor. Aber wir waren so geblendet von den Vorteilen, die die Menschheit uns bot, daß wir auf seine Ermahnungen nicht hören wollten.

CULLUKET: Die Aussicht auf Kinder Elizabeths von dem Thagdal hat uns gezwungen, auf sie zu hören.

GOMNOL: Der König steht voll und ganz hinter meinem Plan. Mit Nachdruck!

EADONE: Aluteyn und ich waren auch dafür. Und doch ... ich muß gestehen, daß mir Bedenken wegen der Rolle der Menschheit in unserem Hochkönigreich gekommen sind. Der Thagdal hat über diese Angelegenheit ebenfalls nachgedacht. Aus diesem Grund haben wir den menschlichen Anthropologen Bryan Grenfell beauftragt, eine Untersuchung der kulturellen Wechselwirkungen durchzuführen, damit wir die Struktur der psychosozialen Strömungen, sowohl der günstgen wie der ungünstigen, besser verstehen.

KUHAL: Wir von der Heerschar haben keinen Bedarf an menschlicher Anthropologie! Unsere Rasseninstinkte allein genügen, uns das sich nahende Unheil wahrzunehmen!

IMIDOL: Wir und unsere Mutter haben erkannt, was geschehen muß, soll das Tanu-Erbe erhalten bleiben. Sobald sich Elizabeths Gene mit den unseren mischen, ist die echte Tanu-Rasse zum Untergang verurteilt. Wir sagen: Macht ein Ende mit dieser Bastardisierung! Kehrt zu der alten Lebensweise zurück, bevor es zu spät ist!

ALUTEYN: Das Kind mit dem Bad ausschütten? Blödsinn! Du und Nodonn, ihr habt nur Angst, eure kostbare Dynastie könne die Macht verlieren.

EADONE: Trotzdem, Handwerksmeister, unser koerzibler Bruder Imidol hat ein ernstes Thema angeschnitten.

NONTUSVEL: Liebste Schwester – wir sind überzeugt, daß es ernst ist!

GOMNOL: O adopierte Verwandte, betrachtet diese Angelegenheit rational. Diese Sehnsucht nach der guten alten Zeit ist sinnlos. Ich habe die Aufzeichnungen des Lords Geschichtsschreibers Seniet studiert. Habt ihr vergessen, wie es *wirklich* vor der Ankunft der Menschen war? Wollt ihr von neuem in primitiven Forts in der Wildnis hausen? Wollt ihr zu der Jäger-Sammler-Kultur der Firvulag zurückkehren? Ihr habt wie Wilde gelebt, bevor wir unsere Technologie und unsere Gene mit euch teilten!

NONTUSVEL: Ganz so war es nicht, lieber Gomnol. Es war

ein einfacheres Leben, das stimmt. Bei weitem nicht so großartig. Aber wir hatten die Ramas als Diener. Und unsere jungen Leute interessierten sich damals für das Handwerk …

ALUTEYN: Sie waren nicht wie die verdammten Dilettanten von heute. Wären die Menschen und die Mischlinge nicht, unser ganzes Wirtschaftssystem würde zusammenbrechen.

NONTUSVEL: Jetzt übertreibst du aber, Aluteyn. Zwar bin ich erst seit achthundert Jahren Königin, doch ich gehöre wie du zu den Einwanderern. Es war ein schönes Leben in dieser frühen Zeit. Wir jagten, um uns mit Essen zu versorgen, und ebenso zum Vergnügen. Wir trieben etwas Handel mit den Firvulag um Edelsteine und Pelze und nützliche Kräuter und Schmuckstücke. Und wir gaben ihnen unsere herrlichen Stoffe und Glasrüstungen dafür. Erinnerst du dich nicht mehr, wie tapfer unsere Krieger fochten, als der Große Wettstreit noch zu Fuß ausgetragen wurde, Schwert gegen Schwert, ohne menschliche Truppen zwischen unseren Kriegern und dem alten Feind? Erinnerst du dich nicht mehr an das Goldfeld der Firvulag und wie wir jubelten, wenn wir ihr Schwert Sharns gewannen und die Trophäe im Triumph nach Hause trugen? Und vielleicht würden sie es uns im nächsten Jahr wieder entreißen, aber wir wollten üben und planen und unsere Gehirne und Muskeln für den nächsten Wettstreit stärken – und siegen! Das waren noch Zeiten, lieber Handwerksmeister! Aber jetzt? – Vierzig Jahre hintereinander haben wir die Firvulag im Wettstreit mit Hilfe menschlicher und Mischlingskrieger geschlagen. Wie schal wird da der Sieg! Wenn nun der Feind dermaßen den Mut verliert, daß er sich weigert zu kämpfen?

MAYVAR: Es würde zeigen, daß sich wenigstens die Firvulag weiterentwickelt haben.

DIONKET: Moralisch, wenn nicht auch mental.

CULLUKET: Lord-Heiler, du kannst nicht von mir erwarten, daß ich keinen Protest einlege, wenn du und die verehrungswürdige Königsmacherin mit der Häresie gegen unser glorreiches Kampfideal liebäugeln!

ALUTEYN: Wirf deine Häresie in Chaliko-Mist, Junge! Ich sage, was wir brauchen, sind weniger Geistesriesen und mehr Techniker! Diese einfachen barbarischen Freuden sind schön und gut. Doch ich bin derjenige, der die Glasöfen am Brennen halten und dafür sorgen muß, daß Essen und Trinken auf den Tisch kommen. Ich weiß noch, wie es war, als ich Tanu-Handwerker antreiben mußte, die mehr Interesse am Kampf, an der Liebe und an der Jagd hatten als am Vollbringen ihrer Tagesarbeit. Oh, die alte Zeit hatte ihren Reiz! Ich will einräumen, daß ich mich in Blut wälzte und Donnerkeile wie nur einer schleuderte. Aber man kann dem Fortschritt ebenso wenig abschwören, wie man so tun kann, als habe sich das Zeitportal nie geöffnet. Es hat sich geöffnet! Die Menschen sind gekommen. Wir haben sie benutzt. Und jetzt ist die gute alte Zeit vorbei.

NONTUSVEL: Wir könnten wiederherstellen, was am besten daran war.

KUHAL: Wir sind nicht gegen den materiellen Fortschritt, Handwerksmeister. Nur gegen den Abbau unserer Tanu-Ideale und ihre Ersetzung durch fremde menschliche Werte. Die pazifistischen Gefühle von Lord Dionket und Lady Mayvar und ihrer Faktion sind wohlbekannt – nenne sie Häresie oder moralische Entwicklung. Aber die Mehrheit von uns teilt ihre Philosophie nicht. Es ist die Philosophie von Schwächlingen, von Mischlingen und von *Menschen!*

GOMNOL: Unser psychokinetischer Bruder verzerrt die Wirklichkeit. Alle Menschen mit Ringen, ausgenommen ein paar Anomale, die auf die mentale Verstärkung nicht positiv reagierten, sind der Tanu-Rasse treu ergeben. Was den Abbau eurer Ideale betrifft . . . – wann seid ihr je stärker gewesen? Ihr beherrscht die Welt! Und mein Plan kann eure Macht nur noch ruhmreicher machen. Ich will zugeben, daß sich die Zeiten geändert haben – doch dies ist nicht der Planet eures Ursprungs. Ihr habt euch angepaßt, und ihr werdet fortfahren, euch der Erde anzupassen. Das steht in völliger Übereinstimmung mit Tanas Willen.

KUHAL: Wir sind dem Lord-Koerzierer dankbar, daß er uns unsere Religion erklärt.

GOMNOL: Euer Argwohn gegen meinen Plan ist grundlos.

Er enthält keinerlei Bedrohung eurer Dynastie. Würde der Thagdal ihn sonst billigen? Stellt ihr die Vision eures eigenen Königs in Frage?

EADONE: Der Elizabeth betreffende Plan ist aufregend. Ich bin fasziniert von der Aussicht, daß die mentale Entwicklung unserer Rasse von der Latenz zur Operanz beschleunigt werden kann, indem ihr Erbgut dem unseren beigefügt wird. Frei zu sein von der künstlichen Einwirkung der Ringe! Zu erleben, wie unsere Nachkommen als echte Metapsychiker heranwachsen! Sie im Besitz von gottgleichen Kräften zu sehen, die vielleicht noch größer sind als die der Milieu-Metapraktiker! Es würde keine Schwarzring-Tragödien mehr geben, keine ausgebrannten jungen Tanu-Gehirne mehr, die die Verstärkung durch den Ring nicht ertragen konnten. Mit Elizabeths Genen könnten wir eine evolutionäre Abkürzung nehmen, einen Sprung über Äonen vollführen. Statt Tausende oder sogar Millionen von Jahren auf den Erwerb der Operanz zu warten, könnten wir sie innerhalb unserer eigenen Lebenszeit sehen ...

ALUTEYN: Ich gebe zu: ein herrlicher Traum.

GOMNOL: Kein Traum! Wirklichkeit – wenn ihr euch nur nicht aus abergläubischer Furcht oder rassischem Chauvinismus oder kleinlichen politischen Interessen von meinem Plan abwendet. Der Anthropologe wird euch beweisen, daß die Ankunft der Menschen in dem Vielfarbenen Land euch mehr Gutes als Böses gebracht hat. Darauf will ich mein Leben wetten.

IMIDOL: Das mag durchaus der Fall sein.

NONTUSVEL: Na, na ... wir dürfen die Beherrschung nicht verlieren.

GOMNOL: Deine Heerschar spricht von Rassenreinheit. Eine ganz und gar unwissenschaftliche Vorstellung! Jeder Biologe des Milieus könnte euch das sagen. Werft nur einen objektiven Blick auf euer angeblich reines Tanu-Erbgut! – Firvulag-Rezessive kommen bei jeder dritten Geburt zum Vorschein!

KUHAL: Sei vorsichtig, Lord-Koerzierer! Die Linie unserer Mutter ist ohne Makel. Nicht einmal hat sie einem Feind das Leben geschenkt.

GOMNOL: Wenn das stimmt, werft ihr höchstwahrscheinlich genau die Allelen hinaus, die ihr fixieren wollt! Und ihr möchtet die Heerschar als erstklassiges Zuchtmaterial benutzen? Verdammt, die Firvulag-Linie ist die *operante!* Fragt die Lady Wissenschaftsmeisterin. Greggy und ich haben es aufgegeben, euch die Paarung mit dem Feind zu empfehlen. Aber Elizabeth repräsentiert eine einmalige genetische Gelegenheit! Eine menschliche Operante hat Gene, die nicht nur das Überleben im allgemeinen sichern, wie es die Latenten getan haben, sondern euch auch den großen evolutionären Sprung ermöglichen, von denen Lady Eadone sprach. Mein Plan führt zur Erfüllung des Tanu-Geschicks!

KUHAL: Wieder maßt du dir an, Tanas Willen zu interpretieren.

NONTUSVEL: Es wäre *passender,* wenn die Göttin durch unsere eigene Tanu-Linie wirkte. Wir fürchten, daß Elizabeths Gene uns in Menschen verwandeln, verstehst du. Oder zumindest in eine Rasse, die völlig Nicht-Tanu ist.

KUHAL + IMIDOL + RIGANONE + CULLUKET + ANEAR: Wir brauchen die Menschheit nicht! Besser, unser Geschick erfüllt sich ohne Menschen!

GOMNOL: Warum hat dann Nodonn selbst eine meiner Rasse zur Frau genommen?

(Verwirrung.)

GOMNOL: Vielleicht solltest du deinem Kronprinzen einen Auffrischungskurs über Tanas heiligen Willen verpassen.

NONTUSVEL: Laß dich nicht zur Blasphemie herab, Lord-Koerzierer! Wir haben klargemacht, daß wir die uns zuteil gewordenen Vorteile der menschlichen Gene anerkennen: die kräftigeren Körper, die höhere Fruchtbarkeit, die Verstärkung der koerziblen und kreativen Metafunktionen. Und im Fall unserer werten Rosmar haben wir eine seltene und wundervolle Verfeinerung der kreativen Macht gewonnen, die es unter unsern Tanu-Adepten nie gegeben hat. *Sie* ist die Einzigartige! Der Wert ihrer Gene ist offensichtlich. Wir heißen sie als geeignete Gemahlin unseres zukünftigen Königs willkommen. Der liebe Nodonn hat viele Frauen gehabt – und da er kaum achthundert Jahre alt ist, kann er noch viele weitere haben, wenn es ihm gefällt. Aber laßt uns von dem eigentlichen Thema nicht abschweifen. Dein Plan, adoptierter Sohn, geht weit über die jetzt üblichen Paarungen der beiden Rassen hinaus. Die Frau Elizabeth ist kein begabter latenter Mensch wie du selbst oder Rosmar. Sie ist eine Operante der Meisterklasse, deren Gene in der Tat überwältigend sein müssen. Lord Greg-Donnet behauptet, wahrscheinlich würden ihre sämtlichen Nachkommen operant sein – obwohl vielleicht nicht so mächtig wie ihre Mutter. Er hat außerdem darauf gedrängt, daß wir ihre Ova in Surrogate implantieren. Aber nicht in Ramapithecinen! Menschliche und Tanu-Frauen sollen diese Wunderkinder austragen! Wer kann uns die Sicherheit geben, daß diese zahlreiche neue Generation ringloser Mischlinge treu zu den Tanu-Idealen stehen wird? Sie werden eine *neue Rasse* darstellen. Es ist logisch, daß ihre Loyalität in erster Linie ihrer eigenen Art gelten würde.

EADONE: Die Gefahr besteht.

ALUTEYN: An diese Möglichkeit hatte ich nicht gedacht. Und ich weiß, Greggy hat dem König nichts von der Implantierung gesagt. Das würde dem Thagdal über allen Spaß gehen.

GOMNOL: Das ist lächerlich! Elizabeths Kinder würden in gleichem Ausmaß Tanu sein wie alle Mischlinge. Dafür würde die Erziehung sorgen.

KUHAL + IMIDOL + CULLUKET + ANEAR: Damit stimmt die Heerschar nicht überein. Es gibt nur einen Weg, das Tanu-Erbgut zu sichern. Die operante Frau muß sterben.

GOMNOL: Ihr dürft ihre Gene nicht zerstören! Wollt ihr Millionen von Jahren auf die Operanz warten? Künftige Generationen werden euch schlimmer als kurzsichtig nennen! Und wenn ihr später zur Einsicht kommt, wird es zu spät sein. Es mag nie eine zweite wie Elizabeth durch das Zeitportal kommen!

NONTUSVEL: Ach, wenn nur *sie* nicht gekommen wäre.

GOMNOL: Sie ist hier. Ich sage, es ist Tanas Wille, daß sie nicht verschwendet wird ... Und fang nicht wieder an, mit mir über Religion zu streiten, Kuhal! Nicht bis die Göttin dir eine Willenserklärung mit dem Stempel GENEHMIGT gibt! Mein Plan kann ebenso gut mit dem göttlichen Willen in Einklang stehen wie deiner.

ALUTEYN: Verdammt sei all dies Gerede über das Auftreten von Operanz in Millionen Jahren! Wir *wissen,* was in Millionen Jahren hier auf der Erde geschehen ist. Die Ramas haben sich dann zu Menschen entwickelt. Und wir werden ausgestorben sein! Da hast du Tanas Willen! Vielleicht hat der Thagdal wegen Gomnols Plan recht. Wenigstens läßt er unserem Volk vor dem letzten Schnaufer eine Menge Zeit, Metapsychiker zu spielen. Bring unsere geistigen Kräfte auf den operanten Status hoch, und wir werden wahrscheinlich einen Weg finden, von diesem verfurzten Arsch von einem Planeten wegzukommen!

NONTUSVEL: Aluteyn, Lieber. Beherrsche dich!

ALUTEYN: Wenn wir nur sicher sein könnten. Diese verdammten kostbaren Gene Elizabeths. Wenn sie nur nicht so ... so menschlich wären.

GOMNOL: Wie oft muß ich euch meine Beweggründe noch beweisen? Mir liegen nur die Interessen der Tanu am Herzen. So war es von Anfang an!

NONTUSVEL: Da ist immer noch die ärgerliche Frage der zu großen Abhängigkeit unserer Rasse von der Menschheit. Ich gestehe, daß ich die Ergebnisse von Bryans Untersuchung mit einiger Bange erwarte.

KATLINEL: Und was geschieht, wenn die Untersuchung tatsächlich zeigt, daß das Zusammentreffen der Kulturen hauptsächlich ungünstige Wirkungen gehabt hat? Werdet ihr von der Heerschar den Tod aller Menschen verlangen? Werdet ihr auch Mischlinge wie mich töten? Ist das die geheime Lösung, die ihr die ganze Zeit im Sinn gehabt habt?

NONTUSVEL: Oh, Katy. Wie kannst du so etwas glauben?

KATLINEL: Die anderen denken so, Königin-Mutter.

IMIDOL: Unsinn!

CULLUKET: Du bist erregt, kreative Schwester. Laß mich dir ein Beruhigungsmittel geben!

KATLINEL: Nein, danke, redigierender Bruder. Nein, danke!

EADONE: Wenn der Thagdal zu Beginn des Waffenstillstandes zurückkommt, müssen wir eine Einigung erzielt haben. Sicher können wir zu einem Kompromiß gelangen.

KUHAL + IMIDOL + RIGANONE + CULLUKET + ANEAR: Niemals über Elizabeth!

...

ALUTEYN: Da ist noch ein Faktor, den niemand auch nur erwähnt hat. Da wir einmal genetische Bedrohungen diskutieren, was ist mit dem anderen? Wie würde *er* in Gomnols Plan passen? Oder hat der Lord-Koerzierer an Aiken Drum überhaupt nicht gedacht?

GOMNOL: Ich habe König Thagdal versichert, und ich versichere auch euch, daß der Junge nichts als eine mentale Nova ist. Seine Geisteskräfte werden so schnell ausbrennen, wie sie aufgeflammt sind. Innerhalb eines Monats wird er ein winselnder Idiot sein.

IMIDOL: Du hast ihn mit deinen psychometrischen Apparaten untersucht und den Beweis dafür erbracht, koerzibler Bruder?

GOMNOL: Du weißt ganz genau, daß Lady Mayvar mir nicht erlauben würde, mich mit ihrem großen und guten Protégé zu befassen, koerzibler Bruder.

IMIDOL: Also kannst du nichts garantieren. Sag uns, verehrungswürdige Schwester: Bei deiner Ehre als Königsmacherin – ist der Jüngling Aiken Drum eine mentale Nova?

MAYVAR: Nein. Aber er ist auch keine Bedrohung unserer Rasse.

GOMNOL: Selbst wenn er nicht ausbrennt, ist er nur ein harmloses Ärgernis – ein Possenreißer mit einem gewissen Charme, der der Menge gefällt. Ihr Leute habt diesen Typ Mensch einfach noch nie gesehen.

ANEAR: Das will ich hoffen.

RIGANONE: Nodonn nimmt den Fall Aiken Drum nicht leicht. Warum hätte er sonst darauf bestanden, mit ihm auf den Delbaeth-Feldzug zu gehen?

EADONE: Ist Aiken Drum fruchtbar?

MAYVAR: Das ist er.

EADONE: Würde er Nodonn herausfordern?

MAYVAR: Das mußt du ihn selbst fragen.

NONTUSVEL: Ein *Mensch?* Ein Mensch soll meinen Nodonn herausfordern?

KUHAL + IMIDOL + RIGANONE + CULLUKET + ANEAR: Tana verhüte!

EADONE: Besitzt Aiken Drum soviel metapsychische Kraft, daß er den Schlachtenmeister besiegen könnte?

MAYVAR: Das weiß Tana allein.

ALUTEYN: Ihr wißt, was geschähe, wenn der Junge tatsächlich siegte, nicht wahr, Verwandte? Er würde den Thagdal herausfordern! Ist das das Ziel, das du ansteuerst, verehrungswürdige Schwester?

MAYVAR: Sei vorsichtig, Aluteyn Handwerksmeister. Ich steuere gar nichts! Ich gehorche nur den Befehlen der Göttin, und weder du noch die Herrscher noch die gesamte Kampfgesellschaft des Vielfarbenen Landes darf mir vorschreiben, wie ich mein altehrwürdiges Amt auszuüben habe ... Willst du das vielleicht?
(Angst)

ALUTEYN: Nun, du hast mit Lugonn schon einmal einen Fehler gemacht, deshalb ist es keine Gewißheit.

MAYVAR: Es ist keine Gewißheit, wie du sagst, Handwerksmeister. Aber der Kampf allein kann den Willen der Göttin in dieser Sache kundtun. Niemand hier soll sich erdreisten, in mein Amt einzugreifen.

CULLUKET: Es wird keiner in dein Amt eingreifen – wenn deine Beweggründe dem Tanu-Ideal treu sind.

MAYVAR: Damit beschuldigst du mich schon wieder der Häresie, Jung-Redakteur.

CULLUKET: Streitest du ab, daß du lange Zeit Gegnerin der Kampf-Philosophie gewesen bist? Streitest du deine Sympathie für den verräterischen Häretiker Minanonn ab, der seinem Amt als Schlachtenmeister Schande machte, indem er predigte, Tanu und Firvulag sollten ebenso Sonnenbrüder wie Schattenbrüder sein?

MAYVAR: Der arme Minanonn war seiner Zeit voraus und unvorsichtig. Und in diesen letzten fünfhundert Jahren hat er für seine Übereilung bezahlt.

CULLUKET: Aber du und Dionket, ihr übereilt nichts! Ihr

seid bereit zu einem Wartespiel, bis eure menschliche Marionette auf dem Thron sitzt.

DIONKET: Die verehrungswürdige Königsmacherin und ich sind loyal gegenüber der Tanu-Rasse und entschlossen, ihr Geschick in Glorie erfüllt zu sehen. Und ich ermahne dich, redigierender Bruder, deinen Gedanken den Respekt nicht fehlen zu lassen, wenn du dich an über dir Stehende wendest.

NONTUSVEL: Oh, oh, das ist alles so verwirrend! Culluket, mein Sohn, du kannst Leute nicht der Häresie beschuldigen, nur weil sie das ruhige Leben dem Jagen und Kämpfen vorziehen. Es hat immer Sanftmütige unter uns gegeben.

IMIDOL: Und ihre Zahl nimmt zu. Besonders unter den Mischlingen.

KATLINEL: Wir Mischlinge sind der Tanu-Rasse treu! Es ist unsere Rasse! Aber wenn es Häresie ist, dem Thagdal zuzureden, er möge noch einmal über die alten gewalttätigen Bräuche nachdenken, die ihren Ursprung auf einem vergessenen Planeten in einer nicht mehr erreichbaren Galaxis haben – dann *sind* wir vielleicht schuldig!

NONTUSVEL: Das bist du natürlich nicht, Katy. Ich bin überzeugt, Cull hat es nicht so gemeint. Was – viele aus der Heerschar haben ein friedliches Temperament, solange die Firvulag nichts hoffnungslos Provozierendes anstellen ...

MAYVAR: Und es gibt auch solche, die gern auf das Vergnügen verzichten, Schurken wie Delbaeth zu bestrafen, wenn sie nur sicher zu Hause bleiben und andere auf den Feldzug schicken können.

ALUTEYN: Das ging gegen dich, Cull. Du bist nie einer gewesen, der seine schmutzige Arbeit selbst tut.

NONTUSVEL: Wir wollen nicht streiten! Es wird kein Gerede mehr über Häresie geben. Ich verbiete es.

EADONE: Unsere ehrfurchtgebietende Königin ist weise. Hört auf sie!

NONTUSVEL: Es ist noch eine mögliche Konsequenz der Angelegenheit Aiken Drum in Erwägung zu ziehen. Wenden wir uns noch einmal dem Plan Lord Gomnols zu! Angenommen, es geschähe, daß sich die operanten Gene der

Frau Elizabeth in unbestimmter Zukunft nicht mit dem Samen unseres geliebten Thagdal mischen, sondern mit dem eines *reinblütigen Menschen?*

EADONE: Tana sei uns gnädig! Das ist die wahre Bedrohung des Geschicks unserer Rasse!

ALUTEYN: Die Strafe für das Austragen eines menschlichen Kindes ist der Tod für die Eltern und ihre Leibesfrucht.

NONTUSVEL: Wie könnte das durchgesetzt werden, wenn Aiken Drum Hochkönig wäre?

IMIDOL: Eine Rasse operanter Menschen im Kampf gegen uns!

RIGANONE: Wir würden zermalmt werden.

CULLUKET: Laßt unsere loyale Lady Königsmacherin das wegerklären!

MAYVAR: Ich kann nur mein Amt ausüben, wie die Göttin es mir befiehlt.

IMIDOL: Und Gomnol! Manipuliert unser *menschlicher* Bruder uns alle durch ein neues Experiment, wie er uns manipuliert hat, seit er das Zeitportal durchschritt?

GOMNOL: Möchtest du mich vielleicht herausfordern, mit dir mittels der Manifestation der Kräfte um die Gilden-Präsidentschaft zu kämpfen, koerzibler Bruder?

NONTUSVEL: O *nein!* Hört auf damit, ihr alle! Es gibt nur einen Weg, wie wir dieses Durcheinander je entwirren können.

EADONE: Nenne ihn uns, Schwester und Mutter!

NONTUSVEL: Wir müssen Brede um eine Weissagung bitten.

EADONE + ALUTEYN: Ausgezeichnet. Dem wird der Thagdal sicher zustimmen.

RIGANONE: Aber wir können nicht voraussagen, was dies unheimliche alte Zweigesicht uns erzählen wird! Sie mischt sich *nie* in die Angelegenheiten des Hochkönigtums ein. Sie ist überhaupt keine echte Tanu ... sie ist etwas ganz anderes.

ANEAR: Etwas Schreckliches.

EADONE: Hört auf mich, ihr ängstlichen jungen Leute! Brede ist die Älteste und Weiseste, unsere Leiterin und unsere erste Wohltäterin, als eine ganze Galaxis gegen uns stand. Sie hatte die ursprüngliche Vision, die den Transport der Einwanderer hierher in unser Exil inspirierte.

KUHAL: So ist es, Lady Wissenschaftsmeisterin. Aber vergessen wir nicht, daß Brede Tanu *und* Firvulag auf diese Erde gebracht hat. Wir können nicht sicher sein ...

NONTUSVEL: Wir können nur hoffen, daß sie den Weg wählen wird, der für beide der beste ist. Wir dürfen sogar darum beten, daß er der beste für alle drei Rassen sein mag! – Und nun, meine Geliebten, möchte ich, daß ihr eure Gedanken noch einmal mit meinen verbindet. Aber diesmal wollen wir nicht das Lied für unsere arme tote Schwester Bybar singen, sondern für uns alle, die wir auf diesem Planeten leben, im Exil und voller Angst.

13

Beinahe zwei Wochen der Suche hatten sie vor ein großes schwarzes Loch im Berg und eine unangenehme Wahl gebracht.

»Warum sollen wir ihn denn nicht unter der Erde jagen?« fragte Aiken Drum.

Nodonn bedachte seinen kleinen Rivalen mit einem mitleidigen Blick. »Zu Fuß? Ohne Bärenhunde, die seinen Geruch wahrnehmen und ihn ablenken könnten?«

Die beiden saßen auf völlig erschöpften Chalikos und warteten darauf, daß die anderen Anführer der großen Jagd die Platte vor der Höhle erreichten. Mehrere Dutzend Amphicyonen trieben sich dort herum und heulten vor Enttäuschung. Keines wagte sich mehr als zwei oder drei Meter in den Höhleneingang, dem kühle, dumpfe Luft entströmte.

»Werfen wir nur mal einen Blick darauf, was drinnen ist«, schlug Aiken vor. Er beschwor eine blitzende Energiekugel herauf, die wie ein schwebender Stern in die dunkle Spalte eindrang. Die beiden Jäger folgten ihr mit ihrer Fernwahrnehmung. Sie kam in eine große Kammer, ganz gespickt mit Stalaktiten und Stalagmiten, wo sich ein breiter See befand. An der hinteren Seite führte ein Bogengang tiefer in den Berg hinein, und Aiken dirigierte die psychoenergetische Fackel in diese Öffnung, durch die ein unterirdischer Fluß strömte. Nach etwa einem halben Kilometer wurde der Tunnel eng, und die Decke senkte sich herab. Endlich stürzte sich der Fluß in einen so schwarzen Abgrund, daß das Licht der Fakkel ihn nicht erhellen konnte. Ganz kurz erblickten die beiden Metapsychiker mit ihrem geistigen Auge einen Wasserfall, der wie ein Streifen Gaze ins Nichts fiel. Dann wurde die Fackel plötzlich ausgelöscht.

Ein schwaches Gelächter stieg aus den Tiefen auf.

»Du mich auch«, sagte Aiken zu der weit entfernten Feuergestalt.

Das Reittier des Königs kletterte den steinigen Hang empor, dicht gefolgt von Stein, der das Wohlwollen des Königs gefunden hatte. Danach kamen Lord Celadeyr von Afaliah, Lady Bunone Kriegslehrerin und etwa fünfzehn andere der Gesellschaft, die genug PK besaßen, um ihren stolpernden Tieren beim Aufstieg zu helfen. Wegen Delbaeths Gewohnheit, Verfolger mit Feuerkugeln zu bombardieren, hatten die Teilnehmer an dem Feldzug sich nicht in die Luft erheben können.

»Nun?« brummte Thagdal.

»In der Erde verschwunden«, antwortete der Schlachtenmeister.

Der König nahm seinen Diamanthelm ab, sank im Sattel zusammen und kaute auf seinem goldenen Schnurrbart. »Verdammt, verdammt. Nachdem wir ihn bis hierher gejagt haben.«

»Das macht er jedes Mal«, bemerkte Celadeyr von Afaliah und zuckte aquamarin-gepanzerte Schultern. »Er führt einen von einer Pflanzung zur nächsten. Läßt einen glauben, man habe ihn in der Falle, und dann taucht er außerhalb der Reihen auf, brät ein paar Graue und jeden anderen, den er mit heruntergelassenen Hosen erwischt, und schon geht das Rennen von neuem los. Fangt mich doch, heißt das. So ist unser Delbaeth. Aber das Ende ist immer das gleiche – hinein in irgendeine verdammte Höhle, und dann lacht er einen aus.«

»Sehr schlau für einen Firvulag, Celo.«

Der Lord von Afaliah trieb sein Chaliko durch die Meute der Bärenhunde bis zur Höhlenöffnung. »Hätte ich eure Hilfe gegen einen gewöhnlichen Spuk erbeten? Ein Glück für uns, daß Delbaeth ein Einzelgänger ist und nicht am Großen Wettstreit teilnimmt! ... Dies ist ein neues Loch. Wenigstens ist es uns gelungen, ihn weiter nach Westen zu jagen als je zuvor. Dieser Teil der Kordilleren liegt schon nahe am Isthmus.«

Der König spuckte aus. »Zum Teufel, ich weiß nicht, wo wir sind, da ich keinen Überblick aus der Luft habe. Steinie – hast du noch Bier übrig?«

Der Wikinger reichte ihm eine große Feldflasche.

»Jetzt, wo die Feuergestalt unter der Erde ist, kannst du ruhig fliegen, wenn du es möchtest, Majestät«, sagte Celadeyr. »Er wird mehrere Tage in seinem Loch bleiben und sich ausruhen. Es hätte keine Gefahr, wenn wir alle zurück nach Afaliah flögen.«

»Aufgeben?« rief Stein. »Uns bleiben immer noch drei Tage bis zu dem blöden Waffenstillstand! Wir haben immer noch eine Chance, ihn zu erwischen.«

Die Reiter lachten. Bunone Kriegslehrerin, furchterregend mit ihrem silbernen Schnabelvisier, das sie wie ein Raubvogel aussehen ließ, behauptete: »Delbaeth wird nicht herauskommen. Willst du dich mit deinem naseweisen Herrn *hinein*wagen?«

»Warum nicht?« fragte Stein, und wieder lachten die Jäger.

Aiken wandte sich an den König. »Ich habe dir gesagt, ich würde ihn für dich töten. Versprochen habe ich es. Wenn ich Delbaeth nicht auslösche, bin ich für den Großen Wettstreit gesperrt – richtig?«

»Seltsam ausgedrückt.« Der König lächelte leutselig. »Aber deine Schlußfolgerung ist korrekt. Du hast auf diesem Feldzug reichlich Gelegenheit gehabt, deine Prahlerei in die Tat umzusetzen. Kehren wir ohne Erfolg nach Muriah zurück, werde ich dein Gebot für Stein als null und nichtig betrachten. Du hättest dann für die Unverschämtheit, überhaupt zu bieten, eigentlich Strafe verdient, aber weil du den Computer und andere wichtige Geräte repariert hast, bin ich geneigt, Großmut walten zu lassen. Du wirst mit den anderen menschlichen Goldenen an der Hohen Mêlée teilnehmen dürfen. Nicht aber am Heldentreffen.«

»Das ist angemessen.« Nodonn glühte in der hereinbrechenden Abenddämmerung. Ein paar Fledermäuse schossen schon zu ihren nächtlichen Raubzügen aus der Höhle.

»Wenn wir doch umkehren«, meinte Celadeyr, »wollen wir vom Berg absteigen, bevor andere ihre Reittiere mit dem Versuch, nach oben zu klettern, zuschanden machen.«

»Halt, verdammt nochmal!« protestierte Aiken. »Ich habe nicht gesagt, daß ich aufgebe. Es sind noch drei Tage bis zum Waffenstillstand ... Ich folge Delbaeth in die Höhle.«

»Und ich gehe mit Aiken«, erklärte Stein. »Niemand wird mich noch einmal wie einen preisgekrönten Ochsen auf eine Auktion bringen!« Das Gebrabbel aus Stimmen und Gedanken, mit dem ihre Erklärungen begrüßt wurden, ermöglichte es Aiken, Steins unausgesprochenen Gedanken abzuschirmen: Was macht es schon, wenn ich dabei umkomme? Nimmt mich irgendein Tanu zum Sklaven, sehe ich Sukey niemals wieder.

»Dann vollführt eure tollkühne Geste, wenn ihr nicht anders könnt!« sagte Nodonn. »Zeigt uns wenn ihr es fertigbringt, daß ihr wißt, wie man die Feuergestalt auf ihrem eigenen Heimatboden schlägt!« Die meisten der Tanu, die sich auf der Platte zusammendrängten, brüllten ihre Zustimmung zu der Bemerkung des Schlachtenmeisters. »Wir übrigen werden in Lord Celadeyrs Burg einkehren und dann zur Hauptstadt weiterfliegen. Delbaeth verhält sich bestimmt bis nach dem Großen Wettstreit ruhig. Sollten wir eure Knochen entdecken, wenn wir schließlich bis zu seiner Höhle vordringen, wollen wir sie angemessen bestatten und das Lied für euch singen.«

Weiteres Gelächter. Aber dazwischen ein Protest.

»Also ihr seid dagegen, Bleyn und Alberonn?« fragte der Schlachtenmeister.

Zwei Reiter lenkten ihre Tiere nach vorn. Bleyn der Champion war ein Mischling, mächtig sowohl in PK als auch im Koerzieren, und saß an der Hohen Tafel. Alberonn Gedankenfresser, ein weiterer Mischling, war einer der besten Krieger-Illusionisten. Beide gehörten der Faktion Mayvars an, und beide hatten geholfen, Aiken und Stein für ihre Initiierung in den martialischen Künsten auszubilden.

»Es ist unschicklich, daß diese Gesellschaft Lord Aiken hier in der Wildnis verläßt, während er hinuntersteigt, um Delbaeth herauszufordern«, erklärte Bleyn. »Schande über diejenigen, die das Vorhaben eines tapferen Mannes zum Gegenstand des Spottes machen!«

Nodonn lächelte nur.

Alberonn setzte hinzu: »Wir beiden werden darauf warten, daß Aiken und Stein zurückkehren. Wir werden unser Lager genau hier vor der Höhlenöffnung aufschlagen und für ihren Erfolg beten. Wir werden die drei Tage warten, damit die Zeit, die ursprünglich für diesen Feldzug festgesetzt wurde, ehrenvoll verwendet wird.«

»Ich will auch warten«, entschied sich Bunone, »und meine drei Krieger-Jungfrauen mit mir. Aiken Drum ist ein Mann von einzigartigen Talenten! Wir werden ebenfalls beten, daß er es überlebt.«

Der Hochkönig warf eine blitzende Hand in einer Geste der Resignation hoch. »Oh, auch gut. Was sind drei Tage mehr? Wir haben uns ein bißchen Ruhe verdient, nachdem wir den verdammten Spuk über die ganze Länge der Betiks gejagt und uns aus Angst vor seinen Feuerkugeln nicht einmal zu fliegen gewagt haben. Aber wenn wir hierbleiben, Celo, mußt du uns anständiges Essen und Schnaps einfliegen.«

Der Lord von Afaliah antwortete: »Wir können unten auf der Wiese neben dem Bach lagern, wo die Helfer und der Gepäckzug jetzt warten. Mein Sohn Uriet selbst wird eine Gruppe von Levitanten anführen und Erfrischungen bringen.«

»Das wäre also geregelt«, sagte der König. Er maß Aiken mit finsteren Blicken. »Nur drei Tage! Hast du gehört?«

Das goldene Männchen sprang aus dem Sattel, ließ sich vor dem königlichen Chaliko auf ein Knie nieder und grinste unter seinem goldenen Visier. »Ich danke dir für deine Geduld, Ehrfurchtgebietender Vater. Wir werden dir Delbaeths Eier bringen, damit du deinen Palast damit polieren lassen kannst!«

Die Jäger sahen in ungläubigem Schweigen zu, wie Aiken Drum und Stein ihre Rüstungen abnahmen und gleich neben dem Höhleneingang zu einem Haufen aufstapelten. Sie ließen bis auf Steins Bronzeschwert alle ihre Waffen zurück und entnahmen ihren Satteltaschen nur das Lebensmittelpaket des Wikingers, die Feldflasche mit Bier und eine dünne goldene Schachtel etwa von der Größe eines Federkastens. Aiken stopfte sie schnell in den Ausschnitt seines Unterhemds.

Den Zeigefinger mahnend vor Nodonn hin- und herbewegend, befahl der Kasper: »Und du schnüffelst uns nicht nach, Sonnengesicht! Schick uns keine Fackeln hinterher!«

»Das werde ich nicht tun«, versprach der Schlachtenmeister, ohne daß sein Lächeln sich trübte.

»Dann – auf Wiedersehen, ihr alle!« sagte Aiken Drum.

Ein geräuschloses Schnappen war zu hören.

Zwei zusätzliche Fledermäuse schlossen sich der Schar an, die über den Köpfen der Jagd kreiste. Nach ein paar Minuten, in denen sie sich an ihre Flügel gewöhnten, schoß das Paar nach unten und verschwand in der Dunkelheit von Delbaeths Höhle.

»He, Junge!«

»Schsch. Ich muß mich vergewissern, daß uns niemand durch Fernwahrnehmung beobachtet. Diesem verdammten Erzengel traue ich nicht über den Weg.«

»... Junge, was ist mit dem blöden Ungeheuer?«

»Wirst du wohl die Fresse halten? Es ist schwere Arbeit, all diese verschiedenen Arten von Gehirnverbiegerei gleichzeitig zu tun.«

»Entschuldige.«

Sie hingen an ihren winzigen Klauen vom Dach des Katarakt-Schachtes herab. Die Welt war völlig, war erschreckend schwarz. Der Wasserfall spritzte zischend in die Eingeweide des Berges. Ein von weit unten heraufdringendes Rumpeln zeigte an, daß er sich in einen sumpfigen Abgrund ergoß.

Die beiden Fledermäuse konnten mit Hilfe des Getöses ›sehen‹.

Endlich erklärte Aiken: »Es ist okay. Sie gehen alle zum Lagerplatz hinunter. Keiner gibt sich wirklich Mühe, uns fernwahrzunehmen. Ein ganz kleiner Schirm wird sie jetzt von uns abhalten ... Das Problem ist nur, Steinie, daß ich nicht genau weiß, wie gut diese Tanu-Bonzen im Fernwahrnehmen sind. Ich bin sicher, die meisten Fremden können es unter der Erde nicht. Darum leben die Firvulag in Höhlen und Erdbauten. Aber der König, Nodonn und dieser verdammte Fian, der die PK-Kunststücke macht – sie klamüsiern sich vielleicht doch einen Weg aus, uns durch massiven Fels von einem Kilometer Dicke zu entdecken ... gerade so wie ich es kann.«

»Jesus Christus. Willst du wohl aufhören zu strunzen und endlich auskundschaften, wo sich dieser Feuerarsch von einem Spuk verbirgt? Oder ist es dir egal, ob wir in Brand gesteckt werden?«

»Wir werden nicht in Brand gesteckt. Delbaeth sitzt nicht in irgendeiner Spalte, um uns aus dem Hinterhalt zu überfallen. Er ist nach Hause gegangen. Er weiß, niemand in dieser Exilwelt ist dumm genug, ihm in die Höhlen zu folgen.«

»Haha. Gut, du As. Jetzt, wo wir hier sind – zum Teufel, wo sind wir?«

»Wir sind in einer besseren Position, den Spuk zu erledigen, als vorher, eingezwängt zwischen dieser Meute von Aliens. Das ist genau die Chance, auf die ich gehofft habe, seit wir zu dieser stumpfsinnigen Monsterjagd aufbrachen! Eine Chance, Delbaeth zu verfolgen, ohne daß alle übrigen zusehen, wie ich ihn töte!«

»Du willst ihn doch nicht mit deinem Supergehirn töten?«

»Wette deinen glatten Arsch darauf, daß ich das nicht tue. Im Kampf Geist gegen Geist hätte ich gegen Delbaeth keine Chance. Von diesen Tanu-Scheißern auch keiner – falls er den Firvulag nicht völlig überraschte. Und wie soll das geschehen, wenn diese affige Zirkusparade von dreihundert Rittern der Tafelrunde mit Geschrei hinter ihm her ist! Nein! Es gibt nur eine Möglichkeit, die Feuergestalt zu töten. Mayvar, mein kleines altes Schätzchen, kannte sie.«

»Und wie, um Christi willen?«

»Es ist ein Trick. Komm, fliegen wir irgendwohin, wo es flach und trocken ist, und ich werde es dir zeigen.«

Die beiden Fledermäuse spiralten in den Schacht. An seinem Grund verwandelten sie sich in blasse augenlose Fische und fegten durch den gefluteten Tunnel des Sumpfes. Die

Biegungen des Rohrs aus Fels ›sahen‹ sie mittels der Veränderungen im Druck und der Reflektion der Wasserströmungen besser als mit dem Echolot, das sie als Fledermäuse benutzt hatten. Sie schwammen mehr als einen Kilometer, bis der Fluß in einen großen luftgefüllten Hohlraum durchbrach. Der eine Fisch sprang aus dem Wasser – fiel zurück. Dann sprangen beide hinaus und nahmen Fledermaus-Gestalt an. Ein paar Augenblicke später waren sie wieder in ihren menschlichen Körpern und saßen auf einem Felsband neben dem unterirdischen Fluß. Eine kleine glühende Kugel hing vor ihnen in der Luft und spendete Licht. Die Höhlendecke zwei oder drei Meter über ihnen war auf phantastische Weise mit Kristallsoda bewachsen, und an der Spitze jedes dünnen, zarten Gebildes hing ein Wassertropfen.

Aiken verschwendete keine Zeit darauf, die Umgebung zu bewundern. Er zog den goldenen Kasten aus seinem Hemd, öffnete den Deckel durch einen PK-Kunstgriff und zeigte Stein, was darin war: ein dünner grauer Gegenstand, etwa zwanzig Zentimeter lang, der ein bißchen einem Stück silbrigem Feuerschwamms mit Drahtstiel ähnelte.

Stein runzelte die Stirn. »Weißt du, wie das aussieht? Als ich ein Kind war, in Illinois, hatten wir ...«

»Genau das ist es auch. Eins von diesen kleinen Dingern wird den feuerscheißenden Firvulag umbringen. Vor langer Zeit hat irgendein armer Teufel das hier durch das Zeitportal gebracht, weil er glaubte, er könne ein bißchen Schwung ins Pliozän bringen. Da sie völlig harmlos sind, hatten die Leute in der Auberge nichts dagegen. Aber als der Junge den ersten Schritt ins Exil trat, wurden sie konfisziert – und alle bis auf dieses eine vernichtet, bevor Mayvar es in die Finger kriegen konnte. Weißt du, warum? Weil so etwas hier tödlich ist! Nicht für Menschen – nicht einmal für ringtragende Menschen – aber für die Aliens.«

»Eisen.« Stein war überwältigt. »Hier gibt es keine eisernen Werkzeuge, keine eisernen Geräte, überhaupt kein Eisen. Alles Glas, Vitredur, Bronze oder andere Legierungen, Silber, Gold und so weiter. Aber nichts ist aus Eisen! Teufel – warum ist das noch niemandem aufgefallen?«

»Wieviel Eisen haben wir im Milieu an Stellen benutzt, wo

man es sehen konnte? Wir hatten das Eisenzeitalter beinahe hinter uns gelassen. Weißt du, wie die Tanu und Firvulag das Zeug nennen? Blutmetall! Ein Stich, und sie sind mausetot. Oder im Falle dieses Dings ...«

»Jesus, ja!« rief Stein aus. Er begann sich zu begeistern. »Du wirst es schaffen, Junge. Endlich glaube ich daran. Und wenn wir diesen Delbaeth erledigt haben, wirst du mir bei meiner Flucht mit Sukey helfen. Und sollte irgendein verblödeter Tanu versuchen, uns aufzuhalten ...«

»Du Holzkopf! Hast du deinen grauen Ring vergessen? Und Sukeys silbernen? Die Tanu könnten dich überall aufspüren. Beruhige dich! Ich habe andere Pläne. Wir kommen alle durch, wenn du keine solchen Heldentaten mehr verrichtest wie bei Tasha.«

Aiken schloß den goldenen Kasten und steckte ihn wieder in sein Hemd. »Jetzt sitz still und halt den Mund! Ich muß Delbaeth suchen, und diese Röntgenstrahlen-Vision ist viel schwieriger, als du dir vielleicht vorstellst. Nur gut, daß die Berge nicht aus Granit sind.«

»Nein. Kalkstein, Sandstein, Schiefer mittlerer Qualität und anderes metamorphisches Gestein hier unten an diesem Ende des Mittelmeers. Vergiß nicht, ich habe an diesen Felsen gearbeitet, als ich noch Krustenbohrer war.«

»Halt endlich den Mund, verdammt nochmal!«

Beide saßen in ihrer Unterwäsche da. Die psychoenergetische Fackel ging aus, als Aiken seine ganze Kraft auf seinen Suchersinn konzentrierte. Die einzigen Geräusche waren das Tropfen von den schlanken Kalzit-Röhrchen.

Könnte auch ich hinausgreifen? fragte Stein sich. Sukey hatte ihm gesagt, die Liebe habe es bewirkt, als er Dedras koerzible Kontrolle durchbrach. War die Liebe stark genug, um die tausend Kilometer zu überqueren, die ihn von Sukey trennten, von ihrem Versteck in den Katakomben des Redaktionshauses in Muriah? Zuerst mußte er sie sich mit seinem geistigen Auge vorstellen. (Leicht, wenn die optischen Nerven einen Input von Null bekamen.) Da ist sie. Jetzt sag ihr, daß du sie liebst, daß alles gut werden wird, daß du in Sicherheit bist, daß du zurückkommen wirst, daß du siegen wirst ...

»Ich habe ihn gefunden, Steinie! Ich habe das Arschloch gefunden!«

Das Astrallicht ging an. Stein fuhr sich mit der Hand über die Augen und wischte sie an seiner Hüfte ab. Der Versuch der Fernwahrnehmung war nicht gelungen. Das Herz tat ihm weh.

Aiken sprang auf die Füße. Das rötliche Haar starrte nach allen Seiten wie bei einem elektrisch geladenen Mop, die Augen drohten vor Aufregung aus den Höhlen zu springen. Er zeigte auf eine massive Felswand. »Diese Richtung. Vielleicht acht, neun Kilometer und zweihundert Meter weiter unten. Da ist diese verwischte Blase – eine mentale Aura, nehme ich an. Das einzige Lebewesen weit und breit. Das muß er sein.«

Stein seufzte. »Und wir brauchen nichts weiter zu tun, als durch die Wand zu gehen.«

»Das gehört nicht zu meinen Talenten, Steinie«, meinte der Kasper entschuldigend. »Ich kann festes Gestein nicht durchdringen. Auch keine Berge auflösen, nicht so, daß man etwas davon merkt. Wir werden laufen, fliegen oder schwimmen müssen. Wenn Delbaeth von hier nach da gelangt ist, können wir das auch. Die ganze lausige Bergkette besteht aus Höhlen wie ein Bienenstock aus Waben. Es wird eine Weile dauern, bis wir uns durch den Irrgarten gewunden haben.« Er blickte entschlossen drein. »Aber zu lange darf es nicht dauern, sonst kommen wir in den Waffenstillstand. Da haben die Firvulag Schonzeit bis zum Großen Wettstreit.«

Stein sah auf seinen Armbandchronometer. »Achtzehneinhalb Stunden, 27. September, sechs Millionen A.C.«

»Richtig.«

»Sag mir nur noch eins, bevor du deine Dracula-Nummer abziehst, Junge. Verwandeln wir uns *wirklich* in Fledermäuse und Fische und sonstwas, wenn du Simsalabim sagst, oder ist das so eine Art Gestaltwandler-Illusion und wir behalten die ganze Zeit unsere normalen Körper?«

»Ich will verdammt sein, wenn ich das weiß«, antwortete Aiken Drum. »Halt Essen und Bier fest, Kumpel – ab geht die Post!«

Sie suchten.

Trockene und überschwemmte Tunnel, große Galerien, wo Travertin und Stalaktiten und wellige Vorhänge aus dünnem Gestein wie gefrorene Schöpfungen aus Pfirsich und Vanille-Eis niederfielen, enge Spalten und gewundene niedrige Gänge, besetzt mit funkelnden Kalzit-Zähnen, wirre Einbrüche, wo eine Höhlendecke zu Stücken von Hausgröße zusammengestürzt war, halbleere Flußbetten, in denen Schlamm glitzerte, Sackgassen, die sie zur Umkehr zwangen, einladende Passagen, die sie in die falsche Richtung führten.

Sie aßen, und nach einer Weile schliefen sie. Sie erwachten und flogen, schwammen, gingen, kletterten weiter. Zur Mitte des zweiten Tages waren Essen und Bier alle. Wasser gab es reichlich, aber keine Insekten für Fledermäuse, keine eßbaren Bissen in den unterirdischen Gewässern, die Menschen-Fische hätten schlucken können, um die nur allzu realen Krämpfe ihrer möglicherweise illusorischen Mägen zu beruhigen.

Aikens mentaler Schirm stand jetzt nur noch zwischen ihnen und der Konzentration psychischer Energie, die Delbaeth sein mußte. Er schien kaum noch die Lage zu verändern; vielleicht schlief die Feuergestalt zwischen seinen Ausfällen sehr lange, oder vielleicht kennzeichnete die verschwommene Aura etwas ganz anderes ...

Die Fledermäuse flogen einen langen, abfallenden Tunnel entlang. Zum ersten Mal, seit sie in der Höhle waren, spürten sie einen Luftzug an ihren schlagenden Flügelmembranen. Die mentale Stimme Aikens redete Stein im intimen menschlichen Modus an:

Denk an absolut gar nichts! Halte deine Gedanken ruhig, wenn dir dein Leben lieb ist! Ich glaube nicht, daß er mich in diesem Modus hören kann, aber ein Pieps von dir würde ihn sofort alarmieren.

Die beiden Fledermäuse, jetzt völlig eingehüllt in die schwerste Barriere, die Aiken bilden konnte, kamen an eine Neunzig-Grad-Biegung im Korridor. Sie flatterten um die Ecke und sahen Licht vor sich – gelblich-orangefarben und leicht flackernd. Der Gang war trocken. Im Staub waren große Fußabdrücke.

Die Fledermäuse näherten sich zwischen den Felsformationen hindurch der beleuchteten Stelle. Es war eine große offene Kammer voll von hochragenden Monolithen, die fast wie verhüllte menschliche Gestalten aussahen, und dichten Reihen von Travertin, die gigantischen Lamellenpilzen ähnelten. Die Fledermäuse flogen zu einem Vorsprung an der Decke hinauf, der weit über die Mitte des Fußbodens hinausragte. Dort, vor den Augen eines unten Befindlichen versteckt, verwandelten sie sich in Aiken und Stein.

Ruhe! Nicht bewegen! Rassele nicht mit dieser verdammten Schwertscheide! Tu überhaupt gar nichts!

Aiken kroch auf dem Bauch bis an den Rand des Vorsprungs und lugte nach unten. Ein großes Feuer brannte in einem solide gebauten runden Herd. Stapel rindenloser Baumstämme waren ordentlich in einem Alkoven untergebracht. Andere Teile der Höhle waren mit einem Tisch, Stühlen, einer Bettstelle von gargantuesken Ausmaßen mit Himmel und Seitenvorhängen aus dem feinsten Tanu-Brokat und vielen geschnitzten hölzernen Truhen und Regalen ausgestattet. Sich bauchende Lederbeutel geheimnisvollen Inhalts standen am Fuß einer Säule. Neben einer anderen hingen Fischnetze mit hölzernen Flotten über einem Rahmen. Der Fußboden war mit glänzenden Fellen belegt – einige dunkel, andere gefleckt. Das schmutzige Geschirr auf dem Tisch schien hauptsächlich aus großen Molluskenschalen zu bestehen.

Dicht an das Feuer gerückt war ein mit grauem Leder bezogener, dick gepolsterter Sessel. In dem Sessel schlief ein Humanoide, der die großen Tanu an Länge übertraf und viel robuster gebaut war. Sein Kopf hatte eine verfilzte ziegelfarbene Haarmähne und einen buschigen Bart. Er trug ein Lederhemd mit offener Verschnürung, unter der das rötliche Haar auf seiner Brust zu sehen war. Seine Hosen waren scharlachrot. Er hatte die Stiefel ausgezogen und hielt seine großen Füße ans Feuer. Hin und wieder wackelten die Zehen. Ein zyklisches Geräusch, das an einen nicht richtig funktionierenden Erzzerkleinerer erinnerte, sagte sich Aiken Drum, daß Dalbaeth, die Feuergestalt, der berüchtigste wilde Firvulag in den südlichen Gefilden des Vielfarbenen Landes, schnarchte.

Aiken öffnete den goldenen Kasten und entnahm ihm das bleistiftdünne graue Objekt. Das Ding auf der Hand wiegend, berechnete er die Flugbahn. Er entzündete die Spitze seiner Geheimwaffe mit seiner kreativen Metafunktion.

Die Wunderkerze erstrahlte in lebhaftem weißen Licht und verstreute glühende Eisenspäne wie winzige Meteoriten. Aiken hielt das Feuerwerk auf Armeslänge von sich ab.

Unten in der Höhle sprang Delbaeth brüllend aus seinem Sessel hoch. Sein Körper, nahezu drei Meter hoch, verwandelte sich in eine flammende Masse, die feurige Arme zu dem Deckenvorsprung hinaufreckte und zwischen den brennenden Händen eine Feuerkugel zu bilden begann.

Aiken warf die Wunderkerze. Er leitete sie mit jedem Fünkchen an PK, das er aufbringen konnte, durch den dicken psychischen Schirm um sich und Stein. Delbaeths Feuerkugel stieg nach oben, raste genau auf ihr Ziel los und prallte ab.

Das Ungeheuer stieß einen zweiten widerhallenden Schrei aus. Die dünne Wunderkerze traf seine flammende Gestalt und fiel auf den Höhlenboden, wo sie immer noch Funken versprühte. Delbaeths Flammen waren erloschen. Er sank langsam zusammen, schien fast in den Boden zu schmelzen und bewegte sich nicht mehr.

»Los, komm!« rief Aiken.

Die beiden Fledermäuse flogen herab und wurden wieder zu Menschen. Sie standen neben dem schrecklichen Kadaver, und Stein sagte: »Siehst du, wo das Ding ihn getroffen hat? Genau auf der Stirn, weil er nach oben blickte. Eine kleinwinzige Verbrennung mit einem heißen Eisendraht!«

Nebem dem Tisch stand ein Ledereimer mit Wasser. Aiken nahm ihn und goß einen Schuß über die immer noch glimmende Wunderkerze. Sie zischte und ging aus. In einen der Fellteppiche war ein Loch gebrannt und hatte ihn verdorben.

»Du hast es geschafft!« Stein schwang den kleinen Mann in die Höhe und zerquetschte ihn in einer Bärenumarmung. »Du hast es geschafft!« Er setzte Aiken ab und heulte zu den Stalaktiten empor: »Sukey, Baby, wir haben es *geschafft!*«

Aiken runzelte die Stirn, dann lachte er laut heraus. »Ich will verdammt sein, Wikinger. Sie hat dich tatsächlich gehört! Vielleicht kannst du sie nicht empfangen, aber ich vernehme dies kleine schwache Fernsprecher-Flüstern. Au ... du wirst es nie erraten. Sie liebt dich.«

Stein schnappte sich den Eimer und leerte ihn über Aiken aus.

»Danke«, sagte der Kasper. »Das habe ich gebraucht. Jetzt schneid ihm den Kopf ab und laß uns hier verschwinden. Wir müssen den kürzesten Weg ins Freie finden und zurückfliegen, um Königliche Hoheit zu beeindrucken. Aber nur keine Hast! Wir kommen immer noch einen ganzen Tag zu früh!«

Stein begann, sein großes Bronzeschwert aus der bernsteinbesetzten Scheide zu ziehen. Doch als er die Klinge halbwegs heraus hatte, erstarrte er und neigte den Kopf zur Seite. »Horch! Hörst du das? ... Es ist jetzt viel klarer als oben an der Decke, als der Spuk schnarchte.«

Aiken spitzte die Ohren. Ein langsames, tiefes *Bumm* ließ die Felsen vibrieren. Mehrere Sekunden vergingen. *Bumm.* Als läute eine große Glocke, wiederholte sich der Ton. *Bumm.* Langsam. Unerbittlich.

»Weißt du, was das ist, Junge?« fragte Sein. »Die Brandung. Irgendwo gleich auf der anderen Seite von dieser Felswand ist der Atlantische Ozean.«

* * *

ENDE DES ERSTEN TEILS

Zweiter Teil

Die Schließung

1

Felice irrte durch die Ruinen von Finiah.

An diesem dritten Tag des Waffenstillstands hatten die kleineren Lavaausbrüche des alten Kaiserstuhl-Vulkans aufgehört. Ströme aus geschmolzenem Fels verfestigten sich zu klinkerartigen Massen – dick, rund und wie monströse Wurzeln, mit Fortsätzen versehen, wo sie aus der eigentlichen Mine in die Straßen und Arkaden der verwüsteten Stadt geflossen waren. Es hatte heftig geregnet. Gebäude, einstmals in Weiß oder in Gold und Rosa oder in Blaugrün und Silber, den Farben des kreativen Lord Velteyns, prangend, waren jetzt von aschigem Schlamm gestreift und verschmiert. Asche hatte die Gärten erstickt und die Blätter von den meisten Zierbäumen gefegt. Der zentrale Platz, auf dem Felice umherstrich, war ein Durcheinander von ausgebrannten Läden, zerfetzten Marquisen, zerbrochenen Karren und Verkaufsständen und halb in Schlacke und Dreck begrabenen Leichen.

Riesige Raben, so lang wie Felices Arme, hackten an den geschwollenen Überresten von Chalikos, Helladen, Ramapithecinen, Aliens und Menschen. Die Raubvögel ließen sich durch die in glänzendes Schwarz gekleidete kleine Frau nicht stören. Vielleicht hielten sie sie für eine von ihnen.

Da waren Geräusche. Die Raben krächzten. Aus einer geplatzten Leitung sprudelte Wasser. Es floß eine Treppe hinunter und wusch die Leichen von Grauring-Soldaten und Geringen sauber. In einer Sackgasse nahe dem Palast Lord Velteyns drängten sich fast ein Dutzend unverletzte Ramas in verdorbenen aquamarinfarbenen Wappenmäntelchen wimmernd zusammen. Ein Stöhnen drang aus dem Pförtnerhaus neben dem Hauptzugang des Palastes. Felice ignorierte es und ging auf den Eingang von Velteyns Schloß zu, einen Pfeil mit Eisenspitze schußbereit auf die Sehne ihres zusammengesetzten Bogens gelegt. Sie hatte viele weitere Pfeile in einem Schulterköcher, alle mit befleckten Schäften. Am Landeplatz waren ein paar sture Graue entschlossen gewesen, weiterzukämpfen, obwohl ihre Tanu-Herren geflohen waren, und unten im Viertel der Kunsthandwerker war eine bloßhalsige Frau aus der zerstörten Werkstatt eines Glasbläsers gestürzt, hatte eine Vitredur-Machete geschwungen und Rache über die Vernichter Finiahs beschworen, bis Felice sie in die Kehle schoß.

Die Menschen waren zu unreligiös, um den Waffenstillstand einzuhalten. Lange nachdem die Firvulag und Tanu die brennenden Ruinen der Stadt verlassen hatten, kämpften Krieger der Geringen immer noch gegen jene ihrer Mitmenschen, die den Aliens die Treue bewahrten. Gefangene Graue sowie ein paar Silberne, die den Invasoren in die Hände fielen, wurden vor ein Guerilla-Tribunal gezerrt, wo ein Offizier der Geringen ihnen ein eisernes Stemmeisen und ein eisernes Messer zeigte und sie aufforderte zu wählen: »Lebe frei oder stirb!« Ein überraschender Anteil hatte lieber den Tod erlitten als sich den die Gehirnströme verstärkenden Halsring abnehmen lassen.

Felice betrat den Palast. Die Aasvögel fehlten hier, aber es gab Fliegen, huschende Nagetiere – und einen entsetzlichen Gestank. Die Leichen der Wachen und Diener lagen zu Haufen hinter improvisierten Barrikaden aus Möbeln und ausgehängten Türen. Viele der Verteidiger waren ohne eine Wunde gestorben. Ihre Gesichter waren verzerrt von den gehirnverbrennenden Attacken der Firvulag.

Der Palast Lord Velteyns war still in seiner Zerstörung bis auf das Summen der Insekten, das Rascheln und Quieken der Ratten und das Seufzen des Windes durch zerschmetterte farbige Fensterscheiben. Die kleine Frau in Schwarz drang tiefer in die Wohnräume der Großen ein, sprang über Leichen menschlicher Bewohner, die ein verzweifeltes Nachhut-Gefecht geliefert hatten, als die Armee der Invasoren die im Haus gefangenen fremden Herren jagte.

Felice kam an eine große offene Bronzetür, besetzt mit Grünsteinen. Körper im Wildleder und Haustuch der Geringen und in der Palastlivree versperrten die Schwelle. Und hier sah Felice zum ersten Mal auch Firvulag-Leichen, einige untersetzt, andere größer als Menschen und Tanu und so stämmig wie die Riesen im Märchen. Alle trugen die goldziselierte Obsidian-Rüstung des Elite-Korps von Pallol Einauge, und alle waren von Eisenwaffen getötet worden, die Velteyns menschliche Wachen wahrscheinlich den Geringen weggenommen hatten.

Seelenruhig zog Felice einen Speer aus einem toten Gestaltwandler und benutzte ihn als Bergstock beim Überklettern des grauenhaften Hügels, der den Eingang blockierte. Im Innern des Raums, der ein in Trümmer geschlagenes luxuriöses Schlafzimmer war, lagen sechs Tote in Rüstungen aus farbigem Glas. Vier Tanu-Männer und eine Tanu-Frau zeigten Blutspuren. Sie waren von Pfeilen mit Eisenspitzen vergiftet worden. Die zweite Frau war menschlich. Sie trug einen Goldring und eine Rüstung in Saphirblau. Wunden hatte sie nicht; vermutlich war sie einem mentalen Angriff zum Opfer gefallen.

Felice nahm ihren Hoplitenhelm ab und stellte ihn auf einen großen Nachttisch. Auf einem niedrigen Brett standen – ein greller Kontrast in ihrer ungestörten Ordnung – eine goldene Kanne und ein Waschbecken. Das Mädchen füllte das Becken mit Wasser und stellte es auf den Tisch. Einen Augenblick lang stand sie da und blickte auf die Leiche der Menschenfrau nieder. Im Tod zeigten ihre azurblauen Augen erweiterte Pupillen, seltsam ausdrucksvoll in einem Gesicht so blaß wie Kreide. Langes kastanienbraunes Haar breitete sich wie ein Heiligenschein um ihren bloßen Kopf auf dem Teppich aus. Ihr Helm lag nahebei. Die schlanken Finger in den juwelenbesetzten, blau plattierten Handschuhen krümmten sich um einen goldenen Ring.

Wie ein Akoluth zu Beginn eines Rituals kniete Felice nieder. Die Leichenstarre war aus den Händen gewichen, und der Ring konnte leicht aus ihrem Griff gelöst werden. Das vordere Schloß mit den Auswüchsen klickte. Das Mädchen öffnete den Ring um das hintere Scharnier und zog ihn der Toten vom gelblich verfärbten Hals. Sie stand auf, trat ans Becken, tauchte das Gold mehrere Male unter und trocknete es mit einem weichen Handtuch ab.

Dann befestigte Felice den Ring geschickt um ihren eigenen Hals.

Die Realität eröffnete sich ihr. Sie stieß einen durchdringenden Schrei aus.

So ... so war es also. Alles war in ihr versteckt gewesen, unterdrückt und verleugnet, so gefürchtet bei den Schwächeren rings um sie. Aber jetzt offen, befreit und einsatzbereit.

Sie trat auf den Balkon des Todeszimmers hinaus. Zitternd, etwas geblendet von Freudentränen sah sie über die Ruinen von Finiah hinweg. Da waren der breite Rhein, die Höhen der Vogesen, Hoch-Vrazel selbst am westlichen Horizont, wo König Yeochee und Sharn-Mes und die anderen Firvulag zweifellos immer noch den Triumph über ihren alten Feind feierten. Da waren die hohen Pässe, über die sie hergekommen war, allein, zu spät für den Krieg. Sie war Häuptling Burke und Khalid Khan und den Resten der Geringen-Armee begegnet, die frisch befreite menschliche Überlebende von Finiah in das Lager am Ufer führten, wo sie das Urteil Madame Guderians erwarten sollten.

Das Gold warm an ihrer Kehle, begann Felice zu lachen. Der Wind trug ihr Lachen davon und ließ es anschwellen, bis es über die verwüstete Stadt hinschallte. Die Raben, aus ihrer Dreistigkeit geschockt, erhoben sich träge in die Luft.

2

Sharn-Mes, der junge Champion, betrachtete die tumultuarische Szene in der Halle des Bergkönigs und schüttelte in verwunderter Belustigung den Kopf.

»Sieh sich einer diese Bande von betrunkenen Krakeelern an! Sie werden nach diesem Besäufnis mindestens drei Tage lang schlafen. Weißt du, Ayf, das bringt unsern ganzen Reiseplan durcheinander. Die Rüstungen und Waffen müssen überholt werden, bevor wir nach Süden ziehen, wenn wir beim Großen Wettstreit nicht wie aus der Lumpenkiste auftreten wollen.«

»Es ist noch viel Zeit.« Ayfa, Anführerin der Krieger-Ogerinnen, setzte ihren Metkrug ab und füllte ihn neu. »Den Jungen und Mädchen steht eine Feier zu. Vierzig Jahre ist es her, daß wir Grund hatten, uns vor Freude zu betrinken.

Wen kümmert es, ob wir ein paar Vorspiele unten auf der Weißen Silberebene verpassen? Mit den wichtigen Kämpfen werden sie ohne uns doch nicht anfangen.«

»Ich denke auch«, stimmte Sharn ihr zu, »daß wir uns eine Party verdient haben.«

Die beiden Großen Hauptleute hatten sich auf einer behaglichen Galerie niedergelassen, wo bei offiziellen Festen die Musiker ihren Platz hatten. Aber es war nichts Offizielles an dem Treiben, das sich jetzt unter ihnen abspielte. Alle Firvulag-Veteranen der kurzen Finiah-Kampagne sowie die meisten übrigen Bürger von Hoch-Vrazel schienen sich in der königlichen Audienzhalle zu drängen, um den unerwarteten Sieg zu bejubeln.

Braunes Ale und Met und Apfelwein und Brombeerschnaps sprudelten aus hohlen Stalagmiten direkt in die wartenden Krüge jener Feiernden, die sich noch auf den Füßen hielten. Es waren noch genug Back- und Fleischwaren und anderes Essen übrig, daß sich die Eichentische unter ihrem Gewicht bogen. Ein Haufen spielte vor König Yeochees leerem Thron eine Art von Blindekuh, und die Frau, der gerade die Augen verbunden waren, trug außer dieser Augenbinde nichts mehr. Eine zweite muntere Schar umringte die beiden Helden der Schlacht Nukalavee den Hautlosen und Bles Vierzahn, die miteinander wetteiferten, den lächerlichsten obszönen illusorischen Körper zu schaffen. Punkte verteilten das Jauchzen und Höhnen und das gelegentliche Erbrechen der Zuschauer.

Ernster veranlagte Gäste (und die sinnlos Betrunkenen) versammelten sich um einen buckligen Kobold-Barden, der die einhundertfünfundsechzigste Strophe einer traurigen Ballade über ein unglückliches Firvulag-Liebespaar erreicht hatte. Fröhlichere Gemüter dichteten geniale neue Stanzen zu dem beliebten Soldaten-Trinklied »Eine Prinzessin darf niemals Flöhe haben« und befaßten sich eingehend mit jenen Exzentrizitäten, von denen die königliche Demoiselle mit Recht erwarten konnte, daß man sie ihr nachsah. Leichter verwundete Krieger, die von molligen kleinen Mädchen verwöhnt wurden, prahlten mit ihren neuesten Heldentaten. Bejahrte Daheimgebliebene brummten in ihr Bier, die Zerstörung Finiahs halte keinen Vergleich mit bestimmten früheren Schlachten aus, an denen *sie* in der guten alten Zeit teilgenommen hatten.

Königin Klahnino beaufsichtigte das Entfernen der Bewußtlosen aus der Gefahrenzone. Man zerrte sie in Alkoven und packte sie dicht bei dicht, damit sie ihren Rausch ausschlafen konnten. König Yeochee wanderte mit nackten Füßen und in einem fleckigen goldenen Bademantel, die Krone schief auf einem Ohr, umher, küßte alle Damen und auch eine ganze Reihe der Herren. Pallol Schlachtenmeister, immer noch voller Verachtung für die Unternehmung, aber stets dabei, wenn es eine Party galt, hatte sich an Sidecars – einer weiteren Hinterlassenschaft der heimtückischen Geringen – überfressen und lag schnarchend in des Königs Kristallgrotte. Sein großer Kopf ruhte im Schoß der ergebenen Konkubine Lulo.

»Ja«, wiederholte Sharn sich, »wir haben uns ganz entschieden eine Feier verdient ... Was meinst du, was haben die Geringen vor?«

»Ich will nachsehen«, antwortete Ayfa, die im Fernwahrnehmen besser war als die meisten ihrer Rasse. Sie war ein hübsches Geschöpf, wenn man die übermäßig entwickelten Armmuskeln, eine Folge ihrer Tapferkeit mit dem zweihändigen Schwert, übersah. Ihr Haar war aprikosenfarben und ihr Gesicht sommersprossig. Wie die meisten Firvulag hatte sie dunkle, zwinkernde Augen. Sie hatte ihre Rüstung abgelegt und trug Rock und Bluse aus zerknittertem krapproten Stoff, der sich mit ihrem Haar biß.

»Ja, da sind sie. Die menschlichen Gefangenen oder Flüchtlinge – oder wie man sie nennen will – sind in dem alten Sammellager untergebracht worden. Aber Burke und seine Busenfreunde trampeln über den Klamm-Paß auf die Verborgenen Quellen zu. Regen fällt auf sie nieder.«

»Gut«, sagte Sharn. »Vielleicht verrostet dabei ihr gefährliches Eisen.« Er nahm einen Zug aus seinem Becher und wischte sich die Lippen mit der pelzigen Pfote ab. »Verdammt nochmal, Ayf, das ist eine schlimme Sache – die Benutzung des Blutmetalls. So etwas hat es noch nie gegeben! Du weißt, als wir die Gruppe von Tanu-Ingenieuren in dem

Haus neben der Schmelze töteten, ließ einer einen lästerlichen Fluch los, bevor er starb. Ich höre ihn immer noch: ›Die Göttin wird uns rächen. Verflucht bis ans Ende der Welt seien jene, die Zuflucht zum Blutmetall nehmen! Eine blutige Flut wird sie überwältigen!‹«

»Nun, mir scheint, der Fluch gilt für die Menschen, nicht für uns. Unser Plan war es schon immer, die Geringen über die Klinge springen zu lassen, sobald sie unsern Zwecken gedient haben.«

»Aber wir sind nur zu bereit, sie in der Zwischenzeit zu benutzen – sie *und* ihr Eisen! Ich hasse das, Ayfa. Es ist die Art der Geringen, eine Schlacht zu führen, nicht unsere. Der alte Pallol schimpfte herum, wir hätten unsere Ehre verloren, indem wir Seite an Seite mit Menschen kämpften ... und das Eisen sei so obszön, daß es eine Travestie aus unserem Kampfethos mache. Ich kann nicht umhin, ihm beizupflichten. Wie kann der Krieg mit einer so unedlen Waffe ruhmreich sein? Es stellt den mächtigsten Firvulag- oder Tanu-Helden auf eine Stufe mit irgendeinem halbverhungerten menschlichen Wicht, der einen zusammengesetzten Bogen hat. Es ist unfair!«

Ayfa grunzte. »Kämpfen die Tanu vielleicht fair ... mit ihren Chalikos und Bärenhunden, die aus den Jagden blutige Massaker machen? Oder die menschliche Kavallerie und die Wagenlenker beim Großen Wettstreit, die in den letzten vierzig Jahren die Scheiße aus uns herausgeklopft haben!«

»Aaah. Ihr Frauen habt die Feinheiten der Kavallerie nie verstanden!«

»Nein – wir sind bereit, schmutzig zu kämpfen, um zu siegen.« Die Kriegerin füllte sich den großen Krug noch einmal mit Met. »Und da wir gerade bei diesem Thema sind – hast du gesehen, wie die Infanterie der Geringen mit dem berittenen Feind in Finiah umgesprungen ist?«

Sharn bestätigte die Tatsache mit schroffem Nicken. »Unsportlich! Das ist nicht unsere Art.«

»Wisch dir mit unserer Art den Hintern! Die Chalikos waren auch nicht Art der Tanu, bis der menschliche Tierbändiger ankam ... Jetzt hör mir zu, großer Junge! Uns werden beim Großen Wettstreit dieses Jahres keine Eisenwaffen helfen, aber du kannst deine Eier darauf wetten, daß wir uns diese neue Antichaliko-Taktik der Geringen aneignen. Wir wollen den Grauring-Kämpfern die Überraschung ihres Lebens bereiten! Ich lasse die Waffenschmiede bereits an den Veränderungen arbeiten. Die leichteste Sache der Welt.«

»Es könnte einen Unterschied bedeuten«, räumte er ein. »Wenn wir die Krieger soweit bekommen, es zu akzeptieren.«

»Ich überlasse es dir, sie zu überreden.« Sie lächelte ihm zu. Dann veränderte sich ihr Gesichtsausdruck. »Sei eine Minute still, solange ich mit meiner Fernwahrnehmung noch einmal die Geringen beobachte, die von Finiah kommen ... Ich erkenne nicht ganz dreihundert überlebende Irreguläre, die über den Paß ziehen und vielleicht doppelt soviele Gefangene und verwundete unten im Lager am Rhein. Die meisten Flüchtlinge sind Bloßhalsige ... Nein – warte! Einige sind zu gut gekleidet. Verdammt, es müssen Ex-Graue oder Silberne sein, denen man die Ringe abgenommen hat! Nichtkombattanten. Vielleicht Wissenschaftler, Spezialisten. Die alte Madame Guderian wird guten Gebrauch von ihnen machen, da können wir sicher sein!«

»Ich frage mich nur, wie loyal diese befreiten Stadtbewohner ihr gegenüber sein werden.« Sharn war skeptisch. »Nach Freiheit lechzen meist nur die Neuankömmlinge und die Psychos. Menschen, die schon eine Weile hier sind, finden sich mit der Tanu-Herrschaft ganz gut ab, auch wenn sie keinen Ring tragen. Ein freies Leben im wilden grünen Wald wird diesen Müßiggängern ebenso gefallen wie Nesselfieber.«

»Pst. Ich halte nach Felice Ausschau.«

»Oh, *die.* Das Mädchen, das du in deine Truppe wirst aufnehmen müssen, wenn sie ...«

»... wenn sie einen goldenen Ring findet und zur Meta wird. Ich könnte diesen Yeochee erwürgen dafür, daß er die schmutzige Arbeit mir aufhalst! Als sei der Wettstreit für uns Frauen heutzutage nicht schon schwierig genug ... Oh-oh.«

»Hast du sie entdeckt?«

»Sie ist in einem Zimmer von Velteyns Schloß. Trägt einen goldenen Ring. Und sie plündert eine Leiche um ihre Glasrüstung. Soviel für Yeochees Idee. Dies Kind ist ihm voraus und macht eigene Pläne für den Wettstreit!«

»Sei du nur froh!« Sharn stand auf, gähnte gewaltig und kratzte sich die haarige Brust durch die offene Vorderfront seines Hemds. »Jedenfalls bist du sie los. Sie wird eine ganze Weile brauchen, bis sie sich an den Ring gewöhnt hat. Und es ist durchaus nicht sicher, daß ihre latenten Meta-Fähigkeiten ihrem Mut entsprechen. Selbst wenn sie Urheberin des Mordes an Epone ist und geholfen hat, den Speer zurückzuholen, ist sie doch nur ein junges Mädchen. Vielleicht ist die einzige Kraft, die sie besitzt, das Koerzieren von Tieren.«

Ayfas Blick kehrte aus weiter Ferne zurück. »Das weiß Té allein. Ich vermute, ich bin einfach zu müde, um mich darüber noch groß aufzuregen.«

Sharn reichte ihr die Hand und zog sie hoch. »Es war ein kurzer Krieg und eine lange Feier. Was meinst du, sollen wir König und Königin unsere Ehrerbietung erweisen und nach Hause wandern?« Er nahm ihrer beider Rüstungen aus schwarzem Glas bei den Gurten und warf sie sich über den Rücken.

»Guter Gedanke«, stimmte Ayfa zu. Sie schlug ihrem Gefährten auf die Schulter, hob sich auf die Zehenspitzen und küßte die Spitze seiner schmutzigen Nase. »Ich darf gar nicht daran denken, wieviel Überstunden wir dem Babysitter schuldig sind.«

3

Die Wächter in ihren weißen Tuniken standen um das Viereck aus nacktem Granit bereit, das mit runden Steinen abgegrenzt war. Soldaten waren an diesem Morgen in Anbetracht des Besuches Allerhöchster Persönlichkeiten ebenfalls da. Thagdal, Eadone, Gomnol und die beiden Brüder Nodonn und Velteyn hielten sich ein gutes Stück von der Umgebung des Zeitportals entfernt und warteten auf die Manifestation mit dem Stoizismus, den Würdenträger stets zur Schau tragen, wenn sie verpflichtet sind, zu nicht konvenierender Stunde eine wichtige, aber deprimierende Aktivität zu inspizieren.

Pitkin, der Kastellan, sagte: »Der Morgen graut, Erhabene. Da kommen sie.«

Ein Luftblock oberhalb des Granits begann zu schimmern, als sei er plötzlich erhitzt worden. Vier Gestalten materialisierten sich und schwebten etwa dreißig Zentimeter über der steinigen Oberfläche.

»Sindbad der Seefahrer, ein Joe-Meek-Typ, ein moribunder Hascher mit Wasserpfeife und ein klassischer britischer Vogelbeobachter«, rasselte Pitkin die knappe Charakterisierung herunter. »Der Drogensüchtige ist, wie ich fürchte, für den Müll – zum Skelett abgemagert. Aber die anderen werden gehen.«

Die Wächter waren vorgestürzt, um die Zeitreisenden am Arm zu fassen und ihnen über die Lücke zu helfen, die den unsichtbaren Fußboden von Professor Guderians Apparat von dem festen Boden der Pliozän-Erde trennte.

»Ein Glück, daß sie sich nicht innerhalb einer Gebirgsmasse materialisieren, nicht wahr?« bemerkte Pitkin. »In dieser Region hat es viele Wechsel gegeben, geologisch gesprochen.«

Sindbad war von seinem Krummsäbel getrennt worden, und die anderen benommenen Zeitreisenden wurden von einem Wächter mit einem Metalldetektor nach Eisen abgesucht. Pitkin fuhr fort: »Dies neue Eisensuchgerät des Handwerksmeisters ist eine große Verbesserung. Da – jetzt kehrt sich das Tau-Feld um und holt die nächste Gruppe.«

Beim zweiten Durchgang entließ das Zeitportal einen jungen Mann in einem Anzug aus weißem Denim, der eine Armbrust dabeihatte, einen ziegenbärtigen Burschen, kostümiert als Königin Elisabeth I., dessen Reifrock ein rechtes Ärgernis für seine Mitreisenden darstellte, eine tiefgebräunte Frau, griechisch gewandet mit Atalanta-Peplum und Kothurnen, und einen erfolgreich verjüngten Schwarzen im Straßenanzug, der sich mit Dutzenden von äußerst teuren AV-Rekordern behängt hatte.

»Alles brauchbares Material«, meinte Pitkin. »Laßt euch von Good Queen Bess nicht täuschen. Wahrscheinlich steckt ein nützlicher Techniker unter dieser perlengeschmückten roten Perücke ... Nun wollen wir sehen, was heute an Gepäck mitgekommen ist.«

Das Zeitfeld ging von neuem an. Wächter beeilten sich,

drei große Container mit der Aufschrift MEDIKAMENTE, eine Kiste Canadian Club, einen Zwergspaniel, der in seinem Drahttragekorb hysterisch kläffte, einen Zwanzig-Liter-Ballon »Freude«, sämtliche Bände von Larousses *Grand Dictionaire Universel du XIXème Siècle Français* und einen Kontrabaß wegzutragen.

»Nachdem diese Neuankömmlinge durchsucht worden sind, bringt man sie, wie ihr, Erhabene, wißt, in das Internierungslager. Wegen des Notfalls haben wir den Außenhof vorübergehend durch Palisadenzäune in Abschnitte eingeteilt und die Bärenhunde in Gehege außerhalb der Burg gebracht. Auf diese Weise können wir die meisten von Lord Velteyns Flüchtlingen aus Finiah verhältnismäßig komfortabel innerhalb der Burg unterbringen, bis sie imstande sind, nach Muriah weiterzureisen. Es ist noch ein Glück, daß die Katastrophe während des Waffenstillstands stattfand, da zu dieser Zeit zusätzliche Warenlieferungen und Transportmittel für jene bereitgehalten werden, die hinunter zu den Spielen wollen. Und natürlich sind die Sicherheitsfragen in dieser Zeit auch leichter zu lösen.«

»Hört sich an, als hättest du die Dinge gut im Griff«, sagte der König brummig zu dem Kastellan.

»Wir haben Lord Gomnol für die erste Planung der Katastrophenhilfe zu danken. Die Torburg war natürlich die logische Aufnahmestätte, und wir waren imstande, noch rechtzeitig Helfer nach Norden zu schicken, die die Flüchtlinge am östlichen Ufer des Lac de Bresse nur fünf Tage nach ... äh ... dem Exodus aus Finiah in Empfang nahmen. Wenn es auch jetzt gefällig wäre, in mein Büro einzutreten, Erhabene, kann ich euch das revidierte Verteilungssystem für die Zeitreisenden vorlegen, das den vorübergehenden Ausfall der Karawanen nach Finiah berücksichtigt. Es sind außerdem vorläufige Übersichten über die Rolle der Torburg in der Beschaffung von Arbeitskräften für den Wiederaufbau und die Pazifizierungsmaßnahmen vorhanden.«

»Danke, Pitkin«, lehnte Gomnol ab. »Die Mühe wollen wir dir im Augenblick nicht machen. Ich komme später selbst zu dir, um die Konzentrierung der Zeitreisenden während der Waffenstillstandszeit abzuschließen.«

Der Kastellan entschuldigte sich mit einer Verbeugung und eilte auf dem Pfad zurück, der zur Festung führte. Nur die fünf Erhabenen Persönlichkeiten und ein kleiner Trupp Soldaten, der in diskreter Entfernung wartete, blieben im Gebiet des Zeitportals zurück. Die Sonne stand schon ein gutes Stück über dem Rand des östlichen Hochlands.

»Manchmal«, erklärte der König und sah Pitkin verdrießlich nach, »deprimiert die Tüchtigkeit von euch Menschen mich richtig. Nie eine rechtschaffene Entrüstung. Nie Rache- oder Treueschwüre. Nichts als revidierte Verteilungssysteme und vorläufige Übersichten!«

Der Lord-Koerzierer lachte auf liebenswürdige Art. »Rache gehört in das Ressort des Schlachtenmeisters. Meins ist, dafür zu sorgen, daß diese Katastrophe auf die Finiah-Region beschränkt bleibt und so schnell wie möglich neutralisiert wird, um die Wirkung auf die Sozioökonomie zu minimieren. Wären die Barium-Minen nicht so wichtig, würde ich dazu neigen, Finiah abzuschreiben.«

»Was, du arroganter kleiner Wicht!« Velteyns Gesicht überzog sich mit rotem Glühen. »Du sprichst von meiner Heimat! Von der Wiege der Tanu-Kultur auf diesem Planeten! Der Stadt der Lichter!«

»Die Lichter«, erwiderte Gomnol ungerührt, »sind ausgegangen. Finiah liegt in Trümmern. Der Feind hat bei seinem Angriff eine brillante Strategie verfolgt. Die Stadt liegt ungünstig, am falschen Ufer des Rheins und zu weit von unsern anderen Bevölkerungszentren entfernt. Es sind Firvulag auf der einen und Heuler auf der anderen Seite – und Madame Guderian und ihre Bauern-Guerilleros amüsieren sich dazwischen. Von all unseren Städten war Finiah am reifsten für einen Überraschungsangriff.«

»Ich habe die Stadt fünfhundert Jahre lang gehalten!« brüllte Velteyn los. »Sobald wir die Stadtmauern repariert und die Fliegende Jagd verstärkt haben, wird sie so sicher wie eh und je sein. Wir werden Guderians Gesetzlose auslöschen, indem wir einen Feldzug durch die Vogesen organisieren, bei dem wir ihre Siedlungen vernichten. Sind die Nester der Geringen erst niedergebrannt, kriechen die Firvulag in ihre eigenen Löcher zurück, wie sie es immer getan haben.

Sie hätten nie für den Angriff mobilgemacht, wären diese obszöne alte Vettel und ihr verdammtes Eisen nicht gewesen.«

»Es mag nicht so leicht sein, wie du denkst, die feindlichen Menschen zu schlagen, kreativer Bruder«, wandte sich Eadone an Velteyn. »Und ich fürchte, Lord Gomnol hat bezüglich der isolierten Lage Finiahs ein ernstes Thema angeschnitten. In den ersten Jahren, als es weniger von uns und weniger Firvulag gab, bot deine kleine ummauerte Stadt auf dem Landvorsprung einen strategischen Vorteil. Doch heute ist sie in einem Netz feindlicher Kräfte gefangen. Jetzt, wo die Menschen sich der Macht des Eisens bewußt geworden sind, werden sie schrecklichen Gebrauch davon machen. Schon eine Handvoll Geringer wird imstande sein, Karawanen und Marschkolonnen zu überfallen, deine Pflanzungen anzugreifen, vielleicht eine Blockade im Fluß zu errichten, die deine Bürger Hungers sterben lassen würde. Es gibt keine Möglichkeit, dich über Land zu beliefern. Ebenso wenig können deine Truppen über Land verstärkt werden. Soldaten müßten den Rhein überqueren, um dich von unseren nördlichen Festungen Goriah, Burask oder Roniah aus zu erreichen. Selbst der Wiederaufbau deiner Stadt wird eine schwierige Aufgabe sein, weil alle Waren über eine so weite Entfernung transportiert werden müssen.«

Velteyns flammendes Gesicht wurde fast purpurn. »Aber wir *müssen* sie wieder aufbauen! Die Zerstörung war nicht vollständig. Durchaus nicht! Fast alle unsere Tanu-Zivilisten haben überlebt. Sechshundertundneunundachtzig haben wir durch die Luft in Sicherheit gebracht – ich, Lady Cectar und unser goldberingter menschlicher Bruder Sullivan-Tonn.«

Der König sagte: »Nur hast du die meisten Ritter verloren. Und mehr als viertausend Menschen –Silberne, Graue und Bloßhalsige – und jedes einzelne Rama! Die ganze verdammte arbeitende Bevölkerung ist entweder tot oder von dieser alten Schreckschraube – Tana verfluche sie! – gefangengenommen oder in den Wald gerannt, wo die Heuler und wilde Tiere sie umbringen werden.«

»Die Pflanzungen sind immer noch sicher! Und die militärischen Vorposten. Wir können die Stadt wieder aufbauen,

Ehrfurchtgebietender Vater! Wir können Finiah unangreifbar machen. Wir werden mehr Psychokinetiker und Koerzierer heranziehen, um unsere mentalen Fähigkeiten zu stärken.«

Zum ersten Mal ergriff Nodonn Schlachtenmeister das Wort. »Wir müssen die Mine wieder eröffnen. Das versteht sich von selbst, es sei denn, wir entdecken eine neue Quelle für das lebenswichtige Barium-Erz. Allerdings ist gar nicht daran zu denken, daß wir Finiahs frühere Glorie erneuern. Ihre Zeit als schöner und würdiger Sitz der Kultur ist vorbei. In Zukunft muß sie unserm Feind ein strenges, unangreifbares Gesicht zeigen. Wir werden sie als befestigte Bergbausiedlung wiederaufbauen – aber das ist auch alles.«

Velteyn reagierte darauf mit dem ganzen Körper, als sei er physisch angegriffen worden. Seine Gedanken schrien.

O mein Bruder was sagst du da wie kannst du verwundenverletzen mich vor meinenLeuten entwürdigenherabsetzen ein Schlachtenkämpfer gefallen ungerächtverlassen unter Hohn Menschen/Firvulag + MitleidVerachtung Tanu ...

Nodonn wandte sich ab. Er ging zu der leeren Granit-Plattform des Zeitportals und stellte sich in ihre Mitte. Sein Gewand in den Farben der Morgenröte leuchtete im Sonnenaufgang, und seine gewaltige Stimme erklang in ihren Gedanken und Ohren.

»Gib *dem hier* die Schuld! Dies ist Ursache deines Schmerzes, Bruder! Aus dieser Quelle des Verderbens und der Todesdrohung, die uns von unsern alten Sitten weggelockt hat! Verflucht sei die Frau, die das Zeitportal der eindringenden Menschheit öffnete. Wir werden alle um eine für immer verlorene Welt trauern, wenn wir nicht den Mut finden, die Menschen auszuschließen, bevor es zu spät ist. Wenn wir in unserer lebensgefährlichen Abhängigkeit von ihnen verharren, wird der Tod Finiahs nichts sein verglichen mit dem Tod des Vielfarbenen Landes!«

»Jetzt könnte ich es beinahe glauben«, meinte Eadone. »Und doch ...«

»Du hast unrecht, Nodonn!« sagte Thagdal. »Du hast versucht, uns diese Untergangsphilosophie zu verkaufen, seit die ersten Menschen eintrafen. Aber sieh uns an! Wir sind stärker, als wir vorher gewesen sind. Um Finiah ist es verdammt schade. Die Stadt war ein Schrein unseres Pionier-Erbes. Doch sehen wir den Tatsachen ins Gesicht – sie war auch ein scheußlich unbequemer Ort, wenn man hin- oder abreisen wollte, mag sie noch so malerisch und zauberhaft und hübsch beleuchtet gewesen sein! – Ich will dir was sagen, Velteyn, mein Sohn. Wir bauen dir eine neue Stadt an einem besseren Platz. Wie hört sich das an?«

Gomnol schloß sich den überredenden Worten des Königs an. »Vielleicht am Ufer des Lac de Bresse. Wir können eine neue Straße von Goriah nach da bauen und eine ganze neue Region der Ausbeutung erschließen. Sobald der Wettstreit hinter uns liegt, kann die Planung beginnen. Alle anderen Städte werden zum Bau der neuen Stadt beitragen, und du sollst in den nächsten beiden Jahren jeden einzelnen Zeitreisenden als Grundstock für die Bevölkerung haben. Wir werden dir ein neues Finiah bauen, noch schöner als das alte. Richtige Straßen und eine richtige Wasserver- und entsorgung, eine richtige städtebauliche Planung und Verteidigungsanlagen. Was sagst du dazu?«

Nodonn fragte: Richtig *menschlich?*

Gomnol antwortete: Flechtwerkhütten deineHandarbeit besser?

Eadone dachte: Tröste dich unser trauernder Bruder. Fürchte nichts wir werden dafür sorgen daß du entschädigt wirst. Geh jetzt zu deiner DameEhefrau + trauerndem Volk und heiße sie hoffen.

»Ja.« Velteyn hob den Kopf, und das psychische Leuchten verblaßte. Er sprach laut. »Es ist ein guter Plan, Ehrfurchtgebietender Vater, und ich stehe demütig dankbar vor deiner Großzügigkeit.« Und zu Nodonn: »Wenn du glaubst, mir fehle es an Mut, Bruder Schlachtenmeister, werde ich dir beim Großen Wettstreit das Gegenteil beweisen. Ich gestehe, daß mir die Kampfesfreude bei der Katastrophe vergangen ist ... aber zu Beginn der Spiele werde ich wieder ein ganzer Krieger sein. Die Firvulag sollen tausenfach für ihre unheilige Allianz mit den Geringen bezahlen. Und die menschlichen Räuber – ob mit oder ohne Eisen, wir werden sie in der Großen Retorte schreien sehen, wenn sie zum ruhmreichen Ende des Wettstreits der Göttin ihr Leben opfern!«

»Gut gesprochen«, bemerkte der Hochkönig. »Und jetzt, wo die Zukunft gesichert ist, halte ich es für richtig, zum Frühstück in die Burg zu gehen.«

4

Das Flüchtlingscamp und das Feldlazarett waren am Ort des früheren Sammellagers in den Rheinniederungen eingerichtet worden. Da die Tanu sich zur Torburg und die loyalistischen Menschen Finiahs in die Seeforts zurückgezogen hatten, war es am Fluß für die Dauer des Waffenstillstands ziemlich sicher. Die Weisheit von Old Man Kawai hatte vorgeschrieben, daß die Unglücklichen nicht im Dorf bei den Verborgenen Quellen beherbergt werden sollten.

»Das ist eine Sache einfacher Psychologie«, sagte er zu Peopeo Moxmox Burke. »Bringen wir sie in unsere Schlucht, werden sie dableiben wollen, denn bei uns finden sie fertige Häuser und einen Hauch von Zivilisation. Aber wir können fünf- oder sechshundert Leute nicht auf unbegrenzte Zeit verpflegen, und auch unsere Gebäude und sanitären Einrichtungen genügen nicht für eine solche Anzahl. Und die Firvulag bringen jeden Tag neue Verirrte! Nein – diese Flüchtlinge müssen motiviert werden, neue, eigene Siedlungen zu gründen. Aus diesem Grund werden wir sie in einem spartanischen Lager sammeln, sie medizinisch versorgen, mit Ausrüstungen und Führern versehen und so schnell wie möglich verteilen, bevor der Waffenstillstand nach dem Wettstreit endet und die Tanu mit Gegenmaßnahmen beginnen.«

Dann machte Khalid Khan den Vorschlag mit der Eisenstraße. Der Schmied wies darauf hin, daß die Schmelze in der Wildnis der geeignete Platz für eine neue befestigte Siedlung der Menschen sei. Andere kleinere Dörfer könnten sich am Ufer der Mosel entlangziehen, um den Weg zwischen den Eisenwerken und den Verborgenen Quellen zu sichern.

»Vorausgesetzt, daß die Tanu nicht zu bald nach Ende des Waffenstillstands mit einer Streitmacht zurückkehren«, hatte Khalid gesagt, »wird es uns gelingen, diese ganze Region für die Geringe Menschheit zu beschlagnahmen. Indem wir massenhaft Eisen produzieren. Die Flüchtlinge bekommen Arbeit und damit die Möglichkeit, für sich selbst zu sorgen, nachdem wir ihnen bei der Ansiedlung geholfen haben. Ich denke, wir können uns darauf verlassen, daß die Heuler sich davonmachen, sobald sich die Nachricht über das Eisen verbreitet. Aber ein massierter Tanu-Feldzug wäre natürlich etwas anderes.«

»Wenn die nächsten beiden Phasen meines Plans Erfolg haben«, erklärte Madame Guderian, »wird es keinen Feldzug geben.«

Sieben Tage nach dem Angriff auf Finiah kamen Madame Guderian und Häuptling Burke auf Chalikos geritten, um zusammen mit Kawai eine letzte Besichtigung des Flüchtlingslagers vor dem Aufbruch nach Süden vorzunehmen. Die alte Frau und der große Indianer stiegen ab und banden ihre Tiere an Büsche nahe dem Fluß. Dann gingen sie mit dem alten Japaner in den Hain mit seinen Reihen von Hütten, deren Pultdächer mit Palmettoblättern gedeckt waren, und anderen ziemlich dürftigen Unterkünften. Herumliegender Unrat und Gestank nahmen allmählich überhand.

»Wir haben versucht, eine Flüchtlingspolizei zu bilden«, berichtete Kawai mit leiser Stimme, »aber viele leiden noch unter Schock und Depression und sind gleichgültig gegen Fragen der Hygiene und des ordentlichen Benehmens. Gestern hat es ein bißchen Ärger gegeben, wie Häuptling Burke Ihnen zweifellos erzählt hat. Eine Gruppe von vielleicht vierzig Leuten, angeführt von fünf ehemaligen Grauring-Soldaten, bestand darauf, wir sollten ihnen erlauben, daß sie zum Zwiebelfluß-Fort am See zögen. Wir beschafften ihnen eine Firvulag-Eskorte und schickten sie weg. Es wäre sinnlos gewesen, sie zurückzuhalten.«

»Wir haben doch keinen der Ärzte verloren?« erkundigte Madame sich besorgt. »Oder die Glastechniker?«

»Das medizinische Personal ist bei uns geblieben«, antwortete Kawai. »Die Leute waren gegen ihren Willen versklavt worden. Ein Glasbläser ist fort. Wir haben auch den Drucker, mehrere geschickte Steinmetze, ein paar Weber und Juweliere eingebüßt.«

Die alte Frau versuchte zu lachen. »Den letzteren werden

wir auf keinen Fall vermissen.« Ihre Stimme war heiser, und sie hustete oft. Während des Luftangriffs auf Finiah, als sie bewußtlos in dem Flieger lag, hatte sie Dämpfe von brennendem Kabinenmaterial eingeatmet, das Velteyns Feuerkugeln in Brand gesetzt hatten. Im Gegensatz zu Claude und Richard hatte sie keine ernsten Brandwunden davongetragen. Aber Amerie machte sich schwere Sorgen über den Schaden an Madames Lungen, die mit den vorhandenen Medikamenten und Geräten nicht behandelt werden konnten. Außerdem weigerte die alte Frau sich auszuruhen und war hartnäckig entschlossen, persönlich an der nächsten Phase ihres Plans teilzunehmen. Das jugendliche Äußere, das die Verjüngung ihr gegeben hatte, begann zu verblassen. Es hatten sich tiefe Furchen auf ihrer Stirn und neben ihrem schmalen Mund eingegraben. Wangenknochen und Adlernase sprangen in dem hager gewordenen Gesicht scharf vor. Der goldene Ring hing lose um ihren dünnen, sehnigen Hals.

Kawai sagte: »Bei uns im Lager sind noch fünfhundertfünfzig Seelen, die meisten trotz ihrer geistigen Verwirrung bei guter körperlicher Gesundheit. Meine Meinung, wie auch die der drei befreiten Ärzte, ist, daß die Leute sich erholen werden, sobald man ihnen eine nutzbringende Tätigkeit gibt. Wir wollen in den nächsten drei Tagen damit beginnen, die Kräftigsten zu verteilen. Sie werden mit Homi und Axel und Philemon zu den Eisenwerken von Nancy reisen. Andere von unsern eigenen Leuten und einige der Freiwilligen, die noch hier sind, begleiten diese Gruppe mit Vorräten. Wenn alles nach Plan verläuft, ist innerhalb von zwei Wochen zumindest die Schale eines befestigten Dorfs erbaut. Mehrere kleinere Siedlungen sollen zwischen hier und Nancy entstehen, sobald Philemon und Axel die Arbeiter ausbilden können.«

Madame nickte. »Bien, entendu. Nur denken Sie daran – die Herstellung von Eisen muß Priorität haben! Nichts darf versäumt werden, um jene Flüchtlinge zu ermutigen, die zu dieser Arbeit bereit sind. Wir müssen alle Geringen so schnell wie möglich mit Eisenwaffen ausrüsten.«

Sie gingen zwischen den improvisierten Hütten auf einen Nebenfluß des Rheins zu, wo das Lazarettzelt aufgestellt worden war. Viele der Flüchtlinge kamen aus ihren Unterkünften, standen schweigend da und beobachteten Madame. Sie nickte ihnen zu und sprach hier und da einen mit Namen an, denn beinahe alle diese Leute hatten die Auberge passiert, als sie sie noch führte – und selbst jene, die sie nicht persönlich kannte, wußten ganz genau, wer *sie* war.

Einige von ihnen lächelten. Eine Anzahl von Gesichtern trug offene Feindseligkeit zur Schau, und ein Mann spuckte aus und drehte ihr den Rücken zu. Die meisten gafften jedoch so stumpf, daß es der alten Frau das Herz umdrehte.

»Es war richtig, was wir getan haben!« Sie eilte zwischen Burke und Kawai dahin, die Arme steif an den Seiten. »Sie mußten befreit werden. Sie werden sich bald daran gewöhnen, und dann werden sie wieder zufrieden sein.«

»Natürlich«, sagte Häuptling Burke sanft.

»Sie sind immer noch in schwerem Schock«, erklärte Kawai. »Wir müssen Nachsicht üben. Später werden sie anerkennen, daß wir ihre Bande gelöst haben.«

»Doch viele werden mich weiterhin hassen.« Madames Stimme war tonlos. »Erstens, weil ich sie in die Sklaverei geschickt, und zweitens, weil ich sie daraus befreit und in neue Ungewißheit geworfen habe. Ihr Elend lastet schwer auf meinem Gewissen. Hätte ich ihnen nicht erlaubt, das Zeitportal zu durchschreiten, wäre es nie zu dieser Tragödie gekommen.«

»Sie hätten einen anderen Weg gefunden, sich elend zu machen«, meinte Burke. »Sehen Sie mich an! Der letzte der Shmohawks, um Gottes willen. Nach dem Großen Häuptling geht kein Wallawalla mehr in die Ewigen Jagdgründe ein – so dramatisiere ich die verdammte Schande, indem ich eine Pressekonferenz einberufe und den verderbten Bleichgesichtern erzähle: ›Ich will nicht mehr auf ewig kämpfen.‹ Auf einem Dutzend Yankee-Planeten blieb vor den Drei-D-Geräten kein Auge trocken, als der edle indianische Jurist seine Geste machte. Aber später bekam ich einen Brief von dem Stammesrat der Yakimas, ich solle schleunigst auf die Richterbank zurückkehren und aufhören, ein verdammter Kvetch zu sein.«

»Wir alle sind töricht gewesen, Angélique«, sagte Old Man Kawai, »und Ihnen ist daraus kein Vorwurf zu machen. Ohne Ihr Zeitportal, das mir einen ehrenvollen Abgang bot, hätte ich mir wahrscheinlich das Leben genommen. Das trifft sicher auf viele von uns Exilbewohnern zu. Und statt dessen kam ich hierher – und es ist wahr, daß ich anfangs viel zu leiden hatte, solange ich Gefangener der Tanu war. Doch später, nach meiner Flucht, habe ich auch große Freude erfahren. Ich habe gelernt, daß man Glück im Dienst an anderen zu finden vermag. Ohne Sie, ohne Ihr Zeitportal hätte ich meine Tage so selbstsüchtig beendet, wie ich die meisten von ihnen durchlebt habe. Vielleicht bin ich immer noch ein Narr. Aber ein Narr, der gute Freunde und echten Frieden kennengelernt hat.«

Madame senkte den Kopf. »Trotzdem werde ich meinen eigenen Frieden erst finden, wenn ich so gesühnt habe, wie ich es muß. Die Versklavung der Grauen und Silbernen muß ein Ende nehmen. Und das Zeitportal muß geschlossen werden. Wir haben hier in Finiah einen Anfang gemacht – aber ich werde das Werk vollenden oder sterben!«

Sie begann heftig zu husten, und ihr Gesicht wurde bläulich-weiß.

»Gottverdammt nochmal«, brummte Burke. Er hob Madame hoch und trug sie zu dem Feldlazarett, einem großen Zelt aus Dutzenden von Durofilm-Planen, die mit ihren Reißverschlüssen zu einem Pavillon mit abgeschirmten Seiten zusammengefügt waren.

»Setzen Sie mich ab, Peo! Mir fehlt nichts.« Sie zappelte in seinen Armen.

Kawai lief voraus und kam mit einem dunkelhäutigen Mann zurück, der müde Augen hatte und ein Stethoskop bereithielt. »Legt sie auf den Brettertisch!« befahl der Arzt. Er untersuchte die Lungen der alten Frau. »Wenn Sie nicht auf sich aufpassen, werden Sie in Ihrem eigenen Schleim erstikken! Haben Sie verstanden? Haben Sie die Drainage-Übungen gemacht, die Amerie Ihnen verschrieben hat?«

»Sie sind unwürdig.«

»Maschallah! Wollen Sie wohl auf die Frau hören?« Er kratzte eine gereizte Hautstelle unter seinem Adamsapfel, wo der graue Ring gesessen hatte. »Ihr Männer – redet ihr Vernunft ein!«

Er nahm eine Minispritze und setzte sie an ihr Schlüsselbein.

»Das wird ein bißchen helfen. Aber nur Ruhe ermöglicht es Ihrem Körper, diese Flüssigkeit aus den Lungen zu bekommen. Werden Sie jetzt brav sein?«

Madame sagte: »Hélas, Jafar chérie! Da sind Angelegenheiten, die meine Aufmerksamkeit erfordern.« Seine Proteste ignorierend, stieg sie von dem Tisch und machte einen Rundgang durch das Lazarett, wo die meisten Gesichter sie freundlich ansahen. Eine unübersehbar schwangere Frau, die in den Überresten einer herrlichen Hoftoilette auf einem Bett lag, ergriff Madames Hand und küßte sie.

»Gott sei Dank, daß Sie uns befreit haben.« Die Frau begann zu weinen. »Zwölf Jahre. Zwölf Jahre in einem unaufhörlichen Alptraum – und jetzt ist er vorbei.«

Madame lächelte und löste ihre Hand behutsam aus dem Griff der Frau. »Ja, für Sie ist er vorbei, liebes Kind. Sie sind frei.«

Die Frau zögerte. »Madame ... was soll ich mit ihm tun, wenn es kommt? Da sind noch weitere Frauen, die *ihre* Kinder tragen. Ich stehe zu kurz vor der Entbindung. Aber die anderen ...«

»Sie müssen Ihre eigene Wahl treffen. Die Grundsätze meines Glaubens würden mir raten, das Kind auszutragen. Schließlich ist es unschuldig. Danach ... ist die weiseste Maßnahme vielleicht die der Tanu.«

Die Schwangere flüsterte: »Ich soll es ihnen zurückgeben?«

»Die Firvulag werden Ihnen helfen.« Madame hob den Blick zu dem Arzt. »Sie werden dafür sorgen, wenn es das ist, wofür sie sich entscheidet?«

»Das werde ich.«

Die alte Frau beugte sich vor und küßte die werdende Mutter auf die Stirn. »Ich muß jetzt auf eine lange Reise gehen. Wollen Sie für mich beten ... für meine sichere Ankunft an meinem Bestimmungsort?«

»O ja, Madame. Und ich werde es auch den anderen sagen.«

Mit einer kleinen Abschiedsgeste wandte sich Madame Guderian ab. Der Arzt folgte ihr bis zur Tür des Zelts, wo Kawai und Häuptling Burke warteten.

»Sie sind jetzt in Ihren Händen, Jafar chéri. Sie und Lucy und Lubutu müssen sich um sie kümmern, denn Amerie wird mit uns nach Süden gehen.«

Der Arzt wiegte bestürzt den Kopf. »Sie sind immer noch entschlossen zu gehen?« Hilflos sah er Burke an. »Es ist Wahnsinn!«

»Ich muß meinen Plan ausführen«, sagte sie fest. »Wir brechen morgen in aller Frühe auf. Der Waffenstillstand dauert nur noch drei Wochen, und es ist keine Zeit zu verlieren.«

Burke bat: »Wenn Sie schon nicht an Ihr eigenes Wohlergehen denken, so überlegen Sie doch einmal, was aus uns übrigen werden soll! Aus uns, die wir gezwungen sein werden, uns um Sie zu sorgen und uns Ihrer anzunehmen! Amerie würde wahrscheinlich vernünftig sein und im Dorf bei den Verborgenen Quellen bleiben, glaubte sie nicht, daß Sie sie brauchen.«

Angélique Guderian blickte den großen roten Mann voller Zuneigung an. »Sie fangen mich nicht mit Ihrer gespaltenen Zunge, mon petit sauvage. Jetzt, wo Felice mit ihrer gehorsamen Chaliko-Herde von Finiah zurückgekehrt ist, können wir in allem Komfort nach Süden reisen. Und was Soeur Amerie betrifft – sie hat ihre eigenen Gründe für ihren Wunsch, an der Operation teilzunehmen, und ebenso ist es mit den anderen Freiwilligen. Also marschieren wir! Au 'voir, Jafar. Wir kehren jetzt ins Dorf zurück und treffen die letzten Vorbereitungen.« Sie ging auf die Tür des Lazaretts zu.

Der Arzt rief ihr nach: »Überlegen Sie es sich noch einmal, Madame!« Aber sie lachte nur.

Old Man Kawai zuckte die Achseln und setzte sich ebenfalls in Bewegung. »Sie haben gesehen, daß es sinnlos ist, mit ihr zu diskutieren, Jafar. Und vielleicht, wenn Sie einmal so alt sind wie Peo Burke und ich, werden Sie verstehen, warum sie glaubt, diese Sache selbst beenden zu müssen.«

»Oh, ich verstehe«, sagte der Arzt. »Nur zu gut.«

Er ging zurück in den Krankensaal, wo die werdende Mutter zu stöhnen begonnen hatte.

Marialena kochte das Abschiedsessen selbst und deckte Madames Tisch für die elf Personen, die nach Süden reisen wollten, sowie für Kawai, der am Morgen den Posten des Anführers der Zurückbleibenden übernehmen würde.

Als alle saßen, sagte die Französin: »Die ehrwürdige Schwester wird ein Tischgebet sprechen.«

Amerie sprach mit leiser Stimme: »Herr, segne diese Speise. Segne diese Gesellschaft. Segne dieses wahnsinnige Unternehmen.«

»Amin«, schloß Khalid Khan.

Die anderen, ausgenommen Felice, sagten »Amen«. Dann füllten sie ihre Teller und gaben Steingutkrüge mit gekühltem Wein weiter.

»Ich dachte, Holzbein wollte kommen«, bemerkte Khalid.

Madame gestand: »Ich habe ihm gesagt, er solle sich morgen von uns verabschieden, bevor wir aufbrechen. Vielleicht haltet ihr mich für eine törichte alte Frau, mes enfants, aber ich hielt es für besser, daß wir uns heute abend ein letztes Mal unter uns besprechen. Ich weiß, Fitharn hat sich während dieser gefahrenvollen Zeit wie ein treuer Kamerad verhalten. Trotzdem sollten wir nicht vergessen, daß seine Loyalität in erster Linie seiner eigenen Firvulag-Rasse gehört. Und den Hintergedanken von König Yeochee und Pallol Einauge habe ich nie getraut. Es besteht immer die Möglichkeit, daß sie zu Verrätern an uns werden, sobald wir mit der Zerstörung der Ringfabrik und der Schließung des Zeitportals Erfolg gehabt haben.«

Vanda-Jo, die Chefin des Straßenbaus, die sich stets unverblümt ausdrückte, gab ein zynisches »Puh!« von sich. »Wir wären Trottel, wenn wir sie jede Karte in unserm Blatt sehen ließen. Gelingt es uns, dies doppelläufige Gewehr abzuschießen, haben die Firvulag ihren Vorteil davon. Sie brauchen von den Einzelheiten unserer Pläne nichts zu wissen. Ihre Aufgabe ist nur, uns bei der Reise und beim Verstecken Hilfe zu leisten.«

»Zu schade, daß der Waffenstillstand für gesetzlose Menschen nicht gilt«, sagte die Nonne. Sie ließ ein Stück Fleisch für ihre kleine Wildkatze fallen, die unter dem Tisch aufpaßte.

»Schön wär's«, meinte Peo Burke. »Reichen Sie den Burgunder weiter – oder was es ist. Meine alte Wunde braucht ein Betäubungsmittel.«

»Da wir von Wunden sprechen«, fuhr Amerie fort, »ich sehe ein, es ist sinnlos, Madame zu drängen, daß sie hierbleibt. Aber bei Claude und Khalid ist es etwas anderes. Claudes Brandwunden beginnen gerade erst zu trocknen, und eine Woche reicht noch lange nicht als Erholungszeit für Khalids Gehirnerschütterung und die Verletzungen an Armen und Beinen.«

»Ihr braucht mich«, erklärte der Pakistani. »Ich bin der einzige, der je in Muriah gewesen ist.«

»Vor zehn Jahren«, korrigierte die Nonne ihn. »Und via die Große Südstraße, nicht auf der Rhône.«

»Die Hauptstadt kann sich in dieser Zeit nicht sehr verändert haben. Außerdem freue ich mich auf die Flußfahrt. Gert und Hansi haben damals in der Zukunft Kajaks benutzt.«

Hansi lachte kurz auf. »Es müßte eine richtige Vergnüngungskreuzfahrt für Invaliden werden. Aber wir kommen an der Tatsache nicht vorbei, daß wir Khalids Kenntnisse der Stadt nötig haben. Es wird schwierig genug werden, auch ohne daß wir uns verlaufen.«

»Das ist wahr«, sagte Madame. »Es tut mir sehr leid, daß Sie mitkommen müssen, Khalid, nachdem Sie bereits soviel getan haben, aber Ihre Hilfe könnte für unseren Erfolg ausschlaggebend sein ... Claude andererseits ist bloß stur, wenn er auf seiner Unabkömmlichkeit besteht!«

»Sie meinen wohl, Sie sind die einzige, die diesen Bernsteinbrief durch die Zeitkrümmung schieben kann!« fauchte der Paläontologe. »Ich bin in besserer körperlicher Verfassung als Sie, Angélique, und wenn irgend jemand, dann habe ich mir meinen Platz bei dieser Mission verdient.«

»Polnisches Maultier! Bleiben Sie zu Hause und werden Sie wieder gesund!«

Felice klopfte mit dem Löffelstiel auf den Tisch. »Fangt ihr beiden bloß nicht wieder von neuem an! Ihr seid ein Paar kranke alte Hühner, die außerhalb ihrer Schaukelstühle überhaupt nichts zu suchen haben, und wenn wir eine Spur Verstand hätten, würden wir euch zusammen in einem Schuppen einsperren und ohne euch gehen.«

»Glücklicherweise ...« – Uwe Guldenzopf paffte gemütlich seine Pfeife – »haben wir keinen Verstand.«

Madame funkelte Claude an. »Es ist meine Pflicht, zu gehen! Ich, die ich mit der Öffnung des Zeitportals gesündigt habe, muß büßen, indem ich es schließe.«

»Blödsinn«, gab Claude zurück. »Sie sind von einem Todeswunsch besessen, das ist es.«

Madame warf ihr Messer hin. »Wollen ausgerechnet Sie meine Motive anzweifeln? Betrachten Sie Ihren eigenen Todeswunsch, Monsieur le Professeur!«

Claude nahm einen sparsamen Schluck aus seinem Weinbecher. »Honi soit qui mal y pense, Schätzchen.«

»Zur Ordnung, verdammt nochmal!« Häuptling Burke donnerte mit seiner großen Faust auf den Tisch. »Als Kriegshäuptling dieser verwanzten Bande erkläre ich, daß es keine Diskussion mehr über Motive geben wird! Wir alle haben uns freiwillig gemeldet. Wir alle haben bewiesen, daß wir auf diese oder jene Weise nützlich sein können – entweder an der Torburg oder unten in Muriah bei der Einnahme der Ringefabrik ... Also. Ich will wissen, ob es noch irgendwelche *ernsteren* Fragen gibt, bevor wir die Sitzung für heute abend schließen.«

»Ich habe da an etwas gedacht«, meldete sich Basil schüchtern. »Als Neuer in der Gruppe habe ich gezögert, größere Änderungen zu Madame Guderians Originalplan vorzuschlagen. Und bis Felice gestern morgen mit ihrem goldenen Ring und den Chalikos zurückkehrte und sagte, sie wolle mit uns gehen, war der Punkt sowieso irrelevant. Was ich sagen möchte, ist – was ist mit dem Speer?«

Die anderen blickten den Alpinisten völlig verständnislos an. Basil war beim Fall Finiahs befreit worden; er hatte einen Monat in den Verliesen der Stadt verbracht, nachdem er auf dem See wiedereingefangen worden war. Ein Platz bei der neuen Expedition war ihm sicher, als er, der alte Bergsteiger, sich bereiterklärte, die Mauern der Torburg, des Koerzierer-Hauptquartiers in Muriah oder jeder anderen Festung, in die

die Gruppe unter Umständen eindringen mußte, zu erklimmen. Er war außerdem, wie er selbst sagte, »wild darauf, den Tanu eine Lektion zu erteilen, weil sie mir meine Pliozän-Ferien verdorben haben«.

Old Man Kawai schüttelte jetzt bedauernd den Kopf. »Das Energie-Aggregat des Speers ist völlig leer, Basil. Mit dem Saft, der noch übrig ist, würden Sie nicht einmal ein Glimmen aus einem Mikro-LED herausholen. Es hat mich gejuckt, das Ding selbst zu öffnen, aber ich konnte einfach kein passendes Werkzeug improvisieren. Dazu gehört eine geschicktere Hand.«

»Aber«, blieb Basil dabei, »*wenn* wir das Aggregat öffnen könnten, dann bestünden gute Chancen, daß uns auch das Aufladen gelänge. Habe ich recht?«

Der frühere Hersteller elektronischer Geräte hob die knochigen Schultern. »Der Flieger bezog Energie aus der Wasserfusion. Warum der Speer nicht auch?«

Felice warnte: »Jungs, ich bin nicht sicher, daß ich meine PK schon fein genug abstimmen kann, um in das Ding zu gelangen, ohne es kaputtzumachen.«

»Daran hatte ich auch nicht gedacht«, entgegnete der Alpinist. »Doch Sie könnten den Speer viel leichter als einer von uns anderen nach Süden bringen. Es wäre unbezahlbar für den Angriff gegen die Ringefabrik.«

»Damit hat er recht«, pflichtete Khalid ihm bei. »Die Fabrik liegt auf dem Gelände der Koerzierer-Gilde und ist strenger bewacht als die Tugend einer Lylmik.«

»Vergeßt nur nicht«, warf Amerie ein, »daß der Speer tot ist.«

»Ich könnte mir denken, wer fähig wäre, ihn ins Leben zurückzurufen«, sagte Basil. »Claude hat mir vor Wochen an einem langen, heißen Nachmittag, als wir einige Zeit zusammen in der Torburg eingesperrt waren, alles über ihn erzählt. Ihr talentierter kleiner Freund in dem goldenen Anzug.«

»Aiken Drum!« rief Felice. »Der kleine Hansdampf in allen Gassen!«

Claudes grünliche Augen blitzten. »Er brächte es fertig! Wenn irgend jemand diese antike Photonenwaffe entziffern kann, dann ist es Aiken ... Nur ... *würde* er es tun? Denkt daran, sie haben ihn zu einem Silbernen gemacht. Mittlerweile könnte er sich auf ihre Seite gestellt haben. Er hat immer nach der besten Chance Ausschau gehalten.«

»Er war unser Freund«, erklärte Amerie. »Er ist ein menschliches Wesen. Er muß uns gegen diese Ungeheuer helfen!«

»Felice könnte ihm den Arm umdrehen«, schlug Claude mit freudlosem Lächeln vor. »Oder ist das nicht mehr dein Stil, kleines Mädchen?«

Die Athletin ignorierte ihn. »Basil – ich halte deine Idee für einen Volltreffer. Wir nehmen den Speer mit, und wenn ich ihn die ganzen dreizehnhundert Kilometer bis hinunter nach Muriah auf dem Buckel schleppen muß. Irgendwie werden wir Aiken Drum dazu kriegen, uns einen Büchsenöffner zu basteln.«

Häuptling Burke sagte: »Hoffen wir das Beste ... Sonst noch etwas?«

Niemand meldete sich. Uwe klopfte die Asche aus seiner Pfeife in die leere Schüssel vor ihm. »Marialena wird immer wütend, wenn ich das tue. Aber vielleicht ein letztes Mal?«

»Sie wird dir verzeihen«, sagte Gert lachend.

Stühle scharrten. Alle standen auf und streckten sich. Diejenigen, die ein Haus im Dorf hatten, machten Anstalten zu gehen. Die anderen würden Schlafsäcke auf Madames Fußboden ausbreiten.

Amerie legte Kawai die Hand auf die Schulter, als der alte Mann sich zur Tür wandte. »Tun Sie mir einen Gefallen, alter Freund.«

»Sie brauchen ihn nur zu nennen, Amerie-san.«

Die Nonne hob die kleine Wildkatze hoch. »Wenn Sie Deej ein Heim geben könnten ...«

Er verbeugte sich ernst und nahm das Tierchen in seine Arme. »Ich werde für sie sorgen, bis Sie zu den Verborgenen Quellen zurückkehren. Und das werden Sie. Ich habe den Märtyrern von Nagasaki das fürchterlichste Gelübde abgelegt.«

»Verrückter alter Buddhist«, sagte die Nonne und schob ihn aus der Tür.

»Dies Urteil über dich, das sie von mir verlangen«, begann Brede.

»Ja?« antwortete Elizabeth – wie immer laut.

»Es muß in Übereinstimmung mit dem Geschick der Tanu-Rasse hier auf der Erde gebracht werden. Ich habe meine lieben Tanu- und Firvulag-Leute vereinigt und operant gesehen. Dies ist meine Vision aus den ersten Tagen, lange bevor wir in diese Galaxis, auf diesen Planeten des Vielfarbenen Landes kamen. Dies Geschick wird sich erfüllen, auch wenn das Wie und Wann vor meinen Augen verborgen ist ... Ich würde gern glauben, daß wir Freundinnen geworden sind, Elizabeth. Deines Wunsches, dich nicht in unsere Angelegenheiten einzumischen, bin ich mir zutiefst bewußt. Trotzdem kann ich mir nicht vorstellen, daß du ein uns nicht berührender Faktor sein sollst! Du bist Teil des Musters! Und ebenso ist es mit all den anderen, deinen Gefährten aus der Gruppe Grün, die einen so bestimmenden Einfluß auf Tanu und Firvulag und sogar die armen Verlorenen in der nördlichen Wildnis genommen haben. Ich sehe die Schicksalslinien einer sicheren Vereinigung beim Großen Wettstreit in drei Wochen zustreben. Ich sehe es, sage ich dir! Und deine Rolle ... ist unlösbar hineinverwoben. Wenn du nun keine rassische Genetrix bist – was bist du dann?«

»Brede, ich lasse mich nicht benutzen.« Obwohl ihre mentalen Schirme völlig dicht waren, hatte die Entschlossenheit hinter Elizabeths Erklärung einen diamantharten Schimmer.

»Dann *entscheide* dich dafür, uns zu helfen«, bat die Schiffsgattin. »Deine eigene menschliche Rasse, deine eigenen guten Freunde sind eng mit dieser Klimax verbunden.«

»Kein Urteil, das du über mich abgibst, wird alle Tanu-Faktionen zufriedenstellen. Das weißt du. Euer Hochkönig will seine neue Dynastie. Dagegen wird die Heerschar Nontusvels nicht ruhen, bis ich bestimmt tot bin. Was meine Freunde angeht ... sie scheinen bessere Herrschaft über ihr Geschick zu haben als ich! Warum ziehst du der Abwechslung halber nicht in Betracht, gerecht gegen mich zu sein, statt in mir eine Schachfigur in deinem proleptischen Spiel zu sehen? Laß mich frei und ohne böse Gedanken diesen Ort verlassen, wenn es das ist, wofür ich mich entscheide.«

Und das tue ich. Ich will in herrlichem Frieden allein über der Welt schweben.

»Aber – das Muster! Ich sage dir, ich sehe es! Wenn es nicht deine Gene sind, die uns beeinflussen sollen, dann muß es einen anderen Faktor geben. O Schwester im Geist, hilf mir, meine schwankende Vision festzuhalten!«

»Vorherwissen ist keine Metafunktion, die in meiner Zeit richtig verstanden wurde. Es war ein wildes Talent. Unberechenbar. Die Vorausschau war gefährlich genug ... aber jeder Versuch, zukünftige Ereignisse manipulieren zu wollen, erwies sich als nutzlos. Ob ich frei werde oder nicht, deine Vision muß Wirklichkeit werden. Also laß mich gehen!«

Brede schien nicht gehört zu haben. Sie saßen zusammen in dem grenzenlosen Raum ohne Türen, dessen Atmosphäre den besonderen Bedürfnissen Bredes entsprechend angereichert war. Und doch hatte ihr Körper sich verkrampft, sie atmete flach und röchelnd, ihr Gesicht zuckte, und ihr teilweise offener Geist zeigte einen Wirbel von Gesichtern – menschliche und Tanu- und Firvulag- und Heuler-Gesichter. Alle kreisten und pulsierten um Elizabeths Bild, und das erzeugte entstehende und wieder vergehende faserige Wahrscheinlichkeitslinien, beinahe wie Lissajous'sche Schwingungsfiguren. Es war ein Gewebe der Inkohärenz – ungeordnet, *unvereinigt*.

»Die Psychovereinigung!« rief Brede. »Nicht die Gene – die *mentale* Einheit!« Der Geist der Schiffsgattin leuchtete in so süßer Hoffnung auf, daß es sogar Elizabeth schwerfiel, ihr die Empathie weiter zu verweigern.

»Was ... was sagst du da, Brede?«

»Das ist deine Rolle! Es kommt nicht darauf an, wann mein Volk die Vereinigung mit dem hiesigen Geist erreicht. Es *wird* geschehen. Und wenn es geschieht, muß ich fähig sein, es in die geordneten Ebenen der metapsychischen Vereinigung zu führen, die die Grundlage der regierenden Mächte deines Galaktischen Milieus waren, die Versöhnung divergierender intellektueller Energien zu einem operanten organischen

Ganzen. *Du* bist dazu bestimmt, mich zu lehren, wie dies erreicht werden kann! Das ist deine Rolle unter uns. Du hast kleine Kinder deiner eigenen Zeit in die Einheit geführt. Das war der Brennpunkt deines Lebenswerks, wie du mir erzählt hast. In deinem Milieu ließ man unreife metafunktionale Geister nicht umhertappen und sich ihren Weg selbst suchen. Sie wurden unterrichtet, geführt, erleuchtet. Zeig mir, wie das gemacht wird. Damit ich bereit bin. Und dann, wenn du es immer noch wünschst, werde ich dir helfen – uns zu verlassen.«

»Du weißt nicht, was du von mir verlangst, Brede.«

»Aber das *muß* die Lösung sein! Eine so elegante, so logische Fortsetzung der Arbeit, die ich bereits für meine Lieben verrichtet habe. Betrachte sie, wie sie jetzt sind, in ihrer Uneinheit! Meine armen Firvulag, operant, aber schwach und hilflos, die psychischen Energien in törichte Nebenpfade abfließend. Ihre Verwandten, die Heuler, verrottend in finsterer Verzweiflung. Und werden die Tanu sich vielleicht ändern, wenn sie wiederum echte Operanz erlangen und von ihren goldenen Ringen befreit werden? Deine operante menschliche Rasse auf der zukünftigen Erde hätte sehr wohl untergehen können, wäre ihr in ihrer Notlage nicht von anderen Wesenheiten, die weiser waren, geholfen worden. Hilf mir, *meinem* Volk zu helfen! Und dann, wenn es bereit ist, werde auch ich bereit sein.«

»Du siehst diesen Ausgang voraus?« fragte Elizabeth zweifelnd.

Brede zögerte. Wieder die schmerzvollen, keuchenden Atemzüge. »Ich bin – immer die Leiterin und Lehrerin meines Volkes gewesen. Auch in Zeiten, wo es nichts davon wußte. Woher soll die Einheit kommen, wenn nicht von mir? Und wo kann ich lernen, wenn nicht von dir?«

»Die Schwierigkeiten wären ungeheuerlich. Dein Gehirn ist nicht nur das einer fremden Rasse und mir daher unvertraut, du bist auch eine reife psychische Wesenheit, Tausende von Jahren auf den goldenen Ring konditioniert. Ich habe ausschließlich mit Menschen gearbeitet. Fast alle waren sie sehr kleine Kinder. Sie waren noch biegsam und brauchten zur Aufnahme des Unterrichtsstoffes nur ein Minimum eines schmerzhaften Katalysators. Ich kann den Prozeß nur mit der ersten Bekanntschaft eines Kindes mit der Sprache vergleichen. Ein Baby erlernt sie beinahe mühelos, doch wenn ein Erwachsener versucht, neue Sprachen ohne Benutzung ausgeklügelter Hilfsmittel zu erlernen, quält er sich und leidet. Es ist sehr viel schwieriger, latente Metafunktionen zu voll ausgebildeter Operanz zu bringen. Zuerst mußt du operant werden – und dann den viel größeren Sprung zum Status des Ausgebildeten vollführen, bevor du die Lehrtechniken der Meisterklasse absorbieren kannst. Es würde grauenhafte Leiden mit sich bringen.«

»Ich werde ertragen, was immer notwendig ist.«

»Selbst wenn du die Ausbildung mit intaktem Verstand überlebst, gibt es keine Garantie dafür, daß du die volle Operanz erlangst – ganz zu schweigen von dem Niveau des Adepten. Versagt deine Kraft an irgendeinem Punkt, würdest du bestimmt sterben. Und was sollte dann aus deinem Volk werden?«

»Ich werde nicht sterben«, sagte Brede.

»Es gibt noch weitere ... technische Schwierigkeiten. Ich kann mir keine algetische Quelle von ausreichender Intensität vorstellen, die uns hier in deinem Raum ohne Türen zugänglich wäre.«

»Schmerz? Ist das der einzige Weg, auf dem psychischer Fortschritt erzielt werden kann?«

»Der einzige *sichere* Weg. Es gibt andere. In meiner eigenen Welt haben latente Menschen Operanz erlangt, wenn bestimmte Psychobarrieren durch Erhebung des Willens zur kosmischen Einheit überwunden wurden. Aber diese anderen Wege sind ungewiß – und ich bin sowieso nur in der einen Technik qualifiziert. Die primitiven Bewohner der zukünftigen Erde waren sich vollkommen klar darüber, daß Schmerz, standhaft ertragen und mit Würde akzeptiert, als psychisches Veredelungsmittel dient, das den sensitivierten Geist für anderweits unzugängliche Weisheit eröffnet – und für das individuelle Spektrum der Metafunktionen.«

Ein ganzer Zug von Adepten aus der Prä-Milieu-Zeit zog vor Bredes geistigem Auge vorüber. Elizabeth zeigte ihr Mönche und Nonnen und Propheten und Yoghis, Schamanen und Krieger und geweihte Anführer, eingeborene Heiler und Seher aus allen wilden Gegenden der Erde vor der Intervention. Es waren Menschen, die selbstauferlegte Qualen in dem Glauben ertrugen, daß sie verwandelt und geläutert daraus hervorgehen würden.

Elizabeth sagte: »Als wir Menschen eine fortgeschrittene Technologie erwarben, geriet der kreative Gebrauch des Leidens beinahe in Vergessenheit. Die meisten hochtechnisierten Zivilisationen bemühen sich eifrig um die Ausrottung des Schmerzes, des körperlichen wie des mentalen. Bis zur Zeit der Intervention hätten nur sehr wenige unserer Intellektuellen dem Schmerz irgendeinen Wert beigemessen – und das trotz der Lehren früherer Philosophen und der klaren Beweise, die man der Anthropologie und sogar der sich entwikkelnden Psychologie entnehmen konnte.«

»Meine Rasse war in dieser Beziehung wie deine«, erwiderte Brede. »Ich spreche von meinem ursprünglichen Heimatplaneten, verstehst du, nicht von diesen Tanu und Firvulag, die anders sind. Die besten unter der dimorphen Rasse feiern Lebensabschnitte immer noch mit Torturen. Der Wettstreit selbst hat darin seine Wurzeln.«

»Aber pervertiert! Unreif! In den höher entwickelten menschlichen Kulturen der Prä-Milieu-Zeit hatten wir vergleichbare Verirrungen. Zum Beispiel wurde körperliches Leiden in der Form anerkannt, wie es Athleten ertrugen. Rituelle Spiele. Erkennst du die Parallele? Aber unsere menschliche Rasse schätzte keine Form der *psychischen* Pein. Im normalen Erziehungsprozeß wurde sie als notwendiges Übel toleriert – doch ständig versuchte man, sie zu mildern oder ganz zu eliminieren. Unsere primitiven Erzieher kamen nie auf den Gedanken, daß das Leiden per se einen positiven Einfluß auf das mentale Wachstum haben könne. Ein paar religiöse Gruppen allerdings entdeckten, wie Schmerz als Werkzeug für eine mentale Entwicklung funktioniert. Meine eigene Kirche hatte ein ziemlich konfuses Konzept über die Aufopferung von Schmerzen, das wenigstens die geeignete Disziplin zum Ertragen schuf. Aber die Gläubigen sahen Schmerzen nur vom spirituellen Gesichtspunkt. Wenn bestimmte Praktizierer tatsächlich levitierten oder Gedanken lasen oder sonstige metapsychische Funktionen offenbarten, war es allen übrigen sehr peinlich.«

»Ja ... ja.« Der große juwelenbesetzte Kopfputz nickte. Exotische Erinnerungen strömten durch Bredes mentales Vestibulum. »Wir von Lene hielten auch an dem Glauben fest, Leiden sei von Übel. Und wer das leugnete, war ein Sadomasochist und hoffnungslos anomal. Zum Beispiel – diese Exilierten! Mein liebes törichtes Volk. Ich habe bis jetzt niemals meine tiefsten Beweggründe ganz verstanden, warum ich es adopierte und ihm half, aus unserer Galaxis zu entfliehen. Erst jetzt wird mir klar, daß meine Prolepsis diesen winzigen Kern psychischer Gülte in den irrenden Gehirnen erkannte. Besonders die Firvulag, die in ihrer natürlichen Umgebung größere Härten ertragen mußten, hatten sehr viel Verständnis für Schmerzen. Und doch – sie blieben in ihrer mentalen Entwicklung stecken. Den Tanu, verführt durch ihre Ringe, erging es nicht anders, und so war es mit den meisten anderen Völkern unserer Föderation ... Als der letzte Kreis beendet war, griffen alle, wie ich dir erzählt habe, sofern ihre Psyche nicht inkompatibel war, nach diesem Gerät, das die Gehirnströme verstärkt.«

Sie hielt inne, berührte das Gold an ihrer eigenen Kehle, das hinter dem gesenkten Atemgerät halb versteckt war. »Und dieser Ring, der eine solche Errungenschaft zu sein schien, führte den Geist einer ganzen Galaxis in eine Sackgasse. Es sei denn ... die Evolution setzt sich hier fort. Und das muß sie! Aber, allmächtige Tana, warum ist meine Vision so *trübe?*«

Elizabeth sagte: »Die Zeit-Dimension mag viel größer sein, als du je angenommen hast. Unser Milieu sah die Vergangenheit manifestiert in der Gegenwart, die Gegenwart manifestiert in der Zukunft.«

»Elizabeth!« Brede versagte die Stimme. »Sechs Millionen Jahre? Ah, nein!«

»Wir hatten etliche Legenden. Und da ist die Kompatibilität.«

»Und das Schiff«, flüsterte Brede. »Ich sagte meinem Liebsten, er solle die beste Welt wählen.«

Sie hob ihre glitzernde Maske. Tränen fielen auf die rote

metallene Glätte und verloren sich in den Kristallverzierungen. Lange Zeit saßen die Frauen schweigend. Zwischen ihnen auf dem Tisch stand das exquisite Glasmodell des interstellaren Organismus, der Bredes Partner gewesen war. Die ungleichartigen Gatten hatten in einer psychischen Einheit gelebt, die, so unzulänglich sie war, doch in geringem Umfang teilnahm an der wahren mentalen Vereinigung, die Elizabeth mit Wesen ihrer Art erfahren hatte. Aber Bredes Schiff war tot. Und sie war – wie Elizabeth – allein.

»Wie groß auch das Risiko sein mag«, tönte die verstärkte Stimme aus dem verborgenen Mund, »du mußt mich unterrichten. Ich weiß, daß der Geist meines Volkes reifen wird, ebenso wie ich weiß, daß die Geschicke der Tanu und Firvulag und Menschen miteinander verknüpft sind. Vielleicht wird die Einheit meines Volkes sich bald vervollkommnen, vielleicht spät. Aber einen Lehrer muß es geben. Und wenn ich es nicht bin, mußt du es sein.«

Elizabeth flammte zornig auf. »O nein, ich nicht! Verdammt sollst du sein! Begreifst du nicht, wie es um mich steht? Ich will mich nicht für dein Volk opfern. Nicht einmal für mein *eigenes* Volk! Kannst du nicht akzeptieren, daß Operanz nicht das gleiche ist wie Heiligkeit?«

»Es hat Heilige unter euch gegeben.«

Die Person hinter der Maske schien zu schmelzen, sich zu verändern. Elizabeth fuhr im ersten Schreck zusammen, hatte sich aber sofort wieder in der Gewalt.

»Nein! Du kannst mich nicht auf diese Weise überlisten. Du bist keine Heilige, und ich bin auch keine! Ich bin eine gewöhnliche Frau mit den gewöhnlichen Fehlern. Ich war einst fähig, ungewöhnliche Arbeit zu leisten, weil meine angeborenen Fähigkeiten dazu ausgebildet worden waren. Aber es hat nie irgendeine ... Heiligsprechung gegeben. Als ich meine Talente verloren zu haben schien, dachte ich gar nicht daran, den Verlust aufzuopfern und das Beste daraus zu machen. Ich wählte den Weg in dies Exil. Ich bin geflohen, und ich bin froh darüber! Es ist ein kosmischer Witz, daß ich jetzt hier im Pliozän gefangen bin, für immer von der Einheit getrennt, und meine Metafunktionen sind wiederhergestellt, und Ungeheuer sind mir auf den Fersen. Und du bist ebenfalls ein kosmischer Witz, wer du auch sein magst! Und ich will meinen Ballon *immer noch* zurückhaben!«

Und das ist genug für dich niemanden liebende von niemandem geliebte o hochfliegendefliehende Elizabeth?

»Ich habe einmal geliebt und unter dem Verlust gelitten. Einmal war genug. Liebe kostet zuviel. Ich will keine Mutter deines Volkes sein. Nicht körperlich und nicht mental.«

Bredes Geist und Maske spiegelten nur Elizabeth.

Bitteres Gedankengelächter begleitete die vokale Sprache der menschlichen Frau. »Oh, das ist klug von dir, Zweigesicht! Nur funktioniert der Trick nicht. Ich weiß alles über meine Sünde der olympischen Selbstsucht. Doch du kannst mir nicht beweisen, daß ich Pflichten gegenüber deinem Volk oder der Menschheit im Exil oder einer hypothetischen Vermischung der Rassen habe.«

Brede hob die Hände. Sie nahm die Maske ab, und darunter war nur das traurige, geduldige Lächeln. »Dann hilf mir, *meine* Pflicht zu erfüllen, die ich gegenüber ihnen allen habe! Unterrichte mich!«

»Wir ... wir haben keine Schmerzquelle von genügender Intensität.«

»Doch.« Bredes Entschluß war nicht zu erschüttern. »Da ist die Translation durch den Hyperraum. Mein Körper kann in den Oberflächen des Kontinuums so lange wie notwendig erhalten werden. Diese Fähigkeit habe ich von meinem Gatten erworben. Ich brauche keinen Mechanismus, um mich über die Breite dieser Galaxis auszustrecken. Bisher habe ich nie in Erwägung gezogen, das zu tun, weil es einfach nicht in Frage kam, daß ich mein Volk verließ. Und natürlich würde ich es auch jetzt nicht wirklich verlassen. Ich würde zurückkehren.«

»Falls der Versuch, deine Geisteskräfte zu erweitern, dich nicht tötet.«

»Ich bin willens, alles zu riskieren, alles zu erleiden.«

»Wie kannst du diese unseligen Barbaren so sehr lieben, wenn sie doch nie erkennen werden, was du für sie tust?« rief Elizabeth aus.

Nur das Lächeln und die Einladung, in die Gedanken einzudringen.

Mit großem Widerstreben erklärte Elizabeth: »Da ist noch etwas, das ich noch nicht erwähnt habe. Der Lehrer ... nimmt an der Tortur teil.«

O Elizabeth. Nein, das wußte ich nicht. Ich bin vermessen gewesen, und du mußt mir verzeihen. Ich sehe jetzt ein, daß ich kein Recht habe ...

Elizabeth unterbrach den protestierenden Gedanken mit brüsken Worten. »Brede, ich werde sterben. Selbst wenn ich von hier wegfliege, wird dein heißgeliebtes Volk mich früher oder später aufspüren und umbringen. Und deshalb ... warum nicht? Vielleicht wird es eine Art Grabschrift für mich, wenn ich bei dir Erfolg habe. Du bist willens, die Qualen zu ertragen, und ich nehme dich als Schülerin an. Du wirst meine letzte sein. Und wenn sich deine Vision des gemeinsamen Geschicks der Rassen erfüllt, kannst du sogar meine Rechtfertigung werden.«

»Es wird nie meine Absicht, dir noch mehr Schmerz zuzufügen. Und du hast mein Mitleid.«

»Nun – verschwende es nicht!« gab Elizabeth trocken zurück. »Jedes bißchen Leid ist wertvoll! – Bist du sicher, daß du die Translation zuwege bringst?«

Bredes Gedanken zeigten es ihr. Elizabeth würde die fremde Reisende natürlich nicht körperlich begleiten. Aber ihr Geist sollte mit dem Bredes verflochten bleiben, um die neuralen Feuer zu kanalisieren.

»Wenn du bereit bist«, sagte die Schiffsgattin, »können wir anfangen.«

Die Decke des Raums ohne Türen öffnete sich. Zum Süden hin lag der milchige Strom der galaktischen Ebene. Und hinter seinen Staubwolken die Nabe, und hinter dieser der andere Arm der Spirale, fast hunderttausend Lichtjahre entfernt.

»Über die ganze Breite«, sagte Elizabeth. »Jetzt!«

... und sie waren dort, in einem Augenblick und auf ewig, auf ein Streckbett von der Breite des Sternenstrudels gespannt, schwebend zwischen dem grauen Zwischenreich und dem schwarzen, verzerrten, flimmernden Raum. Die Atome von Bredes physischem Körper waren zu einer dünneren Masse geworden als die der seltenen atomaren Nebel, die durch die Leere zwischen den Sternen schwimmen und noch vibrieren vom Geburtsschrei des Universums. Der Geist der Schiffsgattin schrie auf der gleichen Frequenz wie die gequälten Partikel. Und auf diese Weise begann das Wachstum.

Bredes latente Kräfte waren groß, und das würde es um so schwieriger machen. All die eingefahrenen psychoenergetischen Leitungen, die von dem Ring ausgingen, mußten neue Wege durch den Irrgarten des vielkernigen Plasmas im rechten Kortex bekommen. Sie mußten in der läuternden Flamme des äußersten Schmerzes, den das Universum einem denkenden, fühlenden Geschöpf bereiten kann, zur Operanz umerzogen werden. Bei dieser Tortur mochte Brede in kurzer Zeit einen Prozeß durchlaufen, der normalerweise viele Jahre erforderte. Aber der Schmerz an sich war wertlos, wenn dazu nicht die Disziplin kam und die Verzweigungen des mentalen Netzwerkes entschlossen unter Kontrolle gehalten wurden. Deshalb war die Führung durch einen geschickten Lehrer so ungeheuer wichtig. Elizabeths große redigierende Kraft hielt die pulsierende Psyche in festem Griff und bewahrte sie vor der Auflösung, und gleichzeitig leitete sie Bredes flammende Gehirnströme, als seien sie zahllose metapsychische Fackeln, die den angehäuften kortikalen Abfall einer Lebenszeit von 14000 Jahren wegbrannten.

Elizabeths operanter Geist, unerschütterlich in der gemeinsamen Qual, führte und hielt den der Aspirantin. Zusammengeschmiedet hingen sie beide in dem Inferno zwischen echtem Raum und Hyperraum, wo es nur eine einzige Dimension gibt, eine einzige Erfahrung, die fühlende Wesen aller Rassen *Schmerz* nennen ...

Der Prozeß ging weiter und weiter, und ihr gemeinsames subjektives Bewußtsein empfand ihn als Augenblick und als Ewigkeit. Brede erkannte in ihrer Pein, daß in ihrer Seele Veränderungen stattfanden – aber sie vermochte sich nicht lange genug über das Feuer zu erheben, um sich selbst zu beobachten. Sie konnte nur akzeptieren und bestätigen und stark bleiben und hoffen, daß ihr Geist, wenn die Foltern endeten, noch in dem physischen Universum leben würde.

Der Schmerz ließ nach.

Jetzt spürte Brede, wie sich Elizabeths bindende Energien lockerten. Sie wurde sich bewußt, daß es andere Lebensenergien neben den von ihnen beiden gab, die inmitten der niederbrennenden Flamme zu singen schienen. Wie seltsam. Und was war *das?* Da, ganz weit entfernt, jenseits des Grau und der Schwärze und des summenden megatonalen Liedes und des Streckbetts von unsichtbarem verglimmenden Feuer war ein Leuchten, das aussah, als nähere es sich, und je deutlicher sie es wahrnahm, desto unwiderstehlicher wurde es. Brede vergaß die Disziplin, vergaß sich selbst in ihrem plötzlichen Wunsch, das Leuchten zu erreichen, sich mit ihm zu vereinigen, jetzt, wo sie der Einheit fähig war ...

Komm zurück.

O nein Elizabeth nicht jetzt laß mich zu ihm ...

Wir haben die Grenze erreicht. Kommt mit mir zurück!

Nein nein wir Exilierten zusammen geh mit mir bis zum Ende wo es keinen Schmerz mehr gibt wo das Leuchten liebend auf uns wartet ...

Wir müssen umkehren. Ich werde dich zurückziehen. Widersetze dich nicht!

Nein nein nein nein ...

Laß das! Sieh nicht mehr hin. Du kannst das nicht haben und gleichzeitig am Leben bleiben. Komm jetzt von da zurück unterwirf dich meiner Redigierung fliege über den Abgrund wehre dich nicht Sancta Illusio Persona Adamantis ora pro nobis wo auch immer du bist Brede vertraue dich meiner Führung an ruhe in mir wir sind beinahe da ... da ...

Die Schiffsgattin saß ohne Maske Elizabeth am Tisch gegenüber. »Fort. Es ist fort. Du hast mich von ihm weggerissen.«

»Es war für uns beide notwendig. Und der Höhepunkt des Schmerzes in deiner Prüfung. Die du erfolgreich bestanden hast.«

Tränen strömten über Bredes Gesicht. Immer wieder flakkerten die fast erloschenen Flammen von neuem auf, und das Bedauern würde Teil von ihr bleiben, bis sie endlich starb. In der Stille des Raums ohne Türen erholte Brede sich.

Elizabeth öffnete sich ihr und lud sie ein. Brede wagte es,

und dann schrie sie laut auf, als sie die erste echte Vereinigung mit einem anderen Geist auf der Erde erfuhr.

So ist das also – so!

Ja. Ich umarme dich Schwester.

Die Fremde legte die Fingerspitzen auf das leblose Gold an ihrer Kehle und öffnete das Schloß. Sie hielt den offenen Ring für einen Augenblick auf Armeslänge von sich ab und legte ihn dann auf den Tisch neben das Abbild des Schiffes.

Ich lebe. Ich funktioniere frei schwach wie ein Kind bei seinen ersten Schritten aber die Metafunktionen sind freigesetzt und soviel Reichtum und die Einheit ist jetzt zwei-in-einem aber später wenn ich den geliebten Geist erkenne ...

Es wird ein spontanes Wachstum stattfinden mit Freude statt des Schmerzes bis an die Grenze deiner Aufnahmefähigkeit. Letztere unterliegt den Beschränkungen deines physischen Körpers wie auch dem Zustand des hiesigen Geistes. Da du den Geist bereits liebst, wirst du dich verströmen können ohne abzunehmen. Das ist etwas das ich nicht tun kann.

Und *das* was ich gesehen habe ...

Was die meisten von uns – operant oder nicht – letzten Endes sehen und besitzen werden. Nicht viele Aspiranten erhaschen einen Blick darauf. Glücklicherweise.

Wieder saßen die beiden Frauen in mentalem Schweigen.

»Ich habe keine Erinnerung an die Schmerzen«, sagte Brede schließlich laut. »Aber ich weiß jetzt, worauf es ankommt. Die Führung und das Akzeptieren allein unterscheiden unproduktives Elend von kreativer Reinigung. Und danach kommt die Freude. Ja – genau so stellt man es sich vor. Nicht allein das Fehlen des Schmerzes, sondern Ekstase.«

»Fast alle reifen Menschen sind sich der dünnen Grenzlinie bewußt, die beides trennt – auch wenn sie nicht wissen, was sie daraus machen könnten. Wenn du es möchtest, werde ich als Teil deiner weiteren Ausbildung einige Konzepte des Milieus mit dir teilen, über die unsere Philosophen und Theologen debattieren.«

»Ja. Du mußt mir alles zeigen, was du mir zeigen kannst. Bevor du – gehst.«

Elizabeth ging auf diese Bemerkung nicht ein. »Jede intelligente Rasse sieht die Theosphäre auf ihre eigene Art. Suchen

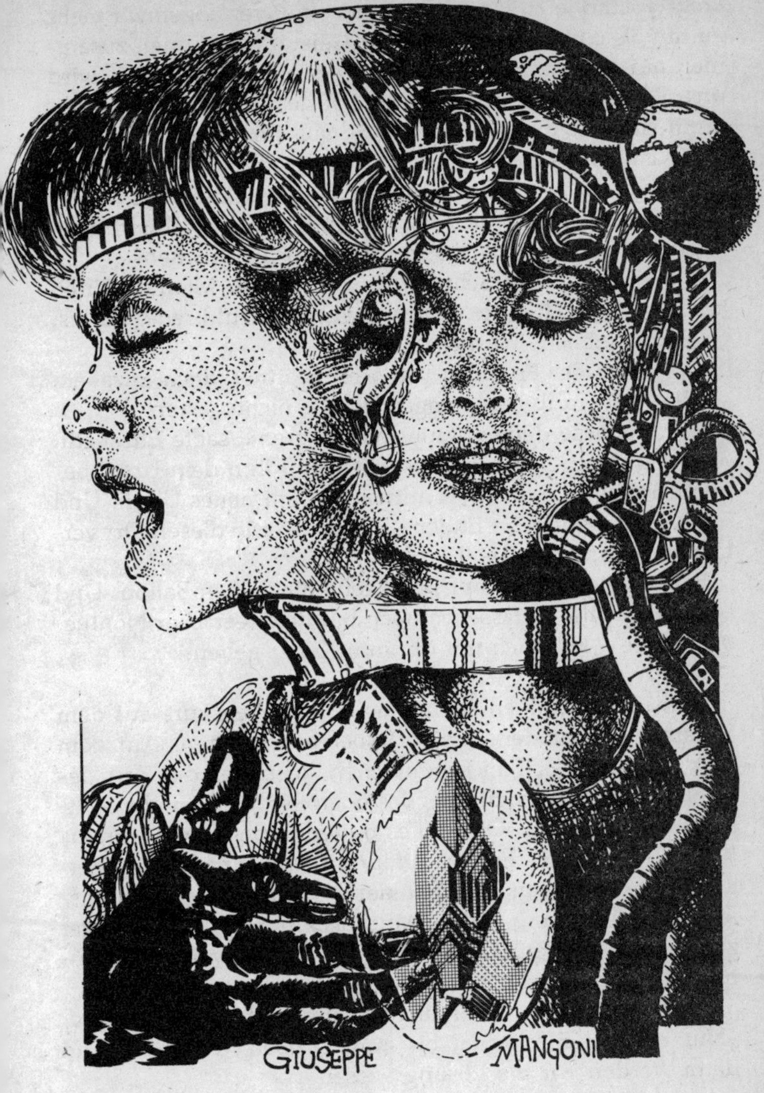
GIUSEPPE
MANGONI

wir die Nische, die dein Volk möglicherweise einnehmen könnte. Und jetzt, wo wir zu zweit sind, vermögen wir mehr zu tun als ein einziger operanter Geist – wir können zusammen auf begrenzte Art an der Essenz teilnehmen. Es wird unvollkommen sein, weil der Geist des Pliozän noch so infantil ist, aber du wirst es wundervoll finden.«

»Es ist bereits wundervoll«, antwortete Brede. »Aber als erstes muß ich mit meinen neuen Geisteskräften die Wahrscheinlichkeitslinien des vorher undeutlichen, allwichtigen Musters betrachten. Willst du dich mir anschließen?«

Die Lehrerin und Schwester verschwand. Mentale Türen knallten zu. »Ich hätte es mir denken sollen! Brede, du bist eine unglaubliche Närrin.«

Der Geist der Fremden war weit geöffnet, doch Elizabeth wollte nicht in ihn eindringen, wollte nichts sehen.

»Ich verlasse deinen Raum ohne Türen«, sagte Elizabeth. »Ich werde euren König aufsuchen und ihm dein Urteil bezüglich meines Schicksals mitteilen. Dein neues Urteil. Und ich werde den Ballon finden, und ich werde diesen Ort verlassen, wann ich es will.«

Brede neigte den Kopf. »Ich gebe dir deinen Ballon. Und wenn du willst, befasse ich mich mit der Heerschar Nontusvels. Bitte – laß mich mit dir zum König gehen.«

»Gut.«

Gemeinsam gingen sie hinaus und blieben kurz auf dem Vorsprung über der Weißen Silberebene stehen. Auf dem Salz drängten sich Lichtpünktchen. Je näher die Zeit des Großen Wettstreits rückte, desto größer wurden die Zeltstädte der Firvulag. Obwohl es mitten in der Nacht war, erkannten die beiden Frauen mit ihrer Fernwahrnehmung Versorgungskarawanen, die, flankiert von Rama-Verbindungsleuten, den Abhang südlich Muriahs hinunter auf das Lager zukrochen. Landeplätze am Ufer der Lagune waren beleuchtet, und auch auf dem Wasser waren Lichter zu sehen.

Brede, maskiert und undurchschaubar, studierte das Bild. »Nur noch drei Wochen bis zum Großen Wettstreit, und dann werden wir die Lösung wissen.«

»Drei Wochen«, wiederholte Elizabeth, »und sechs Millionen Jahre.«

7

Zur Zeit des Waffenstillstandes vor dem Großen Wettstreit führten alle Wege in den nördlichen Regionen des Vielfarbenen Landes nach Roniah. Durch diese Stadt kamen Tanu wie Firvulag auf ihrem Weg zu den Spielen. Die Großen beider fremder Rassen reisten mit dem Flußboot, während die bescheidenere Mehrheit der Südstraße folgte, die bis hinunter zum Lac Provençal und la Glissade Formidable parallel zum Westufer der Rhône verlief.

Die meisten Festteilnehmer aus dem Norden unterbrachen ihre Reise des Jahrmarktes wegen in Roniah. Dort mischten sich die Erbfeinde ungehemmt in einer einmal im Jahr stattfindenden Orgie des Handels, die in den mittleren beiden Wochen des Waffenstillstands vor dem Großen Wettstreit Tag und Nacht ohne Pause andauerte. Stände wurden entlang dem Säulenweg und zwischen den links und rechts davon liegenden Außengärten der Flußstadt aufgestellt. Die Felder am Stadtrand wurden zu einem riesigen Lagerplatz, wo menschliche und Firvulag-Unternehmer Zelt-Karawansereien und Geschäfte zur Lebensmittelversorgung der Touristen betrieben.

In diesem Jahr waren die Finiah-Flüchtlinge, wohlversehen mit Geld, aber ansonsten ihrer Besitztümer fast völlig beraubt, die eifrigsten Käufer auf dem Jahrmarkt. Um ihre trübe Stimmung zu verjagen, gaben sie große Summen für die Luxuswaren aus, die die Firvulag-Handwerker anboten: polierte Gemmen und Bernstein, Geschmeide, Schnitzereien aus Elfenbein und Halbedelsteinen, goldenen und silbernen Tand, juwelenbesetzten Kopfputz und Accessoires, Schmuck für Chalikos, kunstvolle Gürtel und Scheiden und Harnische, Parfums und Salben und Duftseifen, die aus wilden Blumen und Kräutern hergestellt wurden, eigentümliche Liköre, psychoaktive Drogen und heilkräftige Pilze, Delikatessen wie wilden Honig, Bonbons mit Füllungen aus alkoholischen Sirup, Trüffeln, Knoblauch, Gewürze, Gourmet-Würste und die Lieblingsleckerei der Fremden – eingemachte Walderdbeeren. Dinge des täglichen Bedarfs wurden hauptsächlich von menschlichen Einkäufern aus Roniah und den anderen

Tanu-Siedlungen erworben: Feine Stoffe und Fertigkleidung, Färbemittel und andere Chemikalien für den Hausgebrauch, Glaswerkzeuge aller Art, Glasgeschirr und -behälter, Glasrüstungen und Glaswaffen. Von den Tanu-Pflanzungen wurden Bier, Wein und Schnäpse in Holzfässern oder Lederflaschen, geräuchtertes und eingepökeltes Fleisch, getrocknetes und in Essig eingelegtes Brot und Gemüse und eine große Vielzahl von nicht verderblichen Nährmitteln wie Mehl, Hafergrütze und Hartbrote mit und ohne Gewürz in Mengen angeliefert. Die Lebensmittel wurden nicht nur an die Reisenden verkauft, sondern auch als Vorrat für den Großen Wettstreit selbst den Fluß hinuntergeschickt.

Spätnachmittags am 14. Oktober kam wieder eine Gesellschaft von Flüchtlingen die überfüllte Straße herunter zum Jahrmarkt von Roniah geritten. Sie hielt auf den privaten Lagerplatz zu, wo Tanu und Firvulag aus dem niedrigen Adel ihre eigenen Pavillons getrennt vom Volk errichten konnten. Die Gruppe war nur darin einzigartig, daß sie völlig aus Menschen bestand. Es waren zwei Damen mit Goldringen dabei, die Mutter und Tochter sein mochten. Die ältere trug eine Robe aus wallender smaragdgrüner Gaze, die jüngere die vollständige blaue Rüstung der Koerzierer und einen goldenen Mantel. Sie hatte eine Lanze, von der ein Banner flatterte. Es zeigte einen düsteren Raben auf Goldgrund. Das Gefolge der Damen bestand aus fünf Soldaten in Bronzerüstungen, angeführt von einem riesenhaften Captal, einem ältlichen Haushofmeister, zwei Mägden und einem knorrigen kleinen Stallmeister, der nur ein Bein hatte. Seltsamerweise machte seine Gegenwart die Pack-Chalikos und Remonten scheu.

»Ja – wir haben bei der Finiah-Katastrophe alles verloren«, erzählte die ältere Dame dem verständnisvollen menschlichen Lagerplatz-Verwalter, als sie sich einschrieben. »Alles bis auf ein paar Kostbarkeiten und diese treuen Grauring-Diener ist dahin, und meine Tochter und ich sind traurig verarmt. Immerhin ... es besteht die Möglichkeit, daß wir beim Wettstreit ein neues Vermögen gewinnen, denn Lady Phyllis-Morigel hat fleißig trainiert und berechtigt als Kriegerjungfrau zu den schönsten Hoffnungen. Deshalb können wir, wenn Tana will, auf der Weißen Silberebene sowohl Reichtümer als auch Rache finden.«

Der Verwalter salutierte ehrerbietig. Das reizende junge Gesicht der Lady Phillys-Morigel lächelte ihn unter dem zurückgeklappten Visier des Helms an. »Du wirst bestimmt Glück haben, Lady. Ich spüre deine gewaltige koerzible Kraft, obwohl du sie zurückhältst.«

»Phyllis, Liebes«, schaltete die alte Frau. »Schäm dich!«

Das Mädchen zwinkerte, und die koerzible Flut verebbte. »Verzeih mir, würdiger Lagerverwalter. Es war nicht meine Absicht, dich zu bedrängen. Das wird mein erster Wettstreit sein, und ich bin zu aufgeregt.«

»Kein Wunder«, antwortete der Mann. »Aber mach dir keine Sorgen, kleine Lady. Bleib nur kühl, und du wirst aus den Vorspielen bestimmt als Siegerin hervorgehen. Ich habe so ein Gefühl, was dich betrifft.«

»Es ist freundlich von dir, das zu sagen, Lagerverwalter. Mir ist, als hätte ich mein ganzes Leben lang darauf gewartet, an den Kämpfen teilnehmen zu dürfen ...«

»Ladies, es ist spät«, unterbrach der alte Haushofmeister, der während der Unterhaltung nervös im Sattel herumgerückt war. »Ihr müßt euch zur Ruhe begeben.«

»Meister Claudius hat recht«, fiel der riesige Captal der Leibwache ein. »Weis uns unsern Platz zu, Verwalter, damit wir unsere müden Knochen ausruhen können! Wir sind seit sechs Tagen unterwegs und ziemlich erledigt.«

»Sechs Tage, so was, so was«, meinte der Verwalter. »Dann gehört ihr nicht zu der Flüchtlingsgruppe, die Unterkunft in der Torburg fand?«

Hastig erwiderte der Captal: »Wir waren zu spät dran, um uns dem von Lord Velteyn geführten Zug anzuschließen. Im Nordland herrscht immer noch große Verwirrung.«

Der Verwalter studierte einen Lageplan. »Die meisten eurer Mitbürger aus Finiah, die noch hier sind, haben Plätze am Flußufer. Das sind die schönsten, die wir haben. Ich kann euch für einen geringen Zuschlag auch dort unterbringen ...«

Die alte Frau lehnte fest ab. »So angenehm es uns wäre, in der Nähe unserer Landsleute zu lagern, sind wir doch zum

Sparen gezwungen, damit es uns beim Kampf selbst nicht an Mitteln fehlt. Außerdem würden wir unter unsern Freunden in Verlegenheit geraten, weil wir außerstande sind, uns für Einladungen zu revanchieren. Deshalb, guter Lagerverwalter, gib uns einen bescheidenen Platz, der für unsere beiden Zelte und den Pferch für die Tiere ausreicht. Man würde einen hochgelegenen Ort vorziehen, wenn er verfügbar ist.«

Etwas enttäuscht betrachtete der Mann von neuem seinen Plan. »Nun, da ist Nummer 478 an der Nordgrenze von Abschnitt E. Hoch und luftig – aber ihr müßtet das Wasser heranholen.«

»Ausgezeichnet! Meine edle Tochter wird uns Wasser mittels ihrer psychokinetischen Kraft besorgen. Die Gebühren? Ah. Ça y est. Und jetzt wünschen wir dir eine gute Nacht.«

Der Mann nahm die Münzen und bedachte die Kriegerjungfrau mit einem pfiffigen Blick. »Du hast also auch PK – eh, Lady Phyllis? Jetzt bin ich überzeugt, daß du in der Arena gut abschneiden wirst! Ich werde dich im Auge behalten und ein bißchen Geld für eine Wette riskieren. Da du ein Neuling bist, könnte man dabei einen schönen Schnitt machen. Ja, wirklich!«

Er winkte der Gruppe, die den von Lampen gesäumten Weg hinunter in das Durcheinander des überfüllten Lagerplatzes ritt, ein herzliches Lebewohl nach.

»Das war dumm, Felice«, rügte Häuptling Burke. »Was haben Sie sich dabei gedacht, als Sie ihn Ihre koerzible Kraft spüren ließen? Jetzt wird sich der Mann an Sie erinnern.«

Sie lachte kurz auf. »Er würde sich auf jeden Fall an uns erinnern, Peo. Wenigstens weiß er nun, daß ich eine echte Goldene bin. Sie hätten Ihr eigenes Gesicht sehen sollen, als er vorschlug, wir sollten bei den Finiah-Leuten lagern!«

»Das ist für uns die größte Gefahr«, warf Madame ein. »Felice und ich wäre es leicht möglich, jeden Ringträger zu täuschen, indem wir so tun, als seien wir vor Kummer über unser Unglück halb von Sinnen. Aber ihr übrigen mit euren imitierten grauen Ringen werdet sofort als Eindringlinge erkannt, wenn ein Tanu oder ein ringtragender Mensch versucht, mental mit euch zu kommunizieren. Ihr müßt immer dicht bei Felice und mir bleiben, damit wir telepathische Belästigungen abfangen können. Den Einkauf von Vorräten und Futter muß Fitharn heute abend vornehmen. Solange ihn kein mächtiger Metapraktiker gezielt sondiert, ist er über jeden Verdacht erhaben.«

»Ich finde immer noch, es ist ein Risiko, hier zu lagern«, sagte Vanda-Jo.

»Das haben wir längst besprochen«, entgegnete Burke. »So weit im Süden wäre es verdächtig, wenn wir versuchten, irgendwo anders zu lagern.«

»Hier unten gibt es keine Firvulag-Erdbauten mehr als Obdach, Missy«, fiel Fitharn ein. »Hierzulande haben die Kleinen Leute keine ausgedehnten Siedlungen wie im Norden. Meistens sind es Höhlen für nur eine Familie, in den wildesten Gebieten, weit entfernt von den Straßen und gut versteckt. Die Bewohner sind mißtrauisch gegen Fremde – selbst gegen solche, die mit einer Empfehlung von König Yeochee kommen.«

»Wir haben bereits Andeutungen erhalten«, bemerkte Madame mit einiger Schärfe, »daß die königliche Autorität im Hinterland fadenscheinig wird.«

Fitharn grinste. »Die Souveränität unseres Königs ist ein bißchen weniger formell als die des alten Thagdal. Wir haben eine Wahlmonarchie, wissen Sie. Aber wir Firvulag sind loyal auf unsere Art. Und anders als manche Leute, die ich nennen könnte, würden wir uns nie dazu herablassen, einen abgesetzten Herrscher als Opfer zu schlachten.«

Die Gruppe kam an einen Abschnitt, wo Zelte und Lagerfeuer weiter verstreut waren. Es gab dort große Felsblöcke und weniger Bäume, und der lampengesäumte Pfad führte immer steiler bergauf. Daß sie den Distrikt mit den niedrigen Standgebühren durchquerten, ging deutlich aus der kleineren Anzahl von Chalikos und Helladen hervor, die zwischen den Zelten angepflockt waren. Bei diesen handelte es sich zumeist um die schwarzen Firvulag-Zelte oder die buntscheckigen Behausungen älterer Tanu-Junggesellen. Im Gegensatz zu der geräuschvollen Geselligkeit im zentralen Teil des Geländes herrschte hier Stille, abgesehen von dem Zirpen der Insekten und dem Schnarchen und Grunzen der Haustiere.

Fitharn sagte: »Hier ist 478. Hübsch und abgelegen.« Er konnte im Dunkeln natürlich besser sehen als die Menschen bei Tageslicht. Mühelos auf seinem Holzbein hüpfend, stieg er die Felsen hinauf, die den Platz auf drei Seiten abgrenzten, und vergewisserte sich, daß die Nachbarplätze leer waren. »Unsere nächsten Nachbarn sind Firvulag, Madame. Sieht nach einem idealen Fleckchen aus. Ich werde die Tiere zum Abladen anbinden und dann gleich mit zwei Remonten auf dem Markt einkaufen gehen.«

Felice schwang sich aus dem Sattel ihres hohen Reittiers. »Und ich stelle die Zelte auf.« Sie ging zu Ameries Chaliko und lächelte zu der Nonne hoch, die ebenso wie Vanda-Jo als Verkleidung das blau und gelb gestreifte Kleid einer Grauring-Magd trug. »Fühlst du dich immer noch zerschlagen? Ich will dir helfen.«

Amerie wurde aus dem Sattel levitiert und schwebte sacht zur Erde.

»Du lernst tatsächlich, wie man es macht«, bemerkte die Nonne.

»O ja. Bis wir Muriah erreichen, müßte ich so ziemlich dahintergekommen sein.«

»Was ist mit Madame und mir?« Vanda-Jo ließ sich ihre Gereiztheit anmerken. »Und der arme alte Claude und Khalid könnten auch Hilfe brauchen.«

Die Athletin benutzte ihre psychokinetische Kraft, um die übrigen von den Tieren herabzuholen. Dann, als Peo, Basil, Gert und Hansi die Packtiere abluden, errichtete das Mädchen zwei Tanu-Zelte mit den Teleskopstangen und Führungsleinen, einfach indem sie ihre Gedanken darauf konzentrierte. Eine weitere mentale Anstrengung ließ Wasser durch die Luft strömen. Es kam aus der Rhône, die beinahe einen halben Kilometer entfernt war, und ergoß sich in drei große Dekamol-Wannen, die die Männer aufgeblasen und bereitgestellt hatten. Ein ganzer abgestorbener Baum, den Klippen hinter dem Lager entrissen, segelte herunter und landete geräuschlos am Rand des Lagerplatzes.

»Jetzt kommt der schwierige Teil«, sagte Felice. »Ich habe meine Kreativität noch nicht völlig unter Kontrolle. Tretet deshalb zurück, wenn ich den Baum zu Kleinholz mache.

Hoffentlich gelingt es. Wenn ich patze, bekommen wir Holzkohle oder Asche, deshalb drückt mir die Daumen.«

Peng.

»Oh, gut gemacht!« rief Basil. »Genau in Längsrichtung gespalten. Jetzt weg mit den Ästen, meine Liebe.«

Peng peng peng. Zackzackzack-zickedizick.

»Schneiden Sie ihn in Scheiben wie eine Bratwurst!« drängte Uwe. Die auf niedriger Energie gehaltenen mentalen Blitze des Mädchens zuckten immer wieder auf und hackten den Baum in handliche Scheite. Dann lag der Holzstapel leicht dampfend vor ihnen, und die meisten der Gesellschaft klatschten Beifall.

Madame sagte: »Man erkennt, daß sich Ihre drei primären Metafunktionen zu erstaunlicher Höhe entwickeln, ma petite. Sie werden Vorsicht walten lassen, nicht wahr?«

»Bin ich seit der Abreise von den Verborgenen Quellen nicht immer brav gewesen?« fragte Felice vorwurfsvoll. »Keine Bange. Ich werde nicht herumlaufen und angeben. Ich wünsche mir ebenso sehr wie Sie, Madame, diese Tanu-Bastarde geschlagen zu sehen. Ich werde den Plan nicht gefährden.«

Die alte Frau wirkte erschöpft, aber sie erklärte entschlossen: »C'est bien. Dann laßt uns einen kleinen Kriegsrat abhalten, bevor unser guter Freund Fitharn zurückkehrt. Die Zeit ist gekommen, eine wichtige Entscheidung zu treffen.«

»Wir können uns um das Lagerfeuer setzen«, schlug Felice vor.

Ein Dutzend schemelgroßer Steine kam durch die Dunkelheit geflogen und bildete einen Kreis. Holzstücke stellten sich von selbst zu einem Kegel auf und fingen Feuer, als eine glühende Kugel aus Psychoenergie sich unter ihnen materialisierte. In weniger als zehn Sekunden loderten die Flammen hell auf. Die Verschwörer nahmen auf den Steinsitzen Platz und entledigten sich ihrer Rüstungen und anderer überflüssiger Dinge.

»Wir sind bei unserer Unternehmung«, begann Madame, »an einem kritischen Punkt angelangt. Die Nützlichkeit Fitharns und seiner Firvulag-Confrères ist buchstäblich zu Ende. Sie nähmen niemals unmittelbar an einem Angriff auf die Tanu teil, weil dies einen Bruch des Waffenstillstands bedeutete. Wir haben natürlich keine solchen Skrupel. Als Geringe sind wir immer Gesetzlose, von keinem Waffenstillstand geschützt. Wir wissen, was uns erwartet, sollten wir gefangengenommen werden. Trotzdem wird der fremde Feind nicht damit rechnen, daß wir so bald nach Finiah von neuem zuschlagen. Der Tanu-Nachrichtendienst ist sich zweifellos im klaren darüber, daß die meisten unserer irregulären Kämpfer sich zerstreut haben. Sie werden annehmen, daß wir unsere Stellung im Norden konsolidieren – was wir selbstverständlich auch tun –, aber sie lassen sich bestimmt nicht einmal träumen, daß wir so verwegen sein könnten, sie im Süden, auf ihrem eigenen Heimatboden anzugreifen.«

»Die Anwesenheit der Tanu-Flüchtlinge wirkt zu unserm Vorteil«, sagte Häuptling Burke. »Es sind so viele schlecht ausgerüstete Fremde auf der Straße, daß unsere Gruppe, gekleidet in dem Zeug, das Felice in Finiah organisiert hat, keine besondere Aufmerksamkeit erregt.«

»Soweit ist alles glatt gegangen«, stimmte Madame zu. »Aber jetzt beginnt der gefährlichste Teil der Operation. Am 20., heute in sechs Tagen, ist Neumond. Das ist auch der letzte Tag des Roniah-Jahrmarktes. Danach eilen die Fremden zu der Weißen Silberebene, und dieser Lagerplatz leert sich. Meiner Ansicht nach sollte die Truppe, deren Aufgabe der Angriff auf die Ringefabrik ist, sofort die Flußfahrt nach Muriah antreten. Es ist möglich, die Reise in weniger als vier Tagen – vielleicht nur drei – zu machen, wenn wir an einen geschickten Schiffer kommen und man psychokinetische Winde heraufbeschwört.«

»Wir werden uns einen guten Bootsmann suchen.« Felice schälte sich aus ihrer Saphir-Rüstung. »Und er wird genau das tun, was wir ihm sagen, sobald Khalid sein Stemmeisen an den grauen Ring gesetzt hat.«

»Sind Sie sicher, daß Sie nicht lieber versuchen sollten, sein Gehirn zu beeinflussen?« wandte sich der Schmied an Felice.

»Ich bin noch zu ungeschickt, um durch die Ringe zu arbeiten. Wenn er sich gegen mich wehrt, könnte ich ihn unabsichtlich töten. Keine Bange – es wird mir gelingen, ihn bloßhalsig zu zähmen.«

Madame fuhr fort: »Wir dürfen hoffen, daß ihr bei Neumond in Muriah seid, wenn möglich die Hilfe Aiken Drums gewinnt und euren Angriff zu einem passenden Zeitpunkt durchführt. Sagen wir, früh am 22. In den ersten Morgenstunden. Und bei Sonnenaufgang werde ich selbst die Botschaft durch das Zeitportal schicken.«

Ein verlegenes Schweigen entstand.

»Sie sind also immer noch entschlossen, die große Geste zu machen«, knurrte Claude.

Das Licht des Feuers zeigte, daß Madames Gesicht seinen entschlossensten Ausdruck angenommen hatte. »Der Punkt ist erledigt. Nur zwei von uns können sich dem Zeitportal unter dem Mantel der Unsichtbarkeit nähern – und Felice wäre bei der Torburg-Operation verschwendet. Ihre großen Talente finden die beste Anwendungsmöglichkeit im Süden, während meine dürftigeren am Zeitportal völlig ausreichen.«

»Sie werden eine Woche lang in diesem Gebiet warten müssen«, gab Claude zu bedenken. »Und wenn Sie in der Zeit einen neuen Anfall von Lungenentzündung bekommen?«

»Amerie hat mir Medikamente gegeben.«

»Sie wollen also einfach zum Zeitportal spazieren und den Bernstein hineinwerfen?«

»Au juste.«

»Velteyn ist immer noch in der Torburg bei seinen Flüchtlingen«, warnte Häuptling Burke. »Er wird erst in der letzten Minute nach Süden abreisen. Wir wissen, daß es ihm keine Schwierigkeiten bereitet, Ihre Illusionen zu durchschauen. Es mag Ihnen gelingen, an das Tor zu gelangen, ohne entdeckt zu werden – aber ich bezweifle, daß Ihre kreativen Metafunktionen innerhalb des Tau-Feldes wirksam sind. Sobald Sie den Nachrichtenempfänger hineingeworfen haben, wird er für die in der Nähe stehenden Wächter und Soldaten sichtbar werden. Dann schlagen sie Alarm.«

Claude setzte hinzu: »Und Velteyn oder ein anderer mächtiger Tanu wird gerannt kommen und Ihren eigenen Unsichtbarkeitsschirm wie den Schnee vom vorigen Jahr schmelzen.«

»Aber ich habe meine Aufgabe dann erfüllt«, erklärte die alte Frau.

»Und sind tot!« explodierte Claude. »Das ist doch nicht nötig, Angélique! Ich habe mir eine andere Möglichkeit ausgedacht.« Und er erzählte es ihnen.

Uwes bärtiger Kopf nickte. »Das könnte klappen, Claude. Die notwendige Arbeit sollte Ihnen unschwer gelingen, und damit wäre auch das Problem gelöst, wie wir ein Versteck für Madame finden. Und Sie wären eine Rückendeckung für sie, falls ...«

Claude unterbrach: »Ihr braucht mich unten im Süden nicht. Ich wäre für euch nur ein Klotz am Bein – das gebe ich zu. Aber hier oben kann ich von Nutzen sein.«

»Schon gut, wir kennen deinen Beweggrund«, sagte Felice. »Ritterlicher alter Knacker.«

Madame ließ ihren Blick um den Kreis von Gesichtern wandern und machte eine kleine resignierende Handbewegung. »Dann werden wir die Torburg-Aktion entsprechend Claudes Empfehlung revidieren. In der Morgendämmerung des 22., wenn wir beide gegen das Zeitportal vorgehen, werdet ihr übrigen euren Angriff auf die Ringefabrik bereits durchgeführt haben.«

»Sit deus nobis«, murmelte die Nonne.

»Unser Eisen wird bei einem Kampf mit den Tanu Mann gegen Mann eine Geheimwaffe darstellen«, sagte Häuptling Burke. »Nur bietet es uns keinen besonderen Vorteil über menschliche Feinde – vor allem bei Goldringen nicht. Wir besitzen für die Zerstörung der Koerzierer-Festung nur zwei Waffen mit ausreichender Wirksamkeit. Erstens Felices Psychoenergie – die nun vielleicht stark genug ist – und zweitens den Speer.«

»Der nichts weiter als ein hübscher Kleiderständer ist«, erinnerte Khalid, »falls wir Aiken Drum nicht dazu bewegen können, ihn neu aufzuladen ... Wie ist es, Felice? Glauben Sie, eine ausreichend starke Energie-Projektion aufbauen zu können, um dickes Mauerwerk und Bronzetüren niederzubrechen?«

»Beim jetzigen Entwicklungsstand meiner Fähigkeiten bezweifle ich es«, antwortete das Mädchen. »Ich werde von Tag zu Tag besser, doch wir täten verdammt gut daran, uns auf diese Angriffswaffe nicht zu verlassen. Aber hört mal – wie ich es verstehe, ist unser Ziel ja eigentlich nicht das ganze Hauptquartier, sondern nur der Fabriktrakt. Müssen diese Ringbestandteile nicht empfindliche kleine Geräte sein? Vielleicht brauchen wir nichts weiter zu tun, als das Dach auf sie stürzen zu lassen, und schon heißt es Bye-bye, Baby! Vanda-Jo braucht sich das Gebäude bloß anzusehen, um mir sagen zu können, an welchen Stellen ich zuschlagen muß. Richtig?«

»Möglich, daß es mir gelingt«, meinte die Chefin der öffentlichen Bauarbeiten, aber ihr Ton verriet Unsicherheit.

»Ich habe das Bauwerk gesehen. Es sieht ganz und gar nicht wie die Märchentürme von Finiah aus«, stellte Khalid fest. »Es ist ein riesiger Würfel aus Marmor und Bronze und ungefähr so verwundbar wie die Sektor-Bank in Zürich! Felice wird sich die Zähne daran ausbeißen, es sei denn, sie ist bis zur nächsten Woche stark genug geworden, um Berge zu versetzen.«

Die kleine Athletin hatte ihre Glasrüstung und die Unterkleidung fast völlig abgelegt und saß nur in einem weißen Hemd und blauen Glasschuhen mit goldenen Sporen auf ihrem Stein. Sie baumelte mit den Beinen, Reflexe von den edelsteinbesetzten Platten der Fußbekleidung tanzten über ihr zartes Gesicht. »Ich weiß nicht, zu was ich nächste Woche imstande sein werde. Aber alles, was ich an Kraft besitze, will ich gegen diese Tanu-Scheißer einsetzen.«

»Sie werden Peos Befehlen gehorchen, Kind«, sagte Madame scharf.

»O ja.« Felice riß die Augen weit auf.

»Ganz gleich, wie wirksam Felices eventuelle Feuerkraft sein mag«, sagte Basil, »unsere beste Erfolgschance bietet immer noch die Photonenwaffe. Mit einem neu aufgeladenen Speer wäre es uns vielleicht sogar möglich, den Komplex der Koerzierer-Gilde aus einer Entfernung zu zerstören, die die Gefahr für unsere Gruppe auf ein Minimum herabsetzt. Wir könnten von der Lagune aus schießen, nicht wahr, Khalid?«

»Das Gebäude liegt am Nordrand der Stadt, westlich des Platzes, wo die Haupt-Rollenstraße von den Docks her mündet. Eine Außenmauer der Festung stößt an den Steilhang. Auf dieser Seite der Halbinsel geht es vielleicht hundert Meter senkrecht nach unten. Vor der Küste des katalanischen Golfs kommt dann noch etwa ein Kilometer mit Dünen und von Wasserläufen zersägten Sedimentgesteinen ... Was meinen Sie, Claude? Sie haben das verdammte Ding abgefeuert.«

»Mit einer festen Plattform für die Waffe wäre es leicht, das Gebäude in alle vier Winde zu zerpusten«, antwortete der Paläontologe. »Oder sogar die Felsklippe darunter zu zerstören.«

Ameries Stimme klang leise. »Wenn wir es in den ersten Morgenstunden tun, wird es vielleicht nur wenige Tote geben.«

»Bekommen Sie kalte Füße, Schwester?« fragte der große Indianer. »Dies ist ein Krieg. Wenn Sie Skrupel haben, bleiben Sie besser bei Madame und Claude.«

Die alte Frau blickte beunruhigt drein. »Es wäre vielleicht am besten, ma sœur.«

»Nein!« rief Felice. »Du hast versprochen, zu helfen, wo du am nötigsten gebraucht wirst, Amerie. Und das ist bei uns. Wir wollen doch keine zweite dumme Katastrophe wie die mit Peos Schwein riskieren, die den Angriff vereitelt. Diesmal kommt die Ärztin mit.«

»Ich werde mein Bestes tun«, beteuerte die Nonne. »Das habe ich bereits gesagt. Einigt euch auf einen Plan, und ich werde mich nach ihm richten.«

»Darf ich vorschlagen«, meldete sich Basil zu Wort, »daß wir die Rolle Aiken Drums noch einmal überdenken? Ist es wirklich notwendig, daß wir erst nach unserer Ankunft in Muriah mit ihm Kontakt aufnehmen und ihn um seine Hilfe bitten?«

Alle sahen den Bergsteiger verständnislos an.

»Wir sollten versuchen, von *hier* mit ihm fernzusprechen«, erklärte Basil, »den jungen Mann zu informieren, daß wir kommen. Sicherzustellen, daß er uns dort erwartet. Ihm vielleicht sogar das Problem des Speers vorzulegen, damit er Zeit hat, darüber nachzudenken.« Madame begann zu protestieren, aber Basil hob taktvoll die Hand. »Ich weiß, Madame Guderian hat Zweifel an ihrer Fähigkeit, über große Entfernungen – und im intimen Modus fernzusprechen. Aber mir ist eingefallen, daß wir unsere Freundin Elizabeth als telepathisches Relais einsetzen könnten.«

»Das ist eine Idee!« rief Claude aus.

»Sie, Madame, erzählten uns, daß Sie Elizabeths Gedanken kurz nach Ankunft der Gruppe Grün im Pliozän wahrgenommen haben. Sicher hat die Frau ihre Fähigkeiten bis heute in dem Ausmaß zurückgewonnen, daß sie Ihre Sendung auf einem ... äh ... dichten Strahl empfangen kann, auch wenn er sozusagen ein bißchen wackelig sein sollte.«

»Ich fürchte, das schaffe ich nicht«, sagte Madame. »Elizabeths Gedanke flackerte in Augenblicksgeschwindigkeit an mir vorbei. Ich habe – wie soll ich das ausdrücken? – die Daten ihrer mentalen Unterschrift nicht gespeichert.«

Felice sprang auf. »Ich könnte Ihnen helfen, Madame! Wir müssen mit Elizabeth nicht unbedingt im intimen Modus fernsprechen, um ihre Aufmerksamkeit zu erregen. Ein einfacher Ruf mit höchster Lautstärke im menschlichen Befehlsmodus würde genügen. Elizabeth braucht nichts weiter zu wissen, als daß wir hier draußen nach ihr brüllen. Ihr Suchersinn würde uns dann ausfindig machen und Madames schwache Sendung in ganz enger Bündelung aufnehmen.«

Die alte Frau betrachtete das eifrige Mädchen stirnrunzelnd. »Andere Gehirne mögen ebenso imstande sein, die Quelle unseres telepathischen Rufs aufzuspüren.«

»Nicht, wenn wir es auf meine Weise machen!« ereiferte sich Felice. »Tun wir doch folgendes: Morgen in aller Frühe synchronisieren wir unsere Uhren, und ich gehe zehn oder zwanzig Kilometer auf der Nordstraße zurück. *Dann* senden wir in vorher festgelegten Intervallen! Wenn wir auf diese Weise fernsprechen, können die Tanu den doppelten Ruf unmöglich lokalisieren. Aber einer Operanten wie Elizabeth sollte es keine Mühe machen, die mentalen Muster von uns beiden zu erkennen und Madame zu finden, wenn sie auf den intimen Modus zurückdreht.«

»Es mag funktionieren«, überlegte Amerie.

Häuptling Burke brummte: »Ene arme alte Rothaut wie ich versteht von all dem Zeug überhaupt nichts. Aber versuchen wir es.«

»Es hört sich ziemlich schlau an«, sagte Khalid, »vorausgesetzt, Felice und Madame können ihre Gedanken verknüpfen ... und vorausgesetzt, dieser Aigen Drum ist einer, dem wir Vertrauen schenken dürfen.«

»Ihr wäret verrückt, wenn ihr ihm den ganzen Plan mitteiltet«, erklärte Claude.

»Warum mußt du immer so zynisch sein, Claude?« beschwerte sich Amerie.

Der alte Mann seufzte. »Vielleicht, weil ich so lange gelebt habe. Vielleicht habe ich deswegen so lange gelebt.«

»Claude«, fragte Madame, »würden Sie sich auf Elizabeths Urteil in dieser Angelegenheit verlassen?«

»Unbedingt.«

»Dann ist es einfach. Heute nacht ruhen wir uns aus, morgen versuchen wir es mit der Kommunikation. Gelingt es uns, den Kontakt herzustellen, bitten wir Elizabeth um ihre Einschätzung von Aiken Drums Charakter und folgen ihrem Rat. D'accord?«

Ihre dunklen Augen blitzten von einem zum anderen. Die übrigen zehn Mitglieder der Expedition nickten.

»Das wäre geregelt«, sagte Häuptling Burke. »Sie brechen im Morgengrauen auf, Felice, und wir setzen die Sendung auf zwölf Uhr mittags fest. Sie legen Ihre Rüstung mit allem Zubehör an und nehmen Basil, Uwe und Khalid als Ihre Grauring-Eskorte mit. Sollte irgendein Tanu neugierig werden, suchen Sie unter den Flüchtlingen nach Ihrem Onkel Max. Während Sie einige Entfernung zwischen sich und uns legen, gehen Madame und wir anderen zur Werft von Roniah hinunter und machen ein geeignetes Boot ausfindig. Gert und Hansi wissen, welche Art von Fahrzeug wir brauchen.«

»Kommt bloß nicht zu spät wieder ins Lager!« warnte Felice. »Und versucht, auf dem Markt noch etwas blauen Lack aufzutreiben! Das Zeug, mit dem Old Man Kawai den Speer getarnt hat, blättert allmählich ab.«

Nun entspannten sie sich, und als um Mitternacht der Mond über der Rhône aufging, kam Fitharn der Firvulag mit Nahrung für Mensch und Tier. Madame nahm den gnomenhaften kleinen Alien beiseite und berichtete ihm soviel von den gefaßten Plänen, wie ihr richtig schien.

»Sie sehen also«, schloß sie, »daß die meisten von uns in ein paar Stunden an Bord eines Flußbootes sind, während Claude und ich uns in der Nähe der Torburg verbergen und auf den Tag warten, wo wir unsern Doppelstreich gegen die Tanu-Sklavenherren führen. Und jetzt steht es Ihnen frei, uns zu verlassen, mein Freund. Nehmen Sie mit sich die tiefempfundene Dankbarkeit unserer Gesellschaft – und der gesamten freien Menschheit! Berichten Sie König Yeochee, was wir zu vollbringen hoffen! Und sagen Sie ihm für mich ... Lebewohl.«

Der kleine Mann zappelte in ihrem mentalen Griff und zerknautschte seinen spitzen roten Hut in den Händen. Sein fremdes Bewußtsein, selbst dann schwer zu lesen, wenn er es öffnete, war jetzt völlig abgeschirmt. Die Bilder, die durch die Beinahe-Schwärze flackerten, waren von widersprüchlichen Emotionen gefärbt.

»Sie machen sich Sorgen«, sagte Madame leise.

»Angélique ...« Worte und Gedanken des Gnoms verwirrten sich: Furcht Liebe Loyalität Mißtrauen Hoffnung Zweifel Schmerz.

»Lieber kleiner Freund, was ist?«

»Warnen Sie Ihre Leute!« platzte Fitharn heraus. »Sagen Sie ihnen, sie dürfen keinem Lebewesen zu sehr trauen! Selbst wenn sie Erfolg haben, sollen sie sich an meine Warnung erinnern!«

Für einen letzten Augenblick sah sein Gesicht zu ihr empor. Dann verschwand er in der Nacht.

8

Die Goldring-Lady und ihr Haushofmeister verweilten vor der Auslage des Firvulag-Juweliers, während das übrige Gefolge, Leibwächter und Mägde, die Menge der Jahrmarktbesucher daran hinderte, sich zu nahe heranzudrängen.

»Ob das da passend wäre, Claudius?« fragte die Frau. »Oder ist es vielleicht so groß, daß es vulgär wirkt?«

Der alte Grauring blickte angewidert auf den Bernstein-Briefbeschwerer, den der Helfer des Juweliers auf einem

Samtkissen darbot. »Es sind«, erklärte der Haushofmeister, »*Insekten* darin.«

»Aber sie beweisen die Echtheit des Stücks!« protestierte der Juwelier. »Vor Hunderten von Millionen Jahren sind sie im Augenblick ihrer Paarung eingefangen worden! Die beiden Insekten, ein männliches und ein weibliches, innerhalb dieses schimmernden Steins auf ewig in ihrer hochzeitlichen Umarmung vereint! Ist das nicht umwerfend, Erhabene Dame? Rührt es dein Herz nicht?«

Die Dame sah ihren Haushofmeister schief an. »Findest du es rührend, mon vieux?«

Die Beredsamkeit des Juweliers steigerte sich. »Es stammt aus den dunkelsten Tiefen von Fennoskandia, von den verhexten Ufern des Schwarzen Sees! Wir Firvulag wagen nicht, diesen Bernstein zu sammeln, meine Dame. Wir erhalten ihn ...« – er hielt dramatisch inne – »von *Heulern!*«

»Tana sei uns gnädig!« flüsterte die Goldring-Dame, die Augen weit aufgerissen. »Ihr handelt also tatsächlich mit den Wilden! Sag mir, guter Juwelier ... sind diese Heuler wirklich so gräßlich anzusehen, wie das Gerücht behauptet?«

»Einen zu sehen«, versicherte der Kunsthandwerker ihr mit feierlichem Gesicht, »bedeutet, wahnsinnig zu werden.«

Die Dame warf ihrem silberhaarigen Haushofmeister einen ironischen Blick zu. »Das habe ich vermutet. Ah, ja.«

Der Gehilfe des Juweliers wagte zu bemerken: »Manche glauben, daß die Heuler in diesem Jahr – wegen der Unruhe, verstehst du – so verwegen waren, nach Süden zu kommen!«

Die Lady quietschte entsetzt auf.

Ihr Captal, ein riesiger Mann mit einem Gesicht wie abgestepptes Korduanleder, klatschte mit der Hand gegen das Heft seines Schwertes. »Nur heran, Feind! Hüte dich, wenn du versuchst, unsere edle Herrin zu ängstigen!«

»Oh, es stimmt, was Galucholl sagt, wackerer Captal«, fiel der Juwelier schnell ein. »Und laß mich dir versichern, daß wir vom Echten Volk deswegen genauso alarmiert sind wie ihr. Té allein weiß, was die häßlichen Teufel wollen. Aber wir werden aufpassen, daß sie sich während der Spiele nicht bei uns einschleichen.«

Die Frau erschauerte in lustvoller Angst. »Wie aufregend!

Wie fürchterlich! Wir werden den Bernstein kaufen, Juwelier. Ich bin ganz entzückt von den sich auf ewig liebenden Insekten. Bezahle ihn, Claudius!«

Brummelnd entnahm der Haushofmeister seiner Gürtelbörse Münzen. Dann fiel sein Auge auf ein Tablett mit Ringen, und er begann zu lächeln. »Ich glaube, davon nehmen wir auch zwei. Wickle sie uns ein.«

»Aber, Sir!« protestierte der Firvulag. »Die geschnitzten Jett-Ringe haben eine bestimmte symbolische Bedeutung, die dir vielleicht nicht bekannt ist ...«

Die eisgrünen Augen des alten Mannes flammten unter den weißen Brauen. »Ich sagte, wir nehmen sie! Pack jetzt diese unzüchtigen Termiten ein, und zwar hurtig! Wir haben eine Verabredung, zu der wir noch zu spät kommen werden.«

»Ja, ja, sofort, werter Meister. Beweg dich. Galucholl, du nutzloser Lümmel!« Der Juwelier verbeugte sich vor Madame Guderian und überreichte dem Haushofmeister den weichen Beutel. »Das Glück sei mit dir, Erhabene Dame. Mögest du Freude an deinen Einkäufen haben.«

Der alte Grauring lachte. Auf eine Weise, die für einen Mann seines Standes vermessen war, faßte er die Frau beim Ellbogen und winkte der Eskorte, sich um die Herrin zu scharen.

Als die Kunden in der Menge verschwunden waren, sagte Galucholl: »Es ist immerhin möglich, daß er die Ringe für jemand anders gekauft hat.«

Das Lachen des Kunsthandwerkers sprach von langer Erfahrung. »Oh, mein Junge. Wie naiv du bist!«

Gert steckte seinen rotblonden Kopf und einen Arm in das Zelt. »Hier, Madame. Sauber in zwei Hälften gespalten. Ich habe nicht einmal die armen Insekten gestört.«

»Danke, mein Sohn. Claude und ich werden die übrige Arbeit tun. Da es beinahe Mittag ist, sollten Sie und die anderen Ihre Stellungen auf den hohen Felsen um unsern Lagerplatz einnehmen. Beim geringsten Alarmzeichen müssen Sie mich benachrichtigen, damit ich die Sendung einstellen kann!«

»Geht in Ordnung, Madame.« Der Kopf verschwand.

»Hier ist die Botschaft.« Claude hielt ihr die Keramik-Scheibe hin. »Genau wie deine, aber mit meiner Unterschrift. Hast du den Zement?«

Sie beugte sich über die Bernsteinstücke, die auf dem Dekamol-Tisch lagen.

»Voilà«, sagte sie nach einer Weile, »ich bin fertig. Eine nimmst du, eine nehme ich – par mesure de sécurité. Ich behalte die mit den rührenden Termiten, obwohl du sie unterschrieben hast. Es ist passend.«

Beide betrachteten sie die Nachrichtenträger. Durch das rötlich-goldene fossilierte Harz schimmerten die Worte der eingeschlossenen Keramik-Platten:

PLIOZÄN-EUROPA UNTER KONTROLLE
FEINDLICH EINGESTELLTER AUSSERIRDISCHER
RASSE.
UM DER LIEBE GOTTES WILLEN,
SCHLIESST ZEITPORTAL.
IGNORIERT JEDE ANDERSLAUTENDE
NACHFOLGENDE BOTSCHAFT.

»Was meinst du, werden sie uns glauben?« fragte Madame.

»Sie können unsere Unterschriften ohne Schwierigkeiten nachprüfen. Und, wie du sagtest, zwei Zeugen sind besser als einer. Niemand würde einen ehrlichen alten Kerl wie mich jemals eines dummen Streichs verdächtigen.«

Sie saßen schweigend beieinander. Es war sehr heiß in dem geschlossenen Zelt. Sie strich sich eine Locke ergrauenden Haars aus der Stirn. Schweißtropfen rieselten von dem einen Ohr nieder.

»Du bist ein Narr, weißt du«, meinte sie schließlich.

»Polacken lieben autoritäre Frauen. Du hättest Gen kennen sollen! Es hat Sektor-Chefs gegeben, die sich vor ihrer weißglühenden Wut wie geprügelte Hunde duckten. Außerdem bin ich zu altmodisch, um mich mit einer Frau wie dir zu kompromittieren. Soll ich vielleicht, wenn wir uns eine Woche lang im Loch einer Falltür-Spinne verstecken müssen, immerzu die Marseillaise singen, während sämtliche Teile meines Körpers sich anstrengen, keine Hab-acht-Stellung einzunehmen?«

»Quel homme! C'est incroyable!«

»Nicht für Polacken.« Er konsultierte seine Uhr. »Fünfzehn Sekunden bis Mittag. Auf deinen Posten, alte Frau!«

Elizabeth und Dionket der Lord-Heiler blickten auf das Schwarzring-Kind in seinem Bettchen nieder. Der Menschenfrau kam der reinblütige Tanu-Junge älter vor als drei Jahre – nicht nur wegen der längeren Glieder, sondern auch wegen des Leidenszuges auf seinem immer noch schönen Gesicht.

Das Kind war bis auf ein Handtuch über seinen Lenden nackt. Eine Wassermatratze machte es dem geschwollenen Körper so bequem, wie es bei dieser tanklosen medizinischen Technik möglich war. Die Haut des Jungen war dunkelrot. Periphere Körperteile wie Fingerspitzen, Ohren, Nase und Lippen wirkten vor Blutstau beinahe schwarz. Unter dem kleinen goldenen Ring trug die Haut Blasen, auf die man in dem vergeblichen Versuch einer Linderung weiße Salbe aufgetragen hatte. Elizabeth glitt in den zerstörten Kindergeist. Gelbliche Augenlider öffneten sich und zeigten stark erweiterte Pupillen.

»Eine Entfernung des Rings würde es nur noch schlimmer machen«, sagte Dionket. »Dann bekäme er zusätzliche Krämpfe. Sieh dir die degenerierten Nervenverbindungen zwischen dem Zerbellum und dem limbischen System an, die anomalen Leitungen vom Ring zur motorischen Region der Hirnrinde, die chaotischen Impulse innerhalb der Amygdala-Kerne, die unsere Versuche, den Schmerz zu stillen, zunichte gemacht haben. Das Syndron tritt auf typische Weise abrupt auf – im Falle dieses Jungen vor fünf Tagen. Der Tod wird in ungefähr drei Wochen erfolgen.«

Elizabeth legte die Hand auf die heißen blonden Locken.

Ah Baby so Baby lieb ruhig armesLämmchen laß mich sehen laß mich ein zu sehen zu helfen ah da sind die erbarmungslosen Verbindungen zwischen Gold und aufgeladenem Fleisch wo das Elend tobt armes Baby ... ah. Siehst du ich nehme es weg ich trenne die Kontrollschicht zwischen Rinde und tieferen Gehirnteilen lasse Frieden ein so ruhe nun warte nun und schlafe bis du eingehst ins Licht doch noch Erfüllung findend.

Die kleinen Augen schlossen sich. Der Körper wurde schlaff.

Elizabeth du hast seinen Schmerz entfernt Tana sei Dank.

Wie immer weigerte sie sich, Kontakt mit Dionkets Geist aufzunehmen. Sie wandte sich von dem Bettchen ab. »Trotzdem wird er sterben. Ich kann ihn nicht heilen, ihm nur Erleichterung bringen, bis das Ende kommt.«

Aber wenn du länger bliebest wenn du experimentiertest ...

»Ich muß gehen.«

Du hättest gehen können doch du bist nicht gegangen. Soll ich dir sagen warum du bei uns geblieben bist obwohl dein Ballon in dem Raum ohne Türen auf dich wartet?

»Ich bin geblieben, um Brede zu unterrichten, wie ich es versprochen habe.« Nichts – kein Hauch von Empathie drang durch ihren mentalen Schirm. Aber Dionket Lord-Heiler war alt, und es gibt andere Möglichkeiten, Seelen zu lesen.

Du bist trotz des Widerwillens den du bekanntest trotz deiner Selbstsucht bei uns geblieben weil du berührt worden bist ...

»Natürlich bin ich berührt worden! Und es stößt mich ab! Und ich *werde* weggehen. Sollen wir jetzt weiter Zeit in sinnlosem Geplänkel verschwenden, oder sollen wir sehen, ob ich dir bei diesen armen Kindern helfen kann?«

Elizabeth Brede ist so nahe daran ihre Vision zu verstehen wenn du ihr nur helfen würdest sie zu interpretieren ...

»Brede ist eine Spinne! Die Heerschar Nontusvels hat mich davor gewarnt. Wenigstens sind das ehrliche Barbaren, die aus ihrer Feindschaft kein Hehl machen. Aber Brede spinnt metapsychische Netze, und ich sage, zur Hölle mit ihr!« Die überfließende Bitterkeit wurde schnell wieder unter Kontrolle gebracht. »Machen wir nun weiter, oder nicht? Und sprich bitte laut mit mir, Lord-Heiler!«

Er seufzte. »Tut mir leid. Brede – und wir alle – haben nur deshalb versucht, dich zurückzuhalten, weil wir dich so notwendig brauchen. Wir haben nicht richtig darüber nachgedacht, was *du* brauchst. Verzeih uns, Elizabeth!«

Sie lächelte. »Selbstverständlich. Jetzt sag mir, wieviel Prozent eurer Tanu-Kinder leiden an dieser schrecklichen Sache?«

»Sieben. Das Syndrom, das wir ›Schwarzring‹ nennen, kann unter Reinblütigen in jedem Alter bis zu Beginn der Pubertät auftreten. Die meisten Fälle sind jünger als vier. Unter den Mischlingen treten niemals Schwarzringe auf. Sie können jedoch von den Unverträglichkeitssymptomen befallen werden wie die Menschen, die den Ring tragen. So schlimm das sein mag, man kann sie für gewöhnlich mit sorgfältiger redigierender Behandlung retten. Aber bei diesen Schwarzring-Kindern sind wir immer machtlos gewesen – bis jetzt. Wie du die Leitungen getrennt und den Schmerz beseitigt hast, das war erstaunlich! In der Tiefenredigierung seid ihr vom Milieu uns weit überlegen: Auch wenn du nicht bleiben willst – darf ich hoffen, daß du wenigstens die übrigen kleinen Leidenden erlösen wirst, bevor du uns verläßt?«

Ach ja? Ich soll eintauchen in noch mehr unverschuldete Qual so unnötig unkanalisiert unproduktiv meine Kraft verzehrend arme Kinder *warum* tut ihr es ihnen an warum diese verdammten Ringe?

Es ist die Art in der wir leben Elizabeth die einzige Art die wir kennen wie könnten wir diesen Ersatz für die Operanz aufgeben da wir ihn einmal erfahren haben *könntest du es?*

Ihre massiven Egos, nackt in ihrer Macht, konfrontierten einander einen flüchtigen Augenblick lang. Dann verschleierte sie sich wieder. Aber Elizabeth hatte auf Dionket den Heiler von ihrer Höhe hinabgesehen, und er hatte sich selbst erniedrigt und gebeten und angeboten – was hatte er angeboten? –, und er hatte ihr gezeigt, wie viele andere gleich ihm waren.

Elizabeth traten Tränen in die Augen. In einem anderen Fall hätte sie zugeschlagen, aber sie wußte, dieser Mann zumindest war kein Manipulator. Und deshalb war ihre Antwort sanft.

»Ich kann die Rolle nicht spielen, die du von mir verlangst, Dionket. Meine Gründe sind kompliziert und persönlich, doch gibt es auch praktische Überlegungen, die ich dir erklären will. Die Heerschar Nontusvels will ich immer noch töten, obwohl alle wissen, daß Brede es verboten hat, mich nach Gomnols Plan mit dem König zu paaren. Die Heerschar macht sich jetzt noch mehr Sorgen darüber, ich könnte Aiken Drum Kinder gebären – oder mich mit ihm während des Großen Wettstreits irgendwie verbünden. Du kennst mich mittlerweile gut genug, um die Unmöglichkeit beider Ideen einzusehen. Aber die Mitglieder der Heerschar denken nur an ihre Dynastie. Im Augenblick sind sie so mit den Vorbereitungen für den Wettstreit beschäftigt, daß sie nur gelegentliche Attacken auf mich durchführen. Trotzdem kann ich nirgendwo anders sicher schlafen als in Bredes Raum ohne Türen. Du und deine Faktion, ihr könntet mich nie vor Nodonn und einem von ihm koordinierten geballten Angriff schützen. Wenn ich schlafe, bin ich verwundbar. Und sie sind entschlossen. Ich will nicht bis ans Ende meines Lebens eingesperrt in Bredes Haus leben oder die Energiebolzen dieser Horde von mentalen Wilden abwehren.«

»Wir versuchen, die alten, erbarmungslosen Bräuche zu ändern!« rief Dionket. »Du könntest uns in unserm Kampf gegen die Heerschar helfen!«

»Mein Charakter ist völlig nicht-aggressiv, wie du weißt. Bringt erst eure großen Veränderungen zustande und bittet mich *dann* um meine Hilfe!«

»Wie Tana will«, seufzte er resigniert. »Wann willst du uns verlassen?«

»Bald.« Wieder blickte sie auf das schlafende Kind nieder. »Ich werde mich vorher aller anderen Schwarzring-Kinder annehmen, und du kannnst mich mit deinen besten Leuten dabei beobachten. Vielleicht gelingt es euch, das Programm zu lernen.«

»Wir werden dir für deine Anleitung zutiefst dankbar sein ... Und jetzt wollen wir, wenn es dir recht ist, diese Kammer der Gehirnschmerzen für eine Weile verlassen. Auch wenn du deine Empfindungen abschirmst, weiß ich, daß der Kontakt mit den Schwarzringen dich erschöpft. Gehen wir auf die Terrasse, außer Reichweite dieser jammervollen Aura.«

Der hochgewachsene Mann in Rot und Weiß verließ den Krankensaal. Durch kühle Steinkorridore, vorbei an Schirmen aus Marmor-Filigran ging es auf einen großen Balkon.

Von hier oben auf dem Berg der Heroen hatte man eine überwältigende Aussicht auf Muriah. Dionket und Elizabeth überblickten einen großen Teil der Aven-Halbinsel, der Salzebenen und der Lagunen, die sich unten im reinen, gleißenden Licht der Mittagssonne ausbreiteten. Das Schreien der gepeinigten jungen Seelen wurde von der Sonnen-Emanation ausgeblendet. Das Licht traf Elizabeth mit solcher Wucht, daß sie benommen taumelte ...

... und den Ruf empfing.

Elizabeth Orme Fernsprecherin antworte.

Dionket war besorgt. Er nahm ihren Arm und führte sie in eine schattige Ecke, wo Rohrstühle standen.

Elizabeth! Elizabeth!

So schwach, so verworren, so menschlich – aber wer?

»Der Umgang mit unseren armen Kleinen hat dich angegriffen, meine Liebe. Das ist kein Wunder. Setz dich, ich werde dir ein belebendes Mittel bringen!«

Konnte Dionket es gehört haben? Aber nein. Der Ruf war in dem einzigartigen menschlichen Modus gekommen, fast schon zu schwach für ihr eigenes Wahrnehmungsvermögen, ganz zu schweigen von seinem.

»Nur – etwas zu trinken«, sagte sie. »Etwas Kaltes.«

»Natürlich. Ich bin gleich wieder da.«

Elizabeth!

Werdu Wo du ich Elizabeth antworte.

Ich/wir! Felice/AngéliqueGuderian! GottseiDankeshatgeklappt O schnellschnell verlieren Synchronsendung enge Bündelung Angéli ...

Ich habe dich Madame Guderian.

Grâceàdieu wir hatten soAngst wir riefen solange keine-Antwort hörzu einige vonuns kommen um Ringefabrik zu sabotieren brauche Hilfe AikenDrum falls er vertrauenswürdig glaubst du du kannst für ihn bürgen?

Aiken?

Jaja erallein lepetitfarceur! Wenn wirihmnurtrauenkönnen o hörzu soistes aufdieseArt istes ...

Elizabeth lauschte erstaunt auf die schwach plappernden Gedanken, die ungeschickt Daten hervorsprudelten und ein verrücktes Gemengsel von geistigen Bildern und unbeholfenen Subvokalisierungen übermittelten. Das Ganze war so verklumpt von Unruhe, so schwankend und weit entfernt, daß nur ein Meta der Meisterklasse Sinn daraus entnehmen konnte. Was für ein unglaublich verwegener Plan! Aber diese menschlichen Rebellen hatten das Unglaubliche in Finiah bereits vollbracht, oder nicht? Auch dieser Plan mochte Erfolg haben. Aber – Aiken Drum? Was konnte sie ihnen über ihn erzählen, da nicht einmal sie selbst mehr in seinen Geist einzudringen vermochte, Aiken, der zweifellos das Potential der Meisterklasse besaß und vielleicht inzwischen voll operant geworden war. Was konnte sie ihnen über den lachenden kleinen ungeborenen Erwählten von Mayvar Königsmacherin berichten?

Brede?

Elizabeth ich höre.

Erbitte Prognose. (DATEN)

Tu es.

Harmlos?

Kein Mensch ist jemals harmlos.

Harmlos für meine bestenFreunde und Menschheit insgesamt?

(Ironie.) Bestätigung durch fernere Zukunft falschehochmütige Elizabeth.

Verdammt sollst du sein ...

Madame Guderian?

Ja Elizabeth.

Ich werde Aiken Drum deine Bitte vortragen ohne ihm über euren Plan mehr zu erzählen als er zu wissen braucht. Ich glaube auf lange Sicht ist es für die Menschheit von Vorteil ihn in den Plan einzubeziehen. Aber kurzfristig mag Gefahr vorhanden sein. Seid wachsam! Ich will weiterhin für euch tun was ich kann solange ich kann.

Odankemerci aber es wird gefährlich sein pourl'amour dedieu halte zu uns Elizabeth wir können/dürfen nicht versagen (Furcht Schuld Hoffnung). Elizabeth?

Friede sei mit dir, Angélique Guderian. Und mit allen meinen Freunden ...

»Hier!« Dionket kam mit einem Tablett. »Kalter Orangensaft dürfte das Beste sein, um dich zu erfrischen. Vitamin C, Kalium und viele andere gute Dinge sind in dieser herrlichen Erdenfrucht.«

Elizabeth lächelte und griff nach dem Kristallglas. Die weit entfernte mentale Stimme war im Getöse anderer Gedanken verschwunden.

Von einem Lachkrampf geschüttelt, schlug Stein seinem Gefährten kräftig auf den Rücken. Die kleine, in Gold gekleidete Gestalt stand so fest wie eine metallene Statue.

»Aiken ... Junge! Ist das nicht die absolute großartigste Nachricht, die du je in deinem Leben gehört hast? Sie kommen! Unsere guten alten Kumpel von Gruppe Grün kommen mit den Taschen voller Eisen und einer gewaltigen Kanone, mit der wir die Scheiß-Tanu in einen Orbit schießen können! *Und sie können unsere Ringe abschneiden!* Sukey und ich können frei werden! Alle Menschen, die diese Dinger nicht tragen wollen, können frei werden! Ist das zu glauben?«

Aiken Drum zeigte sein Kaspergrinsen. »Das sagt Elizabeth.«

Die beiden befanden sich auf einem Balkon, der zu Mayvars Wohnung in der Halle der Fernwahrnehmer gehörte. Ihr unterbrochener Lunch stand ungegessen auf dem Tisch vor ihnen. Die hochstehende heiße Sonne brannte auf die festtägliche Stadt nieder, in der es von Tanu- und menschlichen Besuchern wimmelte. Draußen auf der schimmernden Weißen Silberebene im Süden erstreckten sich dichte Reihen aus Tausenden von kleinen schwarzen Firvulag-Zelten. Dazu kamen die größeren Pavillons in Ocker und Rostrot und anderen Erdfarben, die den Adel der Kleinen Leute beherbergten. Große Zuschauertribünen mit Markisen in Scharlachrot und Blau und Purpur und rosigem Gold wurden zu beiden Seiten des Platzes errichtet, wo die sportlichen Kämpfe stattfinden sollten, die den blutigen Ereignissen des Großen Wettstreits selbst vorangingen.

Stein, barhäuptig und nur mit einer leichten Tunika bekleidetet, umklammerte seinen Becher mit geeistem Met so fest, daß das Silber sich zu verbiegen drohte. »Wie ist es, Junge?

Glaubst du wirklich, du kannst diese Photonenwaffe, die sie mitbringen, wieder aufladen?«

»Kann ich nicht sicher sagen, bis ich sie beaugapfelt habe, Steinie. Aber wenn es nur darum geht, ein dummes Energie-Aggregat zu öffnen, wie Madame sagt, sollte es für ein Genie wie mich ein Klacks sein.«

»Großartig!« Der Riese stürzte seinen Met hinunter und knallte den Pokal auf den Tisch. »Klar wie dicke Tinte, daß ich zu dem Stoßtrupp gehöre, der die Ringefabrik angreift! Ob sie mich die Kanone wohl abschießen lassen? Niemand kann meiner Mutter Sohn noch Tricks für die Behandlung von Laserwaffen beibringen ... oder hast du selbst daran gedacht, dich dem Haufen anzuschließen?«

Aikens Grinsen wich einem nachdenklichen Gesichtsausdruck. Er zog eine margeritenähnliche Blume aus dem Tafelschmuck und begann, die Blütenblätter abzuzupfen. »Wer, ich? Ich soll einen Streich für die menschliche Freiheit und die Vernichtung des Tanu-Königreichs führen? Ich soll Lugonns Speer benutzen? Gar nicht dran zu denken! Ich könnte das Ding wahrscheinlich nicht einmal heben.« Er ließ Blütenblätter auf seinen Teller mit dem kalt und talgig gewordenen Essen fallen. »Weißt du, Stein, der Speer – ich meine die Photonenwaffe – ist diesen Fremden heilig. Daß Menschen ihn in einem Krieg benutzten, hat den größten Gestank erzeugt, seit die Tanu vor tausend Jahren zur Erde kamen. Der Speer war eine von zwei Photonenwaffen, die die Fremden aus ihrer Heimatgalaxis für Ritualkämpfe zwischen großen Helden mitbrachten. Die zweite ist kleiner und wird das ›Schwert Sharns‹ genannt. Ursprünglich gehörte es einem alten Firvulag-Kriegsfürsten. Jetzt hat Nodonn es.«

Stein schlug auf den Tisch. »*Dem* Bastard werden wir es zeigen! Wir werden es ihnen allen zeigen, diesen dreckigen Aliens! Keine menschlichen Sklaven mehr. Keine schweinischen Zuchtprogramme mehr. Ohne einen regelmäßigen Nachschub an Ringen wird diese ganze verdammte Tanu-Gesellschaft in Stücke brechen!«

Aiken betrachtete die zerzupfte Blüte mit komischer Verzweiflung. »Sicher, es sieht so aus, als werde genau das geschehen ... Armes Blümchen. Ganz kaputt.«

Stein schob seinen Stuhl zurück. »Komm, erzählen wir es Sukey! Sie sorgt sich zu Tode in ihrem Versteck im Redaktionshaus.«

»Das lassen wir aber vielleicht vorerst besser«, meinte Aiken. »Du weißt ja. Je weniger Leute ein Geheimnis kennen ...«

»Sie würde nie etwas sagen.«

»Nicht absichtlich.« Aiken sah Stein nicht an. »Sie ist sicher da, wo Dionket und Creyn sie versteckt haben. Aber es treiben sich an jenem Ort auch noch andere Redakteure herum, die nicht freundlich gesonnen sind. Läßt Sukey ihre Gedanken eines Tages zufällig ein bißchen wandern, dann könnte ein wirklich erstklassiger Gehirnbohrer wie Culluket Schöngesicht Wind von unserer kleinen Verschwörung bekommen. Sukey brauchte nichts weiter zu tun, als sich den Speer vorzustellen. Zum Beispiel ein Bild heraufzubeschwören, wie du ihn abschießt.« Stein erschrak. »Süßer Jesus, Aiken! Können wir sie nicht zu uns herüberholen?«

»Ich könnte ihr nicht die Deckung geben, wie sie sie von den freundlich gesonnenen Redakteuren erhält. Sie wird dortbleiben müssen, bis die Nordgruppe mit ihrem Stemmeisen eintrifft. Dann kann ich ihren Ring abschneiden, und deinen auch, und ihr könnt in den Sonnenaufgang davonsegeln, ganz wie ich es euch versprochen habe. Ich muß dir gestehen, Junge – bis wir diese verrückte Blitzsendung von Elizabeth und Madame erhielten, hatte ich nicht die leiseste Ahnung, wie ich mein euch beiden gegebenes Versprechen halten sollte. Aber wenn eure Ringe ab sind und ihr sozusagen außerhalb des Tanu-Gedankennetzes seid, wird es keine besonderen Schwierigkeiten mehr geben.«

»Kann das Ding gar nicht schnell genug loswerden.« Stein zerrte vergeblich an seinem grauen Halsreif. »Seit kurzem, so etwa seit einer Woche, habe ich diese unheimlichen Gefühle. Und das ist der Ring, Junge! Ich weiß, er ist es. Ich tue gar nichts Besonderes, und auf einmal läßt mich etwas ganz Harmloses wie ein Schatten zusammenfahren wie einen gesengten Elch. Oder ich meine, das fürchterlichste Ungeheuer der Welt ist hinter mir und will mich gerade packen. Und ich wage nicht, mich umzudrehen und nachzugucken, weil ich es nur durch Nichtbeachtung daran hindern kann, mich anzuspringen ...«

»Reg dich nicht auf!« sagte Aiken. »Noch vier, fünf Tage, und du wirst bloßhalsig sein und so frei wie ein Vogel und mit deiner Lady unterwegs zu den Spaghetti-Inseln.«

Stein packte den Arm des kleinen Mannes in Gold. »Und du auch, nicht wahr, Aiken?«

»Hm.« Der Unheilstifter vermied Steins Blick. »Was mich betrifft, ich habe hier an König Artus Hof meinen Spaß gehabt. Und der Wettstreit beginnt bald. Ich glaube, es könnte mir so gerade eben gelingen, einen dieser Scheißer zu besiegen. Mir eine schöne Dame oder ein übriges Königreich oder so etwas gewinnen.«

Stein brüllte vor Lachen. »Und mit ausgebranntem Gehirn enden! Du kannst dein Königreich haben, Süßer. Was davon übrig ist, wenn ich und Madames Bande damit fertig sind!« Er wandte sich den Balkontüren zu. »Ich gehe zu Sukey. Ich werde kein Wort über die Kanone sagen. Ihr nur erzählen, daß bald bessere Zeiten kommen. Okay?«

Aiken hielt den zerknickten Stengel der Margerite hoch. Langsam richtete er sich auf. Die gerupfte Scheibe füllte sich und heilte. Lavendelfarbene Randblüten sprossen von neuem, frisch und vollkommen.

»Und wir dachten, du seist dahin, Blümchen!« kicherte Aiken. »Dabei zeigt sich mal wieder: Zieh keine voreiligen Schlüsse!«

Er schwebte hoch und steckte die Blume Stein hinters Ohr. Dann kehrte er zu der normalen Art menschlicher Fortbewegung zurück und stolzierte davon. Er pfiff: »Über das Meer in den Himmel.«

Sie taten es bei Dunkelwerden am Lagerfeuer, denn es war beschlossen worden, daß die beiden alten Leute noch diese Nacht Roniah verlassen und sich verstecken sollten. Die übrigen würden im Morgengrauen ein Boot nach Süden besteigen.

»Der richtige Introitus für diesen Gottesdienst«, sagte Amerie, als sie alle versammelt waren, »sollte König Davids Gebet um den Sieg sein. Es paßt für uns ebenso wie für Claude und Angélique:

Der Herr erhöre dich in der Not,
der Name des Gottes Jakobs schütze dich.
Er sende dir Hilfe vom Heiligtum
und stärke dich aus Zion.
Er gebe dir, was dein Herz begehrt,
und erfülle alle deine Anschläge.

Sprechen Sie mir jetzt nach: ›Ich Angélique, nehme dich, Claude ...‹«

9

Lord Greg-Donnet stürzte in den Computer-Raum des Kreatorenhauses, als Bryan und Ogmol die allerletzten Daten einspeisten. Sein türkisfarbener Schwalbenschwanz war frisch und sauber, und er trug eine große weiße Rose im Knopfloch.

»Ich habe überall nach euch gesucht, um euch die Neuigkeit zu erzählen! Und dann sagte Katlinel, ihr seid hier drin, deshalb rannte ich, so schnell ich ...« Sein Blick fiel auf die eselsohrigen Notizbücher und die Speicherplatten, die Bryan in seine Aktentasche aus Rohrgeflecht packte, und er unterbrach sich. »Die *Studie?* Sagen Sie mir nicht, Sie seien schon dabei, sie abzuschließen!«

»Doch, Greggy.« Bryan lächelte. »Wir hätten noch Monate darauf verwenden können, aber König Thagdal ist es wichtig, schon vor dem Wettstreit eine Art Ergebnis zu erhalten. Deshalb haben wir heute die letzte Auswertung vorgenommen. Dem König bleiben dann zwei Wochen, den Bericht zu studieren und mit uns Rücksprache zu nehmen, bevor er ihn der Hohen Tafel vorlegt – oder was er damit tun will.«

»Wie aufregend!« krähte der Genetik-Meister. »Darf ich den Befehl für den Ausdruck eingeben, Bryan? Ach, bitte!«

»Nun – natürlich. Lassen Sie Ogmol und mir nur noch eine Minute.«

Greg-Donnet hüpfte auf und nieder und umschlang sich mit den Armen. »Ich liebe es, wenn die Platten herausgepurzelt kommen! Können wir so viele Kopien machen, wie wir wollen?«

»Im Augenblick nur drei, tut mir leid«, antwortete der Anthropologe. »Die Untersuchung muß als vertraulich behandelt werden, bis König Thagdal ihre Bekanntgabe genehmigt. Darin war Seine Majestät sehr bestimmt.«

Greg-Donnet schob schmollend die Unterlippe vor. »Spielverderber! Das macht gar keinen Spaß, wenn der Computer nur *drei* ausdruckt.«

»Greggy hat von seinem neuen Aufsatz über die Koeffizienten metapsychischer Latenz fünftausend Kopien in Umlauf gesetzt«, bemerkte Ogmol und blickte von dem Input-Mundstück auf. »Sie sollten sich beeilen, wenn Sie eine davon haben wollen, Bry. Es sind nämlich nur noch 4991 übrig ... Das waren die letzten Daten. Wir sind soweit.«

Bryan zeigte auf die Kontrollkonsole. »Seien Sie unser Gast, Greggy! Aber nur drei: eine für den König, eine für Ogmol und eine für mich.«

Der Wahnsinnige ergriff das Mundstück. Sein kleines altes Babygesicht fand zu seinem üblichen gutgelaunten Ausdruck zurück. »Alles zurücktreten! ... *Beginne Ausdruck Platte eins bis Platte drei Ende.* Juhuuu!«

Die Maschine ignorierte stoisch die letzte unverdauliche Eingabe, kreißte sechs Sekunden lang und produzierte ein Trio von hellgrünen Plastik-Rechtecken im Format zehn mal sechzehn mit dem Titel:

SOZIOÖKONOMISCHE STRESS-STRUKTUREN
DARGESTELLT AN KULTURELLEN INTERAKTIONEN
VON TANU UND MENSCHEN
– Ein vorläufiger Bericht –

BRIAN D. GRENFELL
Zentrum für
anthropologische Studien
London 51:30 N, 00:10 W Sol–3

OGMOL, Sohn von
JOHANNA BURNS und THAGDAL
Kreatoren-Gilde
Muriah 39:54 N, 04:15 O Sol–3

»Sieht das nicht *kompetent* aus?« quietschte Greggy und schnappte sich eine der Platten von der Ablage. »Ganz wie zu Hause! Lassen Sie mich nur die Zusammenfassung lesen, Bry. Bitte, bitte!«

Bryan nahm dem Genetik-Meister das Buch aus der Hand, bevor dieser den Inhaltsaktivator drücken konnte, und stopfte es in die Innentasche seiner eigenen Jacke. »Ich verspreche Ihnen, Sie dürfen es als erster lesen, sobald der König seine Genehmigung erteilt hat. Sie müssen ein bißchen Geduld haben, Greggy.«

Ogmol griff nach seinem eigenen Exemplar und dem für seinen königlichen Vater. »Das ist Dynamit, Greggy. Damit darf nicht herumgespielt werden.«

»Alter Wichtigtuer!« schrie das erwachsene Kind. »Ich habe gar keine Lust mehr, euch meine Neuigkeit zu erzählen! Und ich habe euch eigens deswegen gesucht. Damit euch der Spaß nicht entgeht. Aber wenn ihr so gemein seid ...«

»Sobald der König seine Zustimmung gibt«, beschwichtigte Bryan ihn, »werde ich dafür sorgen, daß Sie eine eigene Kopie in einem schönen roten Lederkasten erhalten. Mit Goldprägung. Mit Ihrem Namen darauf.«

Greggy strahlte. »O fein! Ich habe nur Spaß gemacht. Um nichts in der Welt möchte ich, daß ihr Lady Mercy-Rosmars offizielle Herausforderung des Handwerksmeisters verpaßt!«

»Allmächtige Tana!« rief Ogmol aus. »Sie kommt also wirklich damit durch? Sie will beim Wettstreit gegen Aluteyn in der Manifestation der Kräfte auftreten?«

»Darauf kannst du wetten.« Greg-Donnet nickte. »Der König und die Königin sind hier, um der Herausforderung beizuwohnen, und noch viele andere.«

Bryan schwieg wie gelähmt. Aber Ogmol erwiderte: »Geben die Klatschmäuler ihr eine Chance, die Präsidentschaft zu gewinnen, Greggy? Ich bin durch die Arbeit an dieser Untersuchung so von allem abgeschlossen gewesen, daß ich kaum noch die eine Intrige von der anderen unterscheiden kann. Vermutlich steht Nodonn hinter der Herausforderung. Merk dir meine Worte – er und der Rest der Heerschar werden nicht ruhen, bis sie sämtliche Gilden übernommen haben! Sieh dir nur an, wie Riganone die Königsmacherin auf dem Gebiet der Fernwahrnehmung in die Hacken tritt! Und Culluket würde Dionket als Lord-Heiler herausfordern, wenn sein Psychopotential genauso groß wäre wie seine Machtgier.«

»Mercy hat den Kessel und alles, was dazugehört, mitgebracht«, erzählte Greg-Donnet. »Sie wird uns eine eindrucksvolle Demonstration liefern, verlaß dich darauf, kreativer Bruder. Ich könnte mich totlachen! Aber der arme alte Aluteyn tut mir leid. Es ist hart, wenn man jahrelang für eine schwierige Arbeit sein Bestes gibt und die Leute einen deswegen gar nicht gern mögen – und dann einer jungen Frau mit Charisma und Charme weichen zu sollen.«

Ogmol lachte. »Bryan weiß Bescheid über den Charme der Dame! Sichern Sie die Daten, Bry, damit wir gehen können.«

Der Anthropologe erwachte aus seiner Versunkenheit. Er sprach seinen privaten Verschluß-Kode in die Befehlsaufnahme des Computers, schaltete die Maschine ab, nahm seine Aktentasche und war bereit, seinem Tanu-Mitarbeiter zu folgen.

Greg-Donnet stöberte in einem Schrank herum. »Geht nur vor, Kollegen! Ich möchte einige *meiner* Berichte in die Rotunde mitnehmen. Alle Welt ist dort! Das ist eine wunderbare Chance, Leute zum Zuhören zu zwingen, haha!«

Nachdem die beiden gegangen waren, ließ Greg-Donnet seine eigenen Buchplatten achtlos zu Boden fallen. Er stürzte an die Rückwand des Computers und schob ein Türchen in dem undurchsichtigen Glas des Datenspeicher-Moduls auf. Dahinter befand sich ein miniaturisiertes manuelles Terminal. Es war Teil des Wartungssystems dieser alten Maschine, die in den ersten Tagen der Auberge von einem Techniker mit beachtlicher Überredungskraft stückweise ins Pliozän transportiert worden war. Der Stift zur Bedienung der winzigen Tastatur war schon vor Jahren verschwunden. Aber Greggy, der ein guter Freund des längst toten Computer-Technikers gewesen war, hatte als Ersatz einen alten, abgenagten Bleistiftstummel in das Terminal gelegt. Er genügte völlig, um alle möglichen ausgefallenen und nützlichen Instruktionen zu tippen.

Greg-Donnet schrieb:

ÜBERBRÜCKE VERSCHLUSSKODE.
ZURÜCK AN ANFANG BERICHT DER AUTOREN GRENFELL + OGMOL.
BEGINNE AUSDRUCK EINES EXEMPLARS.
LÖSCHE DATEN.
ENDE.

Die Maschine begann summend wiederzukauen. Eine hellgrüne Platte fiel mit gedämpftem Klick in die Ablage. Der Computer gab keinen Laut von sich, als er aus seinem Gedächtnis den gesamten Datenkomplex strich, den Bryan und Ogmol in ihm gespeichert hatten.

Greg-Donnet tätschelte die Maschine kichernd und verstaute seine Kopie der Untersuchung in einer Tasche unter einem Schwanz seines Fracks.

»Saubere Graphiken und ein gelehrter Jargon! Statistiken und Korrelationen und Extrapolationen übler, sehr übler Vorzeichen! Für mich natürlich keine Überraschung. Wer muß sich erst von einem Anthropologen sagen lassen, daß die Sintflut bevorsteht? Ungezogene Menschen! Man stelle sich vor, der arme Thaggy glaubt doch tatsächlich, wir wären seinem Volk von Nutzen gewesen! Wird es nicht ein Schock für ihn sein, wenn er erfährt, daß Nodonn mit seiner Meinung über uns recht hatte? Und hier ist es – vorbuchstabiert von dem klugen Bryan und dem simplen Oggy. Das Schicksal der Menschheit und der Mischlinge von Tanu und Menschen ist so deutlich dargestellt, daß auch das bornierteste Mitglied der Heerschar es verstehen wird ... Ah, Bryan. Mit Oggy als Aufpasser hinter dir würdest du das Ding nur gehorsam dem König überreichen und darauf vertrauen, daß er zu vernünftig ist, um das Offensichtliche zu tun. Oder siehst du das Offensichtliche nicht einmal, Bryan? ... Und mich nennen sie verrückt!«

Er kehrte zu den verstreuten Büchern auf dem Fußboden zurück, legte sie ordentlich zusammen und nahm sie mit hinaus. Mit ein bißchen Glück hatte er noch nichts von dem Feuerwerk versäumt.

Ogmol führte Bryan durch einen Geheimgang, der sich schließlich auf einen Alkoven dicht an der Estrade der großen Rotunde im Kreatorenhaus öffnete. Die Nische wurde von Vorhängen abgeschirmt, die so genial gewebt waren, daß sie nur den Blick von außen nach innen erlaubten.

»Ein altes Versteck der Wachen aus der Zeit der Unruhe vor fünfhundert Jahren«, flüsterte Ogmol. »Es gibt sie in allen Gilden-Hauptquartieren, und die Geheimgänge auch. Aber keiner legt noch Wert darauf, ausgenommen Gomnol und seine Koerzierer. Sie wissen ja, Bryan, wie paranoid sie ihrer Sicherheit wegen sind.«

Bryan achtete wenig auf die Erklärungen seines Gefährten. Auch verschwendete er nicht viel Zeit auf die Hohe Fakultät, die bereits auf der Estrade um den mit Beryllen eingelegten leeren Silberthron Platz genommen hatte. Auf diesem Thron saß üblicherweise Aluteyn Handwerksmeister. Der Anthropologe kannte vielleicht die Hälfte der Kreatoren hohen Ranges: den alternden Musiker Luktal, Renian Glashandwerker, Clana, die Illusionen spinnende Tochter der Königin, Clanas leibliche Schwester Anéar, Seniet den Lord-Historiker, Lord Celadeyr von Afaliah, Ariet den Weisen und die beiden talentierten Mischlinge der Hohen Tafel, Katlinel die Dunkeläugige und Alberonn Gedankenfresser.

Die eigentliche Rotunde war beinahe von Wand zu Wand gesteckt voll mit Hunderten von Gildenmitgliedern, gekleidet in die unterschiedlichsten Abwandlungen ihres heraldischen Blaugrün mit Weiß oder Silber. Anwesend war ebenfalls eine große Zahl von hochstehenden Außenseitern, die, wie Ogmol erläuterte, sich entweder Gäste-Pässe besorgt oder sich einfach in eine Zeremonie eingedrängt hatten, die nichts als eine Gildenangelegenheit hätte sein sollen.

»Sehen Sie da?« Ogmol zeigte in die Richtung. »Die beiden in den weißen Kapuzenmänteln? Der Thagdal und Nontusvel inkognito! So angezogen sind sie offiziell nicht anwesend, deshalb widmet ihnen niemand besondere Aufmerksamkeit.«

Allerdings waren den königlichen Nichtanwesenden Stehplätze in der vordersten Reihe gleich an der Estrade eingeräumt worden.

»Da ist Lady Eadone«, sagte Ogmol. »Jetzt werden sie anfangen.«

Die hohe, in Silber gekleidete Frau, flankiert von zwei männlichen Begleitern in silbernen Schwarzschmelz-Halbrüstungen, trat vor und stellte sich auf die rechte Seite der Bühne. Irgendwo klirrte die Kette. Tödliches Schweigen entstand. Bryan hatte jetzt keine Schwierigkeiten, Eadones Ansprache zu verstehen.

»Kreative Brüder und Schwestern! Dies ist eine außergewöhnliche Versammlung. Gemäß den ältesten Regeln unserer Gilde habe ich das Amt der Sprecherin, bis die heute zu regelnde Frage eine Lösung gefunden hat. Bestätigt die Rechtmäßigkeit meines Tuns.«

»Das Tun der Dekanin der Gilden ist rechtmäßig«, erklärten alle Mitglieder.

Eadone fuhr fort: »Aluteyn Handwerksmeister, Präsident der Kreatoren-Gilde, trete vor und nimm seinen rechtmäßigen Platz ein.«

Von der Menge stieg ein leises Gemurmel auf. Von der Seite gegenüber dem Alkoven, wo sich Bryan und Ogmol versteckten, kam eine kräftige Gestalt in einem dicht mit Juwelen besetzten Kaftan. Aluteyn blieb einen Augenblick lang vor seinem Thron stehen. Haar und Schnurrbart von silbriggoldener Farbe starrten vor statischer Elektrizität. Mit lauter, harter Stimme erklärte er: »Ich nehme meinen Sitz ein und übergebe das Amt des Sprechers aus freiem Willen der fünffachen Güte der Lady Dekanin.« Er ließ sich auf den Thron plumpsen, spreizte die Beine und beugte sich mit abgewinkelten Armen, die Hände auf die Knie gestützt, vor. Das sah aus, als sei er bereit, beim ersten Zeichen von Widerspenstigkeit unter den Zuschauern loszuspringen.

»Lord Präsident und Mit-Kreatoren«, deklamierte Eadone. »Es ist, ordnungsgemäß nach den Regeln, eine Herausforderung ausgesprochen worden.« Die Menge gab ein Geräusch von sich wie eine Welle, die sich sacht an einem Damm vor der Küste bricht. »Laßt die Herausforderin vortreten und hört sie an!«

Ein wenig Unruhe entstand an der Seite der Rotunde, die der Estrade entgegengesetzt war. Die Versammelten öffneten einen Pfad, der zum Thron führte. Die Kreatoren und die neugierigen Aristokraten Muriahs verrenkten sich die Hälse. Ein paar zeigten sogar ein so schlechtes Benehmen, daß sie ein Stückchen levitierten, um einen besseren Blick auf die eintretende Mercy zu erhaschen.

»Macht Platz!« sang ein Herold nahe dem Eingang. »Macht Platz für die Erhabene Dame Mercy-Rosmar, kreative Schwester von uns allen, Ehefrau von Nodonn Schlachtenmeister, Lord von Goriah, und heute Herausforderin vor der außerordentlichen Versammlung der Kreatoren-Gilde!«

Bryans Herz krampfte sich bei ihrem Anblick zusammen. Sie hatte das Rosa und Gold ihres furchterregenden Mannes abgelegt und trug die Farben ihrer adoptierten Gilde. Ihr langes Gewand bestand aus einem silbernen Gewebe, das an den Kanten in Schlitzen und Zacken eingeschnitten war, so daß es Schmetterlingsschwingen ähnelte. Wie Flügel war auch das Muster des schillernden grünlichen Blaus. Große Wirbel und Augenflecke erschienen und verschwanden auf dem Stoff, während Mercy sich Aluteyn näherte. Ihr kastanienbraunes Haar hing offen herab. Vier stämmige Grauringe in der Livree des Hauses Nodonn folgten ihr und schoben einen Räderkarren aus poliertem Holz. Darauf stand ein großer prunkvoller Kessel, offensichtlich aus Gold.

»Das ist der Kral«, wisperte Ogmol, »das heilige Gefäß unserer Gilde, das die Mitglieder und andere Leute für gewöhnlich nur beim Großen Wettstreit zu sehen bekommen. Der Tradition nach muß es der Lord-Kreator zur Erbauung der Kombattanten füllen.«

»Was hat Mercy jetzt damit vor?« fragte Bryan. Aber Ogmol deutete ihm nur mit einer Handbewegung an, er solle aufpassen.

Die menschliche Frau hatte den Fuß der Estrade erreicht, wo eine Fläche von vielleicht zehn mal zehn Metern für sie freigemacht wurde. Sie gab ein Zeichen. Ihre Diener stellten den Kessel in der Mitte der Fläche auf den Boden und traten dann so weit zurück, daß Mercy mit dem großen Gefäß allein stand.

»Sprich deine Herausforderung, Mercy-Rosmar«, forderte Eadone sie auf.

Das blasse Gesicht hob sich. Bryan bildete sich ein, sehen zu können, daß die meeresfarbenen Augen groß und wild wurden.

»Ich fordere Aluteyn Handwerksmeister heraus, seine Präsidentschaft über die Kreatoren-Gilde zu verteidigen! Ich fordere ihn zum Zweikampf bei der Manifestation der Kräfte im Großen Wettstreit. Er soll sich mit mir in der Ausübung kreativer Metafunktionen messen, bis durch die ausdrückliche Bestätigung des Königs, der Dekanin der Gilden und unserer edlen Mitglieder einer von uns als dem anderen überlegen und zum Präsidenten erklärt wird. Der Besiegte soll dann wählen, ob er dies Königreich des Vielfarbenen Landes verlassen oder sein Leben der Göttin opfern will, deren Wille in allen Dingen geschehe.«

Die Zuschauer brachen in Gebrüll aus. Bryan wandte sich an Ogmol. »Was meint sie damit, um Gottes willen? Das Leben opfern? Geht es dabei um eure Orgie von rituellen Hinrichtungen am Ende des Wettstreits? Heißt das, daß der Verlierer in dieser verdammten Manifestation der Kräfte sein Leben verwirkt hat?«

»Das ist der ehrenvollste Weg. Aber einige, zum Beispiel Minanonn der Häretiker, der von Nodonn besiegt wurde, und Leyr, der frühere Lord-Koerzierer, überwunden von Gomnol, haben die Schande der Verbannung gewählt.«

Bryan rief: »Mercy!« Aber Ogmol hielt ihn hinter dem verbergenden Vorhang zurück, und der Klang seiner Stimme ging im Tumult unter.

»Sie müßten die Gedanken des Handwerksmeisters empfangen!« Ogmol befingerte seinen goldenen Ring. »Sehr schlechter Stil, sich seine Feindseligkeit so anmerken zu lassen, auch wenn einer zu den alten Einwanderern gehört. Sehen Sie jetzt genau hin, Bryan! Die Herausforderung rechtswirksam machen, so nennen wir es. Wissen Sie, es kann ja nicht einfach jeder junge Ehrgeizling eine Herausforderung aussprechen.«

Aluteyn hatte sich von seinem Thron erhoben und schritt vorwärts, bis er imstande war, vom Rand der Estrade auf Mercy hinabzublicken.

»Ich nehme deine Herausforderung an, kreative Schwester –

vorausgesetzt, du füllst unsern heiligen Kessel hier und jetzt und beweist damit dein Recht, so zu tun. Und als erstes sollst du das Ding entfernen, das *ich* hineinstecke!«

Es folgte eine Explosion, begleitet von einem Gestank nach Ammoniak. Die Frau sprang zurück, als sich eine schleimige Erscheinung aus dem goldenen Kessel materialisierte. Ihr Körper war schlangenhaft, trug jedoch keine Schuppen. Übelriechender Schleim tropfte von ihm ab. Entlang den wogenden Flanken zogen sich Poren wie kleine Bullaugen. Tastende Fühler von der Größe verlängerter menschlicher Finger umgaben den Kopf. Das Wesen ähnelte einem monströsen Aal, vielleicht acht Meter lang und fast einen Meter dick. Er wand sich aus dem Kessel auf Mercy zu, während Aluteyn ihn mit untergeschlagenen Armen und einem sauren Lächeln beobachtete. Das Geschöpf hatte kein richtiges Maul. Sein Kopf endete in einer Art Trichter mit Fleischauswüchsen. Darin schimmerten Reihe auf Reihe scharfer dreieckiger Zähne. Aus dem Schlund des Ungeheuers drang ein zungenähnliches Glied hervor, so dick wie ein menschlicher Unterarm, dessen Oberseite wie eine Feile war.

»Guter Gott, was ist das?« rief Bryan.

»Eine Lamprete, würde ich sagen – beziehungsweise eher das Simulakrum einer solchen, falls er den Burschen nicht versteckt hielt und vergrößerte. Keine besonders einfallsreiche Bemühung. Vielleicht dachte Aluteyn, der Dame werde vor der Scheußlichkeit des Ungetüms grausen. Aber sie läßt sich nicht einschüchtern ... Ha! Sehen Sie!«

Mercy wich nicht von der Stelle, als das Ding über ihr hing. Seine gräßlichen Lippen bebten, seine Zunge suchte nach Beute.

»Der Handwerksmeister hat euch einen Fisch gegeben!« rief sie mit lauter Stimme. »Von mir bekommt ihr das Beigericht!«

Es gab eine zweite Detonation zusammen mit einer großen Dampfwolke, die Mercy und die über dem Kessel schwankende riesige Lamprete einhüllte. Plötzlich verschwand der Gestank aus der Luft. Was die Zuschauer jetzt rochen, war nicht nur angenehm, sondern ließ ihnen das Wasser im Mund zusammenlaufen – und Bryan als früherer Londoner

GIUSEPPE MANGONI

kannte den Duft sehr gut. Die Dämpfe teilten sich, und da stand die rothaarige Zauberin mit ihrem Kessel. Er war bis zum Rand mit kleinen Dingern gefüllt, goldbraun und brutzelnd, und sie verströmten zusammen mit diesem köstlichen Aroma den Geruch nach gebratenen Kartoffeln.

Mercy begann, den Kesselinhalt an die Zuschauer zu verteilen.

Erleichterung ebenso wie andere Emotionen ließen Bryan lachend gegen die Wand des Alkovens sinken. »Himmel! Damit hat sie's ihm aber gezeigt!«

Ogmol sagte: »Ich vermute, das ist ein Insider-Witz für Menschen.«

Die Gildenmitglieder und Adligen fingen die Bissen auf, die Mercy ihnen zuwarf, und aßen sie unter munteren Jubelrufen. Aluteyn wandte der Szene den Rücken.

Lady Eadone erklärte: »Lady Mercy-Rosmar, die Herausforderin, hat hiermit ihr Recht bewiesen, Lord Aluteyn Handwerksmeister in der Manifestation der Kräfte gegenüberzutreten. Bis zu diesem Zeitpunkt sollt ihr beiden in Frieden und nach den Regeln unserer Gilde leben. Die außerordentliche Versammlung ist geschlossen.«

»Lady Mercy-Rosmar nimmt in der Fernsprache durch mich Kontakt mit Ihnen auf«, sagte Ogmol zu Bryan. »Sie hat unsere Anwesenheit hinter dem Vorhang wahrgenommen, weil Sie ... äh ... diesen cri de cœur ausstießen, als Ihnen klar wurde, daß sie sich durch die Herausforderung selbst in Gefahr begab. Sie möchte Sie beruhigen. Außerdem bittet sie Sie, daß Sie sie heute abend im Vorhof der Kreatoren treffen. Sie wird um einundzwanzighundert Uhr dort in ihrer Kalesche eintreffen. Sie möchte wichtige Angelegenheiten mit Ihnen besprechen.«

»Versichern Sie ihr, daß ich warten werde.«

Der Mischling verbeugte sich auf merkwürdige formelle Art. »Ich muß Sie jetzt verlassen und die Ergebnisse unserer Untersuchung meinem Ehrfurchtgebietenden Vater vorlegen.«

»Ja, natürlich. Ich könnte mich eigentlich in meinen Räumen ein bißchen ausruhen – und dann schwimmen gehen. Wollen Sie sich mir später anschließen?«

»Ich fürchte, das geht nicht, Bryan. Die Unterredung mit dem König mag einige Zeit dauern.«

»Nun, empfehlen Sie mich ihm«, sagte der Anthropologe leutselig. »Später werde ich ihm selbst berichten, wie gute Arbeit Sie geleistet haben. Ich habe noch nie jemanden gesehen, der kulturanthropologische Theorien so schnell erfaßt hat. Vielleicht gibt der König uns Vollmacht, eine breiter angelegte Studie über dies Thema durchzuführen. Ich würde gern weiter mit Ihnen arbeiten, Ogmol.«

Immer noch in dieser distanzierten Art, die von seiner üblichen Freundlichkeit so abstach, streckte Ogmol dem Anthropologen seine goldbepelzte Hand entgegen. »Auch mir war es eine Freude, mit Ihnen zu arbeiten, Bryan.« Er öffnete die Geheimtür und hielt sie auf, während Bryan in den Gang schlüpfte. »Viel – viel Glück, Bryan! Und danke für die Katerpillen!«

Bevor der verblüffte Mensch antworten konnte, schloß sich die Gleittür vor seiner Nase. Er war allein in dem düsteren Gang zwischen den Mauern.

»Komisch.« Bryan zog das hellgrüne Rechteck, das seinen Bericht enthielt, aus der Tasche und starrte es an. »Wir haben in der kurzen Zeit, die uns zur Verfügung stand, anständige Arbeit geleistet. Alles in allem ist es ein interessanter Überblick. Der alte Thagdal müßte eigentlich erfreut darüber sein.«

Aber warum hatte Ogmol einen so besorgten Eindruck gemacht? Bryan hatte dafür keinen Anhaltspunkt. »Mag sein, daß ich in diesen hektischen Wochen der Studie zu nahe gewesen bin«, sagte er zu sich selbst. »Ogmol als Halbblut stellt vielleicht aufgrund irgendwelcher eigenen Überlegungen subjektive Überlegungen an.«

Nun, wenn er sich ein bißchen ausgeruht hatte, würde er vielleicht darauf kommen. Nichts ging über ein Bad in Oggys privatem Pool, um den erschöpften Kortex zu erfrischen. Und dann in der Kühle des Abends eine Spazierfahrt mit Mercy.

Seine Gedanken kehrten zu ihr zurück und zu dem Fisch mit Kartoffelchips. Vor sich hinlachend, ging er weiter. Das Rätsel Ogmol – und die Platte in seiner Jackentasche – waren vollständig vergessen.

Auf dem dunklen Gipfel des Bergs der Heroen lag eine kleine offene Wiese zwischen Zwillingsklippen, weit über dem Kolleg der Redakteure und der Stadt und den Lagunen, die wie Kanonenmetall schimmerten. Sie wiesen den alten Kutscher an, weiter unten auf sie zu warten, und standen Seite an Seite in der vollkommen stillen Nacht. Es war, als seien sie an einen Ort zwischen zwei verschiedenen Himmeln gekommen. Der über ihnen war fern und frostig und alt und der unter ihnen warm und aufregend und erfüllt von den funkelnden Lichtern dreier verschiedener Rassen – den Olivenölflammen, die die Menschen zu entzünden pflegten, den Juwelenlampen der Tanu und den großen Lagerfeuern der Firvulag, die den südlichen Ebenen ein festliches Gepränge gaben.

»Ich glaube«, sagte Mercy, »am liebsten habe ich in diesem Vielfarbenen Land den märchenhaften Anblick der Lichter ... und am schönsten sind sie von hoch oben betrachtet. So wie jetzt, von einem Berg herab, oder wenn ich mit meinem Lord fliege.«

Sie trat einen kleinen Schritt zurück, so daß er seine Arme um sie legen konnte, und als sie sich an ihn lehnte, berührte ihr Haar seine Lippen. »Doch ich vergaß, daß du nie mit uns geflogen bist, Bry. Mein armer Erdgebundener! Wenn ich gelernt habe, allein zu fliegen und eine weitere Person in die Luft zu heben, muß ich dich einmal mitnehmen. Und in der Zwischenzeit haben wir das hier heute nacht.«

Sie wandte sich ihm zu. Das immer noch Unglaubliche begann, von neuem zu geschehen. Ihre Seelen und Körper kamen in der ekstatischen Vereinigung zusammen, die von gewöhnlichem Sex so weit entfernt zu sein schien wie Musik von Lärm. Sie erhoben sich auf immer höhere Ebenen der Lebensenergie, wo Kugeln farbigen Lichts pulsierten und sangen. Sie hielten sich umschlungen und schrien – sie vor Triumph, und er vor Erstaunen und in einer Art Trotz, der die Liebe herausforderte, zum Liebestod zu werden, wenn dies die einzige Möglichkeit war, sie unbegrenzt zu verlängern. Aber das konnte nicht sein, und immer kam hinterher der Abbruch und der Sturz ins tiefe Dunkel, während die gleißenden Farben schrumpften und zurückwichen und ausgingen. Und er, verschluckt, gesättigt, wurde von ihr umhüllt und sicher über das Wasser zurückgeflogen. Sie beschwichtigte ihn, als er (wieder) das Ende beklagte und ständig wissen wollte: »Warum spiegelt dieses Meer die Sterne nicht wider?«

»Still, Lieber«, sagte sie. »Mach dir keine Gedanken darüber!«

Sie lagen still auf ihrem weichen Mantel. Seine Gedanken wurden ruhiger, und nun war er imstande, ihr von den Sternen erhelltes Gesicht zu betrachten und sich ganz genau daran zu erinnern, was die Erfüllung (wieder) gewesen war.

»Es ist eine Verzauberung, Mercy«, sagte er. »Du hast mich verhext. Wirst du mich auch töten?«

»Kommt es darauf an?« lachte sie und zog seinen Kopf in ihren Schoß. Eine Stoffalte wischte seine Augen, und sie küßte ihn auf die Lider.

»Es kann nicht andauern, nicht wahr?« fragte er. »Nach dem Wettstreit wird er dich mit sich zurück nach Goriah nehmen. Oder wirst du bleiben, wenn du Lady-Kreatorin wirst? Gibt es eine Möglichkeit, daß du bleibst, Mercy?«

»Still.«

»Liebst du ihn?« fragte er nach einer Weile.

»Natürlich«, antwortete sie lebhaft.

»Liebst du mich?« Er sprach leise, mit dem Mund in ihrem Gewand.

»Wäre ich hier bei dir, wenn ich es nicht täte? Ah, mein Lieber. Warum mußt du immer von Liebe und Bleiben reden, statt von der Freude? Bist du nicht glücklich gewesen? Habe ich dir nicht alles gegeben, was ich geben konnte, alles, was du ertragen konntest? Willst du das Ganze? Wird dich nichts anderes zufriedenstellen?«

»Ich kann dich nicht verlassen. Oh, Mercy.«

Ihre Mundwinkel bogen sich nach oben. »Und du würdest alles für mich tun, ja?«

Er sah ihr Lächeln und vermochte nicht zu sprechen. Sie begann zu summen, und die Worte des bekannten Liebeslieds bildeten sich durch die Kraft ihrer Gedanken in seinem Gehirn:

Kupido fliegt von Land zu Land,
Drum hat die Liebe nicht Bestand.
Bestand hat Himmel nicht und Erde,
Doch ewig ich sie lieben werde.

»Und jetzt wollen wir es noch einmal tun, süßer Bryan, und danach gehen wir hinunter in die Stadt. Und du wirst mir als Geschenk das kleine Buch geben, das du geschrieben hast, dies Buch, das so Schreckliches für mein Tanu-Volk prophezeit, wenn es wie bisher mit den Menschen und all dem weitermacht. Aber es war nie deine Absicht, dein Buch auf mich anzuwenden, nicht wahr, Bryan?«

»O nein. Dich betrifft es nicht.«

»Ich bin schließlich eine von ihnen und bin es immer gewesen. *Er* weiß es, und du weißt es auch.«

»Ja ... wir wissen beide, was du bist.«

»Aber es ist wirklich ein sehr bestürzendes Buch, das du geschrieben hast, Schatz, besonders wenn die falschen Leute wie Culluket oder Imidol es lesen und mißverstehen sollten. Nicht einmal Nodonn kann die gesamte Heerschar kontrollieren. Und sie glauben, jeder einzelne Mensch schade ihnen. Sogar ich. Sogar die lieben loyalen Mischlinge. Das ist dir gar nicht klar geworden, nicht wahr? Daß dein Büchlein für uns alle den Tod bedeuten könnte. Eine solche Interpretation kannst du dir gar nicht vorstellen ... – so ernst, so zivilisiert und vernünftig, wie du bist, mein Lieber.«

Bryan, verloren in seine Träumereien, war verwirrt. Die Studie? Das war nur seine *Arbeit.* »Das hat überhaupt nichts mit uns zu tun, Mercy. Nichts mit dir zu tun. Zauberin.«

»Dann gib mir dein Exemplar. Gib es mir und verrate niemals, daß ich es habe.«

Natürlich gab er es ihr. Und sie hob lachend seinen Kopf aus ihrem Schoß, und dann beugte sie sich über ihn und küßte ihn und übernahm die Führung. Als sie dorthin gegangen und (wieder) zurückgekehrt waren, befahl sie Wagen und Kutscher, und sie fuhren den Berg hinab. Vor dem Redaktionshaus warteten, womit Mercy gerechnet hatte, Nodonn und Culluket, der Inquisitor des Königs.

»Er schläft«, meldete sie ihnen. »Die einzigen anderen Kopien der Untersuchung sind im Besitz Ogmols und Thagdals – und natürlich ist sie im Computer gespeichert.«

»Ogmol kann warten«, sagte Nodonn zu seinem jüngeren Bruder. »Und der König hat seine eigenen Gründe dafür, die Sache geheimzuhalten. Doch er wird diesem Mann, dem ahnungslosen Kronzeugen, nach dem Leben trachten. Du mußt ihn bis zum Höhepunkt des Wettstreits verstecken, redigierender Bruder. Er ist wichtig für unsere Sache. Sieh zu, daß er glücklich und unwissend bleibt!«

Der Inquisitor nickte. »Ich verstehe vollkommen, Bruder Schlachtenmeister. Unsere Gesellschaft muß einfach beeindruckt sein, wenn das menschliche Krebsgeschwür seine eigene Existenz bestätigt.« Er lächelte Mercy zu.

Zwei in Rot und Weiß gekleidete Diener erschienen und hoben den bewußtlosen Anthropologen aus der Kalesche. Nodonn stieg ein und setzte sich auf den Platz neben seiner Frau.

»Dann bis später, Bruder! Wir beide werden zum Kreatorenhaus gehen und uns selbst um den Computer kümmern.«

Culluket neigte den Kopf. »Bis später!« Er schlug den Weg zu den tief im Berg liegenden Höhlen ein, und die Männer, die Bryan trugen, folgten ihm nach.

10

Nackt und weinend stürzte das Silberring-Mädchen aus der Kammer des Königs.

»Ach du meine Güte.« Nontusvel warf dem Meister des Königlichen Bettes einen bedeutungsvollen Blick zu. »Nicht schon wieder.«

»Es war nicht meine Schuld, das schwöre ich, Königin und Mutter!« jammerte das Mädchen. »Ich habe alles getan! *Alles!*« Sie fiel auf die Knie. Der Meister des Königlichen Bettes winkte, und ein Grauring-Kammerdiener trat näher und hüllte das zitternde verschmähte Liebesgeschenk in ein Gewand aus weißem Satin.

»Bring sie hinaus!« befahl die Königin. »Ich werde mich Seiner Majestät heute nacht persönlich annehmen.«

Der Meister verbeugte sich. Er und der Diener eilten mit dem leise schluchzenden Mädchen hinaus. Nontusvel löschte alle Lichter bis auf einen Kandelaber aus rosafarbenen Edelsteinen. Diesen hob sie hoch empor und trug ihn bis an die große Tür, auf der in erhabener Arbeit die goldene bärtige Maske prangte. Sie schwang vor ihr auf.

»Mein König, ich bin es«, sagte sie. »Sei guten Mutes.«

Nur ein paar verstreute Lichtlein wie in Rubinrot und Gold glühende Holzscheite beleuchteten das Schlafzimmer Thagdals des Hochkönigs. Ein merkwürdiger Laut war zu hören, wie ein Schlucken oder Schluchzen, und dann putzte sich jemand die Nase.

»N-Nonnie?«

»Ja, Lieber.«

Der König saß auf der Bettkante, die mächtigen Schultern gebeugt, den Kopf gesenkt. »Wieder versagt. Das Schwert nicht gezogen, die Lanze nicht eingelegt, den Pfeil nicht abgeschossen, der gewaltigste Champion von allen gedemütigt. Ich bin erledigt, Nonnie. Mit mir ist es aus. Nicht einmal diese verdammte Lalage konnte mit all ihren Tricks einen Funken heraufbeschwören.«

»Das ist alles in deiner Seele, Geliebter. Du hast dir zu viele Sorgen gemacht.«

Sie stellte den Kandelaber auf den Nachttisch und stand vor ihm, herrlich und tröstlich in einem wallenden Peignoir in Pfirsichfarbe mit Gold besetzt. Ihr flammendes Haar hing herab, ihre Arme öffneten sich weit und luden ihn gleichzeitig mit dem Gedanken ihres Muttergemütes ein: Ruhe in mir!

Sie zog ihn hoch, und sie gingen hinaus auf den Balkon. Es war sehr spät. Der Mond war alt, eine gelbbraune Sichel nahe dem Horizont. Er verlieh der Lagune eine ungesunde Messingfärbung.

»Du darfst nicht so niedergeschlagen sein«, sagte die Königin. »Was hat sich geändert? Rechnen die Feinde da unten auf dem Salz stärker mit ihrem Sieg als in den vergangenen Jahren? Kaum. Wir sind stark, und wir werden sie zermalmen, wie immer.«

»Das ist es nicht.«

»Also Aiken Drum? Eine clownhafte Viehbremse! Mayvar

ist senil, und es ist höchste Zeit, daß die liebe Riganone ihren Platz als Lady-Fernsprecherin und Königsmacherin einnimmt. Der Junge weiß recht gut, daß er gegen den Schlachtenmeister keine Chance hätte. Hat Aiken Drum vielleicht eine offizielle Herausforderung für die Manifestation der Kräfte ausgesprochen? Natürlich nicht! Und er wird auch beim Wettstreit keine nach den Mêlée-Regeln aussprechen. Nodonn bleibt dein Erbe – geduldig und loyal wie bisher. Und bald wirst du deine gute Stimmung zurückgewinnen und damit auch deine Potenz.«

Der König schüttelte den Kopf. »Es geht nicht um Aiken Drum. Da sind zwei neue Dinge. Ich ... ich habe dir nichts davon erzählt.«

»Willst du es mir jetzt erzählen?«

»Brede ist aus dem Raum ohne Türen herausgekommen. Ich darf die operante Frau Elizabeth nicht haben.«

Die Schirme der Königin schossen hoch, um ihre Erleichterung zu verbergen. »Dann ist der Plan einer Paarung mit ihr ...«

»Brede hat Elizabeths Gene unter das strengste Tabu gestellt. Die Schiffsgattin behauptet, ihr sei das Geschick der Frau enthüllt worden. Es stimme mit dem Plan, der Gomnol und mir am Herzen lag, nicht überein. Gomnol habe ich bisher auch noch nichts darüber gesagt. Ich fürchtete mich davor! Kannst du dir das vorstellen? Meine Gene plus Elizabeths sollten eine neue Superrasse unter Gomnols Leitung erzeugen. Und jetzt ist sie tabu, und ich bin ... ich bin ...«

»Gomnols Vision war zweifellos ungenau«, erklärte die Königin mit einiger Schärfe. »Schließlich ist er trotz all seiner koerziblen Macht nur ein menschliches Wesen. Und zwar ein alterndes. Nur noch ein paar Jahre, und Imidol wird ihn abservieren.«

Der Gedanke des Königs war noch unter dem Schirm zu erkennen: Noch ein geduldiger und loyaler Sohn von dir?

»Aber, aber, Thaggy«, schalt sie und legte einen Arm um seine massige Mitte. Seine Bauchmuskeln zogen sich zusammen, und er straffte die Schultern. Zwei oder drei statische Funken tanzten in seinem Haar und Bart.

»Vergiß Elizabeth!« riet Nontusvel. »Sie ist schön, und ich

kann verstehen, daß du enttäuscht bist. Aber diese Art von Frau ist nicht dein Typ, Ader meines Herzens! Eine Metapsychikerin der Großmeisterklasse! Erschreckend! Brede hat wohl nichts davon gesagt, was mit ihr geschehen soll?«

»Sie wollte es mir nicht verraten. Sagte, nach dem Großen Wettstreit werde es offenkundig sein. Verdammtes zweigesichtiges Rätsel! Was kann man von einer Frau erwarten, die einen blöden intergalaktischen *Wurm* heiratet?«

Die Königin kicherte und drückte ihre Brüste an seinen nackten Oberleib.

»Und dann dieser zweite Schlag heute nachmittag«, murmelte er.

»Doch nicht Rosmar?«

»Natürlich nicht. Dieser kreative Lümmel von einem Ogmol! Komm ins Zimmer, dann werde ich es dir zeigen!«

Sie kehrten in das Schlafzimmer zurück. Der König schob den Teppich mit einem Fußtritt beiseite und benutzte seine PK, um das Schloß des Fußboden-Safes zu öffnen. Eine kleine grünliche Platte schwebte in die wartenden Hände der Königin. Sie drückte den LANGSAM-Knopf in der oberen rechten Ecke und studierte die leuchtenden Seiten, die über die Plastikfläche rollten. Hin und wieder stoppte sie den Fluß, um sich eine Karte oder Graphik genauer anzusehen.

»Laß es bis zum Ende vorlaufen!« sagte der König. »Die Schlußfolgerungen.«

Nontusvel drückte den Aktivator in der oberen linken Ecke, und die Seiten flitzten schnell vorbei. Dann eine Berührung der Rücklaufschaltung, und sie hatte es. »Himmel!«

»Genau! Ist daraus nicht unabsichtlich ein Szenario für einen Weltuntergang entstanden? Diesem Vollidioten von Anthropologen sind die Folgerungen nicht einmal klar geworden! Aber Oggy – und er machte sich beinahe die Hose naß, als er mich anflehte, ich solle ihm glauben, das werde nicht geschehen. Er und die anderen Mischlinge und die ringtragenden Menschen würden loyal bleiben.«

Die Königin flüsterte: »Man braucht die Trende nur noch ein bißchen weiter zu extrapolieren, als Bryan es bereits getan hat.«

»Und den fokussierenden Faktor hinzuzufügen, von dem

er noch nichts weiß – das Eisen. Ich wette meinen Sack darauf, daß Mischlinge ebenso immun dagegen sind wie Menschen. Und wohin führt uns das, weißt du es?«

»Liebe Tana, nicht das! Kann nichts getan werden, um es zu verhindern? Unsere schöne Exilwelt! *Unsere!*«

Sie warf sich an seine Brust und weinte. Der König hielt sie mit starken Armen fest. Seine Augen hatten begonnen, im Dunkeln zu leuchten. Die Spitzen seines funkelnden Barts regten sich – und auch etwas anderes. Nontusvel griff überrascht nach unten. »Wir werden jede Menschen-Mischlings-Koalition im Keim ersticken. Bryan hat nur eine wissenschaftliche Studie durchgeführt, kein Orakel verkündet. Aber für *mich* bedeutet es eine Gefahr, mit der ich nicht gerechnet hatte! Verdammt nochmal, Nonnie – ich hatte gehofft, Nodonns Befürchtungen bezüglich der Menschheit zerstreuen zu können. Deshalb habe ich die Untersuchung überhaupt angeordnet – um zu beweisen, daß die Ankunft der Menschen von Vorteil für uns war und keine Bedrohung unserer Rasse darstellt, wie Nodonn dauernd behauptet. Ich meine, der gesunde Verstand sagt uns doch, daß wir seit der Öffnung des Zeitportals wunderbare Fortschritte gemacht haben. Auf technischem wie auf genetischem Gebiet. Der Anthropologe sollte bestätigen, was Gomnol und ich die ganze Zeit gepredigt hatten. Und statt dessen ...«

»Liebster Gatte, Nodonn will nur das Beste für unser Vielfarbenes Land. Er hat nicht die Absicht, *dich* zu bedrohen.«

Der König grunzte. »Diese Untersuchung kann als Beweis dafür benutzt werden, daß er mit seinen Unheilsprophezeiungen auf der ganzen Linie recht hatte. Sie ist eine deutliche Widerlegung meiner Politik. Im Augenblick mag es dir als Übertreibung erscheinen, aber dies kleine Buch könnte das Todesurteil für jeden Menschen und jeden Mischling im Hochkönigreich werden – und wenn *sie* gehen, zerfällt auch die Ökonomie meines Reichs! Dann heißt es für uns Tanu, zurück in die Forts der Wildnis, mein Mädchen.«

Nontusvel hob die tränenglänzenden Augen zu ihm auf. »Du hast selbst gesagt, die Untersuchung sei kein Orakel. Von diesen schrecklichen Ereignissen braucht nicht eines einzutreten. Du wirst es nicht zulassen.«

»Und ich werde es auch nicht zulassen!« schwor er. »Niemals sollen die Geringen unser Vielfarbenes Land übernehmen! Dafür sorge ich! Und ich werde mein Ziel ohne die verdammten drakonischen Maßnahmen erreichen, für die Nodonn sich einsetzt. Es muß einen Weg geben, daß Tanu und Menschen weiterhin gemeinsam gedeihen können – und ich werde ihn finden. *Ich habe gesprochen!*«

»Thaggy ...?« fragte die Königin atemlos, als sie fühlte, wie stattlich sein Zepter aufragte.

»Komm her, Weib!« brüllte er.

Sie öffnete hastig ihr Gewand und ließ sich rücklings niedersinken, während er schnaufend stürmisch Einlaß begehrte.

Als der Morgen graute und sie beide schläfrig und zufrieden waren, murmelte sie: »Siehst du wohl? Alles ist völlig in Ordnung. Es war tatsächlich nur in deiner Seele.«

»Hm-mm«, stimmte der König ihr zu. Er hob ihre Hand und küßte jeden Grübchenknöchel.

»Was dein Problem mit den Silbernen betrifft ... Ich meine, du brauchst einfach eine Abwechslung. Diese dummen menschlichen Trullen mit ihren dürftigen Zitzen stehen nicht in Einklang mit deiner gegenwärtigen höchst ernsten Stimmung. Du brauchst einen völlig anderen Trost. Einen sanfteren, beruhigenderen Typ.«

Der König sagte, halb im Schlaf: »Erinnerst du dich an die pausbäckige Schwarzhaarige, die das Waliser Wiegenlied sang? Sie gefiel mir. Ich dachte immer, man würde sie mir schicken, aber sie ist nicht gekommen.«

»Sie wäre genau das Richtige«, pflichtete Nontusvel ihm bei. »Ich werde persönlich nachforschen, was aus ihr geworden ist. Wenn Dionket glaubt, er kann sie für sich selbst behalten – nun, dann werden Nodonn und Culluket ihn schlicht auf ein paar Tatsachen aufmerksam machen!« Sie lächelte ihrem fast schon schlummernden Lord zu.

»Gutes altes Mädchen«, sagte Thagdal. Er ließ ihre Hand fallen. Seine Augen waren geschlossen. »Und ich werde alle Exemplare von Bryans Bericht einsammeln und vernichten lassen, und Gomnol kann sich des Anthropologen annehmen. Schade ist es nur um Oggy ... Er war ein guter ...«

»Schlaf, mein König.« Die Königin zog die seidene Decke um sie beide hoch. »Schlafe jetzt.«

Eusebio Gomez-Nolan lehnte sich in seinem viktorianischen Armsessel zurück und blies langsam drei Rauchringe. Sie schwebten über den Schreibtisch auf die ihm gegenübersitzende Person zu, wurden fest und fielen mit leisem Bumsen auf den pseudo-orientalischen Teppich.

»Nichts für ungut, Lord-Koerzierer«, sagte Aiken Drum. »Tabak kann ich nicht ausstehen.«

Gomnol antwortete mit einer würdevollen Geste. Seine Zigarre löschte sich selbst aus, und er legte sie in den Onyx-Aschenbecher. »Mein Junge, die Entwicklung in diesem unserem Wolkenkuckucksheim hat kürzlich eine entscheidende Wendung genommen. Ich glaube, es ist an der Zeit, daß du und ich uns einmal ausführlich unterhalten.«

»Ich dachte schon, du würdest mich nie dazu auffordern.«

»Ich habe mein früheres Urteil über dich während der letzten ein oder zwei Wochen gründlich revidiert. Mayvar hat zu deinen Gunsten große Beredsamkeit gezeigt. Ebenso Bunone Kriegslehrerin, auf die du während des Delbaeth-Feldzugs ungeheuren Eindruck gemacht hast. Diese beiden Damen sind der Meinung, du wirst einen großartigen Streiter bei den bevorstehenden Spielen abgeben. Ebenso begeistert äußerten sie sich über deine ... äh ... nicht-martialischen Künste.«

Aiken grinste bösartig. Er lümmelte in seinem Sessel, ein Bein über die Armlehne gehängt, und studierte die Fingernägel der einen Hand. »Und was gibt es Neues?«

»Ich könnte«, antwortete Gomnol seidenglatt, »das Gerücht über die Impotenz unseres Ehrfurchtgebietenden Königs erwähnen, die – so heißt es – ebenso durch Hinweise auf seine Sterblichkeit wie durch den Zusammenbruch meines genetischen Plans hervorgerufen wurde.«

»Brede hat dich im Stich gelassen, wie?« gackerte der kleine Mann. »Jetzt verstehe ich. Das bekannte Syndrom des sinkenden Schiffes. Wobei der arme alte Thaggy die *Titanic* darstellt und du die Superratte.«

Das Auflachen des Lord-Koerzierers verriet nichts als gute Laune. »Du wirst eine Menge Hilfe brauchen, mein Junge.

Ich bin bereit, sie dir zu bieten. Dafür verlange ich nichts weiter, als daß du meinen Vorschlag sorgfältigt erwägst.« Er nahm eine neue Zigarre aus dem Kasten und wirbelte sie zwischen den Fingern. »Wir nähern uns, glaube ich, einem Angelpunkt in der Geschichte dieser Exilwelt. Der Angriff auf Finiah war bloß die Ouvertüre. Und wenn ein Machtkampf bevorsteht, ist es dann kein vernünftiger Gedanke, daß wir Menschen alle zusammenhalten sollten?«

Er nahm einen Zigarrenabschneider aus der Schublade und benutzte ihn geschickt an der Zigarre. Dann schob er, immer noch lächelnd, das silbrige kleine Instrument Aiken Drum zu.

Aiken nahm den Zigarrenabschneider und Gomnols unausgesprochenen Gedanken gleichzeitig in Empfang. Er sah sich das Ding an und entdeckte die ins Metall eingeprägten Buchstaben: SOLINGEN – INOX-STAHL.

11

Gert kam mit finsterem Gesicht zurück in das Passagierabteil. »Hansi glaubt, wir geraten bald in die zweite Serie von Stromschnellen. Setzt den Skipper lieber wieder zusammen.«

Amerie beugte sich über eine auf dem Rücken liegende Gestalt. »Wir arbeiten gerade an ihm. Noch fünf Minuten.« Häuptling Burke hielt den einen Arm fest und Felice den anderen. Uwe und Basil standen bereit, die Beine zu packen. »Jetzt«, sagte die Nonne. Sie spritzte dem Bewußtlosen das Stimulanz in die Schläfe und machte gleich eine zweite Injektion fertig. Der kleine Monitor, der auf die Stirn des Mannes geklebt war, begann auf allen vier Quadranten die Farbe zu verändern.

Blutunterlaufene haselnußbraune Augen öffneten sich ruckartig. Von den geschwollenen Lippen kam ein Krächzen. »Gott ... ah, Gott!« Und nun schrie er. Es war ein Laut bitterer Hoffnungslosigkeit und physischer Qual. Sein Körper wölbte sich krampfhaft mit so übermenschlicher Gewalt, daß die vier Leute ihre ganze Kraft brauchten, ihn auf dem Deck festzuhalten.

»*Ahh!* Was habt ihr gemeine Bande mir angetan? Was habt ihr gemacht? Ihr habt ihn *abgenommen,* ihr verdammten Affen! Das habt ihr getan. Er ist weg! Weg ...«

Tränen rannen über die stoppligen Furchen seiner Wangen. Der Bootsmann heulte wie ein Tier. Amerie behielt den Stirn-Monitor im Auge. Sie war weiß vor Zorn über das, was sie tun mußten. Die einstmals so adrette grüne Jacke des dünnen grauhaarigen Mannes war jetzt von den Foltern, die er bei seinen Entführern erlitten hatte, befleckt mit Erbrochenem und Blut und Staub. Um seinen sonnengebräunten Hals zog sich ein Ring blassen Fleisches, wo der graue Ring gesessen hatte.

Sie befanden sich seit zwei Tagen auf dem Fluß, und dies war das sechste Mal, daß sie den Bootsmann ins Bewußtsein zurückriefen. Gert und Hansi konnten das Boot auf den glatten Strecken der Rhône steuern, aber in gefährlichen Gewässern brauchten sie die Hilfe des Skippers – und jedes Mal, wenn sie ihn aufweckten, wurde sein Schreien schlimmer. Nur ein paar unter den in Finiah gemachten Gefangenen, denen der Ring abgenommen worden war, hatten so schwere Entzugssymptome gezeigt wie dieser Mann, und jene Menschen hatten während der ersten und schmerzhaftesten Zeit schwere Beruhigungsmittel bekommen.

Aber den Rhône-Schiffer konnten sie nicht schlafen lassen.

»Um Gottes willen«, sagte Häuptling Burke, »hauen Sie dem armen Meschuggenen die Nadel rein!«

Amerie widersprach: »Er hat die erste Injektion noch nicht richtig absorbiert. Wollen Sie, daß er uns unter den Händen stirbt? Es hängt jetzt an einem Haar. Sehen Sie sich den Körperfunktionsmonitor an ... Felice! Dring in seinen Geist ein!«

Die Schreie erstarben zu einem Gurgeln. Die Nonne drehte den Kopf ihres Patienten, so daß er dünnen Schleim aushusten konnte. Felices Augen verschleierten sich; Schweiß trat auf ihre Stirn. Die Aufregung des Bootsmannes milderte sich unter der Droge und dem Druck der koerziblen Macht Felices. Von neuem wechselten die Farben auf dem Stirn-Monitor.

»Gut«, sagte Amerie. Sie gab ihm das Sedativum und danach eine sorgfältig zusammengestellte Mischung eines Euphorikums mit einem Aufputschmittel. Der Skipper schien sich zu entspannen.

»Komm heraus, wenn du denkst, die Medikamente beginnen zu wirken«, sagte die Nonne zu Felice.

»Himmel, was für ein Aufstand.« Die Athletin ließ den schlaffen Arm los, den sie umklammert hatte. Burke und Basil zogen den benommenen Bootsmann auf die Füße.

Uwe fragte leise: »Wird er es aushalten? Wie sieht er von innen aus, Baby?«

»Ich kann nichts weiter tun, als den Mann zu koerzieren«, erwiderte Felice. »Im Redigieren bin ich nicht gut. Er braucht eine erstklassige Überholung, und dazu bin ich nicht imstande. Ich glaube, er steuert das Boot jetzt nach dem Sitz seiner Hosen. Wenn er noch nicht völlig wahnsinnig ist, dann doch kurz davor.«

»Stromschnellen voraus!« sang Vanda-Jo von ihrem Ausguck auf dem ausgefahrenen Mast, wo sie sich in einem von Basil installierten käfigähnlichen Apparat festhielt. Khalid hinkte hin, um ihr herabzuhelfen. Gemeinsam montierten sie das Klettergerüst ab und brachten die Plastik-Planen des Bootes wieder an. Der Mast sank in sein Gehäuse.

»Bleibt da nicht stehen!« warnte Häuptling Burke sie. »Jeder soll sich anschnallen und sich genau versichern, daß die Verschlüsse zu sind. Kommen Sie, Felice!«

Sie zerrten den Skipper in das Ruderhaus. Hansi glitt aus dem Sitz des Kapitäns, und der Bootsmann, der kaum bei Bewußtsein war, wurde angeschnallt. Ein Netz aus Basils Bergsteiger-Seilen hielt Felice an einem kleineren Pilotensessel fest.

»Ich brauche keine Hilfe«, rief Felice. »Macht schnell, daß ihr wieder auf eure Plätze kommt! Ich werde mit ihm fertig. Und ich glaube, ich schaffe es jetzt so gerade eben, das Boot mit meiner PK zu halten – auf den geraden Strecken.«

Die anderen rannten nach achtern. Ein gewaltiges Tosen erfüllte die Luft und hallte von den steilen Wänden der Schlucht wider, die sich zu beiden Seiten senkrecht mindestens 600 Meter hoch erhoben. Obwohl es erst früher Nachmittag war, füllte Dämmerung die neblige Rinne, durch die die Rhône mit zunehmender Geschwindigkeit kochte. Das

Fahrzeug kippte nach vorn. Schwarze Felsblöcke mit Kragen aus sprudelnder Gischt schossen verwischt vorbei ...

Hör mir zu Harry hör mir zu Harry du wirst dein Boot steuern wie du es immer tust du wirst es heil und ganz zwischen den Klippen hindurchbringen die Stromschnellen hinunter wie du es immer tust heil und ganz hörst du mich Harry steuere das Boot du bist ein guter Skipper Harry du bist der beste das hier ist doch gar nichts für ein Wildwasser-As wie dich Harry bring es heil und ganz durch Harry tu es ...

Die roten Augen des Bootsmannes verengten sich. Er drehte das Rad nach Steuerbord, und das Fahrzeug umrundete ein hochaufragendes Hindernis, raste auf die Wand der Schlucht zu, wurde knapp davor herumgerissen und schoß in eine sich öffnende Ritze zwischen zwei kolossalen Wellen, die wie gelbe Walrücken aussahen. Im Zickzack ging es durch einen brodelnden Wirrwarr von Stein und Schaum, um eine Kurve und auf einen breiteren Abschnitt der Schlucht zu, wo das Wasser merkwürdig ruhig zu sein schien. Erst im letzten Augenblick erkannte Felice, daß das Wasser über eine Klippe jäh in neblige Undurchsichtigkeit stürzte. Panik ergriff sie, doch gleich darauf sah sie den sicheren Nebenkanal, der in der Nebelwolke und dem Schaum verborgen war ...

... aber inzwischen war es zu spät. Harry hatte sich ihrem Griff entwunden. Das Boot fuhr über den Rand des Wasserfalls hinaus, überschlug sich und landete krachend auf dem Verdeck. Es schien sich mittschiffs zu werfen wie ein großes zerbrochenes Trampolin. Der Skipper namens Harry lachte jetzt hysterisch. Es war keine Zeit, irgend etwas gegen ihn zu unternehmen, denn alle übrigen Menschen achtern schrien und fluchten und hingen mit dem Kopf nach unten an ihren Sicherheitsgurten in dem dunklen brodelnden gelben Schlund.

Felice brauchte jeden Fetzen ihrer psychokinetischen Kraft, um das Boot wieder umzudrehen, so zäh hielt die saugende Strömung in den ausgehöhlten Felsen unterhalb der Kaskade es fest. Aber endlich entriß sie es ihr. Es flog wieder auf der Oberfläche des Stroms dahin, und Felice versuchte, Harry zu fassen und von neuem unter Kontrolle zu bringen ...

… aber, o Gott, da vorn! Und es gab keine Möglichkeit mehr zu einem Manöver, um ihm auszuweichen! Und – *Krach!* Das pneumatische Fahrzeug prallte von einem großen gezackten Monoliten ab. Wasser schoß durch eine zerbrochene Planke herein, während sie in einem Neigungswinkel von fünfzig Grad um eine scharfe Kurve in der Rhône trieben.

Schließlich wälzte sich das Boot wieder in die Waagerechte und fuhr geradeaus. Das Gefälle wurde geringer, das Wasser floß langsamer und verbreiterte sich inmitten eines Tals mit braunen Steppenhügeln auf zwei Kilometer.

Der Bootsmann kicherte immer noch. Felice riß ihre Gurte ab, sprang zu ihm und schlug ihn mit solcher Wut, daß er beinahe wieder bewußtlos wurde.

»Du blöder Scheißkerl!«

Des Mannes subvokaler Gedanke trotzte ihr durch Schmerz und wahnsinnigen Triumph: Du hattest Angst haha Angst kleines Ungeheuer und das Boot war *mein!*

Laut stöhnte er und spuckte Blut von seiner zerbissenen Zunge. Hansi und Gert schwankten herein, um die Steuerung zu übernehmen.

»Scheiße, wir haben ein Leck!« rief Hansi aus, als er die gebrochene Planke entdeckte.

»Das können wir reparieren«, meinte sein Partner. »Unter Deck sind ein Werkzeugkasten und Ersatz-Plastikfolien. Wir müssen das beschädigte Teil nur abmontieren.«

Gert nahm das Steuer, wahrend Felice und Hansi den schlaffen Körper Harrys stützten. »Was ist passiert, Felice?« wollte Hansi wissen. »Ist er wieder zusammengebrochen?«

»Der einzige Zusammenbruch, den es gegeben hat, ist meiner Wenigkeit widerfahren«, schnaubte Felice. »Ich habe mir den Bastard entkommen lassen. Er muß die ganze Zeit auf seine Chance gelauert haben. Und als ich den verdammten Wasserfall direkt vor uns sah, kam ich in Panik und ließ die Kontrolle fahren. Mehr brauchte er nicht. Er hat uns absichtlich über die Klippe geschleudert.«

Hansi sagte: »Es ist ja nichts Schlimmes passiert. Hat keinen Zweck, daß Sie sich selbst in den Hintern treten, weil Sie Angst hatten. Diese Katarakte würden Dschingis Khan nach seiner Mama brüllen lassen.«

Häuptling Burke, das rötliche Gesicht zu Grau erblaßt, taumelte heran und hielt sich an dem Türrahmen des Ruderhauses fest. »Das war eine Höllenfahrt, Felice.«

»Wir haben eine gebrochene Planke«, sagte sie. »Wir werden irgendwo anlegen müssen, um sie zu reparieren. Und lassen Sie sich etwas einfallen, wie wir den Seebären hier daran hindern können, Selbstmord zu begehen und uns alle mitzunehmen.«

»Das also war es.« Der Indianer und Felice zerrten Harry ins Passagierabteil und warfen ihn ohne jede Rücksicht auf das Deck. Das erschöpfte Mädchen ließ sich in einen Sessel fallen und schloß die Augen. Harry schäumte und fluchte, bis Burke und Basil ihn banden und knebelten.

Das Boot steuerte ein dichtes Weidengebüsch am linken Ufer an. Sie kamen in ein ruhiges Stauwasser, wo die krummen Äste großer Bäume eine grünleuchtende Höhle schufen. Es gab da einen kleinen Sandstrand.

»Das war schlimm«, bemerkte Uwe. »Ich dachte schon, das Boot werde über uns zusammenklappen wie ein Omelette.«

»Velice hatte die Kontrolle über Harry verloren«, sagte Häuptling Burke.

Felices braune Augen wurden groß, und sie sprang auf die Füße. »Ich wurde abgelenkt! Schon gut – ich *hatte Angst!* Die furchtlose Felice hat sich schließlich doch von den schlechten Vibrationen überwältigen lassen. Und was wollen Sie nun tun, roter Mann? Mich vor Ihrem Känguruh-Gerichtshof verhören?«

Amerie kam und legte Felice die Hand auf die Schulter. »Peo macht dir ja keinen Vorwurf. Der Bootsmann war bei den früheren Stromschnellen immer gehorsam. Du konntest nicht wissen, daß er bei dieser etwas unternehmen würde. Deine Nerven sind angegriffen, nachdem du den ganzen Tag über Wasserfälle geschossen bist, und es ist ein Wunder, daß du überhaupt soviel hast leisten können.«

Felice war besänftigt. »Jedenfalls ist es mir gelungen, das blöde Boot wieder auf den Kiel zu bringen. Meine PK entwickelt sich schnell. Aber die verdammte koerzible Funktion verfängt sich zu leicht in meinen Emotionen. Wir haben einen Fehler gemacht, als wir Harry den Ring abnahmen. Die Tanu hatten mit ihrer Lust-Schmerz-Schaltung die richtige Idee. Mit dem Ring hätte ich ihn wie ein Lämmchen am Strick führen können, und dann wäre er uns auch mit seinen Entzugssymptomen nicht lästig geworden.«

»Vorgestern haben Sie noch gesagt, mit Ring könnten Sie ihn nicht kontrollieren«, erinnerte Khalid sie. »Und wenn er nun eine telepathische Warnung an irgendeinen Goldenen oder Silbernen in Reichweite abgesandt hätte? Vergessen Sie nicht, daß die Große Südstraße da oben am Westufer entlangführt. Dort ziehen Tanu-Karawanen – und Tanu sind auf dem Fluß und Silberne auf den Pflanzungen. Hören Sie auf, sich selbst Vorwürfe zu machen!«

Vanda-Jo spähte zum dichtbewachsenen Ufer hin. »Meint ihr, es ist hier sicher genug, um ein Lager aufzuschlagen?«

»Das wollen wir hoffen«, sagte Hansi, der aus dem Ruderhaus kam. »Ich möchte nicht einen Kilometer weiterfahren, bevor Gert und ich diese Wanne gründlich überprüft haben. Gott weiß, was sonst noch alles zerbrochen ist, als wir aufprallten.« Er begann die Deckfolien zu entfernen, damit sie anlegen konnten.

Enten flogen auf, als sie sich an das Ufer heranschoben. »Ich könnte uns ein paar Wasservögel zum Abendessen braten«, schlug Basil vor. Mit verlegenem Auflachen setzte er hinzu: »Von unserm Mittagessen haben wir nicht viel bei uns behalten.«

»Wir alle können Ruhe und Essen gebrauchen«, stellte Amerie fest. »Denn morgen müssen wir in guter Kondition für das sein, was noch vor uns liegen mag. Und was liegt vor uns, nebenbei bemerkt?«

Khalid antwortete: »Wenn wir sechs große Stromschnellen hinter uns haben, dann liegt nur noch eine zwischen uns und dem Lac Provençal. Ich habe sie noch nicht befahren, aber sie soll die längste und schlimmste sein – die Donzère-Mondragon-Strecke.«

»Kaleidoskopisch«, ächzte Felice.

»Danach folgt nur noch die Glissade ins Mittelmeerbecken. Die habe ich erlebt, als ich nach Muriah gebracht wurde. Sie ist steil, aber nicht schwierig. Man braucht nur eine ruhige Hand am Steuer. Gert und Hansi schaffen das leicht. Aber morgen müssen wir uns ein letztes Mal auf die Geschicklichkeit dieses Bootsmanns verlassen.«

Alle blickten sie auf Harry nieder. Sein Haar stand in diabolischen Stacheln vom Kopf ab. Seine Augen quollen hervor, und er kämpfte grunzend gegen den Knebel.

Amerie seufzte und langte nach ihrer Arzttasche. »Armer Harry.«

»Wir sind die Armen«, gab Felice zurück.

Einen halben Kilometer flußabwärts von dem Weidengebüsch, wo das Boot vertäut war, ragte vom Ufer eine Anhäufung großer Felsblöcke vor, überwachsen von Tamarisken und Akazien. Das war ein guter Ausguck. Sie entschlossen sich, mindestens bis zum späten Abend hier Wache zu halten, um sicher zu sein, daß keine anderen Boote zufällig auf ihr Versteck stießen.

Amerie war an der Reihe, als die Sonne seit einer Stunde untergegangen und es kühl geworden war. Sie war froh über die Gelegenheit, von den anderen wegzukommen – besonders von dem bedauernswerten Bootsmann, dessen Körperfunktionen sich unter neuen Sedativen und einer Nährlösung in die Adern stabilisiert hatten. Sie sprach ihre Gebete unter den heller werdenden Sternen. Ein paar Insekten schrillten, und die Rhône murmelte unter den Uferfelsen. Die Rufe kleiner Reiher waren zu hören, die im seichten Wasser ihr Abendessen jagten.

Die Berge auf der anderen Seite des breiten Flusses waren dunkel. Es mußte Pflanzungen in diesem geeigneten Tal geben, dachte Amerie. Aber von ihrem Aussichtspunkt waren keine Lichter zu sehen. Auch Boote kamen während ihrer Wache nicht vorbei. Nächtlichen Verkehr gab es auf dem Fluß normalerweise nicht. Trotzdem bestand eine geringe Möglichkeit, daß das Nichteintreffen ihres Skippers an seinen üblichen Halteplätzen von seinen Kollegen bemerkt worden war – daher die Wache. Burke und die anderen hatten nicht viel darüber gesprochen, aber es lag auf der Hand: Je weiter südwärts sie kamen, desto größer wurde die Gefahr, daß Flußleute Verdacht schöpften, wenn der gute alte Harry bei irgendeinem gewohnten Rendezvous nicht erschien. Jedes

Fahrzeug auf der Rhône hatte sein individuelles Aussehen; Harrys, obwohl gebaut wie alle Schnellboote, trug ein tannengrünes Band rund um die silberne Hülle, und sein Name, *Walloping, Windowblind,* stand in großen Buchstaben an Bug und Heck. Sie hatten darüber diskutiert, ob sie das Boot tarnen sollten. Aber anfangs hofften sie, sein Eigentümer werde sich kooperativ zeigen und es ihnen ermöglichen, den Bluff bis hin nach Muriah fortzusetzen. Und jetzt war es natürlich zu spät, etwas anderes zu tun, als alle Kräfte auf das Vorankommen zu konzentrieren. Wenn sie Booten begegneten, tuteten sie Grüße auf dem Lufthorn und hofften, das Fehlen eines telepathischen Zurufs von Skipper zu Skipper werde während der geschäftigen Zeit des Waffenstillstands nicht bemerkt werden ...

Zwischen den niedrigeren Felsen ertönte ein leises Geräusch.

»Ich bin es nur.« Felice kletterte zu dem hohen Aussichtspunkt empor. »Ich habe die letzte Wache.«

»Keine Seele auf dem Fluß, die ich gesehen habe. Nur Vögel. Ist im Lager alles in Ordnung?«

»Unserem Patienten geht es gut, falls du das meinst. Das Boot ist wieder in bester Verfassung, und Gert und Hansi haben sich in die Büsche geschlagen, um das zu feiern. V.-J. war ebenfalls in großzügiger Stimmung, aber nur Uwe zeigte Interesse. Und ich glaube, daß es seitens des alten Angebers zum größten Teil Mildtätigkeit war.«

Sie ließ sich mit gekreuzten Beinen neben der Nonne nieder, die zu dem scherzhaften Geplauder keinen Kommentar abgab. »Schöne Nacht, nicht wahr? Das Wetter in dieser Pliozän-Welt ist pyrotechnisch! Ich vermute, im Winter gibt es eine Regenzeit, aber jetzt könnte es nicht herrlicher sein. Das ist wahrscheinlich der Grund, weshalb die Fremden ihren Großen Wettstreit in dieser Zeit des Jahres abhalten. Ein ideales Wetter für einen Krieg.«

Die Nonne antwortete nicht.

Felice fuhr fort: »Haben wir erst einmal die Ringefabrik zerstört und das Zeitportal geschlossen, wird es viele Kämpfe geben. Diese Tanu-Sklavenherren werden bekommen, was sie verdienen, jetzt, wo wir mit dem Eisen das richtige Mittel gegen sie gefunden haben. Mir sind noch mehr Ideen gekommen, über die ich mit den anderen nicht gesprochen habe ... Zum Beispiel könnten wir vielleicht ein Bündnis mit allen Silbernen schließen, deren Loyalität der Menschheit statt den Tanu gehört. Elizabeth könnte sie für uns aussortieren, und wir würden ihre Silberringe durch gestohlene goldene ersetzen. Dann hätten wir ein menschliches Elite-Korps, das jeder Massen-Jagd gewachsen wäre, die die Fremden aufstellen mögen. Menschliche Metas gegen fremde Metas! Wir könnten das ganze Zwerg-Königreich übernehmen!«

Amerie schwieg.

Felice rückte näher. »Du billigst das nicht. Es entspricht nicht deiner christlichen Ethik. Du denkst, wir sollten unsere Freiheit durch irgendwelche Verhandlungen gewinnen. Vernunft und brüderliche Liebe! ... Warum bist du mir aus dem Weg gegangen, Amerie? Siehst du mich jetzt auch als Ungeheuer wie die anderen?«

Die Nonne wandte sich ihr zu. Im Licht der Sterne war ihr Gesicht freundlich. »Ich weiß schon, was für einen Unsinn du mir auftischen willst, Felice. Bitte, tu es nicht! Ich habe versucht, dir zu erklären, wie es mit mir ist. Ich weiß, du hast deine Bedürfnisse, und du bist frustriert worden, als du den Kampf in Finiah verpaßtest, und der arme Bootsmann hat dich fast zum Wahnsinn getrieben. Aber du kannst nicht mich dazu benutzen, deine Spannungen abzubauen. Nicht durch Grausamkeit, und auch nicht durch Sex. Es ist mein gutes Recht, mich an meine Gelübde zu halten. Ich erwarte nicht, daß du das verstehst, doch du wirst es respektieren müssen.«

Felices Lachen klang unsicher. Sie saß ganz still, ihr gebräuntes Gesicht ein Kontrast zu dem Halo hellen Haares. »Es ist also nicht weit her mit der brüderlichen Liebe«, sagte sie. »Danke für nichts, Schwester. Eine Zeitlang hatte ich geglaubt, du hättest mich gern.«

Die Nonne drehte sich um und faßte das Mädchen bei den schlanken, bloßen Schultern. »Du unmögliches Kind! Natürlich liebe ich dich. Warum, glaubst du, bin ich mitgekommen?«

»Ja, warum? *Warum?*« Felices Stimme hob sich jammernd.

Sie stach mit ihrer koerziblen Kraft zu. Die Nonne zuckte mit einem Schmerzenslaut zurück. Felice rief: »Es tut mir leid, Amerie! Es tut mir leid! Ich will es nicht wieder tun. Sieh mich nicht so an – *denk* mich nicht so an!« Der helle Kopf senkte sich. »Niemals, niemals! Keine von uns beiden. Warum? Warum ist es so verkehrt, ein bißchen Glück und Wärme zu finden? Wir können morgen tot sein, und das wäre dann das Ende davon.«

»Felice, das glaube ich nicht. Ob wir leben oder sterben, ich glaube nicht, daß es das Ende ist. Das ist einer der Gründe für meine Entsagung.«

»Dein religiöser Mumbo-Jumbo! Wer kann beweisen, daß es da draußen einen Gott gibt? Oder, wenn es ihn gibt, wer kann beweisen, daß er uns liebt – daß er kein Greuel ist, das mit uns seine Spiele treibt? Du kannst es nicht beweisen! Du bist eine gebildete Frau, eine Ärztin. Du weißt, daß es keinen Beweis gibt!«

»Nur in der menschlichen Psyche. In unsern Nöten. In unserm suchenden Instinkt. In unserer sehr merkwürdigen Verehrung der Liebe, die gibt, ohne zu nehmen.«

»Ich brauche deine Liebe! Du willst sie mir nicht geben! Du lügst, wenn du sagst, du liebst mich!«

»Ich muß auch mir selbst treu bleiben. Mich selbst lieben, nannte Claude es. Ich mußte erst ins Pliozän kommen, um zu entdecken, daß ich es wert bin, geliebt zu werden. Und du ... liebe Felice. Du hast niemals gelernt zu lieben. Nicht auf menschliche Art. Deine Art ist anders und – schrecklich. Meine Art von Liebe kann dich nicht befriedigen, und was du Liebe nennst, wäre eine Ungerechtigkeit gegen mich. Ich möchte dir helfen, aber ich weiß nicht wie. Ich kann nichts tun, als für dich zu beten.«

»Großartig!« Das Mädchen lachte verächtlich. »Dann los damit! Laß mich hören, wie du für die arme verdammte unmenschliche Felice betest!«

Amerie zog das widerstrebende Mädchen in ihre Arme. Leise klang ihr Gebet durch die Nacht.

»Herr, wie groß ist Deine beständige Fürsorge. Wir finden Schutz im Schatten Deiner Flügel und sind gefüllt mit den guten Dingen, die Du uns gibst. Du läßt uns aus dem Strom

Deiner Güte trinken, denn Du bist die Quelle des Lebens. In Deinem Licht werden wir unser eigenes Licht finden.«

Felice rief aus: »Oh – *Scheiße!*«

Sie weinte, und Amerie wiegte sie. Nach langer Zeit strebte das Mädchen von ihr weg und wischte sich das Gesicht ab.

»Morgen ... wird ein schwerer Tag sein. Ich habe heute nachmittag vor Angst fast den Verstand verloren, und ich werde morgen noch mehr Angst haben. Wenn sich dieser verdammte Harry noch einmal meinem Griff entwindet, werden wir alle ertrinken oder zerschmettert werden. Und es ist gut möglich, daß ich ihn nicht halten kann. Ich ... ich verliere mein Selbstvertrauen. Und das ist tödlich, wenn man mentale Spiele treibt. Wenn einer fürchtet, er könne versagen, dann bricht alles auseinander, und – was soll ich nur *tun?*«

»Ich werde immerzu beten.«

»Zum Teufel mit deinem nicht existierenden Gott! Wenn er alles weiß, sollte er uns helfen, ohne daß wir ihn lange darum bitten! Oder verlangt er von uns, daß wir vor ihm kriechen? Ist es das, was *er* braucht?«

»Es ist gut für uns, ihn zu suchen. Seine Hilfe zu erbitten, um zu bekommen, was uns not tut.«

»Also ist dein Gott Psychologe! Und das Beten ist nichts als ein metapsychisches Fokussieren, damit man, falls man genug Glauben hat, den verdammten Berg versetzen kann! Wer braucht denn einen Gott, wenn das Ende vom Lied ist, daß wir unsere eigenen Gebete beantworten? Ich sollte dann zu mir selbst beten – richtig? Aber ich glaube auch nicht an mich!«

»Felice, ich will mich mit dir nicht über die Bedeutung einzelner Wörter oder über Theologie streiten. Wenn dir das Wort ›beten‹ lächerlich vorkommt, vergiß es! Halte dich einfach an die psychische Gültigkeit hinter dem Konzept. Versuch morgen, mit deinem Geist hinauszulangen und Kraft vom Geist des Universums zu erbitten, von der Lebensquelle. Kümmere dich nicht darum, ob er sich deiner bewußt ist oder nicht, wer er ist oder was er ist. Du hast ein *Recht* darauf, an seiner Kraft teilzunehmen – nicht nur um deinetwillen, sondern für uns alle, die wir von dir abhängen.«

Das Mädchen erklärte langsam: »Ich denke, das könnte ich tun. An den Geist kann ich glauben. Ich spüre ... soviel ist wirklich. Ich will es versuchen, Amerie.«

Die Nonne stand auf und zog Felice mit sich hoch. Sie küßte das Mädchen auf die Stirn. Dann sah sie ins Weite, über den Fluß hinweg zu den schwarzen Hügeln vor einem purpurnen westlichen Himmel. »Felice – da drüben ist etwas.«

Das Mädchen fuhr herum. Auf dem gegenüberliegenden Ufer wand sich eine glitzernde Perlenkette zwischen den Bäumen hindurch.

»Die Jagd«, sagte Felice.

Sie beobachteten sie stumm. Der Zug bewegte sich südwärts durch die Niederungen, die zwischen der Rhône und der Großen Südstraße lagen.

»Ich kann sie ein bißchen fernwahrnehmen«, sagte Felice. »Sie kommen von einem Ort namens Sayzorask unten hinter dem Abgrund am Kopf eines großen Sees. Sie suchen nach uns.«

»Du meinst, der überfällige Skipper ...«, begann Amerie.

»Sie suchen nach *uns*. Glücklicherweise kann keiner von ihnen fliegen, und erstklassige Fernwahrnehmer haben sie auch nicht dabei. Deshalb merken sie nicht, daß ich ihr mentales Gejammere belausche. Sie sind nichts als eine Ansammlung von Provinzlern. Aber die großen Bosse werden weiter südlich auf uns warten.«

»Woher *wissen* sie es?« rief Amerie.

»Irgend jemand hat es ihnen erzählt«, erwiderte Felice. »Und ich glaube, ich weiß, wer.«

Sie verließen den Ankerplatz, sobald es hell wurde. Noch waren die gelben Fluten zum größten Teil von wattigen Nebelbänken bedeckt. Am nächsten tiefen Abgrund wurde die Luft klarer, und sie sahen, daß sie auf dem Fluß nicht allein waren. Drei weitere Fahrzeuge lagen hintereinander vor dem Wasserfall und warteten auf ein bißchen mehr Licht, bevor sie sich an die Strecke von zwanzig Kilometern Wildwasser wagten.

»Schlechte Neuigkeiten!« sang Gert.

»An ihnen vorbei!« entschied Felice. »Peo, Basil, bringt diesen Zombie herauf! Es hat keinen Sinn, Tricks zu versuchen. Diese Boote können gar nichts tun, sobald wir innerhalb der Stromschnellen sind.«

Das Tosen des niederstürzenden Wassers machte es ihnen fast unmöglich, sich zu verständigen. Als Harry, die Lippen blau und schwach knurrend, angeschnallt war, schickte Felice die anderen Männer nach achtern. »Wenn wir ein Leck bekommen, macht bei allen die Sicherheitsgurte los und tut euer Bestes!«

Sie passierten die vor Anker liegenden Boote in einer Entfernung von fünfundzwanzig Metern. Felice zwang Harry zu winken und betätigte selbst das Lufthorn – *tuut-tut-tut.* Und dann waren sie in den Stromschnellen ...

Bring uns durch Harry tu deine Pflicht Harry tu es und ich beschaffe dir einen neuen grauen Ring hörst du einen neuen ebenso gut wie der den wir dir genommen haben nur tu deine Pflicht Harry steuere steuere weiche aus und zieh und rase durch die Gischt und die hohen Wellen über den Unterwasserfelsen los los Harry guter alter Junge halt ab von dem scharfen Vorsprung und dem ungeheuerlichen Strudel an der Krümmung und den wahnsinnigen Wogen die die Luft mit Schaumfahnen füllen los Harry los Junge los stell das Boot breitseits tritt die Ruder wie Orgelpedale und dreh das Steuerrad virtuos denk an den neuen Ring Harry an die alte Ekstase ganz so wie früher halt Ausschau nach der Schleuse und durch sie hinunter Harry der Besieger der wilden Rhône ganz voll von Erdrutschen und Klippenzäunen die das Wasser zurückhalten sollen aber gar nicht daran denken ich helfe dir Harry halte dich und du siehst ich habe keine Angst o nein *Wumms!* nichts passiert Harry nur ein Hüpfer o Gott da ist ein Fels groß wie ein Haus genau in der Mitte der Fahrrinne rechts oder links du weißt was am besten ist Harry Harry Harry o du Arschloch bring uns aus diesem Strudel oder ich zerquetsche dich bis du Harry bring uns hinaus Harry hör auf mit dem Drehen ich werde dir wehtun Jesus Jesus wir stoßen wieder an Harry Harry du stinkendes Schwein ich laß dich nicht du kannst es nicht tun ich lasse dich nicht du kannst es nicht *ich laß dich nicht* ... Stirb.

Felice schrie. Der Verstand in ihrem Griff flammte in einem letzten Lodern sich widersetzender Wut auf. Und dann entglitt er ihr ganz mühelos und entfernte sich auf einem Weg, den sie nicht zu betreten wagte. Allein zurückgeblieben, wandte sie sich wieder dem Chaos des Flußbootes zu, das in dem heimtückischen weißen Strudel gefangen war und rotierend stromabwärts gefegt wurde, weg von einer großen zerklüfteten Felsmasse, die die Rhône in zwei donnernde Ströme teilte. Das Boot drehte sich schneller und schneller. Mit jeder Umdrehung schlug es gegen ein Hindernis unter Wasser, wobei die starke aufgeblasene Hülle wie eine geschlagene Trommel dröhnte.

Harry hing in seinen Gurten und schien ihr zuzublinzeln. Der Körperfunktionsmonitor auf seiner Stirn war völlig schwarz.

Felice bediente den Öffnungsmechanismus und ließ den Toten auf das Deck fallen. Sie setzte sich auf den Platz des Skippers, ergriff das Steuerrad, stellte die Füße auf die Ruderpedale und schickte ihre PK unter die Hülle, um sie anzuheben.

Ah, so schwer so schwer ... das Losreißen aus dem Griff des strudelnden Wassers! Aber ich bin stark (hört ihr es alle?) und du kannst mich noch stärker machen also *tu* es! Hinauf ... hinauf ... hilf mir heb das Boot an! Alles Leben liebt dich du mußt helfen du wirst. Hinauf! HINAUF! ... Und der Zwei-in-Einem hört und hilft und der Viele-in-Allem auch weil es nicht nur für mich ist und um den Trommellärm zu beenden und das kratzende Zischen des schlammigen steinigen Wassers und das Drehen das Schaukeln das Vereiteln aller Gegenbewegungen.

Ich halte das Boot. Wir schweben.

Ich bin imstande uns in der Luft zu halten (ich danke dir) uns jetzt sogar noch höher zu ziehen. Schneller und schneller bis wir fliegen! Und die enttäuschten Wasser unter uns winden sich und die erstaunten Wände der Schlucht beugen sich vor um den Zauber besser zu sehen.

Vor uns weichen die Wände zurück. Wasser ergießt sich in einem großen runden Strahl kremig wie fette Milch. Es schießt im Bogen hinunter und hinunter und hinunter in den fernen Dunst der den großen versteckten See verhüllt. Der letzte Wasserfall der Rhône wird unter uns spurlos verschluckt.

Wir fliegen! Hoch über dem Nebelland fliegen wir sicher im Sonnenlicht. Unsere Feinde unten sind stumm und blind gemacht und das Glück ist so groß daß ich brenne – ich brenne vor Freude.

Amerie und der Indianerhäuptling kommen endlich ins Ruderhaus und wärmen sich an meinem Feuer. Und sie legen mir ihre Hände auf um das Zittern zu stillen und sagen: »Bring uns hinunter, Kind!«

Und ich gehe nach unten. Sacht.

13

»Bist du sicher, Mutter?« fragte Nodonn.

Die Königin antwortete: »Du wirst es mit eigenen Augen sehen. Der Thagdal war mit ihr erst vor kurzer Zeit fertig und schickte sie ins Redaktionshaus zurück. Culluket holte die Wahrheit aus ihr heraus, als ich ihm durch Fernsprache mitteilte, was geschehen war. Er bringt sie wieder in den Palast, damit auch wir sie befragen können.«

Sie befanden sich im Morgenzimmer der Königin. Sie war noch en déshabillé, während der Schlachtenmeister, aus der Arena abberufen, einen leichten Übungsküraß mit Vambrace und Pauldron für seinen ungeschützten rechten Arm und die rechte Schulter trug.

»Eine *neue* menschliche Verschwörung!« sann er laut. »Die Frechheit der Geringen ist fast nicht mehr zu glauben. Natürlich steckt diese Guderian dahinter. Die Menschen-Firvulag-Entente, die Benutzung des heiligen Speers ... und jetzt *dies!*«

Nontusvel berichtete: »Es war ein Rachegedanke, den sich das Mädchen Gwen-Minivel entschlüpfen ließ, verstehst du, als der Thagdal sie mit seiner Gnade füllte. Dem Sinn nach lautete er ungefähr: ›Du wirst nicht mehr lange in der Lage sein, menschlichen Frauen dies anzutun, denn wir werden eure Ringefabrik zerstören und das Zeitportal schließen. Wir werden alle menschlichen Sklaven befreien.‹«

»Ein Glück, daß du in Reichweite warst und den Gedanken auffingst.«

»Er war schwer abgeschirmt. Aber ich bin die Mutter der Heerschar.«

»Und wer genau ist sie, daß sie Kenntnis von diesem Plan haben kann?«

»O weh – eine vielversprechende junge Heilerin. Dionket selbst stellte sie von der üblichen Versteigerung zurück. Sie hätte schon längst ins Bett des Königs geschickt werden sollen. Aber aus Gründen, die mir noch nicht klar sind – du wirst ihnen nachgehen wollen –, wurde sie mit der stillschweigenden Billigung Mayvars und des Lord-Heilers in den Katakomben des Redaktionshauses versteckt. Da dein ehrfurchtgebietender Vater wegen in letzter Zeit stattgefundener betrüblicher Ereignisse niedergeschlagen ist, fiel mir dies Mädchen wieder ein, das ich für eine mögliche Quelle des Trostes hielt. Sie hatte die ganze Festgesellschaft bei dem Versteigerungsbankett mit ihrer Empathie in Erstaunen gesetzt. Ich ... ich gestehe, daß sie mich an mich selbst als kleines Mädchen erinnerte, als ich meine Puppen in den Schlaf sang und von den Kindern träumte, die ich eines Tages gebären würde ... Doch genug davon. Da es meine Pflicht ist, für die Seelenruhe unseres Königs zu sorgen, beauftragte ich deinen Bruder Culluket, nachzuforschen, was aus Minivel geworden sei. Das Mädchen untersteht Dionket, aber einem königlichen Befehl konnte er sich nicht widersetzen. So wurde sie ordnungsgemäß vorgeführt. Culluket ist viel zu geradeaus, um sich mit den mentalen Vorbereitungen aufzuhalten, die bei Minivel notwendig waren, und bei dem delikaten Zustand deines ehrfurchtgebietenden Vaters wollte er es auch nicht riskieren, daß sie ihn abwies. Deshalb übernahm ich selbst die Koerzierung und Redigierung der jungen Frau. Ich arbeitete mit ihr den ganzen gestrigen Nachmittag, und am Abend ging sie eifrig wie eine Nymphe zum Thagdal. Er hat nichts davon gemerkt, daß sie ihn verachtete. Und natürlich hat dein Vater Minivels fürchterliches Rachegeständnis nicht gehört, denn seine eigene Leidenschaft lenkte ihn ab.

Ich ließ sie für ihn singen und in Ergänzung des Üblichen die mütterlichsten Formen des Trostes anwenden. Sie war ein großer Erfolg.«

»Und völlig ahnungslos«, meinte Nodonn, »mag sie auch der Schlüssel zu unserem Sieg werden.«

Die Tür zu der Suite öffnete sich. Der Inquisitor des Königs, schön und streng in einem dunkel-burgunderroten Kapuzen-Cape, schob Sukey vor sich her und winkte der Eskorte aus Leibwächtern in granatfarbener Rüstung, draußen zu bleiben. Culluket begrüßte Nontusvel und seinen Bruder.

»Ehrfurchtgebietende Mutter! Bruder Schlachtenmeister! Ich habe die Frau Gwen-Minivel befragt und alles bloßgelegt, was sie weiß.«

Sukey stand da mit entschlossenem Gesicht. Ihre Augen und ihre Nase waren vom Weinen gerötet, und ihr Haar hing in Strähnen herab. Sie trug immer noch das durchsichtige Gewand der Liebesgeschenke, das die Diener der Königin ihr am Abend zuvor angelegt hatten.

Nontusvel und Nodonn studierten die Informationen, die Cullukets Gedanken ihnen zeigten.

»Kind, Kind«, klagte die Königin. »Nicht nur der Verrat – auch noch einen menschlichen Liebhaber! Ein niedriger Grauer – Stein Oleson, Kämpfer von Aiken Drum. Und du hast sein Kind empfangen!«

»Stein ist mein Mann«, erklärte Sukey.

Der Inquisitor, seiner sanften Mutter so ähnlich und so unähnlich, schob seine Kapuze zurück. »Schon für diese Handlung allein wäre die Strafe der Tod, Gwen-Minivel. Tod für dich, für dein ungeborenes Kind und für den Vater des ungesetzlich Erzeugten. Du hast deinem silbernen Ring Schande gemacht und jeden Anspruch auf Tanu-Verwandtschaft verwirkt. Du bist nicht länger Gwen-Minivel, sondern nur noch Sue-Gwen Davies, eine gesetzlose Menschenfrau. Du und alle Personen, die in diesen Verrat und die noch größeren Schändlichkeiten, die du mir enthüllt hast, verwickelt sind, werden sich vor unserm Gericht zu verantworten haben – ganz gleich, wie hoch ihr Stand ist.«

Sukeys geschwollene Lippen lächelten. Ihr Gedanke war

klar: Wir verlieren unser Leben. Aber ihr werdet eure ganze Welt verlieren, selbst wenn ihr weiterlebt!

»Schick sie weg!« sagte Nodonn. »Darüber müssen wir diskutieren.«

Culluket übergab Sukey den Leibwächtern, und die Königin schlug vor: »Laßt uns in Atrium gehen, wo mehr Luft ist. Ich fühle mich gar nicht wohl.«

Der Zweite Redakteur nahm den Arm seiner Mutter, und alle drei begaben sich in einen kleinen Innenhof, der wie eine Laube aus Herbstrosen war. Die Königin und Culluket setzten sich auf den marmornen Rand des Springbrunnens in seiner Mitte. Nodonn schritt hin und her über die Fliesen. In dem schattigen Garten brachen die Facetten seiner Rüstung das Licht wie Glasprismen.

»Was hast du mit dem Mann gemacht?« erkundigte sich Nontusvel.

»Natürlich hat es einen Aufstand gegeben«, erwiderte Culluket trocken. »Stein und Aiken Drum waren im Koerzierer-Kolleg und frühstückten zusammen mit Gomnol, ich bitte dich! Klar, daß der junge Marktschreier und der Lord-Koerzierer behaupteten, nichts über Steins Beziehung zu Sukey zu wissen – was ich als Grund dafür angegeben hatte, daß ich ihn in Gewahrsam nahm. Stein wurde recht gewalttätig, ungeachtet seines Rings. Gomnol blieb jedoch keine Wahl, als ihn zu bändigen und uns zu übergeben. Die Bestätigung unserer Anklage troff aus Steins Verstand wie aus einem Sieb. Er wird bis zum Großen Wettstreit in Haft bleiben und bei einem der Gladiatorenkämpfe eingesetzt werden. Das Mädchen geht selbstverständlich in die Große Retorte.«

»Und Aiken Drum?«

Cullukets Lachen verriet widerwillige Bewunderung. »Das ist ein ganz Kühler! Man braucht kein Redakteur zu sein, um zu erkennen, daß Herr und Kämpfer bei beiden Straftaten im Einverständnis gewesen sein müssen. Aber Drum bestand darauf, den Unschuldigen zu spielen. Er verlangte, Gomnol und ich sollten gemeinsam seinen Geist inspizieren, gleich an Ort und Stelle. Ohne sachgemäßen Erweichungsprozeß mußte unsere Examinierung sehr direkt sein – aber der kleine Halunke war uns gewachsen. Wir konnten nirgendwo in seinen Gedanken eine Spur von Verrat finden. Er wußte nichts über Stein und Minivel, wußte nichts über irgendein Attentat auf die Ringefabrik oder das Zeitportal.«

Der Schlachtenmeister hörte mit seinem Hin- und Herlaufen auf und setzte sich neben seinen Bruder auf den Rand des Springbrunnens. Er rührte mit einem Finger im Wasser. Kleine Dampfwölkchen stiegen auf. »Du und Gomnol, ihr habt die Befragung – zusammen durchgeführt.«

Die Königin blickte von Nodonn zu Culluket. »Du meinst doch wohl nicht ...«

Aber Culluket nickte langsam. »Es könnte durchaus sein. Gomnol ist dazu fähig! Ich hatte keinen Verdacht ... Gerüchte über die Impotenz des Königs haben unter allen Mitgliedern der Hohen Tafel die Runde gemacht, und wir wissen, unser hochgeschätzter Lord-Koerzierer kümmert sich um nichts als die größte Chance. Zweifellos ist ihm inzwischen aufgegangen, daß seine erste Einschätzung von Aiken Drum als metapsychische Nova ein Irrtum war. Außerdem hat das Verbot seines genetischen Plans, Elizabeth und den Thagdal betreffend, eine kleine Revidierung seines dynastischen Szenarios notwendig gemacht.«

»Oh, der Undankbare!« rief die Königin. »Gomnol verbündet mit Aiken Drum! Das ist das Ergebnis, wenn man Geringe an unsere Hohe Tafel zuläßt! Wir müssen sofort etwas gegen ihn unternehmen! Imidol muß Gomnol bei den diesjährigen Manifestationen der Kräfte herausfordern.«

»Er würde verlieren«, stellte Culluket sachlich fest.

»Was dann?« beschwor die Königin ihn. »Gomnol wird sein Schicksal mit den rebellierenden Geringen verknüpfen! Ist das nicht offensichtlich?«

Culluket blickte verwirrt drein. »Aber Gomnol würde doch seine eigene Ringefabrik, die Grundlage seiner Macht, nicht zerstören. Das widerspräche seiner Psyche. Irgendwie ist es Aiken Drum gelungen, diesen Teil des Plans vor ihm geheimzuhalten.«

»Dann wollen wir es Gomnol erzählen!« rief Nontusvel. »Ihn gegen dies schreckliche kleine goldene Tier wenden!«

»Frieden, liebste Mutter!« Nodonns sonnenhelles Angesicht beruhigte die erregte Königin mit seiner Wärme. »Es sind so viele Dinge im Gange – so viele Intrigen und Pläne und Gegenpläne –, daß sie miteinander kollidieren und sich zu einem Gestrüpp verfilzen, das scheinbar nicht mehr zu entwirren ist. Die Eindringlinge aus dem Norden mit ihrem Eisen, vielleicht mit dem Speer – die monströse Felice, Mörderin unserer Schwester Epone, die jetzt gestohlenes Gold trägt – die Rebellen-Generalin Guderian und ihre Saboteur-Kohorten – Aiken Drum, dessen Loyalität Tana-weiß-wem gilt – die Pläne des Königs – der Anthropologe und seine Untersuchung – der Lord-Koerzierer, der uns alle manipulieren möchte! Ein fürchterliches Durcheinander.«

»Aber, nicht wahr«, fragte Culluket, »du könntest es entflechten, Bruder Schlachtenmeister?«

»Ich«, sagte Nodonn, »habe ein Schwert.«

Die Königin holte scharf Atem. »Das kannst du nicht tun!«

»Sie sind nur Menschen. Sie haben sich selbst zu Gesetzlosen gemacht. Aiken Drum stellt wegen seiner großen Beliebtheit bei unsern Bürgern ein besonderes Problem dar. Wir werden einen überzeugenden Beweis für seinen Verrat brauchen, aber wir werden schon mit ihm fertig. Und ebenso mit Gomnol – ich glaube, viel leichter. Dieser ganze Wirrwarr kann zu unserm Vorteil ausgebeutet werden.«

»Vertraust du so fest auf deine eigenen Fähigkeiten?« fragte Culluket. »Das Eisen allein stellt eine tödliche Bedrohung unseres Überlebens auf der Erde dar. Wenn du dich verrechnest, könnte das gesamte Hochkönigreich im Chaos versinken.«

Heiter erklärte der Schlachtenmeister: »Wir von der Heerschar sind übereingekommen, daß es notwendig ist, zum einfacheren Leben zurückzukehren. Zu den alten Sitten, an die wir uns beinahe tausend Jahre lang gehalten haben. Der oberflächliche Glanz, wie ihn die Bastard-Kultur der Menschheit ausstrahlt, hat zu viele von unseren Leuten – sogar den Thagdal selbst – geblendet und uns an den Rand des Ruins gebracht. Aber Tana hat Mitleid mit uns. Noch ist es nicht zu spät zur Umkehr. Die Geringen zeigen sich uns durch ihre Konspirationen deutlich als das Krebsgeschwür, das wir zuvor nur vermuten konnten. Auch die stumpfsten unter unseren Leuten werden die menschliche Gefahr nicht mehr zu ignorieren imstande sein, wenn ich mit meinen Gegenmaßnahmen fertig bin ... Und dann ist da noch *dies.*«

Nodonn hielt eine blaßgrüne Platte hoch. Culluket rief aus: »Die Untersuchung! Ich gratuliere dir, Bruder! Darf ich sie mir ansehen?«

Ohne darauf einzugehen, fuhr Nodonn fort: »Der menschliche Anthropologe war unklug genug, uns eine ehrliche Expertise zu geben. Sein Bericht betont den unvermeidlichen Aufstieg der Menschen und Mischlinge im Vielfarbenen Land, sollten wir Tanu fortfahren, die Menschen genetisch auszubeuten und ihnen Machtpositionen zuzugestehen. Der König hat die Untersuchung gelesen, aber er ist sich über die Folgerungen noch nicht schlüssig. Er und die anderen moralischen Weichlinge an der Hohen Tafel mögen glauben, der Status quo könne einfach durch die Vernichtung aller Kopien des Berichts und der im Computer gespeicherten Daten sowie der Eliminierung von Bryan Grenfell und Ogmol aufrechterhalten werden. Aber dank meiner geliebten Rosmar besitzen wir nicht nur ein Exemplar des Buches – sondern wir haben auch den Anthropologen selbst in sicherem Gewahrsam. Liebste Mutter, es ist meine Absicht, den Anthropologen zu zwingen, auf dem Höhepunkt des Großen Wettstreits die Wahrheit über seine eigene menschliche Rasse zu enthüllen. Ich werde ihn unmittelbar vor dem Heldentreffen vorführen, so daß den Verschwörern der Friedensfaktion keine Zeit bleibt, eine Opposition vorzubereiten. Wenn die Situation deutlich gemacht wird, trifft der geballte Zorn unserer gesamten Tanu-Kampfgesellschaft jene, die Verräter an unseren altehrwürdigen Idealen sind. Er trifft Gomnol! Und Aiken Drum! Und alle jene unter unseren Verwandten, die so tief gesunken sind, daß sie die Menschheit als wesentlich für unser Überleben hier ansehen.«

Die Königin hob die Hand an die Lippen. »Aber dann wird der Thagdal ...«

Nodonn kannte kein Erbarmen. »Königin und Mutter, wenn er bei seiner Torheit beharrt, ist seine Zeit gekommen. Ich will gnädig sein. Er soll am Ende seine eigene Wahl treffen.«

Culluket beeilte sich schnell zu sagen: »Du, als Mutter der Heerschar, bist von seinem Schicksal absolut nicht berührt.«

Nontusvel hatte ihre mentalen Schirme geschlossen. Ihre Augen weigerten sich, den Blicken ihrer Söhne zu begegnen. »Manchmal ... sind unsere Sitten sehr hart. Ich dachte, es könne einen anderen Weg geben.«

Nodonn fuhr eifrig fort: »Was den Sabotage-Plan in Sue-Gwen Davies' Gehirn betrifft, gibt es Möglichkeiten, ihn zu unserem Vorteil zu wenden, wenn wir schnell arbeiten. Wir kennen keine Einzelheiten über den beabsichtigten Angriff auf die Ringefabrik. Offenbar haben die Geringen aus dem Norden Aiken Drum und seinen ungeschlachten Busenfreund nicht vollständig ins Vertrauen gezogen. Aber wir wissen das Datum – es ist der zweiundzwanzigste, also übermorgen – und wir dürfen annehmen, daß der Angriff des Nachts erfolgen wird, wenn rund um das Koerzierer-Hauptquartier nur wenig Leben ist. Der zweite Teil des Vorhabens der Geringen, der Versuch, eine Botschaft durch das Zeitportal zu schicken, muß unbedingt im Morgengrauen des zweiundzwanzigsten stattfinden.«

Culluket rief aus: »Gomnol würde bestimmt versuchen, den Angriff auf die Fabrik zu vereiteln, wenn er davon wüßte. Wir können ihn restlos vernichten und den Ruhm dafür einstreichen!«

Der Schlachtenmeister warf seinen leuchtenden Kopf zurück und lachte. »Redigierender Bruder, was bist du für ein Einfaltspinsel! Aber mach dir nichts draus! Das Planen von Feldzügen ist meine Pflicht. Du wirst bald genug sehen, wie untadelig ich sie erfüllt habe. Also dann ... du mußt alle guten Kämpfer der Heerschar, die schon in Muriah eingetroffen sind, zusammenrufen. Noch heute mittag wird unsere Mutter eine heilige Wiedervereinigung abhalten, um ihren Krieger-Kindern vor den Spielen einen besonderen Segen zu erteilen. Wenn wir zusammen sind und uns abgeschirmt haben, erkläre ich die Strategie, die uns *alle* unsere Feinde in die Hände liefern soll.«

»Die Mörderin unserer liebsten Epone«, warf der Inquisitor ein, »*sie* ist für mich reserviert.«

Nodonn nickte zustimmend. »Ziehe alle nützlichen Informationen aus dieser Felice heraus, und dann soll es sein, wie du verlangst. Aber dies weibliche Ungeheuer muß noch imstande sein, in den Gladiatorenkämpfen zu fechten, wenn du mit ihr fertig bist. Das ist Teil meiner Strategie. Die anderen gehen in die Große Retorte! Diese Geringen müssen als ein Exempel für die übrigen in aller Öffentlichkeit den Tod erleiden! Ich lasse nur eine Ausnahme zu! Ich habe andere Pläne für Guderian!«

»Sie wie auch Felice tragen Gold«, warnte Culluket.

»Felices Ring wird mit ihrem eigenen Eisen entfernt werden«, antwortete der Schlachtenmeister. »Sie wird Grau tragen, wenn sie ihr Blut auf der Weißen Silberebene vergießt. Guderians Ring spielt keine Rolle, wie du in Kürze erkennen wirst.«

Nontusvels Tränen waren getrocknet. Sie erhob sich von dem Brunnenrand und sagte munter: »Wenn wir zum Mittagessen eine große Zahl von Gästen haben, muß ich mich sofort mit den Köchen besprechen. Ihr werdet mich entschuldigen.« Sie küßten ihre Hände, und sie eilte davon. Bruchstückhafte Gedanken der Gastgeberin, die die Speisenfolge plante, folgten ihr nach.

Culluket sah dem Schlachtenmeister gerade ins Gesicht. »Da ist noch ein Mensch, dessen Position klargestellt werden muß! Ich bestehe darauf, daß du in einer so ungeheuer wichtigen Sache redlich handelst!«

Das Bild Mercys schien zwischen den Brüdern zu schweben.

Nodonns glühendes Gesicht war undurchschaubar, und sein Geist auch. »Die anderen der Heerschar waren zu höflich, meine Wahl einer Gemahlin in Frage zustellen – oder zu klug. Aber da du es wagst, offen zu sein, will ich dir sagen, was ich über sie entdeckt habe. Schon bei meiner ersten Begegnung mit Rosmar war ich überwältigt von der unglaublichen Affinität, von dem harmonischen Zusammenklang unserer Gedanken, der sich so völlig von meinen früheren Beziehungen zu menschlichen Frauen unterschied – sogar mit Frauen unserer eigenen Rasse. Und deshalb ließ ich Greg-Donnet, nachdem ich Rosmar zur Frau genommen hatte, eine genetische Untersuchung meiner bemerkenswerten Gemahlin vornehmen.«

»Und?«

»Mercy-Rosmars Plasma ist mit unserem eigenen fast identisch. Sie hat mehr von unseren Genen, als sie menschliche hat. Tana allein weiß, wie das kommt – aber ich bin auch kein Wissenschaftler.«

Culluket, der einer war, wirkte zutiefst erschüttert. Seine Schirme verbargen einen Sturm von Überlegungen, konnten jedoch nicht verhindern, daß ein leichter Verdacht hindurchschlüpfte.

Die Gelassenheit des Schlachtenmeisters schmolz zu Schwärze. Einen entsetzlichen Augenblick lang war der erschrockene Culluket in eine zweite, mit Nadeln gespickte Haut gewickelt, und die Spitze jeder Nadel war die Quelle einer elektrischen Entladung, die die Schmerzrezeptoren seiner Epidermis fast bis zur Überladung entflammten. Er wäre gefallen, hätte das Bewußtsein verloren, wenn Nodonns gewaltiger Geist ihn nicht gehalten hätte.

So schnell, wie sie aufgetreten war, wurde die Qual weggewischt und durch eine Empfindung äußersten Wohlbehagens ersetzt.

Und Nodonns Gedanken: Meditiere, soviel du willst, redigierender Bruder, aber setze niemals wieder einen Zweifel in mein Urteilsvermögen oder deute an, daß Mercy-Rosmar etwas anderes als loyal ist!

Meister jeder Obszönität!

»Jetzt benimmst du dich wieder wie ein Einfaltspinsel«, schalt die Stimme Apollos. »Denk nur daran, wer König sein wird. Und mache niemals den Fehler zu denken, du könntest *mich* etwas darüber lehren, wie man Schmerzen zufügt!«

13

Mit vielen anderen Ausflüglern von Muriah ritt Katlinel die Dunkeläugige in der Abendkühle auf Chaliko-Rücken hinab, um die Weiße Silberebene zu durchstreifen und ihre niemals nachlassende Neugier auf die täglichen Unternehmungen des alten Feindes zu befriedigen, der jetzt in harmloser Pracht am ganzen nordöstlichen Ende des Kampffeldes sein Lager aufgeschlagen hatte.

Sie ritt über die breite Kanalbrücke. Das Bett des Wasserlaufs war mit Kalksteinblöcken gepflastert, und er führte drei Meter tiefes, sternenflimmerndes Süßwasser. Es stammte aus jener großen Quelle, dem Brunnen des Meeres, der gleich bei der Ankunft der Tanu auf Aven den Grund dafür abgegeben hatte, das Kampffeld an diesem Platz anzulegen. Hier und da schöpften die Kleinen Leute Wasser mit Eimern oder füllten Lederschläuche. Weiter unten wuschen ein paar Firvulag-Frauen Kleider, und noch weiter entfernt, wo der Kanal flacher wurde, nach Osten umbog und in die Große Lagune mündete, standen die merkwürdigen Badezelte des bescheideneren Volkes.

Katlinel ließ ihrem Chaliko den Willen. Es trottete die lange Mittelstraße der Zeltstadt entlang, wo Feuer an der Spitze aus Steinen aufgetürmter Male brannten. Die großen erdfarbenen Pavillons des Firvulag-Adels standen hier, Planen und Klappen mit Fransen in Gold und Silber und Seitenteile und Dächer mit Stickereien geschmückt. Vor jedem Zelt eines Großen erhob sich eine hohe Stange, von der die juwelenbesetzte Standarte seines Besitzers flatterte, geziert mit den Haarbüscheln und vergoldeten Schädeln besiegter Feinde. Jede Standarte war gekrönt von dem Bild eines anderen Ungeheuer-Kopfes, das den bevorzugten illusorischen Aspekt des jeweiligen Firvulag-Kriegers repräsentierte.

Die Kleinen Leute waren überall. Einige trugen ihre schön ziselierten Obsidian-Rüstungen, aber die meisten hatten sich einfacher in Hosen und Westen oder edelsteingeschmückten Roben mit Pelzbesatz (sie mußten in der schwülen Dämmerung sehr unbequem sein) gekleidet. Spitze Mützen waren bei Männern und Frauen die üblichste Kopfbedeckung. Die der höheren Damen hatten wallende Schleier oder gepolsterte Ränder oder ornamentale Hörner oder lange Zipfel, die vor oder hinter den Ohren niederhingen. Die hochmütigen Tanu bezeichneten ihre Schattenbrüder gewohnheitsmäßig als »klein«. Aber die meisten, an denen Katlinel vorüberkam, waren an Statur mindestens den Menschen vergleichbar, und hin und wieder erhaschte sie einen Blick auf einen wackeren Champion, der jeden Tanu an Höhe und Umfang bei weitem übertraf. In der Hauptstadt wurde erzählt, zum Großen Wettstreit dieses Jahres seien, angefeuert durch ihren Triumph in Finiah, viel mehr Firvulag als je zuvor nach Süden gekommen. Gerüchtweise hieß es, bei der Armee befänden sich gewisse stolze Recken, die in letzter Zeit wegen der Entwürdigung der Spiele durch menschliche Kämpfer auf eine Teilnahme verzichtet hatten. Medor war aus seinem Versteck gekommen, und der schreckliche Nukalavee, der in der Verkleidung eines geschundenen Zentauren mit bloßliegenden Muskeln und Sehnen und Blutgefäßen focht, um seine Gegner mit Entsetzen zu schlagen, und sogar der alte Pallol Einauge, der Firvulag-Schlachtenmeister, hatte sein zwanzig Jahre langes Schmollen abgebrochen und war zurückgekehrt.

Schätzungsweise lagerten bereits 50000 der Kleinen Leute auf der Ebene – fast zwei Drittel der gesamten Firvulag-Bevölkerung. Etwa die Hälfte davon waren Kämpfer, und sie übertrafen die Tanu-Ritter und ihre menschlichen Hilfskräfte im Verhältnis von rund zwei zu eins. Beinahe die gesamte Kavallerie des Vielfarbenen Landes würde gegen diese Konzentration des Feindes eingesetzt werden müssen.

Firvulag-Händler bedrängten Katlinel, als sie zwischen den Lagerfeuern und den fröhlichen Gruppen von Schmausenden und Tanzenden hindurchritt. Man bot ihr auf beiden Seiten Schmuck und Kostbarkeiten an, denn in diesem Handwerk zeichneten sich die Firvulag vor allem aus. Auch Verkäufer von Süßigkeiten und Salznüssen und starkem Apfelwein und seltsamen angereicherten Weinen waren da. Doch Katlinel widerstand ihrem Betteln. Erst als sie das Ende der langen Straße erreicht hatte und ziellos zwischen den viereckigen schwarzen Zelten des bescheideneren Volkes dahinritt, unterlag sie schließlich der Versuchung in Gestalt eines koboldhaften kleinen Mädchens mit dicken blonden Zöpfen und einem niedlichen scharlachroten Spitzhut. Es bot Flakons aus geschnitztem Myrthenholz an, die mit einem wundervollen Parfum, destilliert aus Waldblumen, gefüllt waren.

»Danke, Lady!« Die winzige Verkäuferin nahm die Bezahlung mit einem Knicks entgegen. »Bei uns heißt es, daß die Dame Hesperis einen Duft verströmt, dem selbst der unwilligste Jüngling nicht zu widerstehen vermag.«

Katlinel lachte. »Ich werde daran denken, das Parfum mit Vorsicht zu tragen.«

»Also, ich habe gehört«, war die kecke Antwort, »daß einige von euren Tanu-Herren alle Hilfe brauchen, die sie bekommen können.«

»Das werden wir bei den Spielen sehen.« Damit ritt Katlinel lächelnd weiter.

Sie geriet in ein Gebiet, das mit Speise- und Trinkzelten überfüllt war, und da setzte sich ein anderes Chaliko an ihre Seite. Ein betrunkener Oger taumelte nach draußen und faßte die Zügel ihres Tieres. Doch der Reiter des anderen Chalikos griff ein, noch ehe Katlinel eine schützende Illusion spinnen konnte. Ein mentaler Bolzen schleuderte den Firvulag-Lümmel in die Arme seiner grölenden Kumpane. Sie zerrten ihn mit einer flüchtigen Entschuldigung wegen der Belästigung weg.

»Ich stehe in deiner Schuld, Erhabener Lord.« Katlinel neigte den Kopf vor ihrem Retter.

Er war schön, groß und breitschultrig, und er trug eine eng anschließende Kappe unter einem Visierhelm, der mit einer kleinen goldenen Krone geschmückt war. Die Kappe versteckte Haar und Kehle und fiel als ein sehr kurzes Cape über seine Schultern, und an den Rändern war es festoniert und mit Juwelen besetzt. Strümpfe und Wams waren dunkelviolett.

»Es war mir ein Vergnügen, Erhabene Dame. Ich fürchte, einige meiner Landsleute feiern verfrüht und mit allzu großer Begeisterung.«

Sie ritten zusammen weiter, und Katlinel betrachtete ihn mit unverhohlener Überraschung. »Du setzt mich in Erstaunen, Lord. Da dein Hals bedeckt ist, hielt ich dich irrtümlich für einen meines eigenen Volkes.«

»Und welches ist das?« fragte er, und seine gebildete Stimme hatte eine ganz schwache Spur von Spott.

Katlinel errötete und faßte die Zügel fester, bereit, ihr Chaliko von dem Emporkömmling wegzutreiben. Doch der Mann streckte die Hand aus, und das Tier stand still.

»Verzeih mir meine Impertinenz, Lady. Das war ungehörig. Aber offensichtlich stammt deine Schönheit von menschlichem ebenso wie von Tanu-Blut her. Und dein silbernes und grünes Gewand verrät mir, daß du – ebenso wie ich – zu den Illusionsspinnern gehörst und eine von seltener Macht bist. Du bist mit Recht über mein unhöfliches Geschwätz ärgerlich, aber wenn du das vergessen und statt dessen an den kleinen Dienst denken willst, den ich dir habe erweisen dürfen, können wir vielleicht für ein paar Augenblicke länger miteinander reiten und uns unterhalten. Ich habe große Wißbegierde, was dein Volk angeht.«

»Und außerdem eine kluge Zunge, Firvulag-Lord! ... Nun gut, du darfst für kurze Zeit mit mir reiten. Ich bin Katlinel mit dem Beinamen die Dunkeläugige, und ich sitze an der Hohen Tafel auf dem allerniedrigsten Stuhl, denn ich bin die Geringste unter den Tanu-Großen.«

»Sicher nicht für lange!« Er nahm den gekrönten Helm ab; die purpurne Kappe bedeckte seinen Schädel. »Ich bin als der Herrscher des Feldberges bekannt. Meine Domäne liegt weit im Norden am Rand des Firvulag-Reiches. Noch nie zuvor habe ich an dem Großen Wettstreit teilgenommen. Meine Leute sind mit den täglichen Problemen des Überlebens so beschäftigt, daß sie wenig Lust zu religiösen Spielen verspüren.«

»Eine häretische Einstellung, das ist sicher. Aber eine, mit der ich sympathisieren kann.«

»Gibt es solche unter euch, die keine begeisterten Mitglieder der Kampfgesellschaft sind?«

»Viele«, gestand sie, »besonders unter den Mischlingen, wie ich einer bin. Die Kraft der Tradition ist jedoch stark.«

»Ah. Die Tradition. Allerdings scheinen die alten Sitten in letzter Zeit ins Wanken zu geraten. Die Menschheit, einst so gefügig und nützlich, erhebt sich im Aufstand gegen euren Hochkönig.«

»Verbündet mit euch Firvulag!«

»Die Tanu haben als erste Menschen benutzt. Sollten wir es nicht ebenfalls tun? Wir Firvulag sind, das ist wahr, konservativer als ihr. Ja, die meisten von uns würden nicht einmal ein Tier wie dieses besteigen. Sie ziehen es vor, auf ihren eigenen kräftigen Beinen zu marschieren.«

»Und du hast keine solchen Skrupel?«

»Ich bin gezwungen worden, Realist zu sein, Lady. Sag mir – stimmt es, daß menschliche Wissenschaftler von den Tanu geehrt und adopiert werden? Daß ihr ihr spezielles Wissen benutzt habt, um eure eigene Technoökonomie zu fördern?«

»Ich gehöre zu der Hochfakultät der Kreatoren-Gilde. Die meisten Wissenschaften, ausgenommen die des Heilens und der Psychobiologie, fallen in unsern Machtbereich. In unserem Kolleg arbeiten viele menschliche Gelehrte. Sie unterrichten unsere jungen Leute, und sie erforschen die praktische Anwendung ihrer Kenntnisse. Landwirte, Geologen, Ingenieure aller Sorten, sogar Spezialisten der Sozialwissenschaften – alle haben ihre Fähigkeiten in den Dienst des Vielfarbenen Landes gestellt.«

»Auch Genetiker?« fragte der Lord vom Feldberg leise.

»Selbstverständlich.«

Er sagte: »Wenn wir nur keine Feinde wären! Wenn wir nur frei wären zur Kooperation, Ideen und Hilfsmittel austauschen könnten! Ich weiß, wir Firvulag hätten euch viel anzubieten. Und ihr ... könntet soviel für uns tun.«

»Aber das entspricht nicht dem Brauch«, erwiderte sie.

»Noch nicht. Nicht, solange die grimmige alte Kampfgesellschaft euer Hochkönigreich regiert.«

»Ich muß dich jetzt verlassen«, sagte Katlinel.

»Willst du wiederkommen und mit mir reden? Wir haben noch mehr als eine Woche, bis der Wettstreit beginnt und wir offiziell von neuem Feinde werden.«

Sie reichte ihm die Hand, und er ergriff sie und grüßte sie auf klassische Art. Seine Lippen waren kalt. Ein Blitz metapsychischer Erkenntnis zeigte Katlinel, daß auch diese Lippen illusorisch waren. Aber der Geist, der sich ihr in flüchtiger Hoffnung öffnete – der war ganz und gar nicht kalt.

»Ich will morgen abend wiederkommen«, versprach sie. »Soll ich nach dir unter deinen Freunden fragen?«

»Wenige hier würden mich Freund nennen.« Sein Lächeln war gleichzeitig verlegen und zur Vorsicht mahnend. »Reite hierher, und ich werde dich finden. Besser, wenn niemand von deinen Leuten erfährt, daß du dich herabläßt, eine Unterhaltung mit Sugoll, Lord des Feldbergs, zu führen.«

»Wir von der Hohen Tafel tun, was uns beliebt«, antwortete Katlinel. Sie lenkte ihr Chaliko den Pfad hinauf, der von der Salzebene nach Aven führte.

14

Gomnol ließ den infraroten Fleck langsam über die Schwärze des Katalanischen Golfs wandern. »Immer noch nichts. Und die Fliegende Jagd wird ihre Suche innerhalb der nächsten Stunde auf dies Gebiet verlagern, wenn die übliche Route beibehalten wird. Bist du sicher, daß die Saboteure planen, heute nacht zu landen?«

»Gottverdammt nochmal, ja«, knurrte Aiken Drum. Er hockte in einer Mauernische zwischen zwei Zinnen und spähte durch ein gewöhnliches Fernglas. Er und der Lord-Koerzierer befanden sich auf dem höchsten Turm des Gilden-Hauptquartiers. »Sie treffen heute nacht ein, machen mit mir durch Fernsprache aus, welches der sicherste Treffpunkt ist und der beste Weg, dies Gebäude zu stürmen. Einen Tag widmen sie dem Ausruhen und der Aufklärung, und dann führen sie den Angriff in den frühen Morgenstunden des Montags aus. Brumme nicht mit mir, wenn deine Spione es nicht fertigbrachten, sie aufzuspüren.«

»Ich glaube, daß deine Freunde bereits hier sind«, sagte Gomnol. »Sie hätten unbemerkt entlang der Küste mit dem Verkehr von Tarasiah und Calamosk und Geroniah und den übrigen spanischen Städten kommen können. Nimm einmal an, sie sind nach Überwindung der Glissade südwestlich in die katalanischen Stauwasser gesegelt und dann einfach entlang dem Ufer von Aven zurückgekehrt. Wenn sie jetzt unten an der Küste sind, werden wir sie nie entdecken – und Nodonn und die Heerschar ebenso wenig, nicht einmal von der Luft aus. An dieser nördlichen Seite der Halbinsel gibt es ein halbes Hundert kleiner Bäche und Zuflüsse, und sie ist voll von Höhlen, wo sie sich außer Reichweite einer Fernspürung verstecken können.« Er schaltete die Energie seines großen Fernrohrs ab. »Dir bleibt nichts übrig, als auf ihren Anruf zu warten, auch wenn das die Wahrscheinlichkeit erhöht, daß die Heerschar sie vor uns findet. Welch ein Jammer, daß deine Saboteur-Freunde dir nicht genug vertrauten, um dich aufzufordern, ihnen entgegenzufliegen, sobald sie das Bekken erreicht haben.«

»Ach, halt den Mund!« sagte Aiken. »Ich bin gerade dabei, meinen Suchersinn auf Felices Muster einzustellen. Möglich, daß sie im Abschirmen noch nicht besonders geschickt ist.«

»Das Gegenteil ist genauso gut möglich! Mit der müssen wir vorsichtig sein ... Und dieser große Trottel Stein! Wenn unser Block in seinem Gehirn nicht hält – wenn Culluket ihn erkennt und andere Redakteure der Heerschar zu einer Multiphasen-Sondierung zusammenruft – dann brechen sie Stein bestimmt auf! Ich kann es nicht riskieren, daß die Heerschar von meiner Teilnahme an dieser Sache erfährt, und du kannst es auch nicht. Wir werden Stein aus dem Weg räumen müssen.«

»Gumball, willst du wohl aufhören, mich zu reizen?« Aikens Knopfaugen glitzerten bösartig. »Steins mentaler Block wird halten. Versuch du nur, ihn oder Sukey zu töten, und es ist aus zwischen uns. Kapiert?«

»Nur zu gut. Aber ich muß auf das Risiko hinweisen, das wir eingehen. Wenn die Heerschar einen sicheren Beweis unseres Verrats in die Hände bekommt, werden wir zu gesetzlosen Menschen erklärt. Keine Bestimmung des Waffenstillstandes oder andere Regeln der Kriegsreligion werden uns schützen. Ich weiß, wie mächtig du geworden bist – darum habe ich mich ja bereiterklärt, mich deiner Führung in dieser Angelegenheit anzuvertrauen. Doch durch die massierten Geisteskräfte der Heerschar könnten wir beide ausgelöscht werden, wenn sie richtig koordiniert unter Nodonn arbeiten. Ich habe vierzig Jahre Erfahrung mit den Tanu, und du bist seit drei Monaten hier! Wenn du nicht auf meinen Rat hörst, wirst du mit deinem Kopf auf einer Pike enden – trotz all deiner gewaltigen Metafähigkeiten!«

Der Unheilstifter stieg von den Zinnen herab. Ein versöhnliches Lächeln ließ seine Zähne im Dunkeln aufleuchten.

»Gumball – Baby! Ich habe dir gesagt, daß ich dein Freund sein will. Ich weiß, ich brauche dich. Hölle und Teufel, Mann, sogar wenn du nicht der Lord-Koerzierer und der schlaueste Intrigant im ganzen Königreich wärst – *du bist derjenige, der über die Ringe Bescheid weiß*. Wer, zum Teufel, will König ohne Untertanen sein? Du mußt diese Halsbänder weiter vom Fließband rollen lassen, Süßer! Jesus, mir ist fast der Kortex explodiert, als die alte Elizabeth mir die herrlichen Neuigkeiten über diese Hampelmänner mitteilte, die nach Süden kommen, um deine Fabrik zu sabotieren. Und sie wollen das Zeitportal schließen! Nicht nur den Nachschub an Menschenmaterial stoppen, sondern auch den an futuristischen Waren! Kein echter Scotch mehr für dich und mich. Wäre das schrecklich!«

Gomnol lachte. »Es ist kaum noch möglich, daß das eine oder das andere durchgeführt werden kann. Du und ich und die Tanu mögen unsere Differenzen haben, aber die Wertschätzung des Zeitportals und der Fabrik gehört auf keinen Fall dazu. Nicht einmal Nodonn würde es wagen, sich gegen den König und die öffentliche Meinung zu stellen, indem er diese Sabotage-Drohungen auf die leichte Schulter nähme.«

»Er könnte versuchen, sich in unser Vorhaben reinzudrängen«, warnte Aiken. »Genau wie er es bei dem Delbaeth-Feldzug gemacht hat. Er wird versuchen, es so zu drehen, als sei *er* derjenige, der den Plan ausgekundschaftet und zum Scheitern gebracht hat. Wir dürfen es nicht zulassen, daß er uns das Gesicht nimmt. Wir müssen diese menschlichen Saboteure auf frischer Tat ertappen und damit beweisen, wie loyale Bürger wir sind.«

»Es wäre klüger, die Fabrik-Saboteure festzunehmen, sobald wir ihr Versteck entdecken. Aber deine Idee hat in der Tat Vorteile, was die Public relations betrifft. Ich habe für neutrale Beobachter gesorgt: Lord Bormol von Roniah und den Herrn der Schwerter. Sie werden Zeugen unserer brillanten Verteidigung sein. Beide gehören zur Koerzierer-Gilde, und sie können meinen Eifer in dem Fall beschwören, falls Imidol, dieser intrigierende Hitzkopf, später behauptet, ich sei im Einverständnis mit den Angreifern gewesen.«

»Ich wünschte, ich könnte hier sein und dir helfen.« Aiken sprach mit allen Zeichen der Aufrichtigkeit. »Nur kannst du nicht fliegen, und einer von uns muß sich der Zeitportal-Operation persönlich annehmen. Es geht nicht, daß wir den Kastellan nur warnen und ansonsten das Beste hoffen. Diese Madame Guderian ist nicht dumm, sonst hätte sie den Angriff auf Finiah nicht organisieren können. Sie hat bestimmt irgendeinen hinterlistigen Plan. Wahrscheinlich wilde Ablenkungsmanöver, während sie unsichtbar zum Portal kriecht. Aber keine Bange – ich warte auf sie und lasse ihre Illusion platzen!« Leise setzte er hinzu: »Sorg du nur dafür, daß du bei Felice ebensolchen Erfolg hast, Gumball!«

Der Lord-Koerzierer streifte die Schutzkappe über das Infrarot-Gerät. »Ich stelle meine besten menschlichen Goldenen für sie bereit. Gegen die werden den Saboteuren ihre eiserne Waffen gar nichts nutzen.« Beiläufig fragte er: »Was meinst du, was mag nach Finiah aus dem Speer und dem Flugzeug geworden sein?«

Aiken hob seine goldenen Schultern. »Habe nicht die leiseste Ahnung! Klar wie Kloßbrühe, daß die Rebellen beides zu weiteren Angriffen benutzt hätten, wenn Speer und Flugzeug noch einsatzbereit wären. Ich dachte, Velteyn habe behauptet, die Maschine abgeschossen zu haben.«

»Er sagte, er habe sie mit seinen Kugelblitzen durchdrungen«, berichtete Gomnol. »Aber niemand hat den Flieger abstürzen sehen, und es ist nie ein Wrack entdeckt worden. Wir müssen unbedingt herausfinden, was geschehen ist. Wenn Waffe und Schiff immer noch einsatzbereit sind, könnten wir in sehr ernsten Schwierigkeiten stecken, mein Junge.«

»Aaah«, schalt Aiken. »Wenn sie immer noch eine Kanone und eine Flugmaschine hätten, würden sie dann mit einem Flußboot nach Süden kommen und diesen lahmarschigen Angriff auf deine Festung durchführen?« Das klang vernünftig. Und Aikens Geist war kunstvoll abgeschirmt. »Du brauchst dir gar keine Sorgen zu machen. Wir werden alles aus Felice und ihrem Lumpengesindel herausholen, und du kannst dein Empfangskomitee und deine Beobachtergruppe aufstellen ... Und laß ein paar Gefangene für die Befragung übrig, okay? Auch wenn Flieger und Kanone nicht mehr funktionieren, wäre es schön zu wissen, woher sie beides hatten. Es könnte dort mehr von der Sorte geben!«

Die seltsamen Bettgefährten beäugten sich für eine lange Minute. Keinem gelang es, mißtrauisch abgeschirmte Hintergedanken in dem anderen zu entdecken. Sie waren beide Experten.

»Nun – ich sollte mir die Gegend mal mit eigenen Augen ansehen«, meinte Aiken schließlich. »Ich will zur Küste hinunterfliegen und mich bereithalten, wenn Felice und ihre Bande rufen.« Er winkte dem Lord-Koerzierer zum Abschied kurz zu.

Ein langschwänziger Nachtfalter limonengrün mit Fensterglas-Augenflecken, flatterte von dem hohen Turm, die nördlichen Klippen hinunter und über die Dünen und das Ödland der Katalanischen Lagune.

O Aiken.

He! Bist du das Süße? LangeZeit nichts vondir gehört. Dachte du wärst längst weg.

Wie *konntest* du Stein/Sukey dem Folterer Culluket überlassen?

Elizabeth mißversteh mich nicht! Verdiene keinen Vorwurf habe in scheußlicher Situation mein verdammtBestes getan! Königin erhaschte Gedanken Sukeys an Stein und Cull schlug zu. Alternativen für mich: 1. Zulassen daß Cull Stein festnahm 2. kämpfen und uns *beide* festnehmen lassen. Ja? Ja! Errichtete Blockierung in Steins Verstand wird andere/mich nicht verraten. Er/Sukey im Augenblick sicher Cull glaubt alles zu wissen. Vor Wettstreit schiffe ich Paar ohne Ringe zu sicherem Liebesnest ein ewiges Glück für sie + ungeborenen Steinling.

Und Gomnol?

Elizabethschlaubeth du weißt es.

AikenDrum + Gomnol = DuKönig + ErGroßwesir.

Warum nicht?

Erlaubst du Sondierung?

Du kannst auf weite Entfernung nicht sondieren und ich bin jetzt zu beschäftigt um zu kommen. Was ist los kein Vertrauen mehr in kleinen ConnecticutYankeeMerlin?

Nicht in Verbündeten Mordred.

Wer das? Und warum machst du dir überhaupt Gedanken ehemalige Großmeisterin?

Aiken verrate unsereFreunde nicht! Bleibe treu nicht nur ihretwegen auch deinetwegen o betrogenerBetrüger bis zum Ende lieber Aiken tu es nicht.

Keine Banke ElizababyBallonfahrerin. Wenn ich König alles gut aber misch dich nicht ein stoß Götter/Supervolk nicht vor den Kopf damit Moloch dich nicht frißt verstehst du?

O Aiken tu was du mußt aber wehe dir wegen der Taten die du tun mußt.

Ihr Orakel alle gleich analer Schmerz. Bleib über den Dingen wie früher warum nicht? Du hast deinen Ballon wieder also hebe ab hau ab! Aber laß mich in Ruhe nichts kann mich mehr aufhalten nicht du nicht Brede nicht ErzengelNodonn nicht alte GruppeGrün meineBande nicht einmal Teufelaus-Hölle!

...

Elizabeth?

...

Bist du noch da?

...

(Lachen.)

Der langschwänzige Nachtfalter folgte dem Ruf in eine tiefe Höhle an einem Bach, der an der Nordküste von Aven mündete. Die Saboteure wußten ebenso wie die Firvulag, daß man der Entdeckung durch Tanu-Sucher am einfachsten entging, indem man sich unter der Erde versteckte. Felice leitete Aiken mittels eines spinnwebdünnen Gedankenfadens, genau auf seinen intimen Modus abgestimmt, den kein anderes Wesen fernwahrnehmen konnte. Und als die goldgekleidete kleine Gestalt mit einem lautlosen Schnappen auf der anderen Seite des abgeschirmten Lagerfeuers erschien, stand Felice da in der erbeuteten blauen Glasrüstung, die Old Man Kawai ihrer kleinen Statur angepaßt hatte, den Speer in der gepanzerten Hand – und Mord in den Augen.

»Du hast ihnen den Tip gegeben!« Ihre koerzible Kraft schnappte zu wie eine Bärenfalle.

»Ich? *Ich?*« Er zappelte in ihrem geistigen Griff. Sie war stärker, als er erwartet hatte. Sehr viel stärker. Er konnte sich losreißen – aber war es klug, ihnen zu verraten, daß seine Kräfte gereift waren? Und *jetzt* – was, zum Teufel, hatte sie jetzt getan? Den Höhlenausgang mit einem riesigen Felsblock versperrt! Woher war er gekommen, so geräuschlos, so schnell? Gottverdammt nochmal, war sie auch Kreatorin – oder war das nur ein Kunststückchen mit ihrer PK gewesen?

»Felice, Baby, was machst du für einen Aufstand! Iiiih! Laß mich los, Kind, um Christi willen! Ich habe ihnen nichts gesagt! Gib mir die Chance, es zu *erklären!*«

Sie lockerte ihren Griff, den koerziblen und den psychokinetischen. Ein großer Käfig aus blauen Flammen sprang hoch und umgab ihn. (Damit war die Sache klar. Sie konnte kreieren.) Zum ersten Mal richtete Aiken seine Aufmerksamkeit auf die anderen, die hinter Felice standen, verkleidet als Leibwächter und Mägde. Er kannte nur die Nonne.

»Amerie!« rief der leuchtende Jüngling. »Sag ihr, daß sie es mich erklären lassen muß!«

»Sprich schnell, Taschenkünstler!« sagte Felice.

Er schien seine Unschuld vor der goldbereiften Wut bloßzulegen. Stein und Sukey – das waren diejenigen, die unabsichtlich Verrat begangen hatten – nicht er! Da die Informationen, die er Felice übermittelte, in den Grundzügen der Wahrheit entsprachen (und da er wunderbar geschickt darin war, die Nähte zu verbergen, die Wahrheit, Halbwahrheit und Falschheit zusammenfügten), fand das Mädchen, dessen schwächste Metafunktion das Redigieren war, keinen Fehler in seiner Darlegung. Finsteren Gesichts, aber gegen ihren Instinkt gewonnen, stellte sie widerstrebend den Käfig aus astralem Feuer ab und ließ Aiken frei.

Aiken zog ein schneeweißes Taschentuch aus einer seiner Taschen und wischte sich das schwitzende Gesicht. »Süßer Jesus, du bist eine Bestie, Felice! Du hast im Nu gelernt, dein Halsband richtig zu benutzen, wie?«

Sie antwortete nicht.

Aiken schaltete auf sein liebenswürdigstes Benehmen um. Sich an die anderen wendend, sagte er: »Alles ist geregelt, Leute. Wir haben einen Insider für uns gewonnen – einen

Goldenen, der seit Jahren hier lebt, so tut, als sei er loyal und dabei nur auf eine Chance wartet, einen echt wirksamen Streich für die Menschheit zu führen. Er wird das Schloß an einer sehr kleinen Wartungstür, die seit Jahren nicht mehr benutzt worden ist, deaktivieren. In der Festung hat man sich angewöhnt, den Unrat gleich über den Klippenrand zu schaufeln, versteht ihr? Zu der Tür führt ein Pfad, der sehr schmal, aber für euch begehbar ist. Ich habe es nachgeprüft. Ihr müßt von oben, durch die Stadt, auf den Pfad gelangen. Aber bei der Flucht könnt ihr mit Seilen die Klippe hinunter auf die alte Müllkippe absteigen und euch über das Ödland davonmachen. Mit ein bißchen Glück wird ein solcher Aufruhr herrschen, daß ihr zurück in dieser Höhle seid, bevor sie überhaupt etwas von eurem Verschwinden gemerkt haben.«

Mit der schwungvollen Bewegung eines Zauberes zog er ein großes Blatt Durofilm aus einer anderen Tasche.

»Seht her! Ich habe euch eine vollständige Karte mitgebracht. Stadt, Gildenhäuser, Innenräume des Hauptquartier-Blocks. Euer Weg von der Wartungstür zu den Räumen, in denen die Ringe hergestellt werden, ist eingezeichnet. Hier seid ihr jetzt, und hier ist die alte Müllkippe, und hier sind das Koerzierer-HQ am Rand der Klippe und die Tür. Ihr betretet die Stadt zwanglos in euren Verkleidungen – übrigens seht ihr großartig aus! – und verdrückt euch in das Gebüsch an der westlichen Mauer des Koerzierer-Gebäudes.«

Er breitete die Karte auf dem Boden aus, und die meisten Saboteure bückten sich, um sie zu betrachten. Aber Felice fragte:

»Was ist mit dem Speer?«

Aiken war nicht in Verlegenheit zu bringen. »Ja, richtig. Ist er das da? Ein Riesending, nicht wahr?«

»Wenn wir ihn zum Funktionieren brächten«, sagte das Mädchen, »könnten wir von fern auf das Koerzierer-Hauptquartier schießen. Es wäre gar nicht notwendig, daß wir uns einschmuggeln.«

»Ich verstehe. Oh, das ist klar. Ich hatte die alte Kanone tatsächlich ganz vergessen, weil wir doch einen Mann drinnen haben, der uns einfach hineinspazieren läßt.«

»Wer ist er?« fragte der größte der Desperados. Er trug den

blauen Mantel und die bronzene Halbrüstung eines Captals der Provinz-Truppen.

Aiken runzelte sorgenvoll die Stirn. »Ich kann euch seinen Namen nicht nennen. Wenn irgendeiner von euch gefangengenommen wird, könnte er nicht umhin, ihn zu verraten. Und das dürfen wir nicht zulassen. Dieser Mann ist nicht nur vollgestopft mit Metafunktionen, er nimmt auch eine hohe Stellung ein. Ein perfekt getarnter Agent für später, versteht ihr? Laßt mich jetzt einmal gründlich nachdenken. Wie ich sagte, hätte ich diesen Speer beinahe vergessen. Damit wird die Sache umständlicher – aber wenn ich ihn wirklich reparieren könnte und unsern Mann drinnen warnte, das Gebäude zu verlassen ...«

Felice reichte Aiken schweigend die lange, glasähnliche Lanze. Häuptling Burke brachte das Energie-Aggregat mit dem Kabel herbei. Sie hatten es in einer ledernen Truhe befördert. Aiken strich mit ruhigen Fingern über die blau lakkierte Waffe, hob die Verschlußkappen, besah sich die Feuerknöpfe, klemmte den Speer unter seine rechte Achselhöhle und tat, als ziele er auf Felices großen Felsblock, der den Eingang blockierte.

»Bumm!« rief er. Ein taumelndes Fünkchen von der Größe eines Glühwürmchens erschien an der Mündung und trieb durch die Luft. Es stieß gegen den Stein und fiel in einem wirkungslosen Regen rotglühenden Staubs nieder.

»Mehr kommt nicht dabei heraus, wenn ich die Kanone mit meiner Geisteskraft auflade.« Er zwinkerte ihnen vergnügt zu. »Jetzt wollen wir uns mal die Saftkiste ansehen.«

Er stocherte mit einigen der Werkzeuge, die er in seinem goldenen Anzug bei sich trug, an den eigentümlichen versenkten Verschlüssen des Energie-Aggregats herum. »Zum Öffnen brauche ich mehr, als ich dabei habe«, behauptete er. »Ich will euch was sagen! Ich verwandele das Ding in einen Strohhalm und mich in einen Vogel und trage es in meine Werkstatt. Wenn ich es aufkriege und herausfinde, wie es nachzuladen ist, bringe ich es euch vor morgen um Mitternacht wieder her und warne unsern Koerzierer-Verbündeten davor, was im Gange ist. Dann könnt ihr das Gebäude von der Lagune aus in Schutt und Asche legen. Aber wenn ich euch um vierundzwanzig Uhr über Fernsprache kurz mitteile, daß es nicht geht, führt ihr den anderen Plan aus. Wie hört sich das an?«

Sein Blick flitzte von Gesicht zu Gesicht.

»Ich finde«, sagte Felice, »wir sollten jede Entscheidung verschieben, bis du mit dem Speer zurückkommst. Ob er dann funktioniert oder nicht. Und ich finde, du solltest bei unserm Angriff auf die Ringefabrik bei uns sein.«

»Nichts täte ich lieber«, versicherte er ernsthaft. »Aber man erwartet von mir, daß ich zu diesem Kombattanten-Bankett im Palasat gehe. Gerade um Mitternacht setzen sich diese Leute zu Tisch. Ich habe keine Möglichkeit, mich zu drücken, denn ich bin einer der favorisierten Teilnehmer in der menschlichen Leichtgewicht-Klasse.«

»Das gefällt mir nicht«, sagte Felice.

»Du vertraust mir immer noch nicht.« Kummer bewölkte das Kaspergesicht. Aiken zeigte auf die Karte. »Was soll ich *sonst noch* tun?«

»Du hast alles eingehend geplant, nicht wahr?« gab Felice scharf zurück. »Wir folgen einfach deinen kleinen roten Linien auf der Karte. Die Zeit ist festgelegt, die Route ist festgelegt, der Fluchtweg steht uns offen. Was würdest du sagen, wenn ich darauf bestehe, daß wir eindringen, wann wir wollen und wo wir wollen? Und am Montag auf keinen Fall? Nur um sicherzugehen, daß uns hinter der Mülltür keine unangenehmen Überraschungen erwarten?«

Aiken warf die Hände in die Luft. »Es ist euer Vorhaben, Baby, nicht meins. Aber ohne die Kanone oder meinen Insider, der euch öffnet, werdet ihr einen höllischen Büchsenöffner brauchen, um in diese Festung einzubrechen. Ganz zu schweigen davon, daß ihr außer Takt mit Madame geratet, die gleichzeitig mit euch das Zeitportal schließen will.«

Häuptling Burke meinte: »Felice, vielleicht könnte ich mit ihm zurückgehen.«

»Und wie wollen Sie es uns mitteilen, wenn etwas nicht stimmt?« fragte sie sarkastisch. »Wollen Sie mit mir über ihren kaputten grauen Ring fernsprechen?«

»Dann komm du selbst mit«, schlug Aiken ihr vor.

Die anderen brachen in einen Sturm von Protesten aus.

Endlich erklärte Felice: »Wir werden deinem Vorschlag wegen des Speers wohl folgen müssen, Aiken. Aber Gott schütze dich, wenn dies einer deiner hinterlistigen Tricks ist!«

»Papperlapapp«, sagte der goldene Mann. Er nahm den Speer und das schwere Energie-Aggregat auf, als seien es Spielzeuge, und neigte den Kopf in Richtung des hinderlichen Felsblocks. »Wirst du als Dame den Kavalier spielen und einem Mann, der die Hände voll hat, dein Türchen öffnen?«

Felice kreuzte die saphirgepanzerten Arme und lachte klirrend. »Zeig uns doch mal, wie *du* es machen würdest, Goldhöschen!«

Aiken stieß einen leidenden Seufzer aus. Er wandte sich dem Höhleneingang zu und streckte ihm die Zunge heraus. Das Gestein schien plötzlich von Tausenden kleiner Löcher durchschossen zu sein, die wuchsen und wuchsen, bis der große Felsblock nur noch ein Spinngewebe war. Gleich darauf brach er unter seinem eigenem Gewicht zusammen. Es gab einen Krach, als würden Glaswaren zerschmettert.

»Schlampige Handwerksarbeit an diesem Ort«, bemerkte der Possenreißer.

Er verwandelte sich in einen Ziegenmelker mit sichelförmigen Flügeln. Mit einem spöttischen Ruf entwich der Vogel in die Nacht, einen Strohhalm und einen Klumpen Moos in den Klauen.

Keiner von den Menschen im Innern der Höhle konnte sehen, daß er die Richtung gerade nach Norden, zum europäischen Festland hin einschlug.

Gumball?

Ja Aiken.

Sie haben das Haus mit dem Garten und auch den kleinen weißen Zaun darum gekauft. Genau wie wir es geplant hatten. Sie werden sich eine Weile aufregen wenn ich morgen abend nicht fernspreche. Aber dann werden sie zu dem Schluß kommen, irgendein Ungeheuer habe mich gefressen und mit ihrem Vorhaben weitermachen. Was könnten sie sonst tun? Richtig? Halte du dich bereit wenn sie durch diese Hintertür eindringen. Felice trägt eine blaue Rüstung und platzt vor Metafunktionen. Vergewissere dich daß deine Jungen ihre schwersten Schirme errichtet haben. Außer ihr sind sechs Männer in der Kleidung von Leibwächtern und zwei Frauen in diesen gestreiften Mägdekleidern dabei. Keiner von ihnen hat mentale Feuerkraft. Es wird leicht sein sie aufzuhalten wenn du auf das Eisen achtgibst.

Und Felice?

Tu was du tun mußt und paß auf daß du nicht in deine eigene Grube fällst.

Ich verstehe. Gehst du jetzt zur Torburg?

Mit schnellen Flügeln. Massenhaft Zeit. Mach du dir morgen einen schönen Tag und sorge dafür daß die Willkommensmatte um Mitternacht ausgeschüttelt und an Ort und Stelle ist. Bye-bye!

Bon voyage dir Aiken Drum.

»Ich wußte es! Ich wußte es!« tobte Felice.

»Es ist eine halbe Stunde über Mitternacht«, sagte Uwe. »Wir *müssen* jetzt gehen. Wir brauchen mindestens drei Stunden, um in die Stadt zu gelangen, selbst wenn wir uns an der Anlegestelle Reittiere besorgen, und noch mehr Zeit für den Weg an den Klippen entlang. Wir können nicht länger darauf warten, daß Aiken Drum sich meldet.«

»Es ist eine Falle!« beharrte das Mädchen.

Amerie drängte sie: »Versuch noch einmal, einen mentalen Kontakt herzustellen, mit ihm und mit Elizabeth!«

Felices wilde braune Augen richteten sich auf einen fernen Punkt. Sie legte die Finger an ihren goldenen Ring. Alle warteten.

Die kleine Athletin schien trotz des Leuchtens ihrer Glasrüstung noch ein Stück zusammenzuschrumpfen. »Nichts. Weder Aiken noch Elizabeth. Nichts. Wir können nicht gehen. Es ist eine Falle. Ich weiß es.«

Häuptling Burke ragte neben ihr auf. »Dieser kleine goldene Mamzer mag etwas Böses im Sinn gehabt haben. Aber es gibt auch andere Erklärungen für sein Schweigen. Er könnte in einer Lage sein, in der er es nicht wagt, mit uns fernzusprechen. Vielleicht sind ein paar Fremde gekommen und haben ihn zu der Party abgeholt, bevor es ihm gelang, ein Wort zu senden. Ist das nicht möglich?«

»Nein! Ich meine – vielleicht.« Ihr Gesicht war verzerrt. »Oh, Peo – alles hängt von seiner Geschicklichkeit im Fernsprechen ab! Und ich weiß noch nicht genug über diese Funktion, um sagen zu können, ob er gut darin ist oder nicht. Sie könnten schon recht haben.«

»Dann müssen wir weitermachen, wie geplant«, stellte der Indianer fest.

»Können wir nicht warten? Uns das Gilden-HQ bei Tageslicht selbst ansehen, so wie wir es ursprünglich vorhatten? Uns selbst einen Weg hinein suchen? ... Meine PK und Kreativität und koerzible Kraft werden immer *stärker,* Leute! Ich traue mir zu, den Verstand der Wachen an jenem Ort so durcheinanderzubringen, daß wir einfach durch die Vordertür hineinspazieren können. Teufel – in dieser blauen Rüstung und mit euch als meiner loyalen Eskorte wird mich jeder Bonze, der uns zufällig begegnet, für ein Gildenmitglied halten! Ich kann euch alle leicht abschirmen. Und, bei Gott, sobald ich in Reichweite bin, werde ich diese Ringefabrik zu Marmelade zermantschen! Nicht mit Donnerkeilen! Heimlich, still und leise – mit PK, die die Wände verflüssigt! Dann fliehen wir, bevor irgend jemand merkt, was geschieht. Aber nicht durch Aikens Tür – wir steigen aus einem der Fenster an der nordöstlichen Ecke des Gebäudes, so weit wie möglich von dieser Wartungstür entfernt. Das wird mit meiner PK und Basils Kletterausrüstung leicht sein.«

Häuptling Burke zögerte.

Uwe sprach seine wohlerwogene Meinung aus. »Wenn Felice sicher ist, daß ihre Metafunktionen der Aufgabe entsprechen, gibt es keinen Grund, warum wir ihren abgeänderten Plan nicht *heute nacht* ausführen sollten. Khalid kennt die Stadt. Wir können einen völlig anderen Weg einschlagen als den von Aiken Drum festgelegten. Das Koerzierer-Gebäude ist ein riesiger Komplex. Wenn sie sich an dieser Wartungstür in den Hinterhalt gelegt haben, mögen sie anderswo sorglos sein.«

Felice krähte vor Freude und küßte den Graubart. »Ja! Solange wir uns nicht an die Pläne dieses Kaspers halten, bin ich bereit, es heute nacht zu tun.«

»Stimmt ihr übrigen zu?« erkundigte sich Burke. Bejahendes Gemurmel antwortete. »Dann lüpft eure Hintern und bringt eure Verkleidungen in Ordnung. Zuerst stehlen wir am Hauptlandeplatz ein paar Pferde – ich meine Chalikos. Wenn meine zukünftigen Vorfahren mich jetzt nur sehen könnten!«

15

»Platz! Platz für die Erhabene Lady Phyllis-Morigel!« sang der Captal.

Die Menge aus Bloßhalsigen und Grauen und gutgekleideten Firvulag, die sich auf dem Hauptplatz von Muriah drängte, teilte sich ein klein wenig, um die berittene Gesellschaft durchzulassen. Schon in den Stunden nach Mitternacht herrschte auf dem Platz ein reger Betrieb von Handel und Belustigungen und Jahrmarktstreiben. Die Kleinen Leute waren von altersher Nachtwesen, und hier unten im Süden, wo die Tagestemperaturen im Mittelmeer-Becken auf Werte kletterten, die schon für angepaßte Menschen kaum erträglich waren, ganz zu schweigen von einer Rasse, die sich in kalten Hochländern entwickelt hatte, waren die Firvulag fast ausschließlich zwischen Sonnenuntergang und Sonnenaufgang unterwegs. Diejenigen, die mit ihnen Handel zu treiben wünschten, folgten ihnen in diesem Brauch.

Es waren auch viele Tanu und goldberingte Menschen da – die meisten, wie Lady Phyllis-Morigel und ihr Gefolge, erst kürzlich in der Hauptstadt eingetroffen und auf der Suche nach Unterkunft. Einige der Großen wohnten im Palast, andere wurden von Verwandten aufgenommen, und die kampfbegierigsten Teilnehmer strebten den Pavillons zu, die auf dem Rasen der Rennbahn im Nordwesten der Stadt errichtet worden waren, denn dort konnten sie sich in ihren martialischen Spezialitäten üben. Aber die Besucher, die nicht im voraus für ein Quartier gesorgt hatten, taten für gewöhnlich das, was Lady Phyllis jetzt tat: Sie baten, wie es ihr Recht war, um die Gastfreundschaft ihrer Gilde.

Die Dame und ihre acht Begleiter ritten ungehindert in den großen Hof des Koerzierer-Komplexes ein. Stallknechte kümmerten sich um ihre Reittiere. Ein artiger silberner Majordomo, ruhig inmitten des Getümmels, wies der Lady und ihren Mädchen eine Suite in einem der Gästehäuser zu. Die Leibwächter wurden in die Soldatenunterkünfte geschickt.

Felices koerzible Kraft beeinflußte den Willen des Majordomo, ohne Spuren zu hinterlassen. »Wir wollen der Hohen Fakultät der Gilde, soweit man noch wach und anwesend ist, unsere Ehrerbietung erweisen, bevor wir uns zurückziehen. Da wir aus dem schwergeprüften Finiah kommen, sehnen wir uns nach brüderlicher Unterstützung und nach Mitgefühl. Du selbst wirst uns mit Freuden in das Hauptquartier führen.«

»Mit Freuden«, wiederholte der Mann mechanisch, »will ich selbst euch in das Hauptquartier führen.«

Er geleitete sie aus dem Hinterhof durch die Gärten und über die Plaza, die dem hochaufragenden Block des Turms gegenüberlag. Die Festung war mit zusätzlichen dekorativen Lichtern behängt worden und flammte buchstäblich in Blau und Bernstein. Keiner der draußen sichtbaren Tanu oder goldberingten Menschen schenkte den Neuankömmlingen irgendwelche Aufmerksamkeit. Felices Geist war offenbar von Kummer überschattet. Von dem Knauf ihrer Raben-Standarte, die Häuptling Burke trug, flatterten lange Bänder in Silber und Schwarz, das Tanu-Symbol eines Trauerfalls.

Sie kamen zu den Wachen am Haupteingang. Der Majordomo sagte: »Diese erhabene Dame möchte die Hohe Fakultät sprechen.«

Die Ranghöchste hob sein großes nacktes Schwert aus blauem Vitredur zum vorgeschriebenen Gruß. »Die erhabene Dame möchte die Hohe Fakultät sprechen.«

»Wir werden dir folgen«, sprach Felice ihm vor.

»Ihr werdet mir folgen«, sagte der Wächter.

Der Majordomo verbeugte sich und zog sich zurück. Felice und die anderen schritten zwischen Reihen von Grauringen in blau und goldenen Rüstungen hin, die wie hohläugige Puppen zu beiden Seiten der Eingangshalle standen. Andere Leute waren nicht in Sicht. Die bronzenen Soldatenharnische der Saboteure klirrten leise. Bei jedem Schritt, den Felice tat, klangen die juwelenbesetzten Glasschuhe auf dem Marmorboden. Sie senkte das Visier ihres Saphir-Helms. Die anderen lockerten, als hätten sie ihren mentalen Befehl vernommen, eiserne Waffen, die in goldplattierten Holzscheiden verborgen gewesen waren. Zerlegte Bogen erschienen unter den Umhängen. Zwei der Männer gaben Ersatzteile an die ›Mägde‹ weiter, die jetzt ihre Kleider abwarfen und die darunter getragenen Halbrüstungen enthüllten.

Sie stiegen eine große Treppe empor, und immer noch waren keine Tanu- oder menschlichen Mitglieder der Gilde zu sehen. Felice beschwor das Bild von Aikens Karte herauf und versuchte dann, ihre Position mit ihrer Fernsicht festzustellen. Aber diese Aufgabe überstieg noch ihre Fähigkeiten, und nur Khalids Orientierungssinn verhinderte, daß sie sich in dem Irrgarten von Korridoren verliefen. Das Fernspüren und Suchen waren wie die Kreativität subtiler Dinge, die der Erfahrung bedurften, während Koerzieren und PK in der goldberingten Athletin aufgeschossen waren wie Dschungelpflanzen, die lange Zeit nach Licht und Feuchtigkeit gehungert haben und plötzlich unter tropischer Sonne und Regen üppig zu wuchern beginnen. Felice konnte ihren Führer mit Leichtigkeit kontrollieren, und ebenso mühelos wischte sie die Gedanken der dreißig anderen Grauen weg, an denen sie seit ihrem Eintritt in das Hauptquartier vorübergekommen waren. Aber jetzt ...

Eine Bronzetür öffnete sich. Eine Tanu-Frau in einem marineblauen Gewand trat in den Korridor, blieb beim Anblick der Prozession stehen und grüßte telepathisch.

Allheil koerzibleSchwester von Ninelva und laß mich dir bei deiner Suche helfen ...

»Peo!« rief Felice. »Ich kann sie nur für eine Sekunde halten!«

Der große Indianer trat vor, das Gesicht unter dem bronzenen Rand seines federgeschmückten Kesselhelms ausdruckslos. Er zog ein eisernes Kurzschwert, riß die Frau mit einer Hand an sich, als wolle er sie umarmen, und senkte ihr die Spitze der Waffe durch den Brustkorb ins Herz.

Der Wachtposten, der sie geführt hatte, stand still, ein blau und goldener Roboter, der auf Befehle wartet.

»Hat sie eine Warnung abgesandt?« erkundigte sich Burke.

»Nein«, antwortete Felice. »Zurück in den Raum hinter der

Tür mit ihr, und dann nichts wie weg! Wir haben immer noch einen weiten Weg vor uns.«

Sie trotteten den Korridor hinunter, wandten sich nach rechts und nach links und kamen durch ornamentale Türen und Eingänge, bis sich außer Khalid niemand mehr zurechtfand. Die Beleuchtung wurde matter. Gelegentlich trafen sie auf ahnungslose Wächtergruppen und ignorierten sie – und schließlich standen sie vor einer wahrhaft massiven Tür von mehr als zehn Metern Höhe, deren Flügel in getriebener Arbeit das heraldische männliche Gesicht trugen. Flankiert wurde sie von sechs Grauen in voller Rüstung aus blauem Glas.

»Hier muß es sein«, murmelte Felice. Sie schickte ihrem nicht denkenden Führer einen koerziblen Befehl: Du wirst den Eingang zu dieser Ringefabrik öffnen.

Ich bin unfähig das zu tun. Das kann kein Grauer.

»Scheiße!« zischte die kleine Frau. »Tretet zurück. Hoffen wir das Beste!«

Die sechs Wächter am Eingang schwenkten nach links und rechts und marschierten davon wie juwelenbesetzte mechanische Puppen, gefolgt von dem Grauen, der sie bis hierher geführt hatte. Felice stand mit zurückgekipptem Helm, beide Fäuste in die Seiten gestemmt, vor den riesigen Bronzeflügeln. Das polierte gelbe Metall wurde an der Stelle, wo sie zusammenstießen, grünlich, blau, purpurfleckig – und begann dann zu glühen. Felices psychokinetische Energie brachte die Moleküle des Metalls zum Vibrieren, und in dreißig langen Sekunden schmolz der feste Stoff.

Die Nichtmetas sahen hingerissen zu; ihre Eisenwaffen hielten sie griffbereit. Die Hitze der schmelzenden Bronze und der stechende Qualm zwangen sie, sich von der kleinen Gestalt zurückzuziehen, die nun die glitzernden blauen Arme hob und dem zerstörten Portal befahl, sich zu öffnen.

Hinter der Tür lag Dunkelheit. Felice schritt voran, ohne auf die Pfütze verflüssigten Metalls zu achten, die auf dem Fußboden rauchte.

Azurblaue Flammen explodierten in der weiten Schwärze hinter der offenen Tür. Und dann erschien ein zweites Feuer, strontiumrot, und noch eins in Violett – lodernde Bilder in menschlicher Form, fast doppelt so hoch wie die kleine Felice. Es blitzte in Grün und Rosa-Gold und bösartigem Scharlach von den im Dunkeln lauernden Kämpfern. Es waren viele. Fünfzig oder sechzig weitere, alle in der Luft schwebend, Schwert und Schild erhoben, doch das Visier offen, damit die Saboteure die triumphierende Verachtung in den fremdartigen Augen von Nontusvels Heerschar sehen konnten.

»Ich bin Imidol«, donnerte die Stimme des blauen Anführers. »Euer Tod.«

Felice ließ eine Feuerkugel von drei Metern Durchmesser gegen ihn rollen. »Eisen!« kreischte sie. »Eisen! Ich lasse das Dach einstürzen!«

Vier Explosionen erschütterten den Korridor. Die Tanu in ihren Juwelenrüstungen kamen aus dem großen Innenraum geflogen wie Racheengel. Die Invasoren verloren ihre Pfeile. Schmerzensschreie, fallende Meteore, Blitze, das tiefe Grollen einstürzenden Mauerwerks, ein Geruch nach Ozon, Staub, Schmutz, schmorendes Fleisch.

Amerie stand mit dem Rücken an der gegenüberliegenden Wand des Korridors. Blind von den Dämpfen und dem metallischen Gestank schoß sie ihre Pfeile wild auf die hohen glühenden Gestalten ab. Vibrationen emotionaler Energie rissen an ihrem ungeschützten Verstand. Neben dem physischen Kampf fand auch ein metapsychischer statt, doch sie, glücklicherweise normal, empfing nur seine Übertöne. Als ihr Köcher leer war, nahm sie ihren kurzschaftigen Wurfspeer in beide Hände, befahl ihre Seele Jesus und bereitete sich darauf vor zu sterben.

Eine Wand brach mit widerhallendem Getöse zusammen – zum Glück fiel sie nach innen in die Ringefabrik und nicht in den Gang. Die mit Meta-Energie gespeisten Juwelenlampen an den Wänden waren längst erloschen. Jetzt kam das einzige Licht von den glühenden Rüstungen der Tanu, den Ausbrüchen astralen Feuers und hie und da von Lachen geschmolzener Schlacke. Die Luft war dick von Rauch. Amerie fiel auf die Knie und rang auf dem Boden nach Atem. Dinge lagen dort – zerschmetterte Kalksteinblöcke, metallene Lampenfassungen, Stücke von juwelenbesetzten und bronzenen Rüstungen und weichere dunkle Massen, die glitzerten und Flüssigkeit verströmten.

Langsam kroch Amerie durch die qualmende Hölle. Für einen kurzen Augenblick fiel ein trüber Schein auf Uwe Guldenzopfs bärtiges Gesicht. Sein Kopf lag dicht an der Wand. Aber der Körper fehlte.

Schluchzend, immer noch den Speer mit der Eisenspitze haltend, folgte Amerie der Wand. Hinter ihr erklangen weitere Detonationen und ein Geräusch wie eine Lawine. Eine weibliche Stimme stieß gräßliche, schrille Schreie wie eine Alarmsirene aus. Eine große rosig glühende Gestalt flog über Ameries Kopf weg auf das Zentrum des Tumults zu – dann eine zweite, die grün und weiß leuchtete. Das mentale Bombardement wurde heftiger. Amerie warf sich flach zu Boden. Beten konnte sie nicht mehr. Ihr einer Fuß war völlig gefühllos. Der Korridor war erfüllt von einem nervenzerfetzenden Pochen, auf das ihre Zähne und sogar ihre Augen in einer Harmonie sympathetischen Schmerzes reagierten. Die Dämpfe und die Flammen wurden kleiner, als die ganze Szene sich plötzlich in weite Ferne zurückzog. Amerie schwebte über ihrem Körper – dem armen Ding – und sah, daß der eine Lederstiefel schwarz verbrannt war und noch rauchte und die verschmierte Bronze des Rückenstücks von ihrem Küraß eine tiefe Scharte in der Gegend ihrer Nieren hatte. Ihr rechter Arm war vom Ellenbogen bis zum Handgelenk so aufgeschunden, daß der weiße Knochen durchschimmerte.

»Auf was wartest du noch, Engel?« fragte sie gereizt.

Aber sie starb nicht. Sie kehrte in das zerschlagene Ding auf dem Fußboden zurück und erlaubte ihren Augen, sich zu öffnen. Sie sah, daß eine kleine menschliche Gestalt in leuchtender blauer Rüstung über ihr stand.

»Bin ich froh, dich zu sehen!« rief sie in freudiger Erleichterung. »Haben wir doch noch gesiegt?«

Ein juwelenbesetzter Handschuh hob das blaue Visier. Ein Mann mit einer großen Nase und amüsiert zwinkernden Augen blickte auf sie nieder und lächelte mit kleinen, perfekten Zähnen. Sie hatte ihn nie zuvor gesehen.

»Ihr habt nicht gesiegt«, sagte Gomnol.

Amerie spürte, daß ihr verletzter Körper vom Boden hochstieg, gehalten von der psychokinetischen Kraft des Lord-

GIUSEPPE MANGONI

Koerzierers. Er ging zurück in das Inferno, und sie trieb ihm nach wie eine groteske Ballonpuppe. Der Rauch wurde vor ihm weggeschoben, und kleine Flammen erloschen von selbst, wenn er an ihnen vorüberschritt. Ein Strahlen ging von Gomnols Gesicht aus und erleuchtete die Ruinen. Hier und da lagen regungslose Riesengestalten, gekleidet in trübes Glas, und kleinere Körper. Amerie sah Vanda-Jo, den Mund noch offen in ihrem letzten stummen Schrei, Gert und Hansi, im Tod vereint wie im Leben, waren von einem Steinsims zermalmt worden. Khalid Khan saß an einer Wand und sah aus wie eine Parodie der Pietà, denn er hielt in seinen toten Armen einen Tanu-Krieger, der von einem eisernen Speer durchbohrt war. »Salem aleikum, Bhai«, flüsterte sie, und Khalid blieb im Dunkeln zurück.

»Der Fabrik selbst ist nur oberflächlicher Schaden zugefügt worden«, bemerkte Gomnol in erfreutem Ton. »Dumm von mir, daß ich diese Einsatztruppe nicht vorausgesehen habe. Jetzt muß ich – wie lästig! – der Heerschar meine Dankbarkeit ausdrücken, daß sie meine Haut gerettet hat, zumal ihr anscheinend eine Zahl von ihnen getötet habt. Na gut. Es ist kein wirklicher Schaden geschehen.«

Strahlen regenbogenfarbenen Lichts schossen in der Dunkelheit vor ihnen empor. Amerie hörte eine ohrenbetäubende Stimme intonieren: »Willkommen, Lord-Koerzierer! Besser spät als nie.«

Gomnol kam in das Gebiet, wo die Bronzetüren gewesen waren. Die letzten Fetzen Rauch und Qualm lösten sich auf. Dutzende von funkelnden Rittern standen in nachlässiger Haltung herum, lehnten sich auf Breitschwerter oder Glaslanzen. Häuptling Burke und Basil, verbrannt und blutig, von den Knöcheln bis zum Hals von Glasketten umwickelt, lagen zu Füßen eines Halbgottes in Rubinrüstung auf den Knien. Und Felice war da, flach auf dem Fußboden, ohne Helm, die Augen geschlossen, Gesicht und Hals farblos bis auf das sanfte Schimmern des goldenen Rings und das Leuchten ihres Haars.

Gomnol ließ Amerie zu den anderen Gefangenen fliegen und senkte sie sacht zu Boden. Zu dem blauen Titanen, der ihn angesprochen hatte, sagte er: »Wir danken dir, Bruder

Imidol, Lord Culluket und allen anderen Mitgliedern eurer Heerschar. Ihr habt zur rechten Zeit eingegriffen, fürwahr. Ich sehe, daß die Ringefabrik nicht ernstlich beschädigt worden ist.«

»Sie ist heil und ganz.«

»Großartig!« Ein kleiner goldener Behälter an Gomnols Gürtel schnappte auf und entließ eine Zigarre. Der Lord-Koerzierer biß das Ende ab, entzündete den Tabak mittels Psychoenergie und blies mit dem feinen Air des savoir-vivre eine duftende Wolke an die zerstörte Decke.

»Meine eigenen Informationsquellen benachrichtigten mich von einem möglichen Sabotage-Versuch heute nacht«, sagte er. »Unglücklicherweise brachte man uns zu der falschen Annahme, die Invasoren würden von der Rückseite der Festung her eindringen. Meine Streitkräfte lagen dort im Hinterhalt. Lord Bormol und der Herr der Schwerter hatten sich freundlicherweise erboten, mit uns zu wachen. Sie müßten jeden Augenblick hier sein.«

Gomnol ließ einen zuversichtlichen Blick über die versammelte Heerschar hingleiten. »Wenn ihr erlaubt, nehme ich euch die Mühsal der Aufräumungsarbeiten ab. Redakteure sind unterwegs, um unseren gefallenen Brüdern zu helfen. Diejenigen, die nicht allzu schwer verletzt sind, kommen bestimmt noch rechtzeitig für den Wettstreit wieder aus der Haut.«

Imidols wildes Gesicht war wie aus Kristall gehauen. »Wir haben fünfzehn unserer heiligen Zahl an das Eisen verloren. Sie ruhen in Tanas Frieden, und die Haut kann ihnen nicht mehr helfen.«

Gomnol studierte stirnrunzelnd das Ende seiner Zigarre. »Schrecklich! Ungeheuerlich!« Er wies auf Felice. »Doch wie ich sehe, habt ihr euch an der Geringen gerächt.«

»Sie ist nicht tot«, erklärte der rubinfarben gekleidete Culluket. »Ich halte sie in mentalen Banden. Unsere Rache werden wir zu gegebener Zeit nehmen.«

»Aye«, fielen alle anderen ein. »Rache an *allen* Verrätern!«

Gomnol erstarrte. Rauch von der Zigarre kräuselte sich spielerisch in den Luftströmen, die durch die gerissene Decke eindrangen.

»Diese Frau hat eine unglaubliche Psychoenergie bewiesen«, sagte Imidol.

»Eine größere, als jeder von uns hätte vorhersehen können«, setzte Culluket hinzu. »Sie hat drei unserer Gesellschaft allein mit ihrer Geisteskraft getötet.«

»Nur unter größten Schwierigkeiten konnten wir sie mit vereinten Kräften überwältigen«, erklangen im Chor die Stimmen der rosig-goldenen Zwillinge Kuhal und Fian.

»Aber erst«, machte Imidol den Schluß, »nachdem sie ein *letztes* Verbrechen begangen hatte – du verstehst, daß wir es so darstellen werden.«

Die Heerschar leuchtete heller und heller. Eine bestimmte Einflüsterung des Zweiten Koerzierers nahm in den Gedanken aller unmißverständliche Form an.

»Halt!« rief Gomnol. Seine ganze mächtige metapsychische Kraft schleuderte er ihnen entgegen, um sie abzuwehren, sie an ihrem Tun zu hindern, damit er seine Seele abschirmen konnte gegen das gemeinsame Zuschlagen von siebenundvierzig fremden Geistern, gebündelt durch den Haß und die Eifersucht Imidols, Sohn von Nontusvel und Thagdal, der bestimmt durch Akklamationen zum Lord-Koerzierer gemacht werden würde, war der menschliche Usurpator erst einmal tot.

»Ihr könnt euch nicht ...«, kam das gepeinigte Keuchen von Eusebio Gomez-Nolan, »ihr könnt euch nicht ... gegen einen Bruder verbünden. Tana verbietet es!«

Kein Bruder du sondern ein MENSCH und ein Verräter und ein Verschwörer mit dem Ungeheuer Aiken Drum wir wissen es wir sind sicher also stirb ... stirb ...

»Kein Beweis! Kein ... Beweis!« Gomnols Körper verdrehte sich, die Wirbelsäule bog sich im Starrkrampf zurück. Er fiel in seiner Rüstung so schwer, als sei er in Stein verwandelt worden.

Imidol rief aus: »Wir von der Heerschar haben unseren Beweis! Der Beweis für die anderen mag später kommen. Im Augenblick stirbst du scheinbar als Held – als letztes Opfer des Monsters Felice –, bis es uns paßt, das ganze Gewebe deines Verrats zu enthüllen! Stirb, Manipulator! Stirb!«

Ein letzter Laut entrang sich Gomnols Mund. Die verrenkten Glieder erschlafften. Das Gesicht in der bizarren Saphir-Kugel seines Helms wurde grau, dann weiß. Ein Schädel mit perfekten Zähnen grinste die Heerschar Nontusvels an. Die Zigarre, die daneben auf dem Fußboden lag, verzehrte sich selbst in duftender Geduld.

Culluket der Inquisitor legte graue Ringe um die Hälse von Amerie, Häuptling Burke und Basil. Und dann wurde der Bergsteiger, der von den drei schwer verwundeten Gefangenen noch am kräftigsten war, gezwungen, eine eiserne Klinge zu ergreifen und Felices goldenen Ring zu durchtrennen.

»Kein Grau für sie?« fragte Imidol.

»Später«, antwortete der Inquisitor. »Es verdirbt mir das Vergnügen, wenn ich es mir zu leicht mache.«

16

Vor dem Morgengrauen flitzte der Ziegenmelker am Himmel umher und fing sich ein paar frühe Insekten. Hinter den Vorbergen des Jura erschien bereits ein rosa Streifen. Herden von Weidetieren unten auf dem Plateau regten sich. Auch in der Torburg war Leben. Aber – es war zum Wahnsinnigwerden! – nirgendwo gab es eine Spur der sich versteckenden Menschen.

Vergebens machte der Ziegenmelker einen Sturzflug zur Erde. Verdammt ärgerlich, daß es ihm immer noch nicht gelungen war, Claude und Madame aufzuspüren. Sie *mußten* ein unterirdisches Versteck haben. Zweifellos verstärkte Madame mit ihrer illusionsspinnenden Kreativität den natürlichen psychischen Schild von dichtem Granit und hartgebackenem Boden. Aber sie mußten zum Vorschein kommen, um ihren Angriff gegen das Zeitportal durchzuführen. Und wenn sie das taten, hatte er sie.

Bisher wußte niemand von dem Burgpersonal, daß Aiken eingetroffen war. Er war das Tal der Rhône hinaufgeflogen, hatte unten in den Niederungen den Speer zwischen den oberen Zweigen einer großen alten Platane untergebracht und seinen Flug fortgesetzt, um hier zu suchen. Wer achtete schon darauf, ob ein Ziegenmelker bei Tageslicht umherflog? Er hatte vorgehabt, ihren Unterschlupf zu entdecken, sich in sein menschliches Selbst zurückzuverwandeln und eine Suchgruppe aus Burgleuten an die richtige Stelle zu führen. Das wär's dann gewesen.

Aber die verdammten alten Liebesvögel hatten ihn an der Nase herumgeführt. Na, und wenn schon.

Wenn man richtig darüber nachdachte, war es eigentlich süß. Blödsinnig, aber süß. (Ich meine – natürlich konnten sie nicht. Oder doch? Mit hundertunddreiunddreißig?) Ein Jammer, daß sie sich nicht hatten damit zufriedengeben können, irgendwo im Herkynischen Wald Darby und Joan zu spielen, statt sich in die Angelegenheiten der hohen Politik zu mischen.

Doch nun hatten sie es einmal getan, und er konnte ihnen nicht mehr helfen. Er würde sie aber schnell und gnädig töten, damit es ihnen wenigstens erspart blieb, zum Großen Wettstreit transportiert und in diesem Glasding, in das die Tanu Verräter mit Vorliebe steckten, bei lebendigem Leib destilliert zu werden. Gomnol hatte versucht, Aiken davon zu überzeugen, daß der zeremonielle Tod der beiden Alten eine strategische Notwendigkeit sei. (Typisch für ihn!) Zum Teufel mit Gumball! Seinem Sadismus mußte es genügen, daß die Köpfe der beiden auf Piken gesteckt wurden.

Aha! Da tat sich etwas. Das Haupttor der Burg öffnete sich. Eine Menge Soldaten kam heraus, zusätzlich zu den weißgekleideten Torwächtern. Und kurz vor Sonnenaufgang war es auch.

Der Ziegenmelker ging in die Kurve, legte die Flügel an und stürzte nach unten, um ein Auge auf die Geschehnisse zu halten.

Über ihm, Grau auf Grau-Rosa und an der Sonnenseite malvenfarben umsäumt, schwebte eine merkwürdige Kumuluswolke. Ihr Bauch hing in euterähnlichen Gebilden herab. Eine Turbulenz innerhalb der Wolke wurde heftiger, und einer der Beutel verlängerte sich wie eine Tanu-Brust aus Wasserdampf. Er streckte sich nach unten, wurde zu einem baumelnden Ärmel, dann zu einem Miniatur-Tornado mit Wirbelwinden, die sich mit mehreren Kilometern pro Stunde drehten. Das Ding wand sich tastend durch die Luft und summte dabei laut. Aber die Morgenwinde fegten das Plateau, und die Leute auf dem Boden bemerkten die neuen Geräusche nicht. Sie stellten sich um einen Fleck nackten Felsens auf.

Auch der Ziegenmelker achtete nicht auf den Tornado – erst als er ihn aufsaugte, mit gewaltigem Seitenschub wegriß und in einem fast trockenen Wasserloch etwa drei Kilometer entfernt absetzte ... Der verblüffte Unheilstifter kam ein paar Minuten später wieder zu Bewußtsein und saß da, die besorgten kleinen Hipparions verfluchend, die kamen und ihre Schnauzen in sein schlammverschmiertes Gesicht stupsten.

Und dann zuckte er zusammen. Weit, weit entfernt von hier wurde ein ihm bekanntes psychisches Muster ausgelöscht, und er wußte, Gomnol war tot. Bis er sich zusammengerissen hatte und zum Zeitportal zurückgeflogen war, war es auch dort zu spät, um noch einzugreifen.

»Chéri, es ist Zeit«, sagte sie.

Er streckte sich, gähnte, strich sein silbernes Haar zurück. Und dann faßte er sie bei den Handgelenken.

»Fou«, flüsterte sie, als sie dazu fähig war.

»Das sind wir beide. Wir geben ein Paar ab – wie antike Bücherstützen.«

Sie lachte leise, aber dadurch kam der Husten wieder, den sie mit so großer Anstrengung unterdrückt hatte. Und es kam Blut. Er fragte: »Wie lange geht das schon so? Angélique – warum hast du es mir nicht erzählt?«

»Ich habe Ameries Medikamente genommen. Was hätte ich sonst tun sollen? Du wärest für nichts und wieder nichts verängstigt worden. Sprich nicht mehr davon! Es ist Zeit zu gehen. Und bald wird es keine Rolle mehr spielen.«

»Gottverdammt nochmal, wir werden entkommen!« behauptete er mit rauher Stimme.

Sie trat zurück, und er entfernte die obere Lage Steine von der Granitmauer und genug aus dem Zentrum der Barrikade, daß sie sich beide hindurchquetschen konnten. Eine unterspülte Akazie legte sich draußen wie ein Vorhang vor die Öffnung. Dahinter war der tiefe, ausgetrocknete Wasserlauf, in dem Anglique vor vier Jahren den ersten Unterschlupf in der Pliozän-Welt gefunden hatte.

Es war Claudes Idee gewesen, sich hier zu verstecken, nicht einmal einen Kilometer von dem Ort des Zeitportals entfernt. Unter dem Schutz ihrer Illusion der Unsichtbarkeit waren sie vor sechs Tagen in den mondlosen Stunden hergekommen und hatten sich in der Wand des Steilufers eingegraben. Dazu brauchten sie nur das Loch zu vergrößern, das die Wurzeln des umgestürzten Baums bereits gerissen hatten. Dann bauten sie eine Mauer mit Steinen aus dem Flußbett. Des Nachts wagten sie sich von Zeit zu Zeit hinaus, wenn Angéliques metapsychische Sinne ihnen sagten, daß es gefahrlos sei. Das Loch war zu einer Kammer vergrößert worden, in der man fast stehen konnte, drei Meter lang und zwei tief. Es hatte ihnen dort gefallen.

Als sie zum letzten Mal ins Freie krochen, hörte Claude Angélique halb scherzend zum Abschied murmeln: »Adieu, petite grotte d'amour.«

Er sagte: »Zwei alte Spinnen in ihrem Loch, meinst du wohl. Aber du hast mich nicht aufgefressen, ma vieille! Trotzdem – es ist ganz gut, daß unsere Zeit kurz bemessen war.«

»Sie war lang genug«, antwortete sie, und ihre Gedanken waren ganz Lächeln. »Nur glaube ich, jetzt haben wir beide den Punkt des plus qu'il n'en faut erreicht ... mehr als genug.«

Sie gab ihm den Bernstein mit der Botschaft, die sie unterschrieben hatte. Dann bedeckte sie ihn und sich mit ihrem mentalen Mantel. Sie kletterten die steile Wand hinauf. Die Savannen-Ebehe lag etwa vier Meter höher als das Flußbett. Von der Burg aus hätte man ihr Versteck nur dann fernwahrnehmen können, wenn ein mächtiger Metapsychiker bewußt nach ihnen gesucht und auf ihre Illusion besonders achtgegeben hätte. Sie hatten nur ein kurzes Stück zu gehen und nur Augenblicke zu warten, um die selbstgestellte Aufgabe zu erfüllen. Und dann – zurück in das Versteck, wo sie das Beste hoffen wollten, falls Alarm gegeben wurde ...

Letzte Nacht – oder vielmehr früh an diesem Morgen – hatten sie herauszufinden versucht, was aus den Saboteuren geworden war. Madame hatte sich angestrengt, mit den Ohren ihres Geistes über die vielen Kilometer hinweg, die sie von der Balearischen Halbinsel trennten, etwas aufzufangen ... Aber das ferne Gemurmel ließ sich einfach nicht fein abstimmen. Sie konnte nichts hören und wagte nicht zu rufen. Und deshalb hatten sie beide einfach für ihre Freunde gebetet, sich von neuem geliebt und geschlafen. Angélique erstickte ihr Husten in den Decken. Ihr mentaler Wecker meldete sich zur vorbestimmten Zeit.

So unsichtbar wie der Morgenwind näherten sie sich der Menschenansammlung in der Nähe des Zeitportals. Im Osten war der Himmel jetzt grünlich-gelb. Der Tag würde heiß werden. (Aber ihre Höhle war kühl gewesen, und sie hatten reichlich Wasser und Essen und weiche Dekamol-Betten gehabt, und so waren die kurzen Tage mühelos vergangen. Er hatte ihr von Gen und sie ihm von Théo erzählt, und dann hatten sie sich gegenseitig erforscht, wie es nur die weisen Alten können, die Glücklichen, die immer noch stark und empfänglich für die Gefahr sind – denn das Nebennierenmark, das das Adrenalin produziert, birgt das große Geheimnis alter Liebender, aber nur für die Tapferen.)

Sie waren beinahe am Portal. Es war beinahe Zeit.

... Und die Welt um sie wurde plötzlich schwarz.

Beide schrien laut auf. Der Schall pflanzte sich nicht fort. Sie schienen noch auf festem Boden zu stehen, doch überall ringsum war Dunkelheit ... bis ein nadelspitzengroßes Licht erschien, das zu einer Sonne, zu einem glühenden Gesicht, zum Gesicht Apollos anschwoll.

»Ich bin Nodonn.«

Nun ist es aus, sagte Claude zu sich selbst. Und nun wird sie mit ihrem Schuldgefühl sterben.

Eine Stimme sprach laut. Sie wußten, daß niemand außer ihnen sie hörte. »Ich weiß, wer ihr seid und was ihr tun wollt. Ich bin zu dem Schluß gekommen, daß mit euch und eurem Einmischen ein Ende gemacht werden muß.«

Angélique dachte resigniert: Ihr Tanu habt diesmal gewonnen. Ihr könnt uns töten, doch es werden andere kommen, um dieses Teufelsportal zu schließen.

»Das werden keine anderen tun«, sagte Nodonn, »weil ich

euch dazu auserwählt habe.« Die flammende Masse war enorm, ihr Geisteslicht betäubend. »Meine Leute wollten nie einsehen, welch großen Schaden ihr uns mit der Öffnung dieses Wegs über die Äonen angetan habt. Sie hätten nicht geduldet, daß das Portal angetastet wurde. Nicht einmal *ich* hätte gewagt, es gewaltsam zu schließen. Doch jetzt gibt es eine andere Möglichkeit. Ihr werdet nach meinem Willen tun und gleichzeitig das Ziel erreichen, das ihr euch selbst gesetzt habt. Das Ziel, das ihr beide sucht, seit ihr im Exil eintraft. Ich nehme an, ihr versteht.«

Claude erwiderte: Ja, wir verstehen.

»Meine Leute werden glauben, daß ihr allein für die Schließung verantwortlich seid. Die unangenehme Situation wird ihnen erträglicher vorkommen, wenn sie erfahren, daß die Rebellenführerin und der Mann, der Finiah bombardierte, aus dem Vielfarbenen Land entfernt worden sind ... Aber ihr wißt, daß ich euch zu dieser letzten Tat nicht koerzieren kann. Die ringtragenden Wächter am Portal würden meine Mitwirkung entdecken. Und deshalb müßt ihr es freiwillig tun – und sichtbar.«

Sie sagte: Ja. Es wird für jene auf der anderen Seite des Portals der endgültige Beweis sein.

Claude setzte hinzu: Und ich bin froh, daß ich eure verdammte Sklavenstadt zerstört habe! Vielleicht meint ihr, die Schließung dieses Zeitportals sichere euch Tanu vor weiteren Aufständen eurer Menschensklaven. Euch steht eine Enttäuschung bevor. Das Leben hier wird niemals wieder wie früher sein.

Das sonnenhelle Gesicht verdunkelte sich. Nodonns Stimme grollte in ihren Gedanken: »Geh dahin zurück, woher du gekommen bist, Verfluchter!«

Claude sagte: Du Narr. Wir sind von hier gekommen.

Und dann hörten ihre menschlichen Ohren wieder Vogelgesang. Die echte Sonnenscheibe hob sich über den Rand des Hochlands jenseits der Rhône. Keinen Steinwurf entfernt hing ein schimmernder Block über dem Viereck aus Steinen, wo die Torwächter und Soldaten warteten, in der Luft.

Die beiden alten Leute liefen über das trockene Gras; die Illusion der Unsichtbarkeit war immer noch intakt. Vier menschliche Zeitreisende materialisierten sich innerhalb des Tau-Feldes, und man half ihnen hinaus.

Angélique stolperte. Claude ergriff ihre Hand, schob Soldaten und bestürzte Zeitreisende beiseite.

»Schnell, bevor das Feld sich umkehrt!«

Einer der bewaffneten Wächter rief etwas und stürzte mit geschwungenem Bronzeschwert vorwärts. Der alte Mann und die alte Frau standen voll sichtbar Seite an Seite, Hand in Hand mitten in der Luft. Das Zeitfeld kehrte sich um, und sie verschwanden.

Oben am Himmel stieß ein Ziegenmelker vor Wut schrille Schreie aus und flog davon.

Nur einer der Klienten der Auberge, dessen Reise so unerwartet vereitelt wurde, bekam keinen hysterischen Anfall. Sein Plankton-Netz und seinen Sack mit Probeflaschen immer noch in der Hand, beantwortete er zurückhaltend Berater Mishimas Fragen.

»Sie standen einfach da, sage ich Ihnen. Wir sahen sie nur für einen Sekundenbruchteil, als sich diese Spiegel in den Maschinenwänden ausschalteten. Und dann waren sie Skelette! Und dann Staub ... Ich muß wirklich auf einer Erklärung bestehen, Berater. Die Broschüre behauptet mit allem Nachdruck, die Reise durch die Zeit berge keine Gefahren ...«

Einer der anderen Berater, der vor dem Gazebo kniete, unterbrach: »Alan, kommen Sie und sehen Sie sich das an!«

Mishima sagte: »Bitte, gehen Sie nach oben und warten Sie mit den anderen, Dr. Billings! Ich komme gleich zu Ihnen.«

Als der Mann gegangen war, beugten sich die beiden Berater über den Haufen pulveriger Überreste. Halb darin begraben war ein merkwürdiges goldenes Schmuckstück, eine Art barbarisches Halsband. Mishima hob es auf, und glitzernde Flocken – mehr war von den inneren Bestandteilen nicht übriggeblieben – stoben aus kleinen Öffnungen und vermischten sich mit dem Staub.

»Und hier ... o Gott.« Der andere Berater hatte die beiden flachen Bernsteinstücke entdeckt. Die Schrift darin war deutlich sichtbar. »Wir sollten – wir sollten diese Dinge lieber schleunigst zum Direktor bringen, Alan.«

Mishima seufzte. »Ja. Und Billings und den anderen sagen, daß sie nun doch nicht zu warten brauchen.«

Die aus Jett geschnitzten Zwillingsringe wurden erst später entdeckt, als man den Staub in dem Gazebo ehrerbietig zusammenkehrte. Bis die Arbeit des Untersuchungsausschusses beendet sein würde, wollte ihn der Auberge-Direktor in einem Durofilm-Sack in seinem Safe aufbewahren.

Sechs Millionen Jahre entfernt weinten Elizabeth und Brede in dem Raum ohne Türen. Durch das Vorherwissen war es, wie Elizabeth seit langem vermutet hatte, nur schlimmer geworden.

* * *

ENDE DES ZWEITEN TEILS

Dritter Teil

Der Große Wettstreit

1

In der Zeit des Galaktischen Milieus war der Berg bis auf einen geringen Rest abgeschliffen gewesen. Er erhob sich aus dem Mittelmeer als die Insel Menorca, die östlichste des Archipels, der die Hesperiden genannt worden war. Monte del Toro, keine 400 Meter über dem Meeresspiegel, war die höchste Erhebung der Insel. Von ihrem alten unterirdischen Labyrinth war der größte Teil von den zerstörerischen Elementen der Sonne geöffnet oder, im Fall der tieferen Höhlen, vom Meer verschlungen worden.

Aber sechs Millionen Jahre in der Vergangenheit sah der Berg ganz anders aus. Als die ersten fremden Einwanderer auf die Balearische Halbinsel kamen und seine beschattete Masse mit den Zwillingsgipfeln sahen (dazwischen eine Alm, wo Bryan und Mercy zu liegen pflegten), nannten sie ihn den Berg Lugonns und Sharns – nach dem Tanu- und dem Firvulag-Champion, die am Schiffsgrab ihren rituellen Kampf ausgefochten hatten. Später hieß der Berg einfach der Berg der Heroen. Aufgrund eines der seltenen ausdrücklichen Befehle Bredes wurde er zum Eigentum der Redaktionsgilde gemacht. Sie erbauten ihr Kolleg des Heilens und der Geisteserforschung auf dem südöstlichen Hang, von wo man auf Muriah und die Weiße Silberebene blickte. Nach der Zeit der Unruhe und der Verbannung Minanonns verband man das Gebäude mit den natürlichen Höhlen innerhalb des Berges. Anfangs dienten sie als geheime Grabstätten der Großen und später weit weniger heiligen Zwecken.

Felice hatte sich geschworen, sie werde nicht laut schreien.

Die Stimme ihres Geistes mochte toben und der Inquisitor lachen, aber irgendwie blieb sie all die Tage hindurch standhaft und gab keinen Laut durch die aufgestemmten Kiefer von sich. Ihr Wille hatte sich auf dies eine konzentriert: Lähmung ihrer Stimmbänder, und sie allein von all ihrem verräterischen Fleisch hatten gehorcht.

Culluket war langsam vorangegangen, hatte sie studiert, hatte die redigierende wie die koerzible Kraft eingesetzt, einmal spielend wie ein Künstler, dann wieder mit überwältigender grober Bosheit zuschlagend. Und wenn die sensorische Überladung sie bewußtlos machte, holte er sie mit einem Zwicken im Kern des Gehirnstamms zurück, damit sie für die nächste raffinierte Demonstration voll wach war.

Die mentale Erniedrigung, so entdeckte er zu seiner Überraschung, war bei weitem nicht so wirksam wie die rein physischen Angriffe auf ihre weibliche Würde. Aber natürlich war sie noch ein Kind. Ein perverses Kind. Sie hatte die verlangten Informationen ziemlich schnell preisgegeben (der Speer Lugonns im Besitz Aiken Drums, das Schiffsgrab und sein Schatz an Flugmaschinen, die Pläne für die Herstellung von Eisenwaffen, die befestigten Dörfer, die im Norden entstanden). Diese Daten wurden Nodonn zugesandt, der nach dem Großen Wettstreit die gegebenen Maßnahmen treffen würde.

Das hatte die anderen von der Heerschar befriedigt und Culluket die Freiheit gegeben, sich selbst zu befriedigen.

Ihren Verstand langsam bloßzulegen, als schäle er eine Frucht, so daß er all die seltsamen Neigungen der fremden Mörderin erst beobachten, dann genießen konnte. Ihre geheimen Ängste, die schwere psychische Wunde vom Verlust ihres goldenen Rings (und doch war diese nicht so verheerend, wie man hätte annehmen können), die ungeheuerlichen metapsychischen Fähigkeiten des Koerzierens, der Psychokinese, der Kreativität, des Fernwahrnehmens, alle jetzt eingesperrt und latent wie Raubtiere in Schnappfallen, aus denen sie nie wieder entkommen würden.

Koste die Wut! Betrachte, wie sich die Pein bei der erzwungenen Gemeinsamkeit vertieft!

Häute sie ab, enthülle die unbefriedigten Nöte! Die Zurücksetzung des Kindes hatte die Lust- und Gewalttätigkeitspfade tief innerhalb des Cerebellums kurzgeschlossen. Da lagen köstliche Möglichkeiten! Laß sie Wirklichkeit werden! Hol den Schmutz von vielen verschiedenen Gesichtspunkten aus zurück, bis sogar sie, diese elende Geringe, erkennt, wie schlecht sie ist. Unmenschlichkeit nachgewiesen durch einen nichtmenschlichen Mann von exquisiter Geschicklichkeit.

Er ließ Schock auf Schock folgen, häufte Schmerz auf Schmerz. Die Erniedrigung ihres Körpers setzte sich um in die Zerfetzung des Egos, ihr Haß und ihre Furcht, die sie anderen Wesen gegenüber empfunden hatte, klärten sich zu Haß auf sich selbst, Furcht vor sich selbst.

Nimm ihr alles, was sie je geschätzt hat! Laß sie die Auflösung herbeiwünschen! (Ihr Körper mußte natürlich unverletzt bleiben, aber Culluket würde sein dem Schlachtenmeister gegebenes Versprechen auch erfüllen, wenn er sie in einem Zustand ablieferte, der ihr erlaubte, beim Großen Wettstreit als leicht epileptischer Automat zu kämpfen.)

Doch sie wollte einfach nicht wahnsinnig werden.

Gereizt stöberte er in dem Wrack herum und versuchte, die Erklärung zu entdecken. Er hätte sie fast übersehen. Da – ein winziges Fünkchen, verbarrikadiert hinter einem hartnäckig geschlossenen Schirm, den er trotz all seiner Bemühungen nicht zu durchdringen vermochte. Zusammengeschrumpft und eingekapselt fuhr das Wesen, das Felice war, fort, sich ihm zu widersetzen.

Wenn er sie nur zum Sprechen, zum Schreien bringen könnte! Das war der Weg, war der Schlüssel. Er wußte es! Ein freiwilliger Laut, und die letzte Verteidigung würde fallen.

Aber er schaffte es einfach nicht. Nachdem Tage vergangen waren und der Wettstreit schon fast über ihnen war, wagte er nicht weiterzugehen, denn er fürchtete, zusammen mit diesem sturen Überrest abgeschirmter Identität auch ihr Leben auszulöschen.

»Dann behalte ihn!« sagte er. »Nützen tut er dir sowieso nichts mehr.«

Nachdem er sich ein letztes Mal mit ihr belustigt hatte, legte er ihr den grauen Ring der Sklaverei um den Hals, nahm die Keile aus ihrem Mund und ließ sie von seinen Helfern in eine Zelle auf dem tiefsten Grund der Katakomben bringen.

. . . Steinie?

Liebesliebes du bist wach. »Tut es noch weh, Sue?«

Er kniete auf dem feuchten Steinboden vor der Nische mit dem Strohsack und ergriff ihre Hand. Es war gerade genug Licht, daß er sie sehen konnte. Eine einzige Tanu-Juwelenlampe saß wie ein trauriger Stern in der hohen Decke der Zelle, umgeben von Stalaktiten.

»Das ist jetzt nur noch ein Nachschmerz. Ich werde wieder gesund. Lord Dionket sagt, es sei kein bleibender Schaden. Wir können später andere haben.«

Aber nicht ihn Sukey nicht meinen ersten ungeborenen Sohn.

»Es *muß* meine Schuld sein. Wir hätten es nicht tun sollen, als wir schon von deiner Schwangerschaft wußten.« Dummerdummerselbstsüchtigerdu!

»Nein!« Sie kämpfte sich hoch, setzte sich auf den Rand des Steinbettes, legte die Hände um sein Gesicht und küßte ihn. »Du darfst nicht glauben, es sei deine Schuld. Ich bin sicher, das war es nicht.« (Und ich übertrage diese Sicherheit mit all meinem Willen durch den immer noch vorhandenen Silberring in seinen Verstand, aber ich verstecke die Wirklichkeit. Oh, daß er sie nie entdecke!) »Du mußt aufhören, weiter darüber nachzudenken, Liebster. Mach dich bereit zur Flucht! Der Wettstreit beginnt morgen. Ich bin überzeugt, Aiken hat bis zur letzten Minute gewartet, damit die Tanu sich nicht damit aufhalten werden, uns zu verfolgen.«

Stein knurrte tief in der Brust. Er schüttelte den Kopf wie ein Bär, der angreifende Bienen abwehrt. Beunruhigt nahm Sukey das neurale Zufallsfeuern seines Gehirns wahr, das den Beginn von Krämpfen signalisierte, wie die Unverträglichkeit seines grauen Rings sie hervorrief.

»Verdammter Aiken Drum«, stöhnte Stein. »Er hat gesagt ... versprochen ... aber erst läßt er dich, jetzt mich im Stich... *Jesus,* Sukey, mein Schädel explodiert ...«

Sie hielt seinen Kopf an ihre Brust gepreßt und tauchte in seinen Geist ein, was sie während ihres Aufenthalts in Muriah in immer kürzeren Zeitabständen getan hatte. Wieder einmal gelang es ihr, die drohende Feuersbrunst zu verhindern. Aber wenn der Ring noch lange an seinem Hals blieb, würde er es nicht überleben.

»So, Steinie, so, Geliebter. Ich hab's. Ich habe es repariert.«

Wasser tropfte von der Decke ihrer Gefängniszelle – regelmäßig, musikalisch. Das wilde Schlagen von Steins Herzen mäßigte sich, und sein rauher Atem ging leichter. Er hob den Kopf und sah seine Frau an.

»Bist du sicher, daß es nicht meine Schuld war?«

»Glaub mir! Es war nicht deine Schuld. Manchmal geschieht so etwas eben.«

Stein, der neben ihr kniete, ließ sich auf seine Fersen zurücksinken, die großen hilflosen Hände mit den Handflächen nach oben gekehrt, das Bild eines erschütterten Giganten. Aber Sukey war nicht zu täuschen. Sie blickte tief in sein Inneres.

Wenn er die Schuld nicht sich selbst geben konnte, würde er sie anderswo suchen.

Mit Leichtigkeit hob Aiken Drum den schweren Speer Lugonns und bedrohte mit ihm den reichverzierten Kerzenleuchter. Das geschah in Mayvars Audienzsaal in der Halle der Fernwahrnehmer. Die glasige Lanze schimmerte golden, denn sie war von den letzten Resten des tarnenden blauen Lacks gesäubert worden. Das Energie-Aggregat war voll aufgeladen.

»Nimm das für dein Yoni, Hexe!« sagte er lachend und warf sich in eine bösartige Positur.

Mayvar lächelte nachsichtig. »Morgen, mein Leuchtender. Morgen beginnt alles. Aber denke daran, es wird fünf Tage dauern. Und du darfst den Speer erst ganz am Ende benutzen, nach Mitternacht des fünften Tages, wenn das Heldentreffen stattfindet, und auch dann nur, wenn Nodonn sich für das Schwert entscheidet. Und wenn du bis zur Begegnung mit dem Schlachtenmeister am Leben bleibst.«

»Wenn? Wenn? Wenn?« quietschte er in gespieltem Zorn. »Du abgetakelte alte Prophetin! Verlierst du das Vertrauen in den von dir selbst Erwählten, Königsmacherin? Muß ich mich dir noch einmal beweisen?«

Er warf die Photonenwaffe hin, daß es klirrte, und stürzte sich, plötzlich nackt wie ein Fisch, auf die Vogelscheuche, die es sich auf dem Amethyst-Thron bequemgemacht hatte. Es war sonst niemand im Raum anwesend, und der Sitz der Macht war groß genug für zwei.

»Genug ... genug!« keuchte sie und lachte, bis Tränen durch die Furchen ihrer Wangen rannen. »Laß mich wenigstens solange leben, daß ich den Triumph mit dir teilen und dir deinen Namen geben kann!«

Er ließ sie los und tat immer noch so, als ärgere ihn ihr offenbarer Mangel an Zuversicht. Auf purpurnen Samtkissen mit gekreuzten Beinen sitzend, steckte er zwei Finger unter seinen goldenen Ring und zog. Das Metall streckte sich wie ein Gummiband und fiel so schlaff nieder wie noch weiche Bonbonmasse. Er begann mit dem Gold zu tändeln, drehte es dünner und dünner aus, legte Schlingen um die Zehen beider nackter Füße und spielte »Abnehmen« mit dem biegsamen Draht, der ein goldener Ring gewesen war.

»Dann zweifele nur an mir, Hexe! Und ich werde dir dies dumme Geschenk zurückgeben und meinen eigenen Weg verfolgen. Wer braucht dich schon? Ich habe jetzt meinen Köcher voll angespitzter Talente und bin jedem von ihnen gewachsen! Bring die Firvulag-Spuks heran! Bring mir Thagdal und Nodonn!«

»Wenn du König werden willst, mußt du nach ihren Regeln spielen«, stellte sie sachlich fest. »Argwöhnen sie, daß du ohne Ring voll operant bist, können sie sich immer noch gegen dich verbünden. Und so stark du geworden bist, mein Leuchtender, die geballten Geisteskräfte der Heerschar würden dich töten, wenn sich ihre Mitglieder entsprechend motiviert fühlen.«

»Die Kämpfer sind begeistert von mir. Und die Damen finden mich entzückend!«

»Aber die Heerschar verbreitet Gerüchte. Man sagt, du hättest mit Gomnol und mit Felices Saboteuren konspiriert. Man sagt, dein ungeschicktes Vorgehen habe zur Schließung des Zeitportals geführt. Man sagt – und das ist weit gefährlicher –, du würdest dich mit der operanten Frau Elizabeth paaren und hier im Vielfarbenen Land eine Rasse voll operanter Menschen zeugen.«

»Ich und die Eis-Lady? Bei dem Gedanken allein wird mir übel!«

Er sprach die höhnischen Worte im gleichen kecken Ton, aber das goldene Gespinst schmolz wieder zu einem Band, das er sich um den Hals legte. Er schlüpfte in seinen Anzug mit den vielen Taschen. »Aber du magst recht haben, wenn du dieses Gerede für gefährlich hältst. Nur gut, daß Elizabeth auf dem Sprung ist, ihre Sachen zu packen und abzufahren. Ich verstehe überhaupt nicht, warum sie so lange geblieben ist. Es sei denn, wir sind ihr doch nicht völlig gleichgültig.«

»Denk nicht an sie!« Die Alte tätschelte seinen Kopf. »Denk an nichts anderes als den Wettstreit. Deine Teilnahme an den Eingangsspielen dürfte kein besonderes Risiko darstellen. Und keiner darf dich zur Manifestation der Kräfte herausfordern, wenn ich dich zum Zweiten Fernwahrnehmer ernenne. Beginnt jedoch die Hohe Mêlée, wirst du alles an Mut und Klugheit und metapsychischer Kraft aufbieten müssen, was du besitzt. Es genügt nicht, daß du die Kämpfe überlebst. Du mußt dich als inspirierter Anführer und Vernichter des Feindes beweisen. Dann werden Gruppen aus allen Gilden auf dem Höhepunkt des Wettstreits sich lieber unter deinem Banner als dem Nodonns scharen. Und dann stehst du am Ende, wenn es zum Heldentreffen kommt, als glaubwürdiger Bewerber um den Thron da.«

Aiken fragte mit sehnsüchtiger, leiser Stimme: »Bist du sicher, daß ich kein Eisen benutzen darf?«

Mayvar gackerte: »Oh, du Witzbold ... an dem Tag, wo du König des Vielfarbenen Landes wirst, magst du tun, wie dir beliebt. Aber laß dir nicht einmal im Traum einfallen, das Blutmetall in diesem Wettstreit zu verwenden. Es würde heißen, du seist mit den Geringen im Norden verbündet. Was meinst du wohl, warum ich dich zur Geheimhaltung ermahnte, als ich dir die Waffe zur Bezwingung Delbaeths gab?«

Aiken verflocht die Finger hinter dem Kopf, schaukelte vor und zurück und dachte über unbegrenzte Aussichten nach.

»Wenn ich König bin, ändern wir sämtliche Regeln. Mit einer Kohorte goldberingter, mit Eisen bewaffneter Menschen unterwerfen wir die menschlichen Rebellen und kümmern uns auch um die Firvulag. Aber abschlachten werden wir sie nicht – Teufel, nein! Jetzt, wo das Zeitportal geschlossen ist, muß ich Untertanen zusammenscharren, wo immer ich kann. Und sieh dir all die hübschen Dinge an, die die Gnomen herstellen! Schönen Schmuck und Chaliko-Aufputz und den Schnaps, der einsame Klasse ist! Nein – ich werde die Kleinen Leute befrieden, indem ich ihnen mit der schlimmsten Waffe drohe, und dann haben wir ein einziges, großes, glückliches Königreich unter dem guten König ...«

Er hörte auf zu schaukeln. Seine schwarzen Augen wurden groß, und der Mund stand ihm in sprachlosem Staunen offen. »Oh, *verdammt*«, flüsterte er schließlich. »Mayvar – hörst du es? Zum größten Teil ist es im intimen menschlichen Modus, aber es sickert genug ins graue Band über, daß man es versteht, wenn man es ausbreitet und scharf lauscht. Bekommst du es mit? Es ist Stein.«

»Rache«, sagte Mayvar. »Er gibt dir die Schuld. Unglaublich!«

Der Kasper saß steif auf der Kante des Amethyst-Throns und strengte seine Fernwahrnehmung aufs äußerste an. »Er ist bisher zu keinem endgültigen Schluß gekommen. Er grübelt noch darüber, der dumme Ochse ... Wie ich mich für Sukeys Sicherheit verbürgt habe. Aber ihr Versteck war nicht sicher. Ergo ist es meine Schuld! Läßt sich diese Idiotenlogik überbieten? Natürlich wird die kleine Schlampe ihm unabsichtlich einen Teil der Wahrheit verraten. Weiber! Es würde genügen, wenn sie bloß andeutete, die Fehlgeburt sei nicht spontan erfolgt. Ich habe den Eindruck, Stein wird nur noch von einem Gedanken beherrscht – er will die Schuld einem anderen als sich selbst zuschieben.«

Mayvar sagte: »Du hattest versprochen, Sukey werde nichts passieren. Das Wort eines Goldring-Edelmanns und Bewerbers um den Thron ...«

»Und deine kostbaren Regeln?« explodierte er. »Spiel nach den Regeln, sagst du! Willst du mir jetzt vorhalten, ich hätte mich gegen den König *und* die Königin stellen sollen, nur um Sukey eine kleine Unannehmlichkeit zu ersparen, die weder ihr noch dem Kind hätte schaden sollen? Wenn Stein nicht so ein verbohrter ...«

Mayvar lauschte mit zur Seite geneigtem Kopf immer noch in die Ferne. »Hör bloß, was sein Verstand hinausschreit! Das ist kein Spaß, Aiken Drum!«

Aiken vergaß seine Tirade und fokussierte seine Sinne von

neuem. Die Selbstgespräche des halb wahnsinnigen Wikingers wurden durch seinen Ring in dem einzigartigen menschlichen Spektrum gesendet, und sie waren so chaotisch, daß sich wahrscheinlich nicht einmal menschliche Zuhörer die Mühe machen würden, sie zu entziffern. Aber wenn einer geduldig war und die Abschweifungen und das Gemurmel und die verfahrene Geschichte mit Sukey ausflilterte – dann war da noch etwas anderes.

Die Saboteure, die die Ringefabrik zerstören wollten und sich darauf verließen, daß Aiken ihnen mit dem Speer zu Hilfe kam. Aikens reizende Vereinbarung mit Gomnol.

»Oh, Christus«, stöhnte der Unheilstifter. »Sein Gedankenblock löst sich auf. Und jetzt, wo Gomnol tot ist, kann ich mit meinen geringen Redigierungskünsten den Deckel nicht mehr fest genug zunageln.«

»Du mußt sofort handeln! Wenn die Aufmerksamkeit der Heerschar auf Steins Gedanken gelenkt wird, können sie ihn benutzen, um zu beweisen, daß du ein Verworfener und einer Bewerbung um den Thron unwürdig bist. Sie werden mit dir ebenso verfahren wie mit Gomnol.«

»Gott ... ich muß beide, Stein und Sukey, noch heute nacht von hier wegschaffen – ich darf nicht warten, bis ich König geworden bin, wie ich es geplant hatte.«

»Es ist reichlich spät, das zu tun.« Sie zeigte ihm, welches der sicherste Weg wäre, und gleichzeitig zitterte sie, ob er die Probe bestehen werde.

»Das kann ich nicht«, erklärte er. »Nicht Stein und Sukey!«

»Lebendig werden sie immer eine Bedrohung deiner Herrschaft sein.«

»Nein! Es muß einen anderen Weg geben!«

»Fühlst du dich ihnen verpflichtet? Geht es dir um deine Ehre? Um dein halb im Scherz gegebenes Versprechen? Deinen Stolz?«

»Sie nicht! Jeden anderen bin ich bereit, zu Asche zu verbrennen, aber sie nicht.« Nicht die verrückten einfältigen Liebenden sieh wie sie leiden jeder des anderen wegen beraubt/beschenkt wie sollte ich es ertragen? Arme verurteilte verdammte Menschen angestaunt aber verleugnet von dem

Schwierigkeitenvermeider der auch deinen Vorschlag vermeidet/verleugnet du sterbender Frauenkörpergeist.

Er wiederholte: »Sie nicht.«

Mayvar erhob sich vom Thron. Schwankend stand sie da, die Kapuze über den Kopf gezogen, und sie sah aus wie der Kelch einer großen, ungeöffneten violetten Blume. Er konnte es nicht sehen, doch er wußte, daß sie weinte. »Gesegnet sei der, den ich erwählte. Ich wußte doch, daß du nicht wie Gomnol bist ... und es gibt einen anderen Weg!«

Er sprang hoch und packte sie bei den Armen. »Welchen?«

»Bleib hier und bereite dich auf morgen vor! Vertraue mir! Ich will dafür sorgen, daß deine Freunde heute nacht aus Muriah weggebracht werden.«

2

An diesem Vorabend des Wettstreits hatte jedes echte Mitglied der alten Kampfgesellschaft nur Gedanken für den bevorstehenden Zusammenstoß der Feinde, die gemeinsame Zelebration des Lebens und des Todes, die, wie sie glaubten, ihr Grund dafür war, ihre Existenz in dem Vielfarbenen Land fortzusetzen. Aber es gab einige, die den altehrwürdigen Traditionen abgeschworen hatten, und diese kamen zusammen – darunter sogar einer, der seit fünfhundert Jahren den Fuß nicht mehr in die Hauptstadt gesetzt hatte –, um zu besprechen, ob der Wettstreit dieses Jahres der von Brede vorhergesehene große Wendepunkt sein werde oder nicht.

Zu ihrer Entrüstung wollte die Schiffsgattin nicht an dem Treffen teilnehmen, wollte die Möglichkeit weder bestätigen noch abstreiten. »Der Wettstreit selbst wird den Willen der Göttin manifestieren«, hatte sie zu Dionket gesagt, »und dann werdet ihr wissen, was ihr tun müßt.« Aber das hatte den Lord-Heiler nicht befriedigt. Was wußte eine Mystikerin von Machtkämpfen? Ihre Vision bezog sich auf so beunruhigend lange Zeitspannen.

Und so hatte er die Anführer der Anti-Kampf-Faktion in einer geheimen Kammer tief im Berg der Heroen zusammengerufen, sogar das lange verbannte Paar. Und als Katlinel es wagte, die beiden Außenseiter mitzubringen, diente die Außergewöhnlichkeit der Zeiten diesem Tun nicht nur als Entschuldigung, sie verlieh ihm auch eine verrückte Art von Angemessenheit.

DIONKET LORD-HEILER: Ich begrüße euch alle, Mit-Verräter und Friedenliebende, und besonders unseren psychokinetischen Bruder Minanonn den Häretiker und unseren koerziblen Bruder Leyr, die so lange abwesend von unseren Kabalen waren, und unsern distinguierten Feind ...

SUGOLL: Verbündeten.

DIONKET: ... jetzt zufällig mit uns verbündet, den Lord Sugoll, Herrscher des Feldbergs und größter unter jenen, die Heuler genannt werden ... Schwestern und Brüder, die Entscheidung ist nahe. Sprich, Mayvar!

MAYVAR KÖNIGSMACHERIN: Aiken Drum ist bereit. Der menschliche Jüngling ist voll operant und von allen Fähigkeiten mit Ausnahme der Redigierung in wahrlich bemerkenswertem Ausmaß besessen. Ich glaube, kein einziger Tanu- oder Firvulag-Champion wird ihm widerstehen. Sieht man von einer Katastrophe oder einem massierten Angriff der gesamten Kampfgesellschaft ab – was nur dann geschehen könnte, wenn er entsprechend unserm altehrwürdigen Gesetz für unwürdig erklärt würde –, wird er in fünf Tagen, nachdem er sowohl den Thagdal als auch Nodonn auf dem Höhepunkt des Großen Wettstreits besiegt hat, König werden.

MINANONN DER HÄRETIKER: Ein Mensch ... kaum mehr als ein Kind. Ein Scharlatan, wenn das Gerücht nicht lügt! Der ist deine Schlüsselfigur?

MAYVAR: Ich habe ihn auf jede Weise geprüft. Er ist nicht makellos – und wer unter uns ist das schon? –, aber er wird würdig sein.

ALBERONN GEDANKENFRESSER: Der Junge ist aus gutem Stoff. Nerven. Mumm.

BUNONE KRIEGSLEHRERIN: Jawohl!

MAYVAR: Er kann grausam sein, aber er ist, ohne es selbst zu wissen, der Liebe fähig. Ich bin meiner Aufgabe als Königsmacherin gerecht geworden.

LEYR DER VERBANNTE: Aber – ein kleiner menschlicher Emporkömmling?

KATLINEL DIE DUNKELÄUGIGE: Du hast selbst einmal eine Menschenfrau geliebt, Vater. Und unsere Rassen haben sich vermischt, ob das nun gut ist oder schlecht.

MAYVAR: Aiken Drum wird Operante zeugen. Nicht so viele, wie es Elizabeth mit ihrer eindeutigeren Gen-Struktur tun könnte, aber genug.

GREG-DONNET GENETIK-MEISTER: Seid ohne Sorge, Verwandte! Aikens genetische Aktivposten sind *kolossal!* Ich meine – verglichen mit Nodonn, zum Beispiel. Der Schlachtenmeister ist großartig, doch wissen wir alle, wie wenige reinblütige Nachkommen er gezeugt hat. Und unter all seinen Mischlingen ist kein einziger Kandidat für die Hohe Tafel und nicht einmal eine erstklassige Begabung.

BLEYN SCHLACHT-CHAMPION: Wer möchte derjenige sein, der Nodonn auf seine Mängel aufmerksam macht? (Verlegenes Auflachen.)

LEYR: Nun, ihr habt diesen Jungen kämpfen sehen, und ich nicht. Aber der Gedanke ist schwer zu schlucken, daß *irgendein* Mensch Nodonn gewachsen sein sollte, ganz zu schweigen von diesem Frischling mit dem dummen Namen.

MAYVAR: Er wird, nachdem er die Hohe Mêlée überlebt hat, entsprechend unserm Brauch einen anderen Namen erhalten.

MINANONN: Seht mal! Vorausgesetzt, dieser Aiken Drum schlägt Nodonn beim Heldentreffen – und in diesem Punkt bin ich längst nicht so optimistisch wie du, Königsmacherin –, dann werden sowohl das Amt des Lord-Psychokinetikers als auch die Herrschaft über Goriah frei, wenn der Junge den Thron besteigt.

DIONKET: Genau. Und jetzt, wo Sebi-Gomnol tot ist, muß auch die Koerzierer-Gilde einen neuen Führer suchen.

LEYR: Allmächtige Tana! Ist das der Grund, warum ihr Minnie und mich zurückgeholt habt?

KATLINEL: Vater – du wirst dich Imidol bei der Manifestation der Kräfte bestimmt überlegen zeigen. Sein koerzibler Wille ist viel schwächer, als Gomnols war.

LEYR: Ja-a, aber unterschätze den Feind nicht, Katy-Mädchen. Imidol wird sich nicht auf eine einfache Manifestation in der Art einlassen, mit der jemand wie Aluteyn einverstanden wäre. Er wird auf einem Kampf – Geist *und* Waffen – während der Mêlée bestehen.

DIONKET: So ist es. Und du bist viel älter als Imidol, koerzibler Bruder, und das Risiko ist beträchtlich. Aber wir kennen deinen Geist. Bist du siegreich und steigst du von neuem zur Hohen Tafel auf, wirst du eine mäßigende Rolle spielen ... ganz gleich, wer Hochkönig wird.

LEYR: Verdammt nochmal – Minnie ist der friedliebende Häretiker, nicht ich!

ALBERONN: Aber du würdest dich niemals für die Auslöschung der Menschheit – oder von uns Mischlingen – einsetzen, wie es die Heerschar Nontusvels tut.

LEYR: Natürlich nicht ...

KATLINEL: Und so sehr du den Kampf zwischen gleichwertigen Gegnern liebst, Vater, findest du wenig Gefallen an dem sinnlosen Abschlachten der Jagd oder der Perversion der Niedrigen Mêlée, zu der es mit der Ankunft beringter menschlicher Kämpfer gekommen ist, oder an den unsportlichen Taktiken, die in der Hohen Mêlée gegen den Feind benutzt werden.

LEYR: Schlimm ist das, diese grauen Stoßtrupps und der Kampf unserer Leute auf Chaliko-Rücken. Kein Wunder, daß der Feind verdrossen ist und Bündnisse mit den Geringen schließt.

DIONKET: Wir dürfen der Heerschar nicht erlauben, an der Hohen Tafel zu dominieren! Wir wenden uns an dich, Leyr. Und auch an dich, Minanonn.

MAYVAR: Wir stehen an einem Kreuzweg, Brüder und Schwestern. Wir können unseren Weg wählen, oder wir können ihn uns aufzwingen lassen.

LEYR: Gut. Vielleicht hat sich bei meinem hohen Alter mein Gehirn erweicht ... aber ich werde diesen jungen Angeber Imidol herausfordern.

MAYVAR: Und du, Minanonn?

MINANONN: In dem Fall, daß Nodonn geschlagen wird, seht ihr mich als Verbündeten eurer Sache, indem ich mit

Kuhal Erderschütterer um die Führung der Psychokinetiker kämpfe.

MAYVAR: Du hast die Macht. Du bist einmal Schlachtenmeister gewesen.

MINANONN: Das ist fünfhundert Jahre her, in der Zeit vor meiner Erleuchtung. Und du kennst mich schlecht, Königsmacherin, wenn du meinst, ich würde meine Prinzipien jetzt opfern und von neuem zum Schlächter werden.

DIONKET: Um dem Abschlachten ein Ende zu bereiten!

MINANONN: Nicht einmal dafür.

MAYVAR: Und wenn die Gilden-Präsidentschaft in einer friedlichen Manifestation der Kräfte anstelle eines Kampfes entschieden werden könnte?

MINANONN: Das wird unter der Regierung Thagdals niemals geschehen.

MAYVAR: Aber wenn unsere Faktion eine Änderung der Regeln unter einem neuen König erzwingt?

MINANONN: Dann wäre ich gern zur Teilnahme bereit. Doch bis dieser unwahrscheinliche neue Tag heraufdämmert, muß ich Abschied von euch nehmen, Schwestern und Brüder. Ich fliege zu meinem Verbannungsort in der Wildnis zurück. Lebt wohl!
(Er geht.)

BUNONE: Bis wir uns wiedertreffen, lieber Bruder Häretiker! Wenn unsere Faktion das Vielfarbene Land kontrolliert und ich meinen Kriegsunterricht aufgebe, um mich weiblichen Künsten zu widmen.

ALBERONN: Das kann leicht soweit kommen, Lady. Du brauchst nur auf weitere Feldzüge mit Aiken Drum zu gehen.

BUNONE: Pfui über dich, kreativer Bruder, daß du die Gefühle der Königsmacherin nicht achtest!

MAYVAR: Ich habe keine Illusionen über die sexuelle Treue meines menschlichen Protegés. Ich sehe ihn, wie er ist.

DIONKET: Tana helfe uns, wenn du es nicht tust.

LEYR: Ja – wie ist es damit, Königsmacherin: Was geschieht, wenn dieser Betrüger seinen eigenen Weg einschlägt, sobald wir ihn auf den Thron gesetzt haben?

BLEYN: Dann können wir alle in Minanonns Höhle in der katalanischen Wildnis ziehen.

MAYVAR: Er *ist* würdig! Dessen bin ich gewiß! Unter ihm werden wir imstande sein, eine neue Ära zu inaugurieren. Der einzige zweifelhafte Faktor war der Einfluß Gomnols – und Gomnol ist tot. Jetzt, wo das Zeitportal geschlossen ist, werden wir nach und nach die Emanzipation der Grauen, das Ende unfreiwilligen Beischlafs durch Menschenfrauen, die Einstellung der Jagd und endlich auch den Frieden zwischen Tanu und Firvulag herbeiführen. Was unter dem Thagdal oder Nodonn unmöglich war, ist nicht nur möglich, sondern gewiß, wenn Aiken Drum König des Vielfarbenen Landes ist.

SUGOLL: Laßt uns von anderen sprechen, die dies Land ebenfalls bewohnen!

GREG-DONNET: Oh, hört! Dies ist wunderbar – und so *logisch,* vom eugenischen Standpunkt aus! Ich konnte mich vor Begeisterung nicht lassen, als Katy zu mir kam. Natürlich sind sie und Sugoll nur ein Symbol für das, was folgen mag, wenn die alten rassischen Vorurteile niederbrechen. Aber später – die Ergebnisse werden der Einführung von Aikens Genen sehr ähnlich sein, da eine optimale Verbesserung des metapsychischen Phänotyps ...

LEYR: Zum Teufel, über was schwatzt dieser kleine Kapaun?

KATLINEL: Über Sugoll und mich, Vater. Die Verschmelzung aller drei Gen-Pools.

LEYR: Katy?! Willst du mir erzählen, daß du und dieser – dieser Firvulag ...

KATLINEL: Heuler.

SUGOLL: Mein Körper ist natürlich eine Illusion. Wie auch alle meine Untertanen bin ich ein Mutant. Katy akzeptiert mich, wie ich bin. Und auch zwischen uns, erwählter Schwiegervater, soll es keine Maskierung geben. Sieh her!

LEYR: (!) Barmherzige Tana.

GREG-DONNET: Ihre Kinder werden schön sein. Auf jeden Fall die Seelen ihrer Kinder. Und ich reise mit ihnen noch heute nacht ins nördliche Land, um mir die teratogenische Sache anzusehen und festzustellen, ob sich daran nicht ein bißchen herumbasteln läßt. Wie dem auch sei – ein Ungeheuer ist, wer wie ein Ungeheuer handelt.

LEYR: Katy ... oh, Katy.

DIONKET (sie umarmend): Meinen Segen, kreative Tochter. Und dir, Lord der Heuler. Du nimmst die Blume unserer Hohen Tafel mit dir. Sei zusammen mit ihr eine Brücke!

SUGOLL: Eine dreifältige, wollen wir hoffen. Lebt wohl! (Er geht mit Katlinel und Greg-Donnet.)

BUNONE: Kopf hoch, Leyr! Wenigstens sind sie aus diesem Durcheinander heraus. Du kannst deinen Dampf bei Imidol ablassen. Mir persönlich gefällt dieser Sugoll recht gut. Sehr viel Stil für einen Firvulag ...

MARY-DEDRA: Dann tun wir nichts anderes als warten? Auf den Sieg Aiken Drums?

ALBERONN: Einige von uns müssen während der Hohen Mêlée die aktive Rolle in seiner Kohorte übernehmen. Es gibt zahlreiche Freiwillige, Bewunderer seines Heldenmuts, besonders unter den Mischlingen. Aiken Drum braucht jedoch auch Hauptleute, die seinem Banner folgen. Bleyn und ich haben uns ihm angeboten.

BUNONE: Ich mich ebenfalls.

LEYR: Oh, warum nicht? Darauf kommt es auch nicht mehr an, jetzt, wo die Welt auf den Kopf gestellt wird ... Aber da ist noch eine Tradition, die sie nicht anzutasten gewagt haben: Das Privileg des Kriegers! Wie ist es, Kämpfer? Eine kleine praktische Vorbereitung auf den Großen Wettstreit, he?

ALBERONN + BLEYN + BUNONE: Privileg des Kriegers! Keine Nichtkombattanten zugelassen! Rollt die Fässer heraus!
(Sie gehen.)

DIONKET: Wir übrigen haben andere Arbeit zu tun.

CREYN: Und darf ich dich erinnern, Lord-Heiler, daß ein Teil dieser Arbeit noch heute nacht vollendet werden muß?

MAYVAR: Hast du es geholt, Mary-Dedra?

DEDRA: Es ist hier, Lady Königsmacherin, in diesem goldenen Kasten.

MAYVAR: Dedra als Mensch kann es ohne Gefahr berühren. Öffne den Kasten und zeig es uns, Kind!

DIONKET + CREYN: Ah!

DEDRA: Es war da, wo Elizabeth es ferngespürt hatte, versteckt hinter einer Granitbank in einer dunklen Ecke des

Hinterhofs vom Koerzierer-Haus. Lord Gomnol muß es dort selbst vor langer Zeit als Waffe gegen – irgendwelche Leute verborgen haben. Niemand hat mich gesehen, als ich es wegnahm.

CREYN: Und stimmt es auch, Lord-Heiler, daß man mit diesem Werkzeug aus Blutmetall Ringe von Menschen gefahrlos entfernen kann?

DIONKET: Ich habe es von Elizabeth, die es von Madame Guderian selbst erfuhr. Silberne wie Graue sind mittels des Eisens im Norden befreit worden. Was die Gefahrlosigkeit der Operation betrifft ... das hängt von der individuellen Reaktion auf die Entfernung ab. Wir wollen Sukey das Werkzeug geben und hoffen, daß ihre redigierende Kraft ausreicht. Wenn ihnen die Flucht geglückt und sie sicher ist, daß sie Stein nicht zu seinem eigenen Besten zu koerzieren braucht, wird sie seinen Ring durchschneiden und ihn so für immer davor bewahren, daß Tanu ihn beeinflussen oder seine Gedanken lesen können.

MAYVAR: Aber *ihr*, der armen Kleinen, wollen wir eine bessere Möglichkeit geben. Das ist der Wunsch unseres künftigen Königs.

DIONKET: Ich verstehe. Gold anstelle des Silbers, das sie jetzt trägt. Sie würde ihre metapsychischen Fähigkeiten behalten und trotzdem frei sein, während ihr Gefährte ein Bloßhalsiger bleibt. Und sie muß die Wahl selbst treffen ... Dieser unser potentieller Kronprinz ist ein Teufel!

MAYVAR: Es ist spät. Lange nach Mitternacht. Wir müssen handeln!

CREYN: Ich werde sie holen. Sie werden mir vertrauen – sogar Stein.

DIONKET: Culluket ist nicht da. Er nimmt an einer verfrühten Siegerehrung der Heerschar teil. Es wird ungefährlich sein. Und Elizabeth wartet bereits auf dem Berggipfel.

DEDRA: *Elizabeth?*

MAYVAR: Wir mußten den Plan für die Befreiung Steins und seiner Frau ändern. Ein Boot könnte zu leicht abgefangen werden. Und Elizabeths Heißluftballon trägt drei Personen.

Das Hellad, das die Kalesche zog, wieherte vor Überraschung, als es den dunklen Gipfel erreichte und das riesige Ding sah, das dort verankert war und in einem leichten Westwind schwankte.

»Creyn?« Elizabeth stand neben der Gondel. Ihr roter Jumpsuit sah im Licht des zunehmenden Monds ebenso schwarz aus wie der rote Ballon.

»Veranlasse Stein zu Gehen, Elizabeth! Ich helfe Sukey.«

»Mir fehlt nichts«, behauptete Sukey und kletterte von dem Wagen herunter. »Ich hielt es nur für sicherer, wenn Stein bewußtlos ist ...«

»Ich habe ihn«, sagte Elizabeth. »Der Ballon ist startbereit. Gott sei Dank, daß du ein kleines Persönchen bist, Sukey. Es wird ein bißchen voll werden, aber das geht schon, wenn wir Stein, solange wir in der Luft sind, ruhig halten.«

»Elizabeth ...« Creyns Stimme brach.

»Hinein mit dir, Stein! Jetzt du, Sukey. Nein – faß das Seil nicht an! Es öffnet die Manövrier-Ventile, bläst heiße Luft ab, die wir zum Aufsteigen brauchen.«

Der hochgewachsene Fremde stand immer noch neben dem Wagen. Das Hellad ließ den Kopf hängen. »Elizabeth!«

»Ja, Creyn?« Sie näherte sich ihm, dachte, er wolle ihr Lebewohl sagen.

»Brede ... hat mich beauftragt, dir zu erklären, daß ... sie *das* nicht vorhergesehen hat. Auch haben wir anderen es nicht geplant. Glaub mir! Die Zelle neben der von Stein und Sukey ... ich konnte nicht übersehen, daß sie kaum noch bei Verstand ist, mag ihr Körper auch unverletzt sein, und daß der Wettstreit sie ganz in den Wahnsinn treiben würde, ob sie ihn physisch überlebte oder nicht. Und im Gedanken daran, daß sie deine Freundin gewesen ist ... fragte ich Brede um Rat. Sie sagte, die Entscheidung müssest du selbst treffen.«

Er hob eine Decke. Zusammengerollt auf dem Boden der Kutsche, zart und verwundbar wie ein schlafendes Kind, lag Felice.

Er fuhr fort: »Du könnest Sukey die Kenntnisse über das Ballonfahren einspeisen ... für eine Großmeisterin ein paar Minuten Arbeit. Das Risiko für die drei wäre sehr gering ...«

Brede!!!

Ich höre Elizabeth.

Das ist dein Werk!

Es ist wie Creyn gesagt hat. Ich habe es nicht vorhergesehen, nicht geplant. Es ist das Werk der Göttin. Gottes. Nein. Nein! Oh – *verdammt* sollst du sein! Sollt ihr alle sein!

Der Ballon stieg auf, schwebte ungesehen vor dem Westwind über die Lichter von Muriah. Als er über der Großen Lagune an Höhe gewann, geriet er in eine Windschere. Die halb lenkbare Hülle erschauerte, für einen Augenblick in entgegengesetzten Luftströmungen gefangen. Der weitere Aufstieg brachte sie voll in den anderen hinein.

Sie wechselte die Richtung, weg von Korsika-Sardinien, und segelte nach Südwesten, auf die Meerenge von Gibraltar zu.

3

Sie warteten auf die Morgendämmerung.

Tanu und Firvulag und ringtragende Menschen hatten sich in Pracht und Herrlichkeit auf der Ebene versammelt. Sie war jetzt perlfarben wegen des traditionellen Nebels von Duat, den die Kreatoren beider Kampfgesellschaften als Himmelsbaldachin beschworen hatten. Ein tief dröhnender Laut, teils Grollen und teils Mollakkord, schwoll in der stillen Luft an. Die Firvulag-Zuschauer, die buntgemischt mit den Tanu- und menschlichen Nichtkombattanten an den Seitenlinien standen, sangen ihre alte Ouvertüre zu dem Wettstreit.

Firvulag-Krieger in Obsidian-Rüstungen, ganz mit Gold und Juwelen bedeckt, bildeten eine über 20000 Mann starke Truppe aus Zwergen und Riesen und mittelgroßen Recken. Einige trugen ihre grauenhaften Bildstandarten, andere hielten nackte Waffen. Ihre großen Kriegshauptleute drängten sich in der Nähe der nach Osten gehenden Bühne, wo sich die königlichen Hoheiten beider Rassen versammelt hatten. Auf der anderen Seite der marmornen Plattform wartete die Tanu-Armee. Voller Verachtung für das formlose Verhalten ihrer Schattenbrüder hatten sie sich in eleganten Reihen entsprechend ihren Gilden aufgestellt: die Fernwahrnehmer in Violett und Gold, die blauen Koerzierer, die kämpfenden Redakteure in Rubinrot und Silber, die in Beryllium-Grün gerüsteten Kreatoren und die Psychokinetiker in glühendem Rosa-Gold. Im vordersten Glied des Fernwahrnehmer-Bataillons reckte sich ein unverschämter kleiner Mensch zwischen hochaufragenden juwelenschimmernden Champions. Seine Rüstung aus goldglitzerndem Glas war mit Amethysten und gelben Diamanten geschmückt, sein Mantel war einfarbig schwarz mit violettem Rand. Hoch hielt er sein Banner mit dem merkwürdigen Emblem.

Das Licht im Osten wurde hinter dichtem Nebel heller. Die Kette des Schweigens klirrte.

Eadone Wissenschaftsmeisterin löste sich aus der Gruppe Erhabener Personen und hob irgendein kleines Instrument an die Augen. Thagdal und Yeochee standen unmittelbar hinter der Dekanin der Gilden, der Tanu-Monarch in eine blau-weiße Diamantenrüstung, der Firvulag in scharf facettiertes Schwarz gekleidet.

»Der erste Tag beginnt«, erklärte Eadone, verbeugte sich vor den Königen und trat beiseite.

Thagdal winkte. Nodonn Schlachtenmeister kam, den beiden Souveränen zu salutieren. Ihm folgte der gigantische Sharn-Mes der Junge Champion – der als Vertreter der Verlierer im Wettstreit des vorigen Jahres bei dieser Eröffnungszeremonie nur eine Nebenrolle zu spielen hatte. Nodonn trug eine Glaswaffe ähnlich den großen zweihändigen Schwertern, die bei beiden fremden Rassen in Gebrauch waren. Aber dies Schwert hatte einen großen flammenden Korbgriff, und ein dünnes Kabel führte von seinem Knauf zu einem Kasten am Gürtel des Schlachtenmeisters.

Schimmernd wie ein Nordlicht bot Nodonn das Schwert formell Thagdal an. Der König lehnte es mit ebensolcher Feierlichkeit ab und sprach: »Sei du unser Vertreter. Öffne den Himmel diesem Großen Wettstreit!«

Nodonn drehte sich um, dem Osten und der verschleierten Sonne zu. Er hob die Photonenwaffe. Ein gleißender smaragdgrüner Strahl stach in die niedrighängende Wolkendekke, durchdrang das Grau und erlaubte einem sich verbreiternden Keil strahlenden Sonnenlichts, seinen Beschwörer, die beiden Könige, den hinter ihnen stehenden Firvulag-General und den Rest der Erhabenen Persönlichkeiten auf der Plattform zu beleuchten. Krieger und Nichtkombattanten zusammen sangen das Lied, der schwebende Tanu-Chor kontrapunktiert von den tieferen, sonoreren Stimmen der Firvulag. Der Riß in der Wolkendecke wuchs, wie es immer gewesen war in Tausenden von Jahren auf dem nebligen Planeten Duat, wo die alten Rivalen daran gewöhnt gewesen waren, sowohl mentale Kräfte als auch Laserstrahlen zu benutzen, damit sie bei ihrem jährlichen rituellen Krieg bestimmt einen sonnigen Himmel hatten.

Das Lied endete. Das Gewölbe des Pliozän-Himmels leuchtete blau über der Weißen Silberebene. Kämpfer und Zuschauer brachen in lauten Jubel aus, und der erste Tag des Großen Wettstreits begann.

Felice erwachte zur Stille. Physisch. Mental. Emotional.

Sie fand sich halb sitzend, halb liegend auf dem Boden eines engen Behälters wieder, gegen den Körper einer schlafenden jungen Frau gedrängt, einer Goldträgerin in aufgelöstem Zustand. Felice hatte sie nie zuvor gesehen. Wie eine herkulische Statue stand ein Mann beinahe über ihr, doch er blickte in die Ferne und sein Geist war singende Leere. Er kam Felice bekannt vor.

Aber er war nicht der gehaßte Geliebte, nicht er.

Auf Menschenart haarige Beine stiegen zu einer schmutzigen grünen Tunika auf. Eine Taille, umschlungen von einem mit Bernstein besetzten Gürtel. Breite, gekrümmte Schultern. Auf dem gepolsterten Geländer des Kastens liegende Hände. Unbeweglicher schlichter blonder Kopf.

Über ihr der flammende Bratrost in der Öffnung eines knallroten Schlundes. Ein blauer Himmel.

Was? Eine neue Belustigung des Folterers? Aber *sein* Geist war nicht mehr bei ihr. Er war fort, und sie war geblieben. Die Kraft war ihr gegeben worden, und sie blieb.

Das Bratrost-Ding hatte eine eigentümlich komplizierte Struktur und verströmte solche Hitze, daß die Luft auf Meter im Umkreis flimmerte. Es war an der Spitze eines Dekamol-Rahmens angebracht, und dieser war an dem Dekamol-Behälter befestigt, in dem sie und die beiden anderen gefangen waren. Silbrige Kabel hingen von einem großen Ring um das rote Maul, und auch diese führten zu ihrer oben offenen Zelle. Neben Felice stieß aus der Wand ein dickes Brett vor. Sie richtete sich unter Schmerzen auf und erkannte eine Reihe von Digital-Anzeigen:

HÖHE 2104,3; BODENFREIHEIT 2596,1; ABMASS + 0,19; UMWELTBEDINGUNGEN 77 (grün); ATMOSPHÄRE 17,5; POSITION 37:39 N, 00:33 O; BODENGESCHWINDIGKEIT 66,2; KOMPASSRICHTUNG 231; BRENNSTOFFRESERVE 2299,64 WÄRMEEINHEITEN, MITTLERE GREENWICHZEIT 07:34:15

Sie und Stein und die Frau waren in Elizabeths Ballon.

Frei.

Felice zog sich in die Höhe und stellte sich neben den bewegungslosen Mann. Es war absolut nichts davon zu spüren, daß sie sich bewegten, kein Luftzug, nichts. Der Hitzegenerator über ihren Köpfen war stumm, aber wenn sie die Ohren anstrengte, konnte sie ein ganz leises Knattern hören, wenn heiße Luft innerhalb der halb lenkbaren Hülle wirbelte, und ein ganz feines Surren, wenn ein Ventil sich kurz öffnete und dann schloß.

Frei. Und ihr Verstand ...

Fingerspitzen berührten den kalten grauen Ring um ihren Hals. Sie lächelte, löste den Verschluß, nahm den toten Ring ab, hielt ihn über die Reling der Gondel und ließ ihn in das tiefe Becken des Leeren Meeres fallen.

Jetzt wachse, geliebtes kleines Ding.

Der Kern ihrer Identität, eingeschlossen in das Gehirngewölbe, so zart, so täuschend mager, öffnete sich. Psychoenergien rauschten in schwindelerregenden Strömen hervor. Die Strukturen, die Wunden, der Abfall von der Arbeit des Folterers, der den Wahnsinn vorherzusagen schien (so hatte Creyn der Redakteur geglaubt), alles wurde hinweggefegt. Ein phantastisches neues Gebäude, ihr von dem Geliebten ohne Absicht als Vermächtnis hinterlassen, erhob sich in Glorie. Es dehnte sich aus, füllte sich, und im Wachsen heilte es und stellte wieder her und organisierte neu. In Sekunden nur entwickelte sich der mentale Sämling zu einem reifen und handlungsfähigen Psycho-Organismus. Sie war ganz. Sie war operant. Und er hatte es bewirkt! Sie war koerzibel, psychokinetisch, kreativ, fernwahrnehmend – alles dank ihm. Zerstörung wollend, hatte er Leben erzeugt. Indem er sie zum Beinahe-Nichts zermalmte, hatte er sie in die Einheit gezwungen (wenigstens darin hatte die arme Amerie recht gehabt).

Sie erhob sich in die Luft und ins Entzücken. Dankbarkeit wärmte sie. Sie liebte ihn mehr denn je und dachte darüber nach, wie sie ihre Dankbarkeit zeigen könne. Hinausgreifen? Nein, noch nicht. Aber später. Damit der Geliebte und seine ganze Sippe erfuhren, was sie getan hatte, kurz bevor sie alle starben.

Die Methode ...

Sie blickte über weite Entfernungen hinweg. Eine Rückkehr nach Muriah, zu der Weißen Silberebene, zum Wettstreit war ausgeschlossen. Sie war vielen von ihnen in direkter Konfrontation gewachsen, aber nicht ihnen allen. Und es mußten alle sein.

Unter dem schwebenden Ballon verengte sich die Südliche Lagune zu dem langen Fjord, der im frühen Pliozän südlich von Cartagena lag. Milchiges Wasser, matt schimmernd im frühen Sonnenlicht, hatten Felices grauen Ring verschluckt. Die Alkali-Ebenen waren gesprenkelt mit erodierten Vulkankegeln, von denen gezackte Wälle aus alter Lava ausstrahlten. Wo die kurzen spanischen Flüsse von den Betischen Kordilleren niederfielen, waren die Ufer mit schwarzen und braunen und zinnoberroten alluvialen Fächern gefleckt. Hinten rechts lag Aven. Die Drachenberge in seinem Mittelteil waren im Dunst gerade noch sichtbar. Irgendwo auf der anderen Seite des Halbinsel-Halses mußte die große Stadt Afaliah mit ihren fruchtbaren Pflanzungen liegen.

Waren menschliche Diener gerade jetzt dabei, Herden zu hüten oder Ramas beim Erzabbau in jenen Bergen zu beaufsichtigen? Würden sie den dahintreibenden Punkt des Ballons als das erkennen, was er war? Wahrscheinlich nicht –

aber Felices illusionsspinnende Kraft machte die große rote Hülle für alle Fälle unsichtbar. Firvulag? Es mochte wilde in den betischen Hochländern geben, die es verschmähten, am Wettstreit teilzunehmen. Doch bei dieser Entfernung stellten sie keine Bedrohung dar, und ihre Fernsprech-Talente waren so schwach, daß es ihnen bestimmt nicht gelang, Alarm zu senden. Tanu? Keine. Sie waren beim Großen Wettstreit. Alle. Alle versammelt auf der salzigen Ebene tief im Leeren Meer ...

Ja, natürlich.

So mußte sie es machen. Es war die passende Methode, wie eine umgekehrte Geburt, beginnend mit dem Fluß des Fruchtwassers. Es würde nicht leicht sein, nicht einmal für sie, so wie sie jetzt war. Aber – ja! Stein war Planetenkrustenbohrer gewesen. Er mußte die großen Fehler der Erde, die Zonen der Instabilität kennen.

Sie lächelte zu ihm hoch. Die leuchtend blauen Wikingeraugen starrten blicklos geradeaus. Alle fünf Sekunden blinzelten sie langsam. Der bewußtlose Verstand war unter Elizabeths Dämpfern mit sich in Frieden. Jetzt konnte Felice die Arbeit der Großmeisterin bewundern, die alle Schaltkreise des grauen Rings bis auf die zur Erhaltung des Lebens notwendigen nebengeschlossen hatte. Es waren ernste Fehlfunktionen in Steins Gehirn zurückgeblieben, doch sie konnten geheilt werden.

Und die kleine Frau? Seine Frau natürlich. Behutsam sondierte Felice die geheimen Stellen in Sukeys schlafendem Geist. Nach einiger Zeit fand sie den sorgsam verborgenen Grund, der Stein veranlassen würde, ihr bei der Ausrottung der Tanu-Rasse zu helfen.

Das Land unter ihnen wurde schnell schmaler. Der Fjord, tief und blau, schlängelte sich durch eine alte vulkanische Region, die Europa mit Afrika verband. Erodierte Aschenkegel, Aschenbetten und Gebiete mit dunklem Schutt bildeten eine Art Schwelle über diesen Teil des Mittelmeerbeckens. Westlich von der Barriere, die der Fjord durchschnitt, unterhalb der Gegend, die von den Bewohnern der zukünftigen Erde die Costa del Sol genannt werden würde, war eine ziemlich große Niederung. Dort lag die von Inselchen durchsetzte Große brackische Marsch mit ihren Gebieten offenen Wassers, wo Bryan und Mercy einmal mit ihrer Yacht geankert hatten. Weiter westlich kamen Sandbänke und dann gleißende Alkali-Wüsten. Der aktive Vulkan von Alborán reckte sich inmitten öder Wildnis hoch und rauchte verdrossen. Hinter ihm war ein tiefes Verdunstungsbecken zu sehen und dann die abrupte Südkurve der Betischen Bergkette, die sich den beiden Kontinenten an dem engen und steilen Isthmus von Gibraltar anschloß.

Ein dünner Wald wuchs an den Ufern des Fjords. Er sah nach einem einsamen und angenehmen Halteplatz aus.

Felice durchforschte noch einmal Sukeys Geist und entnahm ihm die einfachen Manöver, derer es bedurfte, um den Ballon zu landen. Hitze vermindern und abstellen, Ventile betätigen, mit mentaler Kraft die in geringer Höhe vagabundierenden Winde ablenken, die den Ballon in ein unerwünschtes Areal zu treiben drohten. Da! Hinein in einen geschützten Winkel unter einem der alten Vulkankegel. Frühlingsgrünes Gras und aschige Erde. Der Boden der Gondel berührte den Grund, hob sich, kam sicher zur Ruhe. Felice hielt die Hülle mit ihrer PK in Position und zog das Deflationsseil. Der Scheitelpunkt öffnete sich, und der schwellende rote Stoff stieß heiße Restluft aus. Ein normaler Mensch hätte eine Leine ergriffen und wäre hinausgesprungen, um die noch steife Hülle zu sichern oder völlig von Luft zu befreien. Aber Felice mit ihrer Meisterklasse-Psychokinese senkte das Ding einfach mittels Geisteskraft. Die Berührung eines Knopfes löste die Entleerung der strukturellen Glieder der Hülle aus. Innerhalb weniger Minuten hing der Dekamol-Beutel des roten Ballons ordentlich an einer Seite der Gondel, flach und luftleer.

»Alles aufwachen!« rief Felice munter. »Zeit zum Frühstücken!«

Bryan war in einer komfortablen Suite im obersten Stockwerk des Hauptquartiers der Redaktionsgilde gefangengehalten worden. Das Schlafzimmer war fensterlos und in die Flanke des Berges hineingebaut. Doch das Wohnzimmer hatte einen Balkon mit Blick über den südlichen Teil Muriahs und die

Obstgärten, Olivenhaine und Vorstadt-Villen, die sich vom Rand der Stadt bis zur Spitze der Landzunge erstreckten, wo Bredes Häuschen stand. Dahinter krümmte sich die Weiße Silberebene. Den Wettstreit konnte Bryan natürlich nicht sehen. Das Feld für den rituellen Krieg lag beinahe drei Kilometer entfernt und unterhalb des Randes der Halbinsel. Aber als die Sonne höherstieg, wurden gelegentlich Lichtblitze von spiegelnden Gegenständen zurückgeworfen, und hin und wieder, wenn der Wind sich drehte, meinte er, ferne Geräusche von Donner und Musik zu hören.

Um die Wahrheit zu sagen: Dr. Bryan Grenfell war schwer enttäuscht, daß er den Großen Wettstreit verpaßte, obwohl ihm der finsterschöne Culluket erklärt hatte, er werde später bei der Festlichkeit eine ganz besondere Rolle spielen und müsse deswegen der Bühne fernbleiben, bis seine Zeit gekommen sei. Aber fast jeder Anthropologe betrachtet ein rituelles Spektakel mit Entzücken, und Bryan, dessen Spezialgebiet ihn für gewöhnlich beim eifrigen Studieren von Statistiken und anderen weniger farbigen Manifestationen der Kultur festhielt, war im Grunde närrisch auf ein eindrucksvolles Schauspiel. Er hatte sich auf diesen stilisierten Kampf zwischen den fremden Rassen gefreut ... aber hier saß er einsam und allein auf dem Balkon und trank helles Glendessary, und die Sonne war immer noch auf der falschen Seite der Ranock. Währenddessen war so gut wie jeder andere menschliche oder fremde Einwohner Muriahs draußen und rief Beifall bei den einleitenden Sportereignissen, die unten auf dem glitzernden Salz stattfanden.

Sie kam durch die geschlossene Tür, sah ihn und lachte.

»Mercy!«

»Ah, dein Gesicht, mein Geliebter! Dies liebe, erstaunte Gesicht!«

Sie lief auf ihn zu, kirschrotes und goldenes Spinngewebe flatterte hinter ihr her, und faßte sein Gesicht, um ihn zu küssen. Ihr verdrahteter und mit Juwelen besetzter Kopfputz war so kunstvoll, daß Bryan das Gefühl hatte, zusammen mit ihr in einem phantastischen Vogelkäfig gefangen zu sein, wo baumelnde Ornamente klingelten und klirrten. Das kastanienbraune Haar von einer goldenen Kapuze bedeckt, wirkte sie unvertraut, fremd: Lady von Goriah, Gemahlin des gottähnlichen Schlachtenmeisters, Anwärterin auf das Präsidentenamt der Kreatoren – all das konnte sie leicht sein. Aber wo war seine Dame, die vorüberkam?

»Wirrkopf«, sagte sie. Es schnappte, und sie stand verwandelt da, gekleidet in das einfache lange Gewand des Porträts, das er an seinem Herzen getragen hatte.

»Und ist das besser?« fragte sie. »Kennst du mich jetzt?«

Er schloß sie in seine Arme, und es war (wieder) wie immer, das Emporschweben ins Licht und der unvermeidliche Fall in die Dunkelheit, aus der er jedes Mal ein bißchen später zurückkehrte.

Sie setzten sich draußen auf einen überdachten Diwan, als er sich erholt hatte, und er erzählte ihr, wie er mit Hilfe des Porträts nach ihr hatte suchen wollen und wie merkwürdig die Leute, denen er es zeigte, reagiert hatten. Darüber lachten sie.

»Ich versuchte, mir dein Leben im Pliozän vorzustellen, als mir der Computer damals in der Auberge dein Porträt gab«, fuhr er fort. »Du und dein Hund und die Schafe und die Erdbeerpflanzen und alles. Ich stellte mir dich in irgendeiner idyllischen Pastorale vor ... und ich fürchte, es hat sogar Zeiten gegeben, wo ich Daphnis war, und du warst Chloä, so dumm war ich.«

Von neuem lachten sie, und dann küßte sie ihn.

»Aber es war ganz und gar nicht so«, fuhr er fort. »Wie war es wirklich?«

»Du möchtest es unbedingt wissen?« Die meeresfarbenen Augen opalisierten an diesem Tag und waren von der Ekstase noch ein bißchen verschleiert. Als er nickte, berichtete sie ihm, wie es gewesen war – wie der Tanu-Prüfer in der Torburg erst staunte, dann erschrak über die Resultate der mentalen Bestandsaufnahme, die das gesamte Establishment in Aufregung versetzten. Wie ihr die noch nie dagewesene Ehre zuteil wurde, nach Muriah geflogen zu werden, wo die Mitglieder der Hohen Tafel ihr enormes kreatives Potential persönlich bestätigten.

»Und es wurde entschieden«, sagte sie, »daß ich, nachdem ich mit der Gnade des Thagdal gefüllt worden war, zu Lord

Nodonn gehen würde. Er kam, mich abzuholen, und seine Absicht war, mich zu einer weiteren seiner menschlichen Damen zu machen. Doch als wir uns gegenüberstanden ...«

Ein Lächeln winterlicher Befriedigung zuckte um Bryans Lippen. »Zauberin.«

»Nein ... aber er vermochte in meinem Gehirn die Unterschiede zu sehen. Auch Liebe war dabei. Nur hätte Nodonn mich nicht allein aus Liebe zu seiner wahren Gemahlin gemacht.«

»Natürlich nicht«, sagte Bryan trocken, und wieder lachte sie.

»Er und ich sind nicht so romantisch wie du, lieber Bryan!«

Nicht so menschlich, höhnte eine Stimme tief in seinem Inneren.

Mercy sagte: »Als wir in seiner Domäne Goriah eintrafen, hatten wir uns einander angelobt. Es war eine Märchenhochzeit, die die Erfüllung jedes wundervollen Traums zu sein schien, den ich je gehabt hatte. Ah, Bryan! Wenn du das hättest sehen können! Alle in Rosenfarben und Gold gekleidet, und die Blumen und das Singen und die Freude ...«

Er hielt sie fest an seine Brust gedrückt und blickte über ihren Kopf hinweg zum Horizont, wo die Lichtblitze zuckten. Er wußte, er starb an ihr, und daß es nichts ausmachte. Der Elfenliebhaber bedeutete nichts, ihre metapsychischen Kräfte bedeuteten nichts, es bedeutete nicht einmal ihr bevorstehender Aufstieg zur Hohen Tafel des Tanu-Adels etwas. Mit einem kleinen Teil ihres Herzens liebte sie ihn, und sie hatte versprochen, er dürfe bis zum Ende bleiben.

Sie unterbrach seine Gedanken mit einer drolligen Alltäglichkeit. »Deirdre hat Junge bekommen! Vier sind es, und sie treiben sich im ganzen Palast herum, die kleinen Teufel, schneeweiß und zu nichts als Unsinn aufgelegt. Glücklicherweise lieben wir Tanu Hunde.«

Er brach in Gelächter aus, und das holte ihn zurück in das immer noch unwahrscheinliche Hier und Jetzt eines strahlenden Morgens am 31. Oktober, sechs Millionen Jahre vor ihrer beider Geburt.

»Soll ich dir die Spiele zeigen?« fragte sie. »Ah, nein, Lieber«, kam die schnelle Erklärung hinterher, »ich kann dich im

Augenblick nicht hinunter zur Weißen Silberebene bringen. Aber ich kann Bilder des Geschehens projizieren, die wir uns gemeinsam ansehen wollen. Das wird ganz so sein wie eine verbesserte Drei-D-Sendung mit allen Empfindungen. Ich brauche erst morgen zu den anderen zurückzukehren, wenn die Manifestation der Kräfte stattfindet.«

»Und du wirst gegen Aluteyn kämpfen?«

»Ja, mein Lieber. Und ich werde ihn besiegen, hab keine Angst. Der arme Mann ist alt, über dreitausend, und müde. Seine Zeit ist gekommen. Er hat Nodonn so gut wie eingestanden, daß er sein Leben gern opfert.«

»Wird der Thagdal ebenso denken?« fragte er sie. »Aiken und Nodonn werden sich in diesem Wettstreit als Gegner gegenüberstehen. Ganz gleich, wer von beiden gewinnt, der Sieger muß den König selbst herausfordern. Ich kann mir nicht vorstellen, daß Nodonn den Thagdal nach einem Sieg über Aiken Drum weiterhin schonen wird.«

Mercy wandte die hellen Augen ab. »Sicher nicht. Wenn mein Lord siegt – und er muß siegen! – wird er König werden und die alten Bräuche wiederherstellen. Die Entwicklung ist ... zu weit fortgeschritten, als daß er einen anderen Kurs noch in Erwägung ziehen könnte.«

Einen bloßen Augenblick gewann der Wissenschaftler in ihm die Oberhand. »Mercy, es ist unmöglich, die alten Bräuche wiederherzustellen. Die Ankunft der Menschen, die Verfälschung der Tanu-Kultur durch unsere Technologie, die Vermischung der Rassen – das kann man nicht rückgängig machen! Nodonn muß das einsehen.«

»Still, Bryan! Schluß mit diesen unheilverkündenden Reden!« Sie bewegte die Hand, und das ferne Turnier erwachte mitten in der Luft hinter der Balkonbrüstung zum Leben. »Sieh nur! Wir wollen uns die Spiele gemeinsam ansehen, und dazwischen wirst du mich vor Aufregung immer wieder lieben. Aber fürchte nicht, daß dein zivilisiertes Empfinden über Gebühr angegriffen werden wird, denn am ersten Tag findet noch niemand den Tod. All die wundervolle Gewalttätigkeit dient nur der Sache des Sports.«

»Ich bin also zivilisiert?« Lachend fielen sie auf die Kissen zurück. Rings um sie tobten die einleitenden Wettbewerbe –

GIUSEPPE MANGONI

der Ritter-Tjost und das Wagenrennen und das Chaliko-Rennen der Tanu, eine regellose Art Hockeyspiel der Firvulag und die Gnomen-Version der Kleinen Leute einiger Hochland-Sportarten; die Tierkämpfe, bei denen Tanu und Firvulag und Goldring-Menschen bloße natürliche Geschicklichkeit gegen wilde Pliozän-Bestien einsetzten. (Bryan wollte seinen sich verschleiernden Augen nicht trauen, als er erkannte, wer der Gegner des Riesenaffen war.) Es folgte das Treffen der Kriegerinnen, bei dem Tanu- und goldberingte Menschenfrauen sich in der Arena mit grausigen Illusionen und mit echten Waffen maßen und ganz kurz vor der rituellen Enthauptung innehielten, damit die Verliererinnen noch rechtzeitig zu den wirklichen Feindseligkeiten, die übermorgen beginnen sollten, in der Haut wiederhergestellt werden konnten.

Bryan und Mercy sahen dem Schauspiel den ganzen Nachmittag und bis in die Nacht hinein zu, denn während der Zeit des Großen Wettstreits, wenn die Tage von Sonnenaufgang bis Sonnenaufgang dauerten, schien niemand zu schlafen. Und sie hatte recht damit, daß die Aufregung ihn entflammen würde, und als sie aufstand, um zu gehen, war er so erschöpft, daß er nicht aufzuwecken war.

»Oh, du hast wahrhaftig gefunden, was du gesucht hast«, sagte sie und küßte ihn auf die Stirn. »Deshalb wirst du mir meinen Anteil an dem Handel auch nicht mißgönnen, nicht wahr? Warte, bis sie kommen, dich zu holen, mein Lieber. Und wenn das vorbei ist, werden wir uns ein letztes Mal treffen.«

Sie stellte ihre herrliche Hoftoilette wieder her und entfernte sich durch die geschlossene Tür, wie sie eingetreten war.

4

Nach dem letzten Wagenrennen gab es ohrenbetäubende Jubelrufe von den Tanu-Sitzen, Blumengirlanden um die Hälse der drei blaugefärbten Chalikos und natürlich eine Trophäe und die Akkolade vom König persönlich. Nur die Buchmacher reagierten auf den Sieg mit verständlichem Ennui – nicht daß das Rennen getürkt gewesen wäre, aber welche Wetten konnte einer schon gegen die Königin abschließen? Man ließ sie das letzte Rennen immer gewinnen.

»Meine Glückwünsche, Nonnie.« Thagdal küßte sie, als sie aus dem vergoldeten Korbwagen stieg. »Du hast es ihnen wieder einmal gezeigt, altes Mädchen.«

Aber er hatte keine Lust, den Tanu-Jünglingen bei ihren Schwertkämpfen zuzusehen oder den von Menschen und Mischlingen veranstalteten Bootrennen, bei denen Fian Himmelsbrecher eine Brise heranpfiff und die edlen Damen ein köstlicher Schauer überlief, wenn gelegentlich ein Boot zerschellte. König und Königin diskutierten kurz darüber, ob sie dem Baumstammwerfen oder dem Schwerttanz der Firvulag beiwohnen wollten – denn es bestand immer die Chance, daß ein unvorsichtiger Teilnehmer den Bauch aufgeschlitzt oder einen Fuß abgehackt bekam. Doch nicht einmal diese unterhaltsamen Möglichkeiten zogen den König an.

»Am liebsten würde ich es mir einfach für eine Weile im Pavillon bequem machen«, gestand er. »Ich bin in scheußlicher Stimmung, Nonnie.«

Sie führte ihn weg. Sobald sie hinter der weißen Seide allein waren, wob sie metapsychische Schirme und löschte den Kirmesrummel aus. Sie bedienten sich beim Essen selbst, denn auf der Weißen Silberebene waren die kleinen Ramas nicht zugelassen, weil ihre empfindlichen Gehirne von den emotionalen Stürmen des Wettstreits hätten geschädigt werden können. Und die grauberingten Diener und die Bloßhalsigen hatten nach alter Tradition in dieser Zeit frei, damit sie den Spielen zusehen und ihrer Wettlust frönen konnten.

Der König aß nicht viel. Seine Besorgtheit war so offenkundig, daß Nontusvel ihn sich schließlich auf das königliche Feldbett niederlegen ließ, damit sie das bekannte Allheilmittel anwenden konnte. Und in dem folgenden enthüllenden Gemurmel teilte er ihr all die schlechten Neuigkeiten mit. Über den Abfall Katlinels und des Genetik-Meisters, worüber er unmittelbar vor der Öffnung des Himmels informiert worden war. Über die Botschaft aus dem Redaktionshaus, Stein, Aiken Drums Diener, sei zusammen mit seiner undankbaren Geliebten und Felice entflohen ... und Elizabeth auch.

»Es braut sich schreckliches Unheil zusammen, Nonnie. Die Zeiten sind schlecht und die schlimmsten kommen noch. Aiken Drum leugnet, irgend etwas über die Flucht zu wissen – würdest du das glauben? Culluket und Imidol bestätigen beide, der kleine Bastard spreche die Wahrheit! Aber wenn Aiken die Gefangenen nicht befreit hat, wer denn sonst? Und wo ist Elizabeth? Sie arbeitet nicht mehr mit den Heilern. Ist sie mit Felice gegangen? Oder versteckt sie sich und will sich im Wettstreit mit Aiken Drum verschwören?«

»Oh, Thaggy – das doch nicht! Elizabeth ist nicht aggressiv. Kurz nachdem sie hier in Muriah eintraf, hat Riganone das festgestellt.«

Der König hörte nicht zu und tobte weiter. »Und diese verdammte Katy! Was haben wir nicht alles für das halbmenschliche Ding getan, sie an die Hohe Tafel erhoben und so weiter! Und sie geht hin und beweist uns, wie recht Nodonn mit allem hat, was er über die Unzuverlässigkeit von Mischlingen sagt. Tana allein weiß, warum sie Greggy mit sich genommen hat, aber im Computer-Raum ist herumgepfuscht worden.«

Nontusvel fragte ängstlich: »Vermutest du, daß es Greggy gelungen ist, sich eine Kopie von Bryans Bericht zu besorgen?«

Thagdal kaute auf seinem kunstvoll geflochtenen Schnurrbart. »Wenn er das geschafft hat, ist er in einer guten Position, beide Enden gegen die Mitte auszuspielen. Die menschliche Mitte! Und du weißt, wer dort genau auf der Grenzlinie hockt und uns alle angrinst ...«

»Greg-Donnet ist zu lieb und schlicht, um sich in eine von Aiken Drums Intrigen verwickeln zu lassen – selbst wenn der Junge fähig wäre, Gefolgsleute um sich zu scharen.«

»Ha! Ich habe jetzt schon seit einiger Zeit Zweifel an der Schlichtheit des Verrückten Greggy. Und Aiken ist bei unserm niederen Adel beliebt, täusch dich da nicht! Hast du gesehen, wo er gegen den Affen kämpfen wird?«

Die Königin blickte erschrocken, und dann begann sie zu kichern. »Gegen den Gigantopithecus? Oh, Thaggy! Der schlaue kleine Teufel. Das darf ich nicht verpassen!«

»Niemand will es verpassen«, stellte der König düster fest. »Die Menge frißt dem kleinen Possenreißer aus der Hand, noch bevor er in den blutigen Kämpfen auftritt. Sie *mögen* den verdammten Zwerg, sage ich dir! Und wenn er erst mal richtig beginnt, in der Schlacht mit seinen Meisterklasse-Metafunktionen eine Show abzuziehen, werden sie ihn ebenso achten wie vergöttern. Er wird durch die Hohe Mêlée tanzen und einen guten Eindruck machen und genug Opportunisten unter seinem Banner versammeln, daß er Unterstützung für seinen Antrag auf ein Heldentreffen mit Nodonn hat.«

»Ein paar Dilettanten und Mischlinge aus der Stadt!«

Thagdal schüttelte den Kopf. »Er kann bereits auf drei Champions der Hohen Tafel zählen. Und Gruppen aus Roniah und Calamosk und Geroniah und Var-Mesk haben sich ebenfalls für ihn erklärt. Mayvar hat dafür gesorgt, daß alle Lords der Provinz über Aiken Drums goldene Eier Bescheid wissen.«

»Niemals werden sie diesen Clown Nodonn vorziehen!«

»Sieh den Tatsachen ins Gesicht, Nonnie! Unser Sohn, der Schlachtenmeister, hat Metafunktionen im Überfluß und mehr Federn auf seinem Helm als ich und mein ehrfurchtgebietender Vater und mein unaussprechlicher Großvater zusammen. Aber vom eugenischen Standpunkt aus ist er nicht gerade das Gelbe vom Ei. Und das ist alles, woran diese Hinterwäldler denken: Starke Gene, mehr Kinder, Bevölkerungswachstum, um uns im Vorteil gegenüber der Firvulag-Horde zu halten. Nein ... wir müssen realistisch sein. Wenn Aiken die Hohe Mêlée überlebt, wird er Nodonn in den Treffen aufs Korn nehmen. Und sollte er siegen, wird die ganze verdammte Gesellschaft den Jungen durch Akklamation als Schlachtenmeister akzeptieren. Dann werde ich um mein Leben kämpfen müssen.«

»Nodonn wird Aiken Drum schlagen«, erklärte die Königin. »Er ist dein designierter Erbe. Wenn nötig, kann er sich auf das alte Privileg berufen und das Schwert benutzen.«

Und nun mußte Thagdal eingestehen, daß Aiken den Speer besaß.

Danach saßen sie noch lange Zeit Hand in Hand. Jeder für sich dachte über das Ende nach und sagte sich schließlich, daß es erträglicher sein mochte, wenn sie es miteinander teilten.

Die Ballonfahrer entschlossen sich, wenigstens bis zum nächsten Tag am Fjord zu lagern. Felice versicherte Sukey, es sei keinem feindlichen Beobachter möglich, ihre illusorischen Verteidigungen zu durchdringen. Zudem lud sie Sukey ein, ihr Gehirn zu erforschen und etwas von den frisch aufgeblühten Wundern zu entdecken. Alles, was Sukey über die Ringhockey-Spielerin wußte, hatte sie aus zweiter Hand von Stein. (Dieses arme kleine Kind mit den großen braunen Augen und dem zerrissenen Hemd – *das* war die Kerle niederschlagende Lesbierin, die Stein in der Auberge kennengelernt hatte?) Alle Befürchtungen, die Sukey gehegt haben mochte, verflogen vor der Aura guten Willens und freundlicher Kraft, die Felices Geist ausstrahlte.

Eine Ruhepause von einem Tag (so meinte Sukey) würde ihnen Zeit geben, sich gegenseitig einzuschätzen, sich zu säubern und vernünftige Entscheidungen zu treffen, wohin es von hier aus gehen sollte. Vor allem bekam sie dadurch Gelegenheit, diese kitzlige Operation, die Entfernung von Steins Ring, durchzuführen.

Der Doppelhebel-Stahlschneider lag in einem Kasten der Gondel.

»Dann wird es mir gelingen, die Heilung seines Geistes zum größten Teil selbst durchzuführen, auch wenn sein Ring ab ist.« Ihre Scheu ließ Sukey zögern, bevor sie es Felice erklärte. »Da sind bestimmte mentale Verletzungen, die Elizabeth nicht beseitigen konnte, verstehst du. Sehr alte Traumata, verschlimmert durch den Ring. Aber dabei geht es weniger um Geschicklichkeit im Redigieren als um – Liebe.«

Felice lachte leise. »Stein ist ein glücklicher Mann! Wenn du willst, nehme ich den Schneider, damit du dich ganz auf seinen Verstand konzentrieren kannst. Wenn es notwendig ist, kann ich ihn auch zur Ruhe koerzieren.«

Sukey nickte. Beide beugten sich über Sein, der mit weit offenen Augen auf dem drahtigen Gras lag. Bei der Durchtrennung des Rings schrie der Riese auf. Aber der treusorgende Geist war da mit Seelenmörtel und Balsam und leitete Steins Psychoenergien in die von Elizabeth vorbereiteten Kanäle. Stein würde nicht unter Entzugssymptomen zu leiden haben. Die anomalen Gehirnschaltungen des Rings und alle

Spuren seines Eindringens schmolzen vor Sukeys heilender Kraft dahin. Gesünder, als er je gewesen war, lebte Stein Oleson.

»Das genügt für jetzt«, sagte Sukey. »Ich will ihn aufwekken.«

Steins Augen sahen sie. Lange Zeit sahen sie sonst nichts.

Felice verließ die beiden und ging, die Fjord-Landschaft zu studieren, die porösen Lavablöcke und die Massen noch nicht verfestigter Asche und die Schlacke, die eine magere Vegetation am Leben erhielt. Erst Stunden später – lange nachdem Felice ihrer aller Kleider gewaschen hatte und Sukey in einer kurzen Episode der Reaktion zusammengebrochen war, worauf Stein die Rolle des Trösters übernahm – begann Felice, in sachlichem Ton über ihre Pläne für den Völkermord zu sprechen.

Sie saßen in der Abenddämmerung um ein kleines Feuer. Die Jägerin hatte ihre Kraft beiläufig gezeigt, indem sie mit mentaler Energie ein Nagetier schoß, das einem kurzohrigen Kaninchen mit langen Hinterbeinen glich. Sie hatten es zum Abendessen geröstet, und zu dem süßen Biokuchen aus den Ballon-Rationen aßen sie leckere wilde Weintrauben. Stein und Sukey saßen satt und zufrieden und eng umschlungen da und hörten nicht richtig auf das, was Felice ihnen erzählte.

»... und die Ringefabrik ist durch unseren Angriff kaum beschädigt worden, und so ist die dritte Phase von Madame Guderians großem Plan unerfüllt geblieben. Die Menschheit kann immer noch durch die Ringe versklavt werden. Es spielt keine Rolle, daß das Zeitportal geschlossen worden ist. Versteht ihr? Die Tanu brauchen nichts weiter zu tun, als ihr Verbot der Fortpflanzung zwischen Menschen zurückzunehmen, und nach einiger Zeit wird der Vorrat an potentiellen Sklaven größer sein als je zuvor. Und glaubt nur nicht, daß allein ringtragende Menschen mit den Fremden zusammenarbeiten! Ihr hättet die bloßhalsigen menschlichen Kollaborateure heulen sehen sollen, nachdem wir Finiah vernichtet hatten. Diese Blödmänner zogen das Leben unter den Tanu vor!«

Stein sagte zu Sukey: »Wir könnten nach Bordeaux gehen.

Richard und ich waren der Meinung, dort würden die Exilbewohner leben, die den Wein lieben. Es könnte dort freie Menschen geben, wie Madame Guderians Haufen. Nur daß sie nicht mit eisernen Waffen Krieg führen, sondern einfach gemütlich leben. So im Robin-Hood-Stil. Ich würde uns eine hübsche Hütte bauen ...«

Felice unterbrach: »Du hast mir nicht zugehört.«

»Doch, Felice. Du könntest bei uns bleiben. Sukey und ich schulden dir viel. Ebenso alle anderen menschlichen Wesen im Exil. Was du mit deinen Freunden getan hast ...«

»Es ist uns nicht gelungen, die Arbeit zu beenden, Steinie. Solange diese Ringefabrik steht, ist kein bloßhalsiger Mensch vor der Versklavung sicher. Die Tanu werden mit ihrer Jagd hinter uns her sein, solange sie die Herrscher des Exils sind. Und denk daran, daß menschliche Verräter, die den Ring tragen, von Eisen nicht vergiftet werden. Sie sind nicht anfälliger dagegen als normale Bloßhalsige. Die Fliegende Jagd braucht nur verborgene menschliche Siedlungen aus der Luft auszuspüren und dann Trupps von beringten Menschen hinzuschicken, die die schmutzige Arbeit tun.«

»Ach, zum Teufel, es muß eine Gegend geben, die wild genug ist, um sicher zu sein. So viele Tanu können auch wieder nicht fliegen. Die großen Bonzen wie Nodonn werden sich nach Norden begeben, wo Guderian das Hornissennest aufgestört hat – nicht nach Bordeaux. Das ist eine gute Stelle. Richard und ich machten uns Sorgen über Räuberbanden aus gewöhnlichen Menschen im Pliozän. Verstehst du? Wir wollten uns als Operationsbasis einen sicheren Ort wählen. Deshalb setzten wir uns mit einem der Geologie-Experten in der Auberge zusammen und kamen auf Bordeaux. Da gibt es große Gezeitensümpfe mit Inseln guten, hochgelegenen Landes. Richard war der Ansicht, das sei ideal.«

»Weißt du, wo Richard jetzt ist?« Felice lächelte verträumt. »Ich weiß es. Ich kann ihn mit meiner neuen Kraft mühelos wahrnehmen. Er ist in dem Wrack eines fremden Fliegers auf einer festen Umlaufbahn neunundvierzigtausend Kilometer draußen und umkreist immer wieder die Erde mit der Leiche seiner Lady. Hin und wieder blickt er auf die Anzeigen des Lebenserhaltungssystems und lacht. Und es ist wirklich komisch, wenn man an sein Kostüm und all das denkt. Denn der Sauerstoff ist fast aufgebraucht.«

Sukey wurde vor Schreck hellwach und entzog sich Steins Armen. »O nein! Felice, wie kannst du – wie kannst du ihn auf so herzlose Weise verhöhnen? Richard war dein Freund!«

Zum ersten Mal wagte Sukey eine tiefe Sondierung von Felices Gehirn. Die mentale Lanzette zerschellte an undurchdringlicher Glätte. Sukey stieß einen leisen Schmerzenslaut aus.

»Laß das, Liebes! Ich möchte meine Gedanken lieber so lange für mich behalten, bis ich entscheide, daß ich sie enthüllen will. Ich glaube, das ist einfache Höflichkeit unter den Metas des Milieus. Richard ist unwichtig.« Und du ebenfalls, Redakteurin-Ehefrau, deshalb sei vorsichtig! »Aber Stein *ist* wichtig ... für einen bestimmten Plan, den ich im Sinn habe. Ich weiß, wie ich alle unsere Sorgen endgültig beseitigen kann.«

Stein und Sukey starrten sie an.

Felice erklärte: »Ich will alle diese Tanu-Bastarde ein für allemal auslöschen – während sie an ein und demselben Platz für den Großen Wettstreit versammelt sind. Und als Zugabe bekommen wir nicht wenige der Firvulag. Ich habe diesen Zwergen nie getraut, und Madame Guderian tat es auch nicht.«

»Wenn du damit rechnest, daß ich bei einer zweiten Invasion Muriahs mitmache, dann halt die Luft an, Schwester!« sagte Stein.

»O nein, Steinie. Es ist nichts in der Art.« Felices Finger liebkosten ihre Kehle. »Ich hatte einen goldenen Ring. Er machte mich operant und gab mir wundervolle Fähigkeiten. Und dann wurde ich gefangen, und die Tanu nahmen mir meinen Ring weg und versuchten, mich zu bestrafen. Aber die Folter war ein Schuß, der nach hinten losging, Steinie. Ich bin eine seltsame Person, mußt du wissen. Die Schmerzen machten mich voll operant. Ohne Ring. Ich bin ebenso gut wie die metapsychischen Welterschütterer des Galaktischen Milieus. Meine PK und Kreativität sind stärker als die jedes Tanu-Großen.«

»Wenn das nichts ist!« gab er zurück. »Dann kämpfe

dich beim Großen Wettstreit doch zur Königin der Welt hoch!«

Wieder das verträumte Lächeln. »Ich habe eine bessere Idee. Deshalb brauche ich ja deine Hilfe ... Ich will bei Gibraltar den Korken ziehen und den Atlantik in das Mittelmeerbecken lassen. Die Fremden wie Ratten in einem Faß ersäufen. Ich werde die Sprengung besorgen, und du sollst mir zeigen, wo ich ansetzen muß, damit die Wände niederstürzen.«

Dem Wikinger entfuhr ein unabsichtlicher Schrei des Frohlockens. »Und Pharaos Heer ertränken? Jesus Christus!«

»*Stein!*« jammerte Sukey.

»Ich dachte mir, daß dir das gefallen würde«, bemerkte Felice süß.

»Nein!« schrie Sukey.

Er nahm sie wieder in seine Arme. »Sei nicht töricht, Baby. Für was hältst du mich? Es sind menschliche Wesen in Muriah! Elizabeth und Raimo. Und Amerie und die beiden Männer, die zusammen mit ihr gefangen wurden. Und auch der Goldhosen-Junge. Er braucht einen kräftigen Tritt in den Hintern, das ist wahr – aber ertrinken soll er nicht.«

»Es ist so gut wie sicher, daß Aiken Drum im Großen Wettstreit Nodonn schlägt und König wird«, sagte Felice. »Glaubst du, er wird die Ringefabrik schließen? Oder die Sklaven befreien und sich all dieser vertrauenswürdigen menschlichen Untertanen berauben? Daß ich nicht lache!«

»Verdammt nochmal – die anderen!«

»Amerie und Peo und Basil wurden schrecklich verwundet. Sie sind so gut wie tot. Überleben könnten sie nur, wenn die Tanu sie in die Haut steckten. Und warum sollten die Fremden das tun? Sie haben vor, die Gefangenen bei den Menschenopfern in vier Tagen lebendig zu rösten.«

»Raimo ... Bryan«, protestierte Stein.

Felice lachte. »Auch sie sind Todeskandidaten. Laß uns sagen, sie haben geliebt und gelebt. Was Elizabeth angeht ... sie könnte sich selbst retten, wenn sie wollte.«

Steins Brauen senkten sich bösartig. »Du mußt sie rechtzeitig warnen. Sie hat Sukey geholfen, mich zu heilen. Sie hat uns ihren Ballon gegeben.«

Die kleine Athletin machte eine wegwerfende Handbewegung. »Na gut. Eine ferngesprochene Warnung, sobald die Sache im Gang ist und sie mich nicht mehr aufhalten kann.«

»Stein, das kannst du nicht tun!« rief Sukey. »Felice ist – unmenschlich!«

»Das stimmt«, gab das Mädchen zu. Sie schürte das Feuer mit einem langen Stock. Die Pyramide aus brennenden Kiefernästen brach unter einem Schauer orangefarbener Funken zusammen. »Und die Tanu und Firvulag sind ebenfalls unmenschlich! Wenn ich das Meer hereinlasse, werden die Tanu buchstäblich ausgelöscht und die Firvulag auf eine kontrollierbare Zahl reduziert. Freie menschliche Wesen werden dann immer noch gegen die Ringträger kämpfen müssen, die sich jetzt in den Städten des Festlandes befinden. Aber wenn die fremden Herren und die Ringefabrik verschwunden sind, haben wir wenigstens eine Chance. *Ihr* habt eine Chance.«

Ohne seine Frau anzusehen, sagte Stein: »Sukey – sie hat recht.«

»Steinie, was ist mit all den Menschen in Muriah, die ertrinken werden?«

Sein Gesicht war finster. »Alle, mit denen ich zu tun hatte, waren tanutreu bis zu den Zehennägeln.«

»Aber Felice spricht von der Ermordung beinahe hunderttausend lebender Personen! Du darfst ihr nicht helfen, Stein! Nicht wenn ... ich dir irgend etwas bedeute. Felice ist wahnsinnig! Culluket hatte sie eine Woche lang in Händen. Das ist genug, um ...« Sie brach ab und biß sich auf die Lippe.

Felice blieb ganz ruhig. »Er hat auch dich gefoltert, Sukey. Und du bist nicht wahnsinnig geworden. Hat sie dir davon erzählt, Stein? Über das Verhör, das die Königin anordnete? Möchtest du dich nicht an den Leuten rächen, die Sukey gefoltert haben?«

»Stein weiß alles, was Culluket getan hat!« rief Sukey. Plötzliche Furcht packte sie. Aber Stein wußte nichts über ...

»Und willst du dich nicht an Thagdal rächen, Steinie?«

Verwirrt meinte er: »An dem König? Aber warum? Er war immer ein netter alter Kerl. Ein richtiger Kumpel auf dem Delbaeth-Feldzug.«

»Felice, nicht!« flehte Sukey.

»Sukey hat dir nicht erzählt, was *vor* dem Verhör geschah, Stein. Sie wollte nicht, daß du eine Dummheit anstelltest und von den Tanu getötet wurdest ... oder von sonst jemand. Frag Sukey, wie die Königin die Sache mit der beabsichtigten Sabotage herausgefunden hat!«

»Hör nicht auf sie, Stein! Sie lügt!«

»So, ich lüge, Sukey? Ich kann alles sehen, da ist es, in deinem Gedächtnisspeicher. Zu schade, daß Stein keinen Ring mehr hat, sonst könnte ich es auf ihn übertragen. Du hast versucht, diese Erinnerung einzumauern. Aber ich sehe sie. Weißt du, daß etwas durchgeschlüpft ist? Dein schlaues Unterbewußtsein hat ein ganz kleines bißchen von der Erinnerung aussickern lassen, damit Stein es mitbekam! Du wolltest, daß er es mitbekam. Und das hat er auch. Er wurde argwöhnisch. Er hatte das Bedürfnis ... jemandem die Schuld zu geben.«

»Bitte«, hauchte Sukey. »Tu ihm das nicht an!«

»Schuld?« Die Stirn des Wikingers krauste sich. »Wie könnte ich Sukey die Schuld daran geben, daß sie die Invasion verraten hat? Ich hätte ihr niemals etwas darüber erzählen dürfen. Sogar Aik warnte mich, ich solle es nicht tun. Ich gebe mir selbst die Schuld – und ihm, weil er ...«

»Esel!« zischte Felice. »Das meine ich nicht. Ich meine das Baby.«

Sukey versteckte ihr Gesicht an Steins Brust. Seine Arme fielen von ihrem Körper ab. Er schien tief in dem sterbenden Lagerfeuer etwas zu sehen. Harz in einem brennenden Scheit knallte. Sukey schluchzte leise, hoffnungslos.

»König Thagdal«, sagte Stein endlich. »Trotz allem, was Aiken und Mayvar und Dionket versprachen. Er hat Sukey – Gewalt angetan.«

»Er hat es sich nicht nehmen lassen, sie zu besteigen – als sie bereits mit deinem Kind schwanger war. Und manche Frauen – müssen in den ersten Wochen vorsichtig sein. Bis der kleine Embryo richtig festsitzt. So, jetzt weißt du, wem du die Schuld geben mußt.«

Große Arme hoben sich und schlossen sich um die zitternde Gestalt. Stein sah weder Felice noch seine Frau an. Er beobachtete die Flammen. »Wir müssen eine Erkundung aus der Luft durchführen. Vielleicht auch auf dem Boden. Kannst du den Ballon in jede gewünschte Richtung lenken?«

»Natürlich.«

»Morgen, dann.« Er wiederholte: »Morgen. In aller Frühe.«

Elizabeth kehrte in den Raum ohne Türen zurück.

Sie konnte nirgendwo anders hingehen, wenn sie nicht willens war, passiv in Muriah zu warten, bis die Heerschar endlich ihre persönliche Abschirm-Sequenz entzifferte und sie erledigte. Seit der Flucht des Ballons hatten sie ein Dutzend erstklassiger Fernwahrnehmer ständig auf sie angesetzt, so daß sie mit gewöhnlichen Mitteln nicht mehr von Aven entkommen konnte. Und die Schiffsgattin hatte mit allen Anzeichen echten Bedauerns erklärt, sie sei unfähig, Elizabeth in Sicherheit zu teleportieren. Es war ein Jammer, so hatte Brede lamentiert, daß Elizabeth selbst nicht mehr PK besaß! Für sehr kurze Zeit hatte Elizabeth den Beteuerungen der Fremden geglaubt.

Aber dann hatte die schlaue Zweigesichtige sich verraten. Ihre große Rassen-Vision – ihre Vorausschau – wenn Elizabeth ihr nur helfen würde, letzte Klarheit hineinzubringen! Eine von ihnen – oder sie beide – hatten eine Rolle darin zu übernehmen ... und wenn sie in Einheit studierten, entdeckten sie bestimmt die Wahrheit.

Elizabeth hätte Bredes Haus gemieden – und Dionket hatte ihr einen Zufluchtsort in seinem Verschwörer-Versteck oben auf dem Berg der Heroen angeboten. Aber sie wußte, daß auch die natürliche Abschirmung durch den Fels nicht genügte, um die Feinde auszuschließen. Nodonn koordinierte jetzt mehr als zweihundert mit wachsender Geschicklichkeit. Wenn einer von ihnen zufällig dies eine Angriffsmuster entdeckte und es anwandte, während sie schlief, würde sie nie mehr aufwachen.

Nur in dem Raum ohne Türen war sie sicher vor ihnen. Was Brede anging ... es gab eine Möglichkeit, auch sie loszuwerden. Weg mit dir, falsche Einheit! Weg mit dir, verführerische Zwei-in-Einer mit deiner gleißnerischen Prolepsis, die nur zu einem neuen Benutztwerden führte! Elizabeth wollte keinen Trost annehmen, wenn der Preis dafür Verantwortung war. Nicht in einer so hoffnungslos barbarischen Situation, so fremd ihrer menschlichen metapsychischen Natur. Echte menschliche Wesen würden in diesem Exil, das von fremden Rassen kontrolliert wurde, immer geschlagen werden. Und Elizabeth war zu müde und herzenskrank, um sich zu einer Wartezeit von sechs Millionen Jahren zu verurteilen.

Die Geistesstimme Bredes hörte nicht auf zu rufen: Wir brauchen dich! Alle drei Rassen brauchen dich! Sieh nur, wie es sein könnte! Sieh und finde Trost!

Ich will nicht sehen. *Ich will mich nicht benutzen lassen.* Du hast mich dazu gebracht, dir zu voller Operanz zu verhelfen, eine Adeptin aus dir zu machen. Und nicht um deines Volkes willen, wie du sagtest, sondern um Zugang zu *mir* zu gewinnen. Um mich mit deinen Versuchungen erreichen zu können, o wohlbenanntes Zweigesicht. Aber ich will nicht dein Heiland sein, Fremde. Eine solche Rolle kann nicht koerziert werden. Du hast keinen Trost für mich. Mein Trost liegt sechs Millionen Jahre fern von hier, und diese Pliozän-Theosphäre ist unmenschlich und ungemildert durch Inkarnation. Deshalb laß mich in Ruhe! Laß mich in Ruhe ...

In den alten Feuer-Kokon eingehüllt, trieb Elizabeth davon. Bredes Rufe wurden schwächer und schwächer und verstummten schließlich ganz.

5

»Die Meerenge war in unserer Zeit nur fünfundzwanzig Kilometer breit«, sagte Stein zu Felice. »Und das war, nachdem sechs Millionen Jahre lang Strömungen daran gescheuert hatten. Es wird dir nicht gelingen, eine so breite Lücke hineinzusprengen, weißt du.«

Stein und Felice beugten sich über die Reling der Gondel. Der rote Ballon, von der PK des Mädchens bewegungslos gehalten, schwebte 300 Meter über dem Kamm des Isthmus von Gibraltar. Die Gipfel waren von Erosion abgerundet. Zedern wuchsen in den Tälern der westlichen Flanken. Auf der Atlantik-Seite der Landbrücke gab es Dünen und welliges Grasland, doch auf der Mittelmeer-Seite war der Isthmus unfruchtbar und fiel unheimlich steil mit scharfen Graten ab. Unten lag ein Wirrwarr von großen verstreuten Blöcken, und dann führten glattere Sedimente zum Alborán-Becken.

»Die Anzeigen für Bodenfreiheit und Höhenmessung geben an, daß dieser Gibraltar-Kamm nur zwei-sechzig-acht hoch ist«, sagte Felice. »Wenn du recht damit hast, daß der Isthmus von Höhlen durchlöchert ist wie ein Schweizer Käse, sollte ich fähig sein, ihn zu zerbrechen. In meinen Augen ist er längst reif, aus natürlichen Ursachen zu zerkrümeln. Und diese östliche Flanke reicht weit bis unter den Meeresspiegel.«

»Wir konnten Gibraltar von meinem Satelliten aus sehen«, warf Sukey ein. Sie lächelte in den blauen, wolkenlosen Himmel hinein. »Der Ort, wo Europa Afrika küßt, nannten wir es. Was die Erde anging, waren wir sehr sentimental.«

Felice ignorierte sie. »Wo wäre die beste Stelle für meinen ersten Schuß, Steinie? Mach dir keine Sorgen, daß die Schockwelle den Ballon treffen könnte. Ich werde einen Schild in Form einer großen Blase um uns spinnen. Soll ich vielleicht diese kleine vorspringende Landzunge wegblasen?«

»Nicht so hastig, Dummkopf!« rief er aus. »Willst du eine richtige Springflut haben? Oder nur ein langsames Geriesel wie eine sich füllende Badewanne, das ihnen eine Menge Zeit zur Flucht ließe?«

»Hast du meinen Satelliten am Nachthimmel gesehen, als du in Lissabon gearbeitet hast, Steinie?« fragte Sukey. »Über der Welt so hoch?«

»Hydraulischer Druck!« Stein schlug mit der linken Faust in die rechte Handfläche. »Das ist es, was wir brauchen, Mädchen! Eine große Menge Wasser. Eine gewaltige Flutwelle, die durch die Südliche Lagune auf die Weiße Silberebene kracht und das Schlachtfeld schnell zudeckt!«

»Genau das, was ich mir vorstelle«, erwiderte Felice. »Ich werde den Isthmus an vielen verschiedenen Stellen sprengen. Die Lücke muß sich erweitern und viele Milliarden Tonnen Wasser einlassen. Herr des Himmels, der ganze Atlantik schiebt nach!«

Sukey sagte: »Die meisten von uns auf ON-15 verbrachten viel Zeit damit, die Erde anzusehen. Besonders die Leute, die niemals dort gewesen waren. Satelliten-Bewohner der vierten Generation wie ich. Merkwürdig, daß wir das so gern taten, nicht wahr? Wir hatten alles, was wir uns nur wünschen konnten, in unserm schönen Satelliten.«

»Kleines Fräulein Neunmalklug! Selbst wenn du die Verwerfungsspalten triffst, wenn du eine größere Senkung erwischst, kriegst du hier für den Anfang niemals eine Öffnung zustande, die breiter ist als fünf, sechs Kilometer. Okay! Das Wasser spritzt hindurch, und du hast den höllischsten Wasserfall der Geschichte. Aber Muriah liegt beinahe tausend Kilometer weiter weg! Und du hast diesen dicken Otto von einem Trockenbecken zwischen hier und Alborán gesehen.«

»Du meinst – es würde die Flutwelle schlucken?«

»Unser schöner Satellit. Wo auch immer man auf der inneren Oberfläche des Zylinders stand, war die Mittelachse oben. Er drehte sich, um Schwerkraft zu simulieren«, sagte Sukey. »Seine Seltsamkeit machte Besucher von der Erde manchmal verrückt! Aber wir waren daran gewöhnt. Das menschliche Gehirn ist ein anpassungsfähiger Organismus. Er paßt sich an beinahe alles an.«

»In diesem verdammten Becken würde unsere Flutwelle toter liegenbleiben als ein Samstagabend in Peoria! Deshalb fang nicht damit an, den Isthmus zu sprengen, Baby. Erst müssen wir zurück und den Fjord versiegeln. Kapiert?«

»Eine *zweite* Flutwelle erzeugen?«

»Richtig. Ist der Fjord zu, bildet die alte vulkanische Linie zwischen der Costa del Sol und Afrika einen natürlichen Damm. Eine Art Schwelle, vielleicht zweihundertfünfzig Kilometer von Nord nach Süd – aber nicht sehr breit, nicht sehr hoch. Die Marsch liegt westlich davon und nimmt das Wasser von diesem spanischen Fluß auf. Der Fjord ist – vielleicht hundert Meter tief? Wenn wir ihn verstopfen, erhalten wir also einen langen, langen Damm! Und der ist nicht aus hartem Fels gemacht wie Gibraltar. Nur lose Asche und Schlacke und Lavabrocken.«

»Innerhalb der hohlen Erde wäre es viel sicherer als in Bordeaux, Steinie«, sagte Sukey. »Es ist noch nicht zu spät, den Weg dahin zu finden.«

»Ich glaube, ich habe verstanden.« Felice nickte. »Sobald wir eine gehörige Flutwelle hinter diesen weichen Damm gebracht haben, erst dann reiße ich das Ding auf.«

»Wenn du die Gigawatts dazu hast, kleines Mädchen.«

»Warte es ab, großer Junge! Bist du sicher, daß der Damm halten wird, bis ich bereit bin, ihn zu zerblasen?«

»Er sah so aus. Und wenn du so gut bist, wie du behauptest, könntest du ihn immer noch reparieren, falls er zu früh brechen sollte.«

»Kaleidoskopisch! Schnell zum Fjord, und dann zeige ich dir, wie gut ich bin!« Felice manipulierte den Hitzegenerator. Der Ballon stieg mit großer Geschwindigkeit.

»Möglich, daß sie Felice nicht in die hohle Erde einlassen wollen, Steinie.« Sukey machte ein ängstliches Gesicht. »Gewalttätigkeit ist im friedlichen Reich von Agharta nicht erlaubt. Nur Freundlichkeit. Doch was soll aus ihr werden, wenn wir sie nicht mitnehmen? Arme Felice ... ganz allein mit den Toten!«

Stein faßte seine Frau bei den Schultern und drückte sie sacht hinunter. »Du ruhst dich eine Weile aus, Sue. Vielleicht schläfst du ein bißchen. Mach dir keine Gedanken um Felice oder die hohle Erde! Von jetzt an werde ich mich um alles kümmern.«

Sukeys Lippen zitterten. »Es tut mir leid, daß du nicht mitkommen kannst, Felice. Steinie ist im Augenblick ganz anders. Sonst ist er sanft und gut. Er paßt in das Reich der hohlen Erde. Aber du nicht ... Laß uns jetzt gleich nach Agharta gehen, Stein. Ich möchte nicht mehr länger warten.«

»Bald«, versicherte er ihr. »Versuch zu schlafen!« Er machte es ihr auf dem Boden der Gondel so bequem wie möglich.

Felices kreative Metafunktion beschwor zwei Luftmassen unterschiedlichen Drucks herauf. Ein Wind begann vom Atlantik her zu blasen, und trug den Ballon genau auf den Fjord zu. Felices Augen leuchteten. »Wenn ich fest in die Pedale trete, Steinie, können wir vor dem Mittagessen hin und zurück sein. Bist du ganz sicher, daß dein Plan funktioniert?«

»Wenn dieser Klinkerdamm bricht, wirst du die Großmutter aller fürchterlichen Springfluten durch diese enge Südliche Lagune brausen sehen. Die Sintflut war rein gar nichts dagegen.«

Sukey vergrub ihren Kopf in den Armen. Ein einziger Hoffnungsfunke schimmerte durch ihren Alptraum. Elizabeth! Mit diesem neuen goldenen Ring mochte es möglich sein, sie ...

Idiotin! (Sukeys Verstand wankte.) Meinst du, ich hätte nicht damit gerechnet, daß du etwas Derartiges versuchst? (Du kriegst mich nicht – ich laufe davon!) Ich habe dich so dicht abgeschirmt, daß du nicht einmal spucken könntest, ohne daß ich es dir erlaube! (Und da, wo ich hingehe, wirst du mich niemals fangen.) Du willst sie warnen, was? Du kleine Heuchlerin! Ganz tief unten in deiner dummen Tugendhaftigkeit wünschst du dir das ebenso sehr wie wir! (Nein, nein, nein!) Ja, ja, ja!

Flucht ...

Sukey versuchte, Stein mitzunehmen. Aber er trug keinen Ring mehr. Sie konnte ihn nicht länger mitziehen wie ein Kind. Sie konnte ihn nur bitten, mit Nonmeta-Vernunft argumentieren und hoffen, daß er seine Meinung änderte und ihr folgte, wenn sie sich zurückzog.

Da unten mußte der Weg nach Agharta immer noch offen sein.

Es war etwas, das ihn beschäftigt hielt, und er brauchte sich dabei nicht auf seinen primitiv geschienten gebrochenen Beinen zu bewegen. Deshalb verbrachte Basil den größten Teil seiner wachen Stunde damit, mit einem Vitredur-Löffel an der soliden Felswand ihrer Gefängniszelle zu kratzen.

Am siebten Tag hatte er eine Rille von etwa fünfzehn Zentimetern Länge, vier Zentimetern Höhe und einem Zentimeter Tiefe geschafft. Häuptling Burke hatte ihm in einem seiner letzten klaren Augenblicke geraten: »Arbeite weiter! Wenn du durchbrichst, können wir einen Brief aufgeben: ›Hilfe. Ich bin in einem Verlies im Inneren der Erde gefangen.‹«

Aber das war so ungefähr das Ende der tapferen Witzeleien und des Ohrensteifhaltens, denn Burke begann zu delirieren, redete Basil als »Herr Verteidiger« an und brüllte Tiraden, die offenbar seinen geistreicheren Ausführungen vom Richterstuhl aus entstammten. Amerie war in ihren Phantasien weniger geräuschvoll, nur neigte sie zu den blutdürstigeren Psalmen, wenn der Schmerz in ihren eiternden Brandwunden sich verschlimmerte. Am zehnten Tag ihrer Gefangenschaft waren die Nonne und der große Indianer hilflos und unfähig zu sprechen. Basil, unter dessen Frakturen nur eine kompliziert, aber noch nicht brandig war, blieb es überlassen, ihre einzige Tagesmahlzeit von der Türklappe zu holen, den vollen Eimer gegen einen leeren auszutauschen und sich um seine sterbenden Freunde zu kümmern, so gut es in völliger Finsternis ging.

Wenn diese traurigen Arbeiten getan waren, kehrte er zu dem geduldigen Kratzen an dem Briefschlitz zurück.

Manchmal döste er, wenn der Schmerz es erlaubte, und träumte. Er war wieder Student und schipperte auf der *Isis,* palaverte mit Kommilitonen über esoterischen Blödsinn und bestieg sogar Berge (aber der Gipfel blieb immer außer Reichweite – ach, der Everest des Pliozän!).

Die bizarre Frau hätte ebensogut ein Traum sein können. Sie war in metallisches Rot und Schwarz gekleidet, dicht bei dicht mit Flammenzungen und Perlen besetzt, und trug den schmetterlingsförmigen gepolsterten Kopfputz aus der Mitte des fünfzehnten Jahrhunderts. Sie war kein menschliches Wesen, auch keine Tanu, und sie schien zwei Gesichter zu haben – ein sympathisches und ein groteskes. Er versuchte, sie taktvoll wegen des Eimers zu warnen, als sie schimmernd durch die Steinwand schritt, aber wie so viele Erscheinungen lächelte sie nur und blickte rätselhaft.

»Dann sag mir, wie ich dir zu Diensten sein kann«, sagte Basil und stützte sich in der Finsternis auf einem Ellbogen hoch.

»So merkwürdig es klingt – ich brauche tatsächlich deine Hilfe«, antwortete die Frau. »Deine und die deiner Freunde.«

»Oh, das wird schwer halten«, meinte Basil. »Siehst du, sie liegen mehr oder weniger im Sterben. Und ich glaube, mein linkes Bein löst sich allmählich ab. Es ist ziemlich scheußlich da, wo die Wadenbein-Enden aus dem Fleisch hervorragen.«

Die Frau glühte. Sie hatte eine Art von Futterbeutel dabei, juwelenbesetzt wie alles übrige an ihr, und sie entnahm ihm eine beträchtliche Menge sehr dünnen transparenten Stoffs, ähnlich einer Plastikfolie. Ohne Umstände kniete sie inmitten des Schmutzes und der stinkenden Pfützen und der verschmierten Exkremente auf dem Boden nieder und wickelte die bewußtlose Amerie in das Zeug ein. Als sie die Nonne wie einen Rollbraten verpackt hatte, machte sie sich an Häuptling Burke.

»Sie sind noch nicht ganz tot, weißt du«, protestierte Basil. »Sie werden ersticken.«

»Die Haut bringt nicht den Tod, sondern das Leben«, erklärte die bizarre Frau. »Ihr werdet lebendig gebraucht. Schlaf jetzt und hab keine Angst! Eure grauen Ringe werden verschwunden sein, wenn ihr aufwacht.«

Und bevor er zu weiterem Widerspruch den Mund auftun konnte, hatte sie auch ihn in die Membrane gehüllt, und dann verblaßte der Traum von ihr zusammen mit Peo und Amerie und dem Verlies und allem übrigen.

Bis zu dem Augenblick, wo Felice die Sprengung am Fjord vornahm, hatte Stein seine ganze Zeit im Pliozän wie ein schlechtes Kultur-Drama erlebt.

Es war wilder und furchterregender und lebendiger gewesen als die Immersionsspiele, aus denen er in seiner Jugend im Milieu hinausgeworfen worden war, aber im Grunde war das Leben im Exil genauso unwirklich. Das Blutvergießen in der Torburg, die Fiebertraum-Sequenz, die ihren Höhepunkt in der Tiefenredigierung durch Elizabeth und Sukey fand, das Versteigerungsbankett und der Kampf mit dem Tier in der Arena und das Abstechen des tanzenden Raubtiers und der Delbaeth-Feldzug – unwirklich! Jetzt konnte seine Mitwirkung bei der Show jeden Tag, ja, jede Minute zu Ende sein, und er würde sich in seinem Wikinger-Kostüm umdrehen und zum Ausgang gehen und in die wirkliche Welt des 22. Jahrhunderts zurückkehren.

Noch in diesem Moment, als sein sich erholender Verstand Verdacht schöpfte, weigerte sich irgendein kritisches Segment seines Kortex, in der Ballonfahrt etwas anderes zu sehen als eine Ausweitung des Traums. Da unten lag ein hübscher Fjord-Eingang aus farbigen Lava-Klippen. Ein großer Schlackenkegel rechts davon. Unecht wirkende immergrüne Bäume wie zu große Bonsais klammerten sich an die Höhen. Kleine bewaldete Inseln mit blühenden Büschen und Mangroven-Dickichten tupften hier und da das spiegelglatte Wasser. Eine große Schar rosafarbener Flamingos fischte drüben im seichten Gewässer nach dem Lunch.

Unwirklich! Er konnte die Plakate sehen:

GENIESSEN SIE IHR ALTES MÄRCHENERBE
IM PHANTASTISCHEN PLIOZÄN-LAND!

Doch ganz plötzlich, während er noch in seinem Traum dahinschwebte, beugte sich Felice aus der Gondel und wies mit dem Finger.

Der Ballon war in die metapsychische Abschirmung eingehüllt. Aber der Blitz, die um sie tobende Erschütterung, die Wolken dunklen Staubs und die Fontänen aus Erde und Fels – das war keine Täuschung. Stein kannte diese Art von Zerstörung gut. Er hatte sie selbst schon verursacht. Die Vernichtung des Fjords und des kleinen Vulkankegels daneben wühlte ihn heftiger auf als alles andere, was er seit dem Durchschreiten des Zeitportals erlebt hatte. Mit neuen Augen sah er den brodelnden Staub und Dampf, das verwüstete Marschland, die toten Vögel. Seine Ohren, unnatürlich scharf, hörten Sukeys Schluchzen und das wahnsinnige Kichern Felices.

Wirklichkeit.

Seine Hand faßte nach den Ballon-Kontrollen und erhöhte die Abgabe des Hitzegenerators. Sie begannen zu steigen, und kurz darauf war es möglich, die Ergebnisse von Felices Schlag zu überblicken. Was der Eingang zu der Wasserrinne gewesen war, lag jetzt tief unter Geröll begraben. Der Fachmann Stein schätzte, daß bei dem Erdrutsch durch die Sprengung des Schlackenkegels nicht weniger als eine halbe Million Kubikmeter bewegt worden waren.

Felice grinste ihn an. »Glaubst du mir jetzt, Steinie?«

»Ja-a.« Er wandte sich von der Reling ab. Seine Eingeweide

verkrampften sich auf die altbekannte Weise. Im Mund den Geschmack nach Erbrochenem, kniete er nieder, um die arme, sich am Boden duckende Sukey zu trösten. »Ich glaube dir, schon gut.«

»Dann wollen wir langsam über das östliche Ende des Fjords wegfliegen. Um den Rest der Wasserstraße zu blockieren, werde ich unauffälliger vorgehen – aber ich konnte nicht widerstehen, hier einmal richtig zuzuschlagen. Mein erster Schuß! Habe ich den Felsen nicht wie ein Profi gesprengt?«

»Ein – einziger – Schuß?« murmelte Stein.

»Nun, ich hatte tatsächlich Angst, so nahe an Muriah mit aller Gewalt loszudonnern. Ich meine – nur sechshundert Kilometer Entfernung! Vielleicht haben sie Seismographen oder so etwas. Es wäre verkehrt, sie wissen zu lassen, daß etwas Unnatürliches im Gange ist. Aber ein einziger kleiner Schuß wird als Erdbeben durchgehen. Richtig?«

»Sicher, Felice. Sicher.«

Sukey klammerte sich zitternd an ihren Mann. Geisterhaftes Trommeln, Nachwehen der ungeheuren Explosion, dröhnte immer noch und hallte von den Aschenhügeln wider. Wirklichkeit. Es war Wirklichkeit. Sukey war wirklich. Und Felice war wirklich.

Nach einer Weile nahm die kleine blonde Athletin die Schutzblase weg und ließ die sie umgebende Atmosphäre wieder ein. Sie hing halb aus der Gondel und lachte, wenn sie Felsen zerschmetterte. Staub erhob sich mit den Aufwinden und ließ sich auf sämtlichen Dekamol-Oberflächen nieder. Das war es, was Steins Augen tränen und seine Zähne knirschen ließ.

»Oh! Tut mir leid, daß es soviel Dreck gibt, Leute.« Die strahlende Göttin entfernte den Flugsand mit einer eleganten psychokinetischen Aktion. »Hier sind wir fertig! Nun schnell zurück nach Gibraltar und an die eigentliche Arbeit.«

»Siehst du, Steinie?« flüsterte Sukey ihm zu. »Siehst du es jetzt?« Aber er antwortete nicht, hielt sie nur ganz fest.

Von neuem westwärts flog der rote Ballon, getrieben von Felices Wind. Hinweg über Alborán und seine Reihe erloschener Nebenkegel, über das tiefe trockene Becken, den Abhang hinauf, der sich zu dem Wall von Gibraltar erhob, über den Kamm und hinaus auf den Atlantik. Dort hielten sie an. Weißer Brandungsschaum säumte den großen Strand, der sich ungebrochen vom Rand des Golfs von Guadalquivir in Spanien bis nach Tanger im Süden erstreckte.

»Jetzt komm und stell dich neben mich, Stein!« befahl Felice. »Wir sind weit genug draußen über dem Ozean, um vor dem radioaktiven Niederschlag sicher zu sein. Zeig mir, wo ich anfangen soll ... Nun komm schon, Steinie!«

»Ja, ja.« Sukeys Hände hatten sich mit ungewöhnlicher Kraft in die Vorderfront seiner Tunika gekrallt. Er löste die Finger.

»Nein«, bettelte sie. »Nein, Stein, nein!«

»Bleib unten!« riet er ihr und küßte die weißen Knöchel ihrer Hände. »Sieh nicht hin!«

Felice hielt sich an den Zugseilen fest und kletterte nach draußen. Barfüßig stand sie auf dem Rand der Gondel, das Gesicht der Küste zugewandt. »Zeig es mir! Zeig es mir auf der Stelle!«

Er streckte die Hand aus. »Wo diese tiefe gerade Rinne nördlich der kleinen Landspitze herunterkommt. Kannst du ... kannst du eigentlich unter der Erdoberfläche etwas erkennen? Durch das Felsgestein sehen wie Aiken?«

Sie warf ihm über die Schulter einen verblüfften Blick zu. »Daran habe ich noch gar nicht gedacht! Aber wenn er es konnte ... *oh!* Das ist wie – komische große Stapel von Licht und Schatten! Riesige Blöcke wie Sandwiches, die sich nach allen Seiten neigen. Anderer, dunklerer Stoff, manchmal blasig, manchmal ganz undurchsichtig. Wie wundervoll!«

Stein biß die Zähne zusammen. Er war so weit von ihr entfernt, wie es in der kleinen Gondel ging, und das Instrumentenbrett stieß ihm in den Rumpf. Er wagte nicht, Sukey anzusehen.

Felice sprudelte weiter hervor: »Das sind Felsformationen, die ich sehe, nicht wahr? Unter dieser geraden Rinne ist eine große, große Ebene, die sich unterirdisch nach Süden neigt. Eine Art Treffpunkt von zwei gigantischen Steintafeln, die – kippen!«

»Das ist eine der Verwerfungen an der Grenze des Kontinentalsockels. Du beginnst damit, daß du auf die Schicht über dem schrägen Zwischenraum zielst. Spreng das ganze Ding in die Luft! Du wirst eine Reihe kräftiger Schüsse brauchen. Fang tief unter Wasser an, wenn du kannst, arbeite dich bis zur Küste vor und geh dann hinein in die Bergflanke!«

»Verstanden. Fertig? Jetzt!«

Stein schloß die Augen. Er war selbst unter der Meeresoberfläche, fuhr seine Bohrmaschine, kontrollierte smaragdgrüne Gewalten. Wenn er zuschlug, bewegten sich große Blöcke der Planetenkruste oder wurden geschmolzen. Gedämpfter Donner verhallte harmlos an den Sigma-Feldern, die ihn schützten. Er brannte sich einen Weg durch die Lithosphäre. Der Bildschirm seiner Maschine zeigte die Erdstruktur in drei Dimensionen ...

»Sie bersten, Stein! Ganz weit da unten! Aber die Felsen oben bleiben ganz. Was stimmt da nicht? Oben ist nichts als ein Beben. Der Isthmus hält immer noch!«

»Dumme Gans! Glaubst du, so etwas ist leicht? Schieß weiter nördlich der Schrägung! Mehr landeinwärts!«

»Gut – du brauchst nicht so garstig zu werden!«

Der Boden erzitterte. Es gab ein paar kleinere Erdrutsche. Die Wellen des Atlantik änderten ihr Muster auf seltsame Weise, ausgehend von der kleinen spitzen Landzunge.

Stein sagte: »Das ist genug. Jetzt bring diesen verdammten Ballon hinüber auf die Ostseite des Isthmus!«

Die Gondel hüpfte, aber Felice hielt sich mühelos an dem Geflecht der Seile fest. Ihr Gefährt schien von einem Dschinn durch den Himmel gezogen zu werden. Es überquerte den Gibraltar-Damm einen Kilometer hoch und kam in der Leere über dem trockenen Alborán-Becken zum Halten.

»Jetzt blick wieder unter die Felsen«, sagte Sein. »So tief du kannst. Sag mir, was du siehst!«

»Hm ... die Schatten machen diese große Kurve. Eine riesige U-Form liegt zwischen Spanien und Afrika. Der Boden des Us weist auf den Atlantik. Aber die Sprünge sind hier ganz anders. Da sind kleinere, die von der U-Kurve abzweigen. Und ganz, ganz unten ist etwas Heißes ...«

»Bleib davon weg, zum Teufel! Diesmal beginnst du an der Oberfläche. Aber unter dem Meeresspiegel, auf diesem östlichen Abhang. Ungefähr da, wo die gelbe Steinschicht ist.

Verstanden? Bohr dich hinein! Schieb das Geröll aus dem Weg! Spreng die Höhlen! Dann bläst du das Dach hinaus! Kümmere dich nicht darum, ob du den Schnitt breit oder gerade machst! Grabe nur tief und halte dich in der allgemeinen Richtung jener anderen Verwerfung, die du bearbeitet hast!«

Felice nickte und wandte ihm den Rücken zu. Es gab ein furchterregendes Aufflammen von Licht und nicht endenwollendes Getöse. Die Ballongondel schwankte leicht, als das Mädchen die Stellung änderte, aber die beiden anderen Passagiere spürten nichts von den Schockwellen, schmeckten nichts von dem Staub. Sie trieben unberührt dahin, während Felice die Erde bombardierte und Schutt hochkochte. Der Ostwind trug Staubfahnen zum Atlantik hinaus. Das Mädchen schickte Bolzen um Bolzen aus Psychoenergie in die Landbrücke, die auf Meereshöhe an ihrer engsten Stelle vielleicht zwanzig Kilometer breit war. Sie hackte eine lange Rinne aus, nirgends breiter als fünfzig Meter, ausgenommen da, wo das Dach einer großen Höhle unterminiert wurde und einen Einbruch schuf. Zusammenhängende Felsmassen explodierten zu Staub und wurden von den Winden zerstreut.

Sie schlug zu. Sie schlug zu! Fünf Kilometer hinein. Und zehn. Hacke und bohre! Schaff eine Schleuse für das reinigende Wasser. Fünfzehn Kilometer. Schieß! Schieß! Langsamer jetzt, durch das Herz des verfaulten Isthmus! Dahin, wo der Atlantik wartet. Schlag zu! Schlag zu! Du bist jetzt müde, doch du machst weiter. Finde irgendwo die Kraft! In einem anderen Raum, einer anderen Zeit? Wen kümmert es, woher die Kraft kommt? Du mußt sie nur fokussieren. Sprenge! Spreng noch einmal! Noch einmal! Und jetzt so nahe daran. Und jetzt ... jetzt ... ja. Du bist durch!

Durch?

Lachen. Sieh, Felicia Tonans, unwissendes Kind, Schleuderin von mentalen Bitzen! Sieh, was du getan hast! Du hast alles versaut!

Du hast den Einschnitt auf deinem Weg westwärts seichter und seichter und dadurch schwächer werden lassen. Und jetzt wird der Durchbruch, wenn er kommt, zu einer lächerlichen Antiklimax. Die Rinne liegt kaum einen Meter unter dem natürlichen Meeresniveau. Der Atlantik tritt schüchtern ein, tröpfelt über den rauhen heißen Boden deiner inkompetenten Spalte. Es ist viele Millionen Jahre her, daß das Wasser in dieser Richtung geflossen ist, auf das Leere Meer zu. Der Weg ist ihm fremd ...

»Felice, um Gottes willen! Das ist Pfuscherei – das Wasser sickert nur so eben! Begradige dies verdammte Gefälle!«

Sie sank in sich zusammen, die Hände immer noch um die Seile geklammert. Die Schutzblase wurde dünn. Hitze stieg rings um sie auf. Mit ihr kam ein Geruch nach Steinstaub und geschmolzenen Mineralen.

»Müde. So müde, Steinie.«

»Mach weiter! Der Fels darunter ist entlang der Hauptverwerfung ganz durchlöchert. Los, los, schlag zu, sag ich dir! Der Fels wird unter dem Wasserdruck reißen, wenn du den Einschnitt nur tief genug machst. *Siehst* du das denn nicht mit deiner blöden Röntgenstrahlen-Vision?«

Sie antwortete nicht, beschimpfte ihn nicht einmal, schwankte nur mit geschlossenen Augen ein bißchen. Ihre kleinen nackten schmutzigen Füße versuchten, an der gepolsterten Reling der Gondel Halt zu finden.

Er brüllte sie an: »Tu es, du allmächtige Trine! Du kannst jetzt nicht aufhören! Gott – du hast gesagt, du würdest es schaffen!« Die Gondel schaukelte unter der Heftigkeit seines Zorns, seiner Furcht, seiner Scham.

Felice nickte langsam. Irgendwo mochte sie die Kraft finden, die sie brauchte.

Ruf sie! Such sie! Such sie unter diesen infantilen, unzusammenhängenden Lebensfunken, die den Geist der Pliozän-Erde darstellen. Die Zwei-in-Einer (jetzt merkwürdigerweise getrennt) lehnen dich ab, wie du es dir gedacht hast. Und der Viele-in-Allem soviel weiter weg, der dir auf dem Fluß Rhône schon einmal geholfen hat, hält sich jetzt zurück und versucht, dir andere Wege zu zeigen. Aber du hast gewählt, und es muß sein, und es gibt eine einzige andere Quelle der Energie, so hell, so wach, die sich nicht von dir abkehren wird. Ja, hier ist eine bessere Einheit für dich, hier ist Kraft, die dich nach Höhe und Tiefe und Breite mindestens bis zum Ende im Überfluß füllt. Also nimmst du sie an. Die Energie kommt. Du bündelst sie mit deiner kreativen Metafunktion, formst, komprimierst, wandelst um. Und dann schleuderst du sie hinab ...

Da der metapsychische Schirm nicht mehr vorhanden war, wurde der Ballon von der vollen Wucht der Schockwelle getroffen und weit nach oben und zur Seite geschleudert. Ein lauter Aufschrei kam von Stein und von jemand anders. Die Körper in der Gondel flogen hilflos wie Puppen umher, krachten gegen Dekamol-Oberflächen, gegen schmerzendes menschliches Fleisch und Bein.

Taub geworden, kämpften Stein und Sukey in dem wild schaukelnden Korb. Keiner konnte dem anderen helfen. Die widerstandsfähige Hülle blähte sich, berührte den heißen Grill des Generators, prallte jedoch unversengt ab und begann zu kreiseln. In einer Spirale aufsteigend, löste sich der Ballon endlich von der Sturmzelle ionisierter Turbulenz. Was eine verzerrte, knatternde rote Balse gewesen war, glättete und rundete sich. Der Ballon segelte durch hohe dünne Luft und senkte sich langsam auf gleichbleibende Höhe nieder.

Stein wagte es, sich zu erheben, hinauszublicken.

Unten floß der Wasserfall des westlichen Ozeans.

Der ganze Rauch und Staub strömte über den Atlantik und machte es Stein leicht, zu sehen, was sie getan hatten. Der Riß im Isthmus verbreiterte sich vor seinen Augen. Braune und gelbe Felsen zu beiden Seiten schienen im Druck der Strömung wie Zucker zu schmelzen. Im Osten ergoß sich der Katarakt auf einer fast zehn Kilometer breiten Front in das Leere Meer. Eine gräulich-braune Nebeldecke aus schwebendem Staub, der die Wassertröpfchen verschlammte, verbarg den Boden des Alborán-Beckens.

Stein hörte Sukeys Stimme. Sie mühte sich auf die Füße und stellte sich neben ihn. »Wo ...?« fragte sie.

Er antwortete: »*Vielleicht* kann sie fliegen. Wie Aiken es konnte. Versuch es mit deinem goldenen Ring!«

Sie drückte auf den warmen Ring und blickte nach unten auf die Streifen des Zorns, die von dem gebrochenen Isthmus westwärts strömten. Falls sich die Oberflächenwinde nicht drehten, würde niemand in Muriah den Rauch sehen.

»Da ist nichts, Stein. Nichts.«

Der Ballon setzte seinen Abstieg fort. Stein, der sie anscheinend nicht gehört hatte, prüfte die Instrumente. »Drei-fünf-zwei-acht Meter, Kurs Null-zwei-drei. Noch eine Luftströmung hier oben. Ziemlich nahe an der Richtung, die wir haben wollen.« Er stellte den Hitzegenerator nach.

»Steinie, ich *muß* Elizabeth benachrichtigen!«

»Gut. Nur sie! Niemanden sonst!«

Der Ballon kam ins Gleichgewicht. Die Bodengeschwindigkeitsanzeige informierte sie über die Fahrt, aber dem Mann und der Frau kam es vor, als hingen sie bewegungslos in dem sauberen blauen Himmel.

»Sie antwortet mir nicht, Stein. Ich weiß nicht, was da los ist! Im Fernsprechen bin ich nicht sehr gut, aber Elizabeth müßte imstande sein, mich im menschlichen Modus zu empfangen ...«

Er fuhr plötzlich zusammen und packte sie bei den Oberarmen. »Versuch bloß nicht, die anderen zu rufen!«

Sie wand sich. »Hör auf, Steinie! Das habe ich nicht getan. Niemand sonst kann ...« Sie starrte ihn mit offenem Mund an. Er öffnete einen der Kästen und nahm etwas heraus. »O nein«, hauchte sie.

»Ich liebe dich. Aber du kannst es nicht lassen. Auch wenn Felice den Damm nicht gebrochen hätte, mußte diese Flut kommen. Den ganzen Alptraum auslöschen. Elizabeth ... wenn sie noch da ist, wird sie sich selbst retten. Du brauchst dir um sie keine Sorgen zu machen. Du brauchst dir um keinen von ihnen mehr Sorgen zu machen.«

Kaltes Metall berührte ihren Hals. Sein Gesicht, das qualverzerrte und erbarmungslose Wikingergesicht, verschwamm vor ihren tränengefüllten Augen.

»Hab keine Angst!« sagte er. »Es ist besser so.«

Mit großer Vorsicht ließ er eine Klinge des Stahlschneiders unter ihren goldenen Ring gleiten. Er begann, die Handgriffe zusammenzudrücken. Die Doppelhebel taten ihre Arbeit.

Brede! schrien ihre Gedanken. *Brede!*

Der durchtrennte Ring fiel ab und tat ihr weh. Doch gleichzeitig mit seinem Verlust kam die Antwort:

Sei beruhigt kleine Tochter es wird geschehen wie vorhergesagt!

6

Am zweiten Tag des Großen Wettstreits begann die erste Schlacht auf Leben und Tod: Die Niedere Mêlée, auch als Kampf der Menschen bekannt. Vor der Öffnung des Zeitportals hatten diese Vorspiele dazu gedient, die Fähigkeiten von Tanu-Kriegernovizen zu zeigen, doch jetzt nahmen nur Grauringe daran teil. Hunderte von männlichen Gladiatoren und eine kleine Zahl grauer Frauen maßen sich in Ausscheidungskämpfen, bei denen jede Art martialischer Künste vertreten war. Ein Abschnitt des rituellen Schlachtfeldes war in kleinere Felder abgeteilt, damit die Zuschauer den blutigen Sport aus der Nähe genießen konnten. Die Buchmacher hatten ihre große Zeit, aber ein Stöhnen stieg von menschlichen und Tanu-Fans auf (besonders von den Finiah-Flüchtlingen), als angekündigt wurde, zwei der besten Grauen würden nicht auftreten. Weder Stein noch die berüchtigte Felice erschienen in der Arena, und für ihre Abwesenheit wurde keine Erklärung gegeben.

Die Kämpfe dauerten vom Morgengrauen bis zum Mittag. Sie waren von vielen festlichen Veranstaltungen begleitet und fanden ihren Höhepunkt in einer blutigen offenen Schlacht, die symbolisch für den ursprünglichen Charakter des Ereignisses war. Siegreiche Graue, die unverwundet geblieben waren, zogen sich zurück und bereiteten sich für die tags darauf stattfindende Hohe Mêlée vor, wo sie sich den Silbernen und Goldenen und den grauen Veteranen in dem rituellen Krieg Tanu gegen Firvulag anschließen würden. Zusammengeschlagene Gladiatoren, die sich im Turnier gut gehalten hatten, wurden von Redakteuren zu den Heil-Pavillons geführt, wo die Krieger-Jungfrauen sich bereits in der Haut erholten. Die Handvoll schwerverwundeter Verlierer, die noch lebten, und die Feigen brachte man in ein schönes Glasgebilde, das einem Eisenbahnabteil mit Bänken aus Silber und schwarzem Tuch glich. Es stand am äußersten südlichen Rand des Schlachtfeldes auf einem stabilen Gerüst. Seine Wände waren transparent und unzerbrechlich.

Theoretisch war die restliche Zeit des zweiten Tages der Wahl von Anführern mittels der Manifestation der Kräfte geweiht – wonach sich die Feinde trennten, ein letztes Festmahl veranstalteten und die Götter anriefen. Bei Sonnenaufgang würden dann die Feindseligkeiten beginnen. In der Praxis waren die großen Hauptleute schon seit Hunderten (oder sogar Tausenden) von Jahren ausgewählt und traten jetzt nur vor, um sich der Herausforderung von Usurpatoren ihres Privilegs zu stellen. Erfolgte sie, konnten beide Parteien ihre metapsychischen Kräfte an Ort und Stelle beweisen und von der Kampfgesellschaft ihrer jeweiligen Rasse beurteilen lassen. Den amtierenden Champions stand außerdem das Recht zu, sich mit den Herausforderungen zu jeder Zeit während der Hohen Mêlée sowohl mit Waffen als auch mit Metafunktionen zu duellieren.

Als Verlierer des ganzen vorjährigen Wettstreits präsentierten die Firvulag ihre Hauptleute zuerst. Die königliche Plattform war zu einer viel größeren Estrade der Herausforderung erweitert worden. Die beiden Könige und die nichtkämpfenden Adligen thronten ein gutes Stück außer Reichweite jedes mentalen Irrläufers. Von den Rivalen erwartete man, daß sie ihre Psychoenergie aufeinander beschränkten – aber es hatte auch schon Unfälle gegeben, und deshalb stellte sich eine Truppe von Schirmbeschwörern aus der PK-Gilde rings um die Bühne auf und schützte die Menge mit einer unsichtbaren Mauer. Dann nannte der Tanu-Marschall des Sports die Firvulag-Großen, die einfach vortraten und sich, wenn keine Herausforderung aus den unteren Dienstgraden kam, unter dem Applaus der versammelten drei Rassen zurückzogen.

Die Vorstellung der Firvulag-Führer erfolgte schnell, beinahe oberflächlich. Medor, Ayfa, Galbor Rotmütze, Skathe, Nukalavee der Hautlose, Tetrol Knochenzermalmer, Bles Vierzahn, Betularn von der Weißen Hand und schließlich Sharn-Mes erhielten alle Beifall und blieben ohne Herausforderung. Zuletzt nannte König Yeochee den Firvulag-Schlachtenmeister. Es war ein gewaltiger, aber allgemein erwarteter Bruch mit der Tradition der zurückliegenden unglücklichen Jahre. Denn es war nicht Sharn der Jüngere, der die undankbare Aufgabe während der letzten zwanzig Wettstreits erfüllt hatte – sondern Pallol Einauge selbst.

Der jähzornige alte Einwanderer, gigantisch mit seiner vollen Obsidian-Rüstung und dem monströsen Helmschmuck, stieg unter tumultuarischem Beifallsgeschrei zur Estrade der Herausforderung empor. Es gab viele – Tanu und Firvulag ebenso wie Menschen –, die niemals eine Manifestation seiner Kräfte gesehen hatten. Andere scherzten jetzt, wo er nach langer Abwesenheit zum Wettstreit zurückgekehrt war, seine Fähigkeiten seien vom Brachliegen sicher verkümmert. Keiner wagte, ihn herauszufordern. Aber da er den Regeln nach als Neuling galt, war er verpflichtet, seine primäre Metafunktion vor allen Versammelten zu demonstrieren.

Pallol stand mit weit gespreizten Beinen, die dornenbesetzten Arme ausgebreitet. Er bog sich nach hinten, so daß er direkt in die hochstehende Sonne zu blicken schien. Sein Visier blieb geschlossen, aber die ehrfürchtig schweigenden Zuschauer wußten trotzdem, daß es nicht ein Auge verbarg, sondern zwei. Das rechte war normal und hatte eine tiefrote Iris. Das linke war von unergründlicher Farbe und für gewöhnlich von einer Klappe bedeckt, jetzt jedoch zweifellos nackt und fürchterlich.

Am Himmel entstanden Wolken, heraufbeschworen von der schrecklichen kreativen Kraft des alten Oger. Sie waren dick und dunkel und niedrig, und unnatürlich rötliche Blitze zuckten in ihren Tiefen. Das Monster in seiner schwarzen Rüstung stand unbeweglich. Das Helmvisier öffnete sich langsam von selbst.

Purpurne Zwillingsentladungen schossen aus den Wolken in Pallols gepanzerte Handflächen und erzeugten markerschütternden Donner. Aus dem Schlund des Helms fuhr ein ununterbrochener scharlachroter Strahl himmelwärts und bohrte sich einen Tunnel durch die Wolke wie eine Kanonenkugel durch eine Schneebank. Die Sonne illuminierte Pallols Auge. Das Visier schloß sich. Der Himmel wurde blau.

»Slitshal, Pallol!« riefen die Kämpfer der Firvulag. »Slitshal, Pallol Schlachtenmeister! *Slitshal!*«

König Yeochee erhob sich von seinem Thron und rief laut: »Wir bestätigen Pallol Einauge als Schlachtenmeister, der unsere Rassenehre in diesem Großen Wettstreit verteidigen soll!«

Damit endete die Firvulag-Manifestation der Kräfte, und die Tanu schickten sich an, die Estrade der Herausforderung zu besteigen. An dem Punkt des Protokolls hatten in früheren Jahren viele der Kleinen Leute unter den Zuschauern die Neigung gezeigt, unhöflich zu verschwinden, denn zu dieser Zeit des Tages waren sie nicht nur entsetzlich hungrig, sie verschmorten auch in ihren Rüstungen oder der schweren Kleidung unter der Mittelmeersonne. Aber diesmal blieben die Firvulag an ihren Plätzen. Gerüchtweise war verlautet, es werde zu einer weite Kreise ziehenden Umwälzung der Tanu-Hierarchie kommen, und den Spaß wollte sich keiner der Kleinen Leute entgehen lassen.

Es begann recht zahm damit, daß die Tanu-Großen niedrigsten Ranges sich zur Akklamation zeigten. Bleyn, der psychokinetische Mischling, wurde nicht herausgefordert, und nach ihm kam Alberonn Gedankenfresser, ein weiteres Halbblut, der sich seinen Sitz an der Hohen Tafel durch kreative Meisterschaft in der Schlacht verdient hatte. Und darauf traten Lady Bunone Kriegslehrerin in ihrer silber-grünen Rüstung mit dem Habichtschnabelhelm vor und Tagan, Lord der Schwerter. Diese beiden waren vor allem verantwortlich für die Ausbildung der Grauring-Krieger, und die Menschen und Mischlinge in der Menge jubelten ihnen mit höchster Lautstärke zu.

Nach den Kampfspezialisten war die Reihe an den Gilden-Präsidenten. Altem Brauch zufolge durften sie einen Vertreter in den Kampf schicken, wenn sie keine Neigung verspürten, sich persönlich auf dem Schlachtfeld zu betätigen. Doch einer Herausforderung mußte sich jeder in einer Manifestation der Kräfte selbst stellen.

Der Marschall des Sports kündigte an: »Der Präsident der Gilde der Redakteure, Dionket Lord-Heiler!«

Ungerüstet und mit leeren Händen bestieg die hagere Gestalt in einer einfachen scharlach und weißen Robe die Estrade.

»Gibt es eine Herausforderung?«

Es gab keine. Dionket winkte, und ein hochgewachsener Krieger, der eine rubinfarbene Rüstung trug, kam und stellte sich neben ihn. »Ich beauftrage Lord Culluket, des Königs

Inquisitor, als Zweiter Redakteur die Ehre unserer Gilde im Großen Wettstreit zu verteidigen.« Die beiden zogen sich unter Applaus von Tanu und Menschen zurück. Die Firvulag summten spöttisch.

»Der Präsident der Gilde der Psychokinetiker, Nodonn Lord von Goriah!«

Der Rosig-Goldene trat vor, nicht um Anspruch auf die Führerschaft als Lord-Psychokinetiker zu erheben, sondern um auf eine Herausforderung zu warten. Es wurde natürlich keine ausgesprochen, und so ernannte er seinen Bruder Kuhal Erderschütterer als Vertreter, denn er selbst mußte sich seiner Aufgabe als Schlachtenmeister widmen. Als die beiden die Stufen hinabstiegen, war der Tanu-Beifall lauter, der menschliche entschieden gedämpft und das Summen der Firvulag bösartiger.

»Der Präsident der Gilde der Koerzierer, Sebi-Gomnol Lord-Koerzierer!«

Die lärmende Menge verstummte mit einem Schlag.

König Thagdal erhob sich in seiner flammenden Diamantenrüstung von seinem Thron. »Da unser lieber Sohn Sebi-Gomnol in Tanas Frieden eingegangen ist, erklären wir das Präsidentenamt der Koerzierer-Gilde für vakant und fordern Bewerber auf, sich in dieser Manifestation der Kräfte zu bewähren!«

Imidol, der Saphir-Titan, bestieg die Estrade unter tosendem Beifall der Tanu. Dann nahte sich eine weitere hohe Gestalt, deren blaue Rüstung und behelmter Kopf von einem Kapuzenmantel aus dunkelbronzenem Brokat verhüllt waren. Der Marschall des Sports räusperte sich.

»Ehrfurchtgebietender König und Vater! Edle Kampfgesellschaft der Tanu! Hier vor euch stehen Lord Imidol ...«

Jubelrufe und Hohngeschrei.

»... und Leyr der Verbannte, Vorgänger Semi-Gomnols als Präsident der Koerzierer-Gilde.«

Aufkeuchen und Buh-Rufe waren von Tanu wie von Firvulag zu hören, als der bronzene Mantel niedersank. Der abgesetzte Lord-Koerzierer stand würdevoll neben seinem finsterblickenden jungen Rivalen.

Lange Zeit blieb Thagdal stumm. Er hatte natürlich gewußt, was im Gange war. Und vor Tausenden von Jahren auf dem fernen Duat hatte ein anderer abgesetzter und exilierter Großer gewagt, ein Comeback zu versuchen, deshalb gab es einen Präzedenzfall. Er wandte sich an die beiden: »Wollt ihr hier und jetzt eine Manifestation, oder wollt ihr ein Duell?«

Und Imidol antwortete, wie es sein Recht als Mitglied der Hohen Tafel war. »Wir wollen uns in der Hohen Mêlée in dem Augenblick, den die Göttin wählen mag, bis zum Tod duellieren.«

Die Tanu-Zuschauer klatschten steif, während die Kleinen Leute buhten und kreischten, weil sie den Feind in Verwirrung sahen. Die Koerzierer in ihren blauen Rüstungen stiegen hinab.

»Der Präsident der Gilde der Kreatoren, Aluteyn Handwerksmeister!«

Der stämmige alte Tanu in dem juwelenbesetzten Kaftan trat vor, und der Marschall fragte nach Herausforderungen. In der Stille, die nun folgte, hörte man die krächzenden Schreie der Möwen in der Luft. Eine leichte Brise aus Osten blies Aluteyns silberrotes Haar und den langen Schnurrbart von seinem steinernen Gesicht zurück. Er blickte finster über die Köpfe der Menge hinweg und schien über die blasse Lagune nachzudenken, deren Wellen in seichter Harmlosigkeit gegen die Weiße Silberebene schlugen.

»Ich fordere ihn heraus«, sagte Mercy.

Die Menge teilte sich für sie. Sie stieg nach oben und stellte sich Aluteyn gegenüber. Der Form halber trug sie eine zartgeschmiedete Parade-Rüstung, silberglänzendes Glas, ganz ziseliert und mit grünen Ornamenten emailliert und mit Smaragden eingelegt. Mercys Kopf war bloß bis auf ein schmales Smaragd-Diadem, und ihr herrliches rotes Haar wallte offen nieder.

»Ehrfurchtgebietender Vater! Lord-Kreator! Edle Kampfgesellschaft!« rief der Marschall. »Hier vor euch steht die Herausforderin Lady Mercy-Rosmar von Goriah, Gemahlin von Nodonn Schlachtenmeister.«

»Wollt ihr eine Manifestation«, fragte Thagdal, »oder ein Duell?«

»Ich will manifestieren«, erklärte Aluteyn Handwerksmeister. »Laßt den Kral bringen!«

Der zeremonielle Kessel, den Personal von der Kreatoren-Gilde auf einer Seite der Estrade bedeckt gehalten hatte, wurde zwischen Mercy und Aluteyn gestellt. Die Masse der Firvulag geriet jetzt beinahe außer Kontrolle. Sie drängte sich auf ihrer Seite des Feldes dicht an die Plattform und veranstaltete einen Aufruhr mit spöttischem Zirpen und Knurren und einem im tiefsten Baß dröhnenden Summen, das jetzt ein Crescendo von wahnsinnigmachenden Ganzton-Intervallen erreichte.

Die Kette des Schweigens wurde immer wieder geschüttelt. Endlich konnte Mercy sprechen.

»Ich, Mercy-Rosmar, fordere Aluteyn Handwerksmeister auf, die Schöpfung die ich hier vor euch manifestieren will, zu zerstören.«

Sie und der alte Mann standen sich mit ausgebreiteten Armen gegenüber, den riesigen Kessel zwischen sich. Eine Emanation wie ein zarter Regenbogen begann, Mercys gepanzerten Fingern zu entströmen. Zur Erwiderung floß ein Strom von Schwärze aus den Händen des Handwerksmeisters und hüllte nicht nur den kleinen farbigen Wirbelwind ein, sondern auch Mercy und den ganzen Kessel. Die Tanu-Zuschauer stießen triumphierende Rufe aus. Firvulag und ringtragende Menschen stöhnten und zischten.

Die schwarze Flut schwoll zu einem tintigen amöbenförmigen Klumpen an. Darunter begann die Seite der Plattform, die den Firvulag am nächsten war, zu brutzeln und aufzuflammen, als werde der weiße Stein von einer ektoplasmischen Säure angegriffen. Die Kleinen Leute wichen zurück, als die PK-Abschirmmannschaft ihnen Zeichen machte.

Aluteyn lachte.

Aber etwas glühte inmitten der dunklen Masse wie ein seltsamer grüner Stern, der aus einem Kohlensack-Nebel hervordringt. Die Schwärze wurde dünner. Mercy tauchte wieder auf, in Dampf über der sich auflösenden Estrade schwebend, und der Kessel war dort bei ihr. Sie glühte heller auf. Ihr Regenbogen-Wirbel drehte sich in die Tiefen des Krals hinein und veranlaßte etwas da unten, zu funkeln und zu glitzern. Die schwarze Flut schwappte zurück und bedrohte ihren Schöpfer.

Aluteyn stieß einen lauten Ruf aus. Ein großes Ding wie ein Hammer aus Nacht schmetterte auf Mercy und den Kral nieder. Aber auch diese Kreation des Handwerksmeisters verflüchtigte sich. Mercys Regenbogen-Tornado erhob sich jetzt aus dem Kessel und wuchs, bis er mehr als viermal so hoch war wie der Lord-Kreator. Er zeigte sich verdickende Flecken vielfarbenen Lichts. Aluteyn fing ihn in einem großen schwarzen Netz, schlug mit Psychoenergie auf ihn ein und versuchte, ihn in den Kessel zurückzuzwingen oder gegen die Frau zu wenden. Doch der Regenbogen entschlüpfte ihm. Er dehnte sich aus und verfestigte sich hoch über den Köpfen der Zuschauermenge ...

Und Manna regnete auf Tanu und Firvulag und Menschen nieder. Die Luft wurde erfüllt mit einem weichen Hagel regenbogenfarbener Blasen, unzähliger Tausender von ihnen, die, wenn man sie fing und aufbrach, Süßigkeiten, kalte Früchte, köstliche Kekse und ein ganzes Füllhorn anderer Leckereien entließen. Die ausgehungerten Zuschauer aller drei Rassen begrüßten sie mit jubelnder Begeisterung.

»Slonshal, Rosmar! Slonshal, Rosmar Lady-Kreatorin! *Slonshal!*«

Sie stand mit gesenktem Blick da. Die Estrade hatte sie völlig wiederhergestellt, und ihre silberne Hand ruhte auf dem Rand des leeren Kessels. Die Menge brüllte und grapschte immer noch, denn noch nie zuvor hatte irgendein Kreator beim Großen Wettstreit echt stoffliche organische Materie fabriziert, die sich nicht sofort auflöste, sondern dauerhaft war. (Mercys astrale Hors d'oeuvres waren alles andere als illusorisch; die Mägen der Zuschauer waren Zeugen!) Und so wurde ihr Talent nicht nur wegen seiner Neuartigkeit bejauchzt, sondern auch seines praktischen Wertes wegen.

»Ich ernenne«, sagte sie schließlich mit leiser, klarer Stimme, »Lord Velteyn von Finiah zum Zweiten Kreator, der die Ehre unserer Gilde im Großen Wettstreit verteidigen soll.«

Die Tanu unter den Zuschauern machten mit Heilrufen für den besiegten Leiter – dem jetzt das perfekte Mittel zur Verfügung stand, sein beschädigtes Prestige wiederherzustellen

– einen solchen Lärm, daß nur wenige den zweiten Teil von Mercys Rede hörten.

»Und ich fordere Aluteyn, früheren Präsidenten der Kreatoren-Gilde auf, zu wählen, ob er aus dieser edlen Gesellschaft verbannt werden oder unserer barmherzigen Göttin sein Leben opfern will.«

»Ich opfere mein Leben«, erklärte der stolze Aluteyn. Niemand schenkte ihm Aufmerksamkeit, als er ohne Begleitung zu der Großen Retorte ging und sich den anderen Verurteilten zugesellte, die drinnen warteten.

Mayvar Königsmacherin als Leiterin der Fernwahrnehmer-Gilde erhielt keine Herausforderung. Niemand war überrascht, als sie Aiken Drum beauftragte, die Kämpfer der Gilde anzuführen, und nicht die Kandidatin der Heerschar, die Kriegerin Riganone. Schließlich kam Thagdal der Hochkönig nach vorn und proklamierte Nodonn als Tanu-Schlachtenmeister. Damit waren die Manifestationen zu Ende.

Mit einem letzten donnernden Hochruf zerstreute sich die Menge auf die beiden Zeltstädte zu, die jetzt zu beiden Seiten des Meeresbrunnens standen. Dort würden sie den Rest des Tages und den größten Teil der Nacht mit Essen, Trinken und Lustbarkeiten verbringen, bis der dritte Tag des Großen Wettstreits mit dem Eröffnungs-Scharmützel des rituellen Krieges begann.

Etwa achthundert Kilometer westlich von der Weißen Silberebene ertranken Skorpione und Spinnen und Alkali-Ameisen, die auf den Hängen über dem Alborán-Becken wohnten, zu Millionen. Kleine fliegende Räuber wie Wespen und Braunfliegen überlebten noch einige Zeit, indem sie dem kriechenden Salzwasser vorausflogen, bis die Nachtkühle ihre Flügelmembranen mit Tau belud und sie nach unten zwang.

7

Es waren noch ein paar Minuten bis Sonnenaufgang. Die Armeen stellten sich auf, zum Kampf bereit.

Die überwältigenden Massen der Firvulag waren zu Fuß wie immer. Sie tanzten und sprangen in undisziplinierten Haufen wie große schwarzgepanzerte Insekten um die Hauptleute ihrer Wahl herum. Die Bildstandarten mit Girlanden aus vergoldeten Schädeln hüpften auf und nieder und forderten den Feind heraus, sie zu nehmen – denn auf diese Weise sowie nach der Anzahl der abgeschlagenen Köpfe wurde der Sieger des Großen Wettstreits bestimmt. Die Kleinen Leute waren mit dunkelglitzernden Schwertern, Stachelkeulen, Kettenflegeln und Hellebarden mit seltsam geformten Klingen bewaffnet. Sie trugen weder Pfeil und Bogen noch andere Schußwaffen, da diese ebenso wie Reittiere ihren Kriegstraditionen widersprachen. Viele von ihnen besaßen Speere, aber sie waren gewohnt, diese auf den Feind zu schleudern statt damit zuzustoßen, und so richteten die Waffen bei den schwer gepanzterten Tanu-Reitern und Chalikos für gewöhnlich wenig Schaden an.

Ein paar Firvulag konnten nicht anders, als in Vorwegnahme der Mêlée die Gestalt zu wechseln. Eine grausige geflügelte Schlange schoß inmitten der von Karbreee dem Wurm kommandierten Kohorte hoch. Auf einem anderen Teil des Feldes zeigte eine stinkende Explosion das kurzfristige Erscheinen einer zyklopischen Schreckgestalt an, die das Salz mit fauligem Blut bespritzte und von ihren entrüsteten Waffenbrüdern unflätige Proteste einheimste. Draußen nahe der Flanke an der Lagunenseite rollte und holperte eine formlose Masse gelblich-grünen Protoplasmas herum und heulte wie eine wahnsinnige Sackpfeife.

Die Tanu-Streitmacht begegnete diesem trollhaften Pöbel mit Würde und Pracht. In den vorderen Reihen standen die Grauring-Kavallerie und die menschlichen Wagenlenker. Sie trugen Rüstungen aus Bronze und Glas und farbenfreudige Lanzenfähnchen. Alle waren mit Bogen, Speeren und Klingen bewaffnet und gehorchten den mentalen Befehlen ihrer Offiziere, die Mischlinge und goldberingte Menschen waren.

Hinter ihnen saßen die fünf großen Bataillone der metapsychischen Gilden auf ihren Reittieren. Krieger wie Chalikos fluoreszierten vor Glanz. Die Koerzierer und Psychokinetiker waren am zahlreichsten. Der Kreatoren gab es etwas weniger, und die Fernwahrnehmer und kämpfenden Redakteure stellten die kleinsten Einheiten, da die meisten ihrer Mitglieder während dieses Teils des Großen Wettstreits Hilfsdienste leisteten.

Kontingente von den verschiedenen Tanu-Städten versammelten sich um einheimische Champions, deren Banner auf keinen Fall in die Hände des Feindes geraten durften. Bestimmte Ritter hoher Reputation hatten ihre eigenen Anhänger, Tanu und Menschen, und neben den Goldenen und Silbernen waren darunter auch viele Graue in Glasrüstungen, die sich in der Niederen Mêlée ausgezeichnet hatten. Später würden sich die regionalen Gruppen und sogar die Gilden-Abteilungen in der Hitze des Gefechts auflösen, wenn die Kämpfer dem Banner und den mentalen Befehlen eines Helden folgten, der sie durch seine Tapferkeit anzog – und außerdem zeigte, daß er mächtig in der defensiven Abschirmung war. Die königlichen Hoheiten und die Feldgenerale der Tanu und der Firvulag standen in diesem frühen Stadium ein gutes Stück abseits, um zu beobachten, strategische Maßnahmen zu beurteilen und bemerkenswerte Taten zu rühmen.

Der Himmel über der Großen Lagune war golden. Als der obere Rand der Sonne erschien, zuckte ein lebhaft grüner Blitz auf, der volle zwanzig Sekunden sichtbar blieb, bevor er sich in blendend weißes Licht auflöste.

»Omen! Omen!« Wie böse Geister kreischend, sprang die Firvulag-Horde vorwärts. Ihre gepanzerten Füße machten ein Getöse, daß das Salz erzitterte.

Die Tanu warteten in hochmütiger regenbogenfarbener Aufstellung, die Banner hoch und die Chalikos fest im Zaum.

Das Sonnenlicht nahm an Kraft zu. Nodonn Schlachtenmeister erhob sich auf seinem gepanzerten Reittier in die Luft, mit der Sonnenscheibe um die Wette gleißend. Sein Geist und seine sturmlaute Stimme donnerten den alten Tanu-Schlachtruf:

»Na bardito!«

Die Galsfanfaren der Kriegerinnen schmetterten. Flache Vitredur-Schwerter schlugen an siebentausend edelsteinbesetzte Schilde, daß sie wie Glocken klangen. Das ungeschlachte Gebrüll der Firvulag wurde übertönt, als die hochgewachsenen Fremden und ihre menschlichen Verbündeten den Ruf aufnahmen.

»Na bardito! Na bardito taynel o pogekône! *Vorwärts, Kämpfer des Vielfarbenen Landes!*«

Die Armeen trafen aufeinander und begannen den dreitägigen Kampf der massierten Geister und Waffen. Das Krachen des Zusammenstoßes konnte weit entfernt auf dem Berg der Heroen von jenen vernommen werden, die Ohren hatten zu hören.

»In diesem Jahr wird es anders sein!« hatte Sharn-Mes dem Firvulag-Schlachtenmeister Pallol geschworen.

Pallol, gekleidet in den illusorischen Körper eines schwarzen Otters mit sechs Beinen, flammenden Fängen und Klauen und einem blitzenden Opal von der Größe eines Suppentellers über dem Auge, war skeptisch. Aber schließlich war er nicht in Finiah dabei gewesen!

Der junge General und der alte, umgeben von Adjutanten und Freunden, beobachteten die ersten Scharmützel hinter einem mächtigen Schirm hervor. Aber nach der ersten Stunde mußte sogar Pallol zugeben, daß die Kleinen Leute mit einzigartigem Schwung vorgingen. Sie waren von einem wundervollen und frischen Mut beseelt. Finiah hatte ihre Moral gehoben – und mehr noch, es hatte sie neuen Ideen geöffnet.

Sharn, erschienen als drei Meter großer Albino-Skorpion, ganz wächsern-durchscheinend mit glühenden Organen in den Körperhöhlen, erkannte mit seiner Fernwahrnehmung ein unmittelbar bevorstehendes Ereignis.

»Sie kommen nahe an uns heran, Schlachtenmeister. Aber jetzt keine taktischen Rückzüge mehr! Sieh nur unsere Jungens an, wenn die Kavallerie der Geringen angreift!«

Eine Truppe von Grauringen galoppierte wie der Teufel heran, um eine enge Phalanx von einigen sechzig Firvulag niederzuhauen und in den Boden zu stampfen. Es sah aus, als wollten die Firvulag ihren üblichen ebenso sturen wie vergeblichen Widerstand leisten. Aber bei dieser Gelegenheit, kurz bevor die schweren Klauen der Reittiere auf den Hügel sich überlappender schwarzer Schilde niedersausten, zerstreuten sich die Fußsoldaten und schlüpften unter die großen Tiere. Sie schlitzten ungepanzerte Bäuche mit Dolchen auf und schwangen Äxte gegen die verwundbaren Beinsehnen der Chalikos.

»Ich will verdammt sein!« rief Pallol aus.

Die Grauring-Truppe löste sich auf. Tiere mit zerschnittenen Flechsen und tödlichen Wunden warfen ihre Reiter ab und taumelten schreiend und über ihre hervorquellenden Eingeweide stolpernd umher, bis sie starben. Es galt nun noch, mit den sattellosen Menschen fertigzuwerden. Doch beim Nahkampf waren die Kleinen Leute durch ihre größere Zahl im Vorteil, obwohl die Grauen oft körperlich stärker waren und von ihren bannertragenden Offizieren gezwungen wurden, bis zum Tod zu kämpfen. Visionen von fechtenden Kobolden und anderen Geistern und Gespenstern kamen und gingen inmitten des Getümmels. Der Äther pulsierte vor schrecklichen mentalen Projektionen. Dem menschlichen Goldring-Offizier im Blau der Koerzierer gelang es, ein halbes Dutzend Firvulag niederzustrecken und zu Tode zu hakken, bevor er unter einem Gewirr von verstümmelten Leichen verschwand. Es war offenkundig, wer jetzt die Oberhand hatte.

»Dieses Bauchaufschlitz-Manöver ist nicht schlecht«, mußte Pallol zugeben.

»Die Menschen wandten es in Finiah an«, sagte Sharn. »Es wurde von einem Metallwerker der Geringen eingeführt, der während des Kampfes eine Führerrolle übernahm. Später erzählte er, die Taktik sei Tradition bei der ethnischen Gruppe, von der er abstammt. Und stell dir vor, das Durchschneiden der Flechsen war der Vorschlag einer Heiligen bei den Geringen. Sie hatte gesehen, wie die schreckliche Morigel es tat, als sie Epone ermordete.«

»Morigel? *Der Rabe?* Oh, du meinst dies menschliche Ungeheuer Flice.« Pallol schüttelte seinen furchterregenden

Raubtierkopf. »Té sei Dank, die ist nicht mehr dabei! Es geht das Gerücht, sie sei den Klauen des Schönen Cull entronnen und in einer großen Kugel aus kochendheißem Blut davongeflogen. Blödes abergläubisches Gewäsch! Aber wohin sie auch gegangen sein mag, ich hoffe, daß sie dort bleibt!«

Die Firvulag hatten inzwischen die letzten Kavalleristen abgeschlachtet und hoben nun ihre Lanzen, auf denen dreißig abgeschlagene Köpfe noch mit federgeschmückten Bronzehelmen steckten. Ein Kopf mit einem Helm aus blauem Glas und zerzausten goldenen Federn wurde auf die Spitze seiner eigenen Standarte gespießt. Das Visier war offen, und die toten Augen schienen leicht erstaunt auf das blutbefleckte azurblaue Banner niederzublicken.

Die Phalanx der Kleinen Leute eilte auf die versammelten Anführer zu. »Manifestiere, Schlachtenmeister!« heulten die Zwerge und umtanzten Pallol und Sharn. »Manifestiere – wie in der guten alten Zeit!«

»Männer ... ich bin stolz auf euch!« krächzte der Dämonen-Otter und schluckte den Kloß in seiner Kehle hinunter. »Verlaßt euch darauf, ich werde für euch manifestieren!«

Er hob den Opal-Deckel von seinem Auge und sengte alles Fleisch von den schwankenden Köpfen. Die weißen Schädel flogen hoch und kreisten wie ein Meteorenschwarm dicht über den Speerspitzen der jubelnden Krieger. Dann schossen sie nieder und landeten so auf der Seitenlinie, daß sie eine Pyramide bildeten, aus der das geschändete Emblem hervorstach. Jeder einzelne Schädel war jetzt mit schimmerndem Gold überzogen und brauchte von den Trophäenmachern nur noch aufgesammelt zu werden.

»Slitshal, Pallol!« brüllte die Phalax. Ihre frischgereinigten Waffen schwingend, stürzten sie davon, um den Feind von neuem zu stellen.

In einem Durcheinander von Gliedmaßen lagen zwei Firvulag-Leichen und ein menschliches Wesen, das nur so tat, als sei es tot, und dabei betete, es möge bis zum Sonnenuntergang unentdeckt bleiben und dann desertieren können.

Mit großer Vorsicht tastete Raimo Hakkinen wieder die Region seines hochaufragenden Rumpfes ab. Wieder war da nichts als das gedämpfte *Ping,* als der glasplattierte Handschuh gegen den Schuppenpanzer über seinem Hintern stieß. Verdammt! Schon wieder vergessen. Er hatte keine Hüfttasche. Er hatte keine Flasche mit gutem alten Hudson's Bay Demerara. Nicht einmal Wasser. Überhaupt nichts zu trinken, wenn einer keinen Geschmack an Blut hatte. Aus dem Ventilierungsschlitz in dem Visier seines rosa Glashelms kam ein schwaches Schluchzen. Es blieb in dem Kampfgetümmel rings um ihn ungehört ...

Sie hatten ihn natürlich in die Schlacht koerzieren müssen.

Diese kichernden Tanu-Teufelinnen hatten ihn von dem Kriegsbankett weggezerrt und seinen armen, bis zum Skelett abgemagerten Körper mitten im Ausstellungsraum des Waffenschmieds ausgezogen, während sie einen passenden PK-Harnisch für ihn suchten. Ein grauer Knappe hatte ihm höhnisch gackernd die Unterkleidung angelegt: erst ein Baumwollhemd und kurze Unterhosen, dann die erstklassig gearbeitete Polsterung, haltbares Gaze-Gewebe, das erbsengroße Plastikblasen einschloß und nicht allein schützte, sondern auch luftig war und nur wenige Gramm wog. Die sechs Tanu-Frauen persönlich hatten ihm all die rutschenden Platten aus goldziseliertem rosa Glas angelegt und ihm erzählt, wie tapfer er sich erweisen und welchen Ruhm er auf der Weißen Silberebene einheimsen werde. Bis zum Hals gerüstet, hatte er vor ihnen niederknien müssen, während sie ihn mit einem großen Schwert aus rosigem Vitredur im Spott zum ›Lord Raimo‹ schlugen. Dann wurde er gezwungen, ihnen allen auf die einzige ihm noch mögliche Weise zu Willen zu sein. Als diese Demütigung vorüber war, stülpten sie ihm den herrlich geschmückten Helm über, der fast wie ein Südwester mit Visier aussah, steckten ein Schwert in die Scheide an seinem Gürtel und drängten ihn nach draußen zu dem nervösen gepanzerten Chaliko, das ihn in die Schlacht tragen sollte. Das Fell des Tieres war in einem knalligen Fuchsia eingefärbt, die Mähne und die Haarbüschel an den Fesseln schwefelgelb, eine Parodie auf das heraldische Rosenrot und Gold der Psychokinetiker-Gilde. Die Frauen teleportierten ihn in den Sattel, und er fand kaum noch Zeit, die Zügel zu fassen, bevor das Ungetüm sich aufbäumte und ihn beinahe Hals über Kopf nach rückwärts abgeworfen hätte.

Irgendwie blieb er an Bord und wurde mit sechs separaten Einschaltungen des Lusterregers in seinem silbernen Ring belohnt.

Alle zusammen marschierten von dem Tanu-Lager hinüber zu der Ebene und schlossen sich der großen Parade juwelenfunkelnder Kämpfer und Glückwünscher an, die in der falschen grauen Morgendämmerung durch die von Fackeln beleuchtete und mit Bannern geschmückte Gasse strömten. Die sechs Damen zupften symphonisch an seinen Happy-Schaltungen, um ihn richtig in einen euphorischen Zustand hineinzuarbeiten. Und als sie das Aufmarschgebiet des Schlachtfeldes erreichten, schalteten sie abrupt auf den hypothalamischen Auslöser um und füllten ihn mit Adrenalin und wahnsinniger Wut auf den Firvulag-Gegner, der weniger als einen Kilometer entfernt in der Finsternis lauerte. Er reihte sich bei seinen silbernen Mit-Psychokinetikern aus Muriah ein, bis zu den Augäpfeln vollgepumpt mit Kampfeslust.

Dann wartete die Armee an Ort und Stelle eine weitere ganze Stunde. Die Frauen haten sich an die fernen Seitenlinien zurückgezogen, und während die Zeit verging, verflog Raimos Wahnsinn, und das, was an gesundem Menschenverstand in ihm noch übrig war, gewann wieder die Oberhand. Er entdeckte, daß die Tanu-Hexen vergessen hatten, die Kontrolle ihres Spielzeugs an Kuhal oder Fian oder einen anderen Offizier des PK-Bataillons zu übergeben. Er war frei! Niemand koerzierte ihn mehr!

Endlich wurde zum Angriff geblasen. Raimo raste los und schwang sein Schwert und brüllte wie die ganze Masse von Amokläufern. Doch dabei war er stocknüchtern und hatte schreckliche Angst.

Zuerst rettete sein Reittier ihn. Es war ein gut ausgebildetes Kampf-Chaliko, trotz seines bösen Temperaments, und es wußte, wie es mit seinen Klauen zuschlagen mußte, wann immer Firvulag-Infanteristen sie angriffen. Raimo ritt in einer mittleren Tanu-Staffel zwischen den Elite-Grauen und den herrlich anzusehenden Champions aus der Provinz. Zu dem Zeitpunkt, wo er mitten im Getümmel war, gab es genug

Staub und Gestaltwechsel und auch schon Gemetzel, daß seine bisherigen Kameraden mit anderen Dingen als ihm vollauf beschäftigt waren.

Es war Zeit, an die Flucht zu denken.

Er fuhrwerkte herum, schlug in die Luft und versteckte sich hinter seinem Schild, wenn illusorische Ungeheuer in dem ungewissen Licht des Sonnenaufgangs auftauchten. Wellen des Entsetzens, von den Firvulag erzeugt, umwirbelten ihn und verschmolzen mit seiner eigenen hausgemachten Angst. Er ritt durch einen alptraumhaften Tumult, bei dem die Kombattanten beider Armeen sichtbar und unsichtbar wurden, als laufe ein gestörter Holo-Projektor. Nur ein Aspekt des Krieges war gnadenlos real: die kopflosen Leichen, meistens Menschen und Firvulag, und die sterbenden Tiere, die das Salz mit klebrigem Rot und heißen Exkrementen befleckten.

Einmal hob Raimo das Visier seines Helms und erbrach sich diskret, damit er sein Reittier nicht scheu machte. Die meiste Zeit schritt das große Tier vorsichtig zwischen den Leichen hindurch, während er versuchte, es in die Richtung der höhersteigenden Sonne zu lenken, die wie eine ausgeschnittene weiße Scheibe, schwer verhängt von Staubnebeln, aussah. In jener Richtung lag der östliche Arm der Lagune. Wenn er das Ufer erreichte, mochte es ihm gelingen, eins der Firvulag-Boote zu stehlen, und wenn von seiner zusammengebrochenen PK noch ein paar Watt übrig waren, schaffte er es vielleicht gerade eben nach Kersic.

Glück. Nur ein bißchen Glück! Verdiente er das nicht nach diesen Monaten in der Hölle? Mach nur immer so weiter, braves Pferdchen, und tritt zu! Stampf diese kleinen Scheißer zu Matsch, wenn sie uns angreifen!

Das Chaliko kämpfte gut. Und die Firvulag, stellte Raimo fest, warfen ihre Lanzen bloß und machten weder von Pfeilen noch von Bolzen Gebrauch, so daß er hinter seinem Schild in dem hohen Sattel ziemlich sicher war. Doch dann ...

Etwas wie eine gigantische purpurne Spinne kam aus dem nebligen Gleißen gesaust und gelangte hinter ihn. Eins ihrer Tentakel schob sich unter den Schwanzriemen des Chaliko-Panzers. Das Tier stieß einen ohrenzerreißenden Schrei aus und fiel schwer nach vorn, gepfählt von einer Art langschäftigem Speer. Raimo flog aus dem Sattel und schlug mit einem Geräusch auf den Boden, als werde ein Xylophon demoliert. Er sah die Spinne flirren und sich auflösen, und dann hüpfte ein im Falsett quietschender Firvulag in blutbeschmierter Halbrüstung um ihn herum – das genaue Ebenbild des Zwergs Grumpy aus Wald Disneye zweidimensionalem Filmklassiker.

»Jetzt hab ich dich! Jetz hab ich dich!« schrillte das Männchen und schwang eine schwarze Glasklinge mit gräßlich gezackter Schneide.

»Hilfe!« rief Raimo. Vergebens versuchte er aufzustehen. Sein Chaliko schlug im Todeskampf um sich, die großen Klauen waren beinahe über ihm. *Hilfehilfehilfehilfe* ...

Ach du grüne Neune, Holzhacker! Bist du das?

Aik! Aik, um der Liebe Christi willen!

Ein Strahl wie ein Natriumdampf-Suchlicht stach aus den Staubwolken hervor. Er wanderte harmlos über den zusammengebrochenen rosa Ritter hin, doch als er Grumpy entdeckte, hielt er inne und wurde stärker. Die Glieder des Firvulag-Kriegers zuckten in Krämpfen, und sein Obsidian-Schwert bog sich weg. Orange-gelbes Licht leckte an seinem Körper auf und nieder, schmolz den Küraß und hinterließ einen Pfad rauchender Wunden. Der Firvulag stieß durchdringende Schreie aus. Eine Stimme, die aus der leeren Luft kam, sagte: »Das ist die richtige Stelle«, und der Astralstrahl macht kehrt und schien in den offenen Mund des festgenagelten Zwergs. Es gab eine kleine, außerordentlich scheußliche Explosion.

»Mach die Augen auf, Holzhacker! Dein glänzender Ritter ist zu deiner Rettung erschienen.«

Raimo, immer noch am Boden, schob sein Visier hoch. Ein riesiges schwarzes Chaliko, ganz in Gold gepanzert, blickte auf ihn nieder. Seine wohlwollenden Augen lugten aus den Öffnungen seines vergoldeten Kopfschutzes. Auf seiner Stirn war ein facettiertes Amethyst-Horn angebracht. Der Reiter des herrlichen Tiers war ein kleiner Mensch, der wie von einer eigenen Energiequelle glühte. Er trug keine Waffe, keinen Schild. Aber er hielt ein purpurnes Banner hoch, dessen Emblem, eine goldene Hand, der Exilwelt eine bestimmte Aufforderung zukommen ließ. Ein Cape in Violett und Schwarz fiel unbefleckt über Aiken Drums goldglänzende Rüstung. Grinsend stellte er Raimo mit PK auf die Füße.

»So, Holzhacker. Du bist so gut wie neu und kannst kräftig auf den Putz hauen! Bis später!«

»Warte!« flehte der frühere Waldarbeiter. Aber der Leuchtende war fort. Der Schlachtenlärm verstärkte sich, und ebenso war es mit den Wolken aus Rauch und Staub. Es hörte sich an, als nähere sich ihm ein wildes Gefecht.

Raimo stolperte umher, bis er sein Schwert und seinen Schild wiederfand. Er machte einen Bogen um das sterbende Chaliko und die scheußlichen Überreste Grumpys und lief in entgegengesetzter Richtung zu den schlimmsten psychokreativen Detonationen, weg von dem Klirren der Glas- und Bronzewaffen, dem Brüllen Tausender menschlicher und nichtmenschlicher Stimmen, das seine Ohren und sein Gehirn füllte. In wenigen Minuten hatte er völlig die Orientierung verloren. Er hatte keinen Anhaltspunkt, der ihm den Weg zur Küste gezeigt hätte, keine sichere Fluchtroute.

»Was soll ich nur tun?« wimmerte er.

Bis zum Sonnenuntergang am Leben bleiben, erinnerte etwas ihn, denn dann gab es eine Pause von drei Stunden, während das Feld von Verwundeten und Toten gesäubert wurde. Wenn es ihm gelang, sich bis dahin zu verstecken ...

Er stolperte über die beiden enthaupteten Firvulag und hielt in seiner ziellosen Flucht inne. Auf der Ebene gab es keine natürliche Deckung – also warum nicht? Immer noch in dichte Staubwolken eingehüllt, warf er sich nieder und grub sich zwischen ihre dunkeltropfenden Glieder ein. Dann zog er sein Bewußtsein in diesen unzulänglichen kleinen Zufluchtsort zurück, den Aiken ihn zu benutzen gelehrt hatte, als die Frauen ihn an den Rand des Wahnsinns trieben. Falls nicht jemand einen Gedanken direkt auf ihn richtete, war er sicher. Fast alle Empfindungen, fast alle Schmerzen hörten auf. Raimo Hakkinen wartete.

Die Sonne stieg hoch, erhitzte die Weiße Silberebene und erzeugte Luftströme, die die Staubdecke hoben. Die Krieger beider Seiten erneuerten die Feindseligkeiten. Große Heldentaten wurden von Tanu wie von Firvulag verrichtet, aber die Grauring-Truppen wurden von den neuen Taktiken der Kleinen Leute dezimiert, was die Tanu in eine potentiell gefährliche Lage brachte.

Raimo lag unbeweglich, obwohl ein paar Scharmützel nur ein paar Meter von ihm entfernt stattfanden. Er litt unter Krämpfen und Hitze und Durst. Fliegen ließen sich nieder, um ein Festmahl an dem Blut zu halten und ihre Eier in totes Fleisch zu legen, und einige von ihnen krochen in seinen Helm. Für einen Augenblick aus seiner Betäubung erwachend, benutzte er die Fetzen seiner psychokinetischen Kraft dazu, sie an den Innenwänden zu zerquetschen. Von Zeit zu Zeit suchte er delirierend nach Schnaps. Der Helm-Federbusch in Fuchsienrot und Gelb gab ihm ein bißchen Schatten, aber trotzdem briet er in seiner Schale aus rosa Glas bis zum späten Nachmittag, als die Sonne sich endlich senkte und das Rückgrat von Aven als Silhouette vor blutrotem Licht erscheinen ließ, bevor sie verschwand.

Ein einzelnes Horn blies einen silbrigen Ton, der in seinem Gehirn widerhallte.

Der Schlachtenlärm verebbte. Herrlich kühler Wind strich über das Salz. Die Armeen zogen sich zurück.

Bald, Raimo, sagte er zu sich selbst. Bald – wenn es ein bißchen dunkler ist.

Er war jetzt hellwach, lag jedoch immer noch bewegungslos. Unglücklicherweise hatte er sich an einer Stelle versteckt, die gefährlich nahe an dem riesigen Tanu-Lager war. Redakteure und Fernwahrnehmer auf Missionen der Barmherzigkeit schwärmten auf der stillen Ebene aus und leiteten Träger zu den verwundeten Tanu- und Menschenrittern. Und da waren noch andere, Anführer auf frischen Chalikos, die die Ergebnisse er ersten Tageslicht-Aktion zählten. Wenn einer von denen ihn entdeckte ...

Er versuchte, jede Gedankenprojektion zu unterdrücken, völlig in dem kleinen Zufluchtsort seines Gehirns zusammenzuschrumpfen. Ich bin ein totes Ding laßt mich in Ruhe ich bin tot geht an mir vorbei ignoriert mich geht weg geht weg ...

»Oh, du bist es!«

Die Stimme erklang in seinem Gehirn und seinen Ohren. Er weigerte sich, die Augen zu öffnen.

Lachen. »Komm schon, psychokinetischer Bruder! Du siehst nicht danach aus, als seist du so schwer verwundet!« Die Firvulag-Körper, diese kostbaren, ihn schützenden Leichen, veränderten die Lage. Raimo rutschte langsam auf das Salz hinunter, aber irgendwer hielt seinen Kopf und zwang ihn, durch das offene Visier seines Helms zu blicken.

Zwei Tanu-Frauen – eine in Purpur, eine im Rot und Silber der Redakteure. Hinter ihnen ein Paar gleichmütiger bloßhalsiger Männer mit einer Bahre. Die steif gewordenen Firvulag-Leichen lagen wie weggeworfene kopflose Puppen neben ihm.

»Er ist überhaupt nicht verwundet, Schwester«, sagte die Fernwahrnehmerin. Ihr Gesicht mit den tiefliegenden Augen war grimmig und von der Kapuze ihres Mantels beschattet.

»Das stimmt«, bestätigte die Redakteurin. »Auch sein Verstand ist vom Feind nicht berührt worden. Er ist ein Simulant. Eine Memme!«

Panikerfüllt krabbelte Raimo auf die Füße. Die verkrampften Muskeln in seinen Beinen verweigerten ihm den Dienst. Er fiel – und dann floß die volle Kraft der Tanu-Koerzierung von beiden Frauen in seinen Ring und hielt ihn in Bann. Er stand vollkommen still, eine in juwelenbesetzte rosa Glasplatten gehüllte Statue, überkrustet vom Blut anderer Leute.

»Du kennst die Strafe für Feigheit, Geringer«, sagte die Fernwahrnehmerin.

Er hatte zu antworten: »Ja, Erhabene Dame.«

»Dann geh an jenen Ort! Geh, wohin du gehörst!«

Er wandte sich von ihnen ab und trottete über das Schlachtfeld, dahin, wo die Große Retorte aus Glas wartend auf ihrem hohen Gerüst stand.

Siebenhundert Kilometer weiter westlich lag auf den Felsen des Alborán-Vulkans ein gestrandeter junger Plesiosaurier.

Er hatte Thunfische im Atlantik gejagt und an keine Gefahr gedacht. Und die Thunfische wiederum hatten fliegende Tintenfische gejagt, und die Tintenfische hatten eine Schule Silbersardinen verfolgt, die auf den mikroskopischen Organismen des pelagischen Planktons weideten. Die unerwartete Strömung hatte sie alle ergriffen, die großen wie die kleinen Geschöpfe, und in den Gibraltar-Spalt hineingesaugt.

Eine höllische Viertelstunde lang waren sie umhergeschleudert und dann den unglaublichen Wasserfall hinuntergeworfen worden. Der anmutige Hals des jungen Plesiosauriers brach beim Aufprall auf die schäumenden Strudel des neuen Mittelmeers. Er starb auf der Stelle. Die Thunfische verletzten sich an überfluteten Felsen und blieben nicht viel länger am Leben, und die Tintenfische auch nicht. Wegen ihrer geringen Größe kamen die meisten Sardinen bei der Abfahrt über den Wasserfall mit dem Schrecken davon. Als ihre Gehirne das Gleichgewicht wiedergefunden hatten, versuchten sie, ihr Leben wie gewohnt fortzusetzen. Doch das turbulente Wasser, das das Alborán-Becken füllte, war so voll von Schlamm, daß ihre winzigen Kiemen verstopft wurden und jede einzelne Sardine erstickte. Von allen Kreaturen, die durch die neugeborene Straße von Gibraltar gezogen worden waren, überlebte nur das zähe Plankton.

Der tote Plesiosaurier war ostwärts getrieben, bis er auf dem Hang des Alborán-Vulkans liegenblieb. Einst hatte sich dieser Vulkan 600 Meter über den Boden des benachbarten Trockenbeckens erhoben. Möwen und Aaskrähen fraßen sich an dem Kadaver satt, bis die steigende Flut ihn für sich forderte und von neuem in dem nebligen Dunkel auf die Reise schickte.

8

In der Pause vor Morgengrauen flog Nodonn mit Imidol und Kuhal und Culluket über das Schlachtfeld und studierte die niederschmetternden Ergebnisse der ersten Runde der Hohen Mêlée. Der fast volle Mond ging unter, und die Sterne leuchteten matt. Ihrer Stimmung entsprechend hatten die vier Brüder ihre eigene metapsychische Illumination gedämpft und fuhren über den Himmel wie Geister.

Firvulag-Heiler waren mit hüpfenden Glühwürmchen-Laternen zwischen den Massen dunkler Körper eifrig beschäftigt. Drüben in ihrem Lager war ein großer Kreis von Freudenfeuern, die auf ein fortgeschrittenes Gelage der Krieger hinwiesen. Die Kleinen Leute sangen ein lautes polyphones Lied, begleitet von Trommeln.

»Ich erinnere mich nicht, das schon einmal gehört zu haben«, bemerkte Imidol.

»Eins ihrer Kampflieder«, antwortete Kuhal verdrießlich. »Sie sangen sie in der Zeit, als sie jeden zweiten Wettstreit zu gewinnen pflegten und du noch an Mutters Röcken hingst und lerntest, Küchenschaben zu koerzieren. Eigentlich ist es ein Siegeslied. Hoffen wir, daß es voreilig gesungen wird.«

»Daß sie überhaupt wagen, es anzustimmen ...!« Cullukets Gesicht flammte kurz hochrot auf.

»Nach der Zahl der erbeuteten Banner liegen wir nicht einmal hinter ihnen«, protestierte Imidol. »Die Sache mit Velteyn ist eine Schande, aber Celadeyr von Afaliah kann sein Kreatoren-Bataillon übernehmen.«

»Was davon übrig ist«, fauchte Kuhal.

Der Schlachtenmeister hatte sich jeder Bemerkung enthalten. Jetzt führte er sie tiefer auf ein großes Gebiet zu, wo sich das scharlachrote und violette Glühen der Tanu-Helfer konzentrierte. Er sagte: »Velteyn war ein hitziger Narr, daß er Pallol unterschätzte. Von all unseren Hauptleuten hätte gerade er über die gestärkte Moral des Feindes Bescheid wissen sollen. Und verkleinere die Katastrophe nicht, Jüngster Bruder! Die Reihen der Kreatoren sind um ein volles Viertel ihrer Anzahl gelichtet worden – und Celadeyr gehört nicht zur Heerschar.«

Culluket sprach um einen Hauch zu gleichmütig. »Nun, es war deine Idee, Mercy solle Vel zum Zweiten Kreator ernennen. Ich habe dich vor seinem Mangel an Urteilsvermögen gewarnt.«

»Und jetzt«, setzte Kuhal roh hinzu, »sieht unser verstorbener Bruder von Finiah den Firvulag-Saufereien zu! Zweifellos aus leeren, vergoldeten Augenhöhlen.«

»Wir haben noch zwei weitere Runden.« Imidol strahlte Zuversicht aus. »Dies Fiasko mit der Grauring-Kavallerie war ein unglücklicher Zufall. Wir werden zurückschlagen.«

»Die Haut-Pavillons fließen über«, warnte Culluket.

»Darüber habe ich bereits nachgedacht«, sagte Nodonn. »Die am schwersten verwundeten Tanu und menschlichen Goldenen werden in die Heilräume oben im Redaktionshaus gebracht werden müssen, damit die Feldärzte sich ganz dem Zusammenflicken der noch Kampftauglichen widmen können. Wir werden auch noch eine zweite Neuerung einführen. Culluket – instruiere den Lord-Heiler durch Fernsprechen, er soll beginnen, die besten der kämpfenden Grauen in die Haut zu packen. Die verwundeten Inkompetenten unserer eigenen Rasse müssen sich damit abfinden, daß sie für den Rest des Wettstreits in Muriah herumsitzen. In *diesem* Krieg haben wir keine Zeit für alternde Ehemalige und Stümper.«

»Tanas Zähne, Bruder!« rief Kuhal aus. »Thaggy wird zur Supernova, wenn du der Tradition so zuwiderhandelst!«

Nodonn blieb hart. »Unsere Bräuche halten eine kleine Beugung aus. Wir haben größere Sorgen als den verletzten Stolz der Traditionalisten – und auch die Ehre des Königs. Ich gestehe jetzt, daß ich einen schweren Fehler begangen habe, als ich Velteyn Befehlsgewalt übertrug. Ich ließ mich von Gefühlen leiten, und ihr habt selbst erlebt, wie man über seine Ernennung gejubelt hat.«

»Celadeyr ist ein guter Führer, auch wenn er nicht zur Heerschar gehört«, sagte Kuhal. »Aber wir haben mit Velteyn einen sicheren Kandidaten für die Hohe Tafel verloren, und von nun an müssen wir scharf aufpassen ... Und ich rede mit *dir*, jüngster Bruder!«

»Ich werde mich um Leyr kümmern, wenn die Zeit reif ist!« prahlte Imidol. »Hüte du nur deinen eigenen psychokinetischen Arsch, Bruder!«

Der östliche Himmel war tiefviolett. Die Venus hing über der kanonenmetallenen Glätte der Lagune.

»Heute«, sagte Nodonn zu den drei anderen, »müssen wir uns alle sehr in acht nehmen. Die Bataillone werden in Stücke zerbrechen, sobald Druck auf sie ausgeübt wird und die Firvulag-Großen persönlich zum Kampf antreten. Unsere zahlenmäßige Unterlegenheit ist durch den Verlust so vieler Grauer und Kreatoren noch schlimmer geworden – aber bei der Geisteskraft allein sind wir noch immer im Vorteil. Seid auf dem Schlachtfeld klüger als unser glückloser Bruder Velteyn. Es war ein Fehler von ihm, mittels spektakulärer, aber törichter Taktiken zu früh Kämpfer um sein Banner zu sammeln, die keine Gildenmitglieder waren. Er spielte und verlor. Doch laßt mich euch daran erinnern, daß ein weiterer Spieler in unseren Reihen kämpft ... und er ist ein Meister, der den höchstmöglichen Einsatz wagt.«

Danach sprachen die vier Brüder eine Zeitlang über technische Einzelheiten und ließen ihre Reittiere in der Morgendämmerung treiben. Die Ebene unter ihnen wurde mit großer Schnelligkeit gesäubert. Die toten Firvulag lud man am Lagunenstrand in besondere Boote. Sie würden bei der Rückreise der Kleinen Leute zum europäischen Festland auf dem Wasser geopfert werden. Die kopflosen Tanu- und Menschenleichen wurden eingehüllt und unter dem Glasgehäuse der Großen Retorte gestapelt, wo sie zum Abschluß des Großen Wettstreits bei der Destillierung der Gefangenen als Brennstoff dienen sollten.

Hundert Jahre lang hatten die Eier der Meereskrabben und die Sporen der kleinen Algen auf Regen gewartet.

Sicher unter den Salzschollen der Playa waren sie wirtschaftlich mit ihren winzigen Portionen an Lebenskraft umgegangen, hatten Hitze und Trockenheit und chemischen Reaktionen widerstanden. Irgendwann würde ein außergewöhnlicher Jahrhundertregen die Betischen Kordilleren des Pliozän durchtränken und die Große brackische Marsch zum Überfließen füllen.

Dann würden die Tausende von Quadratkilometern trokkener Seebetten, die zwischen den normalen westlichen Grenzen der Marsch und dem sanften Anstieg von Alborán lagen, vor Leben explodieren. Die Meereskrabben und die Algen und ein paar andere zähe Wasserwesen würden wachsen und gedeihen, bis das Wasser ablief und verdunstete, und im Sediment frische Eier und Sporen hinterlassen, die wieder hundert Jahre auf den nächsten Regen warteten.

Es fiel kein Regen. Der Pliozän-Himmel war Anfang November klar, und das Bett des Andarax brachte nur ein dünnes Tröpfeln von den spanischen Gipfeln ins Mittelmeer-Becken.

Und trotzdem füllte die Playa sich. In noch nie dagewesener Weise stieg das Wasser und breitete sich aus.

Die Krabben vermehrten sich zu Milliarden, fraßen Algen und beeilten sich, die Eier mit den weicheren Schalen zu legen, die sich in gut gewässerter Umgebung zu produzieren pflegten. Das Wasser war schlammiger als gewöhnlich, und es beherbergte fremde Konkurrenten, Meeresplankton, das mit den Krabben nach dem treibenden Grünzeug haschte und sogar versuchte, die kleinen Krustentiere selbst zu jagen. Aber all das war den Geschöpfen der Playa nicht wirklich bewußt, auch die Tatsache nicht, daß sie den langen Trockenschlaf niemals wieder würden durchmachen müssen.

»Vertraut mir!« sagte Aiken Drum inmitten von Feuer, Rauch, mentalem Gebrüll und physischer Schlächterei.

»Wenn das nicht funktioniert«, gab Bunone Kriegslehrerin zu bedenken, »ist die Wahrscheinlichkeit beträchtlich, daß Nukalavee dicht besiegt.«

Aiken stieß sein keckes Banner himmelwärts. »Keine Bange! Haltet ihr nur eure verdammten Illusionen intakt und sorgt dafür, daß keiner der Bande hier durch irgendeinen heroischen, ritterlichen Scheiß den Hinterhalt verrät. Hast du gehört, Tagan-Baby?«

Der Herr der Schwerter gab trocken zurück: »Der Feind hat uns so in die Enge getrieben, daß ich jedem Ratschlag folgen werde, der uns Luft verschafft. Sogar deinem Ratschlag, Aiken Drum.«

»Na, denn los, koerzibler Bruder! Sieh genau hin! Ich bin weg!«

Der goldene Reiter auf dem herrlichen Chaliko verschwand in einer Wolke prupurnen Rauchs.

Lord Daral von Bardelask sagte: »Hab Vertrauen, Herr der Schwerter. Aiken hat uns den ganzen Tag tapfer und einfallsreich geführt. Wir haben bis jetzt mehr als vierzig Firvulag-Standarten erbeutet, indem wir seinem Banner folgten – und dazu den Kopf ihres Helden Bles Vierzahn!«

»Es ist bei uns nicht *Brauch,* sich in den Hinterhalt zu legen«, brummte Tagan.

»Es ist eine Möglichkeit, zu siegen«, schoß Bunone zurück.

»Das Gerede von euch alten Soldaten dreht mir den ... *Achtung!*«

Aus dem staubigen Durcheinander, das die sechs erschöpften Tanu-Kompanien umgab, scholl ein neues Geräusch – ein wütendes Brüllen aus mehr als tausend Kehlen, überlagert von einem pfeifenden Quietschen, das die menschlichen Kämpfer an eine übersteigerte elektronische Rückkopplung erinnerte. In einem einzigen Augenblick verschwanden sämtliche rund fünfhundert Reiter und verwandelten sich in Haufen durcheinandergeworfener Leichen, die zu beiden Seiten einer freigeräumten Straße von vielleicht dreißig Metern Breite und fast der zehnfachen Länge lagen.

»Die Illusion steht fest«, sagte Celadeyr. »Und jetzt – *en garde!*«

In das gesäuberte Gebiet kam ein Hipparion galoppiert, eins der eselgroßen dreizehigen Pferde des Pliozän. Es war gezäumt und aufgeputzt und trug eine Schabracke in Purpur und Gold. Auf seinem Rücken stand Aiken Drum. Er schwenkte eine kleinere Ausgabe seines Digitus-impudicus-Banners und lachte wie ein Irrer, und er trug seinen goldenen Anzug mit den vielen Taschen.

Ihm dicht auf den Fersen war eine Legion von Ungeheuern, Firvulag-Recken in ihren fürchterlichsten Illusionen. Angeführt wurden sie von einer hochaufragenden Erscheinung, einem Zentaur gleichend, dem die Haut abgeschunden war. Seine bloßliegenden Muskeln und Sehnen und die roten und blauen Blutgefäße glitzerten und pulsierten, die Augäpfel glotzten in wahnsinniger Wut aus dem Schädel. Sein lippenloser Mund mit den abgebrochenen Stoßzähnen stand weit offen und stieß ein scheußliches Geschrei aus. Nukalavee der Hautlose, einer der ersten Firvulag-Champions, verfolgte die kleine Gestalt auf dem Pferderücken und schleuderte Kugelblitze, die auf eine unsichtbare metapsychische Barriere um den fliehenden Possenreißer prallten und harmlos zerplatzten.

»*Nyaa-nyaa!*« rief Aiken Drum.

Das Hipparion galoppierte mit dem Bauch am Boden. Der Jüngling bückte sich, blickte durch die Beine zurück auf Nukalavee und streckte ihm die Zunge heraus. Dabei hielt er die

Zügel mit einer Hand und schwenkte sein kleines Banner mit der anderen. Dann ließ er die Klappe seines goldenen Anzugs fallen.

Nukalavees Rückkopplungsgeheul stieg auf hundertundzehn Dezibel an. Die ihm nachtrampelnde Firvulag-Meute war jetzt von der Zwillingsreihe aus Leichen ganz umgeben.

Bunone und Alberonn und Bleyn gaben gleichzeitig einen mentalen Befehl:

Jetzt!

»Wach auf, Bryan! Kannst du mich hören? Wach jetzt auf!«

Der Traum von Dunkelheit begann zu verblassen, diese Höhle, die ihn mit süßer und schrecklicher Endgültigkeit verschluckte. Er öffnete die Augen, und da waren Fred und Mario, die Silberring-Redakteure, die seine Wächter gewesen waren. Und da war Creyn, der gerade ein kleines goldenes Räuchergefäß absetzte, aus dem träge beißende Dämpfe aufstiegen.

»Ich bin ganz in Ordnung«, sagte Bryan. (Aber ich werde gleich wieder in die dunkle Höhle zurückkehren.)

Die tiefliegenden fremden Augen mit ihren durch und durch blauen Pupillen waren jetzt ganz dicht vor ihm. »Tana sei Dank, Bryan! Wir haben um Sie gefürchtet.«

Der gute alte Creyn machte sich Sorgen. Aber warum? Sie hatte versprochen, zu ihm zu kommen.

»Sie haben drei Tage lang geschlafen, Bryan.«

»Das spielt eigentlich keine Rolle.«

»Nein«, stimmte der Tanu-Heiler freundlich zu. »Das glaube ich auch nicht. Aber nun müssen Sie aufstehen und sich vorbereiten. Mario und Frederic werden Ihnen helfen, sich schicklich anzuziehen. Es ist Zeit für Sie, das Redaktionshaus zu verlassen. In einer Stunde, wenn die Sonne untergeht, haben wir die zweite Pause vor der Nacht. Die gesamte Tanu-Kampfgesellschaft wird sich zu einem außergewöhnlichen Konklave versammeln. Sie sind auf die Weiße Silberebene befohlen worden.«

Bryan brachte ein kleines Lächeln zustande. »Noch eine befohlene Darbietung vor den ehrfurchtgebietenden Majestäten? Ich sollte meinen, sie hätten in diesen Tagen ... interessantere Unterhaltung als die, die ich ihnen bieten kann.«

»Nodonn hat Ihr Erscheinen befohlen«, antwortete Creyn. Er streckte eine ganz mit Ringen bedeckte knochige Hand aus und berührte leicht die Finger des noch immer liegenden Anthropologen. »Sie tragen keinen Ring, und deshalb kann ich Sie nicht in voller Gemeinsamkeit erreichen. Ebensowenig könnte ich Sie heilen, wenn dies erlaubt oder möglich wäre. Sie sind sich nicht bewußt, was Sie getan haben, und wenn Tana Ihnen gnädig ist, werden Sie es auch nie erfahren. Also gehen Sie, Bryan! Empfangen Sie Ihr letztes Geschenk! Leben Sie wohl!«

Bryans erstaunter Blick folgte dem Fremden zur Tür der Suite. Und dann war Creyn gegangen, und Fred und Mario halfen ihm in das luxuriöse Badezimmer.

»Sie haben mir gar nicht zugehört!« Bestürzt sank Thagdal auf seinen Thron zurück.

Der Bankett-Pavillon war ein Wirrwarr von sich widersprechenden Gedanken und Ausrufen. Niemand saß mehr ordentlich am Tisch. Die Anwesenden waren hinaufgesprungen und hielten improvisierte Ansprachen oder versammelten sich um diesen und jenen Champion. Sie diskutierten und stritten über die bemerkenswerten Ereignisse des Tages, daß die Tanu, als schon keiner mehr damit rechnete, aufgeholt hätten, und was – oder wer – dafür verantwortlich sei, und dabei tranken sie heroische Mengen Alkohol.

»Ich finde, es war eine schöne Rede, Lieber«, versicherte Nontusvel ihm. »Die Meinungsverschiedenheiten zu vergessen und alle zusammenzuarbeiten. Was könnte logischer sein?«

Der König antwortete nur mit einem hohlen Lachen und trank aus dem vergoldeten Schädel. Mißmutig starrte er in die eingelegten Karbunkel-Augen.

»Erinnerst du dich an diesen guten alten Jungen? Maglarn Runzelfleisch. Sohn der häßlichsten Mutter aus dem ganzen Firvulag-Stamm, und kämpfte wie ein Irrer. Schließlich schoß ich ihn durch den Magen, nachdem wir uns drei geschlagene Stunden lang beim Heldentreffen geprügelt hatten. *Das* war noch Kampf! Anders als dies Verbergen und Umherschleichen und diese schmutzigen Tricks. Aber heute! – Der Feind kämpft schmutzig, und wir tun desgleichen. Und falls kein Wunder geschieht, wird der schmutzigste Betrüger von allen als König des Vielfarbenen Landes enden.«

»Da ist Nodonn«, sagte Nontusvel leise. »Er hat ... jemanden mitgebracht.«

Der König blickte auf und äußerte etwas, das ein bißchen blasphemisch klang. »Ich hätte mir denken können, wer den Anthropologen versteckt hielt! Meine Jungen haben die ganze Stadt und halb Aven durchgekämmt und konnten kein Haar von ihm finden.«

Nontusvel betrachtete ihren Mann voll Kummer. »Aber sie haben den armen Ogmol gefunden, nicht wahr?«

Der königliche Bart sprühte unheilverkündend. »Du bist naiv, Nonnie! Ich versuchte, uns alle zu retten!«

Die Ankunft des Schlachtenmeisters rief Jubelrufe der Tausende von Festgästen und ein einzelnes unverschämtes *Nyaa* hervor. Nodonn erwies seinen Eltern mit gewohnter Gelassenheit seine Ehrerbietung und führte Bryan dann an eine gut sichtbare Stelle vor der Hohen Tafel. Der Wissenschaftler machte einen benommenen Eindruck. Ein merkwürdiges Lächeln lag auf seinen Lippen, und von Zeit zu Zeit verirrte sich eine seiner Hände zu seinem offenen Kragen, aus dem es verräterisch golden schimmerte.

»Edle Kampfgesellschaft!« hub die sturmlaute Stimme an. Die Kette des Schweigens wurde nicht benötigt. »Wir haben Niederlagen in diesem Großen Wettstreit erlitten ... und Siege errungen!«

Beifall und Stöhnen und nicht wenige betrunkene Flüche.

»Die erste Runde des Hohen Mêlée brachte uns an den Rand einer Katastrophe, als unsere Grauring-Kavallerie und die Wagenlenker angesichts neuer Taktiken des Feindes ins Schwanken gerieten. Das Unglück wurde noch dadurch verschlimmert, daß die Befehlshaber der grauen Kämpfer – Mischlinge und Goldene, wie wir wissen –, es versäumten, ihre Truppen entsprechend den Vorschriften unserer altehrwürdigen Kriegsreligion zusammenzuhalten.«

Miauen und entrüstete Proteste, gemischt mit Hohnrufen und einem schmetternden »Schande!«

Der Schlachtenmeister hob die gepanzerte Faust. »Soll das leugnen, wer will! Die Reihen der Menschen wurden erschüttert. Und als Folge davon mußten wir schwere Punktverluste hinnehmen. Doch die Schuld trifft nicht die menschlichen Mitkrieger der Tanu, sondern uns selbst!«

Der Tumult, der bis dahin ständig weiter angeschwollen war, verstummte plötzlich.

»Wir haben uns angewöhnt, uns in unserm Großen Wettstreit zu sehr auf die Menschheit zu verlassen. Wir sind lasch und dekadent geworden, seit wir zuerst ihre domestizierten Chalikos als Reittiere adoptierten und dann sie selbst. Ja ... wir haben die Menschen adoptiert. Sie kämpfen unsere Schlachten, sie bestellen unsere Felder, sie betreiben unsere Bergwerke und Fabriken, sie leiten unsern Handel, sie infiltrieren unsere heiligen Gilden, sie mischen sogar ihr Blut und ihre Gene mit den unseren! Und das ist noch nicht alles. Wir stehen vor der endgültigen Demütigung – und ich wiederhole, wir selbst haben sie auf uns herabbeschworen! Denn jetzt greift ein Mensch nach unserer Königskrone!«

In dem ganzen großen Zelt war kein Laut zu hören. Und dann kam das gewaltige Brüllen von Celadeyr, dem Lord von Afaliah: »Und gereicht uns diese zur Schande, Schlachtenmeister? Wenn Aiken Drum selbst dem Feind entgegentritt, ohne Waffen und ohne Furcht, während gewisse erhabene Persönlichkeiten sicher hinter undurchdringlichen Schirmen bleiben und über veraltete Taktiken schwatzen, die die Firvulag nicht mehr schrecken – und erst recht nicht mehr besiegen?«

Ein Donner aus mentalen und vokalen Rufen bejubelte diese Attacke. Celadeyr setzte hinzu: »Der Feind hat sich mit Menschen verbündet. So ist Finiah gefallen. So haben ihre Pikenträger gelernt, unsere Kavallerie zu vernichten. Sollen wir nun zu den von dir hochgehaltenen alten Bräuchen zurückkehren und alle die Köpfe verlieren – mit dem schönen Gefühl, daß wenigstens unsere Ehre heil geblieben ist? Oder sollen wir diesem goldenen Jüngling, dem Erwählten Mayvars, folgen und den Sieg erringen?«

Diesmal blähte der Aufschrei die Wände und die Decke des Pavillons und ließ die Teller und Becher auf den Tischen tanzen. Das Gesicht Apollos blieb unbewegt, aber er glühte jetzt so wütend, daß diejenigen, die der Hohen Tafel am nächsten waren, zurückwichen und ihre Augen vor dem rosig-goldenen Gleißen schützten.

»Ich möchte euch nur zeigen«, sagte der Schlachtenmeister, und dabei war seine Stimme in der von neuem eingetretenen Stille sehr leise, »was der Preis für einen solchen Sieg sein muß. Ihr werdet von den Lippen und durch die Gedanken dieses menschlichen Wissenschaftlers, der sich in seinem eigenen Galaktischen Milieu des besten Rufes erfreute, sehen und hören, welche Zukunft vor uns liegt. Seine Untersuchung unserer Beziehungen zu der Menschheit und die daraus entstandenen Spannungen wurde vom Thagdal selbst in der Hoffnung angeordnet, dadurch werde meine ständige Opposition gegen unsere Vermischung mit den Menschen gegenstandslos gemacht. Dieser Wissenschaftler erstellte seine Analyse ohne Zwang und ohne Vorurteil. Viele von euch sind von ihm oder seinem Mitarbeiter, unserm verstorbenen kreativen Bruder Ogmol befragt worden.«

Nodonn hielt jetzt die Buchplatte hoch, die Bryans Liebesgeschenk an Mercy gewesen war.

»Hier ist ein Exemplar der vor kurzem abgeschlossenen Untersuchung. Er wird sie euch selbst erklären. Er hat, solange er daran arbeitete, keinen goldenen Ring getragen – und er trägt heute abend nur deswegen einen, damit ihr seine Gedanken selbst prüfen und die Wahrheit seiner Behauptungen erkennen könnt. Da ich ihn durch den Ring zwinge, wird er die Extrapolationen der Studie voll und ganz darlegen, einschließlich der Wirkung des Eisens, das die Menschen neuerdings benutzen. Hört, was dieser Mann Bryan Grenfell sagt! Es wird nicht lange dauern. Und dann kehrt zu unserm nächtlichen Kampf auf die Weiße Silberebene zurück und *denkt,* wenn ihr gegen die Firvulag fechtet! Mit der Morgendämmerung beginnt der letzte Tag des Großen Wettstreits, und dann mögt ihr wählen, welchem Banner ihr bis zum Ende folgen wollt – dem eures Schlachtenmeisters oder dem eures eigentlichen Feindes!«

Die Marschgras-Ebenen und die Lotusbetten der Großen brackischen Marsch waren jetzt verschwunden, und die Mangroven-Dschungel, wo einst die Ibisse und Reiher und Pelikane genistet hatten, waren vollständig überflutet. Nur die höchsten Inseln guckten noch aus dem steigenden Wasser heraus. Hier kämpften wahnsinnig gewordene Tiere miteinander um den schwindenden Raum, bis sie ertranken oder weggestoßen wurden und um ihr Leben schwimmen mußten. Die glücklicheren Flüchtlinge fanden Zuflucht auf dem großen Damm vulkanischen Gerölls, aber sie waren gezwungen, den steinigen Abhang höher und höher zu klettern, denn das Wasser folgte ihnen. Wenn sie den Gipfel erreicht hatten, waren viele Tiere zu müde und verschreckt, um weiterzulaufen (und die östliche Flanke des Damms hinunter gab es sowieso nichts als Wüste). Deshalb lagen sie dort unter dem Mond, dem noch ein Tag an der vollen Scheibe fehlte – die hauerbewehrten Wasserhirsche und die Otter und die kleinen Hippos und die kaninchenähnlichen Hyraxe und die langen Feliden und die Ratten und die Schildkröten und die Schlangen und die Amphibien und eine Myriade anderer vertriebener Geschöpfe. Nicht eines zeigte Angriffslust gegen ein anderes, denn die Instinkte der Räuber wie der Beutetiere waren gleichermaßen von der Zerstörung ihrer Welt betäubt.

Das Wasser stieg höher. Sein Gewicht drückte gegen den natürlichen Damm; Wasser sickerte in jede Spalte und drang durch die gröberen Ascheschichten. Es fand seinen Weg durch das Geröll, das den Langen Fjord verstopfte. Als es den Kopf des schmalen Meeresarms der Südlichen Lagune erreichte, sprudelten tausend kleine Springbrunnen aus der rauhen Oberfläche.

Das Wasser in der früheren Großen brackischen Marsch war jetzt mehr als achtzig Meter tief, wo früher die Flamingos gewatet hatten. Zum ersten Mal seit mehr als zwei Millionen Jahren war es einem Fisch möglich, von den Klippen im Süden Spaniens bis zur marokkanischen Küste zu schwimmen.

9

Er wurde von neuem aus der warmen Dunkelheit gerufen.

Warum, o warum konnten sie ihn nicht einfach in Frieden lassen? Ihn das letzte von ihr allein genießen lassen? Er hatte getan, wie der Sonnengott ihn geheißen hatte, indem er den Barbaren erklärte, warum die Schließung des Zeitportals gut war, warum die Tanu sich ihrer übermäßigen Abhängigkeit von der menschlichen Technologie entwöhnen sollten.

Genial, wie der Schlachtenmeister die Statistiken zu seinen Zwecken verdreht hatte, aber natürlich mußte er Mercy und die loyalen Mischlinge verschonen. Pogrome waren eine solche Vergeudung, und Apollo war von jeher ein kluger Wirtschafter gewesen.

Bryan hatte jedoch alles gerechtfertigt, indem er durch seinen goldenen Ring sprach. Der arme Oggy hatte so recht damit gehabt, daß er die Kommunikation erleichterte. (Wenn man allerdings über kitzlige Stellen hinwegschlüpfen mußte, brauchte man Rückendeckung durch einen Erzengel.) Nach Beendigung der kleinen Vorlesung schlug die Stimmung der Menge gegen Aiken Drum um. Das überraschte Bryan nicht. Barbaren waren heißköpfige und unzuverlässige Leute, und dieser Stamm war beinahe so quecksilbrig wie die Iren.

Nodonn hatte ihn dann an den Ort gebracht, wo Mercy wartete. Und sie hatte ihm gezeigt, was ihm entgangen war, als er zuvor den goldenen Reif ablehnte. Obwohl er wußte, daß es das Ende war und er die Höhle diesmal nicht überleben würde, war er freiwillig zu ihr gegangen und hatte sich in den herrlichen Flug und den langen Fall gestürzt.

Frei, aber niemals frei von dir, Mercy, mit deinen wilden Augen. Doch lieb ich dich in Ewigkeit.

»Komm heraus, Sohn! Hilf mir ein bißchen! Ich bin nicht der beste Redakteur im Reich, aber ein paar Tricks hat der alte Mann doch noch in der Tasche. Komm schon, Bryan! Sicher erinnerst du dich an mich.«

In Ewigkeit die Dame die vorüberkam in Ewigkeit ...

»Er wird nicht eher zu sich kommen, bis du ihn in den Hirnstamm zwickst, Handwerksmeister.«

»Halt du den Mund, du verdammte männliche Hure! Ich

habe dich schließlich auch wieder zu Verstand gebracht, oder nicht? ... Komm schon, Bryan! Öffne die Augen, Sohn!«

Ein großes rundes gereiztes Gesicht, Haare und hängender Schnurrbart aus silbrigem Gold, vor dem Hintergrund eines gelben Morgenhimmels mit seltsam streifigen roten Wolken. Bryan schloß die Augen wieder. Die Erinnerung an sie und ihre warme Dunkelheit sollten zurückkehren.

Aber sie kam nicht, noch nicht. Mit schwankender Stimme sagte Bryan: »Hallo, Lord Aluteyn.«

»So ist es richtig!« Ein Arm legte sich um ihn, hob ihn an. Ein Glas Wasser, nicht sehr kalt, wurde ihm an den Mund gehalten.

»Ich möchte lieber in Ruhe gelassen werden«, flüsterte Bryan. Oh, laßt mich sinken, laßt mich sinken! Wo war nur dies Meer, das keine Sterne widerspiegelte?

»Nein, das wirst du nicht tun, Sohn. Noch nicht.«

Widerwillig lugte Bryan aus der Geisteshöhle. Eine Menge Leute, die sehr zerrupft aussahen, lagen rings um ihn. Gold- und Silber- und Grauringe, und jetzt waren sie alle imstande, auf die beunruhigendste Weise nach seinen Gedanken zu tasten. »Hört auf damit, ihr alle!« schimpfte er mißmutig. »Das ist nicht anständig, wo ich doch ... ich doch ...«

»Du bist noch nicht ganz soweit, daß du losmarschieren kannst, Sohn. Ich habe dich ein bißchen zusammengeflickt, so gut ich eben konnte. Erzähl uns nur, was gestern abend bei dem Konklave passiert ist. Was hat Aiken Drum vor? Es ist etwas sehr Seltsames im Gange. Da ich abgesetzt bin, hat man meine Metafähigkeiten blockiert, so daß meine Reichweite nur noch die unmittelbare Nachbarschaft erfaßt. Allerdings brauche ich meine Kräfte nicht, um das Beben im Boden und die Veränderungen in den hiesigen Erdströmen zu spüren und diese anomalen Wolken zu sehen. Hat dein junger Freund Aiken Drum irgendwie mit der geologischen Struktur Avens herumgepfuscht?«

Jetzt waren Bryans Augen ganz offen. Er begann zu lachen und verfiel in einen schwachem Husten. Das Wasserglas berührte seine Lippen. »Ich finde ... Aiken Drum hat sich bereits genug vorgenommen ... ohne auch noch ein Erdbeben heraufbeschwören zu müssen.« Er sank gegen den Arm des

Handwerksmeisters zurück. Ein ganz neuer Gedanke durchfuhr ihn. *Und was, wenn er nicht sterben würde?*

Eine höhnische Stimme. Raimo? Ja, es war Raimo Hakkinen, dieser arme Teufel.

»Er ist keine Hilfe! Vielleicht erfahren wir etwas, wenn die nächste Gruppe von Verlierern bei Sonnenuntergang hereingestoßen wird. Obwohl es für uns keinen Unterschied ausmacht, ob ...«

»Ich dachte, es kümmere mich nicht mehr«, sagte der Handwerksmeister. »Aber es kümmert mich doch! Ich bin einer der Einwanderer, und es kümmert mich! Wenn wirklich Gefahr droht, muß ich die anderen warnen. Meine Ehre verlangt es!«

Die Raimo-Hakkinen-Stimme murmelte etwas Verächtliches. Andere Stimmen, andere Gedanken schlugen in ungeordneten Wellen gegen Bryans Gehirn. Ein paar hartnäckige Eindringlinge suchten sich ihren Weg durch die Ruinen wie gelangweilte Ghouls.

»Ein richtig schweres Erdbeben würde dieses Ding bersten lassen, und dann könnten wir fliehen!« sagte die Raimo-Stimme. Ausrufe, Proteste. Und das Sondieren. Wie viele von ihnen bissen an ihm herum?

»Mercy«, stöhnte er laut.

Etwas wie ein Arm aus silbernem und grünem Licht fegte alle schnüffelnden Gedanken von ihm weg und zeigte ihm, wie er den Schirm errichten mußte. Er tat es. Er wandte sich, um von neuem hinabzusinken, und da fand er die Höhle nicht mehr. Seine Gedanken und seine Stimme heulten voll Qual: *»Mercy!«*

Laufe suche schreie jage das Dunkel und das schreckliche Licht des goldenen Rings treibt es zurück wann immer es in weiter Ferne sichtbar wird. Sie wollte nicht warten. Sie war gegangen. Und er starb vielleicht nicht.

»Mercy«, flüsterte er noch einmal, erwachte und sah den mitleidigen Blick des alten Handwerksmeisters auf sich gerichtet. Nach langer Zeit fragte Bryan: »Wo ist dieser Ort? Was ist er?«

Aluteyn antwortete: »Er wird die Große Retorte genannt.«

Brede Schiffsgattin führte die drei Menschen den verlassenen Korridor tief in dem geheimen Flügel des Redaktionshauses entlang. Sie waren frei von ihren grauen Ringen, trugen frische Kleidung und hatten keine Ahnung, wer sie war oder was sie von ihnen wollte.

»Meine Identität ist unwichtig«, sagte die maskierte Fremde und blieb vor einer geschlossenen Tür stehen. »Die einzige, auf die es ankommt, liegt hier drin, verloren in einem Traum von sich selbst. Doch vielleicht wird sie bald erwachen.«

Bredes braune Augen richteten sich auf Basil. »Du bist ein Mann der Tat und der praktischen Einfälle. In wenigen Stunden wirst du deine Fähigkeiten brauchen. Wenn die Zeit kommt, wirst du wissen, was zu tun ist. Alle Dinge, die du brauchst – auch Landkarten und viele komplizierte Geräte, die aus dem Gepäck von Zeitreisenden konfisziert wurden – sind in den Schränken dieses Raums zu finden.«

Der Kopfputz der Schiffsgattin kippte weit zurück, als sie Häuptling Burke ansprach, und um ihre Augen bildeten sich Lachfältchen, weil der große Indianer einen so argwöhnischen Gesichtsausdruck zeigte. »Du wirst die Überlebenden organisieren und leiten. Es wird schwierig sein, denn da sind die Haut-Patienten, die der Fürsorge bedürfen, und die Gesunden werden einem bloßhalsigen Menschen ungern folgen. Dessen ungeachtet wirst du sie führen.«

Bredes Hand ruhte jetzt auf der Türklinke. Sie sagte zu Amerie: »Deine Aufgabe ist die schwerste von allen, denn du wirst ihr in der schrecklichen Zeit der Anpassung helfen müssen. Aber du warst ihre Freundin – und du bist das einzige übriggebliebene Mitglied der ursprünglichen Gruppe, an das sich Elizabeth halten kann. Du wirst sie verstehen, obwohl du keine Metapsychikerin bist. Sie braucht jetzt keinen Meta-Gefährten. Sie braucht eine Freundin ... und einen Beichtiger.«

Die Tür öffnete sich. Dahinter war ein großer, schwach beleuchteter Raum, drei seiner Wände aus dem gewachsenen Fels gehauen. In der hinteren Wand war ein langer, waagerechter Schlitz, mit Glas bedeckt, der den Blick auf das spätnachmittägliche Panorama Muriahs und der Salzebenen im

Süden freigab. Vorratsschränke säumten die Seitenwände, und in der Mitte des Raums stand eine niedrige Bettstelle, auf der eine Gestalt in rotem Denim lag.

»Bleibt hier bis morgen früh! Verlaßt diesen Ort nicht vor Sonnenaufgang, ganz gleich, was geschieht! Ihr werdet mich nicht wiedersehen, denn ich muß in der Stunde, die ich vorhergesehen habe, bei meinem Volk sein. Wenn Elizabeth erwacht, sagt ihr dies: *Jetzt bist du frei, deine eigene Wahl zu treffen!* Behütet sie gut, denn sie wird bald die wichtigste Person auf der Welt sein!«

Brede löste sich vor ihren Augen auf, rätselhaft bis zuletzt. Die drei tauschten Blicke und zuckten die Achseln, und dann machte sich Amerie daran, Elizabeth zu untersuchen, während die Männer die Schränke öffneten.

Der fünfte Tag näherte sich den letzten Stunden der Hohen Mêlée, und beide Armeen waren voll Feuer und Siegeshoffnung, obwohl die Firvulag ganz genau wußten, daß das Blatt sich zu ihren Ungunsten zu wenden begann.

König Yeochee verbrachte den größten Teil des Nachmittags im verdunkelten Zelt der Seherinnen, wo begabte Alte fernwahrnehmende Kräfte benutzten, um besonders interessante Einzelheiten für die Nichtkombattanten unter den Kleinen Leuten zu projizieren. Spannend war vor allem das Duell zwischen dem alten Leyr und Imidol von der Heerschar gewesen ... und gleichzeitig schmerzlich, denn Yeochee erinnerte sich gut, welch ein Feueratmer der alte Lord-Koerzierer vor seiner Verbannung durch Gomnol gewesen war. Auch wenn Leyr einer der Feinde war, das hatte er nicht verdient – langsam wie eine Salami aufgeschnitten und dann von der überlegenen Metafähigkeit des jungen Koerzierers gezwungen zu werden, seinen Ringkragen zu öffnen und sich selbst die Kehle aufzuschlitzen. Na ja. Die Jugend wollte ihr Recht.

Yeochee verließ die Seherinnen und spazierte zum Feldlazarett, wo die Verwundeten erste Hilfe erhielten, damit sie die Heimreise anzutreten vermochten. Schon verließen die ersten Boote Aven, und viele weitere würden absegeln, bevor der Wettstreit bei Sonnenaufgang sein offizielles Ende fand.

Der Waffenstillstand dauerte vor und nach dem Kampf nur einen Monat – und eine Reise über Land ging mit den Verwundeten langsam, zumal dabei die Benutzung von Flußbooten nicht möglich war.

Yeochee wanderte die Reihen zusammengeschlagener und blutiger Gnome auf und ab. Ein aufmunterndes Wort von dem Alten Mann hob die Stimmung der Krieger immer, und sie brauchten alle Hilfe, die sie bekommen konnten. Im Feldlazarett der Kleinen Leute gab es keine magische Heilhaut. Sie besaßen nichts als ihre primitiven chirurgischen Kenntnisse, Tapferkeit und die überlegene Widerstandsfähigkeit einer zähen Rasse, die sich in einer mit Gefahren gespickten natürlichen Umgebung entwickelt hatte. Fast die Hälfte der ursprünglichen Firvulag-Truppe war jetzt kampfunfähig. Aber der Feind, so erinnerte König Yeochee die schmunzelnden Verwundeten, hatte fast alle 2000 Mann des grauen Elite-Korps und die meisten der 1500 Silbernen verloren – dazu eine beträchtliche Anzahl jener Tanu und menschlichen Goldenen, die unbesonnen gehandelt hatten oder nur über geringere Kräfte verfügten.

»Wir haben immer noch eine Chance!« versicherte der kleine König. »Wir sind noch nicht besiegt. Dies Jahr könnte das Jahr werden, in dem das Schwert Sharns nach Hause kommt!«

Die Verwundeten krächzten und gurgelten und pfiffen. Yeochee hüpfte auf eine leere Verbandskiste, und seine Krone rutschte ihm in die Stirn.

»Wir haben nicht so viele Banner errungen wie sie – na und? Wir haben nur vier Schädel aus der ›höchst erhabenen‹ Klasse – na und? Ich will verdammt sein, wenn nicht zwei von ihnen zur Heerschar gehören – und einer davon hat an der Hohen Tafel gesessen! Velteyn und Riganone sind zehn Extrapunkte wert, und das gleicht es aus, daß wir den armen alten Vierzahn und Nukalavee verloren haben. Jetzt kommt erst noch das Heldentreffen, und ein richtiger Erfolg dabei könnte den ganzen Vorteil des Feindes in den Kämpfen zwischen den geringeren Adligen auslöschen. Wenn sie uns schlagen, dann nur um Haaresbreite. Aber sie werden uns nicht schlagen! Wir werden kämpfen, und wir werden siegen!«

Das Zelt erbebte vor abgerissenen Jubelrufen. Einem Tapferen gelang es sogar, seine sprühende Tausendfüßler-Erscheinung für einen Augenblick anzustellen.

Verstohlen eine Träne abwischend, nahm Yeochee eine stolze Haltung an und ließ langsam seinen königlichen Aspekt über sich kommen. Sein staubiger, pelzbesetzter Mantel verwandelte sich in eine Parade-Rüstung aus Obsidian, flammend vor tausend Edelsteinen. Seiner hohen Krone (gerade sitzend) entsprossen die Widderhörner und der Schnabel aus emailliertem Gold. Sie berührte das Dach des großen Lazarett-Zelts, als Yeochee seine volle Höhe erreichte, dunkel und schrecklich, die Augen wie grüne Scheinwerfer glühend.

»Dies ist das Ende meiner Amtszeit, Krieger. Und ich gestehe, daß ich niemals zu hoffen wagte, die alten ruhmreichen Zeiten vor meinem Abtreten erneuert zu sehen. Doch dieser Tag steht kurz bevor! Auch wenn wir diesmal unser Ziel knapp verfehlen ... *wartet nur auf das NÄCHSTE Jahr!*«

»Ein Heil unserem König!« rief irgendwer. Und die Verstümmelten und Zerquetschten richteten sich auf und grüßten den Souverän der Höhen und Tiefen, den Monarchen des Unendlichen Infernums, den Unangefochtenen Herrscher der bekannten Welt.

Illusorische Aspekte flimmerten und zuckten, und das Zelt schien von tausend Ungeheuern gefüllt zu sein. Aber dann erloschen sie ebenso schnell, wie sie erschienen waren, und der kleine Mann in dem staubigen Mantel, die Krone schief auf dem Kopf, sagte: »Té erhebe eure wackeren Herzen, Mädchen und Jungen«, und all die tapferen Dämonen verwandelten sich wieder in blutbefleckte und müde Gnomen.

Yeochee schlüpfte nach draußen in die Abendstille der letzten Pause. Er mußte noch irgendwo etwas essen und seine Gebete sagen und dann in seinen Harnisch steigen, bevor er sich Pallol und den Generalen anschloß, die den letzten Teil der Mêlée beaufsichtigten. In den vier Stunden vor Mitternacht pflegte die allen offene Schlacht zu ihrem wilden Höhepunkt anzusteigen. Einige der Firvulag-Hitzköpfe juckte es bestimmt, an die Stelle der gefallenen Champions zu treten – und Yeochee wollte mit seiner Anerkennung an

Ort und Stelle sein, wenn einer von ihnen durchkam. Die Akkolade konnte er keinem Stellvertreter überlassen!

Der Himmel sah ziemlich merkwürdig aus. Vom Westen ausgehende dünne Wolkenschwänze zeigten immer noch Purpur vor Indigo. Doch für Regen war es zu früh. Der König schüttelte den Kopf. Der große Vollmond war schmutzig orangefarben vor Staub und Rauch, die über die Lagune hinausgeblasen worden waren. Träger mit den frisch Verwundeten und den enthaupteten Toten suchten sich ihren Weg vom Schlachtfeld über den Kanal des Meeresbrunnens und vorbei an den großen Pyramiden aus Schädeln, die von lodernden Freudenfeuern umgeben waren. Die Haufen vergoldeter Trophäen waren noch nie größer gewesen. Und wie schön würden die erbeuteten Banner aussehen, wenn sie neben den alten, rußfleckigen Fetzen an den Stalaktiten von Hoch-Vrazel hingen! Vielleicht gewannen sie das verlorene Schwert Sharns nicht zurück. Aber sie würden zumindest ehrenhaft abschneiden.

»Und darauf kommt es an!« flüsterte Yeochee grimmig.

Draußen auf dem Salz trugen die Glühwurm-Prozessionen ihre Lasten.

10

Um Mitternacht, als der silberne Mond hoch hinter dünnen Wolken stand, über die wie bei Moiré schimmernde Wellen hinliefen, senkten die beiden Armeen auf der Weißen Silberebene die Waffen und lösten sich endgültig voneinander. Bloßhalsige Stallknechte führten die Kriegs-Chalikos weg. Psychokinetiker säuberten schnell einen großen Kreis von Leichen und Unrat. Um seinen Rand versammelten sich Tanu und Firvulag aller Ränge, gleichgemacht durch die Brüderschaft äußerster körperlicher Erschöpfung.

Die Könige traten mit ihrem Gefolge von Nichtkombattanten vor; Thagdal trug das Trophäenschwert. Und ihnen nach strömte das Volk aus den Lagern, das das Heldentreffen mit eigenen Augen sehen wollte. Zuletzt kam Brede, ein noch nie dagewesenes Ereignis, dessen Ungewöhnlichkeit sich jedem Kommentar entzog.

Niemand brauchte auf den Tafeln nachzusehen; jeder wußte, wie der Punktestand nach der Mêlée war – nach der Zählung der gefällten Adligen führten die Tanu knapp. Doch ein wesentlicher Sieg der Firvulag beim Heldentreffen konnte diese immer noch an die Spitze bringen. Die großen Champions der Brudervölker würden jetzt einzeln gegeneinander kämpfen, und sie waren sich an metapsychischer wie auch an körperlicher Kraft fast gleich. Von den Firvulag-Helden hatte keiner den gnomenhaften Wuchs. Sie waren alle massig, und einige von ihnen waren Riesen. Die Tanu stellten (mit einer Ausnahme) ebenfalls Prachtexemplare dar. Ihre etwas weniger starke Muskulatur wurde durch die größere Reichweite ihrer mentalen Fähigkeiten wettgemacht. So gleichwertig waren sich die Großen der beiden Kampfgesellschaften, daß die Sieger des Heldentreffens fast immer nach Punkten bestimmt werden mußten. Es war viele Jahre her, daß irgendein Held einmal beim letzten Kampf des Großen Wettstreits erschlagen worden war.

Schiedsrichter aus beiden Rassen nahmen ihre Plätze ein. Herolde stießen in Fanfaren aus Glas und Silber, und die Firvulag-Trommeln begannen zu dröhnen. Aus der schwarzgepanzerten Menge kam Pallol Einauge mit seiner schrecklichen Bildstandarte, die er in das Salz pflanzte. Die neun Großen der Kleinen Leute lösten sich aus den Gruppen ihrer Anhänger, um ihre Treue zu ihrem Schlachtenmeister zu erklären: Sharn-Mes, der Veteran Medor, Galbor Rotmütze, die Kriegerinnen Ayfa und Skathe, Tetrol Knochenzermalmer, Betularn Weißhand und – für die Gefallenen Bles und Nukalavee eingesetzt – Fafnor Eiskiefer und Karbree der Wurm.

Während die Jubelrufe für die Firvulag-Champions noch widerhallten, trat Nodonn vor, um sein Sonnengesicht-Emblem aufzurichten. Die sich darunter versammelten, waren Imidol, Culluket der Inquisitor, Kuhal Erderschütterer und Celadeyr von Afaliah, auf dem Schlachtfeld zur Hohen Tafel avanciert und jetzt Zweiter Kreator. Er hatte sich letzten Endes doch dazu entschlossen, Nodonn zu folgen. Aber dann – das Gemurmel der Menge schwoll von neuem an – schlenderte Aiken Drum nach vorn und pflanzte *sein* Banner ein, und zu ihm gesellten sich Tagan, Lord der Schwerter,

Bunone Kriegslehrerin, Alberonn Gedankenfresser und Bleyn.

Große Aufregung brach unter den Versammelten aus. Diese Teilung der Tanu-Helden in zwei Parteien signalisierte, daß der kleine, goldgekleidete Mensch vorhatte, Nodonn in seiner Stellung als Schlachtenmeister und Erbe herauszufordern. Tanu und Firvulag betrachteten eine solche Spaltung in der Führerschaft unterschiedlich. Die Kleinen Leute hätten die Sache durch eine allgemeine Wahl geregelt, so wie sie auch ihre Könige bestimmten. Die Tanu jedoch regelten ihre inneren Konflikte auf dem Feld der Ehre. Die Vorschriften für das Heldentreffen zwischen Tanu und Firvulag konnte wegen Parteienstreitigkeiten nicht gebrochen werden. Deshalb mußten die Leistungen der Anhänger jedes Aspiranten entscheiden, ob Nodonn oder Aiken Drum Pallol gegenübertrat. Beim abschließenden Kampf zwischen den Schlachtenmeistern würde es die letzten Punkte geben, dann überreichte Thagdal das Trophäenschwert dem Sieger – der es entweder an König Yeochee weitergab oder für sich selbst behielt.

Damit waren die Feindseligkeiten des Großen Wettstreits offiziell zu Ende. Aber nicht die Kämpfe, denn die beiden Rivalen um die Führerschaft bei den Tanu würden dann ihr Duell ausfechten. Und der Sieger hatte die Wahl, dem regierenden Monarchen Treue zu schwören oder ihn auf der Stelle herauszufordern.

Die Aussicht, am Sturz des Tanu-Königshauses mitwirken zu können, gab den sowieso siegeshungrigen Firvulag-Heroen einen hübschen zusätzlichen Antrieb, und sie begannen, mit ihren gepanzerten Füßen auf das Salz zu stampfen. Es war eine Geste der Verhöhnung, die alle Kleinen Leute unter den Zuschauern sofort aufnahmen. Der Boden erbebte. Die Tanu-Ritter vergalten sie, indem sie ein wütendes Glühen zur Schau stellten. Äther und Luft vibrierten vor Beleidigungen, und es sah ganz so aus, als käme es zu einem Tumult.

Da trat aus dem überfüllten Abschnitt, wo Thagdal und Yeochee standen, eine ganz in Schwarz und Rot gekleidete Frau mit verborgenem Gesicht vor. Sie hielt die Kette des Schweigens zwischen ihren ausgestreckten Händen, ohne sie zu schütteln. Die Massen wichen zurück, und der Gedankensturm beruhigte sich.

Der Marschall rief: »Laßt das Heldentreffen beginnen!«

Jetzt gab es ein aufgeregtes Flüstern und den Austausch verschiedenster Meinungen unter den Zuschauern, die den Ausgang dieses entscheidenden Ereignisses zu berechnen versuchten. Der arme Karbree wurde wegen der Kombination Aiken Drum – Nodonn vom Feld geschickt und ließ acht Mitstreiter auf beiden Seiten zurück. In umgekehrter Rangfolge traten die Firvulag-Kämpfer vor, und Thagdal hatte als gegenwärtiger Hüter des Siegerschwertes das Recht, einen Tanu-Gegner zu benennen. Es war eine qualvolle Zeit der Ungewißheit. Würde der König der Versuchung nachgeben, Punkte zugunsten Nodonns Mannschaft zusammenzuscharren? Würde er den Verlust des Schwertes riskieren, um den kleinen Menschen auszubooten? Früher hatten Kämpfe zwischen Nodonn und Pallol fast punktgleich geendet. War es möglich, daß das goldene Männchen stärkere Metafähigkeiten besaß als der strahlende Apoll? (Körperlich war zwischen ihnen überhaupt kein Vergleich.) Und doch – der Emporkömmling mußte etwas an sich haben, oder es wäre gar nicht erst zu dieser Herausforderung gekommen! Seit den Zeiten der Unruhe hatte es nie mehr ein so spektakuläres Ende des Großen Wettstreits gegeben, und ein Häretiker, der nach dem Tanu-Thron strebte, war nichts verglichen mit der Aussicht auf einen *menschlichen* König des Vielfarbenen Landes ...

Thagdal hob regenbogenschimmernde Arme.

»Für Fafnor Eiskiefer – Culluket der Inquisitor!« (Ein passender Gegner; dem Firvulag-Novizen wurde ein Mitglied der Hohen Tafel gegenübergestellt, das für seine mentalen Tricks und seinen fragwürdigen Mut bekannt war.) »Für Betularn Weißhand – Celadeyr von Afaliah!« (Zwei Raufbolde, aber der gemeine alte Celo war dem anderen klar überlegen.) »Für Tetrol Knochenzermalmer – Alberonn Gedankenfresser!« (Hier war der Firvulag der bessere Mann. War das von Thagdal ein listiger Schachzug?) »Für Galbor Rotmütze – Tagan, Herr der Schwerter!« (Nein, wohl doch nicht. Tagan hatte diesen Jungen schon einmal geschlagen.) »Für Skathe –

Bunone Kriegslehrerin!« (Das konnte so oder so ausgehen. Nichts war schwerer vorauszusagen als ein Kampf zwischen Weibern.) »Für Ayfa – Bleyn!« (Also, das war eine wirklich unpassende Paarung. Sharns Frau würde den Mischling wie ein Brathühnchen auseinanderrupfen. Dieser Kampf mochte für Aiken Drum das Ende bedeuten.) »Für Medor – Kuhal Erderschütterer!« (Jetzt kamen die Kanonen. Ziemlich gleichwertig, aber der Tanu hatte einen höllischen PK-Schlag.) »Und für Sharn-Mes – Imidol Lord-Koerzierer!« (Gegen Imidol, der noch so jung war, hätte jeder kämpfen können. Aber andererseits waren Koerzierer eine ekelhafte Bande, und dieser Knabe war überfällig.)

»Ihr werdet vortreten«, sagte Thagdal, »in der euch zugestandenen Zeit gegeneinander kämpfen und euch dann ordnungsgemäß vor dem nächsten Paar zurückziehen. Und möge die Göttin der Schlachten auf euch niederblicken, eure Tapferkeit erkennen und ihre Wahl treffen!«

»Hör mir zu, koerzibler Bruder!« flehte der Handwerksmeister. »Der Boden bebt! Die elektromagnetischen Veränderungen in der Kruste! Spürst du sie nicht auch?«

Der in eine blaue Rüstung gekleidete menschliche Goldene mit dem fröhlichen Gesicht zuckte die Achseln. »Wie soll die Erde nicht beben, wenn die Fans bei den Treffen einen solchen Lärm veranstalten! Bisher haben Aiken Drums Leute zweimal verloren und zweimal gewonnen, und Nodonns Männer haben einen Sieg, eine Niederlage und ein Unentschieden zwischen Kuhal und Medor. Du siehst, es hängt jetzt alles von diesem letzten Kampf zwischen Imidol und Sharn-Mes ab – nicht nur die Paarung der Schlachtenmeister, sondern höchstwahrscheinlich auch der ganze verdammte Wettstreit! Und ich wäre dir dankbar, wenn du aufhören würdest, mich in meiner Arbeit zu behindern, damit ich zu den Kämpfen zurück kann!«

Graue Soldaten trieben die letzte Gruppe in das große Glasgehäuse, zerlumpte Männer und Frauen, die aus den Verliesen und Gefängnissen Muriahs zur Weißen Silberebene gebracht worden waren, um hier ihr Leben zu opfern. Das waren keine gestürzten Adligen oder besiegten Kämpfer, sondern der traurigste Abfall des Reichs – Verräter, nicht mehr zu bessernde Verbrecher, bloßhalsige Rebellen, zu schwach, als daß die Jagd auf sie Vergnügen gemacht hätte, vom Gebären erschöpfte Frauen und vor allem diejenigen, deren Gehirn ausgebrannt war. Angetrieben von ihren grauen oder silbernen oder goldenen Halsreifen schlurften sie dahin, stellten sich in ordentlichen Reihen an der Schaufensterfront der Großen Retorte auf und starrten mit leeren Augen hinaus auf das mondbeschienene Schlachtfeld.

»Lies meine Gedanken!« schrie Aluteyn den Kommandanten der Wache an. »Überprüfe mich! Es geht etwas Komisches vor, sage ich dir! Gib mir nur die Erlaubnis, mit dem König fernzusprechen – oder mit Lady Eadone Wissenschaftsmeisterin.«

»Hör auf mit dem Gequatsche«, warnte der menschliche Koerzierer. »Begleich deine Rechnung wie ein Mann, alter Junge!« Er gab den Soldaten einen mentalen Befehl, wandte den Rücken und eilte nach draußen, wo sein Reittier wartete.

»Ich hab dir doch gesagt, es würde nichts nützen«, meinte Raimo finster. »Aber es war ein guter Versuch, Al.«

Aluteyn blickte zähneknirschend durch das dicke, klare Glas der Retorte. »Verdammt sollen sie sein! Verdammt! Das Mittelmeer-Becken ist unstabil! Drüben im Osten, zwischen Kersik und dem langen Archipel, den ihr in der Zukunft Italien nennen werdet, liegt eine Zone, auf die ich seit zweihundert Jahren ein Auge gehabt habe. Wenn dort nun ein größeres Beben stattfindet? Es könnte zu Seiches in der Lagune kommen!«

»Was sind Seiches?« fragte Raimo verwirrt.

»Eine Flutwelle. Eine kleine«, antwortete einer der besiegten goldenen Ritter auflachend. »Wäre das nicht für all die tapferen Gladiatoren auf dem Schlachtfeld ein Tritt in den Hintern? Wir wissen doch, daß die Tanu es nicht lieben, sich ihre hübschen Schuhe naßzumachen!«

»Die Lagune ist zu seicht, um viel Wasser aufzunehmen«, bemerkte irgend jemand.

»Es könnte zu feucht werden, um das Feuer unter der Retorte anzuzünden!« brüllte ein anderer.

»Verdammt unwahrscheinlich. Hast du das Feuerwerk hier schon einmal *gesehen,* Junge? Frag nur den alten Al Handwerksmeister! Er war doch derjenige, der den Leichenstapel jedes Jahr angezündet hat. Die gottverdammte Psychoenergie von der ganzen gottverdammten Kreatoren-Gilde wird uns in dem gottverdammten Kasten braten, und wenn es junge Hunde und Katzen regnet!«

»Ich muß sie warnen!« rief Aluteyn. »Es ist meine Pflicht! Wenn ich nur kommunizieren könnte ...«

»Schick ihnen ein Raumtelegramm. Empfänger bezahlt!« schlug eine harte Stimme vor.

Eine Frau sagte: »Wir könnten unsere Botschaft als Scharade darstellen, wenn sie kommen, um die Leichen anzuzünden!« Ihr Kichern war hysterisch und ansteckend. Gelächter breitete sich aus.

»Zeugnis ablegen wie diese Tröpfe Sadrach, Mesach und Abed-Nego! Zu schade, daß kein Rettungsengel hier hereinkommt, wie ihn die alten Israeliten hatten!«

Der Abschaum der Verurteilten gackerte und höhnte und weinte.

Währenddessen benutzte Aluteyn Handwerksmeister, früherer Lord-Kreator, alles, was von seiner metapsychischen Kraft übriggeblieben war, um eine Warnung auf die Innenseite der glatten Glasscheibe zu ätzen. Wahrscheinlich würde es nichts nützen, aber er mußte irgendeinen Versuch machen.

»Du hast *verloren!*«

»Er hat mir einen lausigen Firvulag-Trick gespielt, Schlachtenmeister«, protestierte Imidol hitzig. »Ich hatte Sharn-Mes schon richtig in Bedrängnis gebracht, ihn und seinen verdammten Skorpion-Anzug, und wenn ich nur noch drei Sekunden gehabt hätte ...«

»Du hast verloren, und deine Dummheit und Unerfahrenheit kosten uns vielleicht den Großen Wettstreit!«

Der Saphir-Titan nahm seinen Helm ab und goß sich einen Eimer kaltes Wasser über sein noch dampfendes Haar. »Du weißt, daß du Aiken Drum im Einzelkampf schlagen kannst.«

»Idiot!« Der Schlachtenmeister glühte vor Wut. »Hast du die Firvulag vergessen? Sie haben jetzt einen Punktevorsprung vor uns!«

Vor den geistigen Augen der acht Tanu-Champions und Nodonns hing die bedeutungsvolle Tafel:

CULLUKET	(verloren)	gegen FAFNOR
CELADEYR	(gesiegt)	gegen BETULARN
ALBERONN	(gesiegt)	gegen TETROL
TAGAN	(gesiegt)	gegen GALBOR
BUNONE	(verloren)	gegen SKATHE
BLEYN	(verloren)	gegen AYFA
KUHAL	(unentschieden)	gegen MEDOR
IMIDOL	(verloren)	gegen SHARN-MES

Der Schlachtenmeister wies auf die vier Verbündeten Aiken Drums, die den geschlagenen Koerzierer-Held umstanden. »Und dank unsern wetterwendischen Brüdern und unserer Schwester hier müssen wir einen kleinen Possenreißer gegen Pallol Einauge ins Treffen schicken!«

Ein purpurnes Rauchwölkchen verpuffte. »Ich meinte zu hören, daß mein Name unnütz geführt wurde«, zirpte Aiken Drum. »Erzähl mir bloß nicht, Bruder Sonnengesicht, daß du bezweifelst, ich könne einen Deckel auf den großen Augapfel legen!«

Nodonn sagte: »Er ist fünfmal mächtiger als sein leiblicher Vetter Delbaeth, der uns bei dem Feldzug so an der Nase herumgeführt hat. Und er macht es nicht wie die Feuergestalt, daß er zuschlägt und wegläuft. Er bleibt stehen! Glaubst du, dein Geist ist fähig, dich unbegrenzt lange vor diesem Auge abzuschirmen? Vertraust du darauf, deine psychokreative Kraft sei der seinen gewachsen? Oder willst du dich auf die Verteidigung beschränken, menschlicher Jüngling, und deine ganze Kraft verbrauchen, um seine Energien abzuwehren, während er dich mit einem einzigen Schlag seiner gepanzerten Faust vernichtet?«

»Wie würde es dir gefallen, wenn *ich ihn* tötete?«

Die acht Champions und der Schlachtenmeister brachen in bitteres Lachen aus.

Aiken runzelte die Stirn. »Nein. Im Ernst. Ich könnte ihn töten. So, wie ich Delbaeth getötet habe. Ich müßte es auf menschliche Weise tun, und ihr und alle übrigen von der Hohen Tafel müßt zustimmen, daß ich es auf meine Weise tun darf, ohne daß ihr mich gemeinsam niedermacht, bloß weil ich eine blöde heilige Regel gebrochen habe.«

Nodonns Gesicht innerhalb des phantastischen rosig-goldenen Helms leuchtete vor Verachtung. »Du darfst den Speer nicht gegen Pallol benutzen, Geringer! Nur gegen mich!«

Aiken zeigte mit dem Finger auf den Schlachtenmeister. »Das habe ich nicht gemeint. Und werde nicht ungeduldig, Sonnengesicht. Du kommst auch noch an die Reihe!« Er musterte einen Champion nach dem anderen. »Nun? Soll ich die Kastanien für euch aus dem Feuer holen und diese verdammte Prügelei für euch gewinnen – oder nicht? Es ist kein schmutzigerer Streich als jene, die die Firvulag und ihre menschlichen Freunde euch in Finiah gespielt haben.« Und Aikens Gedanken zeigten ihnen, was er vorhatte. »Ja oder nein? Ruft die übrigen von der Tafel an, oder ich hebe ab wie eine Rakete und lasse euch sitzen.«

»Geh und sei verdammt!« brüllte Imidol. »Der Schlachtenmeister wird gegen Pallol kämpfen, wenn du versagst. Und er wird siegen!«

»Bist du ganz sicher?« fragte der Possenreißer leise. »Wird er genug Punkte sammeln, um das Ballspiel für euch zu entscheiden? Nodonn kann Pallol nicht enthaupten. Aber ich kann es. Und du weißt, was das für den Punktestand tun wird. Der Sieg wird einwandfrei uns gehören!«

»Ich will mich mit der Hohen Tafel besprechen«, sagte Nodonn.

Fünfzehn Sekunden später erklärte er: »Wir haben nichts dagegen, daß du mit Pallol-Einauge auf deine menschliche Weise kämpfst.«

Der Mond hatte seine Arbeit getan und ging unter. Er warf noch Licht auf das Mittelmeer-Becken, aber seine fluterregende Wirkung, für das seichte Wasser so lange ohne Bedeutung, machte sich soeben in dem Gebiet westlich von Aven bemerkbar, wo das dunkle Wasser an einem zerkrümelnden Lava-Grat nagte.

11

Aiken Drum schritt auf Pallol Einauge zu.

Der Riese machte sich nicht die Mühe eines Gestaltwandels. Er wartete, ein ebenholzschwarzer Monolith in der Mitte des Kreises aus weißem Salz, und er lachte. Der Klang erinnerte einige der verstummten Zuschauer an einen metallenen Mülleimer, der eine lange Treppe hinunterkollert.

Narren! Was für Narren waren die Tanu, daß sie dies mikkerige Geschöpf gegen *ihn* schickten! Sie hatten vergessen, das war es! Seine lange Abwesenheit vom Schlachtfeld hatte ihre Erinnerungen verwischt, genau wie ihr fataler Kontakt mit der geringen Menschheit ihren Geist geschwächt hatte. Dies Insekt, diese angeberische Mücke in dem goldenen Glas mit den flotten purpurnen Federn auf dem Helm war es nicht einmal wert, daß er damit spielte. Es würde in einem einzigen Donnerschlag sterben, zu Asche verbrannt durch die unvergleichliche Psychoenergie aus Pallols Auge!

Aiken Drum blieb stehen. Er hatte keine Lanze, kein Amethyst-Schwert, überhaupt keine Waffe, die Pallol erkennen konnte, ausgenommen eine kleine goldene Kugel und einen baumelnden Lederriemen, in der Mitte breit und zu den Enden hin schmaler werdend.

In der universellen Geste, die einen Augenblick zu warten bat, hob Aiken den Zeigefinger, nahm den Riemen zwischen die Zähne und konzentrierte sich darauf, die Kugel auf irgendeine Weise zwischen seinen gepanzerten Fingern zu manipulieren. Immer noch lachend nahm Pallol seinen furchterregenden Helm ab, steckte ihn unter den rechten Arm und hob mit der Linken die Klappe über seinem Auge.

Der scharlachrote Strahl schoß hinaus. Er stieß an eine unsichtbare metapsychische Barriere, eine Drei-Meter-Kuppel, die Aiken umgab, und löste sich zu einem Netz von Blitzen auf.

Aiken zog ein finsteres Gesicht und mühte sich weiter mit seiner Kugel ab. Versuchte er, die Hälften auseinanderzuschrauben? Einen versenkten Knopf oder Hebel zu drücken?

Ein zweiter Strahl! Diesmal erglühte ein Teil des psychokinetischen Schirms in einem unheilverkündenden Blau. Der Oger schrie vor Triumph. »Jetzt wollen wir sehen, wie gut du dich versteckst, du unverschämte kleine Ameise!«

Eine Salve ununterbrochener Strahlen deckte Aikens mentalen Schild ein. Energietropfen wie gewaltige statische Entladungen trafen den Schirm von allen Seiten, ließen ihn in Blau, Grün und einem kränklichen Gelb schimmern. Die Zuschauermenge erwachte aus ihrer faszinierten Trance und begann zu brüllen. Tanu schlugen auf ihre Schilde und bliesen in ihre Hörner. Firvulag grölten und wirbelten ihre Tomtoms, bis die Trommelfelle platzten. Der große weiße Salzkreis des Kampfbodens war eingemauert von einer Masse grellfarbiger Körper und hüpfender Alptraumgestalten.

Endlich trennten sich die beiden Hälften von Aiken Drums goldener Kugel. Er grinste auf freundliche Art zu Pallol hoch und achtete überhaupt nicht auf die heftige Bombardierung des metapsychischen Schirms. Die Barriere verblaßte jetzt von Zinnoberrot zu trübem Lackrot, ein Zeichen des unmittelbar bevorstehenden Zusammenbruchs.

»Da haben wir's, Goliath-Baby! Geschafft!«

Aiken legte einen kleinen silbrigen Gegenstand auf den breiten Teil des Lederriemens und schwang die Schlinge mehrmals um seinen Kopf. Etwas flog durch ein Loch im Schirm, glitzerte zwischen den Lichtstrahlen und traf Pallol genau in sein normales rechtes Auge.

Der Firvulag-Schlachtenmeister röhrte. Beide behandschuhte Hände umklammerten sein Gesicht. Das schreckliche linke Auge schloß sich, und aus dem rechten schoß Blut hervor, das im blassen Mondlicht schwarz aussah. Das Geheul des Ogers wurde schwächer, und langsam, so wie ein monumentales Gebäude einknickt und fällt, wenn Sprengungen seine stützenden Glieder unterminiert haben, brach er zusammen und krachte auf das Salz.

Mayvar Königsmacherin kam mit Aikens eigenem Purpurglas-Schwert aus der Menge hervor und reichte es ihm. Er schlug den Kopf Pallols mit einem einzigen Streich ab und hielt ihn hoch. Das einstmals mächtige Auge war geschlossen. In der anderen Höhle glitzerte inmitten blutigen Gewebes etwas Silbernes. Vorsichtig pflückte Aiken das tödliche Geschoß heraus. Er säuberte es mit seiner kreativen Fähigkeit, so daß der Zigarrenabschneider des verstorbenen Lord Gomnol so glänzend wie zuvor war und die Fernwahrnehmer unter den Zuschauern lesen konnten, was in das Metall eingeprägt war:

SOLINGEN – INOX-STAHL

»Auf die neue Ära«, sagte Aiken Drum. »Lang lebe Aiken Drum!«

Sechshundert Kilometer südwestlich von Muriah gab der lange natürliche Damm, der sich zwischen Spanien und Afrika erstreckte, allmählich nach – nicht an einer Stelle, sondern an hundert, auf seiner ganzen vom Wasser zernagten und einfallenden Länge. Der unerträgliche Druck der steigenden Fluten ließ große Schollen der Barriere aus Asche und Schlacke die östliche Flanke hinunterrutschen. Unter der einschießenden See wuchsen die Risse und verbanden sich miteinander, bis es aussah, als werde der ganze unstabile Deich in den Meeresarm der Südlichen Lagune hineingeschoben.

Salzwasser strudelte zwischen dunklen Lavahügeln in dem trostlosen Land östlich des verschwundenen Langen Fjords. Es floß über mondbeschienene Ebenen, fand zwischen Gipsdünen neue Abzugskanäle und schlanke Türme aus gestreiftem Evaporit. Der Boden erzitterte, und die Luft war erfüllt mit ohrenbetäubendem Brüllen, als fast 200 Kilometer des Deiches innerhalb von fünfzehn Minuten nachgaben.

Die Menge des heranbrausenden Wassers war zu groß, als daß der schmale Arm der Südlichen Lagune es hätte aufnehmen können. So stieg es in dem Phänomen, das man hydraulische Dämmung nennt, höher und höher. Der katastrophalen Flut voraus flog ein Hurrikan. Das blasse Wasser der langen Lagune schien sich vor dem heranstürzenden dunklen Wall entsetzt zurückzuziehen, sich ihm dann zu ergeben, entgegenzuheben und mit der beinahe senkrechten Front zu verschmelzen. Die Welle war 230 Meter hoch.

Vom letzten Hemmnis befreit, rasten die Wasser des westlichen Ozeans auf die Weiße Silberebene zu.

Die Menge der Tanu und Menschen sang das Lied, und alle Ritter hielten ihre glühenden, juwelenbesetzten Schwerter hoch. Unter dem flatternden weißen Banner mit dem goldenen Gesicht standen Thagdal und Nontusvel und hinter ihnen Brede, die ungeachtet des vielfarbenen Gleißens ihren eigenen Schatten zu erzeugen schien. Die Tanu-Großen waren auch da, aber von den Feinden warteten nur König Yeochee und die Nichtkombattanten des Firvulag-Adels auf die letzte und frustrierendste Demütigung in einer langen, ununterbrochenen Kette. Die Firvulag-Champions und ebenso viele Kleine Leute unter den Zuschauern hatten sich zurückgezogen – zu überwältigt von Kummer, um sich auch nur noch das seltene Schauspiel anzusehen, das bald folgen sollte.

Aiken Drum riß Pallols Standarte aus dem Boden. Mit psychokreativem Schwung entfernte er das Dämonen-Otter-Bild, das zwischen den gefärbten Skalplocken und den baumelnden Schädelgirlanden angebracht war. Ein letztes Mal zeigte Aiken der Menge den Kopf des gefallenen Schlachtenmeisters. Dann vollführte er ein Zauberkunststück. Pallols Kopf wurde in eine goldene Totenmaske umgewandelt; in der Höhle des linken Auges saß ein Sternenrubin von der Größe einer Grapefruit. Als der Kopf auf seiner eigenen Standarte steckte, hob Aiken Drum sie hoch empor und schritt damit auf König Thagdal zu.

Bevor er sprechen konnte, löste sich eine hagere Gestalt in purpurner Robe aus den Reihen der Großen und stellte sich neben ihn.

Der Marschall des Sports, bereits ziemlich außer Fassung durch das Unerhörte der ganzen Geschichte, erstickte beinahe an seiner offiziellen Ankündigung.

»Ehrfurchtgebietender König – und Vater! Die Schiedsrichter und – und Punktzähler der Tanu- und der Firvulag-Rasse haben – miteinander gesprochen und die letzten Wertungen durchgeführt. Und ... äh ... der Sieg gehört der edlen und tapferen Tanu-Kampfgesellschaft des Vielfarbenen Landes!« Er legte eine Pause für den Beifall ein und fuhr fort: »Hier vor euch steht voll Sehnsucht nach deiner königlichen Akkolade als Erstem Champion dieses Großen Wettstreits Lord Aiken Drum ...«

»Nein«, sagte Mayvar ruhig.

Atemloses Schweigen entstand.

»Nicht länger Aiken Drum«, erklärte sie, »denn jetzt gebe ich ihm endlich seinen Tanu-Namen – wie ihn jeder Mensch erhält, der zu unserer Kampfgesellschaft und Brüderschaft zugelassen wird. Ich habe Aiken Drums wahren Namen so lange in meinem Herzen verborgen, weil ich wünschte, er selbst solle euch zeigen, daß er seiner würdig ist. Ich, Mayvar Königsmacherin, habe niemals an ihm gezweifelt. Und auf diesem Schlachtfeld hat er bewiesen, daß er wahrlich von der Göttin geliebt wird ... Daher benenne ich ihn mit Vertrauen und Liebe! Er ist der Leuchtende! Er ist der junge Lugonn.«

Die Menge, zuerst sprachlos vor Ungläubigkeit, begann einen gewaltigen Lärm aus Stimmen und Gedanken, Hörnern und geschlagenen Schilden. Es gab solche, die sich freuten, und solche, die wütende Proteste brüllten, aber der Tumult war so ungeheuerlich, daß keiner hätte sagen können, wem die Herzen der Mehrheit gehörten – dem jungen Schlachtenmeister oder dem alten.

Thagdal trat vor, das Gesicht so starr wie das Emblem auf seinem königlichen Banner. Er nahm die Firvulag-Standarte von dem kleinen goldenen Mann entgegen und gab sie sofort an Bunone Kriegslehrerin weiter. Eadone, Dekanin der Gilden, kam jetzt nach vorn. Sie trug etwas auf einem langen Samtkissen. Die Menge hörte auf zu lärmen. Dies war der Augenblick, auf den man gewartet hatte. Würde Aiken Drum – Lugonn – das heilige Schwert Sharns ergreifen und es in Treue dem Thagdal übergeben, wie Nodonn es immer gemacht hatte? Oder würde er ...

Der leuchtende kleine Mann hob die große Waffe hoch, ließ aber das damit verbundene Energie-Aggregat auf dem Kissen in Eadones Händen liegen. Er faßte das Heft mit beiden Händen, richtete die Spitze des Schwerts nach unten, trieb sie in das Salz zu Füßen des Königs und drehte Thagdal dann den Rücken zu.

Die Menge stieß den angehaltenen Atem aus. Alle Anwesenden waren wie betäubt und ebenso erging es den königlichen Hoheiten, den Tanu wie den Firvulag, die sich unter den Emblemen der beiden Könige versammelt hatten.

In diese Leere schritt die dunkle Persönlichkeit, die beide Rassen tausend Jahre lang geleitet hatte. Ihre Kleider in Scharlachrot und Schwarz wiederholten die Farben des Himmels, denn es war kurz vor der Morgendämmerung. Ihr Gesicht, deutlich sichtbar, war naß von Tränen.

»Dann laßt geschehen«, sprachen ihre Gedanken und ihre Stimme zusammen, »was ich vorhergesehen habe! Laßt die beiden Helden auf der Weißen Silberebene mit Schwert und Speer den letzten Kampf kämpfen!«

Mayvar führte die vier Tanu-Champions heraus, die sich beim Heldentreffen für den Leuchtenden erklärt hatten. Sie brachten den Speer mit sich. Bleyn befestigte das juwelenbesetzte Wehrgehenk, das das Energie-Aggregat enthielt, um Schulter und Hüfte des kleinen Menschen. Nodonn materialisierte sich aus dem Nichts und stellte sich neben das Schwert. Er zog es aus dem Boden und hielt es hoch, während Kuhal, Imidol, Culluket und Celadeyr ihn gürteten.

Die Menge zog sich weit zurück. Von irgendeiner psychokinetischen Kraft gezwungen, trieb das Heldenpaar auseinander, ein paar Zentimeter oberhalb des Salzes schwebend, das jetzt unter dem verhangenen Morgenhimmel ein stumpfrotes Leuchten angenommen hatte. Sichtbare Halos mentaler Verteidigungsenergien hüllten die hohe rosig-goldene Erscheinung und die kleine Gestalt des Possenreißers ein. Beide begaben sich auf ihre Plätze.

»Beginnt!« befahl die Schiffsgattin.

Es gab einen Zwillingsausbruch von smaragdgrünem Feuer und gleichzeitig Erschütterungen, die alle ringtragenden Zuschauer zwangen, ihre Sinne für einen Augenblick abzuschirmen. Als sie sich erholt hatten, dröhnte der Donner immer noch über die Ebene. Beide Kämpfer standen fest, die psychischen Barrieren und die glühenden Rüstungen intakt.

Wieder kamen die grünen Explosionen und das ungeheuerliche Getöse – doch diesmal erstarben die Echos nicht. Das tiefe Grollen wurde lauter, und der Boden bebte unter den Füßen der Helden. Wind brach aus dem Nirgendwo hervor und fügte sein Heulen den tieferen Tönen hinzu. Der rot und schwarze Himmel war plötzlich entlang dem ganzen westlichen Horizont ausgelöscht.

Thagdal der König sah die Welle und schrie die erste mentale Warnung. Jedes Erg seiner metapsychischen Kraft zusammennehmend, errichtete er einen Wall. »Zu mir! Zu mir, ihr alle!«

Sie alle – Firvulag und Tanu und ringtragende Menschen – schlossen sich ihm in einem massierten Einsatz an, wie er noch nie zuvor im Exil versucht worden war. Nodonn lieh seine psychokinetische Stärke, und ebenso Lugonn, und sämtliche Kleinen Leute strengten sich mit ihrer Kreativität an, die mentale Bastion des Königs zu befestigen, die die heranstürzende See zurückhielt, das Wasser daran zu hindern, daß es über ihnen zusammenbrach. Aber die dunklen Wogen stiegen höher, höher, und ihr Gewicht, das die mentale Verteidigung zusammendrückte, betrug unvorstellbare Millionen von Tonnen ...

Die Welle brach.

»Ich bin immer noch König«, sagte Thagdal zu Nontusvel. Das Wasser schlug über ihnen zusammen. Im Ertrinken war er zufrieden, und seine letzte schwindende Kraft benutzte er dazu, die Königin tröstend zu berühren, denn er hatte ihre Hand nicht losgelassen.

Die erste Wellenfront schlug in den Sonnenaufgang hinein. Sie verlor rasch an Höhe, als sie sich in der weiten Großen Lagune ausbreitete. Eine zweite Flut wusch die Schulter der Aven-Halbinsel und floß mehrere Kilometer landeinwärts, bis sie an den Klippen versickerte. Das Wasser fing überraschend jene, die noch in der Stadt waren, und die meisten von ihnen kamen um, einschließlich aller Ramapithecus-Sklaven, eine Handvoll ausgenommen.

Amerie wäre aus dem Zimmer hoch oben auf dem Berg der Heroen gestürzt, wenn Häuptling Burke sie nicht gepackt und festgehalten hätte. Sie wehrte sich gegen ihn und schrie, bis sie erschöpft war und nicht mehr weinen konnte. Und dann kam Basil und hockte mit ihnen unter dem schrecklichen Fenster. Amerie wie auch der wetterharte alte Jurist verstanden das alte Gebet, das der frühere Akademiker flüsterte.

»Elevaverunt flumina fluctus suos, a vocibus aquarum multarum. Mirabilis elationes maris. Mirabilis in altis Dominus.«

Zusammen warteten sie auf Elizabeth.

12

Die schrecklichen Geistesschreie, die an ihr vorüberzogen!

Sie erreichten Elizabeth sogar in ihrem Feuerkokon. Die ersten vereinzelten Eindringlinge zu Beginn der Mêlée kamen wie zaghafte Tropfen, die einem Unwetter vorausgehen, und dann flogen ganze Schauer in steigender Zahl vorbei – Aufschreie, ängstlich und enttäuscht und wütend und eifrig. Es gab Pausen. Danach erhoben sich die Todesstürme von neuem und brausten um ihr Refugium. All diese entkörperlichten Geister, die außerhalb von Zeit und Raum zu dem Viele-in-Allem eilten, den sie ausgeschlossen hatte, und ein paar ganz wenige spannen ihren eigenen feurigen Kokon, um abseits von dem Strom dahinzutreiben, die Gemeinschaft zu leugnen, ihren eigenen verlorenen Weg zu verfolgen.

Aber sie war nicht frei, dem Geistesfluß zu folgen. Sie war noch an die Erde verankert. Als die endgültige vernichtende Katastrophe eintrat, spürte sie den Schock sogar in ihrem Versteck und konnte nicht umhin, ihre geistigen Augen beobachten zu lassen. Zu benommen, um zu trauern, sah und hörte sie den Sturm vorüberziehen.

Viele von ihnen waren Personen, die sie kannte. Und am Ende einer großen Sturmflut von Sterblichkeit kam eine, die ihr nur zu vertraut war. Bredes Geist berührte sie mit einer letzten Bitte. Und dann sah Elizabeth ein fremdes Ding, groß und leuchtend und liebend. Es kam seiner Gefährtin entgegen, eine Eskorte in unwiderstehliches Licht ...

Elizabeth erwachte.

Das Gesicht, das sich über sie beugte, gehörte Schwester

Amerie, und es hatte den verzerrten, gejagten Ausdruck, der sich ergibt, wenn keine Tränen mehr übrig sind.

»Ich weiß«, sagte Elizabeth.

Die Nonne streckte die Hand aus, berührte Elizabeths fest zusammengeballte Finger. »Da war – eine fremde Frau. Sie wußte, daß dies geschehen würde. Sie heilte uns. Brachte uns hierher zu dir. Und sie hatte eine Botschaft: ›Sagt Elizabeth, daß sie jetzt frei ist, ihre eigene Wahl zu treffen.‹ Ich hoffe, du verstehst das.«

Elizabeth setzte sich auf. Nach einem Augenblick war sie imstande, sich von dem Bett zu erheben und an das Fenster des natürlichen Bunkers zu gehen, wo Basil und Häuptling Burke standen, die ihre Augen von der Szene am Fuß des Berges nicht abzuwenden vermochten.

Der helle Tag war angebrochen, und der von schweren Wolken bedeckte Himmel spendete ein graues, klägliches Licht. Die Weiße Silberebene und beide Zeltstädte und das weite Gebiet zernagter und funkelnder Sedimente, das Muriah einmal von den Klippen bis zum Lagunenufer gesäumt hatte, waren verschwunden. An ihre Stelle war ein Meer getreten. Es hatte die Farbe stumpfer Jade, und seine weißmützigen Wellen liefen nach Osten auf den fernen Horizont zu. Von dem starken Wind getrieben, krachten Brecher über die Landspitze am Ende der Halbinsel, wo Bredes Haus gestanden hatte. Muriah war jetzt außer Reichweite der Wellen, doch zerschmetterte Häuser und Bäume und langsam trocknende Pfützen zeigten, wo die Flut den größten Teil der Hauptstadt verwüstet hatte.

Jetzt bist du frei, deine eigene Wahl zu treffen!

Draußen vor der Tür ihres Zimmers war Lärm. Elizabeths Geist nahm ein angstvolles Durcheinander von Gedanken wahr. Es war schwer – nahezu unmöglich wegen der unerträglichen emotionalen Aufladung – Tanu von Menschen zu unterscheiden oder diese von den Firvulag, die offenbar bei ihnen waren. Sie waren keine Herren und Sklaven mehr, nicht mehr Freunde und Feinde, sie waren nur noch Überlebende.

»Ich meine, wir sollten jetzt nach draußen gehen«, sagte Häuptling Burke.

GIUSEPPE-MANGONI

Elizabeth nickte. Alle vier wandten sich vom Fenster ab und gingen zur Tür. Burke hob den Riegel.

Jetzt bist du frei, deine eigene Wahl zu treffen!

Dort standen Dionket und Creyn und andere, die die Tracht der Redakteure trugen. Hinter ihnen drängten sich zahlreiche Überlebende. Elizabeth wehrte ihre Gedanken behutsam ab, begegnete dem Blick der beiden Heiler.

»Laßt mir nur ein paar Minuten Zeit.« Sie wies auf den roten Jumpsuit für die Ballonfahrt, den sie immer noch anhatte. »Ich möchte mich gern nach anderen Kleidern umsehen.«

Von seiner Basis gerissen, wälzte sich der riesige Glaskasten, der die Große Retorte war, in der Flut, und mit jeder heftigen Schwankung fielen die Körper in seinem Inneren übereinander. Schließlich beruhigte sich die Retorte und schwamm auf einigermaßen ebenem Kiel. Zur Hälfte lag sie unterhalb der Wasserlinie, und diejenigen unter den Gefangenen, die bei Bewußtsein waren, hatten das Gefühl, in einer bizarren Parodie auf einem Boot mit Glasboden zu sitzen. Die schwarz und silberne Marquise, die das Gehäuse bedeckt hatte, war ganz zerrissen und flog davon, als der Sturm in den ornamentalen Aufbau griff. Die Bänke und Tische, die Kommoden und Eßteller und Wasserkrüge, alles wurde mit den Körpern der Verurteilten auf einen Haufen geworfen.

Raimo Hakkinen spuckte Salzwasser, salziges Blut und einen Zahn aus. Er lag gegen die Vorderfront gedrückt, nahe der Tür. Wasser leckte durch Ritzen rund um den Rahmen.

»Helft mit!« krächzte er, zog sein Unterhemd aus und riß mit den Zähnen Streifen davon ab.

Nur eine Person von dem Haufen Verwundeter in seiner Nähe reagierte, eine Frau in dem gepolsterten Unterzeug für die Rüstung. Sie bissen und rissen ihr kurzes Gambeson entzwei; die zusammengedrückten Plastikblasen ergaben ein ausgezeichnetes Material zum Kalfatern.

»Jetzt müßte sie abgedichtet sein.« Raimo bedachte die Frau mit einem zahnlückigen Lächeln.

»Sie schwimmt!« Sie starrte benommen auf das bräunliche Wasser, voll von unvorstellbarem Abfall, das die vier transparenten Wände umgab. »Wie ein verrücktes Aquarium – nur

... nur das da draußen sind keine Fische ...« Sie wandte sich ab und erbrach sich heftig. Raimo kroch auf Händen und Knien zurück.

»Vielleicht kann ich einen Wasserkrug finden, der noch heil ist.«

Er schlängelte sich durch die Körper und die Trümmer. Nicht wenige Leute lebten noch, aber es gab auch viele Tote. Er entdeckte einen Wasserbehälter mitten zwischen drei Leichen. Und war der eine da nicht ...

Er drehte den Körper um. »Bryan? Bist du in Ordnung?« Die Lippen lächelten. »Bryan?«

»Er kann dich nicht hören«, sagte die Stimme von Aluteyn Handwerksmeister. »Dein Freund ist in Tanas Frieden eingegangen.«

Raimo, die Wasserflasche in Händen, fuhr zurück. »Äh – wie traurig. Wir sind auf dem gleichen Boot nach Muriah heruntergekommen. Und wenn die Gerüchte, die ich über ihn und Lady Rosmar hörte, der Wahrheit entsprachen, haben wir beide vielleicht – nun, auf die gleiche Weise gelitten.«

Aluteyn löste behutsam Bryans goldenen Ring. »Nicht ganz auf die gleiche Weise, Raimo. Aber keiner von euch braucht noch länger zu leiden.« Er legte den Ring um Raimos Hals und entfernte den silbernen, den er getragen hatte. »Ich glaube, Bryan hätte gewollt, daß du seinen bekommst. Dein Gehirn heilt dank meiner kleinen Flickschusterei, und vielleicht finden wir fähigere Redakteure unter den anderen Überlebenden. Oder – später.«

»Du glaubst, wir werden es schaffen? Du glaubst, dieser verdammte Glaskasten wird lange genug schwimmen, um uns ans Ufer zu bringen?«

»Diejenigen, die Hemmnisse für meine Metafunktionen programmiert haben, tun es nicht mehr. Ich kann einen bescheidenen PK-Wind erzeugen, sogar das Wasser heraushalten, indem ich die Wände der Retorte verstärke, jetzt, wo ich mein volles Bewußtsein wiedergewonnen habe.« Er wies auf die umherliegenden Körper. »Wenn du mir helfen willst, die noch Lebenden auszusortieren ...«

»Laß mich die Dame holen, die mir geholfen hat, die Tür zu kalfatern!« Raimo grinste und schwankte davon. Der Boden der Retorte schaukelte in den heftigen Strömungen, die Körper rollten durcheinander.

Der Handwerksmeister betrachtete ein letztes Mal das lächelnde Gesicht des toten Anthropologen. Dann nahm er, stöhnend vor Schmerz und Resignation, seine Arbeit wieder auf.

Sie war eine gute Schwimmerin und eine mutige Frau. Mit ihrer erschöpften Kreativität konnte sie immer noch aus einem Teil ihrer Hoftoilette Zwillingsblasen formen und hinter ihre Arme legen, so daß sie ihr halfen, sich über Wasser zu halten. Und als die Sonne endlich hervorkam und die wirbelnden schlammigen Fluten beschien und Mercy vor Müdigkeit und Schock das Bewußtsein zu schwinden drohte, rief sie:

»Mein Lord! Wo bist du, Nodonn?«

Kein antwortender Gedanke kam. Es war schwer, fast unmöglich, die Selbstbeherrschung aufzubringen, die für das Fernsprechen über weite Entfernungen notwendig war. Sie war so todesmatt! Aber endlich fand sie die Kraft und rief von neuem. »Nodonn! Nodonn!«

Oh, komm, Dämonenliebhaber, Engel des Lichts, komm! Wie kannst du tot sein, wenn ich es nicht bin?

Sie trieb inmitten der Flut. Schwache Gedanken, weit entfernt und verworren, zwitscherten schwindelerregend in ihrem Gehirn. Keine davon waren seine Gedanken.

»Nodonn«, flüsterte sie immer wieder. Und einmal: »Bryan.«

Den Kopf zurückgeworfen, das Haar wie Strähnen dunklen Seetangs nachschleppend, so trieb Mercy in der See. Dann ging die Sonne unter, und es wurde kalt. Sie verlor das Gefühl in den Beinen und im Unterkörper. Sie litt unter Durst, und sie war vom Schock so geschwächt, daß sie nur mit größter Mühe die Süßwasser-Moleküle von dem Salz trennen konnte. Die Kreativität ist von allen Metafunktionen am anfälligsten gegen Trauma und Kummer.

»Dann will ich mit seiner Welt sterben«, entschied sie, »denn es ist alles dahin, all das Leuchten und die Wunder und das Lied.«

Ein kleines gelbes Licht.

Es tanzte, flackerte, wuchs. Sie entschloß sich zu warten, denn das strahlende Wesen gab zu erkennen, daß es sie ferngespürt hatte, obwohl es zurückhaltend außerhalb ihrer eigenen mentalen Sicht blieb. Nach etwa einer Stunde trieb das glühende Ding in ihre Nähe. Sie sah, daß es der Kral war – dieser große goldene Kessel, das Heiligtum der Kreatoren-Gilde – und sie rief:

»Kreativer Bruder! Weißt du, ob Nodonn lebt?«

»Ist das Dankbarkeit?« fragte Aiken Drum.

Er beugte sich über den Rand des Kessels, streckte einen ganz mit goldenen Taschen bedeckten Arm aus und zog sie hoch. Es tat ihr weh. Sie wurde als schlaffes Bündel auf dem gebogenen Metall neben ihm abgelegt, und er grinste auf sie nieder.

»Tut mir leid, daß ich im Teleportieren so schwach bin, Mercy-Schatz, aber ich fühle mich im Augenblick selbst ein bißchen wackelig. Lieg still, und ich werde sehen, ob ich dich trocken beschwören kann!«

»Du«, sagte sie, *»du* lebst.«

»Der schlechteste Pfennig von allen. Als ich sah, daß wir mit unserm King-Canute-Akt keine Chance hatten, dachte ich mir, rette sich, wer kann, und spann eine kleine Luftkapsel für mich. Schoß nach oben und hatte gerade noch genug Kraft übrig, mich treiben zu lassen. Dieser Kessel war ein höchstwillkommener Anblick, das kann ich dir sagen. Ich war beinahe am Ende, da kam er munter vorbeigesegelt.«

Langsam trocknete er sie, reinigte sie von Salz und Schmutz, stellte unbeholfen ihre zerrissene Kleidung wieder her. Als er fertig war, schlief sie schon fast.

»Das Kleid«, murmelte sie, »muß rosenfarben sein – nicht golden und schwarz.«

»Mir gefällt Gold und Schwarz besser.«

Sie versuchte, sich aufzurichten. Ihr Flüstern enthielt eine Spur der alten Koketterie. »Also ... was hast du Unartiges vor, Lord Lugonn Aiken Drum?«

»Schlaf ein, kleine Lady von Goriah, kleine kreative Mercy-Rosmar! Morgen haben wir viel Zeit, darüber zu reden.«

Winterregen fegte über die Bordeaux-Sümpfe. Der große Fluß war schlammig, und die Fische waren scheu, aber es war noch eine Menge Wildgeflügel da und die kleinen hornlosen Hirsche mit den Hauern, und in den höheren Teilen der großen Insel, wo die Eichen und Kastanien standen, wuchsen Pilze im Überfluß. Sukey gierte jetzt nach ihnen, und sie hatte Stein so lange zugesetzt, bis er einwilligte, einen Korb voll zu holen. Und dann tat es ihr leid, als es so heftig zu regnen begann, und sie sorgte dafür, daß ein schönes heißes Stew auf ihn wartete und ein ordentliches Feuer im Ofen der Hütte.

Er kam zurück, als es schon beinahe dunkel war. Außer den Pilzen brachte er eine Keule von einem halb ausgewachsenen Wildschwein mit. Er sagte: »Der Rest ist in einem Baum versteckt. Ich kann es morgen holen. Denk daran, dieses Schweinefleisch gründlich zu kochen!«

»Das werde ich, Stein. Ich gehe kein Risiko ein, das weißt du.« Sie nahm eine der nassen, schwieligen Hände und küßte sie. »Danke für die Pilze.«

»Ich bin ganz durchgeweicht«, warnte er sie. »Warte!« Er zog das schlammige Zeug aus, Jacke und Hose aus Wildleder und die Rohleder-Mokassins und wärmte sich am Feuer, während sie sich an ihn schmiegte, in die Flammen sah und verstohlen lächelte. Im Sommer würde es geboren werden, und dann war noch viel Zeit, nach anderen Menschen zu suchen. In den Tagen beständigen ruhigen Wetters würde der große Ballon sehr langsam fahren und fast ohne Ruck landen. Im nächsten August oder September wollten sie aufbrechen. Und inzwischen war es hier gar nicht übel. Sie waren ganz allein, vollständig sicher, hatten reichlich zu essen und eine gemütliche Hütte und einander.

»Iß jetzt!« mahnte sie. »Ich werde deine Sachen säubern und dies Fleisch versorgen.«

Kurz bevor sie zu Bett gehen wollten, hörte der Regen auf. Stein hob die Türklappe und trat hinaus, und als sie ihn nicht zurückkehren hörte, kam sie und stellte sich in dem friedlichen, tropfenden Dunkel neben ihn. Die Sterne waren hervorgekommen.

»Ich liebe diesen Ort«, sagte sie. »Ich liebe dich. Oh, Stein!«

Er umfing sie mit einem mächtigen Arm und sagte nichts, blickte nur zum Himmel hoch. Warum sollten sie diesen Ort verlassen? Sie hatten oft darüber gesprochen, aber warum war es notwendig, daß sie andere Menschen suchten? Wer wußte, was das für welche waren? Außerdem lebten wilde Firvulag in den Wäldern des Festlandes. Er wußte es, denn er hatte bei einer Erkundungsfahrt mit dem Dinghy ihre Irrlichter tanzen gesehen.

Sukey und er hatten großes Glück gehabt, daß sie auf ihrem Weg bis zu diesem Hafen keinen Fremden begegnet waren. Es wäre Wahnsinn, sich von neuem in Gefahr zu begeben, doppelter Wahnsinn, ein Neugeborenes auf eine Ballonfahrt mitzuschleppen. Ein Ballon war zu unzuverlässig. Er verfolgte seinen eigenen Weg. Wenn ein unerwarteter starker Wind sie ergriff, mochten sie nach Südosten getragen werden, über ganz Frankreich hinweg, über das Mittelmeer ...

Niemals. Er wollte niemals dahin zurückkehren und sich ansehen, was er getan hatte.

»Oh, sieh mal!« rief Sukey. »Eine Sternschnuppe! Oder – ist es keine? Sie bewegt sich zu langsam. Zu spät, sie ist hinter einer Wolke verschwunden. Und ich habe vergessen, mir etwas zu wünschen.«

Er nahm ihre Hand und führte sie in ihr kleines Heim zurück. »Laß nur! Ich habe den Wunsch für dich gedacht«, sagte er.

Die Lichter der Anzeigen in dem Flieger waren jetzt alle tot, und die fremden Alarmanlagen gellten keine Warnung mehr. Ohne Energie, ohne Sauerstoff blieb die Maschine treu in ihrem Park-Orbit und umkreiste die Erde immer und immer wieder in einer Höhe von fast 50000 Kilometern.

Auf dem größten Teil der Umlaufbahn war der Flieger durch seine mattschwarze Oberfläche vor dem Hintergrund des Raums buchstäblich unsichtbar. Doch hin und wieder fiel Sonnenlicht durch das vordere Bullauge des Flugdecks, beleuchtete Richards Gesicht und warf schnell einen Reflex zur Erde.

Immer wieder rundherum flog der kleine zerbrochene Vogel, endlos kreisend.

In der Halle des Bergkönigs zu Hoch-Vrazel war der dezimierte Rat der Firvulag zusammengekommen, um eine neue Angelegenheit zu besprechen: die Wahl des nächsten Souveräns der Höhen und Tiefen, Monarchen des unendlichen Infernos, Vates aller Firvulag und unangefochtenen Beherrschers der gesamten bekannten Welt.

»Diesmal wird es Ärger geben«, warnte Sharn-Mes.

»Wieso?« fragte Ayfa.

Er teilte ihr und den anderen die schlechte Neuigkeit mit. »Die Heuler verlangen das Stimmrecht.«

Der große schwarze Rabe spiralte nach unten zu dem Platz, wo seine Genossen schmausten. An der ganzen nordafrikanischen Küste ging es den Aasfressern so gut wie nie zuvor. Seit fast vier Monaten herrschte Überfluß, und noch war kein Ende abzusehen.

Krah! grüßte der Neuankömmling. Er sträubte böse die Federn, als ein anderer Vogel nicht schnell genug von dem Kadaver eines Tümmlers wegrückte. *Kraaah!* wiederholte er, hob die Schultern und breitete die Flügel aus. Es war ein riesiger Vogel, anderthalb mal so groß wie die anderen, und seine Augen funkelten in einem wahnsinnigen Glanz.

Voll Unbehagen zog sich die Schar von der Mahlzeit zurück und überließ den Kadaver dem großen Fremden.

»Sie kommen! Sie kommen!« rief Calistro, der Ziegenjunge, und rannte durch die Schlucht der Verborgenen Quellen. Seine Pflegebefohlenen waren vergessen. »Schwester Amerie und der Häuptling und eine *Menge* andere!«

Leute strömten aus den Häuschen und Hütten und riefen einander aufgeregt zu. Ein langer Zug von Reitern schlängelte sich an das Dorf heran.

Old Man Kawai hörte den Lärm und steckte den Kopf aus der Tür von Madame Guderians rosenbedecktem Haus unter den Kiefern. Er sog die Luft durch die Zähne.

»Sie kommt!«

Eine kleine Katze schoß aus dem Kasten unter dem Tisch. Er wäre beinahe über sie gefallen, als er sich umwandte und nach einem Schabeisen griff. »Ich muß Blumen abschneiden und ihr zur Begrüßung entgegeneilen!« Streng zeigte er mit dem Finger auf die Katze. »Und du – sieh zu, daß deine Jungen gewaschen sind, damit du uns beiden keine Schande machst!«

Die gazebespannte Tür knallte zu. Vor sich hinmurmelnd, hackte der alte Mann einen Armvoll der schweren Büschel von Junirosen ab. Dann lief er den Pfad hinunter, eine Spur von rosa und roten Blütenblättern hinter sich lassend.

* * *

ENDE DES DRITTEN TEILS

Der junge Ramapithecus erinnerte sich noch gut an den Vorfall in seiner Kindheit, und deshalb kehrte er an den See der Riesenvögel zurück.

Da war ein Pfad, den größere Wesen als er vor mehr als einem Jahr gemacht hatten und der danach von anderen Tieren offengehalten worden war, denn es war ein trockener Sommer gewesen, und der Kratersee tränkte die Durstigen. Doch der Ramapithecus war nicht auf der Suche nach Wasser.

Langsam kroch er auf das offene Gebiet um den Kraterrand hinaus. Da war der Vogel! Als er unter ihm hockte, wunderte er sich, warum er kleiner als damals zu sein schien. Und das Loch in seinem Bauch war fort, zusammen mit dem Kletterding. Aber es war *sein* Vogel. Das wußte er. Die Erinnerung brannte in ihm. Seine Mutter schrie vor Zorn ... packte zu, warf eine kostbare Freude fort, die in der Farbe der Sonne schimmerte.

Er suchte. In einem Busch. Dieser Busch, dieser Stechginsterstrauch. Er steckte einen braunbehaarten Arm in das Dikkicht dünner Zweige. Vorsichtig! Kratz den staubigen Boden auf! Wühle, suche!

Seine Hand berührte etwas Glattes und Hartes. Er zog es mit großer Behutsamkeit heraus. Es war, wie er sich erinnerte. Die Knöpfe schnappten auf, die Hälften schwenkten zur Seite, und diesmal paßte es gut um seinen Hals, so daß es nicht mehr über den Kopf gezogen werden konnte. Es würde ihm nicht mehr weggenommen werden.

Er stand auf und stieg auf dem Pfad hinunter zum Wald, wo seine furchtsamere Gefährtin auf ihn wartete. Der Sonnenschein war heller, der Geruch des Maquis schärfer, das Trillern der Vögel und Insekten deutlicher. Alle Dinge rings um ihn waren verwandelt. Das war für ihn Aufregung und Freude und ein bißchen Angst, alles auf einmal.

Ich komme! Ja, ich bin es!

Er sprang in seiner Lust hoch, und die geringeren Wesen auf dem Pfad beeilten sich, ihm aus dem Weg zu kommen.

* * *

DAS ENDE VON »DER GOLDENE RING«

Band III des Pliozän-Zyklus mit dem Titel
Kein König von Geburt *erzählt von einer*
Umschichtung der Machtstrukturen während einer
turbulenten Epoche im Vielfarbenen Land.
Menschen und ihre fremden Antagonisten
erhalten darin erste Kenntnisse von einer
neu-alten Bedrohung aus dem westlichen Morgen.

Apologia pro geologia sua

Karte des Nordwesteuropas
während des Pliozän

Karte der westlichen Mittelmeer-Region
während des Pliozän

Karte von Ostaven (Balearische Halbinsel)
während des Pliozän

Apologia pro geologia sua

Die in diesem Zyklus geschilderte Vorzeit-Landschaft stellt Europa während der sogenannten mio-pliozänischen Regression dar, als das Mittelmeer vor der Öffnung der Straße von Gibraltar seinen niedrigsten Stand hatte. Der Zeitpunkt des letzteren Ereignisses ist nicht genau bestimmt, doch mag es vor etwa 5,5 Millionen Jahren stattgefunden haben, und ich habe diese Zahl auf 6 Millionen Jahre aufgerundet. Während des Miozän erhielt das Mittelmeer-Becken Wasser aus dem Atlantik durch zwei Kanäle, die sich mehrere Male öffneten und schlossen – den Betischen Kanal in Südspanien und den Rif-Kanal, der sich über das nördliche Marokko, Algerien und Tunesien erstreckte. Die Straße von Gibraltar brach auf, nachdem sich der Rif- und der Betische Kanal geschlossen hatten. Danach mag sich das Mittelmeer ziemlich schnell aufgefüllt haben. Vielleicht nur hundert Jahre nach der Katastrophe wird das Becken des Leeren Meeres durch den Zustrom vom Atlantik vollgelaufen und das alte Rhônetal fast so weit nördlich wie Lyon vom Wasser bedeckt gewesen sein. Und zweifellos kam es zu tektonischen Anpassungen, durch die nicht nur der Boden des Mittelmeers zu seiner heutigen Topographie von tiefen und seichten Stellen umgestaltet wurde, sondern auch grundlegende Veränderungen der italienischen Halbinsel, Siziliens und anderer unstabiler Regionen hervorgerufen wurden.*

* Die einzigen anderen entfernt mit der Füllung des Mittelmeer-Beckens vergleichbaren Ereignisse sind die ›Großen Missoula-Fluten‹, die während der Pleistozän-Eiszeit im westlichen Nordamerika stattfanden. Schmelzwasser von den Gletschern der Rocky Mountains flossen nach Westen, bis sie auf einen Flügel des Okanoga-Gletschers stießen, der Clark Fork Valley nahe dem heutigen Lake Pend Oreille im nördlichen Idaho blockierte. Dadurch entstand der glaziale Lake Missoula, einer der größten Süßwasser-Seen, den es jemals im westlichen Teil des Kontinents gegeben hat. An einigen Stellen mehr als tausend Fuß tief, bedeckte er die Täler des westlichen Montana, bis

Die Karte des Leeren Meeres, die Sie im Anhang finden, ist ganz und gar spekulativ, besonders in der Darstellung der Südlichen Lagune, der Großen brackischen Marsch und der als die Alborán-See und das Algerische Becken bekannten Regionen. Es gibt jedoch vulkanische Überreste, die meinen Geröll-Damm zumindest halbwegs plausibel erscheinen lassen (bei Cabo de Gata, bei Cap de Trois Fourches, Marokko, und natürlich auf der Isla de Alborán selbst).

Ich habe postuliert, daß die pontische Flora und Fauna kontemporär mit der mediterranen Flut war. Klima, Geographie, Vegetation und Tierleben der pontischen Zeiten entsprechen im wesentlichen den Schilderungen des Romans. Geologen und Paläobiologen werden zwar schnell ein paar Fälschungen entdecken, doch werden sie, wie ich hoffe, keine Spielverderber sein und mir verzeihen. Der Ramapithecus, dieser mit so vielen Namen belegte rätselhafte und faszinierende Hominide, wird aufgrund eines Kiefers nicht früher als in die pontische Zeit versetzt. Beschrieben wurde der Kiefer 1972 von G. H. R. Koenigswald, der ihm den Namen *Graecopithecus freybergi* gab.

Die Ries (oder Rieskessel) genannte Struktur ist Gegenstand einiger Kontroversen. Eine Schule akzeptiert den Ries als Einschlagskrater eines Himmelskörpers, während eine andere es auf eine kryptovulkanische Explosion zurückführt, die ›meteoritenähnliches‹ Material an die Oberfläche beförderte. Argumente für letzteren Standpunkt stellt G. H. J. McCall in *Meteorites and Their Origins* (New York, Wiley, 1973) zusammen. Die dramatischere Aufschlag-Hypothese wird von E. Preuss in »Das Ries und die Meteoriten-Theorie«, in: *Fort-*

---

der natürliche Damm aus Eis und Geröll brach. Mehr als 500 Kubikmeilen Wasser flossen in etwa zwei Wochen von dem See durch die Grand Coulee ab, verheerten die als die Channeled Scablands bekannte Landschaft in Washington und ergossen sich durch Columbia-Senke in den Pazifik. Hydraulische Dämmung in der Senke türmte die Fluten in der Portland, Oregon, benachbarten Gegend 400 Fuß über Meeresniveau auf. Offenbar wiederholte sich dies mehrere Male. Wer die Missoula-Fluten mit der Auffüllung des Mittelmeers vergleicht, sollte daran denken, daß das Mittelmeer-Becken jetzt rund eine Million Kubikmeilen Wasser enthält, doch wird angenommen, daß das Becken im frühen Pliozän flacher war.

schritte der Mineralogie (Stuttgart 1964, 41: S. 271–312), elegant unterstützt. McCall scheint in seiner späteren Studie das Preuss-Material nicht berücksichtigt zu haben. In meinem Roman stammen Flugbahn, Geschwindigkeit und Massendaten von Preuss. Sowohl Kalium-Argon- als auch Radiocarbon-Untersuchungen der sogenannten Moldauwiten (die für gewöhnlich – als Abbruchmaterial desselben Meteoriten – als gleichaltrig mit dem Ries angesehen werden) ergeben ein Alter von – o weh! – ungefähr 14,7 ±0,7 Jahren.

ALBION
SN
GOLF VON ARMORICA
AU~CU
ARMORICA
SN
V. REDON
STRASSE
SN
AU
GORIAH
[BELLE ILE]
LOIRE
PARISER BEC
ROGILAN
[ILE DE RÉ]
BORDEAUX
GARONNE
GOLF VON AQUITANIEN
AG
SASARAN
PYRENÄEN
SCHWARZE ZACKE
BURG
ZENTRA
MASSI

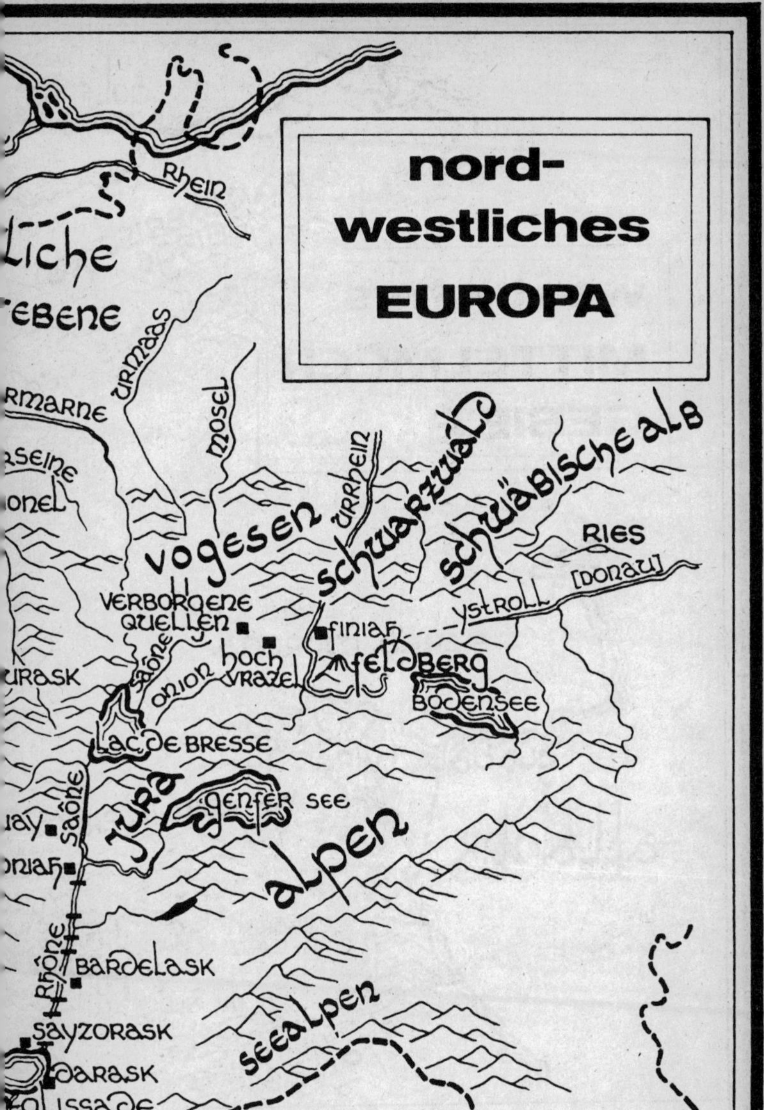
nord-
westliches
EUROPA
RHEIN
LICHE
EBENE
URMAAS
MOSEL
RMARNE
SEINE
ONEL
VOGESEN
URRHEIN
SCHWARZWALD
SCHWÄBISCHE ALB
RIES
[DONAU]
YSTROLL
VERBORGENE
QUELLEN
FINIAH
HOCH
VRAZEL
ONION
SAÔNE
FELDBERG
BODENSEE
URASK
LAC DE BRESSE
JURA
GENFER SEE
ALPEN
SAÔNE
IAY
ONIAH
RHÔNE
BARDELASK
SEEALPEN
SAYZORASK
DARASK
GLISSADE

westliches
MITTELMEER
GEBIET
golf von
aquitanie
kantabrisches
gebirge
iberisches
gebir
sierra morena
golf v.
guadalquivir
ag
atlantik
betische kordilleren
alboran
becken
mt. alboran
rifatlas

BORDEAUX
BURG GATEWAY
RONIAH
ZENTRAL MASSIV
BARDELASK
PYRENÄEN
ag cu
SAYZORASK
LAC PROVENCAL
DARASK
au
AMAZILAN
VAR-MESK
LALONIEN
cu
GLISSADE
au
TREBRO
TARASIAH
GERONIAH
CALAMOSK
GROSSE LAGUNE
KATALONISCHER GOLF
AFALIAH
DRACHENKETTE
MURIAH
AVEN
au
cu
UND SALZEBENEN
SÜDLAGUNE

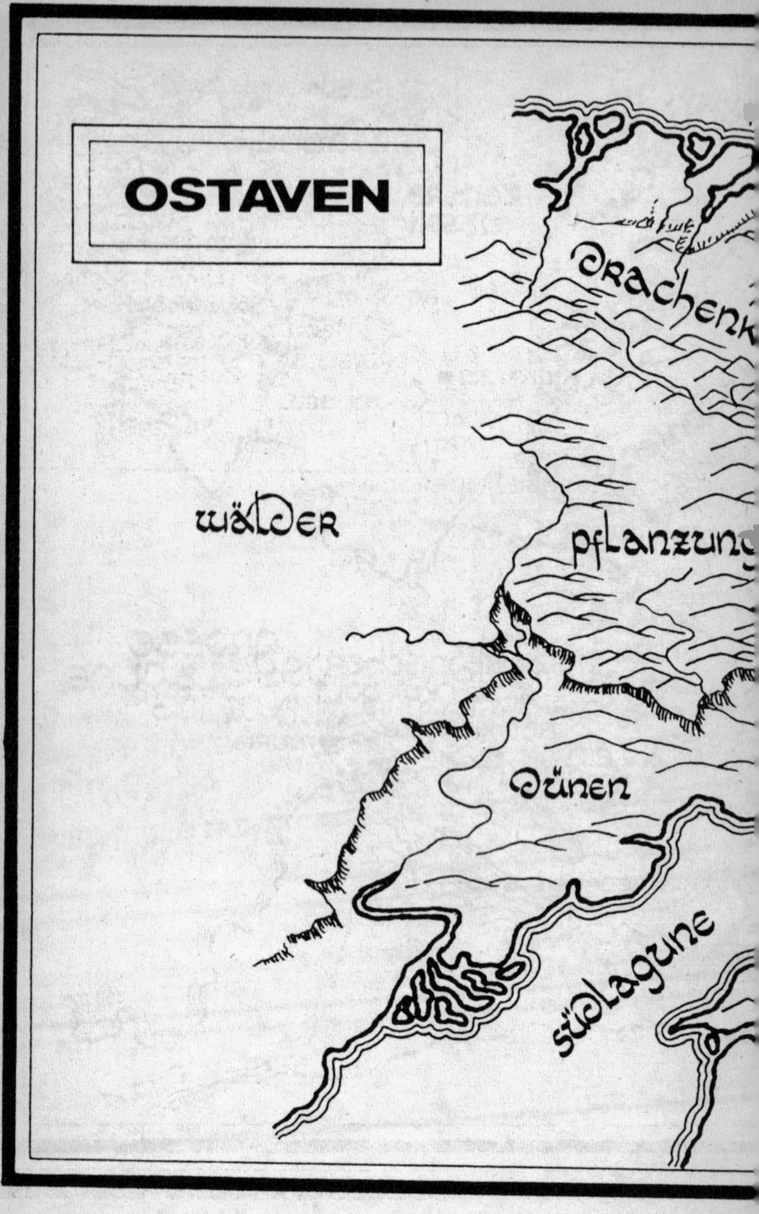
OSTAVEN
Drachenk
Wälder
pflanzun
Dünen
Südlagune

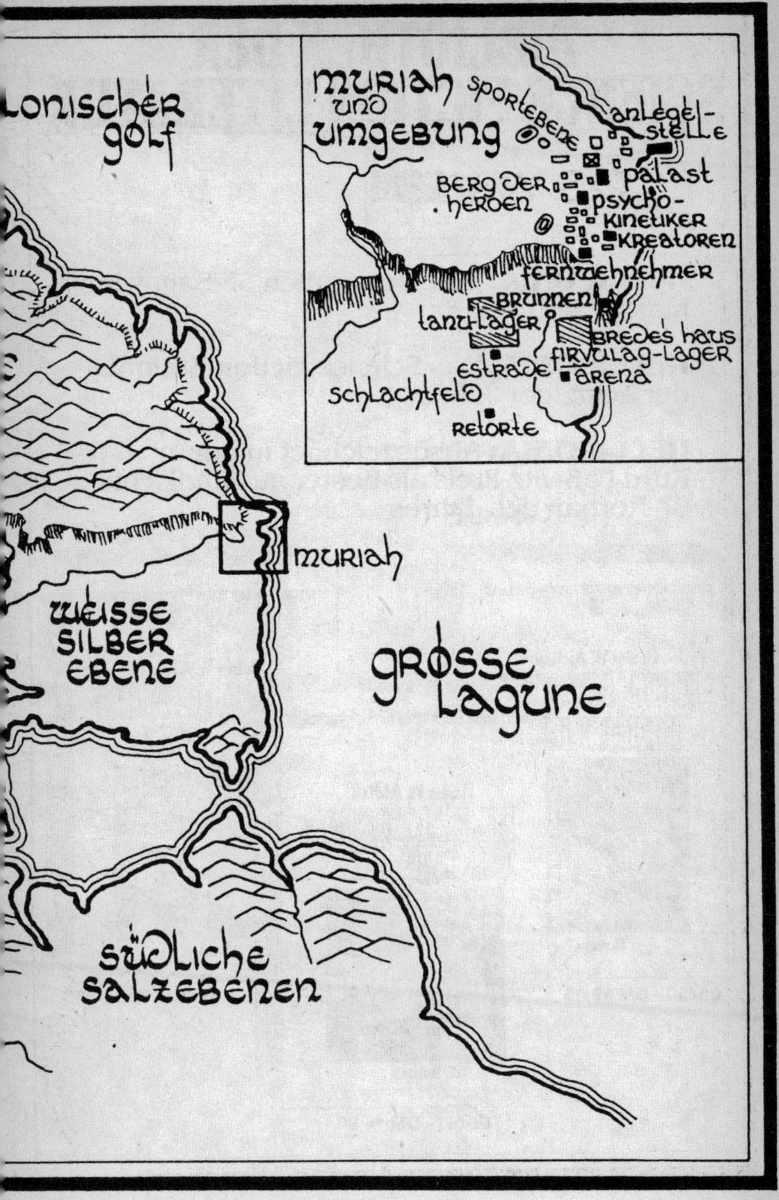
LONISCHER GOLF
MURIAH UND UMGEBUNG
SPORTEBENE
ANLEGEL-STELLE
PALAST
BERG DER HEROEN
PSYCHO-KINETIKER
KREATOREN
FERNWEHNEHMER
BRUNNEN
TANU-LAGER
BREDE'S HAUS
FIRVULAG-LAGER
ESTRADE
ARENA
SCHLACHTFELD
RETORTE
MURIAH
WEISSE SILBER EBENE
GROSSE LAGUNE
SÜDLICHE SALZEBENEN